新編元稹集 九

國家『十二五』重點圖書出版規劃項目

[唐] 元稹 原著

吳偉斌 輯佚 編年 箋注

陝西新華出版傳媒集團

三秦出版社

新編元稹集第九册目録

1

元和十二年丁酉(817) 三十九歲(續)

◎ 閬州開元寺壁題樂天詩^{(一)①}

憶君無計寫君詩，寫盡千行説向誰^②？題在閬州東寺壁，幾時知是見君時^③？

録自《元氏長慶集》卷二〇

[校記]

（一）閬州開元寺壁題樂天詩：本詩存世各本，包括楊本、叢刊本、《萬首唐人絶句》、《全詩》，未見異文。

[箋注]

① 閬州開元寺壁題樂天詩：這次是元稹少見的主動唱和白居易，白居易隨即有《答微之（微之於閬州西寺手題予詩，予又以微之百篇題此屏上，各以絶句報答）》：“君寫我詩盈寺壁，我題君句滿屏風。與君相遇知何處？兩葉浮萍大海中。” 閬州：地名，地當今四川閬中市。樂史《太平寰宇記》卷八六：“閬州……唐武德元年改爲隆州，領閬中、南部、蒼溪、南充、相如、西水、三城、奉國、儀隴、大寅十縣……先年元年，避元宗諱改爲閬州，取郡西南閬山爲名……天寶元年改爲閬中郡，乾元元年復爲閬州。”杜甫《閬水歌》：“巴童蕩槳敧側過，水雞銜魚來去飛。閬中勝事可腸斷，閬州城南天下稀。”李商隱《望喜驛別嘉陵江水二絶》一：“嘉陵江水此東流，望喜樓中憶閬州。若到閬中還赴海，閬州應更有高樓。” 開元寺：寺名，唐玄宗開元年間，令天下州

4279

郡各建一大寺,即以年號"開元"爲名,閬州的開元寺,即是其中之一。《舊唐書·玄宗紀》:"(天寶三載)夏四月……敕兩京、天下州郡,取官物鑄金銅天尊及佛各一軀,送開元觀、開元寺。"賈島《夏夜上谷宿開元寺》:"詩成一夜月中題,便臥松風到曙雞。帶月時聞山鳥語,郡城知近武陵溪。"張喬《宿昭應》:"夜憶開元寺,淒凉里巷間。薄烟通魏闕,明月照驪山。" 寺壁:寺廟壁畫。謝赫《古畫品録·第四品》:"〔蘧道潙、章繼伯〕並善寺壁,兼長畫扇。"姚最《續畫品·解蒨》:"全法章、蘧,筆力不逮,通變巧捷,寺壁最長。"舊時,廟中的寺壁可以供文人題詩作畫,習以爲常。 題:書寫,題署。劉義慶《世説新語·方正》:"太極殿始成,王子敬時爲謝公長史,謝送版,使王題之。王有不平色,語信云:'可擲箸門外。'"杜甫《弊廬遣興奉寄嚴公》:"把酒宜深酌,題詩好細論。"這裏是指元稹把白居易的詩篇題寫在開元寺的墙壁之上,以慰藉自己對白居易的不盡思念。

②憶:思念,想念。《樂府詩集·飲馬長城窟行》:"上言加餐食,下言長相憶。"韓愈《次鄧州界》:"潮陽南去倍長沙,戀闕那堪更憶家!" 君:連同後面的詩句,詩中共出現三次,均是指白居易。白居易元和十二年《與微之書》:"四月十日夜樂天白。微之! 微之! 不見足下面已三年矣! 不得足下書欲二年矣! 人生幾何,離闊如此! 況以膠漆之心,置於胡越之身。進不得相合,退不能相忘。牽攣乖隔,各欲白首。微之! 微之! 如何,如何? 天實爲之,謂之奈何!"由此可見白居易對分別已經三年、不通音訊的元稹的思念。元稹在返回通州途中在開元寺東壁題寫白居易的詩篇,正説明元稹對白居易的思念之情不亞於白居易。 無計:没有辦法。岑參《水亭送劉顒使還歸節度得低字》:"無計留君住,應須絆馬蹄。紅亭莫惜醉,白日眼看低。"戴叔倫《題友人山居》:"四郭青山處處同,客懷無計答秋風。數家茅屋清溪上,千樹蟬聲落日中。" 千行:一行又一行。齊澣《長門怨》:"宮殿沈沈月欲分,昭陽更漏不堪聞。珊瑚枕上千行泪,不是思

君是恨君。"顧況《傷子》:"老夫哭愛子,日暮千行血。聲逐斷猿悲,迹隨飛鳥滅。"這裏極言詩句之多。

③ 東寺:位於閬州東部地區的一所寺院,名稱不一定稱作"東寺",當時各地都有名稱爲"東寺"的寺院。孟浩然《夜泊廬江聞故人在東寺以詩寄之》:"江路經廬阜,松門入虎谿。聞君尋寂樂,清夜宿招提。"白居易《留題開元寺上方》:"東寺臺閣好,上方風景清。數來猶未厭,長別豈無情?"　幾時:多少時候。劉徹《秋風辭》:"少壯幾時兮,奈老何!"韓愈《祭十二郎文》:"死而有知,其幾何離? 其無知,悲不幾時,而不悲者無窮期矣!"什麽時候。杜甫《天末懷李白》:"鴻雁幾時到? 江湖秋水多。"蘇軾《新年五首》五:"荔枝幾時熟? 花頭今已繁。"

[編年]

《年譜》編年本詩於元和十二年,没有具體説明爲十二年的何時。但由於《年譜》認爲:"九月,離興元。獨孤朗、劉猛以詩送行。""經閬州,遊開元寺,寫白居易詩於寺壁。"《年譜》實際已經匡定元稹題寫白居易詩於開元寺的事情發生在元和十二年九月之後。《年譜新編》也認爲"秋或冬,自興元回通州……經閬州,遊開元寺,題白居易詩於壁",因此其錯誤與《年譜》相同。《編年箋注》雖然遺忘編年,但本詩位在《漫天嶺贈僧》、《百牢關》、《嘉陵水(古時應是山頭水)》之後,《感夢(十月初二日)》之前,而《編年箋注》編年《漫天嶺贈僧》、《百牢關》、《嘉陵水(古時應是山頭水)》、《感夢(十月初二日)》四詩均採納《年譜》意見,所以實際錯誤也同《年譜》。

我們以爲本詩作於元稹自興元返回通州途經閬州之時,亦即元和十二年五月回到通州之前,與《年譜》、《編年箋注》、《年譜新編》在時間上有半年的誤差,無法苟同。

■ 遊雲臺山記(一)①

據《輿地碑記目·閬州碑記》

[校記]

（一）遊雲臺山記：本佚失之文所據《輿地碑記目·閬州碑記》，又見《蜀中廣記·名勝記》、《六藝之一録·石刻文字》的有關文字，未見異文。

[箋注]

① 遊雲臺山記：《輿地碑記目·閬州碑記》：“元稹留題：唐元稹以諫官謫通判司馬，今達州也。曾遊雲臺山，書行記於山之鐘樓枋上。”曹學佺《蜀中廣記·名勝記》：“《碑目》云：唐元稹謫通州司馬，曾遊雲臺山，書行記于山之鐘樓枋上。”所謂的《碑目》，即《輿地碑記目》之省稱。　遊：遊覽，雲遊。儲光羲《洛橋送別》：“河橋送客舟，河水正安流。遠見輕橈動，遥憐故國遊。”鄭紹《遊越溪》：“溪水碧悠悠，猿聲斷客愁。漁潭逢釣楫，月浦值孤舟。”　雲臺山：山名，在四川省蒼溪縣東南，接閬中縣界，一名天柱山。《太平寰宇記·綿州》：“彰明縣……靈臺山在縣北，一名天柱山，高四百丈，即漢張道陵昇仙之所。又《郡國志》云：臺山天柱崖下有一桃樹，高五丈，外皮似桃，内心似松。道陵與王長趙昇試法於此，四百餘年，桃迄今未朽，小碑記之。”《太平寰宇記·閬州》：“蒼溪縣……雲臺山一名天柱山，在縣東南三十五里，高四百丈，上有百里，有魚池，宜五穀，無惡毒，可度災。周地圖記云：漢末張道陵在此學道，使弟子王長、趙昇投身絶壑以取仙桃，長等七試，已訖，九丹遂成，隨陵白日升天。”　遊記：即《輿地碑記

目·閬州碑記》、《蜀中廣記·名勝記》、《六藝之一録·石刻文字》中提及的"行記",是指記述遊覽的文章。柳宗元《始得西山宴游記》:"自余爲僇人,居是州,恒惴慄其隙也。則施施而行,漫漫而游,日與其徒上高山,入深林,窮迴溪⋯⋯"王安石《鄞縣經遊記》:"慶曆七年十一月丁丑,余自縣出,屬民使浚渠川,至萬靈鄉之左界,宿慈福院。""行記"與"行記"義同,也常常見諸於古人的文獻中。司馬光《和范景仁謝寄西遊行記二首》一:"洛川秦野鬱相望,風物山河舊帝鄉。澗底逢人問樵徑,松間繫馬宿僧房。"蘇軾《答陳師仲書》:"山水窮絶處,往往有軾題字⋯⋯以日月次之。異日觀之,便是行記。"

[編年]

《元稹集》未收録,未見《年譜》、《編年箋注》、《年譜新編》收録與編年。

元稹謫任通州司馬,曾經三次經由雲臺山:元和十年四月至六月赴任通州,同年十月北上興元看病以及元和十二年五月從興元返回通州任所。但赴任通州司馬,貶官途中元稹難有遊覽雲臺山的心情。北上興元看病,體力難支,遊覽自然難於成行。衹有元和十二年五月病體康復,才有心情也才有體力遊覽并題字或題記於"鐘樓枋上",時間在元和十二年五月或稍前,地點在雲臺山,通州司馬元稹大病初愈,正在回歸通州途中。

◎ 得樂天書(一)①

遠信入門先有泪,妻驚女哭問何如②。尋常不省曾如此,應是江州司馬書③。

録自《元氏長慶集》卷二〇

[校記]

（一）得樂天書：本詩存世各本，包括楊本、叢刊本、《全詩》、《全唐詩録》、《萬首唐人絕句》諸本均無異文。

[箋注]

① 得樂天書：元稹所得白居易之書，即作於元和十二年四月十日的《與微之書》，計其通州與江州間的距離，顧及當時的交通條件，元稹收到《與微之書》，應該在五月間，正是元稹一家回歸通州之時，激動之情，不難想見。爲更好瞭解元稹當時激動的心情，節録白居易《與微之書》："四月十日夜，樂天白，微之，微之！不見足下面已三年矣！不得足下書欲二年矣！人生幾何，離闊如此？況以膠漆之心，置於胡越之身，進不得相合，退不得相忘，牽攣乖隔，各欲白首。微之，微之！如何，如何！天實爲之，謂之奈何！"又曰："僕初到潯陽時，有熊孺登來，得足下前年病甚時一札，上報疾狀，次序病心，終論平生交分。且云危惙之際，不暇及他，唯收數帙文章，封題其上曰：'他日送達白二十二郎！'便請以代書。悲哉！微之於我也，其若是乎！又睹所寄聞僕左降詩云：'殘燈無焰影憧憧，此夕聞君謫九江。垂死病中驚起坐，暗風吹雨入寒窗。'此句他人尚不可聞，況僕心哉！至今每吟，猶惻惻耳！"最後曰："微之，微之！作此書夜，正在草堂中山窗下，信手把筆，隨意亂書，封題之時不覺欲曙。舉頭但見山僧一兩人，或坐或臥。又聞山猿谷鳥，哀鳴啾啾。平生故人，去我萬里，瞥然塵念，此際暫生。餘習所牽，便成三韻云：'憶昔封書與君夜，金鑾殿後欲明天。今夜封書在何處？廬山庵裏曉燈前。籠鳥檻猿俱未死，人間相見是何年？'微之，微之！此夕我心，君知之乎？樂天頓首。"

② 遠信：遠方的書信、消息。元稹《哭女樊四十韻》："解怪還家晚，長將遠信呈。"蘇軾《和丙辰歲八月中於下潠田舍穫》："跨海得遠

信,冰盤鳴玉哀。"這次的"遠信"來自江州白居易處,江州離通州有"數千里"之遙,來往又十分不便,故曰"遠信"。《舊唐書·元稹傳》:"俄而白居易亦貶江州司馬,稹量移通州司馬。雖通江懸邈,而二人來往贈答,凡所爲詩,自有三十、五十韻乃至百韻者,江南人士傳道諷誦,流聞闕下,里巷相傳,爲之紙貴。觀其流離放逐之意,靡不悽惋。"《舊唐書·白居易傳》:"時元稹在通州,篇詠贈答往來,不以數千里爲遠。"其實江州與通州,雖然較遠,但"數千里"肯定是誇張的説法。更有甚者,元稹《酬樂天得稹所寄紵絲布白輕庸製成衣服以詩報之》竟然以"溢城萬里隔巴庸"來形容兩地的距離,更是誇張得離譜,但這應該是詩歌中司空見慣之事。　　入門:進門。王嘉《拾遺記·後漢》:"吾家貧困,未嘗有教者入門。"杜甫《草堂》:"入門四松在,步屨萬竹疏。"　先有泪:意謂還沒有來得及細讀白居易的來書,眼泪就不由自主地流了下來。自古道:"男兒有泪不輕彈,只是未到傷心處。"元稹受盡政敵的打擊,備受貶地生活的磨難,但不見詩人在自己的詩歌裏面流過眼泪,但一封看似平平常常的來信,却讓元稹留下了激動的眼泪,而且是僅僅接到白居易來信還沒有來得及仔細閱讀之時,從中可見元稹對白居易友誼的深厚。如果讀者仔細詠讀白居易的來信,即使是一千多年後的我們也禁不住熱泪盈眶,何況是當事人元稹!妻驚女哭問何如:妻子裴淑,女兒保子、兒子元荊,還有那還沒有完全懂事的女兒元樊,看到丈夫,看到父親如此熱泪滂沱,一時不明所以,以爲又有什麼不公平的待遇落到元稹頭上,以爲又有什麼不幸的灾難降臨這個家庭,妻子驚慌而問,兒女們害怕而哭,但他們顯然顧不得自己,連連催問詩人:"究竟發生了什麼事情?"展現在我們面前,是苦難家庭歷盡磨難、啼哭嬉笑的悲喜畫卷。　　何如:如何,怎麼樣,用於詢問。儲光羲《送周十一》:"秋風隕群木,衆草下嚴霜。復問子何如?自言之帝鄉。"孟浩然《洛中訪袁拾遺不遇》:"洛陽訪才子,江嶺作流人。聞説梅花早,何如北地春?"

③ "尋常不省曾如此"兩句：詩人激動異常，沒有來得及回答妻兒的詢問，裴淑從丈夫既悲又喜的表情裏慢慢領悟到：平常從來沒有見過丈夫如此失態如此高興，看來祇有他最最要好的朋友而又失去聯繫快兩年的白司馬的來信，才能讓丈夫如此高興如此失態。 尋常：平常，普通。劉禹錫《烏衣巷》："舊時王謝堂前燕，飛入尋常百姓家。"葉適《寶謨閣直學士贈光禄大夫劉公墓誌銘》："今不過尋常文書，肯首而退爾！" 不省：謂未見過。岑參《函谷關歌送劉評事使關西》："蒼苔白骨空滿地，月與古時長相似。野花不省見行人，山鳥何曾識關吏？"杜甫《見王監兵馬使說近山有白黑二鷹羅者久取竟未能得王以爲毛骨有異他鷹恐臈後春生騫飛避暖勁翮思秋之甚渺不可見請余賦詩二首》二："黑鷹不省人間有，度海疑從北極來。" 江州司馬：這裏指白居易，元和十年至元和十四年，白居易貶任江州司馬。楊巨源《寄江州白司馬》："江州司馬平安否？惠遠東林住得無？溢浦曾聞似衣帶，廬峰見説勝香爐。"元稹《聞樂天授江州司馬》："殘燈無焰影幢幢，此夕聞君謫九江。垂死病中驚坐起，暗風吹雨入寒窗。"

[編年]

元稹白居易詩歌酬唱頻繁，爲何這一次白居易的來書能够使元稹如此激動？這是長久分離多年不得朋友資訊之後思念之情的自然流露。本詩應該作於元稹一家元和十二年五月回到通州之後不久，當時詩人已經有三個年頭快兩年時間沒有接到白居易的任何資訊，這首詩歌是詩人與白居易中斷聯繫之後第一次接到友人白居易作於元和十二年四月十日的《與微之書》，得知白居易對自己的思念以及白居易三年來的境况，故激動如此。

《年譜》元和十一年"詩編年"條下，引述元稹《得樂天書》之後云："'妻'指裴淑。此詩元和十一年五月以後作。"《年譜新編》編年本詩於元和十三年，沒有列舉理由，也沒有明確作於十三年何季何月。《編年箋注》採用周相録《年譜新編》意見：“據周相録所考，此詩作於元和十二年(八一七)五月以後，元稹時在通州司馬任。”但周相録《年譜新編》編年本詩於元和十三年，兩者是矛盾的不一致的。楊軍《編年箋注》實際上又將本詩編年在元和十三年《寒食日》詩之前，又不是“五月之後”，楊軍的意見令人費解，讓讀者莫名其妙作了一回丈二和尚。

　　《年譜》的編年意見我們無法苟同。首先，元稹與裴淑結婚在元和十年年底前，因爲據元稹《景申秋八首》，“景申秋”亦即元和十一年的秋天元稹與裴淑已有了他們自己的孩子。其次，元和十一年元稹與白居易之間斷絕了聯繫，白居易的《與微之書》、元稹的《酬樂天春寄微之》都證實了這一點。第三，本詩作於元和十二年五月元稹一家回到通州以後，與白居易斷絕了三個年頭聯繫的詩人，第一次收到白居易的來信，亦即白居易的《與微之書》，才有“遠信入門先有泪”般的激動，才有“妻驚女哭問何如”的喜劇場面。第四，白居易《與微之書》：“四月十日夜，樂天白。微之，微之！不見足下面已三年矣，不得足下書欲兩年矣！”根據江州與通州之間的距離，根據當時的通信條件，江州白居易“四月十日”寄出的“書”，通州的元稹大約於五月間收到。其時，也正好是元稹一家“五月歸巴地”的時候。如果按照《年譜》的説法：其一，本詩作於元和十一年五月；其二，元稹元和十一年“夏，復患瘧疾”；其三，白居易元和十二年十二月二日的《東南行一百韻》詩云：“去夏微之瘧。”後面白居易自注：“去年聞元九瘴瘧，書去竟未報。”其四，《得樂天書》編年：“此詩元和十一年五月以後作。”以上四條材料均是《年譜》所引，分列在《年譜》各處，現在把它們放在一起，讀者是不是也感到《年譜》的説法自相矛盾，更難以自圓？

　　《編年箋注》、《年譜新編》編年元和十三年同樣沒有任何道理。《年譜新編》沒有列舉理由，《編年箋注》祇是附和，也沒有列舉理由。白居易作於元和十二年“四月十日”的《與微之書》有力地駁斥了“元和十三年”説。而且元和十二年元稹一家“五月歸巴地”，已經與白居易恢復了聯繫，開始了真正意義上的元稹白居易通江唱和，如何到十三年元稹收到白居易詩篇，還有如此激動的表現？

順便説一句，《編年箋注》的"據周相録所考，此詩作於元和十二年(八一七)五月以後，元稹時在通州司馬任"，周相録先生自己的結論是"元和十三年"，編年結論全然不同，如何是"據周相録所考"？這裏的"周相録"究竟應該是誰？筆者發表於《蘇州大學學報》一九八八年第二期的《元稹白居易通江唱和真相述略》有專節《元白通江唱和概述》論述元稹白居易的通江唱和，其中第十三條："稹五月返歸通州後，接白氏四月十日寄自江州的《與微之書》，驚喜異常，有《得樂天書》紀其實，抒其情。"蘇州大學與楊軍先生工作的大學同在一地，拙稿發表的時間又在楊軍先生大著《編年箋注》出版的十年之前，對專門研究元稹的楊軍先生來説，想來不會不看到，或者説不應該不看到。本人後來又在其他文章裏反反復復論述過這一點，不知楊軍先生爲何視而不見？楊軍先生爲何故意將某甲的成果説成某乙的成果？是不是因個人喜好而可以隨意改寫已經客觀存在的事實？嚴肅的學術研究好像不應該如此上下其手吧！我們還要多説一句，既然要抄別人的成果，那必須看清楚再抄，抄全面了，不要抄一半，丟一半。

◎ 酬樂天書後三韵[①]

今日盧峰霞繞寺，昔時鸞殿鳳迴書[②]。兩封相去八年後[(一)]，一種俱云五夜初[③]。漸覺此生都是夢，不能將泪滴雙魚[④]。

録自《元氏長慶集》卷二〇

[校記]

（一）兩封相去八年後：蘭雪堂本、叢刊本、《全詩》同，楊本作"兩科相去八年後"，語義不符元稹白居易生平，不從不改。

[箋注]

① 酬樂天書後三韻：白居易原唱爲《山中與元九書因題書後》："憶昔封書與君夜，金鑾殿后欲明天。今夜封書在何處？廬山庵裏晚燈前。籠鳥檻猿俱未死，人間相見是何年？"白居易的原唱，又見於白居易《與微之書》之中。請讀者注意：元稹酬和白居易的詩篇，特別是中後期，一般都是次韵酬和，絕少例外，而本篇確確實實是一個例外。書後：文體之一，寫在他人著作後面，對他人著作有所説明或評論。姚華《論文後編·目錄》："一文之後，有所題記，後人稱曰書後，亦或曰跋，則後序之變……跋與書後近似，然頗有別，大抵書後者意必抽於前文，事必引於原著。"如宋代蘇軾有《書〈曹孟德傳〉後》，爲其濫觴。清人葉廷琯《鷗陂漁話·清華園圖記》："余以王君韞齋已有圖記在前，乃爲書後云。"

② 今日：本日，今天。包佶《歲日作》："更勞今日春風至，枯樹無枝可寄花。覽鏡唯看飄亂髮，臨風誰爲駐浮槎？"杜甫《九日楊奉先會白水崔明府》："今日潘懷縣，同時陸浚儀。坐開桑落酒，來把菊花枝。"這裏指元和十二年四月十日，見白居易《與微之書》。　廬峰：即廬山，山名，在江西省九江市南，聳立於鄱陽湖、長江之濱，又名匡山、匡廬，相傳周代有匡姓七兄弟結廬隱居於此，故名。有漢陽、香爐、五老諸峰聳峙，三面臨水，江湖水氣鬱結。山多巉巖、峭壁、清泉、飛瀑之勝，著名勝迹有白鹿洞、仙人洞、三疊泉、含鄱口等。廬山上寺院較多，最爲著名的有東林寺、西林寺等。廬山雖然不是很高，但時常雲霧繚繞，故言"霞繞寺"。楊巨源《寄江州白司馬》："江州司馬平安否？

惠遠東林住得無？溢浦曾聞似衣帶，廬峰見說勝香爐。"白居易《東南行一百韵寄通州元九侍御澧州李十二舍人果州崔二十二使君開州韋大員外庾三十二補闕杜十四拾遺李二十助教員外竇七校書》："林對東西寺，山分大小姑（東林、西林寺在廬山北，大姑、小姑在廬山南彭蠡湖中）。廬峰蓮刻削，溢浦帶縈紆。" **昔時**：往日，從前。《東觀漢記·東平王蒼傳》："骨肉天性，誠不以遠近親疏，然數見顏色，情重昔時。"杜甫《石筍行》："恐是昔時卿相墓，立石爲表今仍存。"這裏指元和五年夏秋之時。 **鸞殿**：禁内的宫殿，這裏指元和五年時白居易爲翰林學士時的官署，李肇《翰林志》："故事：駕在大内，即於明福門置院。駕在興慶宫，則於金明門内置院。"《資治通鑑》"元和五年"胡三省注文説得更爲具體："翰林學士凡十廳，南廳五間北廳五間，中隔花磚道。"宋之問《王昭君》："非君惜鸞殿，非妾妒娥眉。"張説《唐西臺舍人贈泗州刺史徐府君碑》："同生標藻於鸞殿，重世含章於鳳池。" **回書**：回復的書信。袁不約《離家》："見烏惟有泪，看雁更傷魂。宿酒寧辭醉，迴書諱苦言。"梅堯臣《得歐陽永叔回書雲見來客問予動静備詳》："寡過真未能，得便北窗卧。此趣今已深，世間誰與和？"

③ **兩封相去八年後**：這裏指元和五年元稹出貶江陵之後，白居易在翰林學士任，有多篇詩歌寄贈元稹，元稹也有不少詩歌回贈，形成一個白居易元稹長安與江陵之間唱和的高潮，其中白居易《八月十五日夜禁中獨直對月憶元九》："銀臺金闕夕沉沉，獨宿相思在翰林。三五夜中新月色，二千里外故人心。渚宫東面烟波泠，浴殿西頭鐘漏深。猶恐清光不同見，江陵卑濕足秋陰。"元稹也有《酬樂天八月十五夜禁中獨直翫月見寄》回酬，又白居易《禁中夜作書與元九》："心緒萬端書兩紙，欲封重讀意遲遲。五聲宫漏初鳴後，一點窗燈欲滅時。"也惟妙惟肖描述了當時的情况。從元和五年下推至元和十二年，前後正是八個年頭，但元和五年白居易在禁中作書寄贈元稹，而元和十二年白居易却出貶在江州寄贈元稹，所作書爲《與微之書》。事相類而

地已移,情相同而職已降,元稹白居易能無感慨!　　一種俱云五夜初:意謂白居易兩次作書之時,都在五更曙光初現之時,與白居易原唱"欲明天"、"晚燈前"相呼應。　　一種:一樣,同樣。元稹《酬樂天得微之詩知通州事因成四首》四:"定覺身將囚一種,未知生共死何如?"雖然是錯簡之詩,但不害讀者對"一種"的理解。李清照《一剪梅》:"花自飄零水自流,一種相思,兩處閑愁。"　　五夜:即五更。《文選·陸倕〈新刻漏銘〉》:"六日不辨,五夜不分。"李善注引衛宏《漢舊儀》:"晝夜漏起,省中用火,中黃門持五夜。五夜者,甲夜、乙夜、丙夜、丁夜、戊夜也。"王建《和元郎中從八月十二至十五夜玩月五首》五:"仰頭五夜風中立,從未圓時直到圓。"也指戊夜,即第五更。崔琮《長至日上公獻壽》:"五夜鐘初動,千門日正融。"

　　④ "漸覺此生都是夢"兩句:意謂你我人生如夢,前途難料,經歷了太多的挫折,眼淚已經枯竭,面對老朋友的來信,已經沒有眼淚來發洩自己悲傷的情感。　　漸覺:慢慢覺得。劉希夷《江南曲八首》七:"北堂紅草盛芊茸,南湖碧水照芙蓉。朝遊暮起金花盡,漸覺羅裳珠露濃。"崔顥《長干曲四首》三:"北渚多風浪,蓮舟漸覺稀。那能不相待,獨自逆潮歸?"　　夢:比喻空想,幻想。李群玉《自遣》:"翻覆升沉百歲中,前途一半已成空。浮生暫寄夢中夢,世事如聞風裏風。"吳曾《能改齋漫錄·沿襲》:"山谷嘗自贊其真曰:'似僧有髮,似俗無塵。作夢中夢,見身外身。'蓋亦取詩僧淡白寫真詩耳!淡白云:'已覺夢中夢,還同身外身。堪嘆余兼爾,俱爲未了人。'"　　雙魚:也作雙鯉,一底一蓋,把書信夾在裏面的魚形木板,常指代書信。楊慎《丹鉛總錄·雙鯉》:"古樂府詩:'尺素如殘雪,結成雙鯉魚。要知心中事,看取腹中書。'據此詩,古人尺素結爲鯉魚形,即緘也,非如今人用蠟。《文選》'客從遠方來,遺我雙鯉魚',即此事也。下云烹魚得書,亦譬況之言耳!非真烹也。"岑參《奉送李賓客荆南迎親》:"迎親辭舊苑,恩詔下儲闈。昨見雙魚去,今看駟馬歸。"唐彥謙《寄臺省知己》:"久

懷聲籍甚，千里致雙魚。宦路終推轂，親幃且著書。”

[編年]

《年譜》編年本詩於元和十二年，理由是：“白詩是元和十二年四月十日作（據白居易《與微之書》）。元詩云：‘今日廬峰霞繞寺，昔時鸞殿鳳回書。兩封相去八年後，一種俱云五夜初。’‘昔時鸞殿鳳回書’指元和五年白居易爲翰林學士時寄元稹信。白居易《禁中夜作書與元九》：‘心緒萬端書兩紙，欲封重讀意遲遲。五聲宮漏初鳴後，一點窗燈欲滅時。’下推‘八年’，正元和十二年。”《編年箋注》編年本詩：“白居易原唱《山中與元九書因題書後》見《白居易集》卷一六。元稹此詩作於元和十二年，時在通州司馬任。見下《譜》。”《年譜新編》編年本詩於元和十三年：“白居易原唱爲《山中與元九書因題書後》，一般酬和。‘書’指白居易《與微之書》，其中云：‘微之微之，作此書夜，正在草堂中山窗下。’白詩元和十二年作，元詩元和十三年作。”

我們以爲，本詩應該作於元和十二年五月元稹一家從興元回到通州之時。所謂“書後”，即是白居易的《與微之書》，也是元稹《得樂天書》中的“書”，《與微之書》：“四月十日夜，樂天白。”知白居易《與微之書》作於元和十二年四月十日。計其江州與通州的距離，白居易書信到達通州應該在五月。而元稹自興元回到通州也在五月，元稹《初除浙東妻有阻色因以四韻曉之》：“嫁時五月歸巴地，今日雙旌上越州。”而元稹與裴淑結婚在元和十年年底，第二年的秋天，就有了他們的孩子，這個“五月”不是他們結婚的時間，而是“歸巴地”的時間。正是由於這封書信，元稹與白居易通州、江州之間的聯繫與唱酬才真正實現。有關詳情，請參閱我們對《得樂天書》的編年。

■ 答樂天與微之書^{(一)①}

據白居易《與微之書》

[校記]

（一）答樂天與微之書：本佚失文所據白居易《與微之書》，見《白氏長慶集》、《英華》、《文章辨體彙選》、《淵鑑類函》、《江西通志》、《全文》，基本不見異文。

[箋注]

① 答樂天與微之書：白居易《與微之書》，當《與微之書》寄達通州之時，是元和十二年五月前後，元稹恰恰回到通州，因此自然而然要回覆白居易，除了《得樂天書》和《酬樂天書後三韵》表示自己近乎失態的喜悅而外，詩人一定也會另外寫信告知自己在興元治病情況以及與裴淑重結連理組織家庭的喜訊，同時告知自己并沒有收到白居易陸陸續續寄到通州的詩篇。白居易得到元稹的提醒，才有重新寄出過去已經寄出的二十四篇詩歌的舉動，時間已經到了元和十二年十二月二日。如果白居易沒有接到元稹的書信，白居易不會無緣無故"重行寄贈"自己已經寄出的"二十四首"詩歌。但現存元稹詩文未見元稹回酬，這很不正常，元稹回酬白居易的書信應該是佚失了，今據補。關於此事的前後經過，請參閱元稹《酬樂天東南行詩一百韵序》。還有一點需要説明，白居易《與微之書》中同時附有這一首三韵詩，《白氏長慶集》把這首三韵詩除了在《與微之書》中列出外，又單獨作爲一篇詩歌列出，詩題是《山中與元九書因題書後》。元稹的《元氏長慶集》也單獨列篇，詩題是《酬樂天書後三韵》。我們按照白居易、

元稹的處理方式,也將元稹的《酬樂天書後三韻》單獨列篇,此類情況。應該出自白居易與元稹的本意,與《鶯鶯傳》中的四篇詩歌《會真詩三十韻》、《答張生》、《寄詩》、《絕張生》的情況不同,幸請讀者審察。

［編年］

未見《元稹集》採録,也不見《年譜》、《編年箋注》、《年譜新編》採録與編年。

根據白居易《與微之書》的寫作時間是元和十二年"四月十日",結合元稹於元和十二年五月回到通州的史實,以及通州與江州之間的距離,元稹回覆白居易《與微之書》的時間應該在元和十二年五月,地點在通州,元稹時任通州司馬。

◎ 瘴 塞(一)①

瘴塞巴山哭鳥悲,紅妝少婦斂啼眉②。殷勤奉藥來相勸,云是前年欲病時③。

録自《元氏長慶集》卷二一

［校記］

(一)瘴塞:本詩存世各本,包括楊本、叢刊本、《萬首唐人絕句》、《古詩鏡·唐詩鏡》、《全詩》均無異文。

［箋注］

① 瘴塞:即瘴癘,因感受瘴氣而生的疾病。杜牧《蠻中醉》:"瘴塞蠻江入洞流,人家多在竹棚頭。青山海上無城郭,唯見松牌出象州。"義近"瘴癘"。杜甫《悶》:"瘴癘浮三蜀,風雲暗百蠻。卷簾唯白水,隱几亦

青山。" 瘴:瘴氣,又指瘴癘,感受瘴氣而生的疾病。劉恂《嶺表録異》
卷上:"嶺表山川,盤鬱結聚,不易疏泄,故多嵐霧作瘴。人感之,多病腹
脹成蠱。"元稹有《予病瘴樂天寄通中散碧腴垂雲膏仍題四韵以慰遠懷
開拆之間因有酬答》:"愁腸欲轉蛟龍吼,醉眼初開日月明。唯有思君治
不得,膏銷雪盡意還生。"楊萬里《明發龍川》:"山有濃嵐水有氛,非烟非
霧亦非雲。北人不識南中瘴,只到龍川指似君。" 塞:堵塞,填塞,充
滿。李翱《感知己賦序》:"是時梁君之譽塞天下,屬詞求進之上,奉文章
造梁君門下者蓋無虛日。"元稹《酬樂天赴江州路上見寄三首》一:"山岳
移可盡,江海塞可絶。離恨若空虛,窮年思不徹。"

　　② 巴山:巴地的山脈,亦即通州地區的山山水水。岑參《下外江舟
懷終南舊居》:"孤舟巴山雨,萬里陽臺月。水宿已淹時,蘆花白如雪。"
杜甫《九日奉寄嚴大夫》:"九日應愁思,經時冒險艱。不眠持漢節,何路
出巴山?" 哭鳥:啼聲如哭的鳥,如鴟鵂。元稹《酬樂天得微之詩知通
州事因成四首》三:"哭鳥晝飛人少見,悵魂夜嘯虎行多。滿身沙虱無防
處,獨脚山魈可奈何。"杜牧《祭周相公文》:"萬山環合,才千餘家,夜有
哭鳥,晝有毒霧。" 紅妝:指女子的盛妝,因婦女妝飾多用紅色,故稱。
宋之問《和趙員外桂陽橋遇佳人》:"江雨朝飛浥細塵,陽橋花柳不勝春。
金鞍白馬來從趙,玉面紅妝本姓秦。"崔國輔《魏宮詞》:"朝日照紅妝,擬
上銅雀臺。畫眉猶未了,魏帝使人催。" 少婦:年輕的已婚女子。王昌
齡《閨怨》:"閨中少婦不知愁,春日凝妝上翠樓。忽見陌頭楊柳色,悔教
夫婿覓封侯。"劉禹錫《同樂天和微之深春二十首》一四:"何處深春好?
春深少婦家。能偷新禁曲,自剪入時花。"這裏的"紅妝少婦"指元稹的
繼配裴淑,元稹與她結婚於元和十年年底的興元,至此時間未滿兩年,
故以"紅妝"稱之。《編年箋注》"元稹元和十一年春赴涪州與裴淑結婚,
五月,同歸通州"云云是承襲了《年譜》的錯誤,不可取。 斂眉:皺眉。
庾信《傷往二首》一:"見月長垂淚,花開定斂眉。"王績《在京思故園見鄉
人問》:"斂眉俱握手,破涕共銜杯。"

③ 殷勤：指熱情周到。李端《送古之奇赴安西幕》：“堠火經陰絕，邊人接曉行。殷勤送書記，强虜幾時平？”權德輿《酬陸三十二參浙東見寄》：“驄馬別已久，鯉魚來自烹。殷勤故人意，惆悵中林情。”關注，急切。曹操《請追贈郭嘉封邑表》：“賢君殷勤於清良，聖祖敦篤於明勛。”元稹《善歌如貫珠賦》：“次第其韻，且殷勤於士衡之文。”頻繁，反復。《後漢書·陳蕃傳》：“天之於漢，恨之無已，故殷勤示變，以悟陛下。”《北史·拓拔澄傳》：“澄亦盡心匡輔，事有不便於人者，必於諫諍殷勤不已，内外咸敬憚之。” 奉藥：侍候病人吃藥。鄭真《送鳳陽府學教導陳繼先歸清漳詩序》：“而越在畿甸親之疾不及奉藥以嘗，歿不及憑棺以斂，閱歲歷時，訃告始至。”鄭紀《鄭氏祠堂記》：“未疾，則日奉甘旨以養其氣體；既疾，則問醫奉藥以調其脈候。” 相勸：勸解，勸告。儲光羲《明妃曲四首》三：“日暮驚沙亂雪飛，傍人相勸易羅衣。强來前殿看歌舞，共待單於夜獵歸。”蘇軾《岐亭五首》二：“又哀網中魚，開口吐微濕……相逢未寒溫，相勸此最急。”云是前年欲病時：這裏是指元稹元和十年六月剛到通州就大病“百日餘”，並於同年“十月初二日”之前前往興元就醫，不久與裴淑結婚，但病情仍然嚴重。 前年：往時。《後漢書·馮衍傳》：“上黨復有前年之禍。”李賢注：“前年猶往時。”《史記·黥布列傳》：“往年殺彭越，前年擊韓信。”“張晏曰：‘往年、前年，同耳！使文相避也。”去年。《襄陽路逢寒食》：“去年寒食洞庭波，今年寒食襄陽路。不辭著處尋山水，祇畏還家落春暮。”去年的前一年。白居易《西明寺牡丹花時憶元九》：“前年題名處，今日看花來。一作芸香吏，三見牡丹開。”既然“三見牡丹開”，那麽這個“前年”無疑是去年的前一年了。白居易《嘆老三首》三：“前年種桃核，今歲成花樹。去歲新嬰兒，今年已學步。”這裏的“前年”無疑也是“去年的前一年”。本詩的“前年”，就是“去年的前一年”，亦即“去年”，亦即元和十一年的“前一年”，就是元和十年。元稹與裴淑元和十年年底於興元結婚，故言。

［編年］

　　《年譜》編年本詩於元和十二年，理由是："詩云：'瘴塞巴山哭鳥悲，紅妝少婦斂啼眉。殷勤奉藥來相勸，云是前年欲病時。'紅妝少婦'指裴淑，'前年欲病時'指元和十一年夏元稹患瘧疾，赴興元醫治。此詩元和十二年作。"《編年箋注》編年本詩："此詩作於元和十二年（八一七），元稹時在通州司馬任。見下《譜》。"《年譜新編》編年本詩於元和十二年"自興元回通州後作"。

　　《年譜》、《編年箋注》、《年譜新編》編年《瘴塞》詩於元和十二年，可取。但編年理由却是建立在錯誤前提下得出的，這個錯誤的前提就是認爲北上興元是在元和十一年，他們理解本詩的"前年"就是元和十一年，認爲元和十一年元稹在興元重新得病。這樣的根據，這樣的論證方法，這樣的編年結論，與我們相去甚遠。我們認爲本詩中的"前年"是元和十年，那場讓裴淑膽戰心驚的"病"就發生在元和十年十一二月間，不過地點是在興元。元和十一年，元稹雖然身體不好，但并沒有重新得病。本詩應該作於元稹一家回到通州之後，時間是元和十二年五月之後。在古代漢語裏，"前年"含有"去年的前一年"、"去年"和"前幾年"亦即"往時"的意思。但這首詩裏"前年"的具體含義是"去年的前一年"的意思，我們在本詩"前年"的箋注中已經舉出了足够的證據，此不重複。而白居易作於元和十二年的《東南行一百韵》注云："去年聞元九瘴瘧。"那意思是去年即元和十一年才聽説元九元和十年因瘴瘧大病一場，並不是説元稹元和十一年又得了瘴瘧。與《東南行一百韵》作於同年，亦即元和十二年四月十日的《與微之書》則詳盡地叙述了元稹的病情："僕初到潯陽時，有熊孺登來，得足下前年病甚時一札，上報疾狀，次序病心，終論平生交分，且云危惙之際不暇及他，唯收數帙文章，封題其上曰：'他日送達白二十二郎，便請以代書。'悲哉！微之於我也其若是乎？又睹所寄聞僕左降詩云……此句他人尚不可聞，況僕心哉！至今每吟，猶惻惻耳！"書中所云，均是元稹元和十年，亦即"元和十二年"的"去年的前一年"到通州後"染瘴危重"的情况。同時書中又有"僕自到九江已涉三載"、"長兄去夏自徐州至"、"僕去年秋始遊廬山"等語。同一人在同一年所作的詩文裏一説"去年"一説"前年"，意即你元稹前年（元和十年）之病我是去年（元和十一年）才聽説的，兩者的區分十分清楚。《年譜》元和十年條下"白居易貶爲江州司馬。八月元稹病危，托熊士（孺）登帶信給白居易"之下所列根據即是我們所引的《與微之書》的内容，但《年譜》因爲疏忽，誤解了這麼重要的材料，錯失了正確揭示元稹通州行蹤的機會。我們這樣解釋完全符合元稹裴淑的生活實際：元稹裴淑結婚在元和十年的年底，正是元稹因病移地興元不久，作爲元稹的新婚妻子自然擔當起了照顧元稹病體的責任。從本詩"瘴塞巴山"的句子來看，元稹裴淑他們應已回到通州，路途的勞累引發了元稹暫時的不適，而他的妻子誤以爲元稹又像前年那樣生病，所以焦急異常，詩歌的字裏行間流露了元稹夫婦的伉儷情深。這首詩確切的寫作時間我們以爲應是元和十二年五月元稹回到通州後不久，具體時間應該是元和十二年的六七月間，不能簡單地斷言"此詩十二年作"。而且《年譜》、《編年箋注》、《年譜新編》都主張元稹是元和十二年九月之後或者秋冬之際才返回通州的，與我們匡定的五月之後的元和十二年有很大的區别。再者，根據下面《紅荆》詩所表述的内容，元稹在通州的病衹是短暫的一時的，到紅荆開花的"十月"已經病好，與《年譜》、《編年箋注》、《年譜新編》匡定的時間完全不重合，幸請讀者辨别。

◎ 通　州①

平生欲得山中住⁽一⁾，天與通州繞郡山②。睡到日西無一事,月儲三萬買教閑^{(二)③}。

録自《元氏長慶集》卷二〇

[校記]

（一）平生欲得山中住：楊本、叢刊本、《萬首唐人絶句》、《全詩》同,《方輿勝覽》作"愛山欲得山中住",語義不同,不改。

（二）月儲三萬買教閑：楊本、叢刊本、《萬首唐人絶句》、《全詩》、《方輿勝覽》同,陳寅恪《元微之遣悲懷詩之原題及其次序》提出質疑："又《元氏長慶集》貳拾《通州》七絶有'睡到日西無一事,月儲三萬買教閑'之句。此自是指不治民之司馬之月俸而言,若權知州務之時職要事繁,恐無如此閑適之趣也。但據《唐會要》、《册府元龜》、《新唐書·食貨志》諸書,上州司馬之俸似應在五萬左右。今言'三萬',爲數過少。或'三'字爲'五'字之誤歟?"我們以爲,陳寅恪先生的懷疑不能成立,一、目前並無版本能够證明"三萬"是"五萬"之誤。二、元稹詩是説"月儲三萬買教閑",並没有説自己每月的俸禄是"三萬",而祇是説"月儲三萬",也就是除去一家五六口人以及僕人的日常開支之後的剩餘閑錢是"三萬"。

[箋注]

① 通州:州郡名。《舊唐書·地理志》："通州……武德元年改爲通州……貞觀五年廢都督府,爲下州,長安二年昇爲中州,開元二十三年昇爲上州,天寶元年改爲通川郡,乾元元年復爲通州,舊領縣七,户七千八百九十八,口三萬八千一百二十三。天寶户四萬七百四十三,口十一萬八百四。在京師西南二千三百里,去東都二千八百七十五里。"楊巨源《奉寄通州元九侍御》："大明宫殿鬱蒼蒼,紫禁龍樓直署香。九陌華軒争道路,一枝寒玉任烟霜。"元稹《和樂天夢亡友劉太

4299

白同遊二首》一：“君詩昨日到通州，萬里知君一夢劉。閑坐思量小來事，秖應元是夢中遊。”關於通州，古人常常誤讀：王楙《野客叢書·唐時揚州通州》：“唐時揚州爲盛，通州爲惡，當時有‘揚一益二’之語。十里珠簾，二十四橋風月，其氣象可知。張祜詩曰：‘十里長街市井連，月明橋上有神仙。人生只合揚州死，禪智山光好墓田。’王建詩曰：‘夜市千燈照碧雲，高樓紅袖客紛紛。如今不是承平日，猶自笙歌徹曉聞。’徐凝詩曰：‘天下三分明月夜，二分明月在揚州。’其盛如此。通州不然，白樂天詩曰：‘通州海內恓惶地，司馬人間冗長官。’元微之詩曰：‘折君災難是通州。’又曰：‘黃泉便是通州郡。’其不美如此。一謂神仙，一謂黃泉，相去霄壤矣！”王楙《野客叢書》説淮揚之揚州與通州有天壤之別的話本來并沒有錯，他并沒有指實“通州”是淮揚的通州。後代的淮揚通州，唐時尚在海洋之中，僅有“胡逗洲”之名存留。宋代雖然已有淮揚之通州出現，而據《四庫全書·野客叢書》介紹，作者王楙，“字勉夫，長洲人。養母不仕，惟杜門著述，當時稱爲講書君。”而《野客叢書》“皆考證典籍異同”，且淮揚之通州就在王楙家鄉長洲的長江對岸，以考證見長的王楙豈能弄錯？但王世貞《弇州四部稿》顯然誤讀了王楙的話，特地給予糾謬：“王楙云：唐時揚州爲盛，通州爲惡，而引元白之詩，所謂‘通州海內恓惶地，司馬人間冗長官’，又云‘折君災難是通州’，又云‘黃泉便是通州郡’，蓋指今維揚之通州也，不知元微之之通州司馬在蜀中，其全集可考。”同樣誤讀的還有錢大昕《十駕齋養新錄·通州》：“勉夫蓋誤以微之所謫之通州，即淮揚之通州。揚、通同在一道，而相去霄壤，是可怪耳！”同樣誤讀的還有《年譜》，引述王楙《野客叢書》、錢大昕《十駕齋養新錄》的話語之後，特地列出“糾謬”一欄糾正王楙《野客叢書》的誤失，不知真正誤讀的正是王世貞《弇州四部稿》、錢大昕《十駕齋養新錄》，還有就是《年譜》自己。

② 平生：平素，往常。岑參《漢川山行呈成少尹》：“西蜀方携手，南宮憶比肩。平生猶不淺，羈旅轉相憐。”王喬《過故人舊宅》：“故人

軒騎罷歸來,舊宅園林閑不開。唯餘挾瑟樓中婦,哭向平生歌舞臺。”
也指平素的志趣、情誼、業績等。劉太沖《送蕭穎士赴東府得淺字》:
“吾師繼微言,贊述在墳典。寸祿聊自資,平生宦情鮮。”高適《酬裴員
外以詩代書》:“單車入燕趙,獨立心悠哉。寧知戎馬間,忽展平生
懷。”　山中:群山之中。李端《題山中別業》:“舊宅在山中,閑門與寺
通。往來黃葉路,交結白頭翁。”司空曙《酬李端校書見贈》:“綠槐垂
穗乳烏飛,忽憶山中獨未歸。青鏡流年看髮變,白雲芳草與心違。”
天與:老天賜予。李白《贈韋侍御黃裳二首》一:“太華生長松,亭亭凌
霜雪。天與百尺高,豈爲微飇折!”元稹《八駿圖詩》:“穆滿志空闊,將
行九州野。神馭四來歸,天與八駿馬。”　與:給予。《左傳·僖公二
十三年》:“〔重耳〕乞食於野人,野人與之塊。”曹植《黃初五年令》:“功
之宜賞,於疏必與;罪之宜戮,在親不赦。”獎賞。《商君書·君臣》:
“上以功勞與,則民戰;上以《詩》《書》與,則民學問。”　郡山:山連著
山,嶺接著嶺。齊己《南歸舟中二首》二:“長江春氣寒,客況櫂聲閑。
夜泊諸村雨,程迴數郡山。”趙拚《題三泉縣龍洞》:“蜀道群山盡可名,
更逢佳處愈神清。初疑谷口連雲掩,入見天心滿洞明。”

　　③ 日西:日向西方。《周禮·地官·大司徒》:“以土圭之法測土
深,正日景以求地中。日南則景短,多暑;日北則景長,多寒;日東則
景夕,多風;日西則景朝,多陰。”鄭玄注:“〔景〕西於土圭,謂之日西,
是地於日爲近西也。”指傍晚。《黃帝內經素問·生氣通天論》:“平旦
人氣生,日中而陽氣隆,日西而陽氣已虛,氣門乃閉。”韓愈《此日足可
惜一首贈張籍》:“假道經盟津,出入行澗岡。日西入軍門,羸馬顛且
僵。”　無一事:即無事,無所事事。《孟子·滕文公》:“士無事而食,
不可也。”《史記·張儀列傳》:“陳軫曰:‘公何好飲?’犀首曰:‘無事
也。’”韓愈《秋懷詩十一首》三:“學堂日無事,驅馬適所願。”　儲:蓄
積,儲存。《韓非子·十過》:“倉無積粟,府無儲錢,庫無甲兵,邑無守
具。”韓愈《符讀書城南》:“金璧雖重寶,費用難貯儲。學問藏在身,身

在則有餘。" 閑：閑暇。《史記・呂不韋列傳》："華陽夫人以爲然，承太子閑，從容言子楚質於趙者絶賢，來往者皆稱譽之。"韓愈《把酒》："擾擾馳名者，誰能一日閑？我來無伴侶，把酒對南山。"

［編年］

　　《年譜》編年本詩於元和十二年"通州作"。《編年箋注》編年本詩於元和十二年："此詩作於元和十二年（八一七），元稹時在通州司馬任。"理由是："見下《譜》。"《年譜新編》亦編年於元和十二年，理由是："詩云：'平生欲得山中住，天與通州繞郡山。睡到日西無一事，月儲三萬買教閑。'不似初到通州口吻。"

　　我們以爲，詩題《通州》，自然是作於元稹通州司馬任內，亦即元和十年六月至九月間以及元和十二年五月至十四年二月二十日之間。即使按照《年譜》、《編年箋注》、《年譜新編》的"作於元和十二年"説法，也應該除去元和十二年"五月"前的歲月。如果按照《年譜》元稹離開興元歸通州在"九月"的説法，或者按照《年譜新編》"秋或冬，自興元回通州"的意見，應該除去的至少是元和十二年"十月初二日"之前的歲月，應該明確作出説明。《編年箋注》在《感夢》編年中同意《年譜》意見，作出"此詩作於元和十二年（八一七）離興元返通州途中"的結論，那麼其所謂"此詩作於元和十二年（八一七），元稹時在通州司馬任"的意見也是没有交待清楚。

　　細細體味本詩詩意，我們以爲應該是元稹剛剛從興元回到通州所作，大病之後，身體已經初步得到恢復，元稹雖然受到貶斥，但他仍然滿懷信心報國報君報民，還想做一些事情。他的這種被貶而仍然不忘報國報君報民的心態，出貶同州、出貶浙東時也是如此，可以作爲我們編年本詩的旁證。但在唐代，司馬是個有職無權的多餘角色，除了領取俸薪之外就是吃飯睡覺，不需過問任何事情，白居易《江州司馬廳記》所云"州民康非司馬功，郡政壞非司馬罪，無言責無事憂"

云云就是最好的説明。元稹詩中所抒發的,正是這種被無故閑置的牢騷和不滿。"校記"中陳寅恪對司馬月俸祿的考證,也間接爲我們編年提供了編年的依據。這應該是本詩寫作的上限,本詩寫作的下限應該是元稹"權知州務"之前,"權知州務"的元稹已經沒有這種閑空,也不會有這種牢騷。那麼元稹何時"權知州務"? 元稹《告會三陽神文》(作於元和十三年十一月十日):"我貳兹邑,星歲三卒……自喪守侯,月環其七……我非常秩,繼我者誰?"其《報三陽神文》:"維元和十二年九月十五日文林郎守通州司馬權知州務元稹。""十二年"宋本作"十三年"(參見《群書拾補》)。我們以爲,從"星歲三卒"來看,當以"十三年"爲是。而從"月環其七"來推算,應該是元和十三年四月前後,那時通州刺史李進賢病卒,元稹在山南西道節度使權德輿的幫助下,有了代理其職,亦即"權知州務"的機會。因此我們認爲:本詩是寫作時間,上起元和十二年的五月回到通州之後,下至元稹"權知州務"的元和十三年四月。范仲淹《蕭灑桐廬郡十絶》,其四:"蕭灑桐廬郡,公餘午睡濃。人生安樂處,誰復問千鍾!"其七:"蕭灑桐廬郡,千家起畫樓。相呼採蓮去,笑上木蘭舟。"據《蕭灑桐廬郡十絶》所示,"午睡"應該在"採蓮"之時,亦即應該是夏秋間的習慣,而從本詩"睡到日西無一事"來看,而又以元和十二年夏秋最爲可能。

◎ 酬樂天得積所寄紵絲布白輕庸製成衣服以詩報之[一][①]

溢城萬里隔巴庸,紵薄綈輕共一封[②]。腰帶定知今瘦小,衣衫難作遠裁縫[③]。唯愁書到炎涼變,忽見詩來意緒濃[④]。春草綠茸雲色白,想君騎馬好儀容[⑤]。

録自《元氏長慶集》卷二一

[校記]

（一）酬樂天得稹所寄紵絲布白輕庸製成衣服以詩報之：楊本、叢刊本、《全詩》同，《江西通志》、《佩文齋詠物詩選》作“酬樂天得稹所寄紵絲布白輕裕製成衣服以詩報之”，《浙江通志·輕容紗》：“弘治《紹興府志》：舊産蕭山，夏織爲上，秋織次之，冬織最下，蓋絲遇寒即脆，而帛地不堅故也。”《廣東通志》卷五二：“紗之至輕薄者曰輕容，即今之銀條紗類也。《齊東野語》按：《唐書》音訓，輕容，無花薄紗也，即《子虛賦》所謂纖羅霧縠，而惟廣中所作輕明若空，蓋鮫人之遺製。”周密《齊東野語》：“輕容方空：紗之至輕者有所謂輕容，出唐《類苑》，云：輕容，無花薄紗也。王建《宮詞》云：‘嫌羅不著愛輕容。’元微之有寄白樂天白輕容，樂天製而爲衣，而詩中‘容’字乃爲流俗妄改爲‘庸’，又作‘裕’，蓋不知其所出，《元豐九域志》越州歲貢輕容紗五疋是也。”衆説紛紜，今據原本不改。

[箋注]

① 酬樂天得稹所寄紵絲布白輕庸製成衣服以詩報之：白居易原唱是《元九以緑絲布白輕裕見寄製成衣服以詩報知》：“緑絲文布素輕裕，珍重京華手自封。貧友遠勞君寄附，病妻親爲我裁縫。袴花白似秋雲薄，衫色青於春草濃。欲著却休知不稱，折腰無復舊形容。” 紵絲布白輕庸：即白居易原唱中的“緑絲布”、“白輕容”，均是薄紗之名，而“白”與“緑”則是薄紗的顔色。王建《宮詞》九七：“縑羅不著索輕容，對面教人染退紅。”李賀《惱公》：“蜀烟飛重錦，峽雨濺輕容。”

② 溢城：江州的另一名稱，《元和郡縣志·江州》：“隋文帝平陳，置江州總管，移理溢城。大業三年罷江州爲九江郡，武德四年討平林士弘，復置江州。五年又置總管，七年改爲都督，貞觀二年罷都督府，州理城古之溢口城也。”韋應物《始至郡》：“溢城古雄郡，横江千里馳。

高樹上迢遞,峻堞繞歌危。"李嘉祐《登溢城浦望廬山初晴直省齋敕催赴江陰》:"西望香爐雪,千峰晚色新。白頭悲作吏,黃紙更催人。"萬里:意即通州與江州之間的距離有萬里之遙,但據今天的計算方法,兩地僅僅祇有數千里,萬里祇是詩人誇張的説法,文學作品中時時可見。張説《正朝摘梅》:"蜀地寒猶暖,正朝發早梅。偏驚萬里客,已復一年來。"沈佺期《送喬隨州侃》:"結交三十載,同遊一萬里。情爲契闊生,心由別離死。"　巴:古族名,國名,其族主要分佈在今川東、鄂西一帶,傳説周以前居今甘肅南部,後遷武落鍾離山(今湖北長陽西北),以廩君爲首領,稱廩君蠻,因以白虎爲圖騰,又稱白虎夷或虎蠻。周初封爲子國,稱巴子國。陳子昂《白帝城懷古》:"日落滄江晚,停橈問土風。城臨巴子國,臺没漢王宫。"杜甫《諸葛廟》:"久遊巴子國,屢入武侯祠。竹日斜虛寢,溪風滿薄帷。"　庸:古國名,都上庸(今湖北竹山縣東南),春秋時爲楚國所滅。《送夔州班使君》:"蜀國巴庸路,麾幢漢守過。曉檣爭市隘,夜鼓祭神多。"白居易《凶宅》:"前主爲將相,得罪竄巴庸。後主爲公卿,寢疾殁其中。"　紵:用苧麻爲原料織成的粗布,這裏的布是精細的布,與"薄"、"一封"相應。《淮南子·人間訓》:"冬日被裘罽,夏日服絺紵。"元稹《冬白紵歌》:"西施自舞王自管,雪紵翻翻鶴翎散,促節牽繁舞腰懶。"　綈:厚實平滑而有光澤的絲織物,這裏是指比較精細的絲織物,與"輕"、"一封"相應。《管子·輕重戊》:"魯、梁之民俗爲綈。"尹知章注:"繒之厚者謂之綈。"《漢書·文帝紀贊》:"〔孝文皇帝〕身衣弋綈,所幸慎夫人衣不曳地,帷帳無文繡,以示敦樸,爲天下先。"

③ "腰帶定知今瘦小"兩句:意謂由於貶謫的生涯,朋友白居易您定然腰身瘦小腰帶寬鬆,作爲朋友的我已經無法預料您瘦小的腰身,因此非常抱歉,我不能按照過去的印象給您把衣服事先做好,祇能將衣料直接寄呈給您,由嫂子親手縫製或雇人代做。　腰帶:古代官員束在腰間的皮帶,反插或下插垂頭,視官階高下,分別以金、玉、

犀、銀、銅、鐵爲飾。《類說》卷三五引唐代劉存《事始》：“古有革帶反插垂頭，秦二世制名腰帶。唐高祖詔令向下插垂頭，取順下之義。”這裏謂衣帶。《世說新語·容止》：“庾子嵩長不滿七尺，腰帶十圍。” 衣衫：單衣，亦泛指衣服。姚合《武功縣中作三十首》六：“鬢髮寒唯短，衣衫瘦漸長。自嫌多檢束，不似舊來狂。”杜荀鶴《山中寡婦》：“夫因兵死守蓬茅，麻苧衣衫鬢髮焦。” 裁縫：裁剪縫綴衣服。《周禮·天官·縫人》：“女工八十人。”鄭玄注：“女工，女奴曉裁縫者。”鮑照《代陳思王〈白馬篇〉》：“僑裝多闕絕，旅服少裁縫。”

④ “唯愁書到炎凉變”兩句：意謂因爲路途遙遠，我衹擔心書信與衣料到達之時，天氣已經由夏炎變爲秋凉，錯過了當年衣服能够上身的季節。没有想到衣料按時寄到，朋友的衣服也正好穿到身上。炎凉：猶冷熱，指氣温。杜審言《贈崔融二十韵》：“十年俱薄宦，萬里各他方。雲天斷書札，風土異炎凉。”武元衡《獨不見》：“夢澤水連雲，渚宫花似霰。俄驚白日晚，始悟炎凉變。” 變：和原來不同，变化，改变。蘇頲《奉和姚令公駕幸温湯喜雪應制》：“林變驚春早，山明訝夕遲。況逢温液霈，恩重御裘詩。”張臶《遊栖霞寺》：“潮来雜風雨，梅落成霜霰。一從方外遊，頓覺塵心變。” 意緒：心意，情緒。王融《詠琵琶》：“絲中傳意緒，花裏寄春情。”徐鉉《柳枝辭十二首》一二：“唯有美人多意緒，解依芳態畫雙眉。” 濃：謂程度深。鮑照《代陳思王京洛篇》：“古來共歇薄，君意豈獨濃？”李清照《滿庭芳》：“更誰家横笛，吹動濃愁？”

⑤ “春草緑茸雲色白”兩句：意謂您穿著春草嫩芽一般緑色的褲子和如白雲一般雪白的衣衫，騎在馬上一定别有一番引人注目的儀容。 春草：春天的草。潘岳《内顧二首》一：“春草鬱青青，桑柘何奕奕！”謝靈運《登池上樓》：“池塘生春草，園柳變鳴禽。” 茸：草類初生細軟貌。謝靈運《于南山往北山經湖中瞻眺詩》：“初篁苞緑籜，新蒲含紫茸。”韓愈孟郊《有所思聯句》：“臺鏡晦舊暉，庭草滋新茸。” 雲

色:雲朵的顏色。儲光羲《奉真觀》:"真門迥向北,馳道直向西。爲與天光近,雲色成虹霓。"盧綸《曲江春望》二:"翠黛紅粧畫鷁中,共驚雲色帶微風。簫管曲長吹未盡,花南水北雨濛濛。"　白:像雪一般的顏色。《管子‧揆度》:"其在色者,青、黃、白、黑、赤也。"李白《浣紗石上女》:"玉面邪溪女,青娥紅粉粧。一雙金齒屐,兩足白如霜。"　想:料想,猜想。《後漢書‧李膺傳》:"方今天地氣閉,大人休否,智者見險,投以遠害,雖匿人望,內合私願。想甚欣然,不爲恨也。"王安石《與王子醇書》三:"邊事難遙度,想公自有定計。"　儀容:儀表,容貌。《東觀漢記‧明帝紀》:"臣望顏色儀容,類似先帝。"白居易《贈朱道士》:"儀容白皙上仙郎,方寸清虛內道場。兩翼化生因服藥,三尸臥死爲休糧。"

[編年]

　　《年譜》編年本詩於元和十一年,沒有說明理由。《編年箋注》編年:"元稹此詩作於元和十一年(八一六),時在通州司馬任。見下《譜》。"《年譜新編》編年本詩元和十三年,有譜文"夏,寄白居易紵絲布、白輕庸"加以說明:"'溢城'、'巴庸'表明元稹在通州,白居易在江州;'書到炎凉變'表明元稹寄紵絲布白輕庸之時猶是夏天。白居易《元九以綠絲布白輕裕見寄製成衣服以詩報知》云:'欲著却休知不稱,折腰無復舊形容。'表明白氏在江州爲時已久。元稹元和十年六月到通州,九月底自通州赴興元療疾,而白居易同年十月始到江州,故不可能在元和十年。元稹元和十二年秋或冬始自興元回通州,而元和十四年初已離開通州,故以元和十三年爲是。"

　　我們以爲,本詩的編年必須結合元稹白居易的行蹤來確定:元和十年三月三十日,元稹從長安赴任通州司馬,六月至通州,白居易元和十年八月出貶江州,十月到達。而元稹元和十年在大病"百日餘"之後,於九月底北上興元治病,同年年底與裴淑結婚,又從長安接來了女兒保子與兒子元荊,一家一直呆在興元,直到元稹病癒,於元和十二年五月才回到通州。這期間，白居易不時有詩篇寄往通州贈給元稹，但元稹已經移地興元，自然沒有收到。在興元的元稹思念白居易，但又無法寄贈，《水上寄樂天》、《相憶淚》就是這樣的作品。元稹元和十二年五月回到通州之時，正好收到了白居易作於元和十二年四月十日的《與微之書》，有《得樂天書》紀實，並隨即酬和白居易《與微之書》書後所附的"三韻"詩。與此詩寄出的同時，元稹將女兒保子、兒子元荊元和十一年初自京城來到興元帶來的紆絲布、白輕庸也特地寄贈白居易，白居易隨即回酬，即本詩的原唱《元九以綠絲布白輕裕見寄製成衣服以詩報知》："綠絲文布素輕裕，珍重京華手自封。"已經明確說清元稹的贈物來自西京。元稹得到白居易的酬篇，興奮不已，寫下本詩，計其時日，本詩應該作於元和十二年七八月間，地點自然是通州。

《年譜》、《編年箋注》所云作於元和十一年云云，無疑是痴人說夢，整個元和十一年，元稹白居易音訊不通，如何能夠贈物贈詩，熱鬧如此？《年譜新編》雖然採納了筆者發表於上個世紀的一些拙稿的成果，但仍然沒有放棄元稹於元和十二年秋或冬回到興元的錯誤觀點，因此無緣無故放過了元和十二年夏天，令人遺憾。

◎ 紅　荊^{(一)①}

庭中栽得紅荊樹，十月花開不待春^②。直到孩提盡驚怪，一家同是北來人^③。

錄自《元氏長慶集》卷二

[校記]

（一）紅荊：本詩存世各本，包括楊本、叢刊本、《全詩》、《萬首唐人絕句》、《佩文齋詠物詩選》、《全芳備祖》、《佩文齋廣群芳譜》均無異文。

[箋注]

①　紅荆：落葉灌木，種類甚多，如紫荆、牡荆等。紅荆即紫荆花，觀賞植物，春天開花，花紫紅色，佈滿全枝，連成一片，爛漫如朝霞。白居易《晚春重到集賢院》：“滿砌荆花鋪紫毯，隔墻榆莢撒青錢。前時謫去三千里，此地辭來十四年。”王皐《題鄭公望南湖草堂》：“東風握手龍溪上，三珠樹下頻來往。北院紅荆醉裏看，南湖碧草吟邊長。”

②　庭：堂前地，院子。《儀禮·燕禮》：“賓入及庭，公降一等揖之。”白居易《晚秋閑居》：“秋庭不掃携藤杖，閑踏梧桐黄葉行。”　十月花開不待春：蜀地氣候，因盆地地形的緣故，即使冬季，也温暖如春。不少在他地春天才能開放的花卉，在蜀地往往十月就綻蕾開花。白居易《桐花》：“春令有常候，清明桐始發。何此巴峽中，桐花開十月？”如詹初《松竹》：“青翠春來未見奇，麗紅正是夭夭時。霜寒十月花開盡，衹有松筠秀舊枝。”又如盧僎《十月梅花書贈》：“君不見巴鄉氣候與華別，年年十月梅花發。上苑今應雪作花，寧知此地花爲雪！”待春：等待春天的來到。戴叔倫《建中癸亥歲奉天除夜宿武當山北茅平村》：“古亭聊假寐，中夜忽逢人。相問皆嗚咽，傷心不待春。”孟郊《觀種樹》：“種樹皆待春，春至難久留。君看朝夕花，誰免離別愁？”

③　孩提：幼小，幼年。《孟子·盡心》：“孩提之童，無不知愛其親也。”趙岐注：“孩提，二三歲之間，在繈褓知孩笑，可提抱者也。”元稹《夜坐》：“螢火亂飛秋已近，星辰早没夜初長。孩提萬里何時見？狼籍家書滿卧床。”　驚怪：亦作“驚恠”，感到驚異奇怪。《史記·刺客列傳》：“酒酣，嚴仲子奉黄金百溢，前爲聶政母壽。聶政驚怪其厚，固謝嚴仲子。”葛洪《神仙傳·老子》：“或云老子欲西度關，關令尹喜知其非常人也，從之問道，老子驚怪，故舌聃然，遂有老聃之號。”　一家：一户人家。《管子·霸言》：“一國而兩君，一國不可理；一家而兩父，一家不可理也。”《淮南子·説林訓》：“一家失燧，百家皆燒。”元稹身邊的子女這時有：原配妻子韋叢之女保子，小妾安仙嬪之子元荆，

繼配裴淑之女元樊以及剛剛出生的女兒元降真。孩提這裏應該指元
樊,已經兩歲,而且聰明異常,元稹《哭女樊四十韵》:"懸知衆物名。"
注:"巴南所無之物,及北而默識其名者數輩。"而降真祇出生數月,還
不會"驚怪"。 北來人:來自北方的人。杜甫《泥功山》:"朝行青泥
上,暮在青泥中……寄語北來人,後來莫匆匆!"賈至《出塞曲》:"萬里
平沙一聚塵,南飛羽檄北來人。傳道五原烽火急,單于昨夜寇新秦。"
元稹家鄉長安,裴淑家鄉河東,保子出生在長安,元樊與降真出生在
興元,對通州來説,他們一家均是"北來人"。而元荆出生在江陵,也
不是蜀地之人,而且元荆在母親安仙嬪亡故之後,跟隨父親元稹前往
長安,元和十一年才與姐姐保子一起從長安南行,來到興元,隨後又
跟隨元稹、裴淑等人,再次南行來到通州,故言。尤其需要説明的是,
有人以爲裴淑的父親曾經在涪州爲官時,裴淑曾經生活在涪州,並在
涪州與元稹結婚,本詩正是駁斥這種錯誤説法的有力證據。

[編年]

　　此詩作於元和十二年十月。紅荆十月開花,本是蜀地正常的物
候,根本不應該驚怪。但元稹女兒保子與兒子元荆以及女兒元樊與
降真都從來沒有到過蜀地,自然應該"驚怪"。元稹雖然來過蜀地,但
都不在十月:元和四年元稹按御東川往來都在春夏間,元和十年司馬
通州,六月到達十月前離開。元稹沒有看過紅荆十月開花的景象,故
也"驚怪"不已。"一家驚怪"的人中自然也包括裴淑,從元稹"一家"
"驚怪"的資訊裏,我們以爲《紅荆》詩應爲元稹一家在蜀地度過第一
個"十月"時所寫,即元稹一家元和十二年五月從興元返回通州之後
的元和十二年十月時,説詳拙稿《元稹考論·元稹裴淑結婚時間地點
考略》,我們已經在前面《贈吴渠州從姨兄士則》中加以引録,此不重
複。與元稹有著同樣經歷有著驚奇的還有白居易,他元和十三年出
任忠州刺史,第一次來到蜀地,也發出了同樣的驚嘆,其《桐花》也發

出"何此巴峽中,桐花開十月"的驚嘆。

　　順便説一句,"一家""驚怪"之中,自然應該包括裴淑在内,但《年譜》、《編年箋注》、《年譜新編》一直主張元稹到涪州與裴淑結婚,意即裴淑直到結婚之年,一直生活在涪州。既然如此,年年看到蜀地"紅荆樹十月花開"景象的裴淑,爲何也要跟著大家一起"驚怪"? 這充分説明《年譜》、《編年箋注》、《年譜新編》關於元稹南下涪州與裴淑結婚的假設祇能是荒謬不堪之論。

　　《年譜》在"乙未至戊戌在通州所作其他詩"欄下繫入《紅荆》,理由是:"詩云:'庭中栽得紅荆樹,十月開花不待春。直到孩提盡驚怪,一家同是北來人。''北來人'指元稹'一家'由西京來通州。"元稹"由西京來通州"在元和十年三月三十日之後,六月到達,如果真是如此,不應該編年"乙未至戊戌在通州所作其他詩欄"内,而應該是"元和十年"的"十月"。但元稹元和十年"十月初二日",已經在北上興元就醫途中,不應該看到蜀地紅荆十月開花的景象。而且據元稹《灃西別樂天博載樊宗憲李景信兩秀才侄谷三月三十日相餞送》詩,元稹元和十年貶任通州司馬"由西京來通州"之時,並非"一家"而是"一身騎馬向通州",其誤不待言。《編年箋注》、《年譜新編》同意《年譜》意見:"此詩作於通州時期"、"乙未至戊戌在通州所作其他詩",同誤。

■ 酬樂天題詩屏風絶句見寄^{(一)①}

據白居易《題詩屏風絶句并序》

[校記]

　　(一)酬樂天題詩屏風絶句見寄:元稹本佚失詩所據白居易《題詩屏風絶句并序》,見《白氏長慶集》、《佩文齋詠物詩選》、《白香山詩集》、《全詩》,基本未見異文。

[箋注]

① 酬樂天題詩屏風絶句見寄:這裏有一個詩壇故事,元稹元和十二年自興元返回通州途經閬州之時,思念白居易,寫白居易諸多詩篇於東寺壁,有詩《閬州開元寺壁題樂天詩》紀實:"憶君無計寫君詩,寫盡千行説向誰? 題在閬州東寺壁,幾時知是見君時?"白居易有《答微之(微之於閬州西寺手題予詩,予又以微之百篇題此屏上,各以絶句報答)》回酬:"君寫我詩盈寺壁,我題君句滿屏風。與君相遇知何處? 兩葉浮萍大海中。"元稹詩云"東寺",白居易詩説"西寺",應該是記憶中的誤差,而且元稹到過現場,應該以元稹詩爲準。不無巧合的是,白居易也以題元稹之詩於屏風的方式思念元稹,白居易《題詩屏風絶句序》:"十二年冬,微之猶滯通州,予亦未離溢上。相去萬里,不見三年。鬱鬱相念,多以吟咏自解。前後辱微之寄示之什,殆數百篇。雖藏篋中,永以爲好。不若置之坐右,如見所思。繇是掇律句中短小麗絶凡一百首,題録合爲一屏風。舉目會心,參若其人在於前矣! 前輩作事,多出偶然,則安知此屏不爲好事者所傳,異日作九江一故事爾! 因題絶句,聊以獎之。"詩云:"相憶采君詩作障,自書自勘不辭勞。障成定被人争寫,從此南中紙價高。"但白居易題詩屏風的舉動,在《元氏長慶集》中不見元稹回酬,而白居易《答微之》題注却云:"微之於閬州西寺手題予詩,予又以微之百篇題此屏上,各以絶句報答。"説明元稹確實也有"絶句"報答白居易,而這首"絶句"却不見於《元氏長慶集》,顯然是佚失了,今依據白居易《題詩屏風絶句序》、《答微之》題注而補。　題詩:就一事一物或一書一畫等抒發感受,題寫詩句,多寫於柱壁、屏風、書畫、器皿之上,或詩集之中。高適《人日寄杜二拾遺》:"人日題詩寄草堂,遥憐故人思故鄉。柳條弄色不忍見,梅花滿枝空斷腸。"劉禹錫《到郡未浹日登西樓見樂天題詩因即事

以寄(樂天自此郡謝病西歸)》:"湖上收宿雨,城中無晝塵。樓依新柳貴,池帶亂苔春。"　屛風:室內陳設,用以擋風或遮蔽的器具,上面常有字畫。李白《觀元丹丘坐巫山屛風》:"昔遊三峽見巫山,見畫巫山宛相似。疑是天邊十二峰,飛入君家彩屛裏。"劉禹錫《白舍人見酬拙詩因以寄謝》:"雖陪三品散班中,資歷從來事不同。名姓也曾鎸石柱,詩篇未得上屛風。"

[編年]

　　未見《元稹集》採錄,也不見《年譜》、《編年箋注》、《年譜新編》採錄與編年。

　　根據白居易《題詩屛風絕句序》的寫作時間是"(元和)十二年冬",結合元稹於元和十二年五月回到通州的史實,以及通州與江州之間的距離,元稹回酬白居易《題詩屛風絕句》的時間也應該在元和十二年冬天,地點在通州,元稹時任通州司馬。

◎ 賀誅吳元濟表 (一)①

　　臣某言:某月得當道節度使牒呈本州稱,逆賊吳元濟已就誅斬訖,臣某中謝(二)②。臣聞拯遺盰於溝瀆,非聖不能;掃餘沴以雪霜,非智不可(三)③。日者神棄申蔡,蓄爲污瀦。五十年間,三后待之寬厚(四)。元濟繼爲凶妖(五),謂君命可逃,謂父死爲利(六)④。

　　陛下凝茲睿算,取彼凶殘,不越殷宗之期,遂勤淮夷之命⑤。威動區宇,道光祖宗,凡在生成,孰不歡忻?臣忝官藩翰,不獲率舞闕庭(七),瞻望徘徊,無任踴躍屛營之至⑥。

錄自《元氏長慶集》卷三四

［校記］

（一）賀誅吳元濟表：楊本、叢刊本、《英華》、《淵鑑類函》、《全文》同，《英華》文題下有"憲宗元和十一年"七字，年代標示有誤，《淵鑑類函》文題之後僅錄有"拯遺旴於溝瀆，非聖不能；埽餘渗以雪霜，非天不可"四句，錄以備考。

（二）臣某言：某月得當道節度使牒呈本州稱，逆賊吳元濟已就誅斬訖，臣某中謝：原本無，楊本、叢刊本、《全文》同，據《英華》補。

（三）非智不可：楊本、叢刊本、《英華》、《淵鑑類函》、《全文》作"非天不可"，兩説均通，錄以備考，不改。

（四）三后待之寬厚：楊本、叢刊本、《英華》、《全文》作"三后貽顧"，錄以備考，不改。

（五）元濟繼爲凶妖：楊本、叢刊本、《英華》、《全文》作"眇爾元濟，繼爲凶妖"，錄以備考，不改。

（六）謂君命可逃，謂父死爲利：楊本、叢刊本同，《英華》、《全文》作"謂君命可逃，以父死爲利"，錄以備考，不改。《編年箋注》誤校勘爲"以君命可逃，謂父死爲利"，不取。

（七）不獲率舞闕庭：原本作"率舞闕庭"，楊本、叢刊本同，語義不通，據《英華》、《全文》補。

［箋注］

① 賀表：歷代帝王有慶典武功等事之時，臣下所上的祝頌文表。《南史·垣崇祖傳》："高帝即位，方鎮皆有賀表。"趙昇《朝野類要·文書》："帥守監司遇有典禮及祥瑞，皆上四六句賀表。" 誅：殺戮，誅殺。《孟子·梁惠王》："聞誅一夫紂矣！未聞弒君也。"柳宗元《佩韋賦》："尼父戮齊而誅卯兮，本柔仁以作極。" 吳元濟：盤踞在淮西地區的叛亂藩鎮的頭目，元和十二年十月被生擒，十一月一日腰斬長安

獨柳樹下。吳筠《宗玄集原序》：“至元和中遊淮西，遇王師討蔡賊吳元濟……唐元和戊戌吳筠序。”韓愈《故幽州節度判官贈給事中清河張君墓誌銘》：“君出門罵衆曰：‘汝何敢反？前日吳元濟斬東市，昨日李師道斬於軍中……汝何敢反？汝何敢反！’行且罵，衆畏惡其言，不忍聞。”本文與《賀裴相公破淮西啓》爲同時之作，本文是恭呈皇上之作，而《賀裴相公破淮西啓》則是奉呈平亂主帥裴度之作。正因爲如此，所以兩篇文稿遣詞用句有許多相似之處。

②某月：即元和十二年十一月。《舊唐書·憲宗紀》：“(元和十二年)十一月丙戌朔，御興安門受淮西之俘，以吳元濟徇兩市，斬於獨柳樹。”《近事會元·吳元濟》：“其年將臣李愬十月率兵於十日夜越墻而入，十一日擒元濟並家屬赴京，斬於獨柳樹下。年二十五，自少誠阻兵已來，三十餘年也。”疑“某月”應該是“某日”、“某月日”之刊誤。逆賊：對叛逆者的憎稱。陳子昂《爲建安王賀破賊表》：“伏惟陛下威加四海，子育百蠻，鬼神尚不敢違，凶狡豈能逃罪！逆賊萬斬等，天奪其魄，生自爲殃。”王維《責躬薦弟表》：“久竊天官，每慚尸素。頃又没於逆賊，不能殺身。負國偷生，以至今日！”　誅斬：誅殺，斬殺。《後漢書·左雄傳》：“若告黨與者，聽除其罪；能誅斬者，明加其賞。”趙元一《奉天禄》卷三：“(王)武俊伏兵邀之，誅斬略盡。”　中謝：古代臣子上謝表，例有“誠惶誠恐，頓首死罪”一類的套語，表示謙恭。後人編印文集往往從略，而旁注“中謝”二字。周密《齊東野語·中謝中賀》：“今臣僚上表，所稱誠惶誠恐及誠歡誠喜、頓首稽首者，謂之中謝、中賀。自唐以來，其體如此。蓋臣某以下，亦略叙數語，便入此句，然後敷陳其詳。”劉禹錫《謝上連州刺史表》：“臣某言：伏奉去三月七日制，授臣使持節連州刺史，恭承睿旨，跪奉詔書，皇恩重於丘山，聖恩深於雨露。抃舞失次，神魂再揚，臣某中謝。”元稹《代李中丞謝官表》：“臣某言：伏奉今月二十九日制，授臣御史中丞，寵秩踰涯，心魂戰越，臣某中謝。”

③遺甿：亦作“遺氓”，指劫後殘餘的人民。杜甫《送長孫九侍御

赴武威判官》：“此行收遺甿，風俗方再造。”《新唐書·王及善傳》：“隋氏失御，豪俊共救其亂，宜撫納遺甿而保全之，觀時變，待真主。”　溝瀆：比喻困厄之境。元稹《同州刺史謝上表》：“及爲監察御史，又不敢規避，專心糾繩，復爲宰相怒臣不庇親黨，因以他事貶臣江陵判司，廢棄十年，分死溝瀆。”蘇軾《和王晉卿》：“謂言相濡沫，未足救溝瀆。”聖：聖人，指儒家所稱道德智能極高超的理想人物。《論語·雍也》：“子曰：‘何事於仁，必也聖乎！’”《文心雕龍·原道》：“至夫子繼聖，獨秀前哲，鎔鈞六經，必金聲而玉振。”　餘泠：謂殘存未盡的禍害。元稹《上門下裴相公書》：“況今四邸並開，掃門之賓競至；碣石餘泠，束身之款未堅。元稹《賀裴相公破淮西啓》：“靈旗一臨，餘泠電掃。此所謂俟周公而後淮夷服，得元凱而後吳寇平。”　雪霜：比喻一塵不染，寓意清除所有餘泠。陶弘景《授陸敬游十賚文》：“滌蕩紛穢，表裏雪霜。”李紳《發壽陽分司敕到又遇新正感懷書事》：“漸喜雪霜消解盡，得隨風水到天津。”　智：計謀，策略。《史記·項羽本紀》：“漢王笑謝曰：‘吾寧鬥智，不能鬥力。’”《新唐書·李泌傳》：“帝方與燕國公張説觀弈，因使説試其能。説請賦‘方圓動靜’……泌即答曰：‘方若行義，圓若用智，動若騁材，靜若得意。’”

④ 日者：往日，從前。《戰國策·齊策》：“日者，中山悉起而迎燕趙，南戰於長子，敗趙氏。”《漢書·高帝紀》：“吳，古之建國也，日者荊王兼有其地，今死亡後。”顏師古注：“日者，猶往日也。”　申蔡：申州與蔡州，申州府治今河南信陽市，蔡州府治今河南汝南市，淮西叛亂藩鎮盤踞的主要州郡，代指淮西。韓愈《送侯參謀赴河中幕》：“河北兵未進（時討王承宗，吐突承璀督師逗留不進），蔡州帥新薨（吳少誠卒，弟少陽自稱留後）。”劉禹錫《平蔡州三首》二：“老人收泣前致辭：官軍入城人不知。忽驚元和十二載，重見天寶承平時。”　污瀦：即污池，古代一種嚴厲的刑罰。《宋書·始興王濬傳》：“毀劭東宮所住齋，污瀦其處。”朱熹《直顯謨閣潘公墓誌銘》：“公擒捕誅殺，污瀦其居宅，

盜望風破膽。”　后：君主，帝王。《書·湯誓》：“我后不恤我眾。”孫星衍疏：“后者，《釋詁》云：君也。”元稹《沂國公魏博德政碑》：“四后垂顧，山東不夷。逮我聖父，殷憂儉克。”　寬厚：寬大厚道。《管子·形勢解》：“人主者，溫良寬厚則民愛之。”《陳書·虞寄傳》：“且聖朝棄瑕忘過，寬厚得人，改過自新，咸加敘擢。”　凶妖：邪惡妖妄。《唐大詔令集·議立回鶻可汗詔》：“天寶末興兵之際，國步未夷，憤彼凶妖，率其忠勇，控弦而至。”《廣西通志·唐名宦》：“朕以容南寄重，隆恩遂行。果能治彼凶妖，全活黎庶。布威令於一方，息蠻氛於千里。”　君命：君王的命令。《左傳·莊公三十二年》：“成季使以君命命僖叔，待于針巫氏，使針季酖之。”李商隱《故番禺侯以贓罪致不幸事覺母者他日過其門》：“飲鴆非君命，茲身亦厚亡。江陵從種橘，交廣合投香。”

　　⑤　睿算：聖明的決策。白居易《賀平淄青表》：“皇靈有截，睿算無遺。妖氛廓清，遐邇慶幸。”元稹《謝御札狀》：“伏以睿筭若神，聖慈猶父。”　凶殘：指凶惡殘暴的人或事。歐陽建《臨終詩》：“下顧所憐女，惻惻中心酸。二子棄若遺，念皆遘凶殘。”元稹《授牛元翼深冀州節度使制》：“夫以爾之材力，而取彼之凶殘，是猶以火焚枯，以石壓卵。”　殷宗：謂殷代先王，指武丁。《史記·殷本紀》：“帝武丁即位，思復興殷，而未得其佐，三年不言，政事決定於冢宰，以觀國風。武丁夜夢，得聖人名曰說，以夢所見視群臣百吏，皆非也。於是乃使百工營求之野，得說於傅險中。是時說爲胥靡，築於傅險。見於武丁，武丁曰：‘是也！’得而與之語，果聖人，舉以爲相，殷國大治。”這裏以武丁借喻中興之主唐憲宗，以“三年”，暗合淮西平叛起元和九年九月，終元和十二年十月，故言“不越殷宗之期”。《魏書·世祖太武帝紀》：“昧旦思求，想遇師輔，雖殷宗之夢板築，罔以加也。”岑參《河西太守杜公挽歌四首》一：“蒙叟悲藏壑，殷宗惜濟川。”　淮夷：古代居於淮河流域的部族，這裏借指淮西叛鎮吳元濟。歐陽詹《東風二章并序》：“東風，美隴西公也。貞元十二年，相國東都守隴西董公牧於浚，浚軍自

勦淮夷二孽（靈曜、希烈）。"柳宗元《奉平淮夷雅表》："臣伏見陛下自即位以來，平夏州，夷劍南，取江東，定河北，今又發自天衷，克剪淮右。"

⑥ 區宇：境域，天下。辛常伯《軍中行路難》："中外分區宇，夷夏殊風土。交阯枕南荒，昆彌臨北戶。"李白《金陵望漢江》："六帝淪亡後，三吳不足觀。我君混區宇，垂拱衆流安。" 道光：高尚的道德得到發揚和傳頌。《晉書·汝南王亮等傳論》："分茅錫瑞，道光恒典。"高適《三君詠·魏鄭公》："道光先帝業，義激舊君恩。寂寞卧龍處，英靈千載魂。" 生成：指人民。元稹《論討賊表》："今陛下法天之德，與物爲春，凡在生成，孰不柔茂？"趙元一《奉天録》卷四："修神農之播植，垂堯舜之衣裳。凡在生成，孰不慶幸？" 藩翰：喻指藩國。《晉書·張方傳》："晉氏之禍難，實始藩翰。"吳兢《貞觀政要·安邊》："且光武居河南單于於內郡，以爲漢藩翰，終於一代，不有叛逆。"《編年箋注》認爲"藩翰"之義是"捍衛王室之重臣"，故作出"疑此表代長官作"，亦即代通州刺史李進賢作的錯誤判斷，不取。 率舞：相率而舞。《書·舜典》："夔曰：於，予擊石拊石，百獸率舞。"孔傳："樂感百獸，使相率而舞。"崔湜《奉和春日幸望春宮》："即此歡娱齊鎬宴，唯應率舞樂薰風。"表示慶賀昇平。葉夢得《石林詩話》卷中："偶朝會，子京因病謁告，以表自陳云：'不獲預率舞之列。'魏公見之，殊不樂。"闕廷：朝廷，亦借指京城。《史記·秦始皇本紀》："將閭曰：'闕廷之禮，吾未嘗敢不從賓贊也。'"《周書·明帝紀》："非有呼召，各按部自守，不得輒奔赴闕庭。" 瞻望：仰望，仰慕。《後漢書·杜喬傳》："先是李固見廢，內外喪氣，群臣側足而立，唯喬正色無所回橈。由是海內嘆息，朝野瞻望焉！"王安石《與王禹玉書》三："秋冷，伏惟動止萬福，惟爲時自重，以副四方瞻望之意。" 屏營：惶恐，彷徨。白居易《答桐花詩》："無人解賞愛，有客獨屏營。"司馬光《謝御前札子催赴闕狀》："臣無任瞻天望聖，激切屏營之至！"

[編年]

　　《年譜》編年本文於元和十二年,没有指明具體的撰作時間,也没有説明編年的理由。《編年箋注》引用《舊唐書・憲宗紀》元和十二年十一月、十二月事關淮西平叛的史實之後認爲:"此《表》當作於元和十二年(八一七)十一月元濟伏法後不久。"《年譜新編》編年本文於元和十二年,編年的理由是:"《舊唐書・憲宗紀》云:'(元和十二年十月)己卯,隨唐節度使李愬率師入蔡州,執吳元濟以獻,淮西平。'"意即本文撰作於元和十二年十月。

　　我們以爲,根據《舊唐書・憲宗紀》"(元和十二年)十一月丙戌朔,御興安門受淮西之俘,以吳元濟徇兩市,斬於獨柳樹"的記載,以及本文"某月得當道節度使牒呈本州稱,逆賊吳元濟已就誅斬訖"的表述,結合斬首吳元濟的消息從長安傳至興元再轉至通州的時間,應該在十天上下。據此,本文撰作的具體時間應該在元和十二年十一月十日之後一二天之内,地點在通州,元稹時任通州司馬之職。

　　但有一個問題必須在這裏説明:《年譜》認爲元稹"九月,離興元",《年譜新編》認爲元稹"秋或冬,自興元回通州",《編年箋注》在元稹《感夢》詩的編年中認爲元和十二年"十月初二日",元稹尚在"離興元返通州途中"。我們不禁要問:按照《年譜》、《編年箋注》、《年譜新編》的邏輯,本文以及《賀裴相公破淮西啓》究竟作於興元,還是自興元返回通州途中? 在興元或途中,元稹又如何爲通州刺史李進賢代作? 如果認爲元稹已經回到通州,"冬天"啓程的元稹,一家五六口,包括剛剛學步的女兒,又是乘坐何種現代化的交通工具,這麽快就到達了通州?

● 賀裴相公破淮西啓^{(一)①}

　　某啓:伏見當道節度使牒,伏承相公生擒吳元濟,歸斬闕下,功高振古,事絕稱言,億兆歡呼,天下幸甚[②]!

　　某聞舉世非之而心不惑者,謂之明;群疑未亡而計先定者,謂之智。日者天棄淮蔡,蓄爲污瀦。五十年間,三后垂顧[③]。眇爾元濟,繼爲凶妖。謂君命可逃,以父死爲利。聖上以睿謨神算[(二)],方議剪除;群下守見習聞,咸懷阻沮[④]。

　　公英猷獨運,卓立不回,内排疑惑之詞,外輯異同之旅。三軍保任,一意誅鋤[⑤]。投石之卯雖危,拒輪之臂猶奮。賴閣下忠誠憤激,親自拊巡。靈旗一臨,餘沴電掃。此所謂俟周公而後淮夷服,得元凱而後吳寇平。凡在陶甄,孰不忻幸[⑥]!

　　況某早趨門館,抃躍尤深。僻守遐荒,不獲隨例拜賀。無任踴躍徘徊之至[⑦]。

録自《元氏長慶集》補遺卷二

[校記]

　　(一)賀裴相公破淮西啓:《英華》、《文章辨體彙選》、《全文》同,《淵鑑類函》題同,但僅録"投石之卯雖危,拒輪之臂猶奮。賴閣下忠誠憤激,親自拊巡。靈旗一臨,餘沴電掃。此所謂俟周公而後淮夷服,得元凱而後吳寇平"八句。

　　(二)聖上以睿謨神算:《英華》、《全文》同,《文章辨體彙選》作"聖上以垂謨廟筭",録以備考,不改。

[箋注]

　　① 賀裴相公破淮西啓:今存《元氏長慶集》未見本文,但本文現存《英華》、《文章辨體彙選》、《全文》中,《淵鑑類函》也採録八句,作者均是元稹,據此,今補。　賀啓:祝賀的書函。柳宗元《答鄭員外賀啓

（元和十四年淄青平後作）》："李師道三代受恩，四凶負德。聖朝含育，務在安人。不知覆載之寬弘，更縱豺狼之奸蠹。王師一發，凶首已來。萬姓稱歡，四方無事。"尹洙《別南京致政杜少師啓》："某自初春臥病，聞拜新命，欲俟稍安即修賀啓，無何所患沈綿，迄今未瘳。"裴相公：即裴度，曾以宰相的職銜任職討伐淮西叛亂的前綫總指揮，最終平定叛亂。《舊唐書・憲宗紀》："（元和十二年七月）以中書侍郎平章事裴度守門下侍郎、同平章事、使持節蔡州諸軍事、蔡州刺史，充彰義軍節度、申光蔡觀察處置等使，仍充淮西宣慰處置使……（十月）己卯，隨唐節度使李愬率師入蔡州，執吳元濟以獻，淮西平……十一月丙戌朔，御興安門，受淮西之俘，以吳元濟徇兩市，斬於獨柳樹。"淮西：以吳少陽、吳少誠、吳元濟爲首的藩鎮，世代盤踞在以蔡州爲中心的部份地區，以李唐朝廷對抗，不受朝廷約束，自任節度使及以下官吏，不向朝廷繳納賦税，軍隊不聽從朝廷的調動。王建《贈李愬僕射》："唐州將士死生同，盡逐雙旌舊鎮空。獨破淮西功業大，新除隴右世家雄。"劉禹錫《平蔡州三首》三："九衢車馬渾渾流，使臣來獻淮西囚。四夷聞風失匕筯，天子受賀登高樓。"

② 當道：執政，掌權。韓愈《答竇秀才書》："當朝廷求賢如不及之時，當道者又皆良有司，操數寸之管，書盈尺之紙，高可以釣爵位。"歐陽修《與韓忠獻王書》九："尋以移守南都，苦於當道，頗闕修問，徒切瞻思。"這時的"當道節度使"是去年十月接替鄭餘慶到任的山南西道節度使權德輿，通州時屬山南西道管轄。《舊唐書・憲宗紀》："（元和十一年）冬十月丁巳，以刑部尚書權德輿檢校吏部尚書，兼興元尹，充山南西道節度使。"　牒：官府公文的一種。白居易《杜陵叟》："昨日里胥方到門，手持敕牒榜鄉村。"《舊唐書・職官志》："凡京師諸司，有符、移、關、牒下諸州者，必由於都省以遣之。"　生禽：同"生擒"，《後漢書・皇甫嵩傳》："〔嵩〕又進擊東郡黃巾卜己於倉亭，生禽卜己。"《三國志・李通傳》："〔李通〕生禽黃巾大帥吳霸而降其屬。"《資

治通鑑》卷二四〇有一段生擒吳元濟的描寫，讀來令人啞然失笑："自吳少誠拒命，官軍不至蔡州城下三十餘年，故蔡人不爲備。壬申四鼓，愬至城下，無一人知者。李祐、李忠義钁其城爲坎，以先登，壯士從之。守門卒方熟寐，盡殺之，而留擊柝者，使擊柝如故。遂開門納衆，及裏城亦然，城中皆不之覺。雞鳴雪止，愬入居元濟外宅，或告元濟曰：'官軍至矣！'元濟尚寢，笑曰：'俘囚爲盜耳！曉當盡戮之！'又有告者曰：'城陷矣！'元濟曰：'此必洄曲子弟就吾求寒衣也！'起聽於廷，聞愬軍號令曰：'常侍傳語！'應者近萬人，元濟始懼，曰：'何等常侍，能至此？'乃帥左右登牙城拒戰……癸酉，復攻之，燒其南門，民爭負薪芻助之。城上矢如蝟毛，晡時門壞，元濟於城上請罪，進誠梯而下之，甲戌，愬以檻車送元濟詣京師。" 歸斬闕下：事見《資治通鑑》卷二四〇："（元和十一年）十一月，上御興安門受俘，遂以吳元濟獻廟社，斬於獨柳之下。" 闕下：宮闕之下，借指帝王所居的宮廷。《史記·梁孝王世家》："於是梁王伏斧質於闕下，謝罪，然後太后、景帝大喜，相泣，復如故。"借指京師。賈島《寄毗陵徹公》二："別離從闕下，道路向山陰。" 振古：遠古，往昔。《詩·周頌·載芟》："匪今斯今，振古如兹。"朱熹集傳："振，極也……蓋自極古以來已如此矣！"葛洪《抱朴子·名實》："歷覽振古，多同此疾。" 稱言：講話，敘說。《孔子家語·弟子行》："夫能夙興夜寐，諷誦崇禮，行不貳過，稱言不苟，是顏回之行也。"曾鞏《二起居制》："孔子稱言動以禮，天下歸仁焉！"億兆：指庶民百姓，猶言衆庶萬民。蔡邕《太尉汝南李公碑》："憲天心以教育，沐垢濁以揚清，爲國有賞，蓋有億兆之心。"元稹《酬別致用》："達則濟億兆，窮亦濟毫氂。" 歡呼：興高彩烈貌。韓愈《黃家賊事宜狀》："遣一郎官御史，親往宣諭，必望風降伏，歡呼聽命。"蘇軾《次韵陳履常雪中》："忍寒吟詠君堪笑，得暖歡呼我未貧。"

③ 舉世：普天下。《莊子·逍遙遊》："舉世譽之而不加勸，舉世非之而不加沮。"方干《德政上睦州胡中丞》："群書已熟無人似，五字

研成舉世傳。”　　不惑：謂遇事能明辨不疑。《論語·子罕》：“知者不惑，仁者不憂，勇者不懼。”韓愈《伯夷頌》：“一家非之，力行而不惑者寡矣！至於一國一州非之，力行而不惑者，蓋天下一人而已矣！”明：聖明，明智，明察。諸葛亮《前出師表》：“恐託付不效，以傷先帝之明。”吳兢《貞觀政要·論君道》：“君之所以明者，兼聽也。”　　群疑：種種懷疑。《易·暌》：“遇雨之吉，群疑亡也。”諸葛亮《後出師表》：“群疑滿腹，衆難塞胸。”衆人的疑惑。劉禹錫《上杜司徒書》：“弘我大信，以袪群疑。”　　智：智慧，聰明。賈誼《治安策》：“凡人之智，能見已然，不能見將然。”江淹《詣建平王上書》：“魯連之智，辭祿而不返；接輿之賢，行歌而忘歸。”　　污瀦：即污池，古代一種嚴厲的刑罰。《晉書·刑法志》：“至於謀反大逆，臨時捕之，或污瀦，或梟菹，夷其三族。”陸贄《論替換李楚琳狀》：“按以典法，是宜污瀦。”　　“五十年間”兩句：據《舊唐書·吳少誠傳》以及《舊唐書·德宗紀》、《舊唐書·順宗紀》、《舊唐書·憲宗紀》等：貞元二年七月，“淮西兵馬使吳少誠爲蔡州刺史、知節度留後”，此後吳少誠、吳少陽、吳元濟先後相繼爲淮西地區的節度使，盤踞淮西前後計約五十年，唐德宗、唐順宗和唐憲宗對他們的跋扈睜一眼閉一眼。　　三后：三個君主或諸侯，古代天子、諸侯皆稱后。這裏指唐德宗、唐順宗和唐憲宗。　　垂顧：垂念，關懷。陶弘景《周氏冥通記》卷二：“蒙徐君垂顧，歡仰無已；復蒙今降，慶莫過此。”元稹《沂國公魏博多政碑》：“所細所忽，忽焉而罷。四后垂顧，山東不夷。”

④ 凶妖：邪惡妖妄。趙曄《吳越春秋·勾踐伐吳外傳》：“知人易，自知難，吾答之又無他語，是凶妖之證也。”《後漢書·丁鴻傳》：“若敕政責躬，杜漸防萌，則凶妖銷滅，害除福湊矣！”　　君命：君王的命令。《孫子·九變》：“城有所不攻，地有所不爭，君命有所不受。”梅堯臣《送李密學赴亳州》：“譙郡君命重，苦縣祖風殊。”　　睿謨：皇帝聖明的謀略。柳宗元《爲王京兆賀雨表》二：“又慮宿麥無備，播種失時，出於宸衷，特令賑貸。睿謨潛運，甘雨遂周。”陸游《嚴州到任謝表》：

"兹蓋伏遇皇帝陛下,睿謨冠古,英斷如神。" 神算:亦作"神筭",神妙的計謀。《後漢書・王渙傳》:"〔渙〕又能以譎數發摘奸伏,京師稱嘆,以爲渙有神筭。"李賢注:"智筭若神也。"蘇軾《上神宗皇帝書》:"皆陛下神算之至明,乾剛之必斷。"指準確推測,有先見。裴鉶《傳奇・聶隱娘》:"魏帥與陳許節度使劉悟參商不協,使隱娘賊其首。隱娘辭帥之許,許帥能神算,已知其來。" 剪除:斫除,伐滅。袁宏《三國名臣序贊》:"思樹芳蘭,剪除荆棘。"元稹《爲嚴司空謝招討使表》:"臣則誓死剪除,俾無遺孽。" 習聞:常聞。《漢書・董仲舒傳》:"習聞其號,未燭厥理。"韓愈《原道》:"爲孔子者,習聞其說,樂其誕而自小也,亦曰:'吾師亦嘗雲爾。'" 阻沮:阻止,義近"阻折"。鮑照《送從弟道秀別》:"歲時多阻折,光景乏安怡。"義近"阻挫",阻擋挫折。程大昌《演繁露・仁者必有勇》:"造次顛沛不肯與仁相舍,則遇事而前,必達其欲,不可阻挫也。"

⑤ 英猷:猶良謀。《晉書・宣帝紀》:"〔宣皇〕雄略內斷,英猷外決,殄公孫於百日,擒孟達於盈旬,自以兵動若神,謀無再計。"《舊唐書・音樂志》:"英猷被寰宇,懿躅隆邦政。" 獨運:謂獨自籌畫。《宋書・恩幸傳序》:"孝建、泰始,主成獨運,官置百司,權不外假。"韓愈《送汴州監軍俱文珍序》:"〔俱公〕遇變出奇,先事獨運,偃息談笑,危疑以平。" 卓立:特立,聳立。《文心雕龍・誄碑》:"清詞轉而不窮,巧義出而卓立。"杜甫《白鹽山》:"卓立群峰外,蟠根積水邊。" 不回:正直,不行邪僻。《詩・大雅・旱麓》:"豈弟君子,求福不回!"高亨注:"回,邪僻,此言君子以正道求福。"《新唐書・郗士美傳》:"〔士美〕自拾遺七遷至中書舍人,處事不回,爲宰相元載所忌。" 疑惑:疑慮不安,猶豫不定。《漢書・賈誼傳》:"今四維猶未備也,故奸人幾幸,而衆心疑惑。"《晉書・王廙傳》:"及簡文崩,群臣疑惑,未敢立嗣。" 異同:不同和相同之處。江淹《知己賦》:"論十代兮興毀,訪五都兮異同。"司馬貞《史記索隱序》:"逮至晉末,有中散大夫東莞徐廣始考異

同,作《音義》十三卷。”　三軍:周制,諸侯大國三軍,中軍最尊,上軍次之,下軍又次之。一軍一萬二千五百人,三軍合三萬七千五百人。《周禮·夏官·司馬》:“凡制軍,萬有二千五百人爲軍。王六軍,大國三軍,次國二軍,小國一軍。”軍隊的通稱。《論語·子罕》:“三軍可奪帥也,匹夫不可奪志也。”章孝標《淮南李相公紳席上賦春雪》:“朱門到曉難盈尺,盡是三軍喜氣消。”　誅鋤:除滅,誅殺。陸賈《新語·慎微》:“今上無明王聖主,下無貞正諸侯,誅鋤奸臣賊子之黨,解釋疑滯紕繆之結。”王明清《揮麈三録》卷三:“今者考正是非,誅鉏謗讟,陰霾蔽蝕之際,然後赫然日月之光,旁燭四海,焜燿萬世,與天地合德於無窮也。”

⑥ 投石之卵:亦即“以卵投石”,用蛋去打石頭,比喻自不量力,必然失敗。《墨子·貴義》:“以其言非吾言者,是猶以卵投石也,盡天下之卵,其石猶是也,不可毀也。”《荀子·議兵》:“以桀詐堯,譬之若以卵投石,以指撓沸。”　拒輪之臂:亦即“螳臂當車”,《莊子·人間世》:“汝不知夫螳蜋乎?怒其臂以當車轍,不知其不勝任也。”《韓詩外傳》卷八:“齊莊公出獵,有螳蜋舉足將搏其輪,問其御曰:‘此何蟲也?’御曰:‘此螳蜋也,其爲蟲,知進而不知退,不量力而輕就敵。’”後以“螳臂當車”比喻自不量力,招致失敗。　忠誠:真心誠意,無二心。荀悦《漢紀·文帝紀》:“周勃質樸忠誠,高祖以爲安劉氏者必勃也。”柳宗元《吊屈原文》:“忠誠之既内激兮,抑衛忍而不長。”　憤激:激奮,激昂。張華《壯士篇》:“壯士懷憤激,安能守虛沖?”《南史·宋武帝紀》:“丹誠未宣,感慨憤激,望霄漢以永懷,盻山川以增佇。”　拊循:亦作“拊巡”,安撫,撫慰。《荀子·富國》:“垂事養民,拊循之,呃嘔之。”楊倞注:“拊循,慰悦之也。”《史記·越王勾踐世家》:“勾踐自會稽歸七年,拊循其士民,士民欲用以報吳。”　靈旗:戰旗,出征前必祭禱之,以求旗開得勝,故稱。《史記·孝武本紀》:“其秋,爲伐南越,告禱泰一,以牡荆畫幡日月北斗登龍,以象天一三星,爲泰一鋒,名曰‘靈旗’。爲兵禱,則太史奉以指所伐國。”《漢書·禮樂志》:“招搖靈

旗，九夷賓將。”顏師古注：“畫招搖於旗以征伐，故稱靈旗。” 餘沴：謂殘存未盡的禍害。元稹《上門下裴相公書》：“況今四邸並開，掃門之賓競至；碣石餘沴，束身之款未堅。”元稹《賀誅吳元濟表》：“臣聞拯遺甿於溝瀆，非聖不能；掃餘沴以雪霜，非智不可。” 電掃：像閃電劃過，比喻迅速掃蕩淨盡。元稹《苦雨》：“陰沴皆電掃，幽妖亦雷驅。”劉克莊《沁園春·答九華葉賢良》：“萬卷星羅，千篇電掃。肯學窮兒事楚騷。” 周公：西周初期政治家，姓姬名旦，文王子，武王弟，成王叔。輔武王滅商，攝政成王，西周天下因而臻於大治，後多作聖賢的典範。王績《贈梁公》：“聖莫若周公，忠豈踰霍光！成王已興誚，宣帝如負芒。”李頎《雜興》：“濟水自清河自濁，周公大聖接輿狂。”這裏比喻裴度。 淮夷：古代居於淮河流域的部族。《書·費誓》：“徂茲淮夷，徐戎並興。”《史記·周本紀》：“召公爲保，周公爲師，東伐淮夷殘奄，遷其君薄姑。”這裏喻指淮西叛鎮吳元濟。 元凱：泛指賢臣、才士。葛洪《抱朴子·博喻》：“是以同否則元凱與斗筲無殊，並任則騄驥與駑駘不異。”《魏書·高謙之傳》：“陛下一日萬機，事難周覽，元凱結舌，莫肯明言。” 吳寇：寇指盜匪，群行劫掠者。《書·舜典》：“寇賊奸宄。”孔傳：“群行攻劫曰寇。”孔穎達疏：“寇者，衆聚爲之……故曰群行攻劫曰寇。”《荀子·王制》：“聚斂者，召寇、肥敵、亡國、危身之道也。”這裏指淮西叛首吳元濟。 陶甄：指權位或掌握權位的人。陸龜蒙《奉和襲美二游詩·徐詩》：“君抱王佐圖，縱步淩陶甄。”王禹偁《獻僕射相公二首》二：“五年黃閣掌陶甄，憂國翻成兩鬢斑。” 忻幸：欣幸，歡喜而慶倖。劉敞《上仁宗乞闊略唐介之罪》：“當介初得罪之時，中外震動，以言爲戒。及聞徙還英州，人人忻幸，知陛下無意殺之。”

⑦ 門館：舊時權貴招待賓客、門客的館舍。沈約《冬節後至丞相第詣世子車中作》：“廉公失權勢，門館有盈虛。”薛調《無雙傳》：“時（劉）震爲尚書租庸使，門館赫奕，冠蓋填塞。” 抃躍：猶言手舞足蹈，歡欣鼓舞。崔沔《奉和聖製同二相已下群官樂遊園宴》：“酒酣同抃

躍,歌舞詠時康。”王禹偁《賀皇帝嗣位表》:“薦逢聖日,權守外藩,不獲蹈舞玉階,無任抃躍屏營之至。”　遐荒:邊遠荒僻之地。徐堅《奉和聖製送張說巡邊》:“至德撫遐荒,神兵赴朔方。帝思元帥重,爰擇股肱良。”韋孟《諷諫》:“彤弓斯征,撫寧遐荒。”　隨例:按照慣例。《周書·文帝紀》:“天興初,徙豪傑於代都,陵隨例遷武川焉!”劉禹錫《賀赦上皇太子箋》:“某職守有限,不獲隨例稱賀宫庭。”　拜賀:猶“奉賀”,祝賀。《後漢書·桓榮傳》:“永平十五年,入授皇太子經,遷越騎校尉,詔敕太子、諸王各奉賀致禮。”元稹《故中書令贈太尉沂國公墓誌銘》:“魏之人,老者聞見平時多出涕,少者不知所以然,百辟、四方皆奉賀。”

[編年]

　　《年譜》根據“《啓》云:‘伏見當道節度使牒,伏承相公生禽吳元濟,歸斬闕下’云云”,編年本文於元和十二年,但没有説明具體的撰文時間,也未見譜文標示。《編年箋注》根據《年譜》所舉理由,再舉證《舊唐書·憲宗紀》“(元和十二年)十一月丙戌朔,御興安門受淮西之俘,以吳元濟徇兩市,斬於獨柳樹”的記載,認爲“則此賀啓成於此後不久”。《年譜新編》編年本文於元和十二年,没有説明理由,也没有編年具體的時間。

　　根據《舊唐書·憲宗紀》“(元和十二年)十一月丙戌朔,御興安門受淮西之俘,以吳元濟徇兩市,斬於獨柳樹”的記載,以及本文“伏見當道節度使牒”、“生禽吳元濟,歸斬闕下”的表述,結合斬首吳元濟的消息從長安傳至興元再轉至通州的時間,應該在十天上下。對親自參加淮西平叛而中途被迫離開平叛前線的元稹來説,得此消息,自然喜出望外,迫不及待向李唐朝廷、平叛統帥裴度寫表作賀應該是在情理之中。據此,本文撰作的具體時間應該與《賀誅吳元濟表》撰作的時間同時,亦即在元和十二年十一月十日之後一二天之内,地點在通州,元稹時任通州司馬之職。

元和十三年戊戌(818) 四十歲

◎ 上門下裴相公書^{(一)①}

通州司馬元稹謹再拜獻書相公閣下^(二)，昔者相公之掾洛也^(三)，稹獲陪侍道塗。不以妄庸，語及章句^(四)，則固竊聞閣下以文皇敕起居郎書"居安思危"四字於笏上爲至戒矣^{(五)②}！

今陛下當晉武平吳之後，閣下即周公東征而還，安孰甚焉？思豈可廢？況今四邸並開，掃門之賓競至；碣石餘涔，束身之款未堅。則閣下推食握髮之意，可遽移之於高枕擊鍾之逸乎^③？且夫得人則理之談，實老生之常語。至於切近，猶饑者欲食，不可惡熟俗而不言也^④。

若稹之末學淺見，又安敢引喻古昔於閣下！獨憶得近日故裴兵部之爲人也^(六)，甄辨清净^(七)，號爲名流。及其爲相也，構致群材，使棟梁榱桷咸適其用，人頗臨之。至於激濁揚清，亦無所愛吝^⑤。是以秉政不累月^(八)，閣下自外寮爲起居郎，韋相自巴州知制誥，張河南自邠幕爲御史，李西川自饒州爲雜端，密勿津梁之地^(九)，半得其人^⑥。如故韋簡州勛及稹等，拔於疑礙，置之朝行者又十數。然後排異己之巨敵，引協心之至交。當時一二年間，幾至於奸無蹊隧，而政有根本矣^⑦！

及山東涔作，上以兵事咨之，則對以"禁暴息人"之外，不能有以佐震耀，是以樽俎之謀，不專於廊廟。蓋兼善精微之士，素熟於心胸；而泛駕乘桴之才，未嘗校量於左右也！比於

4328

閣下今日之雄材大略爲短矣⑧！然而即世之後，雖無李嚴、廖立之思，而十年之內，備將相號名卿者(一〇)，多其引拔。嗚呼！方鮑叔之功，斯不細矣⑨！

昨者閣下方事淮蔡(一一)，獨當爐錘，內蘊深謀，外排群議，始以追韓信拔呂蒙爲急務(一二)，固非叔孫通薦儒之日也⑩！今殊勛既建，王化方行(一三)，亦當念魏鄭公守成之難(一四)，而三復文皇帝思危之詔乎⑪！

以愚思之(一五)，欲人之不怨，莫若遷授之有常；欲人之竭誠，莫若援拯於焚溺。何謂有常而不怨？以省言之，由後行爲前行；以臺言之，自察院轉殿院。苟不如是，則怨矣！苟能如是，何恩哉！何謂援拯而竭誠？某又不敢移之於他人，借如小生之庸且昧也，固不及班行之中輩，又敢自讓於郎吏之末者乎⑫！向使元和之一年爲拾遺(一六)，二年爲補闕，不三四年爲員外，又三四年爲正郎，則宰物者雖朝許之以綸誥，暮許之以專席，厚則厚矣！遽責其瀝肝瀝膽，同厮養之用力，亦難哉⑬！

及夫爲計不良，困於溝瀆者十年矣！苟有舒其胣攣置之趨走者，又安敢愛氣力吝心髓於和扁耶(一七)？是猶龜黿之有泉，烏鳥之有林，何嘗愧於水木！苟或縶而籠之，鏁而檻之，其或放之投之者，則必喁啾顧慕以報之，報其免於難也。今天下病溝瀆，困籠檻，思閣下藥之、養之、投之、放之者，豈特小生而已哉⑭！

且曩時之室閣下及小生者，豈不以閣下疏有"居安思危"之字爲牴忌，對上以河南縣尉非貶官爲說乎(一八)？向非裴兵部一二明之，則某終老於窮賤，固其宜也⑮！儻閣下復三二年遲回於外任(一九)，則少陽邀望之際，固未得奉煌煌之命以周知其巢穴矣！當元濟討除之始，又安能定已成之策於上前，排未亡之疑於衆口哉！今天下能不有萬一於閣下之才略，而猶局足帖脅私自憐愛其志力哉⑯！

況當今陛下在宥四海，與人爲天，特降含垢棄瑕之書，且授隨才任能之柄於閣下。閣下若能蕩滌痕累，洞開嫌疑，棄仇如振塵，愛士如救餒，使恃才薄行者自贖於煩辱，以能見忌者騁力於通衢，上以副陛下咸與惟新之懷⁽²⁰⁾，次以廣閣下好善救人之道⁽²¹⁾，從使千百年外謂閣下與裴兵部爲交相短長，亦足爲賢相矣！未盡善也⑰！

且夫當陛下肇臨宇宙之初，與得天久照之後，愈光明矣！安有裴兵部拔群材於前則盡行，閣下拔群材於後則盡廢？以閣下沐浴恩波之始，與徽猷克壯之秋，愈汪洋矣！又安有救裴裏之罪、換禹錫之官則盡易，振天下之窮滯、行渙汗之條目則盡難？某雖至愚，未敢然也⑱。

某自十年遭罹多故，每欲發書朋舊，尚不敢盡陳其情⁽²²⁾，豈不知干宰相有不測之罪耶⁽²³⁾？熟自計之，與其瘴死蠻夷，自題不遇之榜，比夫塵穢尊重，伏危言之刑無異也。聊因所善，緘獻鄙誠，翹企刑書，不敢逃讓。不宣，稹頓首⁽²⁴⁾⑲。

録自《元氏長慶集》卷三一

［校記］

（一）上門下裴相公書：楊本、叢刊本、《文章辨體彙選》、《全文》同，《唐文粹》作"上裴度相公書"，各備一說，不改。

（二）通州司馬元稹謹再拜獻書相公閣下：原本、楊本、叢刊本、

《文章辨體彙選》無，據《唐文粹》、《全文》補。

（三）昔者相公之掾洛也：楊本、叢刊本、《文章辨體彙選》、《全文》同，《唐文粹》作"日者相公之掾洛也"，各備一說，不改。

（四）語及章句：楊本、叢刊本、《文章辨體彙選》同，《唐文粹》、《全文》作"諮及章啓"，各備一說，不改。

（五）則固竊聞閣下以文皇敕起居郎書"居安思危"四字於笏上爲至戒矣：原本作"則固竊聞閣下以文皇初起居郎書'居安思危'四字於笏上爲至戒矣"，楊本、叢刊本、《文章辨體彙選》同，據《唐文粹》、《全文》改。

（六）獨憶得近日故裴兵部之爲人也：楊本、叢刊本、《文章辨體彙選》、《全文》同，《唐文粹》作"獨憶得近日故裴兵部之納人也"，各備一說，不改。

（七）甄辨清凈：原本作"堅辨清凈"，楊本、叢刊本、《文章辨體彙選》同，據《唐文粹》、《全文》改。

（八）是以秉政不累月：楊本、叢刊本、《唐文粹》、《文章辨體彙選》、《全文》同，盧校宋本作"是以秉國不累月"，各備一說，不改。

（九）密勿津梁之地：《唐文粹》、《全文》同，楊本、叢刊本、《文章辨體彙選》作"密勿建梁之地"，語義不佳，不從不改。

（一〇）備將相號名卿者：楊本、叢刊本、《唐文粹》、《文章辨體彙選》、《全文》同，盧校宋本作"備將相號公卿者"，各備一說，不改。

（一一）昨者閣下方事淮蔡：叢刊本、《文章辨體彙選》、《全文》同，《唐文粹》作"日者閣下方事淮蔡"，各備一說，不改；楊本誤刊爲"非者閣下方事淮蔡"，不從不改。

（一二）始以追韓信拔呂蒙爲急務：錢校宋本、叢刊本、《唐文粹》、《文章辨體彙選》、《全文》同，楊本誤作"始以追俸信拔呂蒙爲急務"，不從不改。

（一三）王化方行：叢刊本、《文章辨體彙選》、《全文》同，楊本作

"主化方行",盧校宋本、《唐文粹》作"至化方行",各備一説,不改。

（一四）亦當念魏鄭公守成之難：原本作"亦常念魏鄭公守成之難",叢刊本、《文章辨體彙選》、《全文》同,據楊本、《唐文粹》改。

（一五）以愚思之：楊本、叢刊本、《文章辨體彙選》同,《唐文粹》、《全文》作"以愚揆之",各備一説,不改。

（一六）向使元和之一年爲拾遺：楊本、叢刊本、《文章辨體彙選》同,《唐文粹》、《全文》作"向使元和中一年爲拾遺",各備一説,不改。

（一七）又安敢愛氣力吝心髓於和扁耶：楊本、叢刊本、《文章辨體彙選》、《全文》同,《唐文粹》作"又不敢愛氣力吝心髓於和扁也",盧校宋本作"又安敢愛氣力吝心肝於和扁耶",各備一説,不改。

（一八）以河南縣尉非貶官爲説乎：楊本、叢刊本、《文章辨體彙選》、《全文》同,盧校宋本、《唐文粹》作"以河南掾尉非貶官爲説乎",各備一説,不改。

（一九）儻閣下復三二年遲回於外任：楊本、叢刊本、《文章辨體彙選》、《全文》同,《唐文粹》作"儻閣下猶二三年遲回於外任",各備一説,不改。

（二〇）上以副陛下咸與惟新之懷：楊本、叢刊本、《文章辨體彙選》、《全文》同,《唐文粹》作"上以副聖君咸與惟新之德",各備一説,不改。

（二一）次以廣閣下好善救人之道：原本作"次有以廣閣下好善救人之道"《文章辨體彙選》同,楊本、叢刊本作"次有以廣閣下常善救人之道",據《唐文粹》、《全文》改。

（二二）尚不敢盡陳其情：原本作"尚不敢陳盡其情",楊本、叢刊本、《文章辨體彙選》同,據《唐文粹》、《全文》改。

（二三）豈不知干宰相有不測之罪耶：叢刊本、《唐文粹》、《文章辨體彙選》、《全文》同,楊本誤刊作"豈不知千宰相有不測之罪耶",不從不改。

（二四）不宣，積頓首：原本無，楊本、叢刊本、《文章辨體彙選》同，據《唐文粹》、《全文》補。

［箋注］

① 上：上報，呈報。《後漢書・和帝紀》："去年秋麥人少，恐民食不足。其上尤貧不能自給者戶口人數。"韓愈《謝自然》："里胥上其事，郡守驚且嘆。"　門下：亦即"門下省"，官署名，後漢謂侍中寺，晉時因其掌管門下衆事，始稱門下省。南北朝因之，與中書省、尚書省並立，侍中爲長官。隋承其制，唐龍朔二年改名東臺，咸亨初復舊稱，武則天臨朝，改名鸞堂、鸞臺，神龍初復舊稱，開元元年改名黃門省，五年仍復舊稱。門下省掌受天下之成事，審查詔令，駁正違失，受發通進奏狀，進請寶印等。其長官初名侍中，後又或稱左相、黃門監等。《宋書・王僧達傳》："僧達文旨仰揚，詔付門下。侍中何偃以其詞不遜，啓付南臺，又坐免官。"《隋書・百官志》："門下省置侍中、給事黃門侍郎各四人，掌侍從左右，擯相威儀，盡規獻納，糾正違闕。"　裴相公：即裴度，中唐時期著名的重臣，前期元稹曾經支持裴度彈劾權臣的鬥爭，並因此招致元稹與裴度一起出貶洛陽，元稹出貶爲河南縣尉，裴度出貶爲河南府功曹，即本文所謂"昔者相公之掾洛也，稹獲陪侍道塗"。中期元稹貶放外任十年，而裴度已經登上宰相的高位，本文即是元稹委婉懇請裴度結束自己的貶謫生涯，將自己調回京城任職，但裴度不予理睬。最後在摯友崔群的幫助下，元稹最終於元和十四年近移虢州，這年年底回到京城，任職膳部員外郎。此後元稹仕途順利，最終拜職中書舍人、翰林承旨學士。這時裴度因自己兒子被長慶元年科舉復試被榜落，裴度因此怨恨元稹，並因他人亦即王播的挑撥而與元稹交惡，無中生有三次彈劾元稹勾結宦官，最後導致元稹罷免中書舍人、翰林承旨學士之職，貶任工部侍郎。說詳拙稿《元稹考論・裴度的彈劾與元稹的貶職——三論"元稹與宦官"》，文長不錄，

僅將小標題抄録如下,拜請審閲:一、裴度連續三次彈劾元稹、魏弘簡;二、裴度彈劾元稹的原因;三、裴度的彈劾是根本站不住脚的誣陷;四、裴度在河朔平叛中的消極態度;五、互相矛盾的"史實"與拙劣造假的文章;六、元稹罷職之後的感慨和此後裴度的所作所爲。

②再拜:敬詞,舊時用於書信的開頭或末尾。司馬遷《報任少卿書》:"太史公牛馬走司馬遷再拜言……略陳固陋,謹再拜。"韓愈《與華州李尚書書》:"謹奉狀不宣,愈再拜。" 獻書:奉上書札,上書,多指向有地位者陳述意見。《文心雕龍·書記》:"及七國獻書,詭麗輻輳;漢來筆札,辭氣紛紜。"范文瀾注:"〔獻書〕若樂毅《報燕惠書》……張儀《與楚相書》皆是也。"杜甫《別蔡十四著作》:"獻書謁皇帝,志已清風塵。" 相公:舊時對宰相的敬稱。韓愈《皇帝即位賀宰相啓》:"相公翼亮聖明,大慶資始。"吳曾《能改齋漫録·事始》:"丞相稱相公,自魏已然矣!" 閣下:古代多用於對尊顯之人的敬稱,後泛用作對人的敬稱。趙璘《因話録·徵部(徵爲事,凡不爲其人與物而汎説者,皆入此部)》:"古者三公開閣,郡守比古之侯伯,亦有閣,所以世之書題有'閣下'之稱……今又布衣相呼,盡曰閣下。"歐陽詹《送張尚書書》:"前鄉貢進士歐陽詹於洛陽旅舍再拜授僕人書,獻尚書閣下:某同衆君子伏在尚書下風久矣!" 掾:官府中佐助官吏的通稱。《史記·項羽本紀》:"項梁嘗有櫟陽逮,乃請蘄獄掾曹咎書抵櫟陽獄掾司馬欣,以故事得已。"劉長卿《送陶十赴杭州攝掾》:"莫嘆江城一掾卑,滄州未是阻心期。" 陪侍:指輩分或地位低的人在輩分或地位高的人旁邊陪伴侍奉。《魏書·楊昱傳》:"然自此以來,輕爾出入,進無二傅輔導之美,退闕群僚陪侍之式,非所謂示民軌儀,著君臣之義。"王讜《唐語林·言語》:"臣昔在武功,幸當陪侍。見陛下宅宇纔蔽風霜,當此時亦以爲足。" 道塗:亦作"道途",道路,路途。《禮記·儒行》:"道塗不爭險易之利,冬夏不爭陰陽之和。"裴鉶《傳奇·許栖岩》:"有蕃人牽一馬,瘦削而價不高,因市之而歸。以其將遠涉道途,日加芻

秣，而肌膚益削。”　妄庸：平庸凡劣。《史記·齊悼惠王世家》：“人謂魏勃勇，妄庸人耳！何能爲乎！”司馬貞索隱：“妄庸，謂凡妄庸劣之人也。”朱熹《辭免召命狀》：“自揣妄庸，莫勝負荷，俯仰局蹐，慚懼已深。”　章句：詩文的章節和句子。葛洪《抱朴子·鈞世》：“簡編朽絶，亡失者多，或雜續殘缺，或脫去章句。”劉知幾《史通·補注》：“文言美辭列於章句，委曲叙事存於細書。”　起居郎：從六品上，記錄皇帝的起居言行之官。《舊唐書·職官志》：“起居郎掌《起居注》，録天子之言動法度，以修記事之史。凡記事之制，以事繫日，以日繫月，以月繫時，以時繫年。必書其朔日甲乙，以紀曆數，典禮文物，以考制度，遷拜旌賞以勸善，誅伐黜免以懲惡。季終則授之國史焉（自漢獻帝后，歷代帝王有《起居注》，著作編之，每季爲卷，送史館也）！”白居易《新樂府·紫毫筆》：“臣有奸邪正衙奏，君有動言直筆書。起居郎，侍御史，爾知紫毫不易致。”　居安思危：謂處於安寧的環境中，要想到可能出現的危難。《左傳·襄公十一年》：“《書》曰：‘居安思危。’思則有備，有備無患。”《舊唐書·岑文本傳》：“臣聞創撥亂之業，其功既難；守已成之基，其道不易。故居安思危，所以定其業也；有始有卒，所以隆其基也。”　笏：古代臣朝見君時所執的狹長板子，用玉、象牙、竹木製成，也叫手板，後世惟品官執之。《禮記·玉藻》：“凡有指畫於君前，用笏；造受命於君前，則書於笏。”韓愈《釋言》：“束帶執笏立士大夫之行，不見斥以不肖，幸矣！其何敢敖於言乎？”　至戒：亦作“至誡”，猶深戒。《孔子家語·三恕》：“吾聞宥坐之器，虛則欹，中則正，滿則覆。明君以爲至誡，故常置之於坐側。”《後漢書·楊終傳》：“今君地位尊重，海内所望，豈可不臨深履薄，以爲至戒！”

③ 晉武平吳：《晉書·武帝紀》：“（咸寧五年）十一月，大舉伐吳，遣鎮軍將軍琅邪王伷出塗中，安東將軍王渾出江西，建威將軍王戎出武昌，平南將軍胡奮出夏口，鎮南大將軍杜預出江陵，龍驤將軍王浚、廣武將軍唐彬率巴蜀之卒浮江而下，東西凡二十餘萬，以太尉賈充爲

大都督、行冠軍將軍,楊濟爲副,總統衆軍。"不久,孫皓在石頭城投降,吳國滅亡。這裏借喻唐憲宗動用各路軍隊平定淮西叛亂之事,以賈充借喻裴度。　　周公:西周初期政治家,姓姬名旦,也稱叔旦,文王子,武王弟,成王叔,輔武王滅商,武王崩,成王幼,周公攝政,東平武庚、管叔、蔡叔之叛,繼而厘定典章、制度,復營洛邑爲東都,作爲統治中原的中心,天下臻於大治,後多作聖賢的典範。元積《樂府·人道短》:"周公周禮十二卷,有能行者知紀綱。"白居易《放言五首》三:"試玉要燒三日滿,辨材須待七年期。周公恐懼流言日,王莽謙恭未篡時。"　　東征:向東征伐。《詩·小雅·漸漸之石》:"武人東征,不皇朝矣!"鄭玄箋:"將率受王命東行而征伐。"李商隱《隨師東》:"東征日調萬黃金,幾竭中原買鬥心。"這裏借喻周公"東平武庚、管叔、蔡叔之叛"之事,比喻裴度平定淮西叛亂。　　邸:戰國時諸國客館,漢諸郡王侯爲朝見而在京都設置的住所。《史記·封禪書》:"其後天子又朝諸侯甘泉,甘泉作諸侯邸。"《漢書·文帝紀》:"太尉(周)勃乃跪上天子璽,代王謝曰:'至邸而議之。'"顔師古注:"郡國朝宿之舍,在京師者率名邸。邸,至也,言所歸至也。"　　掃門:漢魏勃少時欲求見齊相曹參,貧無以自通,乃常早起爲齊相舍人掃門,齊相舍人怪而爲之引見,後以"掃門"爲求謁權貴的典故。錢起《送楊錥歸隱》:"悔作掃門事,還吟招隱詩。"宋無名氏《釋常談·掃門》:"凡欲求事,先施功力,謂之掃門。"　　碣石:山名,在今河北省昌黎縣北,碣石山餘脈的柱狀石亦稱碣石,該石自漢末起已逐漸沉沒海中。《書·禹貢》:"導岍及岐……太行、恒山,至於碣石,入於海。"《漢書·武帝紀》:"行自泰山,復東巡海上,至碣石。"這裏借指李唐的河朔地區。　　餘渗:謂殘存未盡的禍害。元積《賀誅吳元濟表》:"臣聞拯遺甿於溝瀆,非聖不能;掃餘渗以雪霜,非智不可。"元積《賀裴相公破淮西啓》:"靈旗一臨,餘渗電掃。此所謂俟周公而後淮夷服,得元凱而後吳寇平。"　　束身:自縛其身,表示歸順。《梁書·袁昂傳》:"永元末,義師至京師,州牧郡守皆望風降款，昂獨拒境不受命……建康城平，昂束身詣闕，高祖宥之不問也。”羅隱《讒書·婦人之仁》：“漢祖得天下，而良平之功不少焉！吾觀留侯破家以讎韓，曲逆束身以歸漢，則有爲之用，先見之明，又何以加焉！”　推食：即“推食解衣”，《史記·淮陰侯列傳》：“漢王授我上將軍印，予我數萬衆，解衣衣我，推食食我，言聽計用，故吾得以至於此。”後因以“推食解衣”極言恩惠之深。《隋書·沈光傳》：“帝每推食解衣以賜之，同輩莫與爲比。”皇甫冉《送陸鴻漸赴越詩序》：“尚書郎鮑侯，知子愛子者，將推食解衣以拯其極。”亦省作“推食”、“推解”、“推衣”。庾信《周大將軍瑯邪定公司馬裔墓誌銘》：“玉案推食，河橋勸酒。”李綱《謝賜御筵表》：“臣敢不仰懷推食之仁，力刷飲河之恥。”華岳《寄敬甫葉兄》：“饑溺切君身，推解過疇昔。炎凉無異心，始終無異迹。”華岳《賀趙丞登第》：“蟾窟一枝分玉樹，鳳池三浪出銀潢。何當推解延豪傑，爲復中原萬里疆。”蘇軾《李憲仲哀詞》：“推衣助孝子，一溉滋湯旱。誰能脫左驂，大事不可緩。”黃庭堅《西頭供奉官潮州兵馬監押尹君墓誌銘》：“晚仕嶺南英、循、潮三州，士大夫落南方者，君以禮意接其人物，而推衣食以字其孤末。”　握髮：即“握髮吐哺”，《韓詩外傳》卷三：“成王封伯禽於魯，周公誡之曰：‘往矣！子其無以魯國驕士。吾文王之子，武王之弟，成王之叔父也，又相天下，吾於天下亦不輕矣！然一沐三握髮，一飯三吐哺，猶恐失天下之士。’”後因以“握髮吐哺”比喻爲國家禮賢下士，殷切求才。陸贄《興元論解姜公輔狀》：“握髮吐哺之日，宵衣旰食之辰。”范仲淹《帝王好尚論》：“文王躬迎呂望，周公握髮吐哺，以待白屋之士。”　高枕：枕著高枕頭，謂無憂無慮。《戰國策·齊策》：“三窟已就，君姑高枕爲樂矣！”韓愈《與鳳翔邢尚書書》：“戎狄棄甲而遠遁，朝廷高枕而不虞。”　擊鍾：亦作“擊鐘”，打鐘奏樂，形容生活奢華。《左傳·襄公三十年》：“鄭伯有耆酒，爲窟室，而夜飲酒，擊鐘焉！”《漢書·貨殖傳》：“質氏以灑削而鼎食，濁氏以胃脯而連騎，張里以馬醫而擊鍾，皆越法矣！”又作“擊鐘鼎食”，打鐘列鼎而食，形容貴族或富人生活奢華。張衡《西京賦》：“擊鐘鼎食，連騎相過。”韋應物《貴遊行》：“平明擊鐘食，入夜樂未休。”

　　④ 得人：謂得到德才兼備的人，亦謂用人得當。《論語·雍也》：“子曰：‘女得人焉耳乎？’”邢昺疏：“孔子問子遊，言女在武城，得其有德之人乎？”《漢書·公孫弘傳贊》：“漢之得人，於茲爲盛。”　老生之常語：即“老生常談”。《三國志·管輅傳》：“揚曰：‘此老生之常譚。’輅答曰：‘夫老生者見不生，常譚者見不譚。’”《世說新語·規箴》作“常談”，原指年老書生的平凡議論，後泛指講慣了的老話。劉知幾《史通·書志》：“若乃前事已往，後來追證，課彼虛説，成此遊詞，多見其老生常談，徒煩翰墨者矣！”黃庭堅《流民嘆》：“風生群口方出奇，老生常談幸聽之。”　切近：貼近，相近。《易·剝》：“‘剝床以膚’，切近災也。”孔穎達疏：“切近災者，其災已至，故云切近災也。”《春秋繁露·竹林》：“物之所油然，其於人切近，可不省耶？”　熟俗：即“世俗”，指當時社會的風俗習慣。《文子·道原》：“矜僞以惑世，畸行以迷衆，聖人不以爲世俗。”《史記·循吏列傳》：“施教導民，上下和合，世俗盛美，政緩禁止，吏無奸邪，盜賊不起。”

　　⑤ 末學：膚淺無本之學，多用作自謙之詞或自稱的謙詞。《莊子·天道》：“本在於上，末在於下。要在於主，詳在於臣。三軍五兵之運，德之末也；賞罰利害，五刑之辟，教之末也；禮法度數，形名比詳，治之末也；鐘鼓之音，羽旄之容，樂之末也；哭泣衰絰，隆殺之服，哀之末也。此五末者，須精神之運，心術之動，然後從之者也。末學者，古人有之，而非所以先也。”成玄英疏：“先，本也。五末之學，中古有之，事涉澆僞，終非根本也。”司空曙《下第日書情寄上叔父》：“微才空覺滯京師，末學曾爲叔父知。”　淺見：謂見識短淺，亦指見識短淺者。《史記·五帝本紀論》：“書缺有間矣！其軼乃時時見於他説，非好學深思，心知其意，固難爲淺見寡聞道也！”酈道元《水經注·河水》：“水陸路殊，徑復不同，淺見未聞，非所詳究，不能不聊述聞見，以

志差違也。”　引喻：亦作“引諭”，稱引比喻。《三國志·諸葛亮傳》：“不宜妄自菲薄，引喻失義，以塞忠諫之路也。”蔣防《霍小玉傳》：“生素多才思，援筆成章，引諭山河，指誠日月。”　古昔：往昔，古時。左思《詠史詩八首》七：“英雄有屯邅，由來自古昔。”韓愈《送竇從事序》：“是維島居卉服之民，風氣之殊，著自古昔。”　裴兵部：即裴垍，裴垍生前曾經任職宰相，提攜元稹、白居易與裴度等人，元和五年因病改拜兵部尚書，故也稱“裴兵部”。參見《舊唐書·裴垍傳》以及元稹《感夢》詩。元稹《西歸絕句十二首》五：“白頭歸舍意如何？賀處無窮吊亦多。左降去時裴相宅(裴相公垍)，舊來車馬幾人過？”白居易《夢裴相公》：“五年生死隔，一夕魂夢通。夢中如往日，同直金鑾宮。”　甄辨：辨明。沈括《謝轉運啓》：“以一日之間，尊賢愈隆，越偽益速，既以難甄辨之術，乃始嚴保任之科。”義近“甄別”，鑒別，區別。葛洪《抱朴子·論仙》：“執太璞於至醇之中，遺末務於流俗之外，世人猶尠能甄別。”《文心雕龍·雜文》：“總括其名，並歸雜文之區；甄別其義，各入討論之域。”　清净：心境潔净，不受外擾。《戰國策·齊策》：“臞願得歸，晚食以當肉，安步以當車，無罪以當貴，清净貞正以虞。”陸游《夏日獨居》：“平生本清净，垂老更肅然。”　名流：知名人士，名士之輩。《世說新語·品藻》：“孫興公、許玄度，皆一時名流。”陳子昂《昭夷子趙氏碑》：“天下名流，翕然宗仰。”　構致：聚集招致。《舊唐書·李德裕傳》：“大中初，敏中復薦鉉在中書，乃相與掎摭構致，令其党人李咸者訟德裕輔政時陰事，乃罷德裕留守，以太子少保分司東都。”義近“召致”，使之至，喚來。《漢書·蕭望之傳》：“時上初即位，不省‘謁者召致廷尉’為下獄也，可其奏。後上召堪、更生，曰繫獄。”　群材：各色各樣的人才。杜甫《春日江村五首》四：“扶病垂朱紱，歸休步紫苔。郊扉存晚計，幕府愧群材。”姚向《奉陪段相公晚夏登張儀樓》：“秦相駕群材，登臨契上臺。查從銀漢落，江自雪山來。”　棟梁：房屋的大梁。《舊唐書·趙憬傳》：“大廈永固，是棟梁榱桷之全也；聖朝致理，亦庶官群吏之能也。"比喻擔負國家重任的人。杜甫《承沈八丈東美除膳部員外郎》:"天路牽騏驥,雲臺引棟梁。" 榱桷:屋椽。王安石《寄題鄞州白雪樓》:"朱樓碧瓦何年有?榱桷連空欲驚矯。"與棟梁相對,喻指次要人物。王禹偁《酬种放徵君一百韵(此篇命爲首重高士也)》:"相府一張紙,唤起久屈蟄。誠知有梁棟,未忍棄榱桷。" 隘:阻止。《戰國策·楚策》:"太子辭於齊王而歸,齊王隘之。"鮑彪注:"隘猶阻。"蔣捷《賀新郎·約友三月旦飲》:"雲隘東風藏不盡,吹艷生香萬壑。" 激濁揚清:亦即"揚清激濁",沖去污水,使清水飄流,後以喻揚善斥惡。《晉書·武帝紀》:"揚清激濁,舉美彈違,此朕所以垂拱總綱,責成於良二千石也。"《舊唐書·馬周傳》:"臣又聞致化之道,在於求賢審官;爲政之基,在於揚清激濁。" 愛吝:愛惜吝嗇。《隋書·李密傳》:"〔李密〕乃散家産,賙贍親故,養客禮賢,無所愛吝。"《新唐書·李嶠傳》:"願愛吝班榮,息匪服之議。"

⑥ 是以:連詞,因此,所以。《老子》:"功成而弗居,夫唯弗居,是以不去。"蘇舜欽《火疏》:"明君不諱過失而納忠,是以懷策者必吐上前,蓄冤者無至腹誹。" 秉政:執政,掌握政權。《漢書·定陶丁姬傳》:"哀帝崩,王莽秉政。"《新唐書·張延賞傳》:"帝還,詔入秉政。"外寮:在京師以外任職的官吏。《唐大詔令集·頒律令格式制》:"庶用刑符於畫一,守法在於無二,内外寮寀知朕意焉!"趙孟堅《謝李計使寶文先生檄入幕啓》:"竊以士每難於自見,況埋光彩於外寮!"據史籍記載,裴度由裴垍提拔爲起居舍人在元和三、四年間,《舊唐書·裴垍傳》:"憲宗知垍好直,信任彌厚,其年(元和三年)秋,李吉甫出鎮淮南,遂以垍代爲中書侍郎同平章事……元和五年中風病……罷爲兵部尚書。"《舊唐書·裴度傳》:"裴度……密疏論權幸,語切忤旨,出爲河南府功曹。遷起居舍人,元和六年以司封員外郎知制誥。" 韋相:即韋貫之,元稹撰作本文之前,韋貫之曾任職宰相,故稱"韋相"。《舊唐書·韋貫之傳》:"(元和三年)出爲果州刺史,道中黜巴州刺史,俄

徵爲都官郎中、知制誥。逾年拜中書舍人，改禮部侍郎……明年以本
官同中書門下平章事。”　張河南：即張正甫，《舊唐書・張正甫傳》：
“張正甫……于頔代澤，辟留正甫，正甫堅辭之，遂誣奏，貶郴州長史。
後由邕府徵拜殿中侍御史，遷戶部員外郎，轉司封員外，兼侍御史知
雜事，遷戶部郎中，改河南尹。”元稹撰作本文之前，張正甫曾任職河
南尹，故稱“張河南”。元和九年春天，元稹奉命出差潭州，拜見湖南
節度使張正甫，有《陪張湖南宴望岳樓稹爲監察御史張中丞知雜事》、
《何滿子歌》、《盧頭陀詩》、《醉別盧頭陀》、《湘南登臨湘樓》、《晚宴湘
亭》、《寄庾敬休》諸詩涉及元稹拜見張正甫此行，幸請讀者關注。
邕：古州名，在今廣西南寧一帶。韓愈《黃家賊事宜狀》：“邕容兩管，
因此凋弊。”沈遘《東上閣門使康州刺史陶公傳》：“在邕凡五年，納附
降者數千百人。”　幕：即“幕僚”，古稱將帥幕府中的參謀、記室之類
的僚屬，後亦泛稱地方軍政官衙署中協助辦理文案、刑名、錢穀等公
務的人員。孫光憲《北夢瑣言》卷三：“李太師光顏……愛女未聘，幕
僚謂其必選佳婿。”《資治通鑑・後晉高祖天福四年》：“楚王希範始開
天策府……以幕僚拓跋恒、李弘皋、廖匡圖、徐仲雅等十八人爲學
士。”　李西川：即李夷簡，元稹撰作本文之前，李夷簡曾任職劍南西
川節度使，故稱“李西川”。《舊唐書・裴垍傳》：“及在相位，用韋貫
之、裴度知制誥，擢李夷簡爲御史中丞，其後繼踵入相，咸著名迹。其
餘量材賦職，皆葉人望。選任之精，前後莫及。議者謂垍作相，才與
時會，知無不爲。於時朝無幸人，百度寖理，而再周遘疾，以至休謝，
公論惜之。”《舊唐書・憲宗紀》：“(元和四年)夏四月丙子朔……甲
辰……以刑部郎中、侍御史知雜李夷簡爲御史中丞……(元和)八年
春正月乙卯朔……癸未，以山南東道節度使李夷簡檢校戶部尚書、成
都尹，充劍南西川節度使。”元稹《貽蜀五首并序》：“元和九年，蜀從事
韋藏文告別，蜀多朋舊，稹性懶爲寒溫書，因賦代懷五章，而贈行亦在
其數。”其一《病馬詩寄上李尚書》即是贈送李夷簡之作：“萬里長鳴望

蜀門，病身猶帶舊瘢痕。遙看雲路心空在，久服鹽車力漸煩。尚有高懸雙鏡眼，何由並駕兩朱輻。唯應夜識深山道，忽遇君侯一報恩。"關於李夷簡，白居易有《聞李尚書拜相因以長句寄賀微之》涉及元稹："憐君不久在通川，知己新提造化權。夔臯定求才濟世，張雷應辨氣衝天。那知淪落天涯日，正是陶鈞海內年。肯向泥中抛折劍，不收重鑄作龍泉。"元稹也有詩篇《酬樂天聞李尚書拜相以詩見賀》酬和："初因彈劾死東川，又爲親情弄化權（予爲監察御史，劾奏故東川節度使嚴礪籍没衣冠等八十餘家，由是操權者大怒。分司東臺日，又劾奏宰相親，因緣遂貶江陵士曹耳）。百口其經三峽水，一時重上兩漫天。尚書入用雖旬月，司馬衙冤已十年。若待更遭秋瘴後，便愁平地有重泉。"幸請讀者一併關注。唯應夜識深山道，忽遇君侯一報恩。"　饒州：州郡名，在江南西道，府治今江西鄱陽市，李夷簡元和初曾任職饒州刺史。《兩浙金石志·唐李夷簡題名》："饒州刺史李夷簡□遊，元和二年四月十二日。"劉長卿《奉送盧員外之饒州》："天書萬里至，旌斾上江飛。日向鄱陽近，應看吴岫微。"李嘉佑《送盧員外往饒州》："爲郎復典郡，錦帳映朱輪。露冕隨龍節，停橈得水人。"　雜端：御史臺六名侍御史，由資深者充任雜端。《新唐書·百官志》："御史臺……侍御史六人，從六品下。掌糾舉百寮及入閣承詔，知推、彈、雜事……久次者一人知雜事，謂之雜端。"元稹《陪張湖南宴望岳樓稹爲監察御史張中丞知雜事》："觀象樓前奉末班，絳峰只似殿庭間。今日高樓重陪宴。雨籠衡岳是南山。"徐鉉《水部員外郎判刑部查文徽可侍御史知雜》："敕：秦漢以御史掌四方之記，我朝以雜端正百官之邪。其名則同，所職實重。"　津梁：橋梁，比喻地位重要。《國語·晉語》："豈謂君無有，亦爲君之東游津梁之上，無有難急也。"比喻能起橋梁作用的人或事物。《魏書·封軌傳》："吾平生不妄進舉，而每薦此二公，非直爲國進賢，亦爲汝等將來之津梁也。"

　　⑦"如故韋簡州勛及稹等"三句：這裏必須明確三個問題：一、裴

坰爲相時提拔韋勛於"疑礙"並置之"朝行"之事，根據裴坰爲相的起止時間，祗能是元和三四年間之事。而韋勛被提拔前後的官職，今天亦已經無法考知。二、所謂的"韋簡州勛"，是指韋勛受到其兄韋貫之的牽連，於元和十一年從"太常少卿"出貶爲簡州刺史，而《册府元龜》所言"虢州刺史"，應該是"太常少卿"之前的職位。因爲從刺史到刺史，雖然有遠近的區別，但似乎不應該説"亦坐貫之貶簡州刺史"。《唐會要》："元和十一年三月，順宗皇后王氏崩於南内之咸寧殿，諡曰莊憲。初，太常少卿韋勛進諡議……"《册府元龜》卷九二五："貫之以議兵不合帝旨，罷……貫之弟虢州刺史纁亦以清操爲搢紳所慕，亦坐貫之貶簡州刺史，議者惜之。"三、在本文撰寫的元和十三年，韋勛已經作古，故文中稱"故韋簡州勛"。　　疑礙：指困頓的環境。白居易《卯時酒》："是非莫分别，行止無疑礙。"林季仲《與趙參政書》："私居乏人，假於州縣，復多疑礙。數月以來，欲辦一夫往問起居，不可得。"　朝行：朝列。韓愈《盧郎中雲夫寄示送盤谷子詩兩章歌以和之》："又知李侯竟不顧，方冬獨入崔嵬藏。我今進退幾時決？十年蠢蠢隨朝行。"周密《齊東野語·誅韓本末》："後懼事泄，於是令次山於朝行中擇能任事者。"　異己：志趣、見解與己不同，以至敵對。《後漢書·朱俊傳》："卓雖惡俊異己，然貪其名重，乃表遷太僕，以爲己副。"《宋史·岳飛傳》："時和議既決，檜患飛異己。"指與己見不同或敵對的人。《晉書·殷顗傳》："顗見江績亦以正直爲仲堪所斥，知仲堪當逐異己，樹置所親。"王安石《揚雄二首》二："謗嘲出異己，傳載因疏略。"　協心：同心，齊心。《書·畢命》："周公克慎厥始，惟君陳克和厥中，惟公克成厥終，三後協心，同底於道。"韓愈《赴江陵途中寄贈三學士》："協心輔齊聖，政理同毛輶。"　至交：交誼最深的朋友。嵇康《與吕長悌絶交書》："昔與足下年時相比，以數面相親。足下篤意，遂成大好，猶是許足下以至交。"《南史·孔邃傳》："好典故學，與王儉至交。"　蹊隧：亦作"蹊遂"，小路，門徑，門路。《莊子·馬蹄》："當是時也，山無蹊隧,澤無舟梁。"蘇轍《祭八新婦黃氏文》:"風波恐懼,蹊遂顛絕。"根本:事物的根源,基礎,最主要的部分。《史記·白起王翦列傳論》:"翦爲宿將,始皇師之,然不能輔秦建德,固其根本,偷合取容,以致殞身。"蘇軾《乞留顧狀》:"給事中顧臨,資性方正,學有根本。"

⑧"及山東涔作"十句:事見《舊唐書·裴垍傳》:"王士真死,其子承宗以河北故事,請代父爲帥。憲宗意速于太平,且頻蕩寇孽,謂其地可取。吐突承璀恃恩,謀撓垍權,遂伺君意,請自征討。盧從史陰苞逆節,內與承宗相結約,而外請興師以圖厚利。垍皆陳其不可,且言:'武俊有大功於朝,前授李師道而後奪承宗,是賞罰不一,無以沮勸天下。'逗留半歲,憲宗不決,承璀之策竟行。及師臨賊境,從史果攜貳,承璀數督戰,從史益驕倨反復,官軍病之。時王師久暴露無功,上意亦怠。後從史遣其衙門將王翊元入奏,垍延與語,微動其心,且喻以爲臣之節,翊元因吐誠言從史惡稔可圖之狀。垍遣再往,比復還,遂得其大將烏重胤等要領。垍因從容啓言:'從史暴戾,有無君之心。今聞其視承璀如嬰孩,往來神策壁壘間,益自恃不嚴,是天亡之時也。若不因其機而致之,後雖興師,未可以歲月破也。'憲宗初愕然,熟思其計,方許之。垍因請密其謀,憲宗曰:'此唯李絳、梁守謙知之!'時絳承旨翰林,守謙掌密命。後承璀竟擒從史,平上黨,其年秋班師。垍以'承璀首唱用兵,今還無功,陛下縱念舊勞,不能加顯戮,亦請貶黜以謝天下'。遂罷承璀兵柄。"關於這一歷史事件,元稹有兩篇詩文與之有關,其一是《爲河南府百姓訴車狀》,元稹反對陸路運輸,極力主張水路搬運:"況今年河路元不甚凍,及至裝車般運,至發時已是來年正月上旬已後,即水路自然去得,只校旬日之間,實恐虛成其敝。"其二是元稹《表奏》,再次提及決策者的錯誤:"朝廷餽東師,主計者誤命牛車四千三百乘飛芻越太行。"除此而外,元稹還有《寄劉頗二首》二涉及:"前年碣石烟塵起,共看官軍過洛城。無限公卿因戰得,與君依舊綠衫行。"從兩篇文章一篇詩歌可知,元稹對吐突承璀挂

帥出征及其手下宦官宋惟澄、曹進玉、馬朝江等行營館驛糧料使在運送糧草上的錯誤決策一直持反對態度，而與裴垍、李絳、白居易站在同一立場。　　山東：稱太行山以東地區。《史記·晉世家》：“冬十二月，晉兵先下山東。”杜甫《洗兵行》：“中興諸將收山東，捷書夜報清晝同。”仇兆鰲注：“山東，河北也。安禄山反，先陷河北諸郡。”　　沴：舊謂天地四時之氣不和而生的災害。《莊子·大宗師》：“陰陽之氣有沴。”《漢書·五行志》：“氣相傷，謂之沴。沴猶臨莅，不和意也。”引申爲相害，相傷。葛洪《抱朴子·吳失》：“陰陽相沴，寒燠繆節。”本文指元和四年成德軍節度使王承宗不從李唐朝廷詔命之事，《舊唐書·憲宗紀》：“(元和四年)九月甲辰朔，庚戌，以成德軍都知兵馬使、鎮府右司馬王承宗起復檢校工部尚書，充成德軍節度使；以德州刺史薛昌朝檢校左常侍，充保信軍節度、德隸等州觀察等使。昌朝，薛嵩之子，婚于王氏，時爲德州刺史。朝廷以承宗難制，乃割二州爲節度，以授昌朝。制纔下，承宗以兵虜昌朝歸鎮州……冬十月癸酉朔……癸未，詔：‘成德軍節度使王承宗頃在苫廬，潛窺戎鎮。而内外以事君之禮，叛而必誅；分土之儀，專則有辟。朕念其先祖嘗有茂勛，貸以私恩，抑於公議。使臣旁午以告諭，孼童俯伏以陳誠，願獻兩州，期無二事。朕亦收其後效，用以曲全，授節制於舊疆，齒勛賢於列位。況德棣本非成德所管，昌朝又是承宗懿親，俾撫近鄰，斯誠厚澤，外雖兩鎮，内是一家。而承宗象恭懷奸，肖貌稔惡，欺裴武於得位之後，囚昌朝於授命之中。加以表疏之間，悖慢斯甚，義士之所興嘆，天地之所不容。恭行天誅，蓋示朝典，承宗在身官爵，並宜削奪。’以神策左軍中尉吐突承璀爲鎮州行營招討處置等使，以龍武將軍趙萬敵爲神策先鋒將，内官宋惟澄、曹進玉、馬朝江等爲行營館驛糧料等使。京兆尹許孟容與諫官面論征伐大事，不可以内官爲將帥，補闕獨孤郁其言激切，詔旨秖改處置爲宣慰，猶存招討之名。”　　兵事：戰事，戰爭。《史記·范睢蔡澤列傳》：“〔秦王〕乃拜范睢爲客卿，謀兵事。”荀悦《漢紀·武帝紀》：“萬民苦於兵事，逃亡必衆。” 禁暴：制止暴亂，制止强暴。《禮記·樂記》：“刑禁暴，爵舉賢，則政均矣！”《史記·張儀列傳》：“是我一舉而名實附也，而又有禁暴止亂之名。” 息人：猶息民。《後漢書·臧宫傳》：“誠能舉天下之半以滅大寇，豈非至願；苟非其時，不如息人。”陸贄《賜吐蕃將書》：“息人繼好，固是常規。” 震耀：震動，顯耀。《三國志·高貴鄉公髦傳》：“及烈祖明皇帝躬征吴蜀，皆所以奮揚赫斯，震耀威武也。”白居易《唐故虢州刺史贈禮部尚書崔公墓誌銘》：“由是正氣直聲，震耀朝右。” 樽俎：古代盛酒食的器皿，樽以盛酒，俎以盛肉。《莊子·逍遥遊》：“庖人雖不治庖，尸祝不越樽俎而代之矣！”指宴席。劉向《新序·雜事》：“仲尼聞之曰：‘夫不出於樽俎之間，而知千里之外，其晏子之謂也，可謂折冲矣！’” 廊廟：殿下屋和太廟，指朝廷。《國語·越語》：“謀之廊廟，失之中原，其可乎？王姑勿許也。”《後漢書·申屠剛傳》：“廊廟之計，既不豫定，動軍發衆，又不深料。”李賢注：“廊，殿下屋也；廟，太廟也。國事必先謀於廊廟之所也。” 兼善：謂使他人得到好處。《孟子·盡心》：“窮則獨善其身，達則兼善天下。”孫奭疏：“古之人得志遭遇其時，則布恩澤而加被於民。”全好，各方面都擅長。潘岳《楊荆州誄》：“草隸兼善，尺牘必珍。”《文心雕龍·明詩》：“兼善則子建、仲宣，偏美則太沖、公幹。” 精微：猶精粹。《文子·九守》：“天地未形，窈窈冥冥。渾而爲一，寂然清澄。重濁爲地，精微爲天。”王充《論衡·奇怪》：“説聖者以爲禀天精微之氣，故其爲有殊絶之知。” 心胸：胸懷，胸襟。謝靈運《酬從弟惠連》：“末路值令弟，開顔披心胸。”杜甫《巴西驛亭觀江漲呈竇使君二首》一：“天邊同客舍，携我豁心胸。” 泛駕：翻車，亦喻不受駕御。《漢書·武帝紀》：“夫泛駕之馬，跅弛之士，亦在御之而已。”顔師古注：“泛，覆也……覆駕者，言馬有逸氣而不循軌轍也。”蔣驥《楚辭餘論·九章》：“健犢須走車破轅，良馬須逸靷泛駕，然後能負重致遠。”乘桴：乘坐竹木小筏。《論語·公冶長》：“道不行，乘桴浮於海。”《三國志·管寧傳》：“遂避時難，乘桴越海，羈旅遼東三十餘年。”後用以指避世。王維《濟上四賢詠》：“已聞能狎鳥，余欲共乘桴。”王安石《次韵平甫金山會宿寄親友》：“飄然欲作乘桴計，一到扶桑恨未能。”　校量：衡量，考查。李靖《李衛公問對》卷下：“太宗曰：‘然！吾謂不伐而屈人之兵者，上也；百戰百勝者，中也；深溝高壘以自守者，下也。以是校量，孫武著書，三等皆具焉！’”《公羊傳·宣公十五年》：“什一行而頌聲作。”陳立義疏：“因凡校量勤惰之處，亦謂之校。”　雄材大略：傑出的才能和偉大的謀略。《漢書·武帝紀贊》：“如武帝之雄材大略，不改文景之恭儉以濟斯民，雖《詩》《書》所稱何有加焉！”曹植《漢二祖優劣論》：“然彼之雄材大略，倜儻之節，信當世至豪健壯傑士也。”亦作“雄才大略”。《舊唐書·李密傳》：“以足下之雄才大略，士馬精勇，席捲二京，誅滅暴虐，則隋氏之不足亡也。”

⑨　即世：去世。《左傳·成公十三年》：“無禄，獻公即世。”杜甫《哭王彭州掄》：“夫人先即世，令子各清標。”　李嚴、廖立：據《三國志·李嚴傳》《三國志·廖立傳》，兩人才幹過人，以諸葛亮之副自許，後來因狂妄，受到諸葛亮的嚴厲處分。諸葛亮病故之後，兩人對諸葛亮並無怨言，是因爲諸葛亮處理問題，公平如水明確如鏡。本文是以諸葛亮的作爲借喻裴垍的品質。　將相：將帥和丞相，亦泛指文武大臣。《史記·高祖本紀》：“諸侯及將相相與共請尊漢王爲皇帝。”李涉《與梧州劉中丞》：“三代盧龍將相家，五分符竹到天涯。”　名卿：有聲望的公卿。《管子·幼官》：“三年名卿請事，二年大夫通吉凶。”《漢書·翟方進傳》：“三人皆名卿，俱在選中。”　引拔：引用提拔。《梁書·張纘傳》：“纘居選，其後門寒素，有一介皆見引拔，不爲貴要屈意，人士翕然稱之。”蘇舜欽《薦王景仁啓》：“故沈頓賤仕，未爲位上者所引拔。”　鮑叔：鮑叔牙的別稱，春秋時齊國大夫，以知人並篤于友誼稱於世，後常以“鮑叔”代稱知己好友。杜甫《宋中遇陳二》：“常忝鮑叔義，所期王佐才。”元稹《寄樂天二首》一：“惟應鮑叔猶憐我，自保曾參不殺人。”

⑩ 昨者閣下方事淮蔡：指裴度平定淮西的行程。《舊唐書·憲宗紀》屢有記載："（元和十年）五月辛未朔，辛巳，御史中丞裴度兼刑部侍郎，時度自淮西行營宣慰還，所言軍機多合上旨，故以兼管寵之……裴度使還，奏曰：'臣觀諸將，惟光顏見義能勇，必能立功。至是告捷京師相賀，上尤賞度之知人……（元和十一年）八月壬寅，以宰臣韋貫之爲吏部侍郎，罷知政事。貫之以淮西、河北兩處用兵，勞於供餉，請緩承宗而專討元濟，與裴度爭論上前故也……（元和十二年）秋七月戊子朔……丙辰，制以中書侍郎、平章事裴度守門下侍郎、同平章事、使持節蔡州諸軍事、蔡州刺史，充彰義軍節度、申光蔡觀察處置等使，仍充淮西宣慰處置使。以朝散大夫，守尚書户部侍郎、上護軍、賜紫金魚袋崔群爲中書侍郎、同中書門下平章事。以刑部侍郎馬總兼御史大夫，充淮西行營諸軍宣慰副使。以太子右庶子韓愈兼御史中丞，充彰義軍行軍司馬。以司勛員外郎李正封、都官員外郎馮宿、禮部員外郎李宗閔皆兼侍御史，爲判官、書記，從度出征，詔以郾城爲行蔡州治所。八月戊午朔，庚申裴度發赴行營，敕神策軍三百人衛從，上御通化門勞遣之。度望門再拜，銜涕而辭，上賜之犀帶……甲申，裴度至郾城……冬十月壬申，裴度往洀口觀板築，五溝賊遽至，注弩挺刃，將及度，而李光顏、田布扼其歸路，大敗之，是日度幾陷……己卯，隨唐節度使李愬率師入蔡州，執吳元濟以獻，淮西平。甲申詔淮西立功將士委韓弘、裴度條疏奏聞……十二月壬戌，以彰義軍節度、淮西宣慰處置使、門下侍郎同平章事裴度守本官，賜上柱國、晉國公、食邑三千户。以蔡州留後馬總檢校工部尚書、蔡州刺史、彰義軍節度使、潊州潁陳許節度使。丙子，以右庶子韓愈爲刑部侍郎。"獨當：單獨擔當一個部門或一個方面的重任，語出《史記·留侯世家》："良進曰：'……漢王之將獨韓信可屬大事，當一面。'"《舊唐書·歸登傳》："執易草疏成，示登，登愕然曰：'願寄一名！雷電之下，安忍足下獨當？'自是同列切諫。" 爐錘：比喻軍政大事等的安排、措施。

杜甫《送顧八分文學適洪吉州》："顧侯運爐錘，筆力破餘地。"蘇軾《富鄭公神道碑》："上帝憎之，命我祖宗，畀爾爐錘，往銷其鋒。"　深謀：深遠周密的謀劃。《史記·貨殖列傳》："由此觀之，賢人深謀於廊廟，論議朝廷，守信死節隱居巖穴之士設爲名高者安歸乎？"柳宗元《非國語》："古之所謂善深謀，居乎親戚輔佐之位，則納君於道，否則繼之以死。"　群議：衆人的議論。《後漢書·馬援傳》："帝大喜，引入，具以群議質之。"劉禹錫《唐故韋公集紀》："群議哄然，俟公一言而定。"追韓信：韓信棄項投劉，成爲劉邦奪取天下的主要將帥，立下汗馬功勞。《歷代名臣奏議·任將》："蕭何能追韓信之亡而薦之登壇之拜，必漢王也。方未拜而人人自以爲得大將，是何薦信之密，一軍皆不知之；非獨一軍不知，信亦不自知也。"《陝西通志·漢中府南鄭縣》："孤雲山在縣南百二十里，與兩角山相連，上有石刻云：'漢相國何追韓信至此！'"　拔呂蒙：呂蒙爲孫權拔于行伍之中，在取荆州抗曹操中屢立奇功。《三國志·孫權傳》："遣都尉趙咨使魏，魏帝問曰：'吳王何等主也？'咨對曰：'聰明仁智雄略之主也！'帝問其狀，咨曰：'納魯肅於凡品，是其聰也；拔呂蒙於行陣，是其明也；獲于禁而不害，是其仁也；取荆州而兵不血刃，是其智也；據三州虎視於天下，是其雄也；屈身于陛下，是其略也！'"本文以韓信、呂蒙喻指當時參與平叛淮西的衆多將領。　叔孫通薦儒：據《史記·劉敬叔孫通列傳》，叔孫通原來是秦朝的官員，後來借機投奔項羽，接著又轉投劉邦。當時跟隨叔孫通的一幫儒生，見叔孫通並沒有在劉邦面前推薦他們，非常不滿。直到劉邦天下大定，需要大批儒生的時候，叔孫通才將這幫儒生推薦給劉邦，演習新定的禮儀。本文借這個歷史故事，委婉地向裴度提出：現在淮西叛亂已經平定，天下安定，"追韓信"、"拔呂蒙"已經不是"急務"，您又大權在握，是應該向皇上推薦我們這幫儒生的時候了。宋之問《奉和幸長安故城未央宮應制》："樂思回斜日，歌詞繼大風。今朝天子貴，不假叔孫通。"李白《嘲魯儒》："君非叔孫通，與我本殊倫。

時事且未達,歸耕汶上濱。"

⑪ 殊勳:特出的功勳。《三國志·荀彧傳》:"董昭等謂太祖宜進爵國公,九錫備物,以彰殊勳。"李德林《天命論》:"太祖挺生,庇民匡主,立殊勳于魏室,建茂績于周朝。" 王化:天子的教化。《詩大序》:"《周南》、《召南》,正始之道,王化之基。"《後漢書·張酺傳》:"吾爲三公,既不能宣揚王化,令吏人從制,豈可不務節約乎?" 魏鄭公:魏徵生前封爲鄭國公,世稱魏鄭公。呂溫《魏鄭公徵》:"堂堂魏公,崇節大志。喬幹直聳,摩天自致。遭風雲時,得霸王器。一言委質,有死無二。撫我則後,各盡其志。"元稹《處分幽州德音》:"古人云:'安不忘危。'魏徵對太宗以守成之不易,茲朕小子,抑又何知!" 守成:保持前人的成就和業績。《詩·大雅·鳧鷖序》:"《鳧鷖》,守成也。太平之君子,能持盈守成,神祇祖考安樂之也。"孔穎達疏:"言保守成功,不使失墜也。"吳兢《貞觀政要·君道》:"貞觀十年,太宗謂侍臣曰:'帝王之業,草創與守成孰難?'尚書左僕射房玄齡對曰:'天地草昧,群雄競起。攻破乃降,戰勝乃克。由此言之,草創爲難。'魏徵對曰:'帝王之起,必承衰亂,覆彼昏狡。百姓樂推四海,歸命天授,人與乃不爲難。然既得之後,志趣驕逸。百姓欲靜而徭役不休,百姓凋殘而侈務不息,國之衰弊恒由此起。以斯而言,守成則難。太宗曰:'玄齡昔從我定天下,備嘗艱苦,出萬死而遇一生,所以見草創之難也。魏徵與我安天下,慮生驕逸之端,必踐危亡之地,所以見守成之難也。今草創之難,既已往矣!守成之難者,當思與公等慎之!'"

⑫ 愚:自稱之謙詞。諸葛亮《前出師表》:"愚以爲宮中之事,事無大小,悉以咨之,然後施行,必能裨補闕漏,有所廣益。"李商隱《爲絳郡公祭宣武王尚書文》:"公昔分茅,愚嘗視草。" 遷授:遷升官職。《南史·蔡興宗傳》:"王景文、謝莊等遷授失序,興宗又欲改爲美選。"元稹《翰林承旨學士記》:"臨我以十一賢之名氏,豈直自警哉!由是謹其遷授,書於座隅。" 常:正常狀態或秩序。《詩·唐風·鴇羽》:

"悠悠蒼天,曷其有常!"桓寬《鹽鐵論·詔聖》:"高皇帝時,天下初定,發德音,行一卒之令,權也,非撥亂反正之常也。" 竭誠:忠誠,盡心。《漢書·劉向傳》:"賴忠正大臣絳侯、朱虛侯等竭誠盡節以誅滅之,然後劉氏復安。"《舊唐書·德宗紀》:"賴天地降佑,人祇協謀,將相竭誠,爪牙宣力,群盜斯屏,皇維載張。" 援拯:援救。《舊唐書·李繁傳》:"(李)泌之故人爲宰相,左右援拯,後得累居郡守,而力學不倦。"劉敞《送王舒序》:"沈溺不可援拯,故北人去者常惴焉!今王生治裝正歸閩中無難色,出門取道無畏辭,豈王生其土人能習之哉!" 焚溺:喻人受虐,如同陷身水火之中。白居易《寓言題僧》:"力小無因救焚溺,清凉山下且安禪。"石介《感事》:"三歲出南狩,王師拯焚溺。"後行:唐宋時尚書省次序分前、中、後三行,工部、禮部爲後行。《唐會要·尚書省分行次第》:"以兵、吏及左右司爲前行,刑、户爲中行,工、禮爲後行,每行各管四司。"《太平廣記》卷二五〇引韋述《兩京新記·尚書郎》:"尚書郎,自兩漢已後,妙選其人。唐武德貞觀已來,尤重其職。吏、兵部爲前行,最爲要劇,自後行改入,皆爲美選。" 察院:唐監察御史的官署名。《新唐書·百官志》:"御史臺……其屬有三院:一曰臺院,侍御史隸焉!二曰殿院,殿中侍御隸焉!三曰察院,監察御史隸焉!"趙彥衛《雲麓漫抄》卷七:"唐有三院:御史侍御史謂之臺院,殿中侍御史謂之殿院,監察御史謂之察院。" 殿院:唐宋兩代有御史臺,下設臺院、殿院和察院,其主管官分別爲侍御史、殿中侍御史、監察御史。趙彥衛《雲麓漫抄》卷七:"殿中侍御史謂之殿院。"洪邁《容齋續筆·臺諫不相見》:"韓公攝饗明堂,殿中侍御史陳洙監祭,公問洙:'聞殿院與司馬舍人甚熟。'洙答以'頃年曾同爲直講'。" 小生:舊時士子對自己的謙稱。《後漢書·黄香傳》:"臣江淮孤賤,愚蒙小生,經學行能,無可筭録。"牛僧孺《玄怪録·張佐》:"小生寡昧,願先生賜言以廣聞見,他非所敢望也。" 庸昧:謂資質愚鈍,才識淺陋,常用作謙詞。《周書·于瑾傳》:"此是家事,素雖庸昧,何敢有辭!"

《舊唐書·裴延齡傳》：“良以內顧庸昧，一無所堪；叨蒙眷知，唯以誠直。” 班行：指朝官。張籍《送鄭尚書出鎮南海》：“遠鎮承新命，王程不假催。班行爭路送，恩賜不時來。”秦觀《辭史官表》：“班行之內，學術過於臣者甚多。” 中輩：中等。張伯淳《跋文正公手書伯夷頌墨迹》：“若昌朝執中輩，雖素有抵牾，亦不以人廢焉！”王十朋《論用兵事宜札子》：“朝廷雖乏才，其可以此輕處存中輩耶？” 讓：謙讓，推辭。《書·堯典》：“允恭克讓。”孔穎達疏引鄭玄曰：“推賢尚善曰讓。”王勃《上劉右相書》：“江海不讓纖流，所以存其廣。” 郎吏：郎官。王充《論衡·佚文》：“夫以百官之衆，郎吏非一，唯五人文善，非奇而何！”陳善《捫虱新話·愛觀察怕大蟲》：“元和中，郎吏數人，省中飲酒，因話平生愛尚及憎怕者。”

⑬ 拾遺：官名，唐武則天時置左右拾遺，掌供奉諷諫，官階從八品上。王維《黎拾遺昕裴秀才迪見過秋夜對雨之作》：“促織鳴已急，輕衣行向重。寒燈坐高館，秋雨聞疏鐘。”李頎《留別王盧二拾遺》：“此別不可道，此心當報誰？春風灞水上，飲馬桃花時。” 補闕：官名，唐武后垂拱元年始置，有左右之分，左補闕屬門下省，右補闕屬中書省，掌供奉諷諫，官階從七品上。《新唐書·儀衛志》：“左補闕一人在左，右補闕一人在右。”洪邁《容齋四筆·官稱別名》：“唐人好以它名標榜官稱……監察爲合口椒，諫議爲大坡、大諫，補闕（今司諫）爲中諫，又曰補袞。” 員外：即“員外郎”，官名，員外本指正員以外的郎官，晉武帝始設員外散騎常侍，員外散騎侍郎，簡稱員外郎，隋開皇時尚書省二十四司各設員外郎一人，爲各司的次官，唐時同，官階從六品上。郭震《同徐員外除太子舍人寓直之作》：“太子擅元良，宮臣命偉長。除榮辭會府，直宿總書坊。”韓愈《送殷員外序》：“由是殷侯侑自太常博士遷尚書虞部員外郎，兼侍御史。” 正郎：即郎中，李唐部屬各司的主官，官階從五品上。盧綸《酬包佶郎中覽拙卷後見寄》：“令伯支離晚讀書，豈知詞賦稱相如！枉逢花木無新思，拙就溪潭損

舊居。”鄭谷《轉正郎後寄獻集賢相公》：“予名初在德門前，屈指年來三十年。自賀孤危終際會，別將流涕感階緣。”　宰物：謂從政治民，掌理萬物。陸雲《吳故丞相陸公誄》：“和美未揚，宰物下邑；康年屢登，惠風時協。”權德輿《奉和于司空兼呈李裴相公》：“宰物歸心匠，虛中即化源。”　綸誥：皇帝的詔令文告。沈約《齊故安陸昭王碑文》：“始以文學游梁，俄而入掌綸誥。”韓愈《論淮西事宜狀》：“臣謬承恩寵，獲掌綸誥。”　專席：獨坐一席。《漢官儀》：“御史大夫、尚書令、司隸校尉皆專席，號‘三獨坐’。”元稹《代李中丞謝官表》：“誰謂天眷曲臨，過蒙獎拔？坐令專席，位忝中司。”　瀝肝瀝膽：謂剖開肝膽以示真誠，比喻盡心竭力。周行先《請朝覲表》“臣內顧庸虛，謬居藩鎮。日月雲邁，倏然三年。空荷丘山之恩，未申絲髮之效。瀝肝瀝膽，豈盡愚誠？從頂至踵。皆承玄造。”亦作“披肝瀝膽”，《隋書·李德林傳》：“百辟庶尹，四方岳牧，稽圖讖之文，順億兆之請，披肝瀝膽，晝夜歌吟。”　廝養：猶廝役。《史記·張耳陳餘列傳》：“有廝養卒謝其舍中曰：‘吾為公說燕，與趙王載歸。’”裴駰集解引韋昭曰：“析薪為廝，炊烹為養。”《新唐書·張巡傳》：“待人無所疑，賞罰信，與衆甘苦寒暑，雖廝養，必整衣見之，下爭致死力，故能以少擊衆，未嘗敗。”

⑭ 為計不良：考慮不周。曹植《陳審舉表》：“臣聞羊質虎皮，見草則悅，見豺則戰，忘其皮之虎也。今置將不良，有似於此。”俞簡《行不由徑》：“古人心有尚，乃是孔門生。為計安貧樂，當從大道行。”溝瀆：比喻困厄之境。元結《世化》：“人民多饑餓，溝瀆、病傷、道路、糞污，非粱肉也耶！”蘇軾《和王晉卿》：“謂言相濡沫，未足救溝瀆。”十年：元稹自元和五年出貶江陵，至元和十年出貶通州，至本文撰寫的元和十三年，時間已經接近十年。竇群《初入諫司喜家室至》：“一旦悲歡見孟光，十年辛苦伴滄浪。不知筆硯緣封事，猶問傭書日幾行？”竇鞏《送劉禹錫》：“十年憔悴武陵溪，鶴病深林玉在泥。今日太行平似砥，九霄初倚入雲梯。”　胝瘃：皮肉生繭，手足拳曲，形容艱辛

困苦的境遇。　胝：皮厚成繭，手脚掌上的繭巴。司馬相如《難蜀父老》：“心煩於慮，而身親其勞，躬胝胼無胈，膚不生毛。”秦韜玉《織錦婦》：“祇恐輕梭難作匹，豈辭纖手遍生胝。”　攣：捲曲不能伸展。《史記·范雎蔡澤列傳》：“先生曷鼻，巨肩，魋顏，蹙齃，膝攣。”《後漢書·楊彪傳》：“彪見漢祚將終，遂稱足攣，不復行。”　和扁：古代良醫和與扁鵲的合稱。《漢書·藝文志》：“太古有岐伯、俞拊，中世有扁鵲、秦和。”顏師古注：“和，秦醫名也。”劉禹錫《謝賜廣利方表》：“長驅和扁，高視農軒。”　龜：爬行動物的一科，俗稱烏龜。《禮記·禮運》：“麟、鳳、龜、龍，謂之四靈。”郭璞《江賦》：“有龜六眸。”　鼉：揚子鱷，也稱鼉龍、豬婆龍，爬行動物，體長丈餘，背部與尾部有角質鱗甲，穴居於江河岸邊和湖沼底部，其皮可以製鼓。《呂氏春秋·季夏》：“是月也，令漁師伐蛟取鼉。”溫庭筠《昆明治水戰詞》：“鼉鼓三聲報天子，雕旗獸艦淩波起。”　烏：鳥名，烏鴉，又稱“老鴰”、“老鴉”，羽毛通體或大部分黑色。王充《論衡·感虛》：“〔秦王〕與之誓曰：‘使日再中，天雨粟，令烏白頭，馬生角……乃得歸。’”溫庭筠《更漏子》一：“驚塞雁，起城烏，畫屏金鷓鴣。”　鳥：古指尾羽長的飛禽，今爲脊椎動物的一綱。體溫恒定，卵生，嘴內無齒，全身有羽毛，胸部有龍骨突起，前肢變成翼，後肢能行走。一般會飛，也有的兩翼退化，不能飛行。李白《金門答蘇秀才》：“鳥吟簷間樹，花落窗下書。”韓愈《郇州溪堂詩》：“流有跳魚，岸有集鳥。”　繫：拘囚，拘捕。《左傳·成公九年》：“晉侯觀於軍府，見鍾儀，問之曰：‘南冠而繫者，誰也？’”《新唐書·張巡傳》：“〔令狐潮〕遣僞使者四人傳賊命招巡，巡斬以徇，餘繫祇所。”　籠：謂將鳥蟲等置於籠中。干寶《搜神記》卷一七：“〔趙王倫〕密籠鳥，並閉小兒于戶中。明日往視，悉不復見。”韓愈《與張十八同效阮步兵“一日復一夕”》：“譬如籠中鶴，六翮無所搖。”　鏁：拘繫，束縛。東方朔《與友人書》：“不可使塵網名韁拘鏁。”《北史·元志傳》：“城人果開門引賊，鏁志及芬之送念生，見害。”　檻：禁閉於囚車或柵欄之中。《呂氏春秋·順説》：“管子得于魯，魯束縛而檻之，使役人載而送之齊。”《晉書·齊王冏傳》：“群王被囚檻之困，妃主有離絶之哀。” 啁啾：鳥鳴聲。王維《黄雀痴》：“到大啁啾解遊揚，各自東西南北飛。”柳宗元《感遇二首》二：“旭日照寒野，鷖斯起蒿萊。啁啾有餘樂，飛舞西陵隈。”顧慕：眷念愛慕，嚮往。《文心雕龍·通變》：“漢之賦頌，影寫楚世；魏之篇制，顧慕漢風。”范仲淹《臨川羨魚賦》：“弗經營於綱網，空顧慕於鱣鮊。” 藥：療治。《詩·大雅·板》：“多將熇熇，不可救藥。”《孔子家語·正論解》：“防怨猶防水也，大決所犯，傷人必多，吾不克救也，不如小決使導之，不如吾所聞而藥之。”王肅注：“藥，治療也。”

⑮ 曩時：往時，以前。賈誼《過秦論》：“深謀遠慮，行軍用兵之道，非及曩時之士也。”葉夢得《石林燕語》卷七：“諸帥府復得與家俱行，無復曩時之患矣！” 窒：抑制，遏止。《宋史·劉錡傳》：“嘗從仲武征討，牙門水斛滿，以箭射之，拔箭水注，隨以一矢窒之。”司空圖《釋怨》：“願窒隙以雕譚，庶追歡而寵誼。” 抵忌：觸犯忌諱。元稹《獻事表》：“大臣不親，直言不進，抵忌諱者殺，犯左右者刑。”崔敦禮《芻言》卷中：“諫之名有五：假物而諭之謂諷，因其善而導之謂順，有犯無隱之謂直，正議直陳抵忌諱不避之謂指忘，軀狗忠不顧鼎鑊之謂戇：此五者，諫之大要也。” 窮賤：貧窮卑賤。王充《論衡·禍虚》：“太公窮賤，遭周文而得封。”《抱朴子·名實》：“雖窮賤而不可脅以威，雖危苦而不可動以利。”

⑯ 儻：倘若，假如，表示假設。《三國志·董昭傳》：“圍中將吏不知有救，計糧怖懼，儻有他意，爲難不小。”劉知幾《史通·雜説》：“而爲晉學者，曾未之知，儻湮滅不行，良可惜也。” 遲回：猶滯留。王琰《冥祥記》：“比往而山水暴漲不復可涉，吉不能泅，遲回嘆息，坐岸良久，欲下不敢渡。”鄭棨《開天傳信記》：“居一日，（裴）寬詣寂，寂曰：‘有少事，未暇款語，且請遲回休憩也。’” 外任：指地方官職位。《三國志·王昶傳》：“昶雖在外任，心存朝廷。”蘇轍《辭起居郎狀》：“伏乞

檢臣前奏,除臣一外任差遣,以全臣進退之分。" 少陽:少陽即吳少陽,荊南節度使吳少誠之堂弟,淮西叛亂之首吳元濟的父親。《舊唐書·吳少陽傳》:"吳少誠……元和四年十一月卒……少陽自爲留後。時王承宗求繼士真,不受詔,憲宗怒以討承宗。不欲兵連兩河,乃詔遂王宥遙領彰義軍節度大使,以少陽爲留後,遂授彰義軍節度使,檢校工部尚書。少陽據蔡州凡五年,不朝覲。" 邀望:求取不應該得到的名利。蘇轍《劉愷丁鴻孰賢論》:"且夫聞天下之有讓而欲竊取其名,以自高其身,以邀望天下之大利者,劉愷之心也。"葛勝仲《外戚論》:"天下既側目而畏之,則還以恐喝於上而邀望大利矣!" 煌煌:明亮輝耀貌,光彩奪目貌。《詩·陳風·東門之楊》:"昏以爲期,明星煌煌。"朱熹集傳:"煌煌,大明貌。"貫休《善哉行》:"識曲別音兮,令姿煌煌。" 周知:遍知。《周禮·地官·大司徒》:"以天下土地之圖,周知九州之地域廣輪之數。"鄭玄注:"周,猶遍也。"王安石《本朝百年無事札子》:"太祖躬上智獨見之明,而周知人物之情僞,指揮付託,必盡其材。" 巢穴:蟲鳥獸類栖身之處,借喻敵人或盜賊盤踞之地。顏延之《北使洛》:"宮陛多巢穴,城闕生雲烟。"元稹《蟲豸詩七篇·蛒蜂三首》三:"雷蟄吞噬止,枯焚巢穴除。"裴度此前曾經分別宣慰河朔與淮西,故有"固未得奉煌煌之命以周知其巢穴矣"之言。 "當元濟討除之始"三句:事見《舊唐書·裴度傳》:"自討淮西,王師屢敗,論者以殺傷滋甚,轉輸不迨,擬議密疏,紛紜交進。度以腹心之疾,不時去之,終爲大患,不然兩河之盜,亦將視此爲高下,遂堅請討伐,上深委信,故聽之不疑。度既受命,召對於延英,奏曰:'主憂臣辱,義在必死。賊滅,則朝天有日:賊在,則歸闕無期。'上爲之惻然流涕。(元和)十二年八月三日,度赴淮西,詔以神策軍三百騎衛從。上御通化門慰勉之,度樓下銜涕而辭,賜之犀帶。度名雖宣慰,其實行元帥事,仍以郾城爲治所……度二十七日至郾城,巡撫諸軍,宣達上旨,士皆賈勇。時諸道兵皆有中使監陣,進退不由主將,戰勝則先使獻捷,偶劍則凌挫百端。度至行營,並奏去之,兵柄專制之於將,衆皆喜悦。軍法嚴肅,號令畫一,以是出戰皆捷。度遣使入蔡州,元濟與度書曰:'比密有降款,而索日進隔河大呼,遂令三軍防元濟,故歸首無路。'十月十一日,唐鄧節度使李愬襲破懸瓠城,擒吳元濟。度先遣宣慰副使馬總入城安撫,明日度建彰義軍節,領洄曲降卒萬人繼進,李愬具櫜鞬,以軍禮迎度,拜之路左。"　才略:才能和謀略。《後漢書·胡廣傳》:"廣才略深茂,堪能撥煩,願以參選,紀綱頹俗。"李白《送張遙之壽陽幕府》:"投軀紫髯將,千里望風顏。勖爾效才略,功成衣錦還。"　局足:蜷曲其足。《戰國策·齊策》:"案兵而後起,寄怨而誅不直,微用兵而寄於義,則亡天下可局足而須也。"范浚《與林權縣書》:"老吏局足縮氣,栗如蹈冰。"　帖脅:拘束不展貌。　帖:貼,粘。《樂府詩集·〈木蘭詩〉》:"當窗理雲鬢,挂鏡帖花黃。"《資治通鑑·隋文帝仁壽四年》:"晡後,太子遣使者齎小金合,帖紙於際,親署封字,以賜夫人。"　脅:身軀兩側自腋下至腰上的部分,亦指肋骨。《左傳·僖公二十三年》:"曹共公聞其駢脅,欲觀其裸。"孔穎達疏:"脅是腋下之名,其骨謂之肋。"韓愈《雜說四首》三:"即有平脅曼膚,顏如渥丹,美而很者,貌則人,其心則禽獸。"　志力:心智才力。葛洪《抱朴子·勤求》:"察其聰明之所逮,及志力之所能辨,各有所授。"《北齊書·王懷傳》:"懷以武藝勛誠爲高祖所知,志力未申,論者惜其不遂。"

⑰ 在宥:《莊子·在宥》:"聞在宥天下,不聞治天下也。"郭象注:"宥使自在則治,治之則亂也。"成玄英疏:"宥,寬也。在,自在也……《寓言》云,聞諸賢聖任物自在寬宥,即天下清謐。"後因以"在宥"指任物自在,無爲而化,多用以讚美帝王的"仁政"、"德化"。謝靈運《九日從宋公戲馬臺集送孔令》:"在宥天下理,吹萬群方悦。"《舊唐書·代宗紀》:"今將大振綱維,益明懲勸,肇舉改元之典,弘敷在宥之澤,可大赦天下。"　含垢棄瑕:包容污垢,不責過失,形容寬宏大度。元稹《爲嚴司空謝招討使表》:"陛下尚先含垢,未忍加誅,曲示綏懷,俾臣

招撫。"《舊唐書·李邕傳》："伏惟敷含垢之道,存棄瑕之義,遠思劇孟,近取李邕,豈惟成愷悌之澤,實亦歸天下之望。" 　隨才:隨,"遺"的被通假字,即"遺才",謂薦舉遺漏人才。曹植《七啓》："舉不遺才,進各異方。"賈島《送沈秀才下第東歸》："下第子不恥,遺才人耻之。"任能:委用有才能的人。《左傳·閔公二年》："敬教勸學,授方任能。"孔穎達疏："任能,其所委任信能用之人也。"葛洪《抱朴子·良規》:"官賢任能,唯忠是與。事無專擅,請而後行。" 　蕩滌:沖洗,清除。《古詩十九首·東城高且長》："蕩滌放情志,何爲自結束?"荀悦《漢紀·宣帝紀》:"蕩滌煩文,除民疾苦。" 　痕累:謂因事牽連而受累。陸贄《奉天改元大赦制》:"應先有痕累禁錮及反逆緣坐承前恩赦所不該者,並宜洗雪。"夏竦《前權知單州團練推官廳公事沈澤秀州録事參軍鄭知白並可大理寺丞制》:"具官沈某,閥閱具存,訖無痕累。簡自朕意,俾圖爾勞。往丞理官,無替厥命。" 　洞開:敞開,解開,消釋。班固《西都賦》:"閨房周通,門闥洞開。"柳宗元《祭楊憑詹事文》:"公稟間氣,心靈洞開。翱翔自得,誰屑羣猜?" 　嫌疑:懷疑,猜疑。《三國志·諸葛恪傳》:"山民去惡從化,皆當撫慰,徙出外縣,不得嫌疑,有所執拘。"《南史·鄧琬傳》:"子勗次第既同,深致嫌疑。" 　棄仇:放棄嫌疑。《宋史·辛次膺傳》:"棄讎釋怨,盡除前事。降萬乘之尊,以求説於敵。天下之人,果能遂亡怨痛以從陛下之志乎?"《皇王大紀·三王紀》:"大夫外舉不棄讎,内舉不失親,其獨遺我乎?" 　餒:饑餓。《左傳·桓公六年》:"今民餒而君逞欲,祝史矯舉以祭,臣不知其可也。"陸德明釋文:"餒,餓也。"薛昭蘊《幻影傳·陳季卿》:"〔終南山翁〕謂季卿曰:'日已晡矣!得無餒乎?'季卿曰:'實餓矣!'" 　薄行:品行不端,輕薄無行。《後漢書·靖王政傳》:"政淫欲薄行,後中山簡王薨,政詣中山會葬,私取簡王姬徐妃,又盜迎掖庭出女。"《世説新語·文學》:"郭象者,爲人薄行,有俊才。" 　自贖:泛指自贖其罪,自行解脱。曾鞏《進太祖皇帝總序狀》:"仰負恩待,無以自贖。"葉適《母杜氏墓誌》:"閏月二十三日,竟卒。天乎痛哉!是所以照臨諸孤之不孝,而使之終無以自贖者也。"　煩辱:繁雜卑賤。《周禮·秋官·司隸》:"邦有祭祀、賓客、喪紀之事,則役其煩辱之事。"《晉書·孝湣帝紀》:"妃后躬行四教,尊敬師傅,服澣濯之衣,修煩辱之事,化天下以成婦道。"　見忌:被嫉恨。杜甫《徐步》:"把酒從衣濕,吟詩信杖扶。敢論才見忌(賈誼以才見忌),實有醉如愚。"陸贄《興元論續從賊中赴行在官等狀》:"儻陛下能于此際遽敷大號,謝過萬方,叙忠良見忌之冤……"　騁力:施展才力,效力。《文選·王粲〈登樓賦〉》:"冀王道之一平兮,假高衢而騁力。"張銑注:"冀宇內清平,假借帝王之高道,馳騁才力,以爲輔弼。"唐無名氏《補江總白猿傳》:"彼好酒,往往致醉。醉必騁力,俾吾等以彩練縛手足於床,一踴皆斷。"　通衢:四通八達的道路。班昭《東征賦》:"遵通衢之大道兮,求快捷方式欲從誰?"陶潛《始作鎮軍參軍經曲阿作》:"時來苟冥會,宛轡憩通衢。"　咸與惟新:亦作"咸與維新",《書·胤征》:"天吏逸德,烈於猛火,殲厥渠魁,脅從罔治。舊染污俗,咸與惟新。"孔傳:"言其餘人,久染污俗,本無噁心,皆與更新。"後因以"咸與維新"謂對一切受惡習影響或犯罪的人都准予改過自新或革故圖新。沈約《赦詔》:"隆平之化,庶從茲始,宜播嘉惠,咸與維新,可大赦天下。"《舊唐書·昭宗紀》:"宜覃渙污之恩,俟此雍熙之慶,滌瑕蕩垢,咸與維新。"　好善:樂於爲善。《孟子·告子》:"夫苟好善,則四海之內皆將輕千里而來告之以善。"《左傳·昭公二十六年》:"子西長而好善。"　短長:優劣,是非,短處和長處。《鬼谷子·捭闔》:"度權量能,校其伎巧短長。"陶弘景注:"必量度其謀能之優劣,校考其伎巧之長短,然後因材而用。"《世說新語·文學》:"〔服虔〕聞崔烈集門生講傳……每當至講時,輒竊聽戶壁間,既知不能逾己,稍共諸生叙其短長。"　賢相:賢明的宰相。《荀子·富國》:"使百姓無凍餒之患,則是聖君賢相之事也。"謝靈運《述祖德詩二首》二:"賢相謝世運,遠圖因事止。"

⑱ 肇:開始,創始。《書·舜典》:"肇十有二州。"孔傳:"肇,始也。"韓愈《上巳日燕太學聽彈琴詩序》:"天子念致理之艱難,樂居安之閑暇,肇置三令節,詔公卿群有司至於其日,率厥官屬飲酒以樂。" 宇宙:猶言天下,國家。沈約《游沈道士館》:"秦皇御宇宙,漢帝恢武功。"《隋書·煬帝紀》:"方今宇宙平一,文軌攸同。十步之內,必有芳草。四海之中,豈無奇秀!" 得天:謂得天道,得天助。《易·恒》:"日月得天而能久照,四時變化而能久成。"《左傳·僖公二十八年》:"晉侯夢與楚子搏,楚子伏己而盬其腦,是以懼。子犯曰:'吉!我得天,楚伏其罪,吾且柔之矣!'"杜預注:"晉侯上向,故得天;楚子下向地,故伏其罪。" 沐浴:蒙受,受潤澤。《史記·樂書》:"沐浴膏澤而歌詠勤苦,非大德誰能如斯!"柳宗元《爲京兆府請復尊號表》:"沐浴鴻澤者,敢懷晷刻之安;捧戴皇恩者,不知寢食之適。" 恩波:謂帝王的恩澤。劉駕《長門怨》:"御泉長繞鳳皇樓,只是恩波別處流。"莊季裕《雞肋編》卷中:"所謂天波溪者,由景龍門實錄宮循城西南以至京第。其子條上書其父,謂今日恩波,他年禍水。" 徽猷:美善之道。猷,道,指修養、本事等。《詩·小雅·角弓》:"君子有徽猷,小人與屬。"毛傳:"徽,美也。"鄭玄箋:"猷,道也。君子有美道以得聲譽,則小人亦樂與之而自連屬焉!"《舊唐書·姚珽傳》:"小人無知,不識輕重,因爲詐僞,有玷徽猷。" 克壯:宏大,強盛。《後漢書·胡廣傳》:"〔廣〕時年已八十,而心力克壯。"李綱《與宰相論捍賊札子》:"毅然親征,將士用命,捷音系路,廟謨克壯,虜勢退屈,誠可爲天下慶。" 救裴寰之罪:事見《舊唐書·裴度傳》:"(元和)九年十月,改御史中丞。宣徽院五坊小使,每歲秋按鷹犬於畿甸,所至官吏必厚邀供餉,小不如意,即恣其須索,百姓畏之如寇盜。先是貞元末,此輩暴橫尤甚,乃至張網羅於民家門及井,不令出入汲水,曰:'驚我供奉鳥雀!'又群聚於賣酒食家,肆情飲啖。將去,留蛇一篋,誡之曰:'吾以此蛇致供奉鳥雀,可善飼之,無使饑渴。'主人賂而謝之,方肯攜蛇篋而去。至元

和初，雖數治其弊，故態未絕。小使嘗至下邽縣，縣令裴寰性嚴刻，嫉其凶暴，公館之外，一無曲奉。小使怒構寰出慢言，及上聞，憲宗怒，促令攝寰下獄，欲以大不敬論。宰相武元衡等以理開悟，帝怒不解。度入延英奏事，因極言論列，言寰無罪，上愈怒曰：'如卿之言，寰無罪即決五坊小使；如小使無罪，即決裴寰。'度對曰：'按罪誠如聖旨，但以裴寰爲令長，憂惜陛下百姓如此，豈可加罪？'上怒色遽霽，翌日令釋寰。"《編年箋注》引用《新唐書・裴度傳》，斷定裴度解救裴寰事在"元和六年"，誤讀《新唐書・裴度傳》的時間用語："元和六年，以司封員外郎知制誥。田弘正效魏博六州於朝，憲宗遣度宣諭，弘正知度爲帝高選，故郊迎趨踞受命，且請遍至屬州，布揚天子德澤，魏人由是歡服，還拜中書舍人。久之，進御史中丞。"其後才是與《舊唐書・裴度傳》大同小異的"宣徽五坊小使……"一段營救裴寰的文字，故將其安排在"元和六年"肯定是錯誤的。　　換禹錫之官：事見《舊唐書・劉禹錫傳》："元和十年，自武陵召還，宰相復欲置之郎署。時禹錫作《游玄都觀詠看花君子》詩，語涉譏刺，執政不悅，復出爲播州刺史。詔下，御史中丞裴度奏曰：'劉禹錫有母，年八十餘。今播州西南極遠，猿狄所居，人迹罕至。禹錫誠合得罪，然其老母必去不得，則與此子爲死別，臣恐傷陛下孝理之風。伏請屈法，稍移近處！'憲宗曰：'夫爲人子，每事尤須謹慎，常恐貽親之憂。今禹錫所坐，更合重於他人，卿豈可以此論之？'度無以對，良久帝改容而言曰：'朕所言，是責人子之事，然終不欲傷其所親之心。'乃改授連州刺史。"　　窮滯：困頓，困頓的人。《抱朴子・名實》："英逸窮滯，饕餮得志。"夏竦《兩浙運使姚鉉書》："願執事哀恤窮滯，聽察言行。"　　渙汗：喻帝王的聖旨、號令。《宋書・范泰傳》："是以明詔爰發，已成渙汗。學制既下，遠近遵承。"王安石《免參政上兩府啓》："雖已陳情而懇避，猶疑渙汗之難回。"

⑲ 遭罹：遭遇困憂。《文選・班固〈幽通賦〉》："斡流遷其不濟兮，故遭罹而贏縮。"李善注引項岱曰："遭，遇也；罹，憂也。"蘇軾《徐

州謝獎諭表》：“此蓋伏遇皇帝陛下，天覆四海，子養萬民，哀無辜之遭罹，特遣使以存問。”　多故：多變亂，多患難。庾亮《讓中書令表》：“昔以中州多故，舊邦喪亂。隨侍先臣，遠庇有道。爰客逃難，求食而已。”常袞《授李忠臣右僕射制》：“往者寇孽亂常，關洛多故。”　發書：發送書信。王維《裴僕射濟州遺愛碑》：“既成，乃發書示之。”包佶《嶺下臥疾寄劉長卿員外》：“喪馬思開卦，占鴉懶發書。十年江海隔，離恨子知予。”　朋舊：朋友故舊。鮑照《學陶彭澤體詩》：“但使尊酒滿，朋舊數相過。”蘇舜欽《王子野行狀》：“家貧，柩不能還先塋，朋舊在要官者皆助之，遂得還京師。”　干：干謁。《公羊傳·定公四年》：“伍子胥父誅乎楚，挾弓而去楚，以干闔廬。”何休注：“不待禮見曰干。”皎然《送顧處士歌》：“安貧日日讀書坐，不見將名干五侯。”　不測：難以意料，不可預知。韓愈《殿中少監馬君墓誌》：“猶高山深林鉅谷，龍虎變化不測。”《新唐書·玄暉傳》：“帝自出關，畏不測，常默坐流涕。”　瘴：即瘴癘，感受瘴氣而生的疾病。《北史·柳述傳》：“述在龍川數年，復徙寧越，遇瘴癘死。”杜甫《悶》：“瘴癘浮三蜀，風雲暗百蠻。”　蠻夷：古代對四方邊遠地區少數民族的泛稱，亦專指南方少數民族。《史記·武帝本紀》：“天下名山八，而三在蠻夷，五在中國。”韓愈《潮州刺史謝上表》：“單立一身，朝無親黨。居蠻夷之地，與魑魅爲群。”　不遇：不得志，不被賞識。《史記·范雎蔡澤列傳》：“蔡澤者，燕人也，遊學干諸侯小大甚衆，不遇。”李白《書懷贈南陵常贊府》：“大聖猶不遇，小儒安足悲！”　塵穢：用作謙詞。元稹《上令狐相公詩啓》：“自以爲廢滯潦倒，不復以文字有聞於人矣！曾不知好事者抉摘蒭蕘，塵穢尊重。”白居易《與陳給事書》：“塵穢聽覽，若奪氣褫魄之爲者，不宜，居易謹再拜。”　尊重：對對方的敬稱。元稹《上興元權尚書啓》：“次爲卷軸，封用上獻，塵黷尊重，帖伏回遑，謹以啓陳，不宣，謹啓。”杜牧《上李太尉論北邊事啓》：“敢以管見，上干尊重。”　危言：直言。《逸周書·武順》：“危言不干德曰正。”《漢書·賈捐之傳》：“臣幸得遭明盛之朝,蒙危言之策,無忌諱之患。"顏師古注:"危言,直言也,言出而身危,故曰危言。"　鄙:淺陋,低賤。《左傳‧莊公十年》:"肉食者鄙,未能遠謀。"禰衡《鸚鵡賦》:"托輕鄙之微命,委陋賤之薄軀。"鄙人,自稱的謙詞。李復言《續玄怪錄‧琴臺子》:"鄙爲崔氏妻,二男一女,男名琴臺子,鄙尤鍾念。"　翹企:翹首企足,形容盼望殷切。《後漢書‧袁譚傳》:"翹企延頸,待望讎敵,委慈親於虎狼之牙,以逞一朝之志,豈不痛哉!"《晉書‧温嶠傳》:"惟僕偏當一州,州之文武莫不翹企。"刑書:刑法的條文。《書‧吕刑》:"哀敬折獄,明啓刑書胥占,咸庶中正。"《漢書‧刑法志》:"子産相鄭而鑄刑書。"　逃讓:逃避推卸罪責。元稹《上令狐相公詩啓》:"詞旨瑣劣,冒瀆尊嚴。俯伏刑書,不敢逃讓。"義近"固讓",再三辭讓。徐陵《勸進元帝表》:"伏願陛下因百姓之心振萬邦之命,豈可逡巡固讓!"　不宣:漢代楊修《答臨淄侯箋》:"反答造次,不能宣備。"後以"不宣"謂不一一細説,舊時書信末尾常用此語。陳子昂《爲蘇令本與岑内史書》:"謹奉啓,不宣,某再拜。"楊萬里《與張嚴州敬夫書》:"不貲之身,願爲君民愛之重之! 不宣。"頓首:書簡表奏用語,表示致敬,常用於結尾。蔡邕《被收時表》:"議郎糞土臣邕頓首再拜書皇帝陛下。"韓愈《答胡生書》:"志深而喻切,因事以陳辭,古之作者正如是爾! 愈頓首。"

[編年]

　　《年譜》編年本文於元和十三年,理由是:一、引用《舊唐書‧憲宗紀》"(元和)十三年春正月乙酉朔……御丹鳳樓,大赦天下。"二、《平淮西大赦文》:"左降官及流人移隸等,並與量移近處。別赦因責降授正員官,所司亦與處分。"三、引用本文"況當今陛下在宥四海"至"次以廣閣下好善救人之道"一段文字,指出"特降含垢棄瑕之書"即《平淮西大赦文》。没有説明具體的撰寫時間,似乎本文就是撰作於元和十三年正月"乙酉"稍後。《編年箋注》根據同樣的理由,"兹定此《書》

4363

作於元和十三年(八一八)春"。《年譜新編》也根據同樣的理由,作出"春,元稹致書裴度,要求任用"的結論。

我們以爲,《册府元龜》卷八九載"乙酉"即正月初一的平定淮西大赦詔書:"元和十三年正月十日昧爽已前,大辟罪已下,咸赦除之,惟官典犯贓不在此限。左降官及流人移隸等,並與量移近處。别敕因責降授正員官,所司亦與處分。"限定實施時間在"正月十日昧爽已前",正考慮詔書到達李唐各地的具體時間有先有後,通州的元稹應該在"正月十日"之前看到,這是本文撰寫的上限。元稹盼望量移,盼望回京,已經等待了"十年",所以一有大赦的消息,一有量移的機會,元稹肯定時時刻刻關注著,但關於自己量移的消息一直没有來到,元稹就自然而然想起正在宰相任上奉詔執行量移的裴度,馬上提筆上書,企圖引起裴度的重視,得到他的幫助。我們推測本文應該撰寫於元和十三年一月十日之後的一月之内,地點在通州,元稹時任通州司馬之職。

作爲這種推測的另一個根據,元稹一直没有等來裴度量移自己的消息,已經近乎絕望的他,但却等來另一個朋友李夷簡拜相的消息,《舊唐書·憲宗紀》:"(元和)十三年……三月庚寅,以前劍南西川節度使李夷簡爲御史大夫……庚子,以御史大夫李夷簡爲門下侍郎同平章事……(七月)辛丑,以門下侍郎同平章事李夷簡檢校左僕射同平章事揚州大都督府長史淮南節度使。"以干支考之,"庚子"爲三月十七日。元稹《酬樂天聞李尚書拜相以詩見賀》:"尚書入用雖旬月,司馬銜冤已十年。""旬月"是十天至一個月,指較短的時日。《後漢書·楊賜傳》:"旬月之間,並各拔擢。"《三國志·涼茂傳》:"旬月之間,繈負而至者千餘家。"元稹通過江州司馬白居易的《聞李尚書拜相因以長句寄賀微之》得知李夷簡拜相的消息,從消息傳至江州,再由白居易賦詩寄賀元稹,元稹隨即賦詩回贈白居易,前後僅僅"旬月",亦即在三月下旬、四月上旬。推測元稹對比李夷簡拜相消息少一個來回的《平淮西大赦文》作出的反應應該更快,在元和十三年一月十日之後的一月之內作出反應應該是合情合理，具體時間應該是二月間。

◎ 二月十九日酬王十八全素（此後

有酬和，並次用本韵）⁽一⁾①

　　君念世上川，嗟予老瘴天⁽二⁾②。那堪十日内，又長白
頭年③！

録自《元氏長慶集》卷一五

［校記］

　　（一）二月十九日酬王十八全素：楊本、叢刊本、《全詩》、《萬首唐
人絶句》同，《歲時雜詠》作“十二月十九日酬王十八全素”，第一個
“十”字明顯是個衍字，不從不改。

　　（二）嗟予老瘴天：楊本、叢刊本、《全詩》、《歲時雜詠》同，《萬首
唐人絶句》作“嗟子老瘴天”，語義難通，不從不改。

［箋注］

　　① 王十八全素：即王質夫，白居易的朋友，與元稹也有交往。岑
仲勉《唐人行第録》認爲“素”與“質”相切，兩個就是一人。我們同意
“兩個就是一人”的觀點，但“全素”與“質夫”一者爲字一者爲名，而十
八是其排行。王十八與白居易、白行簡兄弟關係密切，來往甚多。白
居易《酬王十八李大見招遊山》：“自憐幽會心期阻，復愧嘉招書信頻。
王事牽身去不得，滿山松雪屬他人。”又《酬王十八見寄》：“秋思太白
峰頭雪，晴憶仙遊洞口雲。未報皇恩歸未得，暫君爲寄北山文。”又
《和王十八薔薇澗花時有懷蕭侍御兼見贈》：“霄漢風塵俱是繫，薔薇
花委故山深。憐君獨向澗中立，一把紅芳三處心。”陳鴻《長恨歌傳》

中也提及王質夫:"元和元年冬十二月,太原白樂天自校書郎尉於盩厔屋,鴻與琅琊王質夫家於是邑,暇日相携游仙遊寺,話及此事,相與感嘆,質夫舉酒于樂天前曰:'夫希代之事,非遇出世之才潤色之,則與時消没不聞於世。樂天深於詩多於情者也,試爲歌之,如何?'樂天因爲《長恨歌》。"現存元稹詩文中,除本詩外,還有一處提及王質夫,其作於元和四年使東川途中之《駱口驛二首》序云:"東壁上有李二十員外逢吉、崔二十二侍御韶使雲南題名處,北壁有翰林白二十二居易題《擁石關》、《雲開》、《雪》、《紅樹》等篇,有王質夫和焉,王不知是何人也!"

②君念世上川:此句用《論語》"子在川上曰:逝者如斯夫,不舍晝夜'"之意。 嗟:嘆詞,表悲傷。《詩·魏風·陟岵》:"父曰:'嗟!予子行役,夙夜無已。'"嘆息。《易·離》:"日昃之離,不鼓缶而歌,則大耋之嗟,凶。" 老:歷時長久。《左傳·僖公三十三年》:"老師費財。"杜預注:"師久爲老。"《陳書·高祖紀》:"我師已老,將士疲勞,歷歲相持,恐非良計。" 瘴天:猶瘴鄉,指包括東西川在内的南方有瘴氣的地方。白居易《京使回累得南省諸公書》:"瘴鄉得老猶爲幸,豈敢傷嗟白髮新!"皮日休《寄瓊州楊舍人》:"德星芒彩瘴天涯,酒樹堪消謫宦嗟。行邁竹王因設奠,居逢木客又遷家。"

③"那堪十日内"兩句:據《舊唐書·憲宗紀》:"十三年春正月乙酉朔,御含元殿,受朝賀。禮畢,御丹鳳樓,大赦天下。"《唐大詔令集·元和十三年大赦》:"可大赦天下!元和十三年正月一日昧爽以前、大辟罪以下,咸赦除之。"消息傳至通州,應該已經在一月中旬,計及規定實施大赦,亦即包括"量移"外貶官員的期限,應該在二月中旬。元稹作爲貶謫外地的"罪官",應該屬於"赦除"之列,自然而然不無期盼。但一直到二月十九日,量移元稹的消息却遲遲未至,不免令人失望,故元稹有"那堪十日内,又長白頭年"的感嘆。 那堪:怎堪,怎能禁受。李端《溪行遇雨寄柳中庸》:"那堪兩處宿,共聽一聲猿!"張先《青門引·春思》:"那堪更被明月,隔墙送過秋千影!" 白頭:猶

白髮,形容年老。王熊《奉別張岳州説二首》一:"歲月空嗟老,江山不
惜春。忽聞黃鶴曲,更作白頭新。"劉長卿《正朝覽鏡作》:"憔悴逢新
歲,茅扉見舊春。朝來明鏡裏,不忍白頭人。"

[編年]

　　《年譜》通州任內"乙未至戊戌在通州所作其他詩"欄內繫入本
詩,理由是:"詩云:'嗟予老瘴天。'元詩中的王十八全素,即白詩中的
王十八質夫(參閱《唐人行第録》)。"《編年箋注》編年:"元稹和作成於
通州時期。時在元和十三年。"《年譜新編》編年本詩:"王氏原唱已
佚,次韻酬和。'王十八全素'即王質夫,參《唐人行第録》。元和十三
年通州作。白居易《寄王質夫》云:'我守巴南城,君佐征西幕。'《哭王
質夫》云:'客從梓潼來,道君死不虛……衣上今日淚,篋中前月書。'
白居易元和十三、四年爲忠州刺史,春寄詩王質夫,不久,王卒。是知
王元和十三、四年在劍南東川幕。東川與通州相距不遠,且元稹與東
川節度使李逢吉有唱和,故元與王亦有唱和。"

　　我們以爲《年譜》編年本詩於元稹通州任內的四年之內,過於籠
統。從本詩的"嗟予老瘴天"的內容來看,我們以爲此詩確實應該作
於元稹身在通州之時。元稹通州任內元和十年十月北上興元治病,
至元和十二年五月返回通州,他在通州祇有元和十三年與元和十四
年才有"二月十九日",而元和十四年正月九日元稹已經啓程前往虢
州,此詩即作於元和十三年二月十九日,時間上也與《舊唐書·憲宗
紀》、《唐大詔令集·元和十三年大赦》所示的大赦切合。而元和十三
年前後王質夫因白居易白行簡兄弟的介紹,正在東川節度府盧坦那
兒爲幕僚,而盧坦在東川任的時間起自元和八年,元和十二年九月病
故於東川任上,有《舊唐書·憲宗紀》可證。估計盧坦病故,王質夫的
處境也就有些不妙,不久即病故在東川。其實王質夫與李逢吉到東
川任沒有多少關係,《年譜新編》所云"且元稹與東川節度使李逢吉有

唱和,故元與王亦有唱和"云云没有從王質夫、白居易、白行簡、元稹的實際出發,屬於想像之詞。白居易作於元和十四年的《寄王質夫》有"我守巴南城,君佐征西幕"之句,作於元和十五年的《哭王質夫》又有"客從梓潼來,道君死不虚"之句,可以作爲旁證。而梓潼與通州相近,元稹與王質夫完全有機會酬和詩篇。幾個材料相印證,時間合地點符,編年可以具體到確切的日期,亦即元和十三年二月十九日,不應如《年譜》那樣籠統編入有四年之久的元稹通州任内,也不應該如《編年箋注》、《年譜新編》那樣籠統編入元和十三年一年之内。

需要多説一句的是:《編年箋注》、《年譜新編》改變了對《年譜》一貫亦步亦趨的順從態度,突然看不到"見卞《譜》"、"詳卞《譜》"的説明,居然發表了與《年譜》並不相同的意見,可喜可賀,但讀者同時也覺得有點出乎意料。原來出版於二〇〇二年六月的《編年箋注》參考了或者説"借用"了筆者發表於《聊城師院學報》二〇〇〇年第六期的拙稿《元稹詩文編年新解—〈年譜〉疏誤商榷》,怪不得看起來似曾相識。同樣,出版於二〇〇四年十一月的《年譜新編》也採用同樣的手法,引用拙稿而不作任何説明,我們除了佩服兩人的膽識之外,還能説什麽呢!

◎ 寒食日①

今年寒食好風流,此日一家同出游⁽⁻⁾②。碧水青山無限思,莫將心道是涪州⁽⁻⁻⁾③。

錄自《元氏長慶集》卷二〇

[校記]

(一) 此日一家同出游:叢刊本同,楊本、《歲時雜詠》、《萬首唐人絶句》、《全詩》作"此日一家同出遊",游:同"遊",遨遊,遊覽。《詩·大雅·卷阿》:"豈弟君子,來游來歌,以矢其音。"《莊子·秋水》:"莊子與惠子游于濠梁之上。"其他義項也都有相通,兩字基本相通,可以不改。

(二)莫將心道是涪州:叢刊本同,楊本、《全詩》同,錢校、《歲時雜詠》、《全詩》注作"莫將心道是通州"。如果是通州,那麼本詩當作於虢州時期,即元和十四年寒食日。語義不同,不改。

[箋注]

① 寒食日:節日名,在清明前一日或二日。韓翃《寒食》:"春城無處不飛花,寒食東風御柳斜。日暮漢宮傳蠟燭,輕烟散入五侯家。"伍唐珪《寒食日獻郡守》:"入門堪笑復堪憐,三徑苔荒一釣船。慚愧四鄰教斷火,不知厨裹久無烟。"關於寒食節,有諸多傳説:一、相傳春秋時晉文公負其功臣介之推,介憤而隱於綿山。文公悔悟,燒山逼令出仕,之推抱樹焚死。人民同情介之推的遭遇,相約於其忌日禁火冷食,以爲悼念。以後相沿成俗,謂之寒食。二、按《周禮·秋官·司烜氏》:"中春以木鐸修火禁于國中。"則禁火爲周的舊制。劉向《別録》有"寒食蹋蹴"的記述,與介之推死事無關;陸翽《鄴中記》、《後漢書·周舉傳》等始附會爲介之推事。三、寒食日有在春、在冬、在夏諸説,惟在春之説爲後世所沿襲。宗懍《荆楚歲時記》:"去冬節一百五日,即有疾風甚雨,謂之寒食。禁火三日,造餳大麥粥。"四、有的地區亦稱清明爲寒食。張煌言《舟次清明拈得青字》:"欲隱尚違慚介子,年年寒食卧江汀。"富察敦崇《燕京歲時記·清明》:"清明即寒食,又曰禁烟節。古人最重之,今人不爲節,但兒童戴柳祭掃墳塋而已。"

② 今年:本年,指説話或者賦詩時的這一年。李密《陳情表》:"臣密今年四十有四,祖母劉今年九十有六。"蘇軾《九日黄樓作》:"豈知還復有今年,把琖對花容一呷。"本詩的"今年"指元和十三年,"此日"應該指寒食日,詳見本詩編年。　　風流:灑脱放逸,風雅瀟灑。《後漢書·方術傳論》:"漢世之所謂名士者,其風流可知矣!"牟融《送

友人》:"衣冠重文物,詩酒足風流。" 一家:一個家族或一户人家,常用以謂無分彼此,如家人之相親。王勃《山扉夜坐》:"抱琴開野室,携酒對情人。林塘花月下,別似一家春。"顧况《洛陽早春》:"何地避春愁? 終年憶舊遊。一家千里外,百舌五更頭。"這裏指詩人的一家,包括詩人元稹、繼配裴淑、女兒保子、兒子元荆、女兒元樊與降真。元稹有三首詩篇涉及"一家","一家"的具體内容則大致相同,如《遣行十首》三:"就枕囘轉數,聞雞撩亂驚。一家同草草,排比送君行。"如《紅荆》:"庭中栽得紅荆樹,十月花開不待春。直到孩提盡驚怪,一家同是北來人。"又如《以州宅夸於樂天》:"州城迥遠拂雲堆,鏡水稽山滿眼來。四面常時對屏障,一家終日在樓臺。"

③ 碧水:緑水。蕭綱《採蓮曲》:"桂檝蘭橈浮碧水,江花玉面兩相似。"李白《早春寄王漢陽》:"碧水浩浩雲茫茫,美人不來空斷腸。"青山:青葱的山嶺。《管子・地員》:"青山十六施,百一十二尺而至於泉。"徐凝《別白公》:"青山舊路在,白首醉還鄉。" 無限:没有窮盡,謂程度極深,範圍極廣。盧照鄰《山行寄劉李二參軍》:"萬里烟塵客,三春桃李時。事去紛無限,愁來不自持。"楊炯《送楊處士反初卜居曲江》:"緑琪千歲樹,黄槿四時花。別怨應無限,門前桂水斜。" 涪州:地名,據《元和郡縣圖志》:唐武德元年立爲涪州,因在"蜀江之南,涪江之西,故爲名",府治在今重慶市涪陵。據郁賢皓先生《唐刺史考》考定,裴淑之父裴鄖"貞元中"曾任職涪州刺史。我們以爲,當時裴淑至多祇是一個三四歲的小姑娘而已,至元和十年,裴淑已經到了二十歲,在古代已經到了談婚論嫁的年齡,故而在興元與元稹結婚。

[編年]

　　本詩應該編年於元和十三年寒食日,其時元稹一家於上年五月回到通州之後,詩人身體比較穩定,一家生活相對安定,才有一家"同出遊"的興趣與可能。特别對裴淑來説,她可能在"貞元中"其父裴鄖出任涪州刺史時出生在蜀地，至元和十三年，年齡應該在二十歲上下。但裴鄖在蜀地任職刺史的時間不可能很長，裴淑當時或者還沒有出生，或者還在幼年，因此對蜀地至多祇能有模糊印象，這次她來到蜀地，因爲父親裴鄖曾經涪州刺史的緣故，有似曾相識的感覺，因此詩人調侃自己的夫人說："蜀地的碧水青山，自然會引起你對幼年蜀地生活無限的聯想，但你千萬別把通州的景色，錯以爲是涪州的風景！"

　　《年譜》認爲本詩"當是元和十二、三年寒食日所作"，但讀者也許不會忘記：《年譜》認爲元稹元和十二年"九月，離興元"。據此推論，十二年寒食日元稹應該在興元，十三年寒食日元稹才會出現在通州。《年譜》並沒有説明本詩作於興元的理由，更沒有説明本詩作於通州的理由。《編年箋注》同意《年譜》的意見："元稹此詩作於元和十二年（八一七）或十三年寒食日，時在通州司馬任。見下《譜》。"《編年箋注》的結論"時在通州司馬任"，也沒有明確本詩作地。按照《編年箋注》在大著中的表述，元稹元和十二年"九月"才從興元啓程返回通州。如此，元和十二年寒食日元稹並不在通州，《編年箋注》不應該說"時在通州司馬任"。《年譜新編》編年本詩於元和十三年，是，但沒有列舉理由；同時列在《酬樂天江樓夜吟稹詩因成三十韻》、《酬樂天書後三韻》之後，有誤。《酬樂天書後三韻》作於元和十二年五月，《酬樂天江樓夜吟稹詩因成三十韻》作於元和十三年年末，兩詩編年理由見本書編年，《寒食日》不當編列在兩詩之後。

◎ 酬樂天聞李尚書拜相以詩見賀[①]

　　初因彈劾死東川，又爲親情弄化權（予爲監察御史，劾奏故東川節度使嚴礪籍没衣冠等八十餘家，由是操權者大怒。分司東臺日，又劾奏宰相親，因緣遂貶江陵士曹耳）[②]。百口共經三峽水[一]，一時重上兩漫天③。尚書入用雖旬月，司馬銜冤已十年④。若待更遭秋瘴後，便愁平地有重泉⑤。

録自《元氏長慶集》卷二一

[校記]

（一）百口共經三峽水：原本作"百口其經三峽水"，語義不佳，據楊本、叢刊本、《全詩》改。

[箋注]

① 酬樂天聞李尚書拜相以詩見賀：白居易原唱是《聞李尚書拜相因以長句寄賀微之》："憐君不久在通川，知己新提造化權。爕嘂定求才濟世，張雷應辨氣沖天。那知淪落天涯日，正是陶鈞海内年。肯向泥中抛折劍，不收重鑄作龍泉。" 聞：聽説，知道。《左傳·隱公元年》："公聞其期，曰：'可矣！'"魏徵《諫太宗十思疏》："臣聞求木之長者，必固其根本。" 李尚書：即李夷簡，他與元稹白居易均受知於宰相裴垍，相互之間也是朋友，來往較爲密切。元稹元和九年《贈蜀五首·病馬詩寄上李尚書》即是其中的一篇："萬里長鳴望蜀門，病身猶帶舊瘡痕。遙看雲路心空在，久服鹽車力漸煩。尚有高懸雙鏡眼，何由並駕兩朱軨！唯應夜識深山道，忽遇君侯一報恩。"元和十三年三月十七日出任宰相，同年七月十九日出任淮南節度使，《舊唐書·憲宗紀》："（元和）十三年……三月庚寅，以前劍南西川節度使李夷簡爲御史大夫……庚子，以御史大夫李夷簡爲門下侍郎同平章事……（秋七月）辛丑，以門下侍郎同平章事李夷簡檢校左僕射、同平章事、揚州大都督府長史、淮南節度使。" 拜相：被任命爲宰相。唐無名氏《韋氏語（韋承慶罷相，除禮部尚書。嗣立繼爲鸞臺侍郎平章事，時人語曰）》："大郎罷相，小郎拜相。"徐度《却掃編》卷上："韓康公、王荆公之

拜相也,王岐公爲翰林學士,被召命詞。"　見:用在動詞前面表示被動,相當於"被",受到。《孟子·梁惠王》:"百姓之不見保,爲不用恩焉。"韓愈《鷄驥贈歐陽詹》:"有能必見用,有德必見收。"　賀:以禮相慶,祝賀。《詩·大雅·下武》:"受天之佑,四方來賀。"孔穎達疏:"武王既受得天之佑福,故四方諸侯之國皆貢獻慶之。"韓愈《雉帶箭》:"將軍仰笑軍吏賀,五色離披馬前墮。"

②彈劾:由國家的專門機關對違法失職或職務上犯罪的官吏採取揭發和追究法律責任的行爲。《晉書·阮孚傳》:"嘗以金貂換酒,復爲所司彈劾。"《舊唐書·職官志》:"凡中外百僚之事,應彈劾者,御史言于大夫。"這裏指元稹元和四年出使東川,發現嚴礪貪狀,加以彈劾,元稹有《彈奏劍南東川節度使狀》,可參閱,與本詩句下所注"予爲監察御史,劾奏故東川節度使嚴礪籍没衣冠等八十餘家,由是操權者大怒"相印證。當時李夷簡職任御史中丞,是出使東川的監察御史元稹的直接上司。　死東川:即劍南東川節度使嚴礪,其元和元年至元和四年擔任東川節度使,元和四年三月八日病故于劍南東川節度使任上,因其已經病故,故稱"死東川"。《舊唐書·嚴礪傳》:"嚴礪,震之宗人也,性輕躁,多奸謀,以便佞在軍,歷職至山南東道節度都虞候、興州刺史兼監察御史。貞元十五年嚴震卒,以礪權留府事,兼遺表薦礪才堪委任,七月超授興元尹,兼御史大夫、山南西道節度支度營田觀察使。詔下,諫官御史以爲除拜不當,是日諫議、給事、補闕、拾遺並歸門下省共議:礪資歷甚淺,人望素輕,遽領節旄,恐非允當。既兼雜話,發論喧然。拾遺李繁獨奏云:昨除拜嚴礪,衆以爲不當。諫議大夫苗拯云:已三度表論,未見聽允。給事中許孟容曰:誠如此,不曠職矣!又云李元素、陳京、王舒並見拯及孟容言議。上遣三司使詰之,拯狀云:實于衆中言曾論奏,不言三度,繁證之不已。孟容等又云:拯實言兩度。拯請依衆狀,翌日貶拯萬州刺史、李繁播州參軍並同正。礪在位貪殘,士民不堪其苦,素惡鳳州刺史馬勛,誣奏貶賀州

司戶。縱情肆志，皆此類也。元和四年三月卒，卒後御史元稹奉使兩川按察，糾劾礩在任日贓罪數十萬。詔徵其贓，以死恕其罪。」 又爲親情弄化權：元稹在句下原注：「分司東臺日，又劾奏宰相親，因緣遂貶江陵士曹耳！」詩句以及詩注所云，是指元和四年與五年時，元稹以監察御史的身份分務東臺，彈劾東都權貴數十，有元稹自己的《論浙西觀察使封杖決殺縣令事》、《論轉牒事》可以參讀。特別是元稹參奏河南尹杜兼，得罪了時相杜佑，即元稹詩中說「親情」之「弄化權」，《舊唐書·杜兼傳》：「杜兼京兆人，貞觀中宰相杜正倫五代孫。舉進士，累辟諸府從事，拜濠州刺史。兼性浮險，豪侈矜氣。屬貞元中德宗厭兵革，姑息戎鎮，至軍郡刺史亦難於更代。兼探上情遂練卒修武，占召勁勇三千人以上聞，乃恣凶威。錄事參軍韋賞、團練判官陸楚皆以守職論事忤兼，兼密誣奏二人通謀扇動軍中。忽有制使至，兼率官吏迎于驛中，前呼韋賞、陸楚出，宣制杖殺之。賞進士擢第，楚兗公象先之孫，皆名家，有士林之譽。一朝以無罪受戮，郡中股栗，天下冤嘆之。又誣奏李藩，將殺之，語在藩事中。故兼所至，人側目焉……元和四年卒於官。」《舊唐書·李藩傳》又云：「張建封在徐州，辟爲從事，居幕中，謙謙未嘗論細微。杜兼爲濠州刺史，帶使職，建封病革，兼疾驅到府，陰有冀望。藩與同列省建封，出而泣語兼曰：『僕射公奄忽如此，公宜在州防遏，今棄州此來欲何也？宜疾去！不若此當奏聞。』兼錯愕不虞，遂徑歸。建封死，兼悔所志不就，怨藩甚。既歸揚州，兼因誣奏藩建封死時搖動軍中。德宗大怒，密詔杜佑殺之。佑素重藩，懷詔旬日不忍發，因引藩論釋氏曰：『因報之事信有之否？』藩曰：『信然。』曰：『審如此，君宜遇事無恐！』因出詔。藩覽之無動色，曰：『某與兼信爲報也。』佑曰：『慎勿出口，吾已密論，持百口保君矣！』德宗得佑解，怒不釋，及追藩赴闕。及召見，望其儀形，曰：『此豈作惡事人耶！』乃釋然，除秘書郎。」而明知杜兼品行的杜佑，事後卻成爲杜兼的保護傘，歷史常常給人們留下難解的謎團，《舊唐書·杜兼傳》：「杜兼……

性浮險,豪侈矜氣……元和初入爲刑部吏部郎中,拜給事中,除金商防禦使,旋授河南少尹知府事,尋正拜河南尹,皆杜佑在相位所借護也。”對元稹在《論追制表》中明著針對杜兼暗中針對自己的彈劾,杜佑已經老大不快,將元稹貶職爲河南縣尉。而元稹白居易却不管這些,繼續以詩歌諷刺杜佑戀位不肯退出宰相之職。元和五年元稹《有鳥二十章》之二曰:“有鳥有鳥毛似鶴,行步雖遲性靈惡。主人但見閑慢容,許占蓬萊最高閣。弱羽長憂俊鶻拳,疽腸暗把鵷雛啄。千年不死伴靈龜,梟心鶴貌何人覺?”元和五年白居易《秦中吟十首·不致仕》亦曰:“七十而致仕,禮法有明文。何乃貪榮者,斯言如不聞?可憐八九十,齒墮雙眸昏。朝露貪名利,夕陽憂子孫。挂冠顧翠緌,懸車惜朱輪。金章腰不勝,傴僂入君門。誰不愛富貴?誰不戀君恩?年高須告老,名遂合退身。少時共嗤誚,晚歲多因循。賢哉漢二疏,彼獨是何人! 寂寞東門路,無人繼去塵。”元稹白居易因此而得罪杜佑,分別被貶爲江陵府和京兆府的小吏。　親情:親戚,親密者,亦指親戚或親密者的情誼。酈道元《水經注·漸江水》:“質去家已數十年,親情凋落,無復向時比矣!”拾得《詩》三:“聚集會親情,總來看盤飣。”　弄化權:義同“弄權”,意謂憑藉職位,濫用權力。《漢書·劉向傳》:“四人同心輔政,患苦外戚許史在位放縱,而中書宦官弘恭、石顯弄權。”元稹《連昌宮詞》:“弄權宰相不記名,依稀憶得楊與李。”

③ “百口共經三峽水”兩句:這是詩人設想自己得到恩赦之後回京的兩條路綫:或者全家乘船順著長江東下,再由漢水北上回京,頗似杜甫當年盼望回京的情景,杜甫《聞官軍收河南河北》詩云:“即從巴峽穿巫峽,便下襄陽向洛陽。”元稹當時拖家帶口,子女都在幼年,不宜在山山嶺嶺間跋涉,這是一條比較理想的路綫。另一條就是經兩漫天、漢中回京,但對拖家帶口的元稹來説,那是一條相對難行的路綫。　百口:全家,近親一族,這裏指元稹一家,“百口”非實有百口,代指而已。《列子·説符》:“人有濱河而居者,習于水,勇於泅,操

舟鬻渡,利供百口。"韓愈《此日足可惜贈張籍》:"誰雲經艱難,百口無夭殤?" 三峽:長江上游的瞿塘峽、巫峽和西陵峽的合稱,在今重慶市、湖北省境内。左思《蜀都賦》:"經三峽之崢嶸,躡五岨之蹇滻。"陸游《登樓》:"歌聲哀怨傳三峽,行色凄涼帶百蠻。" 一時重上兩漫天:"兩漫天"即大漫天與小漫天,又稱"漫天嶺",在"廣元縣東北三十五里"處,與"百牢關"同在一地,亦即今天廣元縣境内。元稹在此以前,已經五次經由大小漫天。元稹《百牢關》:"天上無窮路,生期七十間。那堪九年内,五度百牢關!" 一時:一個時期。《孟子·公孫丑》:"彼一時也,此一時也。"陸機《五等諸侯論》:"故強毅之國,不能擅一時之勢。" 重:重疊,重複。《易·坎》:"習坎,重險也。"孔穎達疏:"兩坎相重,謂之重險。"陸游《遊山西村》:"山重水複疑無路,柳暗花明又一村。" 上:由低處到高處。《易·需》:"雲上於天。"陸德明釋文引干寶云:"上,升也。"《漢書·王商傳》:"令吏民上長安城以避水。" 兩漫天:指大漫天與小漫天。《方輿勝覽·利州》:"漫天嶺:《長編·乾德二年》:王師伐蜀,蜀主燒絶棧道,退保葭萌,遂擊金山寨,又破漫天寨。蜀人退保大漫天寨,拔之,追至利州。"《明一統志·保寧府》:"漫天嶺在廣元縣東北三十五里,山極高聳,有大漫天、小漫天二山。唐羅隱詩:'西去休言蜀道難,此中危峻已多端。到頭未會蒼蒼色,爭得禁他兩度漫?'"《大清一統志·漫天嶺》:"《舊志》:小漫天在大漫天北,二嶺相連,爲蜀道之險。後唐清泰初,孟知祥置大小漫天二砦。宋乾德中伐蜀,别將史進德奪其小漫天砦,蜀人退保大漫天砦,即此。"

④ 尚書:即李夷簡,其拜相之前,曾有尚書的榮銜,《舊唐書·憲宗紀》:"(元和六年)四月乙丑朔……庚午,以户部侍郎判度支李夷簡檢校禮部尚書、襄州大都督府長史、山南東道節度使……八年春正月乙卯朔,癸未,以山南東道節度使李夷簡檢校户部尚書,成都尹充劍南西川節度使。"元和八年元稹曾經拜訪李夷簡,元稹元和九年有《貽蜀五首·病馬詩寄上李尚書》述情,詩題中的"李尚書"就是李夷簡。

句月：十天至一個月，指較短的時日。《後漢書・楊賜傳》：“旬月之間
並各拔擢。”《三國志・涼茂傳》：“旬月之間繦負而至者千餘家。”《魏
書・趙修傳》：“世宗親政，旬月之間頻有轉授。”據上引《舊唐書・憲
宗紀》，知李夷簡於元和十三年三月十七日出任宰相，白居易首先賦
詩向元稹報告並祝賀，然後元稹酬和，計其時日，應該在元和十三年
三四月間。　　司馬衙冤已十年：從元和五年元稹含冤出貶江陵士曹
參軍，接著又出貶通州司馬，至元和十三年，連頭帶尾，將近十年。
衙冤：謂冤屈無從申訴。《宋書・索虜傳論》：“偏城孤將，衙冤就虜。”
杜甫《哭台州鄭司戶蘇少監》：“流慟嗟何及，衙冤有是夫。”

⑤ “若待更遭秋瘴後”兩句：意謂如果對自己冤獄的平反昭雪拖
到秋天，那末我有可能已經在九泉之下。　　瘴：瘴氣。元稹《思歸
樂》：“肌膚無瘴色，飲食康且寧。”劉恂《嶺表錄異》卷上：“嶺表山川，
盤鬱結聚，不易疏洩，故多嵐霧作瘴。人感之，多病腹脹成蠱。”　重
泉：猶九泉，舊指死者所歸。竇常《哭張倉曹南史》：“萬事竟蹉跎，重
泉恨若何？官臨環衛小，身逐轉蓬多。”元稹《酬樂天見憶兼傷仲遠》：
“死別重泉閟，生離萬里賒。瘴侵新病骨，夢到故人家。”

［編年］

《年譜》編年本詩於元和十三年，理由是：“元詩有‘尚書入用雖旬
月’之句，李於元和十三年三月爲宰相，此詩當作於四月間。”《編年箋
注》編年：“夷簡於元和十三年（八一八）三月拜宰相，元稹詩作于同年
四月。見下《譜》。”《年譜新編》編年本詩：“白居易原唱爲《聞李尚書
拜相因以長句寄賀微之》，次韵酬和。”並有譜文“三月，李夷簡爲門下
侍郎、同平章事，白居易向元稹祝賀”加以説明。

我們以爲，《年譜》、《編年箋注》以及《年譜新編》的編年雖然大致
不錯，但仍然顯得籠統，還可以進一步具體：據“尚書入用雖旬月”的
詩句以及李夷簡元和十三年三月十七日拜相的史實，結合白居易首

倡元稹酬和的事實,再顧及江州與通州之間的距離,可以進一步斷定,本詩應該作於三月二十七日至四月十七日間。

◎ 連昌宮詞⁽一⁾①

連昌宮中滿宮竹,歲久無人森似束⁽二⁾②。又有墙頭千葉桃,風動落花紅蔌蔌⁽三⁾③。宮邊老人爲予泣⁽四⁾:小年進食曾因入⁽五⁾④。上皇正在望仙樓,太真同憑欄干立⑤。樓上樓前盡珠翠,炫轉熒煌照天地⑥。歸來如夢復如痴,何暇備言宮裏事⑦!初過寒食一百六,店舍無烟宮樹綠⑧。夜半月高弦索鳴,賀老琵琶定場屋(唐開元中,賀懷智善琵琶)⁽六⁾⑨。力士傳呼覓念奴,念奴潛伴諸郎宿⑩。須臾覓得又連催,特敕街中許然燭⁽七⁾⑪。春嬌滿眼睡紅綃⁽八⁾,掠削雲鬟旋裝束⁽九⁾⑫。飛上九天歌一聲,二十五郎吹管逐⑬。逡巡大遍涼州徹⁽一〇⁾,色色龜玆轟錄續⁽一一⁾⑭。李謨擪(指按也)笛傍宮墙⁽一二⁾,偷得新翻數般曲(念奴,天寶中名倡⁽一三⁾,善歌。每歲樓下酺宴,累日之後,萬眾喧隘。嚴安之、韋黃裳輩辟易不能禁⁽一四⁾,眾樂爲之罷奏。玄宗遣高力士大呼於樓上曰⁽一五⁾:"欲遣念奴唱歌,邠王二十五郎吹小管逐⁽一六⁾,看人能聽否?"未嘗不悄然奉詔,其爲當時所重也如此!然而玄宗不欲奪俠游之盛,未嘗置在宮禁。或歲幸湯泉⁽一七⁾,時巡東洛,有司潛遣從行而已。又玄宗嘗於上陽宮夜後按新翻一曲⁽一八⁾,屬明夕正月十五日,潛遊燈下,忽聞酒樓上有笛奏前夕新曲⁽一九⁾,大駭之。明日密遣捕捉笛者詰驗之,自云:"其夕竊於天津橋翫月⁽二〇⁾,聞宮中度曲⁽二一⁾,遂於橋柱上插譜記之⁽二二⁾,臣即長安少年善笛者李謨也。"玄宗異而遣之)⁽二三⁾⑮。平明大駕發行宮,萬人歌舞途路中⁽二四⁾⑯。百官隊仗避岐薛(岐王範、薛王業,玄宗之弟),楊氏諸姨(貴妃三姊,帝呼爲姨,封韓、虢、秦國三夫人)車鬥風⑰。明年十月東都破(天寶十三年,禄山破洛陽),御路猶存禄山過⁽二五⁾⑱。驅令供頓不敢藏,萬姓無聲泪潛墮⁽二六⁾⑲。兩京定後六七年,却尋家舍行宮前⑳。莊園燒盡有枯井,行宮門閉樹宛然⁽二七⁾㉑。爾後相傳六皇帝(肅、代、德、順、憲、穆)⁽二八⁾,不到離宮門久閉㉒。往來年少説長安,玄武樓成花萼廢⁽二九⁾㉓。去年敕使因斫竹⁽三〇⁾,偶值門開暫相逐㉔。荆榛櫛比塞池塘,狐兔驕癡緣樹木㉕。舞榭欹傾基尚在⁽三一⁾,文窗窈窕紗猶緑㉖。塵埋粉壁舊花鈿,烏啄風箏碎珠玉⁽三二⁾㉗。上皇偏愛臨砌花,依然御榻臨階斜㉘。蛇出燕巢盤鬥拱,菌生香案正當衙㉙。寢殿相連端正樓,太真梳洗樓上頭㉚。晨光未出簾影黑,至今反挂珊瑚鉤㉛。指示傍人因慟哭⁽三三⁾,却出宮門泪相續⁽三四⁾㉜。自從此後還閉門,夜夜狐狸上門屋㉝。我聞此語心骨悲,太平誰致亂者誰㉞?翁言野父何分別!耳聞眼見爲君説⁽三五⁾㉟:姚崇宋璟作相公,勸諫上皇言語切㊱。爕理陰陽禾黍豐,調和中外無兵戎㊲。長官清平太守好⁽三六⁾,揀選皆言由至公⁽三七⁾㊳。開元之末姚宋死⁽三八⁾,朝廷漸漸由妃子㊴。禄山宮裏養作兒⁽三九⁾,虢國門前鬧如市㊵。弄權宰相不記名,依稀憶得楊與李⁽四〇⁾㊶。廟謨顛倒四海摇⁽四一⁾,五十年來作瘡痏㊷。今皇神聖丞相明,詔書纔下吳蜀平㊸。官軍又取淮西賊,此賊亦除天下寧㊹。年年耕種宮前道,今年不遣子孫耕㊺。老翁此意深望幸,努力廟謨休用兵⁽四二⁾㊻!

録自《元氏長慶集》卷二四

[校記]

(一) 連昌宮詞:楊本、叢刊本、《英華》、《全詩》、《全唐詩録》、《石倉歷代詩選》、《竹莊詩話》同,《唐文粹》、《唐詩紀事》、《古文集成》、

《唐詩品彙》、《古今事文類聚》作"連昌宮辭",語義相類,不改。

（二）歲久無人森似束：楊本、叢刊本、《唐文粹》、《英華》、《唐詩紀事》、《全詩》、《全唐詩錄》、《石倉歷代詩選》、《唐詩品彙》、《古文集成》、《芥隱筆記》、《竹莊詩話》、《山堂肆考》、《説郛》、《古今事文類聚》同,《全詩》注作"歲久無人森自束",語義不通,不從不改。

（三）風動落花紅蔌蔌：楊本、叢刊本、《唐文粹》、《唐詩紀事》、《全詩》、《全唐詩錄》、《石倉歷代詩選》同,《英華》、《唐詩品彙》、《古今事文類聚》、《古文集成》、《竹莊詩話》、《山堂肆考》作"風動落花紅籟籟",語義相類,不改。

（四）宮邊老人爲予泣：楊本、叢刊本、《唐文粹》、《唐詩品彙》、《竹莊詩話》、《唐詩紀事》、《石倉歷代詩選》、《古文集成》、《古今事文類聚》、《全唐詩錄》同,《英華》、《全詩》作"宮邊老翁爲予泣",語義相類,不改。

（五）小年進食曾因入：楊本、叢刊本、《全詩》、《全唐詩錄》同,《古文集成》、《唐詩紀事》、《唐詩品彙》、《全詩》注作"小年選進因曾入",《英華》、《唐文粹》、《竹莊詩話》、《古今事文類聚》作"少年選進因曾入",《石倉歷代詩選》作"少年進食曾因入",語義相類,不改。

（六）賀老琵琶定場屋：楊本、叢刊本、《全詩》、《全唐詩錄》、《古今事文類聚》、《古文集成》、《英華》、《唐詩紀事》、《唐文粹》、《石倉歷代詩選》、《竹莊詩話》同,《唐詩品彙》、《全詩》注作"賀老琵琶擅場屋",語義相類,不改。　唐開元中,賀懷智善琵琶：本注除原本之外,其餘各本均無,應該是馬元調所加,予以保留。

（七）特敕街中許然燭：楊本、《石倉歷代詩選》、《唐詩品彙》、《全詩》、《全唐詩錄》同,叢刊本、《唐文粹》、《英華》、《唐詩紀事》、《竹莊詩話》、《古文集成》、《古今事文類聚》作"特敕街中許燃燭","然"是"燃"的古字,義項本來相通,不改。

（八）春嬌滿眼睡紅綃：楊本、叢刊本、《古文集成》、《唐詩品彙》、《石倉歷代詩選》、《全詩》、《全唐詩錄》同,《全詩》注作"春嬌滿眼眠紅綃”，語義相類，不改。《唐詩紀事》、《古今事文類聚》作“春嬌滿眼睡紅消”，《英華》作“春嬌滿眼睡紅銷”，《竹莊詩話》作“春紅滿眼睡紅銷”，《唐文粹》作“春嬌滿眼垂紅綃”，“消”、“銷”、“垂”語義不佳，不取不改。

（九）掠削雲鬟旋裝束：楊本、叢刊本、《唐詩紀事》、《唐文粹》、《英華》、《唐詩品彙》、《全詩》、《全唐詩録》、《石倉歷代詩選》、《古文集成》、《竹莊詩話》、《古今事文類聚》同，《又玄集》作“掠削雲鬟施裝束”，語義不同，不改。

（一〇）逡巡大遍涼州徹：楊本、叢刊本、《全詩》、《全唐詩録》、《石倉歷代詩選》同，《英華》、《唐文粹》、《唐詩紀事》、《又玄集》、《古文集成》、《唐詩品彙》、《古今事文類聚》、《竹莊詩話》作“逡巡大遍梁州徹”，語義不同，不改。

（一一）色色龜兹轟録續：楊本、叢刊本、《古今事文類聚》、《古文集成》、《石倉歷代詩選》、《全詩》、《全唐詩録》、《竹莊詩話》同，《英華》、《唐文粹》作“色色龜兹轟緑續”，《唐詩紀事》、《唐詩品彙》作“色色龜兹轟陸續”。

（一二）李謨擪笛傍宮墻：《英華》、《全詩》、《全唐詩録》、《唐詩紀事》、《唐詩品彙》、《古今事文類聚》、《古文集成》、《石倉歷代詩選》、《竹莊詩話》同，楊本、叢刊本、《唐文粹》作“李謨壓笛傍宮墻”，語義不佳，不從不改。

（一三）天寶中名倡：楊本、叢刊本、《全詩》、《全唐詩録》同，《唐文粹》、《又玄集》作“天寶中名妓”，語義相類，不改。《英華》、《唐詩紀事》、《唐詩品彙》、《古文集成》、《石倉歷代詩選》、《古今事文類聚》、《竹莊詩話》無此條長注，體例不同，不從。

（一四）嚴安之、韋黄裳輩辟易不能禁：楊本、叢刊本、《全詩》、《全唐詩録》同，《唐文粹》作“嚴安之、辛黄裳輩辟易而不能禁”，人名難以考定，從原本。《英華》、《唐詩紀事》、《唐詩品彙》、《古文集成》、《石倉歷代詩選》、《古今事文類聚》、《竹莊詩話》無此條長注，體例不同，不從。

（一五）玄宗遣高力士大呼於樓上曰：楊本、《唐文粹》同，叢刊本作"玄宗遣高力士大呼於樓上日"，刊刻之誤，《全詩》、《全唐詩錄》作"明皇遣高力士大呼於樓上曰"，唐人對李隆基時稱"明皇"，時稱"玄宗"，語義相類，不改。《英華》、《唐詩紀事》、《唐詩品彙》、《古文集成》、《石倉歷代詩選》、《古今事文類聚》、《竹莊詩話》無此條長注，體例不同，不從。

（一六）邠王二十五郎吹小管逐：原本作"邠二十五郎吹小管逐"，楊本、叢刊本、《全詩》、《全唐詩錄》同，據《唐文粹》改。《英華》、《唐詩紀事》、《唐詩品彙》、《古文集成》、《石倉歷代詩選》、《古今事文類聚》、《竹莊詩話》無此條長注，體例不同，不從。

（一七）或歲幸湯泉：楊本、叢刊本、《全詩》、《全唐詩錄》同，《唐文粹》"或歲幸溫湯"，語義不同，不改。《英華》、《唐詩紀事》、《唐詩品彙》、《古文集成》、《石倉歷代詩選》、《古今事文類聚》、《竹莊詩話》無此條長注，體例不同，不從。

（一八）又玄宗嘗於上陽宮夜後按新翻一曲：楊本、叢刊本同，《全詩》作"又明皇嘗于上陽宮夜後按新翻一曲"，《全唐詩錄》作"又明皇常于上陽宮夜後按新翻一曲"，《唐文粹》作"又玄宗幸上陽宮，夜後新翻一曲"，語義不同，不改。《英華》、《唐詩紀事》、《唐詩品彙》、《古文集成》、《石倉歷代詩選》、《古今事文類聚》、《竹莊詩話》無此條長注，體例不同，不從。

（一九）忽聞酒樓上有笛奏前夕新曲：楊本、叢刊本、《全詩》、《全唐詩錄》同，《唐文粹》作"忽聞酒樓上有笛奏前夕新翻之曲者"，語義相類，不改。《英華》、《唐詩紀事》、《唐詩品彙》、《古文集成》、《石倉歷代詩選》、《古今事文類聚》、《竹莊詩話》無此條長注，體例不同，不從。

（二〇）其夕竊於天津橋翫月：楊本、叢刊本、《全詩》、《全唐詩錄》同，《唐文粹》作"自雲某某夕竊于天津橋上翫月"，語義相類，不改。《英華》、《唐詩紀事》、《唐詩品彙》、《古文集成》、《石倉歷代詩選》、《古今事文類聚》、《竹莊詩話》無此條長注，體例不同，不從。

（二一）**聞宮中度曲**：楊本、叢刊本、《全詩》、《全唐詩錄》同，《唐文粹》作"聞宮中奏曲，愛其新聲"，語義不同，不改。《英華》、《唐詩紀事》、《唐詩品彙》、《古文集成》、《石倉歷代詩選》、《古今事文類聚》、《竹莊詩話》無此條長注，體例不同，不從。

（二二）**遂於橋柱上插譜記之**：楊本、叢刊本、《全詩》、《全唐詩錄》同，《唐文粹》作"遂于天津橋柱以爪畫譜記之"，語義不同，不改。《英華》、《唐詩紀事》、《唐詩品彙》、《古文集成》、《石倉歷代詩選》、《古今事文類聚》、《竹莊詩話》無此條長注，體例不同，不從。

（二三）**臣即長安少年善笛者李謩也。玄宗異而遣之**：楊本、叢刊本、《全詩》、《全唐詩錄》同，《唐文粹》作"問其誰氏，奏云：'臣即長安少年李謩也。'玄宗異之，賜物遣去"，語義不同，不改。《英華》、《唐詩紀事》、《唐詩品彙》、《古文集成》、《石倉歷代詩選》、《古今事文類聚》、《竹莊詩話》無此條長注，體例不同，不從。

（二四）**萬人歌舞途路中**：《古今事文類聚》、《全詩》同，楊本、叢刊本、《唐文粹》、《全唐詩錄》、《唐詩紀事》、《竹莊詩話》、《古文集成》、《唐詩品彙》作"萬人鼓舞途路中"，《英華》作"萬人鼓舞在途中"，《石倉歷代詩選》作"萬人忭舞途路中"，語義相類，不改。

（二五）**御路猶存祿山過**：楊本、叢刊本、《唐文粹》、《全詩》、《全唐詩錄》、《唐詩紀事》、《石倉歷代詩選》、《唐詩品彙》、《古今事文類聚》、《古文集成》、《竹莊詩話》同，《英華》作"御路獨存祿山過"，語義不同，不改。

（二六）**萬姓無聲淚潛墮**：楊本、叢刊本、《唐文粹》、《唐詩紀事》、《全詩》、《全唐詩錄》、《唐詩品彙》、《古文集成》、《石倉歷代詩選》、《古今事文類聚》、《竹莊詩話》同，《英華》作"萬姓無言淚潛墮"，語義相類，不改。

（二七）**行宮門閉樹宛然**：楊本、叢刊本、《全詩》、《全唐詩錄》、

《石倉歷代詩選》、《英華》同,《又玄集》、錢校、《唐文粹》、《唐詩紀事》、《唐詩品彙》、《古文集成》、《古今事文類聚》、《竹莊詩話》作"行宫門閴樹宛然",語義相類,不改。

(二八)爾後相傳六皇帝(肅、代、德、順、憲、穆):《全詩》同,有注文,叢刊本、《英華》、《唐文粹》、《唐詩紀事》、《全唐詩録》、《唐詩品彙》、《石倉歷代詩選》、《古今事文類聚》、《古文集成》、《竹莊詩話》同,但無注文,楊本誤作"爾復相傳六皇帝",無注文。據此,我們以爲馬本之前的版本本無注文,注文是馬元調所加,但顯然有誤,除《全詩》盲目采録之外,此後的各本並不跟進。

(二九)玄武樓成花萼廢:楊本、叢刊本、《全詩》、《全唐詩録》、《唐詩品彙》、《石倉歷代詩選》、《古文集成》同,《唐文粹》、《古今事文類聚》、《竹莊詩話》作"玄武樓前花萼廢",《唐詩紀事》作"玄武樓前華萼廢",《英華》作"元武樓成花萼廢",語義大多相類,不改。

(三〇)去年敕使因斫竹:楊本、叢刊本、《唐文粹》、《唐詩紀事》、《石倉歷代詩選》、《古今事文類聚》、《古文集成》、《全詩》、《全唐詩録》、《竹莊詩話》同,《英華》作"去年敕使因破竹",《唐詩品彙》作"去年勑賜因砍竹",語義相類,不改。

(三一)舞榭欹傾基尚在:楊本、叢刊本、《英華》、《石倉歷代詩選》、《全詩》同,《唐詩紀事》、《全唐詩録》、《古文集成》、《唐文粹》、《古今事文類聚》、《竹莊詩話》作"舞榭欹傾基尚存",《唐詩品彙》作"舞榭欹傾臺尚存",語義相類,不改。宋蜀本作"舞榭歌傾基尚在",語義不通,不從不改。

(三二)烏啄風箏碎珠玉:楊本、叢刊本、《唐文粹》、《全詩》、《全唐詩録》、《古文集成》同,《英華》、《唐詩紀事》、《唐詩品彙》、《石倉歷代詩選》、《古今事文類聚》、《竹莊詩話》作"鳥啄風箏碎珠玉",語義相類,不改。

(三三)指示傍人因慟哭:《唐詩品彙》、《石倉歷代詩選》、《全唐詩録》同，楊本、叢刊本、《英華》、《古文集成》、《古今事文類聚》、《全詩》、《竹莊詩話》作"指似傍人因慟哭"，《又玄集》、錢校、《唐文粹》、《唐詩紀事》作"指向傍人因慟哭"，語義相類，不改。

（三四）却出宮門泪相續：楊本、叢刊本、《唐文粹》、《英華》、《唐詩紀事》、《全詩》、《全唐詩録》、《石倉歷代詩選》、《古今事文類聚》、《古文集成》、《竹莊詩話》同，《唐詩品彙》作"却立宮門泪相續"，語義相類，不改。

（三五）耳聞眼見爲君説：楊本、叢刊本、《唐文粹》、《唐詩紀事》、《石倉歷代詩選》、《古文集成》、《古今事文類聚》、《全詩》、《全唐詩録》同，《英華》作"眼見耳聞爲君説"，《唐詩品彙》、《竹莊詩話》作"耳聞目見爲君説"，語義相類，不改。

（三六）長官清平太守好：楊本、叢刊本、《唐文粹》、《唐詩紀事》、《石倉歷代詩選》、《古文集成》、《古今事文類聚》、《全詩》、《全唐詩録》、《竹莊詩話》同，《英華》作"長官清强太守好"，《唐詩品彙》作"長官清貧太守好"，語義相類，不改。

（三七）揀選皆言由至公：《全唐詩録》、《石倉歷代詩選》、《唐詩品彙》同，楊本、叢刊本、《唐文粹》、《唐詩紀事》、《英華》、《古今事文類聚》、《全詩》、《古文集成》、《竹莊詩話》作"揀選皆言由相公"，語義相類，不改。

（三八）開元之末姚宋死：楊本、叢刊本、《唐詩品彙》、《石倉歷代詩選》、《全詩》、《全唐詩録》、《竹莊詩話》同，《又玄集》、錢校、《英華》、《唐文粹》、《唐詩紀事》、《古文集成》、《古今事文類聚》作"開元欲末姚宋死"，語義相類，不改。

（三九）禄山宮裏養作兒：楊本、叢刊本、《唐文粹》、《唐詩紀事》、《唐詩品彙》、《石倉歷代詩選》、《全詩》、《全唐詩録》、《古文集成》、《古今事文類聚》、《竹莊詩話》同，錢校、《英華》作"禄山宮裏養爲兒"，語義相類，不改。

（四〇）依稀憶得楊與李：楊本、叢刊本、《唐文粹》、《唐詩紀事》、《唐詩品彙》、《石倉歷代詩選》、《全詩》、《全唐詩録》、《古文集成》、《古今事文類聚》、《竹莊詩話》同，錢校、《英華》作“憶得依稀楊與李”，語義相類，不改。

（四一）廟謨顛倒四海摇：楊本、叢刊本、《唐文粹》、《唐詩品彙》、《古文集成》、《全詩》、《全唐詩録》、《石倉歷代詩選》、《古今事文類聚》、《竹莊詩話》同，《英華》、《唐詩紀事》作“廟謀顛倒四海摇”，兩字相通，不改。

（四二）努力廟謨休用兵：原本作“努力廟謀休用兵”，《英華》、《唐詩紀事》、《全詩》同，據《唐文粹》、《唐詩品彙》、《石倉歷代詩選》、《古文集成》、《全唐詩録》、《古今事文類聚》、《竹莊詩話》改。

［箋注］

① 連昌宮詞：關於本詩，前人評價多不枚舉，今擇要選録如下：洪邁《容齋隨筆·連昌宮詞》：“元微之、白樂天在唐元和長慶間齊名，其賦詠天寶時事《連昌宮詞》、《長恨歌》，皆膾炙人口，使讀之者情性蕩摇，如身生其時，親見其事，殆未易以優劣論也。然《長恨歌》不過述明皇追愴貴妃始末，無他激揚，不若《連昌詞》有監戒規諷之意。如云：‘姚崇宋璟作相公，勸諫上皇言語切……長官清平太守好，揀選皆言由相公。開元之末姚宋死，朝廷漸漸由妃子。禄山宮裏養作兒，號國門前鬧如市。弄權宰相不記名，依稀憶得楊與李。廟謨顛倒四海摇，五十年來作瘡痏。’其末章及‘官軍討淮西’、‘乞廟謀’、‘休用兵’之語，蓋元和十一二年間所作，殊得風人之旨，非《長恨》比云。”張邦基《墨莊漫録》卷六：“白樂天作《長恨歌》，元微之作《連昌宮詞》，皆紀明皇時事也。予以爲微之之作過白樂天之歌，白止於荒淫之語，終篇無所規正。元之詞乃微而顯，其荒縱之意皆可考，卒章乃不忘箴諷，爲優也。”胡仔《漁隱叢話前集》卷二二：“《潘子真詩話》云：南豐先生

曾子固言⋯⋯《津陽門詩》《長恨歌》《連昌宮詞》，俱載開元間事，微之之詞不獨富艷，至'長官清平太守好，揀選皆言由相公'，委任責成，治之所興也。'祿山宮裏養作兒，虢國門前鬧如市'，險詖私謁，無所不至，安得不亂？積之叙事，遠過二子！」　連昌宮：唐代行宮名，《新唐書·地理志》："河南府⋯⋯壽安⋯⋯西二十九里有連昌宮，顯慶三年置。"《河南通志·河南府》："連昌宮在宜陽縣舊壽安縣西二十九里，唐顯慶間建，一名玉陽宮。"而《編年箋注》在"連昌宮"後注："在唐河南郡壽安縣（今河南宜陽）西十九里。"所述里數有誤，其誤估計承襲陳寅恪《元白詩箋證稿·連昌宮詞》之誤："河南道河南府河南郡壽安縣（原注：西一十九里有連昌宮，顯慶三年置）。"因沒有核對文獻而致誤。行宮是古代京城以外供帝王出行時居住的宮室。《文選·左思〈吳都賦〉》："烏聞梁岷有陟方之館，行宮之基歟？"劉逵注："天子行所立，名曰行宮。"沈約《光宅寺刹下銘》："光宅寺蓋上帝之故居，行宮之舊兆。"盧象《駕幸溫泉》："細草終朝隨步輦，垂楊幾處繞行宮？"白居易《長恨歌》："蜀江水碧蜀山青，聖主朝朝暮暮情。行宮見月傷心色，夜雨聞鈴腸斷聲。"關於本詩，清代皇帝愛新覺羅·弘曆《夾竹桃》有"元和佳句"之讚語："琅玕其葉雲霞瓣，無香有韵宜清甗。綠陰池館露華滋，今夕何夕見此粲？瀲瀲桃笙泛碧濤，元和佳句想士曹。連昌宮中滿宮竹，又有墙頭千葉桃。"

②"連昌宮中滿宮竹"兩句：元稹賦詠本詩之時，經陳寅恪先生考證，並沒有經由連昌宮之事，屬於詩人懸想之詞。經過我們多年的研究，元稹雖然年輕時多次來往於長安與洛陽之間，但也並沒有經由壽安縣之可能，故陳寅恪先生的結論可以採納。本詩是懸想連昌宮的景象，雖然久無人居，但却給滿宮的竹子提供了非常有利的生長條件，年長月久，竹子茂密如束，在春風裏搖曳起舞，却透露出令人窒息的氣氛。竹：一種多年生的禾本科木質常綠植物，嫩芽即笋，可食。莖圓柱形，中空，直而有節，性堅韌，可用作建築材料及製造各種器物。葉四季常青，

經冬不凋。東方朔《七諫·初放》：“便娟之修竹兮，寄生乎江潭。”韓愈《題百葉桃花》：“百葉桃花晚更紅，窺窗映竹見玲瓏。” 束：謂環繞，纏繞。張鷟《朝野僉載》卷一：“定州人崔務墜馬折足，醫令取銅末和酒服之，遂痊平。及亡後十餘年改葬，視其脛骨折處，有銅末束之。”吳融《和嚴諫議蕭山廟十韻》：“老狖尋危棟，秋蛇束畫楹。”

③ 墙頭：圍墙的上端。于鵠《題美人》：“秦女窺人不解羞，攀花趁蝶出墙頭。”歐陽修《齋宫感事寄原甫學士》：“曾向齋宫詠麥秋，綠陰佳樹覆墙頭。” 千葉桃：即碧桃，桃樹的一種，花重瓣，不結實，祗能供觀賞和藥用，故又名千葉桃。李時珍《本草綱目·桃》：“其實有紅桃、緋桃、碧桃、緗桃、白桃、烏桃、金桃、銀桃、臙脂桃，皆以色名者也。”郎士元《聽鄰家吹笙》：“重門深鎖無尋處，疑有碧桃千樹花。”楊憑《千葉桃花》：“千葉桃花勝百花，孤榮春晚駐年華。若教避俗秦人見，知向河源舊侶誇。” 落花：衰敗而零落在地的花朵或花瓣。韋承慶《南行別弟》：“澹澹長江水，悠悠遠客情。落花相與恨，到地一無聲。”崔湜《喜入長安》：“雲日能催曉，風光不惜年。賴逢征客盡，歸在落花前。” 蔌蔌：飄落貌。和凝《天仙子》二：“洞口春紅飛蔌蔌，仙子含愁眉黛綠。”蘇軾《浣溪沙·徐門石潭謝雨道上作》：“蔌蔌衣巾落棗花，村南村北響繰車。”

④ 宫邊老人爲予泣：本詩通過“宫邊老人”眼中連昌宫前後不同的變化，借“宫邊老人”的所見所聞所感所想，叙述了李唐在安史之亂前後繁榮與衰落的不同，是史詩般的巨製宏篇，歷來受到讚譽。但細心的讀者也許已經發現：本詩這位“宫邊老人”與《代曲江老人百韻》中的“曲江老人”何其相似！手法何其一致！不過時過二十多年，詩人的手法更加老練也更加巧妙而已。 老人：老年人。《左傳·宣公十五年》：“及輔氏之役，顆見老人結草以亢杜回。”《史記·循吏列傳》：“〔子產〕治鄭二十六年而死，丁壯號哭，老人兒啼。” 泣：無聲流淚或低聲而哭。《易·屯》：“得敵，或鼓或罷，或泣或歌。”蘇軾《前赤

壁賦》：“舞幽壑之潛蛟，泣孤舟之嫠婦。”　小年：這裏指少年，幼年，一般在十六歲以下。《北史·盧詢祖傳》：“邢邵常戲曰：‘卿小年才學富盛，戴角者無上齒，恐卿不壽。’”《朱子語類》卷一二七：“孝宗小年極鈍。”我們對本詩的“小年”有過自己的考證：杜甫《醉歌行（別從侄勤落第歸）》：“陸機二十作文賦，汝更小年能綴文……只今年才十六七，射策君門期第一。”可見杜甫詩中的“小年”是“十六七”歲時。唐人李隱有《焦封》文，叙述“開元初”人焦封“客游於蜀”，遇一“年約十七八”的女子向焦封獻詩：“妾失鴛鴦伴，君方萍梗遊。小年歡醉後，只恐苦相留。”可見唐人詩文中的“小年”擬應“十六七”或“十七八”爲宜；宋代無名氏《張協狀元》戲文第四八出有“記得小年騎竹馬”之句，既以“騎竹馬”爲戲，年齡大約也不會超過十六七歲吧！而元稹《元和五年罰俸西歸至陝府與吳十一端公崔二十二院長思愴曩遊》：“小年閑愛春，認得春風意。”詩題中的“吳十一”即另一首元稹詩《贈吳渠州從姨兄士則》中的“吳士則”，後詩作於元和十年（815）元稹自通州赴興元治病途中，詩云：“三千里外巴南恨，二十年前城裏狂。”前句述説詩人被迫離開京城貶放三千里外通州的怨恨以及不得不北上興元治病的淒涼，而後句所述，即《元和五年》詩中他們在京城“閑行曲江岸，便宿慈恩寺”、“同占杏花園，喧闐各叢萃”之歡快情景，前後形成對照，更見元稹流放通州又不得不赴興元治病的淒涼之感。從元和十年逆推“二十年前”，當爲貞元十年（794），時元稹十六歲。本詩所云：“宮邊老翁爲余泣，小年進食曾因入。”據詩中提供的材料，老翁進入連昌宮的“明年”句下注：“天寶十三年，禄山破洛陽。”因此老翁進入連昌宮應在天寶十二載（753），距元稹吟賦此詩的元和十三年（818）已有六十六年之久，而以其“子”及“孫”均能耕種“宮前道”計，老翁之“子”至多六十多歲，而老翁至多也在八十歲上下。在“人生七十古來稀”的當時，八十歲的老翁已十分罕見，據此推算老翁的“小年”當在十五六歲左右。　進食：進奉食物。和凝《宮詞百首》三四：“進食門前水陸陳,大官齋潔貢時新。明君宵旰分甘處,便索金盤賜重臣。”花蕊夫人徐氏《宮詞》七:“廚船進食簇時新,侍宴無非列近臣。日午殿頭宣索繪,隔花催喚打魚人。”

⑤ 上皇:這裏是太上皇的簡稱,指李隆基唐玄宗。王建《奉同曾郎中題石瓮寺得嵌韵》:“寺門連內繞丹岩,下界雲開數過帆。遙指上皇翻曲處,百官題字滿西嵌。”羅鄴《駕蜀回》:“上皇西幸却歸秦,花木依然滿禁春。唯有貴妃歌舞地,月明空殿鎖香塵。” 望仙樓:《歷代帝王宅京記》卷七:“德宗貞元……十三年秋八月庚午,增修望仙樓、廣夾城、十王宅。”薛逢《宮詞》:“十二樓中盡曉妝,望仙樓上望君王……遙窺正殿簾開處,袍袴宮人掃御床。”馬祖常《擬唐宮詞十首》一〇:“花氣蒸霞淑景明,望仙樓上看彈鶯。李暮吹笛宮墻外,學得梨園第幾聲?” 太真:這裏指唐代楊貴妃之號。《舊唐書·玄宗楊貴妃》:“時妃衣道士服,號曰‘太真’。”元稹《燈影》:“洛陽晝夜無車馬,漫挂紅紗滿樹頭。見説平時燈影裏,玄宗潛伴太真遊。”張祜《連昌宮》:“龍虎旌旗雨露飄,玉樓歌斷碧山遥。玄宗上馬太真去,紅樹滿園香自銷。” 欄杆:亦作“欄干”,以竹、木等做成的遮攔物。劉禹錫《題集賢閣》:“青山雲繞欄杆外,紫殿香來步武間。曾是先賢翔集地,每看壁記一慚顏。”徐仲雅《宮詞》:“內人曉起怯春寒,輕揭珠簾看牡丹。一把柳絲收不得,和風搭在玉欄杆。”

⑥ 珠翠:珍珠和翡翠,婦女華貴的飾物。劉知幾《史通·雜説》:“夫盛服飾者,以珠翠爲先;工繪事者,以丹青爲主。”白居易《夜聞賈常州崔湖州茶山境會想羨歡宴因寄此詩》:“遙聞境會茶山夜,珠翠歌鐘俱繞身。盤下中分兩州界,燈前合作一家春。” 炫轉:光彩轉動貌。元稹《西明寺牡丹》:“花向琉璃地上生,光風炫轉紫雲英。”白居易《裴常侍以題薔薇架十八韵見示因廣爲三十韵以和之》:“羽翔九微燈,炫轉七寶帳。” 熒煌:輝煌。李白《明堂賦》:“崇牙樹羽,熒煌葳蕤。”薛逢《夜宴觀妓》:“燈火熒煌醉客豪,捲簾羅綺艷仙桃。” 天地:

猶境界，境地。沈佺期《餞唐永昌》：“洛陽舊有神明宰，輦轂由來天地中。余邑政成何足貴！因君取則四方同。”李白《山中問答》：“桃花流水窅然去，別有天地非人間。”

⑦ 歸來：回來。《楚辭·招魂》：“魂兮歸來！反故居些！”李白《長相思》：“不信妾腸斷，歸來看取明鏡前。”　夢：義同“夢夢”，昏亂，不明。《詩·小雅·正月》：“民今方殆，視天夢夢。”陸德明釋文：“夢，莫紅反，亂也。”朱熹集傳：“夢夢，不明也。”《詩·大雅·抑》：“視爾夢夢，我心慘慘。”陸德明釋文：“夢，莫空反。”范成大《十月二十六日三偈》三：“窗外塵塵事，窗中夢夢身。”　痴：癲狂，神志不清。《漢書·韋玄成傳》：“賢薨，玄成在官聞喪，又言當爲嗣。玄成深知非賢雅意，即陽爲病狂，臥便利，妄笑語昏亂……案事丞相史乃與玄成書曰：‘古之辭讓，必有文義可觀，故能垂榮於後，今子獨壞形貌，蒙恥辱，爲狂痴，光曜晦而不宣。微哉，子之所託名也！’”劉得仁《省試日上崔侍郎四首》二：“如病如痴二十秋，求名難得又難休。回看骨肉須堪耻，一著麻衣便白頭。”　何暇：哪里有閑暇。韋曜《博弈論》：“君子之居室也，勤身以致養；其在朝也，竭命以納忠。臨事且猶旰食，而何暇博弈之足耽？”引申爲哪里談得上。《莊子·人間世》：“古之至人，先存諸己而後存諸人。所存於己者未定，何暇至於暴人之所行！”盧諶《贈崔溫》：“苟雲免罪戾，何暇收民譽？”　備言：詳説。《漢書·杜欽傳》：“此則衆庶咸説，繼嗣日廣，而海内長安。萬事之是非，何足備言！”杜預《春秋左傳序》：“身爲國史，躬覽載籍，必廣記而備言之。”　宮：秦漢以來，特指帝王之宮。《呂氏春秋·知度》：“古之王者，擇天下之中而立國，擇國之中而立宮，擇宮之中而立廟。”李商隱《謝往桂林至彤庭竊詠》：“城禁將開晚，宮深欲曙難。”這裏指連昌宮。

⑧ 寒食：節日名，在清明前一日或二日。宋之問《寒食江州滿塘驛》：“去年上巳洛橋邊，今年寒食廬山曲。遙憐鞏樹花應滿，復見吳洲草新緑。”王維《送錢少府還藍田》：“每候山櫻發，時同海燕歸。今

年寒食酒，應是返柴扉。" 一百六：寒食日的別稱。宗懍《荆楚歲時記》："〔寒食〕據曆合在清明前二日，亦有去冬至一百六日者。"洪邁《容齋四筆·一百五日》："吾州城市芝山寺，爲禁烟遊賞之地，寺僧欲建華嚴閣，請予作《勸緣疏》，其末聯云：'大善知識五十三，永壯人天之仰。寒食清明一百六，鼎來道俗之觀。'"亦有將寒食稱爲"一百五"，即冬至後一百零五天爲寒食。葛立方《韻語陽秋》卷一九："自冬至一百有五日至寒食，故世言寒食皆稱一百五。"姚合《寒食詩二首》一："今朝一百五，出户雨初晴。"溫庭筠《寒食節寄楚望二首》二："家乏兩千萬，時當一百五。" 店舍：旅店。姚合《客遊旅懷》："詩書愁觸雨，店舍喜逢山。舊業嵩陽下，三年未得還。"徐鉉《送净道人東游》："短景程途遠，寒原店舍孤。東州多俊造，能賞碧雲無？" 無烟：没有烟火。蕭繹《詠螢火》："著人疑不熱，集草訝無烟。"没有炊烟，指未做飯。范成大《暮春上塘道中》："店舍無烟野水寒，競船人醉鼓闌珊。"孫光憲《北夢瑣言》卷一二："〔楊貽德〕閭巷僦居，不露行止，旅舍無烟，藜藿不給，未嘗隕獲。" 宫樹：帝王宫苑中的樹木。王維《奉和聖製御春明樓臨右相園亭賦樂賢詩應制》："小苑接侯家，飛甍映宫樹。"《敦煌變文集·妙法蓮華經講經文》："香烟靄靄旋爲蓋，宫樹濛濛自變春。"

⑨ 夜半：半夜。韋應物《同褒子秋齋獨宿》："山月皎如燭，風霜時動竹。夜半鳥驚栖，窗間人獨宿。"白居易《長恨歌》："七月七日長生殿，夜半無人私語時：'在天願作比翼鳥，在地願爲連理枝。'" 弦索：絃樂器上的弦，指絃樂器。顧雲《池陽醉歌贈匡廬處士姚岩傑》："弦索緊快管聲脆，急曲碎拍聲相連。" 賀老：指賀懷智，此句下注："唐開元中，賀懷智善琵琶。"元稹《琵琶歌》："琵琶宫調八十一，旋宫三調彈不出。玄宗偏許賀懷智，段師此藝還相匹。"説的也是這個技藝高超的藝人。 老：後綴，放在姓氏後，表示對人的泛稱，不含敬意。張説《滄湖山寺》："楚老遊山寺，提携觀畫壁。揚袂指辟支，睩眄相鬥鬩。"劉長卿《送鄭司直歸上都》："歲歲逢離別，蹉跎江海濱。宦

游成楚老,鄉思逐秦人。”　　賀老琵琶:陶宗儀《説郛・琵琶》:“開元中有賀懷智,其樂器以石爲槽,鵾雞筋作弦,鐵撥彈之。”　　場屋:原指科舉考試的地方,又稱科場。王禹偁《謫居感事》:“空拳入場屋,拭目看京師。”《資治通鑑・唐武宗會昌六年》:“景莊老於場屋,每被黜,母輒撻景讓。”胡三省注:“唐人謂貢院爲場屋,至今猶然。”本詩指戲場。清人顧炎武《日知録・場屋》:“場屋者,於廣場之中而爲屋,不必皆開科試士之地也……故戲場亦謂之場屋。”

⑩　力士:即唐玄宗時期宦官頭目高力士,《舊唐書・高力士傳》記載甚詳,因有助瞭解本詩有關歷史背景,特地采録如下:“高力士,潘州人,本姓馮。少閹,與同類金剛二人聖曆元年嶺南討擊使李千里進入宮。則天嘉其黠惠,總角修整,令給事左右。後因小過,撻而逐之。内官高延福收爲假子,延福出自武三思家,力士遂往來三思第。歲餘,則天復召入禁中,隸司宮臺,廩食之。長六尺五寸,性謹密,能傳詔敕,授宮闈丞。景龍中,玄宗在藩,力士傾心奉之,接以恩顧。及唐隆平内難,升儲位,奏力士屬内坊,日侍左右,擢授朝散大夫、内給事。先天中,預誅蕭岑等功,超拜銀青光禄大夫,行内侍同正員。開元初,加右監門衛將軍,知内侍省事。玄宗尊重宮闈,中官稍稱旨,即授三品將軍,門施棨戟,故楊思勗、黎敬仁、林招隱、尹鳳祥等,貴寵與力士等。楊則持節討伐,黎、林則奉使宣傳,尹則主書院。其餘孫六、韓莊、楊八、牛仙童、劉奉廷、王承恩、張道斌、李大宜、朱文輝、郭全、邊令誠等,殿頭供奉、監軍、入蕃、教坊、功德主當,皆爲委任之務。監軍則權過節度,出使則列郡辟易。其郡縣豐贍,中官一至軍,則所冀千萬計,修功德,市鳥獸,詣一處則不啻千貫,皆在力士可否。故帝城中甲第、畿甸上田、果園池沼,中官參半於其間矣!每四方進奏,文表必先呈力士,然後進御,小事便決之。玄宗常曰:‘力士當上,我寢則穩。’故常止于宮中,稀出外宅。若附會者,想望風彩,以冀吹噓,竭肝膽者多矣!宇文融、李林甫、李適之、蓋嘉運、韋堅、楊慎矜、王銳、楊

國忠、安禄山、安思順、高仙芝，因之而取將相高位，其餘職不可勝紀。肅宗在春宮，呼爲二兄。諸王公主皆呼'阿翁'，駙馬輩呼爲'爺'。力士於寢殿側簾帷中休息，殿側亦有一院，中有修功德處，雕甍璀璨，窮極精妙。力士謹慎無大過，然自宇文融已下用權相噬，以紊朝綱，皆力士之由。又與時消息，觀其勢候，雖至親愛，臨覆敗皆不之救。力士義父高延福夫妻，正授供奉。嶺南節度使于潘州求其本母麥氏送長安，令兩媼在堂，備于甘脆。金吾大將軍程伯獻與力士結爲兄弟，麥氏亡，伯獻于靈筵散發，具縗絰，受賓吊答。十七年，贈力士父廣州大都督，麥氏越國夫人。開元初，瀛州吕玄晤作吏京師，女有姿色，力士娶之爲婦，擢玄晤爲少卿、刺史，子弟皆爲王傅。吕夫人卒，葬城東，葬禮甚盛。中外争致祭贈，充溢衢路，自第至墓，車馬不絶。天寶初，加力士冠軍大將軍、右監門衛大將軍，進封渤海郡公。七載，加驃騎大將軍。力士資產殷厚，非王侯能擬，於來庭坊造寶壽佛寺，興甯坊造華封道士觀，寶殿珍臺，侔於國力。于京城西北截灃水作碾，並轉五輪，日破麥三百斛。初，寶壽寺鐘成，力士齋慶之，舉朝畢至。凡擊鐘者，一擊百千。有規其意者，擊至二十杵，少尚十杵。其後又有華州袁思藝，特承恩顧。然力士巧密，人悦之。思藝驕倨，人士疏懼之。十四載，置内侍省，内侍監兩員，秩正三品，以力士、思藝對任之。玄宗幸蜀，思藝走投禄山，力士從幸成都，進封齊國公。從上皇還京，加開府儀同三司，賜實封五百户。上元元年八月，上皇移居西内甘露殿，力士與内官王承恩、魏悦等，因侍上皇登長慶樓，爲李輔國所構，配流黔中道。力士至巫州，地多薺而不食，因感傷而詠之曰：'兩京作斤賣，五溪無人采。夷夏雖不同，氣味終不改。'寶應元年三月，會赦歸，至朗州，遇流人言京國事，始知上皇厭代，力士北望號慟，嘔血而卒。代宗以其耆宿，保護先朝，贈揚州大都督，陪葬泰陵。" 傳呼：傳聲呼喊。《漢書·蕭望之傳》："仲翁出入從倉頭廬兒，下車趨門，傳呼甚寵。"顏師古注："傳聲而呼侍從者，甚有尊寵也。"蘇鶚《蘇氏演義》

卷下:"兩漢京兆河南尹及執金吾、司校尉,皆使人導引傳呼,使行者止,坐者起。"　念奴:唐玄宗時期著名歌伎,王仁裕《開元天寶遺事·眼色媚人》:"念奴者,有姿色,善歌唱,未嘗一日離帝左右。每執板當席顧眄,帝謂妃子曰:'此女妖麗,眼色媚人。'每囀聲歌喉,則聲出於朝霞之上,雖鐘鼓笙竽嘈雜,而莫能遏。宮妓中,帝之鍾愛也。"劉摯《次韻蔡景繁紅梅三首》三:"天上念奴春睡足,風前飛燕舞容斜。後房宜勸歌聲小,惜愛今年第一花。"詳情請參閱本詩原有詩注。　潛伴:暗地伴隨不使他人所知。元稹《燈影》:"見說平時燈影裏,玄宗潛伴太真遊。"《碧雞漫志·念奴嬌》:"元微之《連昌宮詞》云:'力士傳呼覓念奴,念奴潛伴諸郎宿。'"　諸郎:原指郎官,這裏指年輕子弟。元稹《清都春霽寄胡三吳十一》:"時節催年春不住,武陵花謝憶諸郎。"韋莊《咸通》:"諸郎宴罷銀燈檠,仙子游回璧月斜。"

⑪　須臾:片刻,短時間。《荀子·勸學》:"吾嘗終日而思矣,不如須臾之所學也。"洪邁《容齋三筆·瞬息須臾》:"瞬息、須臾、頃刻,皆不久之辭,與釋氏'一彈指間'、'一刹那頃'之義同,而釋書分別甚備……又《毗曇論》云:'一刹那者翻爲一念,一怛刹那翻爲一瞬,六十怛刹那爲一息,一息爲一羅婆,三十羅婆爲一摩睺羅,翻爲一須臾。'又《僧祇律》云:'二十念爲一瞬,二十瞬名一彈指,二十彈指名一羅預,二十羅預名一須臾,一日一夜有三十須臾。'"　特敕:帝王的特別命令,這裏是針對寒食禁火而發的命令。韓愈《御史臺上論天旱人饑狀》:"今年已來,京畿諸縣夏逢亢旱,秋又早霜……伏乞特敕京兆府:應今年稅錢及草粟等,在百姓腹內徵未得者,並且停徵。"王定保《唐摭言·放老》:"詔選中有孤平屈人,宜令以名聞,特敕授官。"　然:"燃"的古字,燃燒。《孟子·公孫丑》:"若火之始然,泉之始達。"韓愈《示爽》:"冬夜豈不長? 達旦燈燭然。"范成大《照田蠶行》:"鄉村臘月二十五,長竿然炬照南畝。"

⑫　春嬌:形容女子嬌艷之態,亦指嬌艷的女子。梁鍠《猧氏子》:

“憶事臨妝笑，春嬌滿鏡臺。”白居易《把酒思閑事二首》二：“把酒思閑事，春嬌何處多？” 滿眼：充滿視野。陶潛《祭程氏妹文》：“尋念平昔，觸事未遠，書疏猶存，遺孤滿眼。”杜甫《千秋節有感二首》二：“桂江流向北，滿眼送波濤。” 紅綃：紅色薄綢。白居易《琵琶行》：“五陵年少爭纏頭，一曲紅綃不知數。”馮延巳《應天長》三：“枕上夜長祇如歲，紅綃三尺淚。” 掠削：梳理齊整貌。喻良能《岩桂》：“粟粟枝頭淺淺黃，十分風味百分香。廣寒宮殿清秋裏，掠削雲鬟試靚妝。”楊萬里《春望》：“掠削嬌雲放嫩晴，三朝五日即清明。垂楊幸自風流殺，莫著啼鳥只著鶯。” 雲鬟：高聳的環形髮髻。李白《久別離》：“至此腸斷彼心絶，雲鬟綠鬢罷梳結。”杜甫《月夜》“香霧雲鬟濕，清輝玉臂寒。何時倚虛幌，雙照淚痕乾？” 裝束：裝飾打扮。李廓《長安少年行》：“遨遊携艷妓，裝束似男兒。”劉禹錫《酬樂天衫酒見寄》：“酒法衆傳吳米好，舞衣偏尚越羅輕。動搖浮蟻香濃甚，裝束輕鴻意態生。”

⑬ 九天：謂天之中央與八方。《楚辭·離騷》：“指九天以爲正兮，夫唯靈修之故也。”王逸注：“九天謂中央八方也。”揚雄《太玄·太玄數》：“九天：一爲中天，二爲羨天，三爲從天，四爲更天，五爲睟天，六爲廓天，七爲減天，八爲沈天，九爲成天。”按，《吕氏春秋·有始》謂天有九野：中央曰鈞天，東方曰蒼天，東北曰變天，北方曰玄天，西北曰幽天，西方曰顥天，西南曰朱天，南方曰炎天，東南曰陽天。也謂天空最高處。《孫子·形篇》：“善攻者，動於九天之上。”李白《望廬山瀑布二首》二：“飛流直下三千尺，疑是銀河落九天。”有時也指宮禁。王維《和賈舍人早朝大明宮之作》：“九天閶闔開宮殿，萬國衣冠拜冕旒。”楊巨源《春日奉獻聖壽無疆詞十首》九：“晴光五雲迭，春色九天深。” 二十五郎吹管逐：元稹自注：“念奴，天寶中名倡，善歌。每歲樓下酺宴，累日之後，萬衆喧隘。嚴安之、韋黃裳輩辟易不能禁，衆樂爲之罷奏。玄宗遣高力士大呼於樓上曰：‘欲遣念奴唱歌，邠王二十五郎吹小管逐，看人能聽否？’未嘗不悄然奉詔，其爲當時所重也如

此！然而玄宗不欲奪俠游之盛，未嘗置在宮禁。或歲幸湯泉，時巡東洛，有司潛遣從行而已。”

⑭ 逡巡：從容貌。《莊子·秋水》：“東海之鱉，左足未入，而右膝已縶矣！於是逡巡而却。”成玄英疏：“逡巡，從容也。”劉希夷《將軍行》：“將軍辟轅門，耿介當風立。諸將欲言事，逡巡不敢入。”　大遍：亦作“大徧”，唐宋大曲用語。遍，樂曲的一套。每套大曲由十餘遍組成，凡完整演唱各遍的，稱大遍。元稹《琵琶歌》：“凉州大遍最豪嘈，六么散序多籠撚。”《新唐書·禮樂志》：“《凉州曲》，本西凉所獻也，其聲本宮調，有大遍、小遍。”　凉州：樂府《近代曲》名，屬宮調曲。原是凉州一帶的地方歌曲，唐開元中由西凉府都督郭知運進。王昌齡《殿前曲二首》二：“胡部笙歌西殿頭，梨園弟子和凉州。”《新唐書·禮樂志》：“而天寶樂曲，皆以邊地名，若《凉州》、《伊州》、《甘州》之類。”又唐代軟舞曲名。蘇鶚《杜陽雜編》卷中：“志和遂於懷中出一桐木合子，方數寸，中有物，名蠅虎子，數不啻一二百焉！其形皆赤，雲以丹砂啖之故也。乃分爲五隊，令舞《凉州》。”段安節《樂府雜録·舞工》：“軟舞曲有《凉州》、《緑腰》、《蘇合香》、《屈柘》、《團圓旋》、《甘州》等。”色色：樣樣，各式各樣。裴度《度自到洛中與樂天爲文酒之會時時構詠樂不可支則慨然共憶夢得而夢得亦分司至止歡愜可知因爲聯句》：“色色時堪惜，些些病莫推。”《新唐書·選舉志》：“敦厚浮薄，色色有之。”　龜兹：國名。李頎《聽安萬善吹觱篥歌》：“南山截竹爲觱篥，此樂本自龜兹出。流傳漢地曲轉奇，凉州胡人爲我吹。”王建《宮詞一百首》一五：“對御難争第一籌，殿前不打背身球。内人唱好龜兹急，天子鞘回過玉樓。”　轟録續：王霆震《古文集成》卷七〇、祝穆《古今事文類聚續集》卷五在其下注云：“番樂名。”

⑮ “李謨擪笛傍宮牆”兩句：元稹自注：“又玄宗嘗于上陽宮夜後按新翻一曲，屬明夕正月十五日，潛遊燈下，忽聞酒樓上有笛奏前夕新曲，大駭之。明日密遣捕捉笛者詰驗之，自云：‘其夕竊于天津橋翫

月，聞宮中度曲，遂於橋柱上插譜記之，臣即長安少年善笛者李謩也。'玄宗異而遣之。" 李謩：長安少年善笛者。陳暘《樂書》卷一三〇："古者羌笛有《落梅花曲》，開元中有李謩善吹，獨步當時。越州刺史皇甫政月夜泛鑒湖，命謩吹笛，謩爲之盡妙。時有一老父泛舟聽之，因奏一聲，湖波搖動，笛遂中裂，即探懷中一笛以畢其曲。政視之，有三龍翊舟，而聽老父曲終，以笛付謩，謩吹之，竟不能聲，而老父亦失所在矣！"《太平廣記·李謩》："李舟好事，嘗得村舍烟竹，截爲笛，堅如鐵石，以遺李謩。謩吹笛，天下第一。月夜泛江，與同舟人吹，寥亮逸發。俄有客於岸呼舟請載，既至，請笛而吹，甚爲精妙，山石可裂，謩平生未嘗見。及入破，呼吸盤擗，應指粉碎。客散，不知所之。舟人著記，疑其蛟龍也。謩嘗秋夜吹笛於瓜洲，檝載甚隘，初發調，群動皆息，及數奏，微風颯然立至。有頃，舟人賈客有怨嘆悲泣之聲。（出《國史補》）"《太平廣記·李謩》："謩，開元中吹笛爲第一部，近代無比。有故，自教坊請假至越州，公私更宴，以觀其妙。時州客舉進士者十人，皆有資業，乃醵二千文同會鏡湖，欲邀李生湖上吹之，想其風韵，尤敬人神。以費多人少，遂相約各召一客。會中有一人，以日晚方記得，不遑他請。其鄰居有獨孤生者年老，久處田野，人事不知，茅屋數間，嘗呼爲獨孤丈。至是遂以應命，到會所，澄波萬頃，景物皆奇。李生拂笛，漸移舟於湖心。時輕雲蒙籠，微風拂浪，波瀾陡起。李生捧笛，其聲始發之後，昏曀齊開，水木森然，仿佛如有鬼神之來，坐客皆更贊詠之，以爲鈞天之樂不如也。獨孤生乃無一言，會者皆怒。李生爲輕己意，甚忿之。良久，又靜思作一曲，更加妙絕，無不賞駭，獨孤生又無言。鄰居召至者甚慚悔，白於衆曰：'獨孤村落幽處，城郭稀至，音樂之類，率所不通。'會客同誚責之，獨孤生不答，但微笑而已。李生曰：'公如是，是輕薄爲！復是好手？'獨孤生乃徐曰：'公安知僕不會也？'坐客皆爲李生改容謝之，獨孤曰：'公試吹《涼州》！'至曲終，獨孤生曰：'公亦甚能妙！然聲調雜夷樂，得無有龜兹之侶乎？'李生大駭，起拜曰：'丈人神絕！某亦不自知，本師實龜茲人也。'又曰：'第十二疊誤入水調，足下知之乎？'李生曰：'某頑蒙，實不覺。'獨孤生乃取吹之，李生更有一笛，拂拭以進。獨孤視之曰：'此都不堪取，執者粗通耳！'乃換之，曰：'此至入破必裂，得無吝惜否？'李生曰：'不敢！'遂吹，聲發入雲，四座震栗，李生蹙踏不敢動。至第十三疊，揭示謬誤之處，敬伏將拜。及入破，笛遂敗裂，不復終曲。李生再拜，衆皆帖息，乃散。明旦李生並會客皆往候之，至則唯茅舍尚存，獨孤生不見矣！越人知者皆訪之，竟不知其所去（出《逸史》）。"　　擪：用手指按擪。白居易《霓裳羽衣歌》："磬簫箏笛遞相攙，擊擫彈吹聲邐迤。"龔鞏《古風》一："趙家女兒擪鳴琴，寂寂慣作別離音。"　宮牆：指宮廷的圍牆。岑參《送鄭少府赴滏陽》："青山入官舍，黃鳥度宮牆。"杜牧《阿房宮賦》："二川溶溶，流入宮牆。"　　上陽宮：《河南通志·河南府》："上陽宮：一名西宮，在洛陽宮城內。南隅南臨洛水，西距谷水，東即宮城北，連禁苑宮內門，殿皆東向。唐宗楚客詩：'紫庭金鳳闕，丹禁玉雞川。似立蓬瀛上，疑遊昆閬前。鳥將歌合囀，花共錦爭鮮。湛露飛堯酒，熏風入舜弦。水光搖落日，樹色帶晴烟。向夕回瑉輦，佳氣滿岩泉。'唐宋之問詩：'廣樂張前殿，重裘感聖心。砌蕡霜月盡，庭樹雪雲深。舊渥驂宸御，慈恩忝翰林。微臣一何幸，再得聽瑤琴！'"宗楚客詩篇之題是《奉和幸上陽宮侍宴應制》，宋之問詩篇之題是《上陽宮侍宴應制得林字》。除此而外，唐人吟詠"上陽宮"的詩篇甚多，如劉長卿《上陽宮望幸》："玉輦西巡久未還，春光猶入上陽間。萬木長承新雨露，千門空對舊河山。"又如顧況《洛陽行送洛陽章七明府》："始上龍門望洛川，洛陽桃李艷陽天。最好當年二三月，上陽宮樹千花發。"

⑯ 平明：猶黎明，天剛放亮的時候。《荀子·哀公》："君昧爽而櫛冠，平明而聽朝。"李白《遊太山六首》三："平明登日觀，舉手開雲關。"　大駕：皇帝出行，儀仗隊之規模最大者爲大駕，在法駕、小駕之上。蔡邕《獨斷》："天子出，車駕次第謂之鹵簿，有大駕，有小駕，有法

駕。大駕則公卿奉引，大將軍參乘，太僕御，屬車八十一乘，備千乘萬騎。”也泛指天子的車駕。《新唐書・陳子昂傳》：“〔陛下〕方大駕長驅，按節西京，千乘萬騎，何以仰給？” 行宮：古代京城以外供帝王出行時居住的宮室。元稹《行宮》：“寥落古行宮，宮花寂寞紅。白頭宮女在，閑坐説玄宗。”白居易《西行》：“壽安流水館，硤石青山郭。官道柳陰陰，行宮花漠漠。”白居易所詠，疑即是李唐的連昌宮。 萬人：極言人數之多，也許不足萬人，也許超過萬人。李白《幽州胡馬客歌》：“幽州胡馬客，綠眼虎皮冠。笑拂兩隻箭，萬人不可干。”杜甫《清明》：“著處繁花務是日，長沙千人萬人出。渡頭翠柳艷明眉，爭道朱蹄驕齧膝。” 歌舞：這裏謂且歌且舞予以頌揚。《左傳・昭公二十六年》：“陳氏之施，民歌舞之矣！”劉禹錫《魏宮詞二首》一：“日晚長秋簾外報，望陵歌舞在明朝。” 途路：謂旅行途中。楊炯《途中》：“悠悠辭鼎邑，去去指金墉。途路盈千里，山川亘百重。”薛逢《鄰相反行》：“往來途路長離別，幾人便得升公車？縱令得官身須老，銜恤終天向誰道？”

⑰百官：古指公卿以下的衆官，後泛指各級官吏。《禮記・郊特牲》：“獻命庫門之内，戒百官也。”鄭玄注：“百官，公卿以下也。”蘇軾《策略五》：“昔之有天下者，日夜淬勵其百官，撫摩其人民。” 隊仗：儀仗隊。《宋書・阮佃夫傳》：“帝每北出，常留隊仗在樂游苑前，棄之而去。”元稹《青雲驛》：“大帝直南北，群仙侍東西。龍虎儼隊仗，雷霆轟鼓鼙。” 岐薛：本詩詩注：“岐王範、薛王業，玄宗之弟。”據《舊唐書・李範傳》、《舊唐書・李業傳》，李範“（開元）十四年病薨”，李業“（開元）二十二年正月薨”。《編年箋注》認爲“岐王李範、薛王李業，皆卒於開元間。”這是不錯的，但《編年箋注》接著説：“此處是作者虛構。”這恐怕是誤解了元稹的原意。本詩所言李隆基與李範、李業事均發生在開元年間，亦即安史之亂之前，並沒有“虛構”。 楊氏諸姨：誠如本詩詩注所言：“貴妃三姊，帝呼爲姨，封韓、虢、秦國三夫人。”《舊唐書・玄宗楊貴妃傳》：“太真姿質豐艷，善歌舞，通音律，智

籌過人,每倩盼承迎,動移上意,宮中呼爲'娘子',禮數實同皇后。有姊三人,皆有才貌,玄宗並封國夫人之號:長曰大姨,封韓國;三姨,封虢國;八姨,封秦國。並承恩澤,出入宮掖,勢傾天下。" 鬥風:猶乘風,形容速度快。張相《詩詞曲語辭匯釋》卷二:"鬥風,趁風也,猶云乘風或追風。"李彭《唐明皇夜遊圖》:"白環重譯銀瓮出,卜夜遨遊離未央。香車鬥風秦與虢,羅靶覆鞍真乘黃。"《籌海圖編·倭船》:"其船底尖,能破浪,不畏橫風,鬥風行使便易,數日即至也。"

⑱ 明年十月東都破:本詩馬元調詩注:"天寶十三年,祿山破洛陽。"《全詩》收錄元稹《連昌宮詞》承誤,也將"天寶十三年,祿山破洛陽"收入。據《舊唐書·玄宗紀》、《新唐書·玄宗紀》以及《舊唐書·安祿山傳》,安祿山公開反叛在天寶十四載十一月,攻陷洛陽在天寶十四載十二月,本詩馬元調及《全詩》詩注有誤,理由有二:一、採錄元稹《連昌宮詞》的諸多文獻,如《文苑英華》、《唐文粹》、《古文集成》、《唐詩品彙》、《墨莊漫録》、《古今事文類聚》、《石倉歷代詩選》、《全唐詩録》、《唐詩紀事》、《竹莊詩話》在"明年十月東都破"句下均無"天寶十三年,祿山破洛陽"之注文。二、據《舊唐書·玄宗紀》、《新唐書·玄宗紀》以及《舊唐書·安祿山傳》,安祿山公開反叛在天寶十四載十一月,攻陷洛陽在天寶十四載十二月,如《舊唐書·玄宗紀》:"(天寶)十四載……十一月戊午朔……丙寅,范陽節度使安祿山率蕃漢之兵十餘萬,自幽州南向詣闕,以誅楊國忠爲名,先殺太原尹楊光翽於博陵郡。壬申,聞於行所。癸酉,以郭子儀爲靈武太守、朔方節度使。封常清自安西入奏至行在,甲戌,以常清爲范陽平盧節度使兼御史大夫,令募兵三萬,以禦逆胡……十二月丙戌朔……丁酉,祿山陷東京,殺留守李憕。" 東都:歷代王朝在原京師以東的都城。隋唐時期指洛陽,時京都在長安。《隋書·煬帝紀》:"〔大業五年春正月〕戊子,上自東都還京師。"《新唐書·高宗紀》:"〔顯慶二年十二月〕丁卯,以洛陽宮爲東都。" 御路:即御道。劉長卿《上陽宮望幸》:"深花寂寂宮

城閉,細草青青御路閑。獨見彩雲飛不盡,只應來去候龍顏。"杜牧《經古行宮》:"草色芊綿侵御路,泉聲嗚咽繞宮墻。先皇一去無回駕,紅粉雲環空斷腸。" 禄山過:指安禄山、史思明的叛亂部隊佔領、經由洛陽。《安禄山古讖(〈劉賓客佳話・寶志詩〉有此,兩角女子,安字;綠,即禄也;太行,山也;一止,正月也;逆賊見弑於其子,果以至德二載之正月)》:"兩角女子綠衣裳,端坐太行邀君王,一止之月必消亡。"盧言《上安禄山(禄山入洛陽,大雪盈尺,言上詩)》:"象曰雲雷屯,大君理經綸。馬上取天下,雪中朝海神。"

⑲ 驅令:猶逼令。元稹《春六十韻》:"驅令三殿出,乞與百蠻同。"司空圖《白菊雜書四首》四:"狂才不足自英雄,僕妾驅令學販春。侯印幾人封萬户? 儂家只辦買孤峰。" 供頓:供給行旅宴飲所需之物。陸贄《平朱泚後車駕還京大赦制》:"京兆府百姓,普恩外給復一年,其供頓官吏,委京兆尹類例具名銜聞奏,量與優奨。"元稹《彈奏劍南東川節度使狀》:"臣伏念綿、劍兩州供頓自合准敕優矜。" 萬姓:猶萬民,猶百姓。劉商《行營即事》:"萬姓厭干戈,三邊尚未和。將軍誇寶劍,功在殺人多。"崔璐《覽皮先輩盛製因作十韻以寄用伸款仰》:"好保千金體,須爲萬姓謨。" 無聲:吞聲,不説話。杜甫《投簡咸華兩縣諸子》:"君不見空墻日色晚,此老無聲淚垂血。"鮑溶《夏日華山別韓博士愈》:"不知無聲淚,中感一顧厚。" 潛:秘密,暗中,偷偷。《荀子・議兵》:"窺敵觀變,欲潛以深,欲伍以參。"吳曾《能改齋漫録・記文》:"蜀公先成,破題云:'制動以静,善勝不争。'景文見之,於是不復出其所作,潛於袖中毁之。"

⑳ 兩京定後六七年:這裏指安史之亂平定、洛陽收復、長安安穩之後的六七年,亦即寶應二年(763)之後的大曆五年(770),唐玄宗之後的肅宗已經病故,當時已經是代宗在位。 兩京:即當時的西京長安與東都洛陽,唐代詩人詩歌中屢屢提及。元稹《酬許五康佐》:"猿啼三峽雨,蟬報兩京秋。"白居易《春來》:"春來觸動故鄉情,忽見風光

憶兩京。" 定:安定,平定。陸倕《石闕銘》:"指麾而四海隆平,下車而天下大定。"韓愈《許國公神道碑銘》:"比六七歲,汴軍連亂不定。" 六七年:六七年間。元稹《琵琶歌》:"自兹聽後六七年,管兒在洛我朝天。游想慈恩杏園裏,夢寐仁風花樹前。"白居易《夜雨有念》:"自我向道來,於今六七年。錬成不二性,消盡千萬緣。" 家舍:家庭屋舍,亦借指家庭。儲光羲《同王十三維偶然作十首》八:"不道無家舍,效他養妻子。"白居易《井底引銀瓶》:"到君家舍五六年,君家大人頻有言:聘則爲妻奔是妾,不堪主祀奉蘋蘩。" 行宫:古代京城以外供帝王出行時居住的宫室。權德輿《奉使豐陵職司鹵簿通宵涉路因寄内》:"綵仗列森森,行宫夜漏深。殳鋋方啓路,鉦鼓正交音。"劉禹錫《令狐相公頻示新什早春南望遐想漢中因抒短章以寄情愫》:"遠思見江草,歸心看塞鴻。野花沿古道,新葉映行宫。"

㉑ 莊園:封建時代皇室、貴族、大官、富豪、寺院等佔有並經營的大片土地。宋祁《晏寢》:"栩栩莊園夢正酣,曙霞分色照東南。閉門更費當關報,已是嵇康一不堪。"樓鑰《簽書樞密院事致仕贈資政殿學士正惠林公神道碑》:"嘉泰三年十月再復職,一閑一紀,退然一布衣也。去邑居三里所得龜潭之勝,作莊園其上,最得一縣勝處。" 枯井:乾涸的井。劉復《經禁城》:"東南古丘墟,莽蒼馳郊坰。黄雲晦斷岸,枯井臨崩亭。"方干《佚題》:"枯井夜聞鄰果落,廢巢寒見别禽來。" 宛然:真切貌,清晰貌。沈佺期《天官崔侍郎夫人盧氏挽歌》:"偕老言何謬!香魂事永違。潘魚從此隔,陳鳳宛然飛。"武元衡《桃源行送友》:"相見維舟登覽處,紅堤緑岸宛然成。"

㉒ 爾後相傳六皇帝:馬本注:"肅、代、德、順、憲、穆。"經過我們核對現存本詩的各個版本,其他各本都無此注,衹有《全詩》盲目采録,這應該不是元稹原注,而是馬元調所爲。但馬元調的注文却脱離了當時的史實,有誤。本詩其實並没有涉及到唐穆宗,"爾後"應該包括唐玄宗本人在内,亦即應該是"玄、肅、代、德、順、憲"。五十多年的

歲月，六個皇帝相繼在位，五個皇帝先後歸天，歷史的車輪滾滾向前，連昌宮的變化又是怎樣？讀者的關心是不言而喻的，詩人妙筆生花，引出下文。關於這個問題，陳寅恪先生已經提出疑問，但他並沒有解決這一問題。考證了半天，繞了很大一個圈子，最後荒唐得出："或者此詩經崔譚峻之手進御於穆宗，閹桱小人，未嘗學問，習聞當日'消兵'之説，圖復先朝巡幸之典，殊有契於'老翁此意深望幸，努力廟謨休用兵'之句，遂斷章取義，不顧前後文意，改'五'爲'六'，藉以兼指穆宗歟？此言出於臆測，別無典據，姑備一説於此，以待他日之推證也。"關於陳寅恪先生在"消兵"問題上的錯誤，我們分別在一九八一年的《試論元稹的銷兵主張》、一九八八年的《元稹與穆宗朝的"消兵"案》以及拙著《元稹考論·元稹與穆宗朝的"消兵"案》中屢次指出，如《元稹考論·元稹與穆宗朝的"消兵"案》："近人陳寅恪《元白詩箋證稿》更將其與元稹的《連昌宮詞》聯繫起來，並且混爲一談：'"消兵"之説爲"元和逆黨"及長慶初得志於朝之士大夫所主持，此事始末非本文所能詳盡。但《連昌宮詞》末章之語，同於蕭俛段文昌"消兵"之説，宜其特承穆宗知賞，而爲裴晉公所甚不能堪。此則讀是詩者，於知人論世之義，不可不留意及之也。'陳寅恪先生指出元稹因《連昌宮詞》中'老漢此意深望幸，努力廟謨休用兵'而得到穆宗信任與重用而平步青雲，不是沒有道理的；但陳寅恪先生把元稹的'銷兵'主張完全等同於穆宗、蕭俛、段文昌等人的'消兵'主張，並且與'元和逆黨'相聯繫，却恐怕屬於過於武斷。"幸請讀者關注，文長難録，特將拙文《元稹與穆宗朝的"消兵"案》之小標題録出，供讀者審閱：一、消兵公案的由來；二、元稹"銷兵"主張的提出先于穆宗、蕭俛、段文昌；三、元稹的"銷兵"主張與蕭俛等人的"消兵"並不相同；四、元稹的"銷兵"主張在當時是必要的也是可能的；五、穆宗朝河北兵敗不能歸咎於"消兵"。

爾後：從此以後。《顏氏家訓·雜藝》："蕭子雲改易字體，邵陵王頗行訛字。朝野翕然，以爲楷式……爾後填籍，略不可看。"封演《封氏聞見錄·圖畫》:"至若吳道玄畫鬼神,韓干畫馬,皆近時知名者也。爾後畫者甚眾,雖有所長,皆不能度越前輩矣!"　相傳:遞相傳授。《墨子·號令》:"官府城下吏、卒、民皆前後、左右相傳保火。"《史記·魏其武安侯列傳》:"天下者,高祖天下,父子相傳,此漢之約也,上何以得擅傳梁王!"　離宮:即行宮,古代京城以外供帝王出行時居住的宮室。宋之問《三陽宮侍宴應制得幽字》:"離宮秘苑勝瀛洲,別有仙人洞壑幽。岩邊樹色含風冷,石上泉聲帶雨秋。"豆盧復《昌年宮之作》:"但有離宮處,君王每不居。旗門芳草合,輦路小槐疏。"本詩是指連昌宮。

㉓ 往來:來去,往返。《易·咸》:"憧憧往來,朋從爾思。"李鏡池通義引王肅曰:"〔憧憧〕,往來不絕貌。"溫庭筠《經李徵君故居》:"惆悵嬴驂往來慣,每經門巷亦長嘶。"　年少:年輕。于鵠《題宇文聚山寺讀書院》:"讀書林下寺,不出動經年……年少今頭白,刪詩到幾篇?"萬楚《茱萸女》:"賈客要羅袖,行人挑短書。蛾眉自有主,年少莫踟躕!"　長安:古都城名。漢高祖七年(公元前二〇〇年)定都於此,此後東漢獻帝初、西晉湣帝、前趙、前秦、後秦、西魏、北周、隋、唐皆于此定都。西漢末綠林、赤眉,唐末黃巢領導的農民起義軍也曾建都於此。故城有二:漢城築于惠帝時,在今西安市西北。隋城築于文帝時,號大興城,故址包有今西安城和城東、南、西一帶。唐末就舊城北部改築新城,即今西安城。郎士元《長安逢故人》:"數年音信斷,不意在長安。馬上相逢久,人中欲認難。"皇甫冉《長安路》:"長安九城路,戚裏五侯家。結束趨平樂,聯翩抵狹斜。"　玄武樓:《唐會要》卷三〇:"(貞元)四年十月二十五日,戶部侍郎班弘奉敕修延喜樓,築夾城。(貞元)五年正月十九日弘又修玄武樓。"崔元翰《奉和登玄武樓觀射即事書懷賜孟涉應制》:"甯葳常有備,殊方靡不賓。禁營列武衛,帝座彰威神。"　花萼:亦作"花萼樓"。《舊唐書·讓皇帝憲傳》:"玄宗于興慶宮西南置樓,西面題曰花萼相輝之樓……玄宗時登樓,聞諸王音樂之聲,咸召登樓,同榻宴謔,或便幸其第,賜金分帛,厚其

歡賞。"杜甫《驪山》:"驪山絕望幸,花萼罷登臨。"劉禹錫《楊柳枝詞九首》五:"花萼樓前初種時,美人樓上鬥腰肢。"

㉔ 去年:剛過去的一年。杜甫《前苦寒行二首》二:"去年白帝雪在山,今年白帝雪在地。"蘇軾《中秋月三首》一:"殷勤去年月,瀲灩古城東。憔悴去年人,臥病破窗中。"這裏指老翁訴説的前一年,亦即可能是元稹賦詩前一年,亦即元和十二年。但本詩是詩人的懸想之作,不能過分拘泥。　敕使:皇帝的使者。杜甫《巴西聞收宮闕送班司馬入京》:"劍外春天遠,巴西敕使稀。念君經世亂,匹馬向王畿。"馬令《早春陪敕使麻先生祭岳》:"我皇盛文物,道化天地先。鞭撻走神鬼,玉帛禮山川。"　斫:用刀斧等砍或削。《晉書·宣帝紀》:"帝自西城斫山開道,水陸並進。"杜甫《一百五日夜對月》:"斫却月中桂,清光應更多。"　偶:偶然,偶爾。《列子·楊朱》:"鄭國之治,偶耳,非子之功也。"范攄《雲溪友議》卷四:"偶臨御溝,見一紅葉。"恰巧,正好。《周書·尉遲運傳》:"運時偶在門中,直兵奄至,不暇命左右,乃手自闔門。"周密《齊東野語·經驗方》:"偶藥笈存少許,即授之。"　逐:隨,跟隨。《楚辭·九歌·河伯》:"靈何爲兮水中,乘白黿兮逐文魚。"王逸注:"逐,從也。"《顏氏家訓·書證》:"張敞者,吳人,不甚稽古,逐鄉俗訛謬,造作書字耳!"王利器集解:"逐鄉俗,猶言徇俗。"

㉕ 荆榛:泛指叢生灌木,多用以形容荒蕪情景。曹植《歸思賦》:"城邑寂以空虛,草木穢而荆榛。"李白《古風》一:"王風委蔓草,戰國多荆榛。"　櫛比:像梳篦齒那樣密密地排列,語出《詩·周頌·良耜》:"其崇如墉,其比如櫛。"元稹《春分投簡陽明洞天作》:"舟船通海嶠,田種繞城隅。櫛比千艘合,袈裟萬頃鋪。"鄭嵎《津陽門詩》:"其年十月移禁仗,山下櫛比羅百司。"　池塘:天然或人工造成的蓄水坑,一般不太大也不太深。謝靈運《登池上樓》:"池塘生春草,園柳變鳴禽。"楊師道《春朝閑步》:"池塘藉芳草,蘭芷襲幽衿。"　狐兔:狐和兔,與荒凉的景象相映襯,亦以喻壞人,小人。崔顥《古遊俠呈軍中諸

將》："地回鷹犬急，草深狐兔肥。"張元幹《賀新郎·送胡邦衡待制》："底事昆侖傾砥柱。九地黄流亂注？聚萬落千村狐兔。"　驕癡：天真可愛而不懂事，因狐兔久不見人，對人已經丟失本能的警惕。驕，通"嬌"。宋之問《放白鷳篇》："著書晚下麒麟閣，幼稚驕癡候門樂。"鄭嵎《津陽門詩》："繡裀衣袱日贔屭，甘言狡計愈驕癡（詔上每座及宴會，必令祿山坐於御座側，而以金雞障隔之，賜其箕踞。太真又以爲子，時緥褓戲而加之上，亦呼之祿兒。每入宮，必先拜貴妃，然後拜上，上笑而問其故，輒對曰：'臣本蕃中人，禮先拜母，後拜父，是以然也。'）。"　緣：攀援，爬樹。《孟子·梁惠王》："以若所爲求若所欲，猶緣木而求魚也……緣木求魚，雖不得魚，無後灾。以若所爲求若所欲，盡心力而爲之，後必有灾。"獨孤及《喜辱韓十四郎中書兼封近詩示代書題贈》："宦情緣木知非願，王事敦人敢告勞？所嘆在官成遠別，徒言岮水縈容舠。"

㉖　舞榭：榭是建在高臺上的木屋，無室的廳堂，舞榭爲演戲、舞蹈等娛樂之所。蔡孚《享龍池樂章·第二章》："帝宅王家大道邊，神馬龍龜湧聖泉……歌臺舞榭宜正月，柳岸梅洲勝往年。"許堯佐《石季倫金谷園》："石氏遺文在，淒凉見故園……舞榭蒼苔掩，歌臺落葉繁。"　敧傾：歪斜，歪倒。周曇《前漢門·博陸侯》："不是主人知詐僞，如何柱石免敧傾？"徐鉉《宣威苗將軍貶官後重經故宅》："敧傾怪石山無色，零落圓荷水不香。"　文窗：刻鏤文彩的窗。王勃《臨高臺》："復有青樓大道中，繡戶文窗雕綺櫳。"蘇頌《次韻林次中九日都下感事二首》一："迢遞宦遊來日下，悠揚歸思遶天涯。一尊重到平津閣，惆悵文窗舊綠紗。"　窈窕：深遠貌，秘奥貌。武元衡《八月十五夜與諸公錦樓望月得中字》："桂香隨窈窕，珠綴隔玲瓏。"上官儀《酬薛舍人萬年宮晚景寓直懷友》："奕奕九成臺，窈窕絕塵埃。蒼蒼萬年樹，玲瓏下冥霧。"

㉗　粉壁：指白色墙壁。李白《觀博平王志安少府山水粉圖》："粉壁爲空天，丹青狀江海。遊雲不知歸，日見白鷗在。"李收《和中書侍

郎院壁畫雲》:"粉壁畫雲成,如能上太清。影從霄漢發,光照掖垣明。" 花鈿:用金翠珠寶製成的花形首飾。沈約《麗人賦》:"陸離羽佩,雜錯花鈿。"白居易《長恨歌》:"花鈿委地無人收,翠翹金雀玉搔頭。" 風箏:懸挂在殿閣塔檐下的金屬片,風起作聲,又稱"鐵馬"。楊慎《升庵詩話·風箏詩》:"古人殿閣檐棱間有風琴、風箏,皆因風動成音,自諧宮商。"李白《登瓦官閣》:"兩廊振法鼓,四角吟風箏。杳出霄漢上,仰攀日月行。"田錫《風箏歌》:"白蘋洲暖春風生,畫樓檻上銀箏鳴。鏗鏘節奏急復慢,空中一部天樂聲。" 珠玉:珍珠和玉,泛指珠寶。《莊子·讓王》:"事之以珠玉而不受。"李白《大獵賦》:"六宫斥其珠玉。"這裏指懸挂在風箏亦即鐵馬上下的如珍珠一般的銅鐵珠粒,田錫《風箏歌》:"有時半日全無風,一一暮天樓閣紅。惟聞鳥雀啄弦上,暖珠寒玉何玲瓏! 清音朝朝與暮暮,誤聲不管周郎顧。"

㉘ 偏愛:在幾個人或幾件事物中特別喜愛或單單喜愛其中的一個或一件。韋應物《將往滁城戀新竹簡崔都水示端》:"停車欲去繞叢竹,偏愛新筍十數竿。莫遣兒童觸瓊粉,留待幽人回日看。"杜荀鶴《登山寺》:"山半一山寺,野人秋日登。就中偏愛石,獨上最高層。" 依然:依舊。《大戴禮記·盛德》:"故今之人稱五帝三王者,依然若猶存者,其法誠德,其德誠厚。"曹唐《劉阮再到天台不復見仙子》:"桃花流水依然在,不見當時勸酒人。" 御榻:皇帝的坐卧具。杜甫《自京赴奉先縣詠懷五百字》:"凌晨過驪山,御榻在嵽嵲。"戎昱《秋望興慶宫》:"先皇歌舞地,今日未遊巡。幽咽龍池水,凄涼御榻塵。"

㉙ 燕巢:燕子的窩。干寶《搜神記》卷六:"魏黄初元年,未央宫中有鷹生燕巢中,口爪俱赤。"雍陶《秋居病中》:"荒檐數蝶懸蛛網,空屋孤螢入燕巢。" 鬥拱:鬥與拱,均為我國木結構建築中的支承構件,在立柱和橫梁交接處,從柱頂探出的弓形肘木叫拱,拱與拱之間的方形墊木叫鬥。鬥拱承重結構,可使屋檐較大程度外伸,形式優美,為我國傳統建築造型的一個主要特徵。盧綸《蕭常侍瘦柏亭歌》:

“攢甍鬥栱無斤迹,根瘦聯懸同素壁。”呂巖《浪淘沙》:“我有屋三椽。住在靈源。無遮四壁任蕭然。萬象森羅爲鬥栱,瓦蓋青天。”　香案:放置香爐燭臺的條桌。祖詠《題遠公經臺》:“苔侵行道席,雲濕坐禪衣。澗鼠緣香案,山蟬噪竹扉。”元稹《元和五年予官不了罰俸西歸三月六日至陝府與吳十一兄端公崔二十二院長思愴曩遊因投五十韻》:“朝陪香案班,暮作風塵尉。”

㉚　寢殿:這裏指帝王的寢宮,卧室。和凝《宮詞百首》一〇:“寢殿香濃玉漏嚴,雲隨涼月下西南。帳前宮女低聲道,主上還應夢傅岩。”花蕊夫人徐氏《宮詞》六五:“白藤花限白銀花,合子門當寢殿斜。近被宮中知了事,每來隨駕使煎茶。”　端正樓:在華清宮内,曾慥《類說》卷一:“端正樓:華清宮有端正樓,即妃梳洗之所,有蓮花湯,即妃沐浴之室。”徐應秋《玉芝堂談薈·宮室土木之侈》:“唐天寶六載,更溫泉曰華清宮。新廣一池,文瑤密砌,制度宏麗……有端正樓,即妃梳妝之所。上與妃日施鈒鏤,戲玩其間。宮中退水于金溝,其中珠纓寶絡流出,街渠貧民皆有所得。自奉御湯外,更有長湯十六所,嬪御之屬浴焉!”黃庭堅《和陳君儀讀楊太真外傳五首》三:“梁州一曲當時事,記得曾拈玉笛吹。端正樓空春晝永,小桃猶學淡燕支。”張耒《女幾山》:“不復當年端正樓,多情猶問故宮遊。山川不改繁華盡,須信人生一世浮。”

㉛　晨光:曙光,陽光。《文選·何晏〈景福殿賦〉》:“晨光内照,流景外延。”李善注:“晨光,日景也,日光照於室中而流景外發。”杜甫《甘林》:“晨光映遠岫,夕露見日晞。”　至今:直到現在。《楚辭·九章·抽思》:“初吾所陳之耿著兮,豈至今其庸亡!”高適《燕歌行》:“君不見沙場征戰苦,至今猶憶李將軍。”　珊瑚鉤:古人認爲的一種瑞應之物。《太平廣記·孝經援神契》:“珊瑚鉤,瑞寶也,神靈滋液,百珍寶用則見。”《宋書·符瑞志》:“珊瑚鉤,王者恭信則見。”這裏指用珊瑚所作的帳鉤。杜甫《詠葡萄》:“石家美人金谷游,羅幃翠幕珊瑚鉤。玉盤新薦入華屋,珠帳高懸夜不收。”

㉜ 指示：以手指點表示。《史記·廉頗藺相如列傳》：“相如見秦王無意償城，乃前曰：‘璧有瑕，請指示王！’”周輝《清波別志》卷中：“輝出疆日，往返經寺門，遙望浮屠峻峙，有指示曰：‘此舊景德院也。’”猶指點，指引。李涉《題清溪鬼谷先生舊居》：“常聞先生教，指示秦儀路。” 傍人：他人，別人。鮑照《代別鶴操》：“心自有所存，旁人那得知？”杜甫《堂成》：“旁人錯比揚雄宅，懶惰無心作解嘲。” 慟哭：痛哭。干寶《搜神記》卷一一：“彥見之，抱母慟哭，絕而復蘇。”王安石《嘆息行》：“官驅群囚入市門，妻子慟哭白日昏。” 宮門：帝王公侯所居宮室之門。《呂氏春秋·觀世》：“易牙、豎刁、常之巫相與作亂，塞宮門，築高墻，不通人，矯以公令。”元稹《和李校書新題樂府十二首·上陽白髮人》：“宮門一閉不復開，上陽花草青苔地。” 相續：相繼，前後連接。元稹《有酒十章》六：“櫻桃桃李相續開，間以木蘭之秀香徘徊。”梅堯臣《新雁》：“泊船人不寐，月下聲相續。”

㉝ 自從：介詞，表示時間的起點。陶潛《擬古九首》三：“自從分別來，門庭日荒蕪。”杜甫《韋諷録事宅觀曹將軍畫馬圖》：“自從獻寶朝河宗，無復射蛟江水中。” 此後：從這以後，今後。柳宗元《別舍弟宗一》：“桂嶺瘴來雲似墨，洞庭春盡水如天。欲知此後相思夢，長在荊門郢樹烟。”劉禹錫《令狐僕射與余投分素深縱山川修阻然音問相繼今年十一月僕射疾不起聞予已承訃書寢門長慟後日有使者兩輩持書並詩計其日時已是臥疾手筆盈幅翰墨尚新律詞一篇音韵彌切收淚握管以成報章雖廣陵之弦於今絕矣而蓋泉之感猶庶聞焉焚之緦帳之前附於舊編之末》：“零淚沾青簡，傷心見素車。淒涼從此後，無復望雙魚。” 狐狸：獸名，狐和狸本爲兩種動物，後合指狐，這裏襯托連昌宮的荒涼。杜甫《久客》：“去國哀王粲，傷時哭賈生。狐狸何足道！豺虎正縱橫。”姚合《臘日獵》：“健夫結束執旌旗，曉度長江自合圍。野外狐狸搜得盡，天邊鴻雁射來稀。” 門屋：衙署、廟宇等出入口的建築物，設墻和門，上有屋頂，前後兩面有柱無墻，類似廊屋。《新唐

書·五行志》:"光啓初,揚州府署門屋自壞,故隋之行臺門也,制度甚宏麗云。"周必大《汀州長汀縣社壇記》:"西爲稷壇,制與社等,雷雨二壇對峙其側,前辟門屋三間,後創齋廬亦如之厐工。"

㉞　心骨:猶心,内心。楊巨源《辭魏博田尚書出境後感恩戀德因登蕘臺却贈》:"薦書及龍鍾,此事鏤心骨。親知殊恨恨,徒御方咄咄。"黄庭堅《鷓鴣天·明日獨酌自嘲呈史應之》:"萬事令人心骨寒,故人墳上土新乾。"　太平:謂時世安寧和平。《吕氏春秋·大樂》:"天下太平,萬物安寧。"温庭筠《長安春晚二首》二:"四方無事太平年,萬象鮮明禁火前。"

㉟　野父:村翁,農夫。《南齊書·傅琰傳》:"二野父争雞,琰各問'何以食',一人云'粟',一人云'豆',乃破雞得粟,罪言豆者。"梅堯臣《詠懷四首》二:"東方有野父,穰田一豚蹄。復操一盂酒,祝谷滿吾栖。"　分别:區别,分辨。《荀子·王制》:"兩者分别,則賢不肖不雜,是非不亂。"王充《論衡·程材》:"雖孔墨之材,不能分别。"　耳聞眼見:義同"耳聞目見",親耳聽見,親眼看見。《顏氏家訓·歸心》:"夫信謗之徵,有如影響,耳聞眼見,其事已多。"趙令時《侯鯖録》卷二:"歌舞吴中第一人,綠鬢雙鬟纔十五。耳聞目見是何事?不謂其人乃如許!"

㊱　姚崇:武則天、唐玄宗時期的著名宰相,在職任宰相期間多有建樹,歷史評價甚高。因姚崇的所作所爲與深入理解本詩密不可分,故我們儘量采録姚崇的有關史迹,方便讀者進一步理解。《舊唐書·姚崇傳》:"姚崇,本名元崇,陝州硤石人也……元崇爲孝敬挽郎,應下筆成章舉,授濮州司倉,五遷夏官郎中。時契丹寇陷河北數州,兵機填委,元崇剖析若流,皆有條貫。則天甚奇之,超遷夏官侍郎,又尋同鳳閣鸞臺平章事。聖曆初,則天謂侍臣曰:'往者周興、來俊臣等推勘詔獄,朝臣遞相牽引,咸承反逆,國家有法,朕豈能違?中間疑有枉濫,更使近臣就獄親問,皆得手狀,承引不虚,朕不以爲疑,即可其奏。近日周興、來俊臣死後,更無聞有反逆者,然則以前就戮者不有冤濫

耶?'元崇對曰:'自垂拱已後被告身死破家者,皆是枉酷自誣而死。告者特以爲功,天下號爲羅織,甚於漢之黨錮。陛下令近臣就獄問者,近臣亦不自保,何敢輒有動搖?被問者若翻,又懼遭其毒手,將軍張虔勖、李安靜等皆是也。賴上天降靈,聖情發寤,誅鋤凶豎,朝廷乂安。今日已後,臣以微軀及一門百口保見在内外官更無反逆者。乞陛下得告狀,但收掌,不須推問。若後有徵驗,反逆有實,臣請受知而不告之罪。'則天大悦,曰:'以前宰相皆順成其事,陷朕爲淫刑之主。聞卿所説,甚合朕心。'其日遣中使送銀千兩,以賜元崇。時突厥叱利元崇構逆,則天不欲元崇與之同名,乃改爲元之,俄遷鳳閣侍郎,依舊知政事……神龍元年,張柬之、桓彦範等謀誅易之兄弟,適會元之自軍還都,遂預謀,以功封梁縣侯,賜實封二百户。則天移居上陽宮,中宗率百官就閤起居,王公已下皆欣躍稱慶,元之獨嗚咽流涕。彦範、柬之謂元之曰:'今日豈是啼泣時!恐公禍從此始。'元之曰:'事則天歲久,乍此辭違,情發於衷,非忍所得。昨預公誅凶逆者,是臣子之常道,豈敢言功?今辭違舊主悲泣者,亦臣子之終節,緣此獲罪,實所甘心。'無幾出爲亳州刺史,轉常州刺史。睿宗即位,召拜兵部尚書、同中書門下三品,尋遷中書令。時玄宗在東宮,太平公主干預朝政,宋王成器爲閑廐使,岐王範、薛王業皆掌禁兵,外議以爲不便。元之同侍中宋璟密奏請令公主往就東都,出成器等諸王爲刺史,以息人心。睿宗以告公主,公主大怒。玄宗乃上疏以元之、璟等離間兄弟,請加罪,乃貶元之爲申州刺史,再轉揚州長史、淮南按察使,爲政簡肅,人吏立碑紀德,俄除同州刺史。先天二年,玄宗講武在新豐驛,召元之代郭元振爲兵部尚書、同中書門下三品,復遷紫微令。避開元尊號,又改名崇,進封梁國公。固辭實封,乃停其舊封,特賜新封一百户。先是,中宗時,公主外戚皆奏請度人爲僧尼,亦有出私財造寺者,富户强丁皆經營避役,遠近充滿。至是,崇奏曰:'佛不在外,求之於心。佛圖澄最賢,無益于全趙。羅什多藝,不救于亡秦。何充、符融皆遭敗滅,齊襄、梁武未免災殃。但發心慈悲,行事利益,使蒼生安樂,即是佛身,何用妄度奸人,令壞正法?'上納其言,令有司隱括僧徒,以僞濫還俗者萬二千餘人。開元四年,山東蝗蟲大起,崇奏曰:'毛詩云:秉彼蟊賊,以付炎火。又漢光武詔曰:勉順時政,勸督農桑,去彼蝗蟊,以及蟊賊:此並除蝗之義也。蟲既解畏人,易爲驅逐。又苗稼皆有地主,救護必不辭勞。蝗既解飛,夜必赴火,夜中設火,火邊掘坑,且焚且瘞,除之可盡。時山東百姓皆燒香禮拜,設祭祈恩,眼看食苗,手不敢近。自古有討除不得者,祇是人不用命,但使齊心戮力,必是可除,乃遣御史分道殺蝗……是時上初即位,務修德政,軍國庶務多訪於崇。同時宰相盧懷慎、源乾曜等。但唯諾而已。崇獨當重任,明於吏道,斷割不滯……崇自是憂懼,頻面陳避相位,薦宋璟自代,俄授開府儀同三司,罷知政事……九年薨,年七十二,贈揚州大都督,謚曰文獻。"張說《兵部尚書代國公贈少保郭公行狀》:"時宗楚客爲相,素與公不協,令人告變,則天惶懼,計無所出。狄仁傑、魏元忠、韋安石、李嶠、宋璟、姚崇、趙彥昭、韋嗣立、張說二十五人抗表請保,如公有異國,並請身死籍没,則天由是稍安。"貫休《讀玄宗幸蜀記》:"宋璟姚崇死,中庸遂變移。如何遊萬里,祇爲一羌兒?"　宋璟:繼姚崇之後的又一名相,頗多功績。《舊唐書·宋璟傳》:"宋璟,邢州南和人……璟少耿介有大節,博學,工于文翰。弱冠舉進士,累轉鳳閣舍人,當官正色,則天甚重之。長安中,幸臣張易之誣構御史大夫魏元忠有不順之言,引鳳閣舍人張說令證之。說將入於御前對覆,惶惑迫懼,璟謂曰:'名義至重,神道難欺,必不可黨邪陷正,以求苟免。若緣犯顏流貶,芬芳多矣!或至不測,吾必叩閣救子,將與子同死。努力,萬代瞻仰,在此舉也!'說感其言,及入乃保明元忠,竟得免死。璟尋遷左御史臺中丞,張易之與弟昌宗縱恣益橫,傾朝附之。昌宗私引相工李弘泰觀占吉凶,言涉不順,爲飛書所告。璟廷奏請窮究其狀,則天曰:'易之等已自奏聞,不可加罪!'璟曰:'易之等事露自陳,情在難恕,且謀反大逆，無容首免，請勒就御史臺勘當，以明國法。易之等久蒙驅使，分外承恩，臣必知言出禍從，然義激於心，雖死不恨！'則天不悅，内史楊再思恐忤旨，遽宣敕令璟出。璟曰：'天顏咫尺，親奉德音，不煩宰臣擅宣王命！'則天意稍解，乃收易之等就臺，將加鞫問。俄有特敕原之，仍令易之等詣璟辭謝，璟拒而不見，曰：'公事當公言之，若私見，則法無私也。'璟嘗侍宴朝堂，時易之兄弟皆為列卿，位三品，璟本階六品，在下座。易之素畏璟，妄悅其意，虛位揖璟曰：'公第一人，何乃下座？'璟曰：'才劣品卑，張卿以為第一人，何也？'當時朝列皆以二張内寵，不名官，呼易之為五郎，昌宗為六郎。天官侍郎鄭善果謂璟曰：'中丞奈何呼五郎為卿？'璟曰：'以官言之，正當為卿；若以親故，當為張五。足下非易之家奴，何郎之有？鄭善果一何懦哉！'其剛正皆此類也。自是，易之等常欲因事傷之，則天察其情，竟以獲免。神龍元年，遷吏部侍郎。中宗嘉璟正直，仍令兼諫議大夫、内供奉，仗下後言朝廷得失，尋拜黃門侍郎。時武三思恃寵執權，嘗請托於璟，璟正色謂之曰：'當今復子明辟，王宜以侯就第，何得尚干朝政？王獨不見產、祿之事乎？俄有京兆人韋月將上書訟三思潛通宮掖，將為禍患之漸，三思諷有司奏月將大逆不道，中宗特令誅之。璟執奏請按其罪狀，然後申明典憲，月將竟免極刑，配流嶺南而死。中宗幸西京，令璟權檢校并州長史。未行，又帶本官檢校貝州刺史。時河北頻遭水潦，百姓饑餒，三思封邑在貝州，專使徵其租賦，璟又拒而不與，由是為三思所擠。又歷杭、相二州刺史，在官清嚴，人吏莫有犯者……睿宗踐祚，遷吏部尚書、同中書門下三品。玄宗在春宮，又兼右庶子，加銀青光祿大夫……時太平公主謀不利於玄宗，嘗于光範門内乘輦伺執政以諷之，衆皆失色，璟昌言曰：'東宮有大功於天下，真宗廟社稷之主，安得有異議！'乃與姚崇同奏，請令公主就東都。玄宗懼，抗表請加罪於璟等，乃貶璟為楚州刺史。無幾，歷魏、兗、冀三州刺史，河北按察使，遷幽州都督兼御史大夫，尋拜國子祭酒兼東都留守。歲餘轉京兆尹，復拜御史大夫，坐事出爲睦州刺史，轉廣州都督，仍爲五府經略使。廣州舊族皆以竹茅爲屋，屢有火災。璟教人燒瓦，改造店肆，自是無復延燒之患，人皆懷惠，立頌以紀其政。開元初，徵拜刑部尚書。四年，遷吏部尚書，兼黃門監。明年官名改易，爲侍中，累封廣平郡公……二十五年薨，年七十五，贈太尉，謚曰文貞。”關於姚宋所作所爲，史臣多所讚美，元稹極力肯定，充分反映了元稹的政治理想，筆者認爲基本是恰當的：“史臣曰：履艱危則易見良臣，處平定則難彰賢相。故房、杜預創業之功，不可儔匹。而姚、宋經武、韋二后，政亂刑淫，頗涉履於中，克全聲迹，抑無愧焉!”又“贊曰：姚宋入用，刑政多端。爲政匪易，防刑益難。諫諍以猛，施張用寬。不有其道，將何以安?”張説《奉和御製與宋璟源乾曜同日上官命宴東堂賜詩應制》：“大塊鎔群品，經生偶聖時。猥承三事命，虛忝百僚師。”源乾曜《奉和御製乾曜與張説宋璟同日上官命宴都堂賜詩》：“睿作超千古，湛恩育萬人。遞遷俱荷澤，同拜忽爲鄰。”　勸諫：規勸諫諍。白居易《家釀新熟每嘗輒醉妻侄等勸令少飲因成長句以諭之》“劉妻勸諫夫休醉，王侄分疏叔不痴。六十三翁頭雪白，假如醒黠欲何爲?”張詠《晚泊長亭驛》：“驛亭斜掩楚城東，滿引濃醪勸諫慵。自戀明時休未得，好山非是不相容。”　言語：説話，説。《易·頤》：“《象》曰：山下有雷，頤。君子以慎言語，節飲食。”言辭，話。《禮記·少儀》：“毋身質言語。”孔穎達疏：“凡言語有疑則稱疑，無得以身質成言語之疑者；其言既疑，若必成之，或有所誤也。”　切：懇切率直。《史記·萬石張叔列傳》：“建爲郎中令，事有可言，屏人恣言，極切。”韓愈《與孟尚書書》：“孟子雖賢聖，不得位，空言無施，雖切何補?”深，深切。袁康《越絶書·外傳記范伯傳》：“今萬乘之齊，私千乘之魯，而與吳爭強，臣切爲君恐。”韓愈《答魏博田僕射書》：“又蒙不以文字鄙薄，令撰廟碑，見遇殊常，荷德尤切。”

　　㊲　燮理：協和治理。《書·周官》：“立太師、太傅、太保，兹惟三公，論道經邦，燮理陰陽。”孔傳：“和理陰陽。”宋鼎《贈張丞相》：“郡挹

文章美，人懷燮理餘。"這裏指宰相的政務。孟浩然《和張丞相春朝對雪詩》："不覩豐年瑞，焉知燮理才？" 陰陽：古代指宇宙間貫通物質和人事的兩大對立面，指天地間化生萬物的二氣。《易·繫辭》："陰陽不測之謂神。"《新唐書·魚朝恩傳》："陰陽不和，五穀踴貴。" 禾黍：禾與黍，泛指黍稷稻麥等糧食作物。《史記·宋微子世家》："麥秀漸漸兮，禾黍油油。"曾鞏《送程公辟使江西》："袴襦優足遍里巷，禾黍豐穰馨郊野。" 調和：協調、和諧，使和諧。《墨子·節葬》："是故凡大國之所以不攻小國者，積委多，城郭修，上下調和，是故大國不耆攻之。"元稹《桐花》："爾生不得所，我願裁爲琴。安置君王側，調和元首音。" 中外：這裏有多種含義：宮內和宮外。韓愈《順宗實錄》："二十餘日，中外不通，兩宮安否？"朝廷內外，中央和地方。司馬光《與吳相書》："竊見國家自行新法以來，中外恟恟，人無愚智，咸知其非。"中原和邊疆，中國和外國。《後漢書·南匈奴傳》："宣帝之世，會呼韓來降，故邊人獲安，中外爲一，生人休息六十餘年。" 兵戎：戰爭，戰亂。韋應物《貴遊行》："風雨愆歲候，兵戎橫九州。"高適《信安王幕府詩》："講戎喧涿野，料敵靜居延。軍勢持三略，兵戎自九天。"

㊳ 長官：這裏有多種含義，都符合本詩：上級官員，上司。王昌齡《送歐陽會稽之任》："懷祿貴心賞東流，山水長官移會稽。"衆官之長，多指級別較高的官吏。《新唐書·蕭至忠傳》："故事，臺無長官。御史，天子耳目也，其所請奏當專達。"陸游《老學庵筆記》卷四："官制，行使相不帶三省長官。"唐宋時多指縣令。封演《封氏聞見記·戲論》："裴子羽爲下邳令，張晴爲縣丞，二人俱有聲氣而善言語，曾論事移時。人吏竊相謂曰：'縣官甚不和：長官稱雨，贊府即道晴；贊府稱晴，長官即道雨。'"蘇軾《夷陵縣歐陽永叔至喜堂》："故老問行客，長官今白須。"官吏的泛稱。李嘉佑《贈衛南長官赴任》："吏曹難茂宰，主意念疲人。"錢起《過裴長官新亭》："茅屋多新意，芳林昨試移。野人知石路，戲鳥認花枝。" 清平：廉潔公正。白居易《贈夢得》："爲我

盡一杯,與君發三願:一願世清平,二願身強健。三願臨老頭,與君數相見。"許渾《山居冬夜喜魏扶見訪因贈》:"遣貧相勸酒,憶字共書灰。何事清平世,干名待有媒?"　太守:官名,秦置郡守,漢景帝時改名太守,爲一郡最高的行政長官。隋初以州刺史爲郡長官,宋以後改郡爲府或州,太守已非正式官名,祇用作知府、知州的別稱,明清時專指知府。但在唐人的詩文中,仍然常常看到以"太守"代稱刺史的情況。孟郊《汝州南潭陪陸中丞公燕》:"誰言柳太守,空有白蘋吟?"張籍《寄虔州韓使君》:"南康太守負才豪,五十如今未擁旄。"　揀選:挑選。韓愈《石鼓歌》:"從臣才藝咸第一,揀選撰刻留山阿。"清代官制用語,謂在官員中選擇任用,這種情況,其實在唐代已經存在,在文獻與詩歌中不難見到。《舊唐書·職官志》:"又有齋郎品子勛官及五等封爵屯官之屬,亦有番第許同揀選。"　至公:科舉時代對主考官的敬稱,謂其大公無私。劉虛白《獻主文盧坦(虛白與盧坦交友,坦主文,虛白於簾前獻一絕云)》:"不知歲月能多少,又著麻衣待至公。"這裏作最公正極公正解。《後漢書·荀彧傳》:"秉至公以服天下,大略也。"李昌符《下第後蒙侍郎示意指于新先輩宣恩感謝》:"才薄命如此,自嗟更自疑。遭逢好文日,黜落至公時。"

㊴　開元:唐玄宗在位時的年號,歷時二十九年,時當公元七一三年至公元七四一年,是唐代歷史乃至中國封建社會的全盛時期,史稱開元之治。但非常可惜,接踵而來的卻是天寶之亂,對"開元之治"、"天寶之亂",史臣既讚譽備至,又痛心疾首,《舊唐書·代宗紀》最後云:"史臣曰:嗚呼!治道之失也,若河決金堤,火炎昆崗,雖神禹之乘四載,玄冥之灑八瀛,亦不能堙洪濤而撲烈焰者,何也? 良以勢既壞而不能遽救也。觀夫開元之治也,則橫制六合,駿奔百蠻;及天寶之亂也,天子不能守兩都,諸侯不能安九牧。是知有天下者,治道其可忽乎! 明皇之失馭也,則祿山暴起於幽陵;至德之失馭也,則思明再陷於河洛;大曆之失馭也,則懷恩鄉導於犬戎。自三盜合從,九州羹

沸，軍士膏于原野，民力殫於轉輸，室家相吊，人不聊生，而子儀號泣於用兵，元載殷憂于避狄。然而代宗皇帝少屬亂離，老於軍旅，識人間之情僞，知稼穡之艱難，內有李郭之效忠，外有昆戎之幸利。遂得凶渠傳首，叛黨革心。關輔載寧，獯戎漸弭。至如誅輔國之惡，議元振之罪，去朝恩之權，不以酷刑，俾之自咎，亦立法念功之聖也。罪己以傷僕固，徹樂而悼神功，懲緒、載之奸回，重衮、縉之儒雅，修己以禳星變，側身以謝咎徵，古之賢君，未能及此！而猶有李靈耀作梗，田承嗣負恩，命將出軍，勞師弊賦者，蓋陽九之未泰，豈君道之過歟！贊曰：群盜方梗，諸戎競侵。猛士嘗膽，忠臣痛心。掃除沴氣，敷衍德音。延洪納祉，帝慮何深！」　姚宋死：姚崇病没於開元九年，宋璟病故於開元二十五年，姚崇病故還在開元前期，宋璟辭世確實在開元之末。顧況《八月五日歌》：「開元九年燕公説，奉詔聽置千秋節。丹青廟裏貯姚宋，花蕚樓中宴岐薛。」元稹《代曲江老人百韵》：「裴王持藻鏡，姚宋斡陶鈞。內史稱張敞，蒼生借寇恂。」　妃子：指楊貴妃，《舊唐書·楊貴妃傳》：「玄宗楊貴妃，高祖令本，金州刺史。父玄琰，蜀州司户。妃早孤，養于叔父河南府士曹玄璬。開元初，武惠妃特承寵遇，故王皇后廢黜。二十四年惠妃薨，帝悼惜久之，後庭數千，無可意者。或奏玄琰女姿色冠代，宜蒙召見。時妃衣道士服，號曰太真。既進見，玄宗大悦，不期歲禮遇如惠妃……妃父玄琰累贈太尉、齊國公，母封涼國夫人，叔玄珪光禄卿，再從兄銛鴻臚卿，錡侍御史，尚武惠妃女太華公主，以母愛，禮遇過於諸公主，賜甲第，連于宮禁。韓、虢、秦三夫人與銛、錡等五家，每有請托，府縣承迎，峻如詔敕，四方賂遺，其門如市。五載七月，貴妃以微譴送歸楊銛宅，比至亭午，上思之不食。高力士探知上旨，請送貴妃院供帳、器玩、廩餼等辦具百餘車，上又分御饌以送之。帝動不稱旨，暴怒笞撻左右，力士伏奏請迎貴妃歸院。是夜開安興里門入內，妃伏地謝罪，上歡然慰撫。翌日，韓、虢進食，上作樂終日，左右暴有賜與，自是寵遇愈隆。韓、虢、秦三夫人歲給錢千貫，爲脂粉之資。銛授三品、上柱國，私第立戟。姊妹昆弟五家，甲第洞開，僭擬宮掖，車馬僕御，照耀京邑，遞相誇尚。每構一堂，費逾千萬計，見制度宏壯於己者，即徹而復造，土木之工，不舍晝夜。玄宗頒賜及四方獻遺，五家如一，中使不絕。開元已來，豪貴雄盛，無如楊氏之比也。玄宗凡有游幸，貴妃無不隨侍，乘馬則高力士執轡授鞭。宮中供貴妃院織錦刺繡之工，凡七百人，其雕刻鎔造又數百人。揚、益、嶺表刺史，必求良工造作奇器異服，以奉貴妃獻賀，因致擢居顯位。玄宗每年十月幸華清宮，國忠姊妹五家扈從，每家爲一隊，著一色衣，五家合隊，照映如百花之煥發，而遺鈿墜舄，瑟瑟珠翠，璨瓓芳馥于路。而國忠私于虢國而不避雄狐之刺，每入朝或聯鑣方駕，不施帷幔。每三朝慶賀，五鼓待漏，艷妝盈巷，蠟炬如晝。而十宅諸王百孫院婚嫁，皆因韓、虢爲紹介，仍先納賂千貫，而奏請罔不稱旨。天寶九載，貴妃復忤旨，送歸外第。時吉溫與中貴人善，溫入奏曰：'婦人智識不遠，有忤聖情，然貴妃久承恩顧，何惜宮中一席之地，使其就戮，安忍取辱於外哉！'上即令中使張韜光賜御饌，妃附韜光泣奏曰：'妾忤聖顔，罪當萬死。衣服之外，皆聖恩所賜，無可遺留，然髮膚是父母所有。'乃引刀剪髮一繚附獻。玄宗見之驚惋，即使力士召還。國忠既居宰執，兼領劍南節度，勢漸恣橫。十載正月望夜，楊家五宅夜遊，與廣平公主騎從爭西市門。楊氏奴揮鞭及公主衣，公主墮馬，駙馬程昌裔扶公主，因及數撾。公主泣奏之，上令殺楊氏奴，昌裔亦停官。國忠二男昢、暄、妃弟鑒皆尚公主。楊氏一門尚二公主、二郡主。貴妃父祖立私廟，玄宗御製家廟碑文並書，玄珪累遷至兵部尚書。天寶中，范陽節度使安祿山大立邊功，上深寵之。祿山來朝，帝令貴妃姊妹與祿山結爲兄弟。祿山母事貴妃，每宴賜錫賚稠遝。及祿山叛，露檄數國忠之罪。河北盜起，玄宗以皇太子爲天下兵馬元帥，監撫軍國事。國忠大懼，諸楊聚哭，貴妃銜土陳請，帝遂不行内禪。及潼關失守，從幸至馬嵬，禁軍大將陳玄禮密啓太子，誅國忠父子。既而四軍不散，玄宗遣力士宣問，對曰：'賊本尚在。'蓋指貴妃也。力士復奏，帝不獲已，與妃訣，遂縊死於佛室，時年三十八，瘞於驛西道側。上皇自蜀還，令中使祭奠，詔令改葬。禮部侍郎李揆曰：'龍武將士誅國忠，以其負國兆亂。今改葬故妃，恐將士疑懼，葬禮未可行。'乃止。上皇密令中使改葬於他所，初瘞時以紫褥裹之，肌膚已壞，而香囊仍在，內官以獻，上皇視之淒愴，乃令圖其形於別殿，朝夕視之。馬嵬之誅國忠也，虢國夫人聞難作，奔馬至陳倉。縣令薛景仙率人吏追之，走入竹林，先殺其男裴徽及一女，國忠妻裴柔曰：'娘子為我盡命！'即刺殺之，已而自刎，不死，縣吏載之，閉於獄中，猶謂吏曰：'國家乎？賊乎？'吏曰：'互有之！'血凝至喉而卒，遂瘞于郭外。韓國夫人婿秘書少監崔峋，女為代宗妃。虢國男裴徽，尚代宗女延安公主，女嫁讓帝男。秦國夫人婿柳澄先死，男鈞尚長清縣主，澄弟潭尚肅宗女和政公主。"關於楊貴妃的有關事迹，陳鴻有《長恨歌傳》、白居易《長恨歌》、樂史《楊太真外傳》有詳細叙述，請參閱。但詩人與史臣把主要的罪責完全加在楊貴妃身上，似乎沒有涉及罪責於唐玄宗李隆基，從今天的眼光來看，也欠缺公允。但在當時，人們的認識水準就是如此，其中自然也包括元稹在内。

㊵ 禄山宮裏養作兒：禄山，即安禄山，唐天寶年間起兵叛亂，是李唐朝廷的罪人，也是李唐百姓的罪人。《舊唐書·安禄山傳》："安禄山，營州柳城雜種胡人也……後請為貴妃養兒，入對皆先拜太真，玄宗怪而問之，對曰：'臣是蕃人，蕃人先母而後父。'玄宗大悦，遂命楊銛已下並約為兄弟姊妹。"《資治通鑒·天寶十載》："甲辰，禄山生日，上及貴妃賜衣服、寶器、酒饌甚厚。後三日，召禄山入禁中，貴妃以錦繡為大繈褓裹禄山，使宮人以彩輿昇之。上聞後宮歡笑，問其故，左右以貴妃三日洗禄兒對。上自往觀之，喜，賜貴妃洗兒金銀錢，復厚賜禄山，盡歡而罷。自是禄山出入宮掖不禁，或與貴妃對食，或通宵不出，頗有醜聲聞於外，上亦不疑也（《考異》：'……自是宮中皆

呼祿山爲祿兒,不禁其出入。'溫畬《天寶亂離西幸記》:'祿山謟約楊妃,誓爲子母。自虢國已下,次及諸王,皆戲祿兒,與之促膝娛宴。上時聞後宮三千合處喧笑,密偵則祿山果在其內。貴戚猱雜,未之前聞。凡曰釵鬌,皆唉厚利。或通宵禁掖,昵狎嬪嬙。和士開之出入卧內,方此爲疏!薊城侯之獲廁刑餘,又奚足尚!'王仁裕《天寶遺事》:'祿山常與妃子同食,無所不至。帝恐外人以酒毒之,遂賜金牌子繫於臂上,每有王公召宴,欲沃以巨觥,即祿山以金牌示之云:準敕戒酒!今略取之。')" 　虢國門前鬧如市:賣權納賄,熱鬧如市,具體事例見本詩箋注所示。而要注意的是,此"虢國"僅僅是代表,實則包括韓國夫人、虢國夫人、秦國夫人以及楊國忠、楊銛"姊妹昆弟五家"。市:臨時或定期集中一地進行的貿易活動。《易·繫辭》:"日中爲市,致天下之民,聚天下之貨,交易而退,各得其所。"韓愈《故金紫光祿大夫贈太傅董公行狀》:"回紇之人來曰:'唐之復土壇,取回紇力焉!'約我爲市。"指城市中劃定的貿易之所或商業區。《文選·班固〈西都賦〉》:"九市開場,貨別隧分。"李善注引《漢宮闕疏》:"長安立九市,其六市在道西,三市在道東。"柳永《望海潮》:"市列珠璣,户盈羅綺,競豪奢。"

　⑪ 弄權:憑藉職位,濫用權力。《漢書·劉向傳》:"四人同心輔政,患苦外戚許、史在位放縱,而中書宦官弘恭、石顯弄權。"包何《賦得秤送孟孺卿》:"願以金秤錘,因君贈別離……由來投分審,莫被弄權移。" 　宰相:本爲掌握政權的大官的泛稱,後來用以指歷代輔助皇帝、統領群僚、總攬政務的最高行政長官。如秦漢之丞相、相國、三公,唐宋之中書、門下、尚書三省長官及同平章事,明清之大學士等。《韓非子·顯學》:"明主之吏,宰相必起于州部,猛將必起于卒伍。"《漢書·王陵傳》:"宰相者,上佐天子理陰陽,順四時,下遂萬物之宜,外填撫四夷諸侯,内親附百姓,使卿大夫各得任其職也。" 　依稀:隱約,不清晰,本詩隱含老人對弄權宰相的蔑視。元稹《黃明府詩》:"席上當時走,馬前今日迎。依稀迷姓氏,積漸識平生。"白居易《潯陽秋

懷贈許明府》："馬閑無處出，門冷少人過。鹵莽還鄉夢，依稀望闕歌。" 楊與李：這裏是指楊國忠與李林甫，中唐時期兩個禍國殃民的宰相。《舊唐書·李林甫傳》："李林甫，高祖從父弟長平王叔良之曾孫……十四年，宇文融爲御史中丞，引之同列，因拜御史中丞，歷刑、吏二侍郎。時武惠妃愛傾後宮，二子壽王、盛王以母愛特見寵異，太子瑛益疏薄。林甫多與中貴人善，乃因中官干惠妃云：'願保護壽王！'惠妃德之。初，侍中裴光庭妻武三思女，詭譎有材略，與林甫私。中官高力士本出三思家，及光庭卒，武氏銜哀祈於力士，請林甫代其夫位，力士未敢言。玄宗使中書令蕭嵩擇相，嵩久之以右丞韓休對，玄宗然之，乃令草詔。力士遽漏于武氏，乃令林甫白休。休既入相，甚德林甫，與嵩不和，乃薦林甫堪爲宰相，惠妃陰助之，因拜黃門侍郎，玄宗眷遇益深。二十三年，以黃門侍郎平章事裴耀卿爲侍中，中書侍郎平章事張九齡爲中書令，林甫爲禮部尚書、同中書門下三品，並加銀青光祿大夫……玄宗終用林甫之言，廢太子瑛、鄂王瑤、光王琚爲庶人……人謂之'三庶'，聞者冤之……玄宗推功元輔，封林甫晉國公，仙客幽國公……儲宮虛位，玄宗未定所立，林甫曰：'壽王年已成長，儲位攸宜！'玄宗曰：'忠王仁孝，年又居長，當守器東宮。'乃立爲皇太子……林甫既秉樞衡，兼領隴右、河西節度，又加吏部尚書……初，楊國忠登朝，林甫以微才不之忌。及位至中司，權傾朝列，林甫始惡之。時國忠兼領劍南節度，會南蠻寇邊，林甫請國忠赴鎮。帝雖依奏，然待國忠方渥，有詩送行，句末言入相之意。又曰：'卿止到蜀郡處置軍事，屈指待卿！'林甫心尤不悅……國忠自蜀還，謁林甫，拜於床下，林甫垂涕，託以後事，尋卒，贈太尉、揚州大都督，給班劍、西園秘器……林甫晚年溺於聲妓，姬侍盈房。自以結怨於人，常憂刺客竊發，重扃複壁，絡板甃石，一夕屢徙，雖家人不知之。有子二十五人、女二十五人……林甫卒，國忠竟代其任……國忠素憾林甫，既得志，誣奏林甫與蕃將阿布思同構逆謀，誘林甫親族間素不悅者爲之證,詔奪林甫官爵,廢爲庶人。"《舊唐書‧楊國忠傳》:"楊國忠,本名釗,蒲州永樂人也……則天朝幸臣張易之,即國忠之舅也。國忠無學術拘檢,能飲酒,蒲博無行,爲宗黨所鄙。乃發憤從軍,事蜀帥,以屯優當遷,益州長史張寬惡其爲人,因事笞之,竟以屯優授新都尉,稍遷金吾衛兵曹參軍。太真妃,即國忠從祖妹也。天寶初,太真有寵,劍南節度使章仇兼瓊引國忠爲賓佐,既而擢授監察御史。去就輕率,驟履清貴,朝士指目嗤之。時李林甫將不利於皇太子,掎摭陰事以傾之。侍御史楊慎矜望風旨,誣太子妃兄韋堅與皇甫惟明私謁太子,以國忠怙寵敢言,援之爲黨以按其事。京兆府法曹吉温舞文巧,詆爲國忠爪牙之用,因深竟堅獄,堅及太子良娣杜氏、親屬柳績、杜昆吾等,痛繩其罪,以樹威權。於京城別置推院,自是連歲大獄,追捕擠陷,誅夷者數百家,皆國忠發之。林甫方深阻保位,國忠凡所奏劾,涉疑似于太子者,林甫雖不明言以指導之,皆林甫所使,國忠乘而爲邪,得以肆意。上春秋高,意有所愛惡,國忠探知其情,動契所欲。驟遷檢校度支員外郎,兼侍御史,監水陸運及司農、出納錢物、内中市買、召募劍南健兒等使,以稱職遷度支郎中,不朞年兼領十五餘使,轉給事中兼御史中丞,專判度支事。是歲貴妃姊虢國、韓國、秦國三夫人同日拜命,兄銛拜鴻臚卿。八載,玄宗召公卿百寮觀左藏庫,喜其貸幣山積,面賜國忠金紫,兼權太府卿事。國忠既專錢谷之任,出入禁中,日加親幸……南蠻質子閣羅鳳亡歸不獲,帝怒甚,欲討之。國忠薦閬州人鮮于仲通爲益州長史,令率精兵八萬討南蠻,與羅鳳戰于瀘南,全軍陷没。國忠掩其敗狀,仍叙其戰功,乃令仲通上表請國忠兼領益部。十載,國忠權知蜀郡都督府長史,充劍南節度副大使、知節度事,仍薦仲通代己爲京兆尹。國忠又使司馬李宓率師七萬,再討南蠻。宓渡瀘水,爲蠻所誘,至和城,不戰而敗,李宓死於陣。國忠又隱其敗,以捷書上聞。自仲通、李宓再舉討蠻之軍,其徵發皆中國利兵,然於土風不便,沮洳之所陷,瘴疫之所傷,饋餉之所乏,物故者十八九。

凡舉二十萬衆，棄之死地，只輪不還，人銜冤毒，無敢言者。國忠尋兼
山南西道採訪使，十一載南蠻侵蜀，蜀人請國忠赴鎮，林甫亦奏遣之。
將辭，雨泣懇陳必爲林甫所排，帝憐之，不數月召還。會林甫卒，遂代
爲右相，兼吏部尚書、集賢殿大學士、太清太微宮使、判度支、劍南節
度、山南西道採訪、兩京出納租庸鑄錢等使並如故……國忠自侍御史
以至宰相，凡領四十餘使，又專判度支、吏部三銓，事務輳掌，但署一
字，猶不能盡，皆責成胥吏，賄賂公行……貴妃姊虢國夫人，國忠與之
私，于宣義里構連甲第，土木被緹繡，棟宇之盛，兩都莫比，晝會夜集，
無復禮度。有時與虢國並轡入朝，揮鞭走馬，以爲諧謔，衢路觀之，無
不駭嘆。玄宗每年冬十月幸華清宮，常經冬還宮。國忠山第在宮東
門之南，與虢國相對，韓國、秦國甍棟相接，天子幸其第，必過五家賞
賜宴樂。每扈從驪山，五家合隊，國忠以劍南幢節引於前，出有餕路，
還有軟脚，遠近餉遺，珍玩狗馬，閽侍歌兒，相望於道。進封衛國公，
食實封三百户，俄拜司空。時安禄山恩寵特深，總握兵柄，國忠知其
跋扈，終不出其下，將圖之，屢於上前言其悖逆之狀，上不之信。是時
禄山已專制河北，聚幽、並勁騎，陰圖逆節，動未有名，伺上千秋萬歲
之後，方圖叛換。及見國忠用事，慮不利於己，禄山遙領内外閑廐使，
遂以兵部侍郎吉溫知留後，兼御史中丞、京畿採訪使，内伺朝廷動静。
國忠使門客蹇昂、何盈求禄山陰事，圍捕其宅，得李超、安岱等，使侍
御史鄭昂縊殺于御史臺。又奏貶吉溫於合浦，以激怒禄山，幸其搖
動，内以取信於上，上竟不之悟。由是禄山惶懼，遂舉兵以誅國忠爲
名。玄宗聞河朔變起，欲以皇太子監國，自欲親征，謀于國忠。國忠
大懼，歸謂姊妹曰：'我等死在旦夕！今東宮監國，當與娘子等並命
矣！'姊妹哭訴於貴妃，貴妃銜土請命，其事乃止。及哥舒翰守潼關，
諸將以函關距京師三百里，利在守險，不利出攻。國忠以翰持兵未
決，慮反圖己，欲其速戰，自中督促之。翰不獲已出關，及接戰桃林，
王師奔敗，哥舒受擒，敗國喪師，皆國忠之誤惑也。自禄山兵起，國忠

以身領劍南節制，乃佈置腹心于梁、益間，以圖自全之計。六月九日，潼關不守。十二日淩晨，上率龍武將軍陳玄禮、左相韋見素、京兆尹魏方進，國忠與貴妃及親屬擁上出延秋門，諸王妃主從之不及，慮賊奄至，令內侍曹大仙擊鼓於春明門外，又焚葛槁之積，烟火燭天。既渡渭，即令斷便橋。辰時至咸陽望賢驛，官吏駭竄，無復貴賤，坐宮門大樹下。亭午，上猶未食，有老父獻麥，帝令具飯，始得食。翌日至馬嵬，軍士饑而憤怒，龍武將軍陳玄禮懼亂，先謂軍士曰：'今天下崩離，萬乘震盪，豈不由楊國忠割剝眵庶，朝野怨咨，以至此耶？若不誅之以謝天下，何以塞四海之怨憤！'衆曰：'念之久矣！事行，身死固所願也！'會吐蕃和好使在驛門遮國忠訴事，軍士呼曰：'楊國忠與蕃人謀叛！'諸軍乃圍驛擒國忠，斬首以徇。是日貴妃既縊，韓國、虢國二夫人亦爲亂兵所殺，御史大夫魏方進死，左相韋見素傷。良久兵解，陳玄禮等見上，謝罪曰：'國忠撓敗國經，構興禍亂，使黎元塗炭，乘輿播越，此而不誅，患難未已。臣等爲社稷大計，請矯制之罪！'帝曰：'朕識之不明，任寄失所，近亦覺悟，審其詐佞，意欲到蜀，肆諸市朝。今神明啓卿，諧朕夙志，將疇爵賞，何至言焉！'是時禄山雖據河洛，其兵鋒東止于梁、宋，南不過許、鄧，李光弼、郭子儀統河朔勁卒，連收恒、定，若崤函固守，兵不妄動，則凶逆之勢不討自弊。及哥舒翰出師，凡不數日，乘輿遷幸，朝廷陷没，百寮繫頸，妃主被戮，兵滿天下，毒流四海，皆國忠之召禍也。"

㊷ 廟謨：猶廟謀，猶廟算。《文選·范曄〈後漢書·光武紀贊〉》："明明廟謀，赳赳雄斷。"李善注："廟謀，廟筭也。"杜甫《奉送王信州崟北歸》："徙倚瞻王室，從容仰廟謀。"　顛倒：上下、前後或次序倒置。杜甫《至日遣興奉寄北省舊閣老兩院故人二首》一："無路從容陪語笑，有時顛倒著衣裳。"古之奇《秦人謠》："上下一相蒙，馬鹿遂顛倒。中國既板蕩，骨肉安可保？"　四海：古以中國四境有海環繞，各按方位爲"東海"、"南海"、"西海"和"北海"，但亦因時而異，説法不一。又

猶言天下，全國各處。《史記·高祖本紀》："大王起微細，誅暴逆，平定四海，有功者輒裂地而封王侯。"李紳《古風二首》一："春種一粒粟，秋成萬顆子，四海無閑田，農夫猶餓死。" 五十年來：這裏從"兩京定後六七年"，亦即大曆五年（770）算起，到元和末的元和十三年（818）元稹聽宮邊老人哭訴，時間近五十年，"五十年來"是概而言之。本詩屬於詩人懸想之詞，時間的推算不能過分拘泥。 來：用在數詞或量詞後面表示概數。杜牧《書情》："誰家洛浦神，十四五來人？媚髮輕垂額，香衫軟著身。"《拍案驚奇·西山觀設籙度亡魂 開封府備棺追活命》："今年已三十來了，懊悔前事無及，如今立定主意，只守著你清静過日罷！"又如俗語：十來天時間；七斤來重。 瘡痏：原指瘡瘍，傷痕，這裏指社會的禍害。元稹《蟲豸詩七篇·虻三首》一："汗粘瘡痏痛，日曝苦辛行。飽爾蛆殘腹，安知天地情！"蘇軾《荔支嘆》："我願天公憐赤子，莫生尤物爲瘡痏。"

㊷ 今皇：指唐憲宗李純，貞元二十一年八月，亦即永貞元年八月至元和十五年正月在位。 神聖：形容崇高、尊貴、莊嚴而不可褻瀆。韓愈《論捕賊行賞表》："陛下神聖英武之德，爲巨唐中興之君。"溫庭筠《鴻臚寺有開元中錫宴堂樓臺池沼雅爲勝絕荒涼遺址僅有存者偶成四十韵》："明皇昔御極，神聖垂耿光。" 丞相：元和元年丞相是鄭餘慶、杜黃裳、鄭絪，還有杜佑，元和二年爲李吉甫、武元衡以及"辭知政事"的杜佑。韓愈《送張侍郎》："司徒東鎮馳書謁，丞相西來走馬迎。兩府元臣今轉密，一方逋寇不難平。"劉禹錫《和令狐相公入潼關》："寒光照旌節，關路曉無塵。吏謁前丞相，山迎舊主人。" 詔書：這裏指元和元年一月的《招諭討劉闢詔》和元和二年十月的"壬戌詔"，是兩個決心討伐東川劉闢與浙西李錡的詔書。張說《奉和聖製喜雪應制》："聖德與天同，封巒欲報功。詔書期日下，靈感應時通。"常建《太公哀晚遇》："詔書起遺賢，匹馬令致辭。因稱江海人，臣老筋力衰。" 吳蜀平：指元和元年九月平定蜀地的叛亂，擒獲劉闢以及元

和二年十月平息浙西的叛亂，活捉李錡。杜甫《嚴公廳宴同詠蜀道畫圖得空字》：“華夷山不斷，吳蜀水相通。興與烟霞會，清樽幸不空。”竇鞏《漢陰驛與宇文十相遇旋歸西川因以贈別》：“吳蜀何年別？相逢漢水頭。望鄉心共醉，握手泪先流。”

㊹　官軍：舊稱政府的軍隊。杜甫《悲陳陶》：“都人回面向北啼，日夜更望官軍至。”岑參《獻封大夫破播仙凱歌六首》二：“官軍西出過樓蘭，營幕傍臨月窟寒。”　淮西賊：這是指元和九年的吳元濟叛亂，《舊唐書·憲宗紀》：（元和九年）“九月……己丑……淮西節度使吳少陽卒，其子元濟匿喪，自總兵柄，乃焚劫舞陽等四縣。朝廷遣使弔祭，拒而不納。”《舊唐書·李吉甫傳》：“淮西節度使吳少陽卒，其子元濟請襲父位。吉甫以爲：‘淮西內地，不同河朔，且四境無党援，國家常宿數十萬兵以爲守御，宜因時而取之。’頗葉上旨，始爲經度淮西之謀。”　此賊亦除：這裏指平定淮西叛亂。《舊唐書·憲宗紀》（元和十二年）“冬十月……己卯，隨唐節度使李愬率師入蔡州，執吳元濟以獻，淮西平。甲申詔淮西立功將士委韓弘、裴度條疏奏聞，淮西軍人一切不問，宜準元敕給復二年。”

㊺　年年：每年。皇甫冉《小江懷靈一上人》：“江上年年春早，津頭日日人行。借問山陰遠近，猶聞薄暮鐘聲。”韓滉《晦日呈諸判官》：“晦日新晴春色嬌，萬家攀折渡長橋。年年老向江城寺，不覺春風換柳條。”　耕種：耕耘種植。朱慶餘《都門晚望》：“綠槐花墮御溝邊，步出都門雨後天。日暮野人耕種罷，烽樓原上一條烟。”杜荀鶴《亂後山中作》：“文章甘世薄，耕種喜田肥。直待中興後，方應出隱扉。”　子孫：兒子和孫子，泛指後代。元稹《哭子十首》六：“深嗟爾更無兄弟，自嘆予應絕子孫。”白居易《欲與元八卜鄰先有是贈》：“每因暫出猶思伴，豈得安居不擇鄰？何獨終身數相見，子孫長作隔墻人。”

㊻　老翁：年老的男子，這是元稹對“宮邊老人”的稱呼，蘊含尊重之意。李頎《野老曝背》：“百歲老翁不種田，惟知曝背樂殘年。”陸暢

《題商山廟》："商洛秦時四老翁，人傳羽化此山空。若無仙眼何由見？總在廟前花洞中。" **望幸**：謂臣民、妃嬪希望皇帝臨幸。劉長卿《上陽宮望幸》："玉輦西巡久未還，春光猶入上陽間。萬木長承新雨露，千門空對舊河山。"王邕《嵩山望幸》："峻極位何崇！方知造化功。降靈逢聖主，望幸表維嵩。" **努力廟謀休用兵**：這是詩人出自內心的呼喊，也是全篇的主旨所在，更是詩人賦詠本詩的期待。 **努力**：勉力，盡力。《漢書·翟方進傳》："蔡父大奇其形貌，謂曰：'小史有封侯骨，當以經術進，努力爲諸生學問。'"古樂府《長歌行》："少壯不努力，老大乃傷悲。" **廟謀**：猶"廟謨"。崔日用《奉和聖製送張說巡邊》："軒相推風後，周官重夏卿。廟謀能允迪，韜略又縱橫。"權德輿《奉和劉侍郎司徒奉詔伐叛書情呈宰相》："玉帳元侯重，黃樞上宰雄。緣情詞律外，宣力廟謀中。" **用兵**：使用兵器。《詩·邶風·擊鼓》："擊鼓其鏜，踴躍用兵。"朱熹集傳："踴躍，坐作擊刺之狀也。兵，謂戈戟之屬。"調兵遣將，指揮戰爭。《國語·越語》："古之善用兵者，因天地之常，與之俱行。"使用武力，進行戰爭。《史記·留侯世家》："殷事已畢，偃革爲軒，倒置干戈，覆以虎皮，以示天下不復用兵。"杜甫《歲暮》："歲暮遠爲客，邊隅還用兵。"

[編年]

《年譜》編年本詩"元和十二年十月平定淮西吳元濟之後，十三年七月討伐淄青李師道之前"，理由是："從詩中'官軍又取淮西賊，此賊亦除天下寧'二句可以看出'天下寧''三字反映出當時沒有兵事"。《編年箋注》編年本詩："卞《譜》繫此詩於元和十三年（八一八）。"《年譜新編》編年本詩"當作於元和十二年十月平定淮西之後，十三年七月討伐淄青之前"。

我們以爲本詩應該編年於元和十三年暮春初夏時節，理由如下：第一，本詩雖然爲懸想之作，但懸想的衹是元稹並沒有親臨連昌宮而已，沒有必要連節候也一起加以懸想，因此開頭四句："連昌宮中滿宮竹，歲久無人森似束。又有牆頭千葉桃，風動落花紅蔌蔌。"應該是懸想中的實景，與眼前的節候應該相符合，亦即元和十三年的暮春初夏時節。淮西亂平在冬季，如果胡亂懸想，爲什麼不是冬景而一定是春景？春景同時也與春天的農事，亦即"年年耕種宮前道，今年不遣子孫耕"緊密結合，前後呼應。一位著名詩人的詩作，不應該隨隨便便揮灑自己的筆墨，開頭寫春景，結尾提及春天的農事，不會是隨意之筆，應該與詩人眼前之景一一切合，何況《連昌宮詞》又是詩人精心構思的名篇。第二，我們已經在本詩的箋注中合理地解決了"爾後相傳六皇帝"的問題，前面已經箋注，此不重複，同時也爲我們編年本詩於元和十三年三月底至四月上中旬間掃清了最後的障礙。第三，元稹撰寫本詩，不會是無緣無故的心血來潮，應該是事出有因。本詩的主旨不是淮西亂平，而是全詩的最後一句："努力廟謀休用兵。"一個外貶荒州僻壤的官員，爲何要關心朝廷的方針大計？元稹動機的產生并非空穴來風，有三個因素觸動了詩人敏感的神經：其一是元稹《告畬三陽神文》（作於元和十三年十一月十日）文云："我貳茲邑，星歲三卒……自喪守候，月環其七……我非常秩，繼我者誰？"其《報三陽神文》文云："維元和十二年九月十五日文林郎守通州司馬權知州務元稹。"文中的"十二年"，宋本作"十三年"（參見《群書拾補》）。今從"星歲三卒"來看，當以"十三年"爲是。從"月環其七"來推算，應該是元和十三年四月前後，那時通州刺史李進賢離開通州刺史任，元稹有了代理其職，亦即"權知州務"的機會，同時也撥動了關心國家大事、朝廷大政的心弦，有了賦寫本詩的動因，有了喊出"努力廟謀休用兵"心聲的需求。其二，正在這時，元稹的政治盟友李夷簡拜相，元稹看到了自己離開荒州僻壤、重回朝廷施展自己才幹、實現平生理想的機會。據《舊唐書·憲宗紀》："（元和）十三年……三月庚寅，以前劍南西川節度使李夷簡爲御史大夫……庚子，以御史大夫李夷簡爲門下侍郎同平章事……辛丑,以門下侍郎同平章事李夷簡檢校左僕射、同平章事、揚州大都督府長史、淮南節度使。"李夷簡元和十三年三月十七日出任宰相,同年七月十九日出任淮南節度使,元稹得知李夷簡拜相的消息在"旬月"之時,亦即三月二十七日至四月十七日間,有元稹《酬樂天聞李尚書拜相以詩見賀》"尚書入用雖旬月,司馬銜冤已十年"可證。故本詩賦成應該在得知李夷簡拜相之後,亦即元和十三年三月底至四月上中旬間。其三,元稹面對當權執政的政治摯友,元稹認爲自己雖然不能以奏狀進言,但有責任有義務以詩歌遙空向李夷簡喊話。本詩也未嘗不隱含著詩人對剛剛拜相李夷簡的進諫與提醒,期待李夷簡能够"努力廟謀休用兵",爲李唐的中興作出自己的努力。這就是本詩寫作的動因,也是本詩編年的理由。

▲ 連昌宮詞自注^{(一)①}

唐時京城寒食火禁極嚴,以鷄羽入灰有焦者,皆罪之^②。

據楊慎《丹鉛總録·寒食火禁》

[校記]

(一)連昌宮詞自注:本佚失之夾註所據楊慎《丹鉛總録·寒食火禁》,又見楊慎《升庵集·寒食火禁》,文字基本相同。

[箋注]

① 連昌宮詞自注:《丹鉛總録·寒食火禁》:"及元稹《連昌宮詞》自注:'唐時京城寒食火禁極嚴,以鷄羽入灰有焦者,皆罪之。'"據現存元稹《連昌宮詞》,不見此夾註,它應該在"初過寒食一百六,店舍無烟宮樹緑"之下,但這僅僅是揣測之言,祇供參考。本詩注提供了李

唐關於“寒食火禁”的具體細節，有一定的參考意義，據補。　　連昌宮：宮殿名，唐高宗顯慶三年所建，故址在今河南省宜陽縣。韓愈《和李司勛過連昌宮》：“夾道疏槐出老根，高甍巨桷壓山原。宮前遺老來相問，今是開元幾葉孫？”張祜《連昌宮》：“龍虎旌旗雨露飄，玉樓歌斷碧山遥。玄宗上馬太真去，紅樹滿園香自銷。”　　自注：作者對其著述所加的注，目的是補充説明有關情況。《宋書·謝靈運傳》：“作《山居賦》，並自注以言其事。”洪邁《容齋隨筆·司字作入聲》：“〔白樂天詩〕又以‘相’字作入聲，如云‘爲問長安月，誰教不相離’是也，‘相’字之下自注云：‘思必切’。”楊樹達《古書疑義舉例續補》：“古人行文，中有自注，不善讀書者，疑其文氣不貫，而實非也。”

　　② 京城：國都。左思《詠史詩八首》四：“濟濟京城内，赫赫王侯居。”韋應物《擬古詩十二首》三：“京城繁華地，軒蓋凌晨出。”　　寒食：節日名，在清明前一日或二日。相傳春秋時晉文公負其功臣介之推，介憤而隱於綿山，文公悔悟，燒山逼令出仕，之推抱樹焚死。人民同情介之推的遭遇，相約於其忌日禁火冷食，以爲悼念。以後相沿成俗，謂之寒食。按，《周禮·秋官·司烜氏》：“中春以木鐸修火禁於國中。”則禁火爲周的舊制。劉向《別録》有“寒食蹴踘”的記述，則與介之推死事無關；陸翽《鄴中記》、《後漢書·周舉傳》等始附會爲介之推事。寒食日有在春、在冬、在夏諸説，惟在春之説爲後世所沿襲。宗懍《荆楚歲時記》：“去冬節一百五日，即有疾風甚雨，謂之寒食。禁火三日，造餳大麥粥。”韓翃《寒食》：“春城無處不飛花，寒食東風御柳斜。”　　火禁：指寒食禁火。歐陽修《禁火》：“火禁開何晚？春芳半已凋。”周密《癸辛雜識别集·綿上火禁》：“綿上火禁，升平時禁七日，喪亂以來猶三日。”　　以雞羽入灰有焦者：這是測試灰中是否有餘温的一種苛刻辦法。　　雞羽：雞的羽毛，易燃。楊炯《遂州長江縣先聖孔子廟堂碑》：“使仁者必信，安有伯夷？使智者必行，安有王子？豈三千擊水，牛蹄不能鼓橫海之鱗；九萬搏風，雞羽不能扇垂天之翼？”宋

祁《守塞三年上北京留守賈相公》："天心北顧倚長城，上相元戎兩印榮。雞羽静沈傳處檄，虎皮間裹戰餘兵。" 灰：物質充分燃燒後殘留的粉狀物。《禮記·月令》："〔仲夏之月〕毋燒灰。"鄭玄注："火之滅者爲灰。"《史記·龜策列傳》："不信不誠，則燒玉靈，揚其灰，以徵後龜。"韓愈《詠雪》："鯨鯢陸死骨，玉石火炎灰。" 焦：謂物體受劇熱後失去水分，變成黄黑色，併發脆、發硬。韓愈《陸渾山火和皇甫湜》："截然高周燒四垣，神焦鬼爛無逃門。三光弛驟不復曒，虎熊麋豬逮猴猿。"指燒焦。阮籍《大人先生傳》："炎丘火流，焦邑滅都，群虱死於褌中而不能出。"物體燒焦所産生的氣味。《禮記·月令》："〔孟夏之月〕其數七，其味苦，其臭焦。"鄭玄注："火之臭味也，凡苦焦者皆屬焉。" 罪：懲罰，治罪。《書·舜典》："流共工於幽州，放驩兜於崇山，竄三苗于三危，殛鯀於羽山：四罪而天下咸服。"《吕氏春秋·仲秋》："乃勸種麥，無或失時，行罪無疑。"高誘注："罪，罰也。"

[編年]

未見《元稹集》、《全唐詩補編》過録，也不見《年譜》、《編年箋注》、《年譜新編》過録與編年。

我們以爲，本自注既然是《連昌宫詞》的自注，自然應該與《連昌宫詞》賦作於同時，亦即元和十三年三月底至四月上中旬間，地點在通州，元稹可能已經以通州司馬的身份"權知州務"。

◎ 喜李十一景信到^{(一)①}

何事相逢翻有泪？念君緣我到通州②。留君剩住君須住，我不自由君自由③。

録自《元氏長慶集》卷二〇

［校記］

（一）喜李十一景信到：楊本、叢刊本、《全詩》、《萬首唐人絕句》同，《蜀中廣記》作“李十一景信到”，語義相近，不改。

［箋注］

① 喜：快樂，高興。《詩·鄭風·風雨》：“既見君子，云胡不喜？”杜甫《聞官軍收河南河北》：“却看妻子愁何在？漫捲詩書喜欲狂。”李十一景信：李六景儉的弟弟，也是元稹的朋友之一。其時正隨同忠州刺史、兄長李景儉在忠州，但其在忠州並没有具體的職務，所以可以自由出入忠州，故元稹有“我不自由君自由”之感嘆。這次李景信是受李景儉之委託，特地從忠州前來通州看望元稹的。元稹《灃西別樂天博載樊宗憲李景信兩秀才侄谷三月三十日相餞送》：“今朝相送自同遊，酒語詩情替别愁。忽到灃西總回去，一身騎馬向通州。”元稹《通州丁溪館夜别李景信三首》三：“雨瀟瀟兮鵑咽咽，傾冠倒枕燈臨滅。倦僮呼喚膺復眠，啼雞拍翅三聲絶。握手相看其奈何，奈何其奈天明别。”所舉兩詩，一在本詩之前，亦即元和十年三月三十日送别元稹；一在其後“三兩日”之時，元稹在通州送别前來看望自己的李景信。　到：來到。《詩·大雅·韓奕》：“蹶父孔武，靡國不到。”《史記·陳涉世家》：“武臣到邯鄲，自立爲趙王。”

② 何事：什麼事，哪件事。謝朓《休沐重還道中》：“問我勞何事？沾沐仰清徽。”方干《經周處士故居》：“愁吟與獨行，何事不傷情？”爲何，何故。左思《招隱二首》一：“何事待嘯歌？灌木自悲吟。”劉過《水調歌頭》：“湖上新亭好，何事不曾來？”　相逢：彼此遇見，會見。張衡《西京賦》：“跳丸劍之揮霍，走索上而相逢。”韓愈《答張徹》：“及去事戎轡，相逢宴軍伶。”　翻：副詞，反而。庾信《卧疾窮愁》：“有菊翻無酒，無弦則有琴。”江總《并州羊腸阪》：“本畏車輪折，翻嗟馬骨傷。”

緣:因爲。杜甫《客至》:"花徑不曾緣客掃,蓬門今始爲君開。"蘇軾《題西林壁》:"不識廬山真面目,只緣身在此山中。"

③ "留君剩住君須住"兩句:唐代的地方官員,包括刺史在内,如不是公幹,是不能隨便離開任職之地自由地前往他地的。所以李景儉自己不便前來通州,祇能委託弟弟前來看望也是自己朋友的元稹。元稹任職通州司馬,是屬於貶謫性質的,更没有自由,故有"我不自由"之感嘆。元稹《别李十一五絶》所云"鳥籠猿檻君應會,十步向前非我州"正是指這種情景。在宋代,情况也大致相似。王珪《仁宗遺詔》:"在外群臣止於本處舉哀,不得擅離治所。成服三日而除,一應緣邊州鎮皆以金革從事,不用舉哀。" 剩:多餘,餘下。《魏書·前廢帝廣陵王紀》:"剩員非才,他轉之。"元稹《病醉》:"那知下藥還沾底,人去人來剩一卮。" 自由:由自己作主,不受限制和拘束。《玉臺新詠·古詩〈爲焦仲卿妻作〉》:"吾意久懷忿,汝豈得自由!"袁宏《後漢紀·靈帝紀》:"今方權宦群居,同惡如市,上不自由,政出左右。"劉商《胡笳十八拍》七:"寸步東西豈自由!偷生乞死非情願。"

[編年]

《年譜》編年本詩於元和十三年,理由是:"詩云:'念君緣我到通州。'"有譜文"李景信亦自忠州來訪"說明。《編年箋注》編年本詩:"作於元和十三年(八一八),元稹時在通州司馬任。見下《譜》。"《年譜新編》亦編年元和十三年,有譜文"李景信亦自忠州來訪"說明,不過"追和白詩,托李景儉寄白氏"是錯誤的。

我們以爲,本詩應該是元和十三年四月十三日稍前不久李景信前來通州看望詩人時所作,具體時間應該是四月十日,有元稹自己的《酬樂天東南行詩一百韻(并序)》爲證:"元和⋯⋯十三年⋯⋯屬李景信校書自忠州訪予,連床遞飲之間,悲吒使酒,不三兩日盡和去年已來三十二章皆畢,李生視草而去。四月十三日,予手寫爲上下卷,仍依次重用本韻……”元稹繼李進賢之後剛剛“代理州務”，地點在通州。

◎ 與李十一夜飲(一)①

　　寒夜燈前賴酒壺，與君相對興猶孤②。忠州刺史應閑臥，江水猿聲睡得無③？

録自《元氏長慶集》卷二〇

［校記］

　　（一）與李十一夜飲：楊本、叢刊本、《萬首唐人絶句》、《古詩鏡·唐詩鏡》、《全詩》同，近代岑仲勉《唐人行第録·自序》對“李十一”提出質疑：“總言之，行第雖小事，由於其情節之複雜而曲折，要不能以大意出之，今試再述數事以當程式，對於整理古籍之工作，庶乎或有啓發也……四、依文義以正其名與行第。今本《元氏長慶集》二〇在《喜李十一景信到》之後，繼以《與李十一夜飲》及《贈李十一》七絶各一首。乍觀之，一若李十一仍是李景信矣；然《夜飲》詩云，‘忠州刺史應閑臥，江外猿聲睡得無’，景信不過白居易從江州遣來之致書郵，何以忽稱爲忠刺？又贈詩云，‘淮水連年起戰塵，油旌三換一何頻’，油旌切刺史，景信只一州佐，元氏竟慨嘆于淮水戰役，致州刺史屢更，亦極不切題。余嘗細求之，‘六’字草寫近於‘十一’，兩詩皆酬新授忠州刺史李六景儉者，時景儉方自唐鄧行軍司馬上忠刺任，路過通州，元與景儉交素厚，故有上兩詩之作。宋人編綴遺集，未經考史，只以前題爲李十一景信，景儉之名復與景信同上一字，遂自作聰明，改‘李六’爲‘李十一’，使讀元詩者茫無頭緒矣！由此知所謂‘宋本元集’，亦未可據，徒醉心于古香古色者應驗之以目也。”關於岑仲勉先生的這一錯誤結論，出版於一九八〇年六月的《元稹年譜》採信岑仲勉《唐人行第録》之説，認爲："本年秋冬間，李景儉爲忠州刺史，由唐州赴忠州，至通州訪元稹。"並在元和十三年編年詩歌欄目中特地標示："《與李十一（六）夜飲》（《詩》四一五）"、"《贈李十一（六）》（《詩》四一五）。"出版於一九八二年八月的《元稹集》與出版於二〇〇二年六月的《編年箋注》均加以引用。我們在一九八一年第一期的《南京師院學報》發表拙稿《元微之詩中"李十一"非"李六"之舛誤辨》，對岑仲勉先生的結論有長篇駁正：限於篇幅，僅將拙文的小標題引録如下：一、岑仲勉提出"李十一"是"李六"舛誤的根據；二、李六景儉自唐鄧赴忠州不當路過通州；三、李六景儉赴忠任時元稹不在通州；四、李十一景信不是"白居易從江州遣來之致書郵"；五、李十一景信並沒有"早到江州隨白氏"，白居易在江州所尋之"李十一"也不是李景信；六、元稹"兩詩"中的"李十一"就是李十一景信，並非李六景儉之舛誤。而《編年箋注》在簡略引述岑仲勉之説後云："詩中閑卧云云，乃懸想之詞，指李六景儉，則對飲者宜爲李十一景信也。岑氏擬測之語，難以確信。"《編年箋注》出版時距拙稿《元微之詩中"李十一"非"李六"之舛誤辨》發表已有二十年之久，楊氏竟然視而不見，或者避而不提，自己竟然給出"擬測之語，難以確信"的結論，不解其緣由。

[箋注]

① 李十一：詩人的朋友李十一景信，元稹元和十年三月三十日從長安赴任通州司馬之時，李景信與白居易等人曾在長安的"鄠東蒲池村"送別。本年，亦即元和十三年，隨同其兄李景儉赴任忠州，受其兄的委託，在四月十三日之前，亦即四月十日之時自忠州前來通州看望元稹。元稹《酬樂天東南行詩一百韻序》"（元和）十三年……屬李景信校書自忠州訪予，連床遞飲之間，悲吒使酒，不三兩日，盡和去年已來三十二章皆畢，李生視草而去。四月十三日，予手寫爲上下卷，仍依次重用本韻……"可證。而李六景儉，貞元年間曾經是元稹岳丈

韋夏卿的幕僚,元和五年至元和七年間,李景儉曾經在江陵與元稹相會,成爲不離不棄無話不談的莫逆之交。李景儉不僅爲了元稹的續弦而奔走,而且還促成元稹第一次結集自己的詩集——我們姑且稱爲《自編詩集》吧——元稹與李景儉之間的友誼,直到李景儉寶曆年間謝世爲止。請讀者記住這個話頭,對進一步理解元稹有關李景儉、李景信的詩文有所裨益。　　夜飲:在夜晚喝酒。張説《幽州夜飲》:"涼風吹夜雨,蕭瑟動寒林。正有高堂宴,能忘遲暮心?"王昌齡《李四倉曹宅夜飲》:"霜天留飲故情歡,銀燭金爐夜不寒。欲問吳江別來意,青山明月夢中看。"

②寒夜:寒冷的夜晚。蕭衍《織婦》:"調梭輟寒夜,鳴機罷秋日。"劉禹錫《酬樂天小亭寒夜有懷》:"寒夜陰雲起,疏林宿鳥驚。"請讀者注意:元稹與李景信飲酒之時,時當四月間,天氣雖然並不暖和,但稱爲"寒夜",似乎也有點過分;詩人以"寒夜"稱之,應該是另有寓意,亦即在政治上,無論是元稹、白居易,還是李景儉、李景信,他們正處在難以有所作爲的"寒夜"時期,故言。　　酒壺:盛酒的壺,後亦稱酒注子爲酒壺。《三國志·吳主傳》:"權使太中大夫鄭泉聘劉備于白帝。"裴松之注引韋昭《吳書》:"泉臨卒,謂同類曰:'必葬我陶家之側,庶百歲之後化而成土,幸見取爲酒壺,實獲我心矣!'"韓愈《送區册序》:"歲之初吉,歸拜其親;酒壺既傾,序以識別。"　　君:對對方的尊稱,猶言您。李頎《送皇甫曾遊襄陽山水兼謁韋太守》:"按俗荆南牧,持衡吏部郎。逢君立五馬,應醉習家塘。"王昌齡《西江寄越弟》:"南浦逢君嶺外還,沅溪更遠洞庭山。堯時恩澤如春雨,夢裏相逢同入關。"這裏指與元稹一起在寒夜裏飲酒的李十一景信,與詩題呼應。相對:面對面,相向。《儀禮·士昏禮》:"婦乘以幾,從者二人,坐持幾相對。"《後漢書·烏桓鮮卑傳》:"父子男女相對踞蹲。"　　興:興致。《晉書·王徽之傳》:"乘興而來,興盡便返。"楊巨源《答振武李逢吉判官》:"近來時輩都無興,把酒皆言肺病同。"　　孤:孤立,單獨。《論

語·里仁》：“德不孤，必有鄰。”曹冏《六代論》：“枝繁者蔭根，條落者木孤。”但本詩中元稹與李景信相對，似乎不應該是孤立與單獨。兩人夜飲，思念兩人之外之人，應該是顧念之意。《國語·吳語》：“昔者越國見禍，得罪于天王，天王親趨玉趾，以心孤勾踐，而又宥赦之。”俞樾《群經平議·國語》：“孤之言顧也……本將治越之罪，因顧念勾踐而又宥赦之也。”

③ 忠州刺史：即當時身爲忠州刺史的李六景儉，李十一景信之兄，元和十三年在忠州刺史任。關於李景儉任職忠州刺史的時間，郁賢皓先生《唐刺史考》有考證，請參閱。　刺史：古代官名，原爲朝廷所派督察地方之官，後沿爲地方官職名稱。漢武帝時分全國爲十三部（州），部置刺史。成帝改稱州牧，哀帝時復稱刺史。魏晉於要州置都督兼領刺史，職權益重。隋煬帝、唐玄宗兩度改州爲郡，改稱刺史爲太守，後又改郡爲州，稱刺史，此後太守與刺史互名。宋於州置知州，而無刺史職任，刺史之名僅爲武臣升遷之階。元明廢名，清僅用爲知州之別稱。《漢書·百官公卿表》：“武帝元封五年初置部刺史，掌奉詔條察州，秩六百石，員十三人。”韓愈《論變鹽法事宜狀》：“其餘觀察及諸州刺史、縣令、錄事、參軍多至每月五十千。”顧炎武《日知錄·隋以後刺史》：“漢之刺史猶今之巡按御史；魏晉以下之刺史，猶今之總督；隋以後之刺史，猶今之知府及直隸知州也。”　閑卧：無所事事，卧床休息。蘇頲《山驛閑卧即事》：“息燕歸檐静，飛花落院閑。不愁愁自著，誰道憶鄉關？”陳子昂《感遇詩三十八首》一五：“林居病時久，水木澹孤清。閑卧觀物化，悠悠念無生。”　江水：即長江。《淮南子·墜形訓》：“何謂六水？曰河水、赤水、遼水、黑水、江水、淮水。”高誘注：“江水出岷山。”韓愈《除官赴闕至江州寄鄂岳李大夫》：“盆城去鄂渚，風便一日耳！不枉故人書，無因帆江水。”　猿：靈長類動物，哺乳綱，似猴而大，没有頰囊和尾巴，生活在森林中，種類很多，有猩猩、長臂猿等。鮑照《登廬山二首》二：“雞鳴清澗中，猨嘯白雲裏。”李

白《早發白帝城》：“兩岸猿聲啼不盡，輕舟已過萬重山。”　無：副詞，用於句末，表示疑問，相當於“否”。白居易《問劉十九》：“晚來天欲雪，能飲一杯無？”楊巨源《寄江州白司馬》：“江州司馬平安否？惠遠東林住得無？”

［編年］

《年譜》在譜文中引述元稹詩序，表述其事，但“元和十三年”“詩編年”漏繫本詩。《編年箋注》編年元和十三年，但沒有具體到“四月十日夜”，似乎顯得籠統。而且編排在《憑李忠州寄書樂天》、《喜李十一景信到》之前，而《喜李十一景信到》明顯作於本詩之前，《憑李忠州寄書樂天》却又作於本年詩人離開通州之後，前後混亂，互相矛盾。《年譜新編》：“既云‘寒夜’，當以春天爲是。”

我們以爲，本詩應該作於元和十三年四月十日夜，見《喜李十一景信到》所引元稹《酬樂天東南行詩一百韻序》：“十三年……屬李景信校書自忠州訪予，連床遞飲之間，悲吒使酒，不三兩日盡和去年已來三十二章皆畢，李生視草而。四月十三日，予手寫爲上下卷，仍依次重用本韻。”元稹繼李進賢之後剛剛“代理州務”，地點在通州。可見李景信在通州的停留僅僅“不三兩日”，其離開通州在“四月十三日”稍前，“四月十三日”，元稹“手寫爲上下卷”。據此，李景信訪問通州的元稹，時間應該在元和十三年四月十日之時。但“春天”涵蓋的時段，應爲一、二、三月，但本詩明顯應該賦成於本年四月十日之夜，《年譜新編》“當以春天爲是”的編年有誤。

《年譜新編》在事關本詩的譜文中有云：“據詩可知，元稹、李十一與‘忠州刺史’關係非同一般，否則，元稹面對‘李十一’就不可能説‘與君相對興猶孤’。元稹又有《贈李十一》云：‘淮水連年起戰塵，油旌三換一何頻。共君前後俱從事，羞見功名與別人。’據詩可知，元稹與‘李十一’曾先後‘從事’於征淮西幕。或以爲‘李十一’乃李景儉，但景儉行六而非十一，且曾爲唐鄧行軍司馬（白居易《聞李六景儉自河東令授唐鄧行軍司馬以詩賀之》），而行軍司馬位在節度使與副使之下，其餘幕僚之上，似不宜云‘共君前後俱從事’。《與》詩上一篇爲《喜李十一景信到》，卷二六有《通州丁溪館夜別李景信三首》，而且李景信元和十三年曾到通州，故‘李十一’當爲李景信。李景信爲李景儉之弟，《册府元龜》卷七八三《總録部・兄弟齊名》云：‘李景儉，弟景儒、景信、景仁皆有藝學，知名於時。景信、景仁皆登進士第。’李景儉元和十三年爲忠州刺史（白居易《忠州刺史謝上表》、《初到忠州贈李六》），故景信當是自景儉處來通州看望元稹。”《年譜新編》這段極有價值的考證，我們看來十分眼熟，原來除了《册府元龜》的一條資料外，其餘均是發表於一九八一年《南京師院學報》第一期的拙稿《元微之詩中“李十一”非“李六”之舛誤辨》的綜合翻版，不過《年譜新編》作者可能是爲了節省篇幅，略去了拙稿題名與作者而已。

◎ 贈李十一 [(一)][①]

　　淮水連年起戰塵，油旌三換一何頻[②]！共君前後俱從事，羞見功名與別人[③]。

　　　　　　　　　　　　録自《元氏長慶集》卷二〇

［校記］

　　（一）贈李十一：本詩存世各本，包括楊本、叢刊本、《萬首唐人絶句》、《全詩》均無異文。

［箋注］

　　① 贈：這裏指“酬贈”，詩詞唱和。元稹《酬樂天武關南見微之題

山石榴花詩》:"比因酬贈爲花時,不爲君行不復知。"盧象《贈程秘書》:"客自岐陽來,吐音若鳴鳳。孤飛畏不偶,獨立誰見用?"　李十一:即李十一景信,"十一"是其在家族中兄弟間出生先後的排行,唐時風行此俗,例子多不枚舉。陶宗儀《説郛》:"行第:前輩以第行稱,多見之詩。少陵稱謫仙爲十二,鄭虔爲鄭十八,嚴武爲嚴八,鄭貫爲鄭十八,蘇㑤爲蘇四,張建封爲張十三,唐診爲唐十五,裴虯爲裴二,李衡爲十一文公,稱王涯爲王二十,李建爲李十一,李程爲李二十六,崔立之爲崔二十六,張署爲張十一,熊籍爲熊十八,李正封爲李二十八,馮宿爲馮十七,侯喜爲侯十一。柳州稱韓文公爲韓十八,劉禹錫謂元稹爲元九。又韋蘇州稱李澹爲李十九,歐陽瞻稱徐晦爲徐十八,錢起稱李勸爲李四,李勉爲李七,嚴武、高適俱稱少陵爲杜二,樂天稱劉敦質爲劉三十二,李文略爲李二十,王質夫爲王十八,崔元亮爲崔十八,李義山稱杜勝爲杜二十七,李潘爲李十七,趙淩爲趙十五,令狐絢爲令狐八,高適稱張旭爲張九,陳子昂稱王無競爲王二,韋虛乙爲韋五,趙真固爲趙六,李崇嗣爲李三,儲光羲稱王維爲王十三,皇甫冉稱柳柳州爲柳八,鄭堪爲鄭三,孟浩然稱張千容爲張八,王摩詰稱韋穆爲韋十八,山谷稱東坡爲蘇二,後山稱少游爲秦七,少遊稱後山爲陳三,山谷爲黃九。"所謂"行第"就是兄弟之間排行的次序,據岑仲勉先生《唐人行第録·自序》考證,白居易有親兄弟四人,但白居易却被他人稱爲白二十二,這是把父親以及堂兄弟的兒子都排序在内;又如韓愈祖父名下有孫子八人,但韓愈却被人稱爲韓十八,這是把曾祖名下的曾孫都排序在内。元稹雖然祇是兄弟四人,但從曾祖名下排序,却排行爲"九",人稱"元九"。

　②　淮水:水名,即淮河,我國大河之一。源出河南省桐柏山,東流經河南、安徽等省,到江蘇省入洪澤湖。洪澤湖以下,主流出三河經高郵湖由江都縣三江營入長江。全長約一千公里,流域面積約十九萬平方公里。《書·禹貢》:"導淮自桐柏。"《孟子·滕文公》:"水由

地上行,江、淮、河、漢是也。"這裏借指兩淮地區,全句喻指跋扈兩淮地區的藩鎮,亦即吳元濟父子。 **連年**:接連多年。《漢書·王商傳》:"商死後,連年日蝕地震。"鄭遂初《別離怨》:"蕩子戍遼東,連年信不通。" **戰塵**:戰場上的塵埃,借指戰爭。司空圖《河湟有感》:"一自蕭關起戰塵,河湟隔斷異鄉春。"韋莊《清河縣樓作》:"千里戰塵連上苑,九江歸路隔東周。" **油旌**:油旌是古代的一種軍旗。元稹《奉和滎陽公離筵作》:"南郡生徒辭絳帳,東山妓樂擁油旌。鈞天排比簫韶待,猶顧人間有別情。"白居易《送徐州高僕射赴鎮》:"大紅旆引碧油旌,新拜將軍指點行。戰將易求何足貴,書生難得始堪榮。" **三換**:據《舊唐書·憲宗紀》,元和九年,淮西藩鎮吳少陽病故,其子吳元濟自命爲帥。據《舊唐書·憲宗紀》以及有關傳記,元和九年九月嚴綬從荆南節度使改拜爲山南東道節度使,作爲淮西平叛的統帥。元和十年十月析山南東道爲二:襄、復、郢、均、房節度府和唐、隨、鄧節度府,嚴綬改拜太子太保。而元和年間任唐隨鄧節度使的前有高霞寓(元和十年十月至十一年六月)、袁滋(十一年六月至十二年初),後有李愬(十一年底至十二年十一月),這就是所謂的"三換油旌"。**一何**:爲何,多麽。《三國志·劉放傳》:"太祖大悦,謂放曰:'昔班彪依竇融而有河西之功,今一何相似也!'"杜甫《石壕吏》:"吏呼一何怒,婦啼一何苦。" **頻**:屢次,接連。《列子·黄帝》:"數月,意不已,又往從之,列子曰:'汝何去來之頻?'"韓愈《論天旱人饑狀》:"今瑞雪頻降,來年必豐。"

③ **從事**:官名,漢以後三公及州郡長官皆自辟僚屬,多以"從事"爲稱。《漢書·丙吉傳》:"坐法失官,歸爲州從事。"孟浩然《送吳宣從事》:"才有幕中士,甯無塞上勳?漢兵將滅虜,王粲始從軍。"這裏指元稹自己與李景信,他們都曾經效力于平叛淮西戰場,説詳拙稿《元稹考論·元稹詩中"李十一"非"李六"之舛誤辨》。 **功名**:功業和名聲。《史記·管晏列傳》:"吾幽囚受辱,鮑叔不以我爲無恥,知我不羞

小節而恥功名不顯於天下也。”岳飛《滿江紅》：“三十功名塵與土，八千里路雲和月。”　別人：這裏指平定淮西叛亂之後，許多參與平叛的臣僚、將領都得到了加官進爵的封賞，而元稹、李景信，也包括李景儉，雖然也參與了前期的平叛，但却半點功勞也沒有。《舊唐書·憲宗紀》：(元和十二年)“冬十月……己卯，隨唐節度使李愬率師入蔡州，執吳元濟以獻，淮西平。甲申，詔：‘淮西立功將士委韓弘、裴度條疏奏聞。淮西軍人一切不問，宜準元敕給復二年。十一月丙戌朔，御興安門受淮西之俘，以吳元濟徇兩市，斬於獨柳樹。妻沈氏没入掖庭，弟二人、子三人，配流，尋誅之，判官劉協等七人處斬。録平淮西功：隨唐節度使、檢校左散騎常侍李愬，檢校尚書左僕射、襄州刺史，充山南東道節度、襄鄧隨唐福郢均房等州觀察等使。加宣武軍節度使韓弘兼侍中，忠武軍節度使李光顏、河陽節度使烏重胤並檢校司空。以宣武軍都虞候韓公武檢校左散騎常侍、鄜州刺史、鄜坊丹延節度使，以魏博行營兵馬使田布爲右金吾衛將軍，皆賞破賊功也……戊申，以淮西宣慰副使刑部侍郎馬總爲彰義軍節度留後。十二月壬戌，以彰義軍節度、淮西宣慰處置使、門下侍郎同平章事裴度守本官，賜上柱國、晉國公、食邑三千户。以蔡州留後馬總檢校工部尚書、蔡州刺史、彰義軍節度使、澱州潁陳許節度使。丙子，以右庶子韓愈爲刑部侍郎。”

[編年]

　　我們以爲，本詩應該與上詩《與李十一夜飲》作於同時，亦即元和十三年四月十日或十一日，元稹繼李進賢離任之後剛剛“代理州務”，地點在通州。《年譜》、《編年箋注》、《年譜新編》編年意見如前，均有失誤。

◎ 酬樂天東南行詩一百韵(并序)①

元和十年三月二十五日,予司馬通州。二十九日與樂天于鄂東蒲池村别,各賦一絶②。到通州後,予又寄一篇。尋而樂天眎予八首③,予時瘧病將死(一),一見外不復記憶④。十三年,予以赦當遷,簡省書籍,得是八篇⑤。吟嘆方極,適崔果州使至,爲予致樂天去年十二月二日書,書中寄予百韵至兩韵凡二十四章⑥。屬李景信校書自忠州訪予,連牀遞飲之間,悲吒使酒,不三兩日盡和去年已來三十二章皆畢,李生視草而去⑦。四月十三日,予手寫爲上下卷,仍依次重用本韵⑧。亦不知何時得見樂天,因人或寄去,通之人莫可與言詩者,唯妻淑在旁知狀(其本卷尋時於峽州面付樂天,别本都在唱和卷中,此卷唯五言大律詩二首而已)⑨。

我病方吟越,君行巳過湖(元和十年閏六月至通州,染瘴危重。八月,聞樂天司馬江州)(二)⑩。去應緣直道,哭不爲窮途⑪。亞竹寒驚牖,空堂夜向隅⑫。暗魂思背燭,危夢怯乘桴(此後每聯之内,半述巴蜀土風,半述江鄉物産)⑬。坐痛筋骸憊,旁嗟物候殊⑭。雨蒸蟲沸渭,浪湧怪睢盱⑮。索綆飄蚊蚋,蓬麻鴑舳艫⑯。短檐苫稻草,微俸封漁租⑰。泥浦喧撈蛤,荒郊險鬥貙⑱。鯨吞近溟漲,猿鬧接黔巫⑲。芒鬝泅(泳也)牛婦,丫頭蕩槳夫⑳。酢醋荷裹賣,醹酒水淋沽(巴民造酒如淋醋法)㉑。舞態翻鸜鵒,歌詞咽鷓鴣㉒。夷音啼似笑,蠻語謎相呼㉓。江郭船添店,山城木豎郛㉔。吠聲沙市犬,爭食墓林烏㉕。獷俗誠堪憚,妖神甚可虞㉖。欲令仁漸及,已被瘧潛圖㉗。膳減思調鼎,行稀恐蠹樞㉘。雜菹多剖鱔，和黍半蒸菰㉙。綠粽新菱實，金丸小木奴(巴橘酸澀，大如彈丸)㉚。芋羹真暫淡，鼬(食竹根鼠)炙漫塗蘇㉛。鴇鷩那勝羜！烹鯢只似鱸(通州俗以鯢魚爲膾)(三)㉜。楚風輕似蜀，巴地濕如吳㉝。氣濁星難見，州斜日易晴㉞。通宵但雲霧，未酉即桑榆(此後並言巴中風俗)㉟。瘴窟蛇休蟄，炎溪暑不徂㊱。悵魂陰叫嘯，鵩貌晝踟躕㊲。鄉里家藏蠱，官曹世乏儒㊳。斂緡偷印信，傳箭作符繻㊴。椎髻抛巾幗，鑱刀代轆轤㊵。當心鞘銅鼓(四)，背弛射桑弧(巴民盡射木弓，仍于弓左安箭)㊶。豈復民畋料！須將鳥獸驅㊷。是非渾並漆，詞訟敢研朱㊸！陋室鴞窺伺，衰形蟒覷覦㊹。鬢毛霜點合，襟泪血痕濡㊺。倍憶京華伴，偏忘我爾軀(此後並言與樂天同科共遊處等事)㊻！謫居今共遠，榮路昔同趨(五)㊼。科試銓衡局(六)，銜參典校廚(書判同年，校正同省)㊽。月中分桂樹，天上識昌蒲㊾。應召逢鴻澤，陪遊值賜酺㊿。心唯撞衛磬，耳不亂齊竽(此後並言同應制時事)○51。海岱詞鋒截，皇王筆陣驅○52。疾奔凌驥騄，高唱軋吳歈○53。點檢張儀舌，提携傅說圖○54。擺囊看利穎，開頷出明珠○55。並取千人特，皆非十上徒○56。白麻雲色膩，墨詔電光粗○57。眾口貪歸美，何顏敢妒姝○58！秦臺納紅旭，鄆匣洗黃壚○59。諫獵寧規避！彈豪詎囁嚅○60！肺肝憎巧曲，蹊徑絕縈迂○61。誓遣朝綱振，忠饒翰苑輸(元和四年爲監察御史，樂天爲翰林學士)○62。驥調方汗血，蠅點忽成盧○63。遂謫栖遑掾，還飛送別盂○64。痛嗟親愛隔，顛望友朋扶○65。狸病翻隨鼠，驄羸返作駒○66。物情良狗俗，時論太誣吾○67！瓶罄罍偏恥，松摧柏自枯(七)○68。虎雖遭陷穽，龍不怕泥塗(此已上並述五年貶掾江陵，樂天亦遭罹謗鑠)○69。重喜登賢苑，方欣佐伍符(九年樂天除太子贊善，予從事唐州也)（八）⑦。判身入矛戟，輕敵比錙銖⑦。駃騎來千里（九），天書下九衢⑦。因教罷飛檄，便許到皇都（十年春，自唐州詔予，召入京）⑦。舟敗罌浮漢，驂疲杖過邴⑦。郵亭一蕭索，烽堠各崎嶇⑦。饋餉人推輅，誰何吏執殳⑦！拔家逃力役（一〇），連鑣責逋誅⑦。防戍兄兼弟，收田婦與姑⑦。縑緗工女竭，青紫使臣紆⑦。望國參雲樹，歸家滿地蕪⑧。破窗塵垶垶（塵起也），幽院鳥鳴鳴（此已下，並言靖安里無人居，觸目荒涼）⑧。祖竹叢新筍，孫枝壓舊梧⑧。晚花狂蛺蝶，殘蒂宿茱萸⑧。始悟摧林秀，因銜避繳蘆⑧。文房長遣閉，經肆未曾鋪⑧。鷓鷃方求侶，鷗鳶已嚇雛⑧。徵還何鄭重！斥去亦須臾⑧。迢遞投遐徼，蒼黃出奧區⑧。通川誠有咎，溢口定無辜（三月積之通州，八月樂天之江州）⑧。利器從頭匣，剛腸到底刳⑨。薰猶任盛貯，稊稗莫超逾⑨。公幹經時臥，鍾儀幾歲拘⑨？光陰流似水，蒸瘴熱於爐⑨。薄命知然也，深交有矣夫⑨！救焚期骨肉，投分刻肌膚（本題云：寄澧州李十一舍人（一一）、果州崔二十二員外、開州韋大員外、通州元九侍御、庚三十二補闕（一二）、杜十四拾遺、李二十助教、竇七校書兼投吊席八舍人）⑨。二妙馳軒陛，三英詠袴襦（庚三十二、杜二十四並居北省（一三），李十一、崔二十二、韋大各典方州）⑨。李多嘲螇蚸，竇數集蜘蛛（李二十雅善歌詩，固多詠物之作。竇七頻改官銜，屢有蜘蛛之喜）⑨。數子皆奇貨，唯予獨朽株⑨。邯鄲笑匍匐，燕蒯受揶揄⑨。懶學三閭憤，甘齊百里愚⑩。耽眠稀醒素，憑醉少嗟籲⑩。學問徒為爾，書題盡已於⑩。別猶多夢寐，情尚感凋枯⑩。近喜司戎健，尋傷掌誥徂（今日得樂天書，去年聞席八歿）（一四）⑩。士元名位屈，伯道子孫無⑩。舊好飛瓊翰，新詩灌玉壺⑩。幾催閒處泣，終作苦中娛⑩。廉藺聲相讓，燕秦勢豈俱⑩！此篇應絕倒，休漫捋髭須（樂天戲題篇末云:‘此篇擬打足下寄容州詩。’故有戲譽)⑩。

録自《元氏長慶集》卷一二

［校記］

（一）予時瘧病將死:錢校宋本、蘭雪堂本、叢刊本、《全詩》、《全唐詩録》同,楊本作“予時瘡病將死”,語義不同,且也不符元稹生平,不從不改。

（二）聞樂天司馬江州:叢刊本、《全詩》、《全唐詩録》同,楊本作“間樂天司馬江州”,語義難通,不從不改。

（三）通州俗以鮫魚爲膾:《全詩》、《全唐詩録》同,楊本、叢刊本作“通州江以鮫魚爲膾”,語義難通,不從不改。

（四）當心靮銅鼓:錢校宋本、蘭雪堂本、叢刊本、《全詩》、《全唐詩録》同,楊本作“當心鞣銅鼓”,語義不同,不改。

（五）榮路昔同趨:《全詩》、《全唐詩録》同,楊本、叢刊本“榮路惜同趨”,與上句“謫居今共遠”不接,且語義難通,不從不改。

（六）科試銓衡局:錢校宋本、蘭雪堂本、叢刊本、《全詩》、《全唐詩録》同,楊本作“科試銓衡局”,語義不同,不改。

（七）松摧柏自枯:楊本、叢刊本、《全詩》、《全唐詩録》同,張校宋本作“松摧柏自孤”,語義不同,不改。

（八）方欣佐伍符:蘭雪堂本、《全詩》、《全唐詩録》同,楊本作“方看佐伍符”,叢刊本作“方日佐伍符”,均與上句“重喜登賢苑”語義不接,不從不改。

（九）馹騎來千里:楊本、叢刊本同,《全詩》、《全唐詩録》作“驛騎來千里”,兩字義近,不改。

（一〇）拔家逃力役:《全詩》同,叢刊本、蘭雪堂本作“跋家逃力役”,楊本作“蹳家逃力役”,語義不同,不改。

（一一）寄灃州李十一舍人：原本作“寄灃州李十舍人”，楊本、叢刊本同，根據當時史實，出任灃州刺史的是李建，而李建排行十一，據《全詩》《全唐詩錄》以及本詩下文改。

（一二）庾三十二補闕：原本作“庾三十三補闕”，楊本、叢刊本同，白居易原唱作“庾三十二補闕”，亦即庾敬休，據《舊唐書》，庾敬休曾歷官“右補闕”，排行三十二，故據《全詩》《全唐詩錄》改。後面一個“庾三十三”同改。

（一三）杜十四並居北省：原本作“杜二十四並居北省”，楊本、叢刊本同，據白居易原唱、本詩上文、《全詩》《全唐詩錄》改。

（一四）去年聞席八歿：原本作“六年聞席八歿”，楊本、叢刊本、《全詩》《全唐詩錄》同，“席八”即席夔，白居易原唱作於元和十二年，詩有“今春席八俎”之句，本詩作於元和十三年，故“六年”應該是“去年”之誤，徑改。

［箋注］

① 酬樂天東南行詩一百韻：白居易原唱是《東南行一百韻寄通州元九侍御灃州李十一舍人果州崔二十二使君開州韋大員外庾三十二補闕杜十四拾遺李二十助教員外竇七校書》，詩云：“南去經三楚，東來過五湖。山頭看候館，水面問征途。地遠窮江界，天低極海隅。飄零同落葉，浩蕩似乘桴。漸覺鄉原異，深知土產殊。夷音語嘲哳，蠻態笑睢盱。水市通闤闠，烟村混舳艫。吏徵魚户稅，人納火田租。亥日饒鰕蠏，寅年足虎貙。成人男作卝，似鬼女爲巫。樓暗攢倡婦，堤喧簇販夫。夜船論鋪賃，春酒斷瓴沽。見果多盧橘，聞禽悉鷓鴣。山歌猿獨叫，野哭鳥相呼。嶺徼雲成棧，江郊水當郛。月移翹柱鶴，風泛颭檣烏。鰲礙潮無信，蛟驚浪不虞。黿鳴泉窟室，蜃結氣浮圖。樹裂山魈穴，沙含水弩樞。喘牛犁紫芋，羸馬放青菰。繡面誰家婢？鴉頭幾歲奴？泥中采菱芡，燒後拾樵蘇。鼎膩愁烹鼈，盤腥厭膾鱸。

鍾儀徒戀楚,張翰浪思吳。氣序涼還熱,光陰旦復晡。身方逐萍梗,
年欲近桑榆。渭北田園廢,江西歲月徂。憶歸恒慘澹,懷舊忽踟躕。
自念咸秦客,嘗爲鄒魯儒。蘊藏經國術,輕棄度關繻。賦力凌鸚鵡,
詞鋒敵轆轤。戰文重掉鞅,射策一彎弧。崔杜鞭齊下,元韋轡並驅。
名聲逼楊馬,交分過蕭朱。世務輕磨揣,周行竊覬覦。風雲皆會合,
雨露各沾濡。共偶升平代,偏慚固陋軀。承明連夜直,建禮拂晨趨。
美服頒王府,珍羞降御廚。議高通白虎,諫切伏青蒲。柏殿行陪宴,
花樓走看酺。神旗張鳥獸,天籟動笙竽。丸劍星芒耀,魚龍電策駈。
定場排漢旅,促坐進吳歈。縹緲疑仙樂,嬋娟勝畫圖。歌鬟低翠羽,
舞汗墮紅珠。別選閑遊伴,潛招小飲徒。一杯愁已破,三盞氣彌麤。
軟美仇家酒,幽閑葛氏姝。十千方得斗,二八正當壚。論笑杓胡碑,
談憐鞏嘔嘔。李醋猶短霣,庾醉更蔫迂。鞍馬呼教住,骰盤喝遣輸。
長驅波卷白,連擲采成盧(骰盤、卷白波、莫走、鞍馬,皆當時酒令)。
籌並頻逃席,觥嚴列置盂。滿巵那可灌!頹玉不勝扶。入視中樞草,
歸乘内廐駒。醉曾沖宰相,驕不揖金吾。日近恩雖重,雲高勢却孤。
翻身落霄漢,失脚倒泥塗。博望移門籍,潯陽佐郡符(予自太子贊善
大夫出爲江州司馬)。時情變寒暑,世利筭錙銖。即日辭雙闕,明朝
別九衢。播遷分郡國,次第出京都(十年春,微之移佐通州。其年秋,
予出佐潯陽。明年冬,杓直出牧澧州,崔二十二出牧果州,韋大出牧
開州)。秦嶺馳三驛,商山上二邘(商山險道中有東西二邘)。昆陽亭
寂寞,夏口路崎嶇。大道全生棘,中丁盡執殳。江關未徹警,淮寇尚
稽誅(時淮西未平,路經襄郡二州界,所見如此)。林對東西寺,山分
大小姑(東林西林寺,在廬山北,大姑、小姑在廬山南彭蠡湖中)。廬
峰蓮刻削,溢浦帶縈紆(蓮花峰在廬山北,溢水在江城南,何遜詩云
'溢城對溢水,溢水縈如帶')。九派吞青草(潯陽在九派,南通青草、
洞庭湖),孤城覆綠蕪(南方城壁多以草覆)。黃昏鐘寂寂,清曉角鳴
鳴。春色辭門柳,秋聲到井梧。殘芳悲鶗鴂,暮節感茱萸。蕊拆金英

菊,花飄雪片蘆。波紅日斜没,沙白月平鋪。幾見林抽笋?頻驚燕引雛。歲華何倏忽!年少不須臾。眇默思千古,蒼茫想八區。孔窮緣底事?顏夭有何辜?龍智猶經醢,龜靈未免刳。窮通應已定,聖哲不能逾。況我身謀拙,逢他厄運拘。漂流隨大海,錘鍛任洪爐。險阻嘗之矣!栖遲命也夫!沈冥消意氣,窮餓耗肌膚。防瘴和殘藥,迎寒補舊襦。書床鳴蟋蟀,琴匣網蜘蟵。貧室如懸磬,端憂劇守株。時遭人指點,數被鬼揶揄。兀兀都疑夢,昏昏半是愚。女驚朝不起,妻怪夜長籲。萬里拋朋侶,三年隔友于。自然悲聚散,不是恨榮枯。去夏微之瘧,今春席八妲。天涯書達否?泉下哭知無(去年聞元九瘧,書去竟未報。今春聞席八妲,久與還往,能無慟矣)。謾寫詩盈卷,空盛酒滿壺。只添新恨望,豈復舊歡娛!壯志因愁減,衰容與病俱。相逢應不識,滿頷白髭須。"可與本詩並讀,進一步瞭解元積本詩的創作意圖。　　東南行:向東南方向行進。白居易被貶爲江州司馬,從長安出發前往江州,其行進的路綫應該正是向東南而行,故白居易自己詩云:"南去經三楚,東來過五湖。"孟郊《下第東南行》:"越風東南清,楚日瀟湘明。試逐伯鸞去,還作靈均行。"張籍《贈別孟郊》:"才名振京國,歸省東南行。停車楚城下,顧我不念程。"

　　② 元和十年三月二十五日予司馬通州:元和十年,李唐歷史上有諸多的歷史事件值得後人特別留意,其中吸引世人眼球的一件是:當年被召回京的永貞革新成員劉禹錫、柳宗元、韓泰、韓曄等人,這年三月十四日又被當權者——貶謫出京。《舊唐書·劉禹錫傳》:"元和十年自武陵召還,宰相復欲置之郎署。時禹錫作《游玄都觀詠看花君子》詩,語涉譏刺,執政不悦,復出爲播州刺史。詔下,御史中丞裴度奏曰:'劉禹錫有母年八十餘,今播州西南極遠,猿狖所居,人迹罕至。禹錫誠合得罪,然其老母必去不得,則與此子爲死别,臣恐傷陛下孝理之風。伏請屈法,稍移近處。'憲宗曰:'夫爲人子,每事尤須謹慎,常恐貽親之憂。今禹錫所坐更合重於他人,卿豈可以此論之?'度無

以對,良久帝改容而言曰:'朕所言是責人子之事,然終不欲傷其所親之心。'乃改授連州刺史。"《舊唐書·憲宗紀》:"三月壬申朔……乙酉,以虔州司馬韓泰爲章州刺史,以永州司馬柳宗元爲柳州刺史,饒州司馬韓曄爲汀州刺史,朗州司馬劉禹錫爲播州刺史,台州馬陳諫爲封州刺史。御史中丞裴度以禹錫母老,請移近處,乃改授連州刺史。"時間僅僅隔了十一天,亦即元和十年三月二十五日,元稹司馬通州的詔令在詩人毫無思想準備的情況下突然下達,這就是本詩詩序此句的由來。貶謫元稹的時間與劉禹錫、柳宗元等人的第二次貶謫前後緊緊相連,地點同樣偏遠荒僻,官職又比刺史更小。由此可見政敵將元稹目爲永貞革新成員的同黨,而對元稹的仇恨在某種程度上還超過了永貞革新的"八司馬"成員。這實在爲元稹所始料不及,緊接著他的朋友李建、崔韶、白居易、韋處厚等先後一一被貶出京。元稹雖然在名義上不是永貞革新成員,但因爲同情永貞革新,卻首先被牽連"沾光"貶爲通州司馬,比白居易、李建他們先行一步,第一個被貶出京。故白居易憤憤不平,其《東南行詩》有"播遷分郡國,次第出京都(十年春微之移佐通州,其年秋予出佐潯陽,明年冬杓直出牧澧州,崔二十二出牧果州,韋大出牧開州)"的憤詞。據《新唐書·宰相表》,當時在朝的宰相是李吉甫、韋貫之、張弘靖與武元衡,韋貫之與張弘靖是元稹制科考試的座主,在他們的主持下,元稹"名列第一"及第,也許他們更願意看到元稹調回京城,有可能爲元稹等人作出在京城重新任職的安排,誠如《資治通鑑》所言:"王叔文之党坐謫官者凡十年不量移,執政有憐其才欲漸進之者,悉召至京師。諫官爭言其不可,上與武元衡亦惡之。三月乙酉,皆以爲遠州刺史,官雖進而地益遠。"元稹回京與出貶,正好與永貞革新成員同喜共憂,由於憲宗的反對,武元衡的反對,宦官的反對,在憲宗與武元衡及宦官頭目刻意策劃下,永貞革新成員以及他們的同情者一一被貶出京,韋貫之等人"憐其才欲漸進之"的苦心自然未能如願。我們上面引述的元稹《西歸絕句十二首》之三有句"同歸諫院韋丞相（韋丞相貫之），共貶河南亞大夫（裴中丞度）"，看來丞相韋貫之、御史中丞裴度一直被元稹視爲知遇，而荊南節度使嚴綬以及常征元稹詩歌諷誦的監軍使崔潭峻，後人也一直認爲是元稹的"府主"與"信友"。但他們四個眼看元稹再次遭受吐突承璀的迫害，或者另有苦衷不能救援，或者事不關己坐視不救。這裏我們要特別提醒讀者：裴度能夠救助劉禹錫，説明他還是有一定能量救助出貶之人；但裴度似乎忘記了元稹元和元年對自己的幫助，也忘記了元稹在《上門下裴相公書》中對自己的心誠意真的懇求，眼看著元稹的出貶却無所表示。元稹因此而憤憤不平，本詩"徵還何鄭重？斥去亦須臾。迢遞投遐徼，蒼黃出粵區。通川誠有咎，溢口定無辜（三月稹之通州，八月樂天之江州）。利器從頭匣，剛腸到底刳"就是這種情感的真實流露。我們前引元稹的《酬盧秘書》詩也有"劇敵徒相軋，羸師亦自媒"之句，劇敵的瘋狂迫害，"知遇"的坐視不救，迫使元稹再次走上貶斥的遙途。　　二十九日：即元和十年三月二十九日，距貶謫元稹爲通州司馬的詔令下達的第四天，讀者從中可以看出元稹政敵迫害元稹的急迫心情，也可以瞭解唐代貶謫官員限期離開京城的規定。　　鄠：當時的鄠縣，即今天陝西的户縣，在長安的西南。岑參《與鄠縣群官泛渼陂》："萬頃浸天色，千尋窮地根。舟移城入樹，岸闊水浮村。"皇甫冉《澧水送鄭豐鄠縣讀書》："麥秋中夏涼風起，送君西郊及澧水。孤烟遠樹動離心，隔岸江流若千里。"　　蒲池村：地名，在鄠縣，應該在長安西南數十里處，白居易等人送別元稹之處。白居易《醉後却寄元九》："蒲池村裏匆匆別，澧水橋邊兀兀迴。行到地門殘酒醒，萬重離恨一時來。"　　各賦一絶：《編年箋注》認爲："元稹詩題作《酬樂天醉別》。白居易原唱題作《醉後却寄元九》，見《白居易集》卷一五。"大誤。我們以爲，白居易的詩篇是《城西別元九》，元稹的詩篇是《澧西別樂天》，又題作《澧西別樂天博載樊宗憲李景信兩秀才侄谷三月三十日相餞送》："今朝相送自同游，酒語詩情替別愁。忽到澧西總回去,一身騎馬向通州。"白居易原唱《城西別元九》:"城西三月三十日,別友辭春兩恨多。帝里卻歸猶寂寞,通州獨去又如何?"兩兩相符。而白居易原唱《醉後卻寄元九》與本詩並非是酬唱關係,詩云:"蒲池村裏匆匆別,澧水橋邊兀兀回。行到城門殘酒醒,萬重離恨一時來。"元稹有《酬樂天醉別》酬和白居易之《醉後卻寄元九》:"前回一去五年別,此別又知何日回?好住樂天休悵望,匹如元不到京來!"《醉後卻寄元九》與《酬樂天醉別》兩詩不僅語境前後相接,而且互相次韻,應該是互相酬和之篇。但需要説明的是,元稹接到白居易原唱之時,已經是元和十年六月之後,"予時瘧病將死,一見外不復記憶",並沒有立即回酬白居易的原唱,直到元和十三年四月十三日前一二日才事後追和,元稹《酬樂天東南行詩一百韻序》就是明證:"元和十年三月二十五日,予司馬通州。二十九日,與樂天於鄂東蒲池村別,各賦一絕。到通州後,予又寄一篇。尋而樂天貺予八首,予時瘧病將死,一見外不復記憶。十三年,予以赦當遷,簡省書籍,得是八篇。吟歎方極,適崔果州使至,爲予致樂天去年十二月二日書,書中寄予百韻至兩韻凡二十四章。屬李景信校書自忠州訪予,連床遞飲之間,悲咤使酒,不三兩日,盡和去年已來三十二章皆畢,李生視草而去。"白居易的詩篇是《城西別元九》,元稹的詩篇是《澧西別樂天》,又題作《澧西別樂天博載樊宗憲李景信兩秀才侄谷三月三十日相餞送》,具體內容請參見《澧西別樂天》。《編年箋注》認爲:"元稹詩題作《酬樂天醉別》。白居易原唱題作《醉後卻寄元九》,見《白居易集》卷一五。"大誤,白居易原唱《醉後卻寄元九》與本詩並非是酬唱關係,請參閱元稹《酬樂天醉別》之箋注。

　　③ 到通州後又寄一篇:元稹自通州寄出的第一篇詩篇是《見樂天詩》,我們已經編入元和十年詩文編年中,具體詩篇內容不再引述,以免重複。　　尋而樂天貺予八首:根據我們多方面的考證,白居易贈送元稹的八首詩篇是:《醉後卻寄元九》、《重寄》、《雨夜憶元九》、

《微之到通州日授館未安見塵壁間有數行字讀之即僕舊詩其落句云綠水紅蓮一朵開千花百草無顏色然不知題者何人也微之吟嘆不足因綴一章兼録僕詩本同寄省其詩乃是十五年前初及第時贈長安妓人阿軟絶句緬思往事杳若夢中懷舊感今因酬長句》、《得微之到官後書備知通州之事悵然有感因成四章》。而其中白居易《即事寄微之》不在"八首"之內,屬於白居易元和十二年十二月二日寄贈元稹的"二十四首"之內。但後世編集元稹詩文集時,却將元稹酬和白居易《即事寄微之》的《酬樂天見寄》錯入組詩《酬樂天得微之詩知通州事因成四首》之中,又將白居易《酬樂天得微之詩知通州事因成四首》的第四首單獨作爲酬和《即事寄微之》的酬和之篇《酬樂天見寄》。還需要説明的是:元稹元和十三年四月十三日之前"不三兩日"酬和的八篇應該是:《酬樂天醉別》、《酬樂天雨後見憶》、《酬樂天得微之詩知通州事因成四首》,另外還有兩首今天已經散失,根據白居易原來的"八首",其題目可以代擬爲:酬和白居易《重寄》的《酬樂天重寄》,酬和白居易《微之到通州日……》的《酬樂天微之到通州日……》。而且還要説明的是白居易的《微之到通州日……》是對元稹《見樂天詩》的酬和之篇,而元稹的《酬樂天微之到通州日……》又是對白居易酬和之篇的酬和。這是異常複雜也非常有趣的發生在元稹白居易之間的詩歌唱酬的故事,幸請讀者細心辨別。

④ "予時瘧病將死"兩句:元稹元和十年六月到達通州,不久因心情的鬱結以及不習慣通州的氣候,病倒在床,人事不省,"一見外不復記憶",前後"百日餘",故本詩開頭有"我病方吟越,君行已過湖"的感嘆,元稹《感夢》也有"十月初二日,我行蓬州西……我病百日餘"的記載。元稹本詩"我病方吟越,君行已過湖"之下注:"元和十年閏六月至通州,染瘴危重。"據《舊唐書·憲宗紀》、陳垣《二十四史朔閏表》、方詩銘《中國史曆日和中西曆日對照表》、王詠剛《兩千年中西曆速查》,元和十年並無閏六月,當是元稹大病之後誤記,即所謂的"一

見外不復記憶”的例證之一。　　瘧病：瘧疾，是以瘧蚊爲媒介，由瘧原蟲引起的週期性發作的急性傳染病。《禮記·月令》：“〔孟秋之月〕寒熱不節，民多瘧疾。”鄭玄注：“瘧疾，寒熱所爲也。”杜甫《寄彭州高使君適虢州岑長史參三十韵》：“三年猶瘧疾，一鬼不銷亡。”杜甫《哭台州鄭司户蘇少監》：“瘧病餐巴水，瘡痍老蜀都。”　　記憶：記得，不忘。《人仙經》：“我父毗沙門天王，回還本宫，爲我宣説，我悉記憶，無所忘失。”《隋書·何妥傳》：“臣少好音律，留意管弦，年雖耆老，頗皆記憶。”對過去事物的印象。《關尹子·五鑒》：“譬猶昔遊再到，記憶宛然。”

　　⑤十三年予以赦當遷：《册府元龜》有關“淮西大赦”文：“(元和)十三年正月乙酉朔，帝御含元殿受朝賀禮畢，御丹鳳樓，大赦天下。詔曰：……左降官及流人移隸等並與量移近處，别敕因責降授正員官所司亦與處分……”這自然也給長謫僻州荒郡的元稹帶來了内遷的希望，而且時相裴度與元稹同過患難，這時又握有奉詔量移的大權，元稹在《上門下裴相公書》中，把平時“發書朋舊尚不敢陳盡其情”的知心話語坦率地告訴裴度，希望裴度能以大局爲重，伸張正義，“棄仇”“愛士”，重用包括自己在内的“恃才薄行者”、“以能見忌者”。但被元稹稱爲“周公”的裴度這時身居高位而大權在握，早就把元稹曾經聲援過自己並與自己一起貶赴洛陽的經歷忘得一乾二净，並没有理睬元稹苦苦的企盼之望，因此量移元稹的消息一直没有來到，元稹内心自然不無苦悶。歷時數月之久，量移謫官的“恩詔”始終没有在元稹和白居易身上兑現。兩人已近乎失望，不再作重返京城之夢想。正在這時，失望之中的元稹和白居易又聽到他們的另一位好朋友李夷簡於本年三月十七日拜相的好消息。《舊唐書·憲宗紀》：“(元和)十三年……三月庚寅，以前劍南西川節度使李夷簡爲御史大夫……庚子，以御史大夫李夷簡爲門下侍郎同平章事。”白居易爲此特地寄詩元稹，認爲元稹與自己終於可以結束貶謫生涯，有《聞李尚書拜相因以長句寄賀微之》詩相賀。接到白居易的詩歌，元稹也高興得幾乎

迫不及待，立即有詩《酬樂天聞李尚書拜相以詩見賀》唱和，並擬就長篇《連昌宮辭》，主動向李夷簡提出“努力廟謀休用兵”的建議，希望李夷簡能夠成爲振興李唐的宰相。因爲有了這個好消息，元稹毫不懷疑地認爲自己“以赦當遷”，滿懷希望等待朝廷詔令的到來，並且急急忙忙“簡省書籍”，隨時準備離開謫地通州，本詩序即是這種急迫心情的具體寫照。但李夷簡還沒有來得及爲元稹白居易的内遷作出安排，也沒有能夠使自己成爲振興李唐的宰相，就因裴度拜相，兩人意見相左而自求出爲淮南節度使，《舊唐書·憲宗紀》：“秋七月……辛丑，以門下侍郎、同平章事李夷簡檢校左僕射、同平章事、揚州大都督府長史、淮南節度使。”《新唐書·李夷簡傳》亦云：“(元和)十三年召爲御史大夫，進門下侍郎、同中書門下平章事，李師道方叛，裴度當國，帝倚以平賊。夷簡自謂才不能有以過度，乃求外遷，以檢校尚書左僕射、平章事爲淮南節度使。”白居易的祝賀和元稹的希望隨著李夷簡的外放都很快地破滅了，白居易和元稹由盼望而失望，由失望而憂憤不平。　　遷：這裏指晉升或調動。《管子·禁藏》：“夏賞五德，滿爵禄，遷官位，禮孝悌，復賢力，所以勸功也。”葉適《江陵府修城記》：“天子遷趙公金紫光禄大夫，以寵褒之。”　　簡省：猶檢視。司馬光《乞簡省細務不必盡關聖覽上殿札子》：“臣聞皋陶贊於舜曰：‘元首明哉！股肱良哉！庶事康哉！’蓋言人君明則百官得其人，百官得其人則衆事無不美也！”陳造《次韵王簽判二首》一：“回首昔遊驚夢斷，故人重見倍情親。簿書簡省官居好，月露清圓句語新。”

⑥　吟嘆：嘆息。陸機《擬涉江采芙蓉》：“沈思鍾萬里，躑躅獨吟嘆。”蘇舜欽《奉酬公素學士見招之作》：“豈如兒女但悲感，唧唧吟嘆隨螳蜩。”　　崔果州使：岑仲勉在《唐人行第録》中把白居易自江州派來的“致書郵”、“崔果州使”、李景信三個混爲一談，作出了錯誤的判斷，得出了錯誤的結論：認爲這位“崔果州使”就是白居易從江州派出的“致書郵”，這位“致書郵”就是李景信。根據史實，我們認爲：元和

十三年四月十三日之前，亦即四月十日，元稹在通州的元稹接待了兩
起來客：一起是通州鄰郡果州刺史崔韶的使者——"崔果州使"，這位
信使帶來了白居易元和十二年十二月二日寄給元稹的書信，還有二
十四首詩歌。應該注意的是這位來自果州的信使，根本不是白居易
從江州派出的信使，而是果州刺史崔韶由果州派來通州轉遞白居易
上年(即元和十二年)寄給元稹的書信以及二十四首詩歌的，這位"崔
果州使"顯然不是李十一景信。另一起客人是"自忠州訪"元稹的友
人李十一景信，李景信並沒有擔負白居易致書元稹或者崔韶轉遞白
居易致書元稹書詩的使命，絕不是什麼"白居易從江州遣來之致書
郵"，也不是來自果州轉遞信件與二十四首詩篇的信使。根據現有資
料，白居易"從江州遣來之致書郵"根本沒有到達通州，至多祇是到達
果州而已。而"自忠州訪"元稹的友人李十一景信與"從江州遣來之
致書郵"、"崔果州使"本來是毫無聯繫的三個人，岑先生却由於偶然
的疏忽，而把他們扯在一起，把本來是"風馬牛不相及"的三個人三件
事混爲一談，得出了"是景信乃代白致書者"、"景信不過白居易從江
州遣來之致書郵"的錯誤結論。關於這個是是非非，筆者曾在《南京
師院學報》一九八一年第一期上發表專題論文，指出岑仲勉先生的錯
誤，幸請讀者審閱拙稿《元微之詩中"李十一"非"李六"之舛誤辨》，或
後來結集的拙稿《元稹考論·元稹詩中"李十一"非"李六"之舛誤
辨》。　　書中寄予百韵至兩韵凡二十四章：根據我們多方面的考證，
白居易元和十二年十二月二日寄贈的二十四首詩篇分別是：《即事寄
微之》、《雨中携元九詩訪元八侍御》、《寄生衣與微之因題封上》、《藍
橋驛見元九詩》、《韓公堆寄元九》、《武關南見元九題山石榴花》、《舟
中讀元九詩》、《寄微之三首》、《編集拙詩戲贈元九李二十》、《寄蘄州
簟與元九因題六韵(時元九鰥居)》、《見紫薇花憶微之》、《山石榴寄元
九》、《春晚寄微之》、《憶微之傷仲遠》、《感秋懷微之》、《憶微之》、《寄
微之》、《三月三日懷微之》、《夢微之》、《感逝寄遠》、《東南行一百韵寄

元九》、《夢與李七庚三十二同訪元九》。而在今天存世的元稹詩文集中，這二十四首詩篇有十四首仍然存世:《酬樂天見寄》、《酬樂天寄生衣》、《酬樂天武關南見微之題山石榴花》、《酬樂天舟泊夜讀微之詩》、《酬樂天赴江州路上見寄三首》、《酬樂天寄蘄州簟》、《酬樂天憶微之兼傷仲遠》、《酬樂天春寄微之》、《酬樂天嘆窮愁見寄》、《酬樂天三月三日見寄》、《酬樂天頻夢微之》、《酬樂天東南行詩一百韵》。而有十首則已經散失，今天祇能根據白居易首倡詩篇的題目，代擬元稹酬篇的詩題:《酬樂天雨中携元九詩訪元八侍御》、《酬樂天藍橋驛見微之詩》、《酬樂天韓公堆寄微之》、《酬樂天編詩成集戲贈微之》、《酬樂天見紫薇花憶微之》、《酬樂天山石榴寄微之》、《酬樂天春晚寄微之》、《酬樂天感秋懷微之》、《酬樂天感逝寄遠》、《酬樂天夢與李七庚三十二同訪元九》，兩者合計二十四首，與元稹詩序中所云一一符合，也與白居易原唱詩篇一一符合。

⑦ 屬李景信校書自忠州訪予:《蜀中名勝記·達州》:"當時有李景信者，自長安來訪，周旋少日而別焉!"所謂"自長安來訪"云云，是《蜀中名勝記》的失察，元稹本詩序明言李景信代表其兄李景儉"自忠州訪予"。 校書:古代掌校理典籍的官員。漢有校書郎中，三國魏始置秘書校書郎，隋、唐等都設此官，屬秘書省，但也有一些僅僅是虛銜，並不真正在京城秘書省擔任實職。丘爲《送閻校書之越》:"南入剡中路，草雲應轉微。湖邊好花照，山口細泉飛。"儲光羲《洛中貽朝校書衡朝即日本人也》:"萬國朝天中，東隅道最長。吾生美無度，高駕仕春坊。" 連床:並榻而坐或同床而卧，多形容情誼篤厚。白居易《奉送三兄》:"杭州暮醉連床卧，吳郡春遊並馬行。"朱慶餘《上張水部》:"每許連床坐，仍容並馬行。恩深轉無語，懷抱甚分明。" 遞飲:傳杯飲酒。宋祁《賦得蓴字天章閣侍講王洙原叔》:"歡談一坐傾，遞飲百分涠。我亦醒而狂，遵溪縱行樂。"《太平廣記·趙太》:"唐長安市里風俗，每至歲元日已後，遞飲食相邀，號爲傳坐。" 悲吒:悲嘆，

悲憤。《文選·郭璞〈遊仙詩〉五》："臨川哀年邁,撫心獨悲吒。"李善注:"吒,嘆聲也。"杜甫《遣興五首》五:"清江空舊魚,春雨餘甘蔗。每望東南雲,令人幾悲吒。"　使酒:因酒使性。《漢書·季布傳》:"孝文時,人有言其賢,召欲以爲御史大夫。人又言其勇,使酒難近。"顏師古注:"應劭曰:'使酒,酗酒也。'言因酒沾洽而使氣也。"《新唐書·獨孤及傳》:"坐與李景儉飲,景儉使酒慢宰相,出爲韶州刺史。"　不三兩日盡和去年已來三十二章皆畢:請讀者留意:元稹酬和白居易的贈詩一共是三十二首,而且都是一一次韵酬和,難度之大不難想見,一次酬和之多難於想見,而且元稹衹是在"不三兩日"內完成。除了酬和白居易的三十二首詩篇之外,元稹又賦詠《喜李十一景信到》、《與李十一夜飲》、《贈李十一》、《通州丁溪館夜別李景信三首》、《夜別筵》、《別李十一五絕》十二首,還有《酬知退》一首,加上前面所説的三十二首,共計是四十五首,都完成於"不三兩日"內,這種情景,在古代詩人中是極爲罕見的,也許是絕無僅有的,由此可見"元才子"的本色了。有一件事情必須在這裏作一個説明:那就是通州的刺史李進賢剛剛病故,在山南西道節度使權德輿的提携下,元稹剛剛以州司馬的身份"權知州務",人逢喜事精神爽,元稹能夠在"不三兩日"內賦詩四十五首(包括另外酬和李景信的十二首詩篇,以及酬和白行簡的一篇詩歌),大約與此不無關係。　李生視草而去:李景信看到元稹酬和白居易三十二首酬和詩篇之後,看到元稹贈送自己的十三篇詩歌之後離開通州返回忠州,向忠州刺史李景儉稟告元稹的近況。請讀者注意,李景信並沒有帶著元稹的酬詩前往江州,因爲李景信看到的酬和白居易的三十二首詩篇,衹是還没有最後定稿的詩作,故言"視草"。　草:草稿,底本。《漢書·淮南王劉安傳》:"每爲報書及賜,常召司馬相如等視草乃遣。"顏師古注:"草謂爲文之藁草。"宋敏求《春明退朝錄》卷下:"凡公家文書之稿,中書謂之草,樞密院謂之底,三司謂之檢。"

⑧ 四月十三日:這裏指元和十三年四月十三日,這是關係到元

積追和白居易寄贈三十二首詩篇的具體時間，也是本詩寫作的具體時間。從詩序的叙述來看，本詩序應該寫成於本詩以及其他四十四首詩篇賦就之後，許多文字都是事後，至少是李景信離開之後補續上去的。　予手寫爲上下卷：這是元稹對回酬白居易三十二首寄贈詩的首次編輯，這裏有兩點值得讀者注意：其一、元稹的三十二篇詩歌編輯之時，不能够合編在一卷之中，而必須分編在"上下"兩卷之中，這説明，古時公認的所謂"卷"，或者説元稹自己認可的"卷"的大致容量。其次，現在我們看到的《元氏長慶集》，留存下來的二十二首詩篇並不都集中在兩個卷子中，而是四分各卷，這説明宋代劉麟父子編輯《元氏長慶集》之時，元稹自己編輯的詩文集已經面目全非，因此《年譜》根據現存《元氏長慶集》的次序來編年元稹的詩文，鬧出笑話也就不足爲奇了。　依次重用本韵：就是次韵，這在元稹的詩篇裏，屢見不鮮，例子多不枚舉。現在留存下來元稹追和白居易的二十二首詩歌，無一不是如此。　依次：按照次序。《後漢書·楊修傳》："修又嘗出行，籌操有問外事，乃逆爲答記，敕守舍兒：'若有令出，依次通之。'"《北齊書·文宣帝紀》："往者文襄皇帝所運蔡邕石經五十二枚，宜移置學館，依次修立。"　本韵：在一般意義上，所謂"本韵"即是與首唱詩韵脚相同即可；但在元稹酬和他人的詩篇中，不僅韵脚相同，而且要求必須保留原唱詩篇原來押韵的字，前後次序也不能改變，這應該是元稹的首創，也應該是元稹的獨創。白居易等人在詩歌酬唱中，也偶爾用之，但採用的次數没有元稹多，手法也没有元稹純熟。元稹《答姨兄胡靈之見寄五十韵序》："昨枉是篇，感徹肌骨。適白翰林又以百韵見貽，余因次酬本韵，以答貫珠之贈焉！於吾兄不敢變例，復自'城'至'生'凡次五十一字。靈之本題兼呈李六侍御，是以篇末有云。"白居易《錢虢州以三堂絶句見寄因以本韵和之》："同事空王歲月深，相思遠寄定中吟。遥知清净中和化，祇用金剛三昧心。"

　⑨ 亦不知何時得見樂天，因人或寄去：意謂元稹雖然"不三兩

日”酬和了白居易的寄贈詩篇三十二首，但想見到白居易，親手交呈酬和的詩篇，或者有方便之人將酬和詩篇轉呈白居易，都不是容易的事情，也是不可預料的事情。這再一次説明，岑仲勉所謂由李景信充當元稹酬和白居易三十二首詩篇的“信使”、“致書郵”之説是錯誤的，否則，李景信直接返回江州，元稹又何必有“因人或寄去”的憂愁！但出於元稹的預料，後來元稹真的在長江北上虢州任職之時，與西上忠州履任刺史之職的白居易在峽州偶然相遇，説來也是一段文壇的佳話。　　知狀：知情。晁公遡《静邊堂記》：“州初不知狀，愈益恐，調他州兵除塞下爲戰地，日日以備蠻爲事。”周孚《龔良臣知狀二首》一：“不向辛夷樹下行，老來無意賦閑情。可能尚似韓夫子，猶有兒曹識姓名。”這裏指裴淑是知情者。

⑩　我病：這裏指元稹“元和十年閏六月至通州，染瘴危重。八月聞樂天司馬江州”之事，當時元稹正在“我病百日餘”之時，而白居易八月出貶江州，正在這“百日餘”期間。但有一點需要説明，元稹的“閏六月”應該是“六月”之誤，這是元稹病中誤記所致。　　吟越：悲嘆呻吟。皇甫濂《赴洛留别華陽兄》：“無以赴洛人，懷哉但吟越。”葛勝仲《同子充遊堯祠見交代李行正詩追用李太白舊韵因亦次韵呈子充》：“官寺相望無百步，泮林正對河陽花。坐令莊舄忘吟越，亦復無心戀魏闕。”這裏指元稹剛剛到達通州就病倒一事，事在元和十年六月至九月間，時長大約在“百日餘”。　　君行：這裏指白居易貶任江州東南行之行，因爲是貶職，離開京城之後，白居易可以走走停停，行程很慢，八月離開長安，直到十月才到達江州。　　湖：五湖，白居易原唱詩云：“南去經三楚，東來過五湖。”五湖的説法不一，一、吳縣南部的湖澤。《周禮·夏官·職方氏》：“東南曰揚州……其澤藪曰具區，其川三江，其浸五湖。”鄭玄注：“具區、五湖在吳南。浸，可以爲陂灌溉者。”具區，即太湖。二、即太湖。《國語·越語》：“果興師而伐吳，戰於五湖。”韋昭注：“五湖，今太湖。”《文選·郭璞〈江賦〉》：“注五湖以

漫溁,灌三江而潀沛。"李善注引張勃《吳録》:"五湖者,太湖之別名也。"三、太湖及附近四湖。趙曄《吳越春秋・夫差内傳》:"入五湖之中。"徐天祐注引韋昭曰:"胥湖、蠡湖、洮湖、滆湖,就太湖而五。"酈道元《水經注・沔水》:"南江東注於具區,謂之五湖口。五湖謂長蕩湖、太湖、射湖、貴湖、滆湖也。"四、太湖附近的五個湖。《史記・夏本紀》:"震澤致定。" 張守節正義:"五湖者,菱湖、遊湖、莫湖、貢湖、胥湖,皆太湖東岸五灣爲五湖,蓋古時應別,今並相連。"白居易從長安到江州,不必經由太湖,以上"五湖"者,非白居易詩中之"五湖"。"五湖"又有江南五大湖的總稱。《史記・三王世家》:"大江之南,五湖之間,其人輕心。"司馬貞索隱:"五湖者,具區、洮滆、彭蠡、青草、洞庭是也。"楊慎《丹鉛總録・地理》:"王勃文'襟三江而帶五湖',則總言南方之湖。洞庭一也,青草二也,鄱陽三也,彭蠡四也,太湖五也。"洮滆,今江蘇長蕩湖、西滆湖。彭蠡,今鄱陽湖。青草,今洞庭湖東南部。"五湖"又有指洞庭湖之説。杜甫《歸雁》:"年年霜露隔,不過五湖秋。"朱鶴齡注:"雁至衡陽則回,此五湖當指洞庭湖言。"以上兩説,符合白居易《東南行》詩意,當取之。陶翰《贈房侍御》:"謫居東南遠,逸氣吟芳荃……扁舟入五湖,發纜洞庭前。"孟浩然《自潯陽泛舟經湖海》:"舟子乘利涉,往來至潯陽。因之泛五湖,流浪經三湘。"

⑪ "去應緣直道"兩句:這是詩人思想的閃光點,也是詩人思想的寶貴處,讀者應該引起重視。 直道:這裏猶正道,指確當的道理、準則。賀遂亮《贈韓思彥》:"君子重名義,直道冠衣簪。風雲行可托,懷抱自然深。"祖詠《長樂驛留別盧象裴總》:"故情君且足,謫宦我難任。直道皆如此,誰能淚滿襟?" 窮途:絶路,比喻處於極爲困苦的境地。王勃《送盧主簿》:"窮途非所恨,虛室自相依。城闕居年滿,琴尊俗事稀。"蘇軾《丙子重九二首》二:"窮塗不擇友,過眼如亂雲。"

⑫ 亞竹:低矮的竹子。白居易《泛小船二首》二:"一莖竹篙剔船尾,兩幅青慕覆船頭。亞竹亂藤多照岸,如從鳳口向湖州。"李昌符

《尋僧元皎因贈》：“高松連寺影，亞竹入窗枝。閑憶草堂路，相逢非素期。”　牖：窗户。《書・顧命》：“牖間南向，敷重篾席。”孔穎達疏：“牖，謂窗也。”韓愈《東都遇春》：“朝曦入牖來，鳥喚昏不醒。”　空堂：空曠寂寞的廳堂。阮籍《詠懷八十二首》一七：“獨坐空堂上，誰可與歡者？”王維《秋夜獨坐》：“獨坐悲雙鬢，空堂欲二更。”　向隅：面對著屋子的一個角落。劉向《説苑・貴德》：“今有滿堂飲酒者，有一人獨索然向隅而泣，則一堂之人皆不樂矣！”後遂以比喻孤獨失意或不得機遇而失望。陳子昂《爲義興公求拜掃表》：“萬物咸遂，各得其宜；臣獨向隅，有以長戚。”

⑬“暗魂思背燭”兩句：與白居易原唱“飄零同落葉，浩蕩似乘桴”呼應，意謂自己的思想沒有著落，如駕一葉小舟，漫無目的地在夢海裏漫遊。　魂：魂魄，魂靈。《易・繫辭》：“精氣爲物，遊魂爲變。”潘岳《馬汧督誄》：“死而有靈，庶慰冤魂。”　背燭：猶“背面”，以背對人或燭光。李商隱《無題二首》一：“十五泣春風，背面秋千下。”蘇軾《續麗人行序》：“李仲謀家有周昉畫背面欠伸内人，極精。”　乘桴：乘坐竹木小筏。《論語・公冶長》：“道不行，乘桴浮於海。”後用以指避世。王維《濟上四賢詠》：“已聞能狎鳥，余欲共乘桴。”王安石《次韵平甫金山會宿寄親友》：“飄然欲作乘桴計，一到扶桑恨未能。”　土風：當地的風俗。袁宏《後漢紀・明帝紀》：“夫民之性也，各有所禀。生其山川，習其土風。”杜甫《負薪行》：“土風坐男使女立，男當門户女出入。”　物產：天然出產和人工製造的物品。左思《吳都賦》：“江湖嶮陂，物產殷充。”劉知幾《史通・雜述》：“九州土宇，萬國山川，物產殊宜，風化異俗。”

⑭筋骸：猶筋骨。元稹《辛夷花》：“問君辛夷花，君言已班駁。不畏辛夷不爛開，顧我筋骸官束縛。”亦引申指身體。《孟子・告子》：“故天將降大任於是人也，必先苦其心志，勞其筋骨，餓其體膚，空乏其身。”　憯：慘痛，傷痛。馬王堆漢墓帛書乙本《老子・德經》：“禍莫大於不知足，咎莫憯於欲得。”韓愈《送無本師歸范陽》：“念當委我去，

雪霜刻以慘。" 物候：動植物隨季節氣候變化而變化的週期現象。盧照鄰《元日述懷》："草色迷三徑，風光動四鄰。願得長如此，年年物候新。"元稹《玉泉道中作》："楚俗物候晚，孟冬纔有霜。"

⑮ 沸渭：形容聲音喧騰嘈雜。元稹《春鳩》："猶知造物意，當春不生蟬。免教爭叫噪，沸渭桃花前。"元稹《有酒十章有酒十章》八："鯨歸穴兮渤溢，鰲載山兮低昂。陰火然兮衆族沸渭，颶風作兮晝夜倡狂。" 睢盱：千奇百怪貌。岑參《楊雄草玄臺》："娟娟西江月，猶照草玄處。精怪喜無人，睢盱藏老樹。"柳宗元《鐃歌鼓吹曲·東蠻》："睢盱萬狀乖，咿嗢九譯重。"

⑯ 索綆：索，粗繩，泛指繩索。李商隱《令狐舍人說昨夜西掖玩月因戲贈》："露索秦宮井，風弦漢殿箏。"貫休《行路難》："幾度美人照影來？索綆銀瓶濯纖玉。"也指鏈條。汪元量《鶯啼序·重過金陵》："因思疇昔，鐵索千尋，謾沈江底。"《宣和遺事》後集："〔韓世忠〕預先命鐵匠冶鐵爲長綆，貫以大鉤，每錘一綆，則曳一舟，兀朮竟不得渡。"蚊蚋：蚊子。杜甫《通泉驛南去通泉縣十五里山水作》："溪行衣自濕，亭午氣始散。冬温蚊蚋在，人遠鳧鴨亂。"項斯《遙裝夜》："蚊蚋已生團扇急，衣裳未了剪刀忙。" 蓬麻：蓬與麻。杜甫《新婚別》："兔絲附蓬麻，引蔓故不長。"用以比喻微賤的事物。顧況《從軍行二首》二："殺人蓬麻輕，走馬汗血滴。" 甃：以磚瓦等砌的井壁。《莊子·秋水》："吾樂與，出跳梁乎井干之上，入休乎缺甃之崖。"陸德明釋文引李頤曰："如闌，以磚爲之，著井底闌也。"《漢書·陳遵傳》："爲甃所轠。"顏師古注："甃，以磚爲甃者也。"指井。鮑照《侍郎報滿辭閣疏》："身弱涓甃，地幽井谷。"李郢《曉井》："桐陰覆井月斜明，百尺寒泉古甃清。" 舳艫：船頭和船尾的並稱，多泛指前後首尾相接的船隊。《漢書·武帝紀》："自尋陽浮江，親射蛟江中，獲之。舳艫千里，薄樅陽而出。"顏師古注引李斐曰："舳，船後持柂處也。艫，船前頭刺棹處也。言其船多，前後相銜，千里不絕也。"李適《汾陰後土祠作》："號令

垂戀典,舊經備闕文。南巡歷九嶷,舳艫被江濱。"

⑰　短檐:低矮的屋檐。温庭筠《偶題》:"孔雀眠高閣,櫻桃拂短檐。畫明金冉冉,箏語玉纖纖。"陸龜蒙《中元夜寄道侶二首》二:"橘齋風露已清餘,東郭先生病未除。孤枕易爲蛩破夢,短檐難得燕傳書。"　苫:覆蓋,遮蔽。耿湋《題孝子陵》:"荒墳秋陌上,霜露正霏霏。松柏自成拱,苫廬長不歸。"梅堯臣《和孫端叟寺丞農具十三首·田廬》一:"但能風雨蔽,何惜茅蓬苫。"　微俸:菲薄的俸禄。《南齊書·明帝紀》:"日者百司耆齒,許以自陳,東西二省,猶沾微俸。"姚合《寄陸渾縣尉李景先》:"微俸還同請,唯君獨自閑。"　封:同"豐",富厚。《國語·楚語》:"若於目觀則美,縮於財用則匱,是聚民利以自封而瘠民也,胡美之爲?"韋昭注:"封,厚也。"同豐,增多。杜甫《風疾舟中奉呈湖南親友》:"春草封歸恨,源花費獨尋。"仇兆鰲注:"封,猶增也。"

⑱　浦:水邊,河岸。《漢書·司馬相如傳》:"出乎椒丘之闕,行乎州淤之浦。"顏師古注:"浦,水涯也。"葉適《送蔣少韓》:"濯足洞庭浦,晞髮君山巔。"小水匯入大水處。《楚辭·九章·涉江》:"入漵浦余儃佪兮,迷不知吾所如。"注入大河的川流。《國語·晉語》:"夫教者,因體能質而利之者也。若川然有原,以卬浦而後大。"港汊,可泊船的水灣。洪邁《夷堅丙志·林翁要》:"驚濤亘天,約行百餘里,隨流入小浦中,獲遺物一笥,頗有所資而歸。"　蛤:一種有介殻的軟體動物,生活在淺海底,肉可食。《資治通鑑·唐憲宗元和十二年》:"孔戣爲華州刺史,明州歲貢蚶、蛤、淡菜,水陸遞夫勞費,戣奏疏罷之。"胡三省注:"《月令》云:'雀入大水化爲蛤。'《説文》云:'百歲燕所化。'又云:'老服翼所化。'皆非也。蚶、蛤皆生於海瀕潮汐往來舄鹵之地。"　貙:獸名,也稱貙虎。《爾雅·釋獸》:"貙,似狸。"郭璞注:"今貙虎也,大如狗,文如狸。"柳宗元《羆説》:"鹿畏貙,貙畏虎,虎畏羆。"

⑲　鯨吞:被鯨魚吞食。杜甫《渼陂行》:"黿作鯨吞不復知,惡風白浪何嗟及!"白居易《山中五絶句·澗中魚》:"海水桑田欲變時,風

濤翻覆沸天池。鯨吞蛟鬥波成血,深澗游魚樂不知。" 溟漲:溟海與漲海。《文選·謝靈運〈游赤石進帆海〉》:"溟漲無端倪,虛舟有超越。"李周翰注:"溟、漲,皆海也。"也泛指大海。司空圖《注潛征賦後述》:"亦猶虎之餌毒,蛟之飲鏃,其作也,雖震邱林,鼓溟漲,不能快其咆怒之氣。" 黔巫:指四川巫山及古黔中一帶。羅隱《送溪州使君》:"官職不須輕遠地,生靈只是計臨時。灞橋酒醆黔巫月,從此江心兩地悲。"鄭谷《顏惠詹事即孤侄舅氏謫官黔巫舟中相遇愴然有寄》:"猶子在天末,念渠懷渭陽。巴山偶會遇,江浦共悲涼。"

⑳ 芒屩:即芒鞋。《晉書·劉恢傳》:"恢少清遠,有標奇,與母任氏寓居京口,家貧,織芒屩爲養。"梅堯臣《錢鏄》:"收功尚嘉穀,托用隨芒屩。太平茲所重,坐見銷鋒鍔。" 丫頭:謂頭梳丫髻髮式,也謂年輕的女子。劉禹錫《樂天寄憶舊遊因作報白君以答》:"丫頭小兒蕩畫槳,長袂女郎簪翠翹。"楊萬里《入建平界》:"溧水南頭接建平,丫頭兒子便勤耕。"

㉑ 酢:同"醋"。《説文·酉部》:"酢,醶也……今俗皆用'醋',以此爲酬酢字。"段玉裁注:"酢本載漿之名,引申之凡味酸者皆謂之酢。"《梁書·沈崇傃傳》:"久食麥屑,不噉鹽酢,坐臥于單薦,因虛腫不能起。" 醅:未濾去糟的酒,亦泛指酒。杜甫《客至》:"盤餐市遠無兼味,樽酒家貧只舊醅。肯與鄰翁相對飲,隔籬呼取盡餘杯!"辛棄疾《臨江仙·和葉仲洽賦羊桃》:"聞道商山餘四老,橘中自釀秋醅。"醨酒:薄酒。李洞《早春友人訪別南歸》:"南歸來取別,窮巷坐青苔。一盞薄醨酒,數枝零落梅。"陳起《過橫遠途中》:"小松穿石出,野水落田分。茅店傾醨酒,相看亦論文。"

㉒ 鸜鵒:鳥名。即八哥。《左傳·昭二五年》:"有鸜鵒來巢。"劉長卿《山鸜鵒歌》:"山鸜鵒,長在此山吟古木。嘲哳相呼響空谷,哀鳴萬變如成曲。" 歌詞:歌曲的唱詞。劉禹錫《和樂天南園試小樂》:"花木手栽偏有興,歌詞自作別生情。多才遇景皆能詠,當日人傳滿

鳳城。"張籍《吳楚歌詞》:"庭前春鳥啄林聲,紅夾羅襦縫未成。今朝社日停針綫,起向朱櫻樹下行。"　鷓鴣:鳥名,形似雌雉,頭如鶉,胸前有白圓點,如珍珠。背毛有紫赤浪紋,足黃褐色,以穀粒、豆類和其他植物種子爲主食,兼食昆蟲,爲中國南方留鳥,古人諧其鳴聲爲"行不得也哥哥",詩文中常用以表示思念故鄉。《文選·左思〈吳都賦〉》:"鷓鴣南翥而中留,孔雀綷羽以翱翔。"劉逵注:"鷓鴣,如雞,黑色,其鳴自呼,或言此鳥常南飛不止,豫章已南諸郡處處有之。"也借指鷓鴣鳴聲。辛棄疾《菩薩蠻·書江西造口壁》:"青山遮不住,畢竟東流去。江晚正愁余,山深聞鷓鴣。"

㉓ 夷音:古指外族語言。杜甫《奉漢中王手札》:"夷音迷咫尺,鬼物倚朝昏。犬馬誠爲戀,狐狸不足論。"元稹《代曲江老人百韵》:"文物千官會,夷音九部陳。魚龍華外戲,歌舞洛中嬪。"　蠻語:南方少數民族的言語。韓翃《寄武陵李少府》:"楚歌催晚醉,蠻語入新詩。"杜甫《秋野五首》五:"徑隱千重石,帆留一片雲。兒童解蠻語,不必作參軍。"

㉔ "江郭船添店"兩句:意謂瀕江的城郭外面,停滿了用作商店的船隻,而依山而築的城市,往往用樹木構築它的外城。　江郭:瀕江的城郭。白居易《春末夏初閑遊江郭二首》一:"閑出乘輕屐,徐行蹋軟沙。觀魚傍溢浦,看竹入楊家。"盧拱《江亭寓目》:"江郭帶林巒,津亭倚檻看。水風蒲葉戰,沙雨鷺鴛寒。"　山城:依山而築的城市,山嶺包圍的城市。張九齡《歲初巡屬縣登高安南樓言懷》:"山城本孤峻,憑高結層軒。江氣偏宜早,林英粲已繁。"張説《岳州山城》:"山城豐日暇,閉戶見天心。東曠迎朝色,西樓引夕陰。"　郭:外城。韓愈《汴州東西水門記》:"士女穌會,闉郭溢郭。"元稹《後湖》:"荆有泥潯水,在荆之邑郭。郭前水在後,謂之爲後湖。"

㉕ 吠聲:指狗叫聲。《淮南子·泰族訓》:"吠聲清於耳,兼味快於口。"一條狗叫,群犬聞聲跟著叫,喻盲從,隨聲附和。王符《潛夫論·賢

難》：“諺曰：‘一犬吠形，百犬吠聲’，世之疾此，固久矣哉！吾傷世之不察真偽之情也。”後遂以“吠形吠聲”或“吠影吠聲”比喻不察真偽，盲目附和。劉禹錫《上杜司徒書》：“加以吠聲者多，辨實者寡。”元稹在這裏提及此事，恐怕另有寓意，應該是對自身遭遇的一種人生體驗。　沙市：沙灘邊或沙洲上的市集。元稹《和樂天送客遊嶺南二十韻》：“江館連沙市，瀧船泊水濱。”元稹《遭風二十韻》：“浸淫沙市兒童亂，汨没汀洲雁鶩哀。”　墓林：墳墓很多樹木也很多之處。顏胄《適思》：“感物增憂思，奮衣出遊行。行值古墓林，白骨下縱橫。”歐陽修《後漢孔德讓碑》：“永興二年七月遭疾不禄，碑在今兖州孔子墓林中。永興，孝桓帝年號也。”　烏：鳥名，嘴大而直，羽毛黑色。李時珍《本草綱目·烏鴉》：“烏鴉大觜而性貪鷙。”温庭筠《更漏子》一：“驚塞雁，起城烏，畫屏金鷓鴣。”范成大《欲雪》：“烏鴉撩亂舞黄雲，樓上飛花人人唾人。”

㉖ 獷俗：獷悍的習俗。白居易《中和節頌》：“噫和風於窮荒，則桀鷔化而獷俗淳。”李紳《轉壽春守序》：“壽人多寇盗，好訴訐，時謂之凶郡，獷俗特著。”　憚：畏難，畏懼。《詩·小雅·綿蠻》：“豈敢憚行？畏不能趨。”鄭玄箋：“憚，難也。”韓愈《送靈師》：“尋勝不憚險，黔江屢洄沿。”　妖神：邪神，非正統的神。元稹《賽神》：“楚俗不事事，巫風事妖神。事妖結妖社，不問疏與親。”《新唐書·太宗紀》：“禁私家妖神淫祀。”　虞：憂慮，憂患。《國語·晉語》：“衛文公有邢狄之虞，不能禮焉！”韓愈《與鳳翔邢尚書書》：“戎狄棄甲而遠遁，朝廷高枕而無虞。”

㉗ 仁：仁愛，相親，仁是古代一種含義極廣的道德觀念，其核心指人與人相互親愛，孔子以之作爲最高的道德標準。《禮記·中庸》：“仁者人也，親親爲人。”韓愈《原道》：“博愛之謂仁，行而宜之之謂義。”仁慈，厚道。《論語·泰伯》：“君子篤于親，則民興於仁；故舊不遺，則民不偷。”何晏集解：“君能厚于親屬，不遺忘其故舊，行之美者，則民皆化之，起爲仁厚之行，不偷薄。”韓愈《歐陽生哀辭》：“詹事父母盡孝道，仁于妻子，于朋友義以誠。”行惠施利，以恩德濟助。《韓非子·詭使》：“少欲寬

惠行德謂之仁。"泛指仁德。《孟子·梁惠王》："鄰人曰：'仁人也，不可失也。'從之者如歸市。"張說《祭和靖縣主文》："欽聞積善，智洽仁昭。"瘧：病名，瘧疾。《左傳·昭公十九年》："夏，許悼公瘧。"元稹《晨起送使病不行因過王十一館居二首》一："自笑今朝誤鳳興，逢他御史瘧相仍。"潛圖：暗中謀劃。《後漢書·李合傳》："潛圖大計，以安社稷。"歐陽建《臨終》："潛圖密已構，成此禍福端。"

㉘ 膳：飯食。《左傳·閔公二年》："太子奉冢祀、社稷之粢盛，以朝夕視君膳者也。"沈既濟《任氏傳》："列燭置膳，舉酒數觴。"　調鼎：烹調食物。蕭繹《金樓子·立言》："余見宰人嘆曰：'伊尹與易牙同知調鼎，而有賢不肖之殊。'"劉禹錫《送太常蕭博士棄官歸養赴東都》："侍膳曾調鼎，循陔更握蘭。"　蠹：原指蛀蟲。孟郊《湘弦怨》："嘉木忌深蠹，哲人悲巧誣。"也比喻禍國害民的人或事。《左傳·襄公二十二年》："不可使也，而傲使人，國之蠹也。"也指損害，敗壞。《戰國策·秦策》："韓亡則荆魏不能獨立，則是一舉而壞韓蠹魏。"高誘注："蠹，害也。"　樞：原指門的轉軸或承軸之臼，引申指國家政權或天子之位。陳子昂《勸封禪表》："伏惟陛下應天受命，握紀登樞。"也代指相位或宰輔、樞密使等。李世民《賜劉洎自盡詔》："小人在列，爲蠹則深。巨猾當樞，懷惡必大。"

㉙ 蒓：即蒓菜，又名鳧葵，多年生水草，葉片橢圓形，浮水面，莖上和葉的背面有粘液，花暗紅色，嫩葉可做湯菜。劉長卿《早春贈別趙居士還江左》："歸路隨楓林，還鄉念蒓菜。"賀知章《答朝士》："鈑鏤銀盤盛蛤蜊，鏡湖蒓菜亂如絲。鄉曲近來佳此味，遮渠不道是吳兒！"鱓：黃鱔，魚綱合鰓科，體呈鰻形，具暗色斑點，光滑無鱗，栖息池塘、小河、稻田的泥洞或石縫中。杜甫《又觀打魚》："日暮蛟龍改窟穴，山根鱓鮪隨雲雷。干戈兵革鬥未止，鳳凰麒麟安在哉？"吳自牧《夢粱錄·物產》："鰍、鰻、鱓、蚌。"　黍：植物名，古代專指一種子實稱黍子的一年生草本作物，喜溫暖，不耐霜，抗旱力極強，葉子綫形。子實淡

黄色者，去皮後北方通稱黄米，性黏，可釀酒。其不黏者，別名穄，亦稱稷，可作飯。杜甫《羌村三首》三：“莫辭酒味薄，黍地無人耕。”李時珍《本草綱目·稷》：“稷與黍，一類二種也，黏者爲黍，不黏者爲稷。稷可作飯，黍可釀酒。” 菰：多年生草本植物，生長在池沼裏，地下莖白色，地上莖直立，開紫紅色小花，嫩莖的基部經某種菌寄生後膨大，即平時食用的茭白，果實狹圓柱形，名“菰米”，一稱“雕胡米”，可以作飯。王維《送友人南歸》：“郎國稻苗秀，楚人菰米肥。懸知倚門望，遙識老萊衣。”柳宗元《同劉二十八院長述舊言懷感時書事奉寄澧州張員外使君五十二韵之作因其韵增至八十通贈二君子》：“香飯舂菰米，珍蔬折五茄。方期飲甘露，更欲吸流霞。”

㉚ 粽：粽子。吴均《續齊諧記》：“屈原五月五日投汩羅水，楚人哀之，至此日以竹筒子貯米，投水以祭之。漢建武中，長沙區曲忽見一士人，自雲三閭大夫，謂曲曰：‘聞君當見祭，甚善，常年爲蛟龍所竊。今若有惠，當以楝葉塞其上，以彩絲纏之，此二物蛟龍所憚。’曲依其言。今五月五日作粽，並帶楝葉、五花絲，遺風也。”姚合《夏夜宿江驛》：“渚鬧漁歌響，風和角粽香。”陸游《過鄰家》：“端五數日間，更約同解粽。” 菱：又稱菱實，一年生水生草本植物，水上葉棱形，葉柄上有浮囊，花白色，果實有硬殼，一般有角，俗稱菱角。杜易簡《湘州新曲二首》二：“二八相招携，采菱渡前溪。弱腕隨橈起，纖腰向舸低。”崔湜《襄陽作》：“江山跨七澤，烟雨接三湘。蛟浦菱荷净，漁舟橘柚香。” 金丸：這裏指金黄色的果實。白居易《與沈楊二舍人閤老同食救賜櫻桃翫物感恩因成十四韵》：“肉嫌盧橘厚，皮笑荔枝皺。瓊液酸甜足，金丸大小匀。”杜牧《長安雜題長句六首》二：“晴雲似絮惹低空，紫陌微微弄袖風。韓嫣金丸莎覆綠，許公鞲汗杏粘紅。” 木奴：《三國志·孫休傳》：“丹陽太守李衡……”裴松之注引習鑿齒《襄陽記》：“〔李衡〕于武陵龍陽泛洲上作宅，種甘橘千株。臨死，敕兒曰：‘汝母惡我治家，故窮如是。然吾州裏有千頭木奴，不責汝衣食，歲上

一匹絹,亦可足用耳……’吳末衡甘橘成,歲得絹數千匹,家道殷足。’”後因稱柑橘樹爲“木奴”。也指柑橘的果實。錢起《九日宴浙江西亭》:“漁浦浪花搖素壁,西陵樹色入秋窗。木奴向熟懸金實,桑落新開瀉玉缸。”顧況《諒公洞庭孤橘歌》:“不種自生一株橘,誰教渠向階前出? 不羨江陵千木奴,下生白蟻子上生。”

㉛ 芋羹:以芋爲主料做成的羹湯。元稹《酬翰林白學士代書一百韻》:“芋羹真底可,鱸鱠漫勞思。北渚銷魂望,南風著骨吹。”李新《劉子常約賞海棠》:“門無轍迹草自長,燕不世情貧肯來。豆飯芋羹容易繼,明朝花落不重開。” 鼲:獸名,亦稱竹鼲,似鼠而大,喜食竹根。《通志》卷七六:“鼠之屬多,《爾雅》曰:‘鼢鼠,音憤,地中行者,食竹根,今人謂之竹鼲。”《陝西通志》卷四四:“竹鼲:商嶺多修篁,蒼翠連山谷,有鼠生其中,薦食無厭足,竹園中穴地而居,惟食竹根,門牙尖利,肉最肥美。” 塗蘇:酒名,古代風俗於農曆正月初一,家人按先幼後長依次而飲,以避瘟氣。施肩吾《夜宴曲》:“被郎嗔罰塗蘇酒,酒入四肢紅玉軟。”李賀《夜來樂》:“紅羅複帳金塗蘇,花燈九枝懸鯉魚。麗人映月開銅鋪,春水滴酒猩猩沽。”

㉜ 炰:同“炮”,把帶毛的肉用泥裹住在火上燒烤。《詩·魯頌·閟宮》:“毛炰胾羹,籩豆大房。”毛傳:“毛炰豚也。”也通“缹”,蒸煮。《詩·大雅·韓奕》:“其殽維何? 炰鱉鮮魚。”鄭玄箋:“炰鱉,以火熟之也。”孔穎達疏:“此及《六月》云‘炰鱉’者,音皆作炰,然則炰與缹,以火熟之,謂烝煮之也。”《文選·枚乘〈七發〉》:“旨酒嘉肴,羞炰膾炙,以御賓客。”李善注:“〔毛詩〕又曰:‘炰鱉鮮魚。’鄭玄曰:‘炰,火熟之。’” 鱉:甲魚,俗稱團魚,爬行綱動物,形態與龜略同,體扁圓,背部隆起。背甲有軟皮,外沿有肉質軟邊,生活在淡水河川湖泊中。焦贛《易林·賁之頤》:“鴻鵠高飛,鳴求其雌,雌來在户,雄哺嘻嘻,甚獨勞苦,炰鱉膾鯉。”葛洪《抱朴子·博喻》:“鱉無耳而善聞,蚓無口而揚聲。” 羜:出生五個月的小羊,亦泛指未長大的小羊。《詩·小雅·

伐木》:"既有肥羜,以速諸父。"毛傳:"五月生,未成羊也。"陸游《村居四首》二:"粗繒裁製襜褕暖,肥羜烹調餺飥香。" 鮇:魚名。《新唐書・地理志》:"〔利州益昌郡〕土貢:金、絲布、粱米、蠟燭、鮇魚、天門冬、芎藭、麝香。"葛澧《錢塘賦》:"自西自東,或南或北。輕颿樓櫓,朝吴暮越。以言所産,則有若鮇、鰼、鮦、鰶,魦、魨、鰦、鮥、鱘、鮔、鮍、鮂,鯇、鰫、鯷、鱳、鯖、鰡、鯽、鱨、鰅、鰫、鮍、魠。隨波去來,逐流出没。" 鱸:松江鱸魚,杜父魚科,鰓膜上各有兩條橙黄色的斜紋,古人誤爲四鰓,故又稱"四鰓鱸",鱗退化,體呈黄褐色,生活在近岸淺海,夏秋進入淡水河川後,肉更肥美,尤以松江所産最爲名貴。李時珍《本草綱目・鱸魚》:"鱸出吴中,淞江尤盛,四五月方出,長僅數寸,狀微似鱖而色白,有黑點,巨口細鱗,有四鰓。"《後漢書・左慈傳》:"(曹)操從容顧衆賓曰:'今日高會,珍羞略備,所少吴松江鱸魚耳!'"蘇軾《後赤壁賦》:"今者薄暮,舉網得魚,巨口細鱗,狀似松江之鱸。"

㉝ 楚風:楚地之風尚。白居易《江樓宴别》:"樓中别曲催離酌,燈下紅裙間緑袍。縹緲楚風羅綺薄,錚鏦越調管弦高。"劉敞《楚風四首》一:"三楚多秀士,從古謂之然。接輿既髡首,三閭復沈淵。" 蜀:古族名、國名,分佈在今四川西部,相傳最早的首領名蠶叢,稱蜀王,公元前三一六年歸併于秦,秦於其地置蜀郡。常璩《華陽國志・蜀志》:"蜀之爲國,肇於人皇,與巴同囿。至黄帝,爲其子昌意娶蜀山氏之女,生子高陽,是爲帝嚳。封其支庶於蜀,世爲侯伯,歷夏、商、周。武王伐紂,蜀與焉!"朝代名,蜀漢的簡稱,漢末,劉備據益州稱帝,國號漢,後爲魏所滅,史稱蜀漢(221—263)。張文琮《蜀道難》:"梁山鎮地險,積石阻雲端。深谷下寥廓,層岩上鬱盤。"盧照鄰《贈益府群官》:"一鳥自北燕,飛來向西蜀。單栖劍門上,獨舞岷山足。" 巴:古族名,國名,周初封爲子國,稱巴子國,周慎靚王五年(公元前三一六年)併於秦,以其地爲巴郡。陳子昂《白帝城懷古》:"日落滄江晚,停橈問土風。城臨巴子國,臺没漢王宫。"杜甫《諸葛廟》:"久游巴子國,

屢入武侯祠。竹日斜虛寢,溪風滿薄帷。" 吳:古國名,也稱爲勾吳、攻吳,姬姓,始祖爲周太王之子太伯,至十九世孫壽夢稱王,據有今江蘇、上海大部和安徽、浙江的一部分,建都於吳(今江蘇蘇州),傳至夫差,於公元前四七三年爲越所滅。又古國名,三國時三國之一,公元二二二年孫權稱吳王,都建業(今江蘇南京市),公元二二九年稱帝。佔有今之長江中下游,南至福建、兩廣以及越南北部和中部。公元二八〇年爲晉所滅。李白《扶風豪士歌》:"天津流水波赤血,白骨相撑如亂麻。我亦東奔向吳國,浮雲四塞道路賒。"殷堯藩《送客游吳》:"吳國水中央,波濤白渺茫。衣逢梅雨漬,船入稻花香。"

㉞ 氣:雲氣。《墨子·號令》:"巫祝史與望氣者,必以善言告民,以請上報守。"杜甫《秋興八首》五:"蓬萊高闕對南山,承露金莖霄漢間。西望瑤池降王母,東來紫氣滿函關。" 濁:液體或氣體渾濁,與"清"相對。《楚辭·漁父》:"滄浪之水清兮,可以濯我纓;滄浪之水濁兮,可以濯我足。"徐夤《醉題邑宰南塘屋壁》:"萬古清淮碧繞環,黃河濁浪不相關。" 星:宇宙間發射或反射光的天體,如恒星、行星、衛星、彗星等。《顏氏家訓·歸心》:"日爲陽精,月爲陰精,星爲萬物之精。"韓愈《琴操·拘幽操》:"朝不見日出兮,夜不見月與星。" 見:看見,看到。《易·艮》:"行其庭,不見其人。"韓愈《贈張十八助教》:"忽見孟生題竹處,相看淚落不能收。""現"的古字,顯現,顯露。《史記·刺客列傳》:"軻既取圖奏之,秦王發圖,圖窮而匕首見。"杜甫《茅屋爲秋風所破歌》:"嗚呼,何時眼前突兀見此屋,吾廬獨破受凍死亦足。"晡:申時,即十五時至十七時。《漢書·昌邑哀王劉髆傳》:"其日中,賀發,晡時至定陶,行百三十五里,侍從者馬死相望於道。"韓愈《贈侯喜》:"晡時堅坐到黃昏,手倦目勞方一起。"

㉟ 通宵:整夜。丁仙芝《京中守歲》:"守歲多然燭,通宵莫掩扉。客愁當暗滿,春色向明歸。"賈至《對酒麴二首》一:"曲水浮花氣,流風散舞衣。通宵留暮雨,上客莫言歸。" 雲霧:雲和霧。《韓非子·難

勢》：“飛龍乘雲，騰蛇遊霧，吾不以龍蛇爲不托於雲霧之勢也。”王勃《別人四首》二：“江上風烟積，山幽雲霧多。” 未：地支的第八位，古代十二時辰以十二支爲紀，未時相當於午後十三時至十五時。劉敞《易本論》：“陽始於子，終於戌，置干於子戌之間者，此陽之終始也。陰始於未，終於酉，置坤於未酉之間者，此陰之終始也。”《淮南子·天文訓》：“牽牛出以辰、戌，入以醜、未。” 酉：十二地支的第十位，用以紀時，即十七時至十九時。韓愈《上張僕射書》：“寅而入，盡辰而退；申而入，終酉而退：率以爲常，亦不廢事。”蘇軾《後杞菊賦》：“朝衙達午，夕坐過酉。” 桑榆：日落時光照桑榆樹端，因以指日暮。《太平御覽》卷三引《淮南子》：“日西垂，景在樹端，謂之桑榆。”劉知幾《史通·敘事》：“夫杲日流景，則列星寢耀；桑榆既夕，而辰象粲然。”

㊱ 窟：指獸、蟲、魚等棲止的洞穴。《戰國策·齊策》：“狡兔有三窟，僅得免其死耳！”杜甫《同諸公登慈恩寺塔》：“仰穿龍蛇窟，始出枝撐幽。” 蟄：動物冬眠，潛伏起來不食不動。《易·繫辭》：“龍蛇之蟄，以存身也。”虞翻注：“蟄，潛藏也。”干寶《搜神記》卷一二：“蟲土閉而蟄，魚淵潛而處。” 徂：《詩·小雅·四月》：“四月維夏，六月徂暑。”鄭玄箋：“徂，猶始也，四月立夏矣！而六月乃始盛暑。”蘇軾《和連雨獨飲二首》二：“清風洗徂暑，連雨催豐年。”

㊲ 倀魂：舊指爲虎所食或溺死者的鬼魂。《太平廣記》卷四二八引戴孚《廣異記·宣州兒》：“小兒謂父母曰：‘鬼引虎來則必死。世人云：爲虎所食，其鬼爲倀。我死，爲倀必矣！’”裴鉶《傳奇·馬拯》：“二子並聞其說，遂詰獵者，曰：‘此是倀鬼，被虎所食之人也，爲虎前呵道耳！’” 叫嘯：發出高而長的叫聲。謝靈運《七里瀨》：“荒林紛沃若，哀禽相叫嘯。”孟浩然《宿武陽卽事》：“川暗夕陽盡，孤舟泊岸初。嶺猿相叫嘯，潭嶂似空虛。” 鵩：鳥名，似鴞。《文選·賈誼〈鵩鳥賦〉序》：“鵩似鴞，不祥鳥也。”李善注引《巴蜀異物志》：“有鳥小如雞，體有文色，土俗因形名之曰鵩。不能遠飛，行不出域。”許渾《經故丁補

闕郊居》:"鵬上承塵纔一日,鶴歸華表已千年。"　貌:亦作"猊",狻猊的省稱,獅子。牛上士《獅子賦》:"窮汗漫之大荒,當昆侖之南軸,鑠精剛之猛氣,產靈猊之獸族。"蘇軾《十八大阿羅漢頌》:"手拊雛猊,目視瓜獻,甘芳之意,若達於面。"　踟蹰:徘徊不前貌,緩行貌。戴叔倫《感懷二首》一:"踟蹰復踟蹰,世路今悠悠。"吳少微《長門怨》:"怨咽不能寢,踟蹰步前楹。空階白露色,百草寒蟲鳴。"

㊳　鄉里:周制,王及諸侯國都郊内置鄉,民衆聚居之處曰里,因以"鄉里"泛指鄉民聚居的基層單位。《吳子‧治兵》:"鄉里相比,什伍相保。"《晉書‧陶潛傳》:"吾不能爲五斗米折腰,拳拳事鄉里小人邪!"　家藏:家中收藏的。《新唐書‧於休烈傳》:"韋述以其家藏《國史》百三十篇上獻。"周輝《清波別志》卷中:"顧求書之詔屢下,天下家藏,詎能悉上册府。"　蠱:指與詛咒、祈禱鬼神等迷信有關的事。《漢書‧江充傳》:"是時,上春秋高,疑左右皆爲蠱祝詛……充既知上意,因言宫中有蠱氣,先治後宫希幸夫人,以次及皇后,遂掘蠱於太子宫,得桐木人。"宋之問《入瀧州江》:"地偏多育蠱,風惡好相鯨。余本岩栖客,悠哉慕玉京。"　官曹:官吏辦事機關,官吏辦事處所。白居易《司馬廳獨宿》:"官曹冷似冰,誰肯來同宿?"范成大《次韻温伯謀歸》:"官路驅馳易折肱,官曹隨處是愁城。"　儒:術士。周、秦、兩漢用以稱某些有專門知識、技藝的人。《周禮‧天官‧太宰》:"儒以道得民。"鄭玄注:"儒,諸侯保氏有藝以教民者。"《漢書‧司馬相如傳》:"相如以爲列仙之儒居山澤間,形容甚臞。"顔師古注:"凡有道術皆爲儒。"孔子創立的學派,儒家。《墨子‧公孟》:"儒之道足以喪天下者,四政焉!"《韓非子‧顯學》:"世之顯學,儒墨也。儒之所至,孔丘也。"

㊴　斂緝:徵税。《宋史‧孫洙傳》:"王安石主新法,多逐諫官。御史洙知不可而鬱,鬱不能有所言。但力求補外,得知海州。免役法行常平,使者欲加斂緝錢以取贏爲功,洙力爭之。"　斂:徵收,索取。《荀子‧宥坐》:"今生也有時,斂也無時,暴也。"楊倞注:"言生物有

時,而賦斂無時,是陵暴也。"韓愈《送許郢州序》:"財已竭而斂不休,人已窮而賦愈急,其不去爲盜也亦幸矣!" 緡:指以千文結紮成串的銅錢,漢代作爲計算稅課的單位,後泛指稅金。白居易《策林·息遊惰策》:"當豐歲,則賤糴半價不足以充緡錢,遇凶年,則息利倍稱不足以償通債。"陸游《曾文清公墓誌銘》:"比賊退,得緡錢六十萬,喪亂之餘,國用賴是以濟。" 印信:公私印章的總稱。《前漢書·王莽傳》:"臣愚以爲,宰衡官以正百僚,平海内,爲職而無印信,名實不副。"《宋史·輿服志》:"紹興十四年,臣僚又言:'印信事重,凡有官司印記年深篆文不明合改鑄者,非進呈取旨,不得改鑄焉!'" 傳箭:傳遞令箭,古代北方少數民族起兵令衆,以傳箭爲號。杜甫《投贈哥舒開府翰二十韵》:"青海無傳箭,天山早挂弓。廉頗仍走敵,魏絳已和戎。"仇兆鰲注引趙汸之曰:"外寇起兵,則傳箭爲號。"盧綸《夜泊金陵》:"洛下仍傳箭,關西欲進兵。誰知五湖外,諸將但争名!" 符繒:分裂繒帛而成的符傳,古代出入關卡時作爲憑證。《後漢書·郭丹傳》:"後從師長安,買符入函谷關。"李賢注:"符即繒也。《前書音義》曰:'舊出入關皆用傳,傳煩,因裂繒帛分持,後復出,合之以爲符信。'"耿緯《題李廉書房》:"鶯啼春水上,草遍暮陽間。莫道符繒在,來時棄故關。"

㊵ 椎髻:一撮之髻,其形如椎。《漢書·李陵傳》:"兩人皆胡服椎結。"顏師古注:"結讀曰髻,一撮之髻,其形如椎。"柳宗元《南省轉牒欲具江國圖令盡通風俗故事》:"華夷圖上應初録,風土記中殊未傳。椎髻老人難借問,黃茆深峒敢留連!" 巾幗:古代婦女的頭巾和髮飾。武少儀《諸葛丞相廟》:"欲盡智能傾借盜,善持忠節轉庸昏。宣王請戰貽巾幗,始見才吞亦氣吞。"《新唐書·高麗傳》:"庶人衣褐,戴弁,女子首巾幗。"後因以爲婦女的代稱。 鑱:一種兵器,短矛。元稹《送嶺南崔侍御》:"黃家賊用鑱刀利,白水郎行旱地稀。"馬元調注:"音鑱,小稍短矛。"《資治通鑑·隋煬帝大業七年》:"又發江淮以南水手一萬人,弩手三萬人,嶺南排鑱手三萬人。"胡三省注:"鑱,小

稍也。”　刀:兵器名。《書‧顧命》:“越玉五重,陳寶、赤刀、大訓、弘璧、琬琰在西序。”鄭玄注:“赤刀者,武王誅紂時刀。”唐無名氏《哥舒歌》:“北斗七星高,哥舒夜帶刀。”　轆轤:指轆轤劍,劍首以玉作轆轤形爲飾,故名。常建《張公子行》:“俠客白雲中,腰間懸轆轤。”劉滄《邊思》:“漢將邊方背轆轤,受降城北是單于。”

⑪ “當心鞲銅鼓”兩句:意謂胸前背鞲銅鼓,後背負硬弓利箭。當心:謂與心胸齊平。《禮記‧曲禮》:“凡奉者當心,提者當帶。”孔穎達疏:“奉之者謂仰手當心奉持其物。”元稹《鎮圭賦》:“是以聖後矜持,庶寮瞻重。安八荒於術内,故捧必當心;握萬務於掌中,故天不盈拱。”指正當心臟的地方,胸部的正中。《莊子‧達生》:“夫忿滀之氣……不上不下,中身當心,則爲病。”陸游《老學庵筆記》卷九:“政和後,道士有賜玉方符者,其次則金方符……結於當心,每齋醮則服之。”　鞲:懸挂。蕭綱《繫馬》:“青驪流赭汗,綠駬懸花蹄。未垂青鞲尾,猶挂紫障泥。”蘇籀《蒔蘭一首》:“湘累鞲佩南邦媚,天女褗期絶世蘔。蒜植便應彌九畹,孰知苓藿與詹糖?”　銅鼓:銅身銅面的鼓和銅身皮面的鼓的總稱。形制多種,用法各異:商至春秋銅鼓有兩種:一種是横置的兩面鼓,鼓面爲素面或鑄成類似鱷魚皮的花紋,鼓身上部鑄瓷枕形或鑄雙鳥,是商代器。另一種是筒狀的一面鼓,底中空,全身飾蟠虺紋,是春秋時代的秦器。這裏指古代西南少數民族所使用的樂器,俗稱“諸葛鼓”,筒狀,底中空,鼓面光體有角,有的鼓面上鑄出日光、青蛙、牛、馬等形象,鼓身全部飾有幾何形和人與動物的寫生圖像。今爲僮、布依、傣、侗、水、苗、瑤等族民間珍藏,是節日和宗教活動中的重要樂器。《後漢書‧馬援傳》:“援好騎,善別名馬,於交趾得駱越銅鼓,乃鑄爲馬式。”范成大《桂海虞衡志‧志器》:“銅鼓,古蠻人所用,南邊土中時有掘得者,相傳爲馬伏波所遺,其制如坐墩而空其下,滿鼓皆細花紋,極工致。四角有小蟾蜍。兩人舁行,以手拊之,聲全似鞞鼓。”　弝:弓背中央手執處。焦贛《易林‧乾之明夷》:“弓

矢俱張,弛彈折弦。"李涉《看射柳枝》:"玉弰朱弦敕賜弓,新加二鬥得秋風。萬人齊看翻金勒,百步穿楊逐箭空。" 桑弧:"桑弧蓬矢"的略語,古時男子出生,以桑木作弓,蓬草爲矢,射天地四方,象徵男兒應有志於四方,後用作勉勵人應有大志之辭。《禮記·内則》:"國君世子生……射人以桑弧蓬矢六,射天地四方。"鄭玄注:"桑弧蓬矢本大古也,天地四方男子所有事也。"白居易《崔侍御以孩子三日示其所生詩見示因以二絶句和之》一:"洞房門上挂桑弧,香水盆中浴鳳鶵。"這裏指以桑木作的弓,亦泛指堅弓利箭。范成大《園林》:"鐵硯磨成雙鬢雪,桑弧射得一繩麻。"

㊷ 民甿:同"民氓"。元稹《樂府古題序》:"而又別其在琴瑟者爲操引,采民甿者爲謳謡。"王禹偁《酬种放徵君》:"卜居雜民甿,致養無精粿。" 鳥獸:泛指飛禽走獸。《漢書·武帝紀》:"德及鳥獸,教通四海。"左思《三都賦序》:"其山川城邑,則稽之地圖;其鳥獸草木,則驗之方志。"

㊸ 是非:對的和錯的,正確的與錯誤的。《禮記·曲禮》:"夫禮者,所以定親疏,決嫌疑,別同異,明是非也。"陳子昂《萬州曉發放舟乘漲還寄蜀中親朋》:"曲直多今古,經過失是非。還期方浩浩,征思日霏霏。"詞訟:訴訟。《淮南子·時則訓》:"〔立秋之日〕命有司修法制,繕囹圄,禁奸塞邪,審決獄,平詞訟。"也指訴狀。《南史·劉穆之傳》:"目覽詞訟,手答箋書,耳行聽受,口並酬應,不相參涉,皆悉贍舉。"

㊹ 陋室:簡陋狹小的屋子。韓愈《長安交遊者贈孟郊》:"陋室有文史,高門有笙竽。何能辨榮悴?且欲分賢愚。"劉禹錫《陋室銘》:"山不在高,有仙則名;水不在深,有龍則靈。斯是陋室,惟吾德馨。"鴞:鳥名,又稱貓頭鷹,鴟鴞科各種類的通稱。喙和爪皆呈鉤狀,銳利,兩眼位於正前方,狀如貓目,眼四周羽毛呈放射狀,毛褐色有斑紋,稠密而鬆軟。飛行時無聲,黄昏到夜間活動,主食鼠類,間或捕食小鳥或大型昆蟲,爲農林益鳥。古人認爲是惡聲之鳥、禍鳥。《詩·

陳風·墓門》："墓門有梅，有鴞萃止。"毛傳："鴞，惡聲之鳥也。"張説《伯奴邊見歸田賦因投趙侍御》："去國逾三歲，兹山老二年。寒鴉鳴舍下，昏虎卧籬前。"　窺伺：暗中觀察或監視。來鵠《聖政紀頌序》："自永徽之後，宰執不正，窺伺是忌。"柳宗元《種樹郭橐駝傳》："視駝所種樹，或移徙，無不活，且碩茂蚤實以蕃。他植者雖窺伺效慕，莫能如也。"　衰形：衰弱的身體，詩人自喻。白居易《自詠》："細故隨緣盡，衰形具體微。鬥閑僧尚鬧，較瘦鶴猶肥。"梅堯臣《黃池月下共酌得池字》："衰形疑鏡照，葆鬢怯霜吹。宿雁不堪托，鄉人知未知？"蟒：即蟒蛇，一種無毒的大蛇，體長可達一丈以上，頭部長，口大，舌的尖端有分叉，背部黃褐色，有暗色斑點，腹部白色，多產于熱帶近水的森林裹，捕食小禽獸，肉可食，皮可製物。詩人在這裹意有所指，亦即迫害他的政敵。元稹《蟲豸詩七篇·巴蛇三首序》："巴之蛇百類，其大，蟒；其毒，褰鼻。"白居易《送客春遊嶺南》："雲烟蟒蛇氣，刀劍鱷魚鱗。"　覬覦：非分的希望或企圖。徐寅《酒胡子》"紅筵絲竹合，用爾作歡娛。直指寧偏黨，無私絶覬覦。"《舊唐書·崔元略傳》："時劉栖楚自爲京兆尹，有覬覦相位之意。"

　　㊺　"鬢毛霜點合"兩句：是詩人自身境况的描述，元稹三十一歲時已經生有白髮，從仕以來備受打擊。　鬢毛：鬢髮。賀知章《回鄉偶書二首》二："少小離家老大回，鄉音無改鬢毛衰。兒童相見不相識，笑問客從何處來？"薛業《晚秋贈張折沖》："位以穿楊得，名因折桂還。馮唐真不遇，嘆息鬢毛斑。"　霜點：斑白色。宋祁《贈通教大士善升》："水月何嘗動！烟雲相與閑。香浮經葉暗，霜點頷髭班。"陸游《晚春園中作》："可堪霜點鬢須後，更值綠暗園林時。"　血痕：這裹喻指悲慘苦難的往事。王嘉《拾遺記·魏》："次檢寶庫中，得一玉虎頭枕，眼有傷，血痕尚濕。"杜甫《得弟消息二首》一："烽舉新酣戰，啼垂舊血痕。"　濡：浸漬，沾濕。《禮記·少儀》："羞濡魚者進尾；冬右腴，夏右鰭；祭膴。"孔穎達疏："濡，濕也。"王安石《和農具·臺笠》："耕有

春雨濡,耘有秋陽暴。"

㊻ "倍憶京華伴"兩句:詩文轉入與白居易的交往,京華伴指白居易,"偏忘我爾軀"是正話反說,是對白居易的調侃。　倍憶:加倍思念。岑參《送費子歸武昌》:"漢陽歸客悲秋草,旅舍葉飛愁不掃。秋來倍憶武昌魚,夢著只在巴陵道。"顧非熊《途次懷歸》:"隴頭禾偃乳烏飛,兀倚征鞍倍憶歸。正值江南新釀熟,可容閑却老萊衣!"　京華:京城之美稱,因京城是文物、人才彙集之地,故稱。郭璞《遊仙詩七首》一:"京華遊俠窟,山林隱遯栖。"張九齡《上封事》:"京華之地,衣冠所聚。"　偏忘:義近"善忘",健忘。《莊子·達生》:"夫忿滀之氣,散而不反,則爲不足;上而不下,則使人善怒;下而不上,則使人善忘。"《漢書·王褒傳》:"其後太子體不安,苦忽忽善忘,不樂。"

㊼ "謫居今共遠"兩句:這是詩人對自己以及白居易過去的回顧,意謂過去我們兩次同年登第,先後在京侍侯皇上,現在又先後出貶在遠離京師的荒鄉僻壤,真可謂同喜共憂。　謫居:謂古代官吏被貶官降職到邊遠外地居住。宋之問《自衡陽至韶州謁能禪師》:"謫居竄炎壑,孤帆淼不繫。別家萬里餘,流目三春際。"高適《送李少府貶峽中王少府貶長沙》:"嗟君此別意何如? 駐馬銜杯問謫居。"　榮路:指順利的仕途。《後漢書·左周黃傳論》:"中興以後,復增敦樸、有道、賢能……清白、敦厚之屬,榮路既廣,觖望難裁。"陸游《遣興》二:"虛名大似月蟾兔,榮路久如風馬牛……靜觀世事頻興嘆,千載前時有許由。"

㊽ 科試:科舉考試。白居易《與元九書》:"家貧多故,二十七方從鄉賦,既第之後,雖專於科試,亦不廢詩。"《宋史·選舉志》:"是歲(紹興九年),以科試,明堂同在嗣歲,省司財計艱於辦給。"　銓衡:原指衡量輕重的器具。白居易《革吏部之弊策》:"姦蟲者不能欺於藻鏡,錙銖者不敢詐於銓衡。"也指考核、選拔人才,進一步指主管選拔官吏的機構或者主官。《資治通鑑·晉哀帝興寧二年》:"辟召非其人者,悉降爵爲侯,自今國官皆委之銓衡。"胡三省注:"銓衡,謂吏部尚

書也。”劉斌《和許給事傷牛尚書》：“況乃非常器，遭逢興運秋。符彩
照千里，銓衡綜九流。”　　銜參：舊時官吏到上司衙門，排班參見，稟白
公事。元稹《酬張秘書因寄馬贈詩》：“減粟偷兒憎未飽，騎驢詩客罵
先行。勸君還却司空著，莫遣銜參傍子城。”張祜《贈李修源》：“岳陽
新尉曉銜參，却是傍人意未甘。昨夜與君思賈誼，長沙猶在洞庭南。”
典校：謂主持校勘書籍。班固《答賓戲》：“永平中爲郎，典校秘書，專
篤志於儒學，以著述爲業。”獨孤及《送長孫將軍拜歙州之任》：“臨難
敢橫行，遭時取盛名。五兵常典校，四十又專城。”　　厨：同“櫥”，“櫃
子”。《晉書·顧愷之傳》：“愷之嘗以一厨畫糊題其前，寄桓玄。”《南
史·陸澄傳》：“王儉戲之曰：‘陸公，書厨也。’”因元稹白居易擔任校
書郎之職，必須熟悉許多書本知識，故以書櫥自喻。　　書判：指書法
和文理。《新唐書·選舉志》：“凡擇人之法有四：一曰身，體貌豐偉；
二曰言，言辭辯正；三曰書，楷法遒美；四曰判，文理優長。”王定保《唐
摭言·無名子謗議》：“李翰雖以辭藻擢第，不以書判擅名。”　　同年：
古代科舉考試同科中式者之互稱，唐代同榜進士稱“同年”。竇鞏《贈
王氏小兒》：“竹林會裏偏憐小，淮水清時最覺賢。莫倚兒童輕歲月，
丈人曾共爾同年。”李肇《唐國史補》卷下：“〔進士〕俱捷謂之同年。”
校正：校書、正字二官名的連稱。《新唐書·百官志》：“善狀之外有二十
七最……十曰讎校精審，明於刊定，爲校正之最。”褚人獲《堅瓠九集·
官司俚語》：“如唐校書與正字，俸禄微少，皆孤寒英傑居之，至騎驢入
省。而太祝奉禮……俸禄倍多，乃公卿子弟居之，衣馬比校正頗輕肥。”
省：王宫禁地，禁中。《後漢書·清河王慶傳》：“帝移幸北宫章德殿，講
于白虎觀，慶得入省宿止。”後爲中央官署名。《北史·隋高文帝紀》：
“〔開皇十四年〕六月丁卯，詔省、府、州、縣皆給廨田，不得興生，與人争
利。”韓愈《清河郡公房公墓碣銘》：“上聞其名，徵拜虞部員外，在省籍
籍，遷萬年令。”這裏指元稹白居易同時拜受校書郎的秘書省。

⑩ 月中分桂樹：意謂中舉及第，亦即折桂，《晉書·郤詵傳》：“武

帝於東堂會送,問詵曰:'卿自以爲何如?'詵對曰:'臣舉賢良對策,爲天下第一,猶桂林之一枝、昆山之片玉。'"後因以"折桂"謂科舉及第。杜甫《同豆盧峰知字韵》:"夢蘭他日應,折桂早年知。"張掄《滿庭芳·壽楊殿帥》:"流慶遠,芝蘭秀髮,折桂争先。"這是指元稹自己與白居易貞元十九年吏部乙科同時及第之事。　昌蒲:即菖蒲,多年生草本植物,生在水邊,有淡紅色根莖,葉子呈劍形,夏天開花,淡黄色,肉穗花序,根莖可做香料,中醫用做健胃劑,外用可以治牙痛、齒齦出血等。《史記·司馬相如列傳》:"其東則有蕙圃衡蘭,芷若射干,穹窮昌蒲,江離麋蕪,諸蔗猼且。"這裏以"昌蒲"喻指朝中亦即"天上"的校書郎任上的朋友,白居易《常樂里閑居偶題十六韵兼寄劉十五公輿王十一起吕二炅吕四熲崔十八玄亮元九稹劉三十二敦質張十五仲元時爲校書郎》提及的人們,就是元稹詩中的"昌蒲"。

(50) 應召:接受召見。《漢書·平當傳》:"上使使者召,欲封當。當病篤,不應召。"《三國志·孫堅傳》:"卓受任無功,應召稽留,而軒昂自高。"　鴻澤:巨大的恩澤,多指皇恩。韋承慶《上東宫啓》:"蕩蕩鴻澤,沾濡不已。"《舊唐書·玄宗紀》:"爰承後命,載闡休期,總軍國之大猷,施雲雨之鴻澤。"　賜酺:秦漢之法,三人以上不得聚飲,朝廷有慶典之事,特許臣民聚會歡飲,此謂"賜酺",後世王朝遂爲一種宴飲慶祝活動。《新唐書·高宗紀》:"永淳元年二月癸未,以孫重照生滿月,大赦改元,賜酺三日。"《宋史·禮志》:"賜酺,自秦始,秦法三人以上會飲則罰金,故因事賜酺,吏民會飲,過則禁之,唐嘗一再舉行。"

(51) 衛磬:典出《論語·憲問》:"子擊磬于衛,有荷蕢而過孔氏之門者曰:'有心哉!擊磬乎!'既而曰:'鄙哉!硜硜乎!莫已知也!斯已而已矣!深則厲,淺則揭。"元稹《獻滎陽公詩五十韵》:"衛磬琤鍧極,齊竽僭濫偏。空虚慚炙輠,點竄許懷鉛。"孫瑴《古微書》卷二〇:"夫聖人之作樂,不可以自娱也,所以觀得失之效者也。故聖人不取備於一人,必從八能之士,故撞鐘者當知鐘,擊鼓者當知鼓,吹管者當知管,吹竽者當知竽,擊磬者當知磬,鼓琴者當知琴……" 齊竽:猶濫竽,指不學無術的人。劉禹錫《奉和吏部楊尚書太常李卿二相公贈答十韵》:"銓材秉秦鏡,典樂去齊竽。"黃滔《省試——吹竽》:"齊竽今歷試,真僞不難知。欲使聲聲別,須令個個吹。"也用爲自謙之詞。權德興《奉送韋起居老舅百日假滿歸嵩陽舊居》:"齊竽終自退,心寄嵩峰巔。"韓偓《安貧》:"舉世可能無默識,未知誰擬試齊竽?"這兩句的用意,誠如詩人自注:"此後並言同應制時事。"意謂自己是認認真真參加考試的,元稹《酬翰林白學士代書一百韵》在"那能作牛後,更擬助洪基"之下自注可證其説:"舊説:制策皆以惡訐取容爲美。予與樂天指病危言,不顧成敗,意在決求高等。初就業時,令裴相公戒予愼勿以策苑爲美。予深佩其言,然而怪其多大擬取。有可取,遂切求潛覽,功及累月,無所獲。先是穆員、盧景亮同年應制,俱以詞直見黜。予求獲其策,皆手自寫之,置在筐篋。樂天、損之輩常詛予篋中有不第之祥,而又哂予決求高第之僭也。"

　　㊒ 海岱:今山東省渤海至泰山之間的地帶。海,渤海;岱,泰山。《書·禹貢》:"海岱惟青州。"孔傳:"東北據海,西南距岱。"杜甫《登兗州城樓》:"浮雲連海岱,平野入青徐。" 詞鋒:犀利的文筆或口才。李嘉佑《奉酬路五郎中院長新除工部員外見簡》:"詞鋒偏却敵,草奏直論兵。何幸新詩贈,真輸小謝名。"王建《寄上韓愈侍郎》:"重登大學領儒流,學浪詞鋒壓九州。不以雄名疏野賤,唯將直氣折王侯。"截:斷,割斷。《文心雕龍·總術》:"夫不截盤根,無以驗利器。"白居易《題李次雲窗竹》:"不用裁爲鳴鳳管,不須截作釣魚竿。"此句意謂自己與白居易的制策以及參加制策考試的文篇,有倒泰山填渤海的威力。 皇王:指古皇王,後亦泛指皇帝。《新唐書·劉蕡傳》:"雖臣之愚,以爲未極教化之大端,皇王之要道。"范仲淹《六官賦》:"克勤於邦,致皇王之道。" 筆陣:比喻寫作文章,謂詩文謀篇佈局擘畫如軍陣。杜甫《醉歌行》:"詞源倒流三峽水,筆陣獨掃千人軍。只今年纔

十六七,射策君門期第一。"元稹《答姨兄胡靈之見寄五十韵》:"囊疏螢易透,錐鈍股多坑。筆陣戈矛合,文房棟栭撑。" 驅:驅逐,趕走,駕馭,役使。《左傳·桓公十二年》:"明日,絞人爭出,驅楚役徒於山中。"杜甫《黄河二首》二:"願驅衆庶戴君王,混一車書棄金玉。"此句意謂:自己與白居易的制策文章以及制科應試之策文能够如皇帝一樣指揮千軍萬馬。

㊾ 疾奔:飛速奔跑。杜牧《題茶山》:"泉嫩黄金湧,牙香紫璧裁。拜章期沃日,輕騎疾奔雷。"韓維《次韵和君實寄景仁》:"談高一理會,體王百疾奔。共完天純粹,豈識世詐諼!" 騄襄:古駿馬名。《文選·張衡〈思玄賦〉》:"斥西施而弗御兮,縶騄襄以服箱。"李善注:"《漢書音義》,應劭曰:'騄襄,古之駿馬也,赤喙玄身,日行五千里。'"鮑溶《暮春戲樊宗憲》:"野船弄酒鴛鴦醉,官路攀花騄襄狂。" 高唱:高聲歌唱。儲光羲《獻高使君大酺作》:"花添羅綺色,鶯亂管弦聲。獨有同高唱,空陪樂太平。"韓愈《送靈師》:"有時醉花月,高唱清且綿。" 歈:歌。《楚辭·招魂》:"吴歈蔡謳,奏大吕些。"庾信《哀江南賦》:"吴歈越吟,荆艷楚舞。" 吴歈:古代吴地之歌。高適《送崔功曹赴越》:"江山知不厭,州縣復何如? 莫恨吴歈曲! 嘗看越絶書。"

㊿ 點檢:查核,清點。綦毋潛《經陸補闕隱居》:"何人在點檢? 猶存諫草無?"晏殊《木蘭花》:"當時共我賞花人,點檢如今無一半。"張儀舌:典出《史記·張儀列傳》:"張儀者,魏人也。始嘗與蘇秦俱事鬼谷先生學術,蘇秦自以不及張儀,儀已學而遊説諸侯。嘗從楚相飲,已而楚相亡璧,門下意張儀,曰:'儀貧無行,必此盜相君之璧!'共執張儀,掠笞數百,不服,釋之。其妻曰:'嘻! 子毋讀書遊説,安得此辱乎?'張儀謂其妻曰:'視吾舌尚在不?'其妻笑曰:'舌在也!'儀曰:'足矣!'"李白《贈崔侍郎》:"笑吐張儀舌,愁爲莊舄吟。誰憐明月夜,腸斷聽秋砧?"劉兼《自遣》:"未上亨衢獨醉吟,賦成無處博黄金。家人莫問張儀舌,國士須知豫讓心。" 提携:提拔。劉得仁《山中抒懷

寄上丁學士》:"幽拙欣殊幸,提携更不疑。"裴迪《青雀歌》:"動息自適性,不曾妄與燕雀群。幸忝鴛鸞早相識,何時提携致青雲?"　傅説圖:爲起用人才、重視人才的典故,這是詩人一直縈繞心中的願望,典出《史記·殷本紀》:"武丁夜夢得聖人名曰説,以夢所見視群臣、百吏,皆非也。於是乃使百工營求之野,得説于傅險中。是時説爲胥靡築于傅險。見於武丁,武丁曰:'是也!'得而與之語,果聖人,舉以爲相,殷國大治。故遂以傅險姓之,號曰'傅説'。"李嶠《舟》:"羽客乘霞至,仙人弄月來。何當同傅説,特展巨川材?"李白《冬夜醉宿龍門覺起言志》:"傅説版築臣,李斯鷹犬人。欻起匡社稷,寧復長艱辛!"

㉟ 擺囊看利穎:這裏用的是衆所周知的毛遂自薦的典故,典出《史記·平原君虞卿列傳》:秦國圍困趙國邯鄲,趙王使平原君求救,臨行選食客門下有勇力文武備具者二十人同往,得十九人,餘無可取者。門下毛遂自薦于平原君,結果毛遂得以同行,並且做出了不俗的貢獻。薛能《蜀州鄭史君寄鳥觜茶因以贈答八韵》:"烹嘗方帶酒,滋味更無茶。拒碾乾聲細,撐封利穎斜。"陳造《八月晦試院中作》:"撫囊搴利穎,體國免素食。明朝羅客拜,定自百夫特。"　開領出明珠:典出《莊子·列御寇》,陳厚耀《春秋戰國異辭》卷二六:"有見宋王者錫車十乘,以其十乘驕稚莊子。莊子曰:'河上有家貧恃緯蕭而食者,其子没於淵,得千金之珠。其父謂其子曰:'取石來鍛之!夫千金之珠,必在九重之淵而驪龍頷下,子能得珠者,必遭其睡也。使驪龍而寤,子尚奚微之有哉?今宋國之深非直九重之淵也,宋王之猛非直驪龍也,子能得車者,必遭其睡也,使宋王而寤,子爲虀粉矣!"蘇頲《昆明池晏坐答王兵部玽三韵見示》:"石鯨吹浪隱,玉女步塵歸。獨有銜恩處,明珠在釣磯。"李白《古風》五六:"越客采明珠,提携出南隅。清輝照海月,美價傾皇都。"

㊱ "並取千人特"兩句:意謂詩人與白居易都是千里挑一之才,但並不是把握朝政的重要權臣。　特:傑出者。《詩·秦風·黃鳥》:

"維此奄息,百夫之特。"李清照《上樞密韓肖胄詩》:"身爲百夫特,行足萬人師。" 十上徒:義同"十常侍",東漢靈帝時宦官張讓、趙忠等十二人都任中常侍,故稱。十,取其成數。《後漢書·張讓傳》:"是時讓、忠及夏惲、郭勝、孫璋、畢嵐、栗嵩、段珪、高望、張恭、韓悝、宋典十二人,皆爲中常侍,封侯貴寵,父兄子弟布列州郡,所在貪殘,爲人蠹害。黃巾既作,盜賊糜沸,郎中中山張鈞上書曰:'……宜斬十常侍,縣頭南郊,以謝百姓。'"元稹《和李餘古題樂府九首·估客樂》:"客心本明黠,聞語心已驚。先問十常侍,次求百公卿。"

㊗ 白麻:即白麻紙,用檾麻製造的紙。唐制:由翰林學士起草的凡赦書、德音、立后、建儲、大誅討及拜免將相等詔書都用白麻紙,因以指重要的詔書。白居易《杜陵叟》:"白麻紙上書德音,京畿盡放今年稅。"《新唐書·百官志》:"凡拜免將相,號令征伐,皆用白麻。" 墨詔:皇帝親筆書寫的詔旨。《宋書·謝莊傳》:"于時世祖出行,夜還,敕開門,莊居守,以榮信或虛,執不奉旨,須墨詔乃開。"元稹《上陽白髮人》:"滿懷墨詔求嬪御,走上高樓半酣醉。"

㊘ 衆口:衆人的言論,輿論。《戰國策·秦策》:"三人成虎,十夫楺椎,衆口所移,無翼而飛。"《漢書·劉向傳》:"上內重堪,又患衆口之寖潤,無所取信。" 歸美:稱許,讚美。《晉書·鄭沖傳》:"昔漢祖以知人善任,克平宇宙。推述勳勞,歸美三俊。"《宋書·武帝紀》:"由是四海歸美,朝野推崇。" 何顏:有何顏面。杜甫《得弟消息二首》二:"生理何顏面?憂端且歲時。兩京三十口,雖在命如絲。"姚合《偶題》:"偶逢遊客同傾酒,自有前驪恥見山。道侶書來相責誚,朝朝欲報作何顏!" 妒:原指婦女相忌妒。《左傳·襄公二十一年》:"叔向之母妒叔虎之母美而不使。"韓愈《木芙蓉》:"艷色寧相妒?嘉名偶自同。"這裏泛指忌人之長。《荀子·仲尼》:"處重擅權,則好專事而妒賢能。"王充《論衡·累害》:"戚施彌妒,蘧除多佞。" 姝:美好。《詩·邶風·静女》:"静女其姝,俟我於城隅。"毛傳:"姝,美色也。"

《玉臺新詠‧古詩〈上山采蘼蕪〉》:"新人雖言好,未若故人姝。"

⑤ 秦臺:秦始皇宮中的寶貝之一,記載見劉歆《西京雜記》卷三:"高祖初入咸陽宮,周行庫府,金玉珍寶不可稱言……有方鏡,廣四尺,高五尺九寸,表裏有明,人直來照之,影則倒見。以手捫心,而來則見腸胃五臟,歷然無硋。人有疾病在內,則掩心而照之,則知病之所在。又女子有邪心,則膽張心動,秦始皇常以照宮人,膽張心動者則殺之。高祖悉封閉以待項羽,羽並將以東,後不知所在。"杜甫《贈裴南部聞袁判官自來欲有按問》:"梁獄書因上,秦臺鏡欲臨。獨醒時所嫉,群小謗能深。"李商隱《破鏡》:"玉匣清光不復持,菱花散亂月輪虧。秦臺一照山雞後,便是孤鸞罷舞時。"　紅旭:紅日。楊巨源《春日奉獻聖壽無疆詞》:"碧霄傳鳳吹,紅旭在龍旗。"元稹《八月六日與僧如展前松滋主簿韋戴同遊碧澗寺賦得扉字韻寺臨蜀江內有碧澗穿注兩廊又有龍女洞能興雲雨詩中噴字以平聲韻》:"穿廊玉澗噴紅旭,踴塔金輪拆翠微。"　酆匣:豐城獄中所掘得的劍匣。駱賓王《上郭贊府啓》:"産耶溪而濯質霜鐔,廓酆匣之姿;孕鍾嶺而飛華虹玉,絢荊岩之氣。"亦作"酆城劍"。元稹《景申秋八首》八:"鮫綻酆城劍,蟲凋鬼火書。"　黃壚:猶黃泉之土。《淮南子‧覽冥訓》:"上際九天,下契黃壚。"高誘注:"上與九天交接,下契至黃壚,黃泉下壚土也。"《淮南子‧兵略訓》:"放乎九天之上,蟠乎黃壚之下。"

⑥ "諫獵寧規避"兩句:意謂詩人在左拾遺任上、白居易在翰林學士任上直言敢諫的情狀。　諫獵:指對天子迷戀游獵、不務政事予以規諷。事本《漢書‧司馬相如傳》:"〔相如〕嘗從上至長楊獵,是時天子方好自擊熊豕,馳逐壄獸,相如因上疏諫。"賈至《詠馮昭儀當熊》:"逐獸長廊靜,呼鷹御苑空。王孫莫諫獵,賤妾解當熊。"後用以指諫止帝王的窮于武事。戴叔倫《客舍秋懷呈駱正字士則》:"買山猶未得,諫獵又非時。"也泛指諫諍。杜甫《哭王彭州掄》:"解龜生碧草,諫獵阻青霄。"仇兆鰲注引朱鶴齡曰:"王蓋先以御史罷官。"浦起龍心

解：“先官侍御，故用諫獵字。” 規避：設法躲避。元稹《同州刺史謝上表》：“及爲監察御史，又不敢規避，專心糾繩，復爲宰相怒臣不庇親黨，因以他事貶臣江陵判司，廢棄十年，分死溝瀆。”歐陽修《大理寺丞狄君墓誌銘》：“已而縣籍強壯爲兵，有告訟田之民隱丁以規避者。” 詎：副詞，表示反詰，相當於“豈”、“難道”。陶潛《讀山海經十三首》一〇：“徒設在昔心，良辰詎可待？”《新唐書·突厥傳》：“卜不吉，神詎無知乎？我自決之。” 囁嚅：欲言又止貌。韓愈《送李愿歸盤谷序》：“伺候於公卿之門，奔走於形勢之途，足將進而趑趄，口將言而囁嚅。”白居易《東南行一百韵寄通州元九侍御澧州李十一舍人果州崔二十二使君開州韋大員外庾三十二補闕杜十四拾遺李二十助教員外竇七校書》：“論笑杓胡觪，談憐鞏囁嚅。李酺猶短竇，庾醉更蔫迂。”

⑥１ 肺肝：比喻内心。《禮記·大學》：“人之視己如見其肺肝然。”《新唐書·袁滋傳》：“性寬易，與之接者，皆謂可見肺肝。”也比喻心腹。杜牧《與浙西盧大夫書》：“員外七官以某嘗獲知于郎中，惠然不疑，推置於肺肝間。” 巧曲：奸巧不直。柳宗元《瓶賦》：“反初無慮無思，何必巧曲，傲覷一時！”杜牧《竇烈女傳》：“桂娘既以才色在希烈側，復能巧曲取信，凡希烈之密，雖妻子不知者，悉皆得聞。” 蹊徑：指小路。《吕氏春秋·孟冬》：“備邊境，完要塞，謹關梁，塞蹊徑。”也指門徑，路子。《荀子·勸學》：“將原先王，本仁義，則禮正其經緯蹊徑也。” 縈迂：旋繞彎曲。余靖《和伯恭自造新茶》：“烘褫精謹松齋靜，採擷縈迂潤路斜。江水對煎萍仿佛，越甌新試雪交加。”蘇軾《入峽》：“入峽初無路，連山忽似甕。縈迂收浩渺，蹙縮作淵潭。”

⑥２ 朝綱：朝廷的綱紀。《後漢書·儒林傳論》：“自桓、靈之閑，君道秕僻，朝綱日陵，國隙屢啓。” 翰苑：文苑。文翰薈萃之處。王勃《上武侍極啓》：“攀翰苑而思齊，儌文風而立志。”也指翰林院的别稱。《宋史·蕭服傳》：“文辭勁麗，宜居翰苑。”

⑥３ “驥調方汗血”兩句：意謂自己正在爲皇上流血流汗，但却遭

到政敵的誣陷，上行而下效，囂聲一片，相繼出貶江陵與通州。　驥：駿馬。《論語・憲問》：“驥不稱其力，稱其德也。”曹操《步出夏門行・龜雖壽》：“老驥伏櫪，志在千里；烈士暮年，壯心不已。”也比喻傑出的人才。《晉書・虞預傳》：“十室之邑，必有忠信，世不乏驥，求則可致。”　汗血：汗與血，也指流汗流血，汗出如血，借指辛勞與奮戰。《後漢書・崔駰傳》：“汗血競時，利合而友。”李賢注：“汗血謂勞力也。”王昌齡《箜篌引》：“將軍鐵驄汗血流，深入匈奴戰未休。”　蠅點：《詩・小雅・青蠅》：“營營青蠅，止于樊。豈弟君子，無信讒言。”鄭玄箋：“蠅之爲蟲，污白使黑，污黑使白，喻佞人變亂善惡也。”後以“蠅點”比喻遭到讒人的誹謗誣衊。道宣《續高僧傳・習禪二・智凱》：“後以蠅點所拘，申雪無路，徙于原部。”　成盧：東晉時，劉毅和劉裕同一些人賭博，劉毅擲得“雉”，拉起衣服繞床大叫：“我不是不能擲‘盧’，我是不想要。”劉裕討厭他，説：“我來替你擲‘盧’。”説著把五子擲出，四子轉定，祇有一子未定，劉裕大聲呼叫：“盧！”果然成了“盧”，見《晉書・劉毅傳》，後因以“成盧”指賭博獲勝。劉禹錫《樂天寄重和晚達冬青一篇因成再答》：“東隅有失誰能免？北叟之言豈便無？振臂猶堪呼一擲，爭知掌下不成盧？”溫庭筠《觀棋》：“閑對楸枰傾一壺，黃華坪上幾成盧。他時謁帝銅龍水，便賭宣城太守無？”

　　⑭ 栖遑：忙碌不安，奔忙不定。王績《遊仙四首》四：“鴨桃聞已種，龍竹未經騎。爲向天仙道，栖遑君詎知？”王勃《重別薛華》：“旅泊成千里，栖遑共百年。窮途唯有淚，還望獨潸然。”　掾：官府中佐助官吏的通稱。《史記・項羽本紀》：“項梁嘗有櫟陽逮，乃請蘄獄掾曹咎書抵櫟陽獄掾司馬欣，以故事得已。”劉長卿《送陶十赴杭州攝掾》：“莫嘆江城一掾卑，滄州未是阻心期。”　盂：盛湯漿或飯食的圓口器皿。《史記・滑稽列傳》：“操一豚蹄，酒一盂。”《漢書・東方朔傳》：“置守宮盂下。”顏師古注：“盂，食器也。若鉢而大，今之所謂鉢盂也。”古人有“盂方水方”的説法，謂水因器成形，喻上行下效，《韓非

子·外儲説》：“爲人君者，猶盂也，民猶水也，盂方水方，盂圜水圜。”

⑥ 嗟：嘆詞，表悲傷。《詩·魏風·陟岵》：“父曰：‘嗟！予子行役，夙夜無已。’”崔峒《送馮八將軍奏事畢歸滑臺幕府》：“自嘆馬卿常帶疾，還嗟李廣不封侯。” 親愛：親近喜愛的人。《韓非子·難三》：“凡人於其親愛也，始病而憂，臨死而懼，已死而哀。”包佶《嶺下卧疾寄劉長卿員外》：“唯有貧兼病，能令親愛疏。” 望：希望，期待。《孟子·梁惠王》：“王如知此，則無望民之多於鄰國也。”韓愈《與孟東野書》：“自彼至此，雖遠，要皆舟行可至，速圖之，吾之望也。” 友朋：朋友。《左傳·莊公二十二年》：“翹翹車乘，招我以弓，豈不欲往，畏我友朋。”陸機《挽歌詩三首》一：“周親咸奔湊，友朋自遠來。”

⑥ 狸：豹猫，也叫狸猫、狸子、山猫等，形狀似猫，圓頭大尾，頭部有黑色條紋，兩眼内緣上各有一白紋，軀幹有黑褐色的斑點，以鳥、鼠等小動物爲食，常盗食家禽，也泛指猫。《詩·豳風·七月》：“一之日於貉，取彼狐狸，爲公子裘。”孔穎達疏：“一之日往捕貉，取皮，庶人自以爲裘；又取狐與狸之皮爲公子之裘。”《新唐書·李佑傳》：“佑喜養鬥鴨，方未反，狸齚鴨四十餘，絶其頭去。” 驄：原指青白色相雜的馬，這裏指御史所乘的馬，喻指曾經擔任監察御史的自己。李白《贈韋侍御黄裳》二：“見君乘驄馬，知上太行道。”丘爲《湖中寄王侍御》：“驄馬真傲吏，翛然無所求。” 駒：二歲的馬，泛指還没有長大的少壯馬。《周禮·夏官·校人》：“春祭馬祖，執駒。”鄭玄注引鄭司農曰：“二歲曰駒。”韓愈《柳州羅池廟碑》：“侯乘駒兮入廟，慰我民兮不嚬以笑。”

⑥ 物情：物理人情，世情，衆情，民心。孟浩然《上張吏部》：“物情多貴遠，賢俊豈遥今？”張九齡《在郡秋懷二首》一：“物情自古然，身退毀亦隨。悠悠滄江渚，望望白雲涯。” 循俗：從俗。《戰國策·趙策》：“今王易初不循俗，故服不顧世，非所以教民而成禮也。”《文子·上義》：“苟利於民，不必法古；苟周於事，不必循俗。” 時論：當時的輿論。王維《贈東嶽焦煉師》：“自有還丹術，時論太素初。頻蒙露版

詔,時降軟輪車。"杜甫《寄劉峽州伯華使君四十韵》:"家聲同令聞,時
論以儒稱。太后當朝肅,多才接迹升。"　誣:加之以不實之辭,妄言。
《書·仲虺之誥》:"夏王有罪,矯誣上天,以布命於下。"孔傳:"言托天
以行虐於民。"誣讒,誣陷。柳宗元《龍安海禪師碑》:"故今之空愚失
惑縱傲自我也,皆誣禪以亂其教,昌於囂昏,放於淫荒。"

　　⑱"瓶罄罍偏耻"兩句:詩人以"瓶"、"罍"、"松"、"柏"自喻與他
喻白居易,表示兩人命運相連,榮辱與共。如果松樹被摧殘,那麼柏
樹也自然枯萎。　瓶:陶製汲水器。《樂府詩集·前溪歌》:"爲家不
鑿井,擔瓶下前溪。"陸游《三遊洞前岩下小潭水甚奇取以煎茶》:"汲
取滿瓶牛乳白,分流觸石佩聲長。"　罄:器中空。張衡《東京賦》:"東
京之懿未罄,值余有犬馬之疾,不能究其精詳。"韓愈《東都遇春》:"爲
生鄙計算,鹽米告屢罄。"　罍:古代的一種容器,外形或圓或方,小
口,廣肩,深腹,圈足,有蓋和鼻,與壺相似,用來盛酒或水,多用青銅
鑄造,亦有陶製的。《詩·周南·卷耳》:"我姑酌彼金罍,維以不永
懷。"朱熹集傳:"罍,酒器,刻爲雲雷之象,以黃金飾之。"獨孤及《李卿
東池夜宴》:"去燭延高月,傾罍就小池。"

　　⑲"虎雖遭陷穽"兩句:元稹在其下自注:"此已上並述五年貶掾
江陵,樂天亦遭罷謗鑠。"元稹的自注可以統領此前十四句。　虎:詩
人自喻,虎落入陷阱,難以自救。張説《和朱使欣二首》一:"使越才應
有,征蠻力豈無? 空傳人贈劍,不見虎銜珠。"元稹《酬別致用》:"君今
虎在匣,我亦鷹就羈。馴養保性命,安能奮殊姿?"　陷阱:爲捕捉野
獸或爲擒敵而挖的坑穴,上面浮蓋僞裝物,踩在上面就掉到坑裏,常
比喻陷害人的羅網、圈套。《禮記·中庸》:"人皆曰予知,驅而納諸罟
擭陷阱之中,而莫之知辟也。"孔穎達疏:"陷阱,謂坑也,穿地爲坎,豎
鋒刃於中以陷獸也。"陸游《初歸雜詠》:"平地本知多陷阱,群兒隨處
覓梯媒。"　龍:傳説中的一種神異動物。身長,形如蛇,有鱗爪,能興
雲降雨,爲水族之長。《易·乾》:"雲從龍,風從虎,聖人作而萬物

覩。"他喻白居易,意謂白居易不會因眼前暫時的困境而無所作爲。元稹《和樂天折劍頭》:"聞君得折劍,一片雄心起。詎意鐵蛟龍,潛在延津水。"　泥塗:泥濘的道路。《六韜·勵軍》:"出隘塞,犯泥塗,將必先下步。"高適《苦雨寄房四昆季》:"泥塗擁城郭,水潦盤丘墟。"這裏比喻灾難、困苦的境地,亦指陷入灾難、困苦之中。杜甫《折檻行》:"青衿胄子困泥塗,白馬將軍若雷電。"

⑦　重喜登賢苑:元稹句下自注:"九年樂天除太子贊善。"與《舊唐書·白居易傳》所云"(元和)九年冬,入朝授太子左贊善大夫"一致。　賢苑:這裏指東宮,太子所居。既是對太子東宮的讚美,更是對白居易才幹的肯定與讚譽。　賢:原指有德行,多才能。韋應物《餞雍聿之潞州謁李中丞》:"主人才且賢,重士百金輕。"也指有德行或有才能的人。包何《相里使君第七男生日》:"誰道衆賢能繼體? 須知個個出於藍。"　方欣佐伍符:《舊唐書·憲宗紀》文云:"(元和九年)冬十月甲辰朔……甲子制:'……今淮西一道未達朝經,擅自繼襲,肆行寇掠。將士等迫於受制,非是本心。思去三面之羅,庶遵兩階之義。宜以山南東道節度使嚴綬兼充申光蔡等州招撫使。'仍命内常侍崔潭峻爲監軍。"嚴綬啓程赴任之時,按照唐代慣例帶走了荆南節度使府的一批僚屬,元稹也在其中。元稹以"唐州從事"的身分充任嚴綬設在唐州的"招討使府"的幕僚,積極協助辦理征討淮西的一些具體事務。如元稹代嚴綬撰作《代論淮西書》、《祭淮瀆文》就是其中之一。　方:副詞,將,將要,表未來。《詩·秦風·小戎》:"方何爲期,胡然我思之?"馬瑞辰通釋:"方之言將也。"皎然《送秘上人遊京》:"共君方異路,山伴與誰同。"副詞,表示某種狀態正在持續或某種動作正在進行,猶正。《左傳·定公四年》:"國家方危,諸侯方貳,將以襲敵,不亦難乎?"《史記·陳涉世家》:"燕人曰:'趙方西憂秦,南憂楚,其力不能禁我。'"　欣:喜悦,欣幸。《左傳·昭西元年》:"諸侯其誰不欣焉望楚而歸之,視遠如邇。"陶潛《歸去來辭》:"乃瞻衡宇,載欣

載奔。"蘇軾《元祐三年春帖子詞·太皇太后閣》五:"共道十年無臘雪,且欣三白壓春田。"　佐:輔助,幫助。《詩·小雅·六月》:"王於出征,以佐天子。"《孫子·火攻》:"故以火佐攻者明,以水佐攻者强。"伍符:原指古代軍中各伍互保不容奸詐的符信。《史記·張釋之馮唐列傳》:"夫士卒盡家人子,起田中從軍,安知尺籍伍符!"司馬貞索隱:"伍符者,命軍人伍伍相保,不容奸詐。"也泛指軍隊中的簿册,這裏指軍隊。曾鞏《節相制》:"逮後王之更造開阡陌以居民,隸伍符者,身不受於一廛,仗齊鈇者,位不連於九棘。"

⑰　判:唐宋官制,以大兼小,即以高官兼較低職位的官稱判,類似今日高職幹部之兼較低職務。《舊唐書·代宗紀》:"壬辰,以宰臣元載判天下元帥行軍司馬。"陸游《老學庵筆記》卷六:"慶曆初,西鄙未定,命夏竦判永興。"但元稹當時貶職在江陵,衹是一名微不足道的士曹參軍,說"判"並不確切,應該作"甘願"解比較合適,也比較合乎元稹當時的思想。戎昱《苦辛行》:"誰家有酒判一醉,萬事從他江水流。"　矛戟:矛和戟,亦用以泛稱兵器,這裏借喻戰争。《詩·秦風·無衣》:"王于興師,修我矛戟,與子偕作。"李頎《夏宴張兵曹東堂》:"主人三十朝大夫,滿座森然見矛戟。"　輕敵:謂藐視敵方,忽視敵人,對取得勝利充滿信心。高適《燕歌行》:"身當恩遇恒輕敵,力盡關山未解圍。"竇鞏《老將行》:"烽烟猶未盡,年鬢暗相催。輕敵心空在,彎弓手不開。"錙銖:錙和銖,比喻微小的數量。包何《賦得秤送孟孺卿》:"掌握須平執,錙銖必盡知。由來投分審,莫放弄權移!"柳宗元《披沙揀金賦》:"觀其振拔污塗,積以錙銖,碎清光而競出,耀直質而特殊。"

⑱　馹騎:即驛騎。元稹《授牛元翼深冀州節度使制》:"羽書三奏,馹騎四馳。"許渾《聞開江宋相公申錫下世二首》一:"權門陰奏奪移才,馹騎如星墮峽來。蟲氏有恩思作禍,賈生無罪直爲灾。"　千里:來自千里之外。崔峒《客舍書情寄趙中丞》:"孤客來千里,全家託四鄰。生涯難自料,中夜問親情。"白居易《答山驛夢》:"入君旅夢來

千里,閉我幽魂欲二年。莫忘平生行坐處,後堂階下竹叢前。"千里:一千里。《舊唐書·地理志》:"荆州江陵府……在京師東南一千七百三十里,至東都一千三百一十五里。"如果以元稹時在唐州計,也在"千里"之外,《舊唐書·地理志》:"唐州……京師一千四百八十里,至東都六百四十六里。""千里"在這裏應該是概數。張子容《璧池望秋月》:"似璧悲三獻,疑珠怯再投。能持千里意,來照楚鄉愁。"孫逖《和常州崔使君詠後庭梅二首》一:"聞唱梅花落,江南春意深。更傳千里外,來入越人吟。" 天書:帝王的詔書。王勃《爲原州趙長史請爲亡父度人表》:"天書屢降,手敕仍存。"王安石《送孫叔康赴御史府》:"天書下東南,趣召赴嚴闕。" 九衢:縱橫交叉的大道,繁華的街市。劉庭琦《奉和聖製瑞雪篇》:"紫宸飛雪曉裴回,層閣重門雪照開。九衢晶耀浮埃盡,千品差池贄帛來。"韋應物《長安道》:"歸來甲第拱皇居,朱門峨峨臨九衢。"

⑦ 飛檄:緊急檄文。楊炯《送劉校書從軍》:"天將下三宮,星門召五戎。坐謀資廟略,飛檄佇文雄。"司空曙《送崔校書赴梓幕》:"碧峰天柱下,鼓角鎮南軍。管記催飛檄,蓬萊輟校文。" 便許到皇都:詩人在句下自注:"十年春自唐州詔予召入京。"元和九年年底、元和十年年初,正當元稹冀圖爲國立功爲民平叛之時,却突然接到了唐廷將其調離前綫返回京城的命令。這是一個預設的陰謀,其時元稹白居易的朋友李絳罷知政事,出貶外任,《舊唐書·李絳傳》:"(元和)九年罷知政事,授禮部尚書。十年檢校戶部尚書,出爲華州刺史。"宦官吐突承璀重新被召回京城爲禁軍中尉,《舊唐書·吐突承璀傳》:"(元和)八年欲召承璀還,乃罷絳相位,承璀還,復爲神策中尉。"吐突承璀元和四年以諸道行營兵馬使招討王承宗之時,因裴垍、李絳、崔群、白居易、獨孤鬱等人彈劾而降爲軍器使,繼又出貶淮南監軍,《舊唐書·吐突承璀傳》:"時弓箭庫使劉希先取羽林大將軍孫璹錢二十萬以求方鎮,事發賜死,辭相告訐,事連承璀,乃出爲淮南節度監軍使……上

待承璀之意未已,而宰相李絳在翰林,時數論承璀之過,故出之。"元
稹在洛陽分務御史臺之後的歸京途中,在敷水驛與吐突承璀招討王
承宗時的助手仇士良等人發生過激烈的衝突。不知是有意的安排還
是偶然的巧合,仇士良此時恰好前來淮西擔任淮西行營的監軍使,鄭
熏《內侍省監楚國公仇士良神道碑》:"吳寇據淮,天兵在野,逗遛不
進,沮敗爲憂。求使臣往諭中旨,遂命公以本官及職充淮西行宣慰
使。至則大布皇澤,益屬軍威,四遠瞻風,萬夫振氣。而又盡得機要,
既還奏聞,竟至成功,期爲顯效……銘曰……蔡寇不庭,誅行原野。
群校傷敗,師無進者。楚公銜命,汗血波瀉。貔貅鼓氣,城壘連下。"
在朝爲所欲爲的吐突承璀和"權過節度"的監軍使仇士良當然不會聽
任元稹在淮蔡第一綫有立功升遷的機會,正是因爲他們的聯手迫害,
因而很快將元稹調離前綫召回京城,接著又將元稹出貶通州。　　皇
都:京城,國都。韓愈《早春呈水部張十八員外二首》一:"天街小雨潤
如酥,草色遙看近却無。最是一年春好處,絕勝花柳滿皇都。"歐陽詹
《送張驃騎邠寧行營》:"寶馬珊弓金僕姑,龍驤虎視出皇都。揚鞭莫
怪輕胡虜,曾在漁陽敵萬夫。"

　　⑭"舟敗甖浮漢"兩句:意謂渡船破漏不堪,借助小口大腹的瓦
器或者大小不一的木盆才勉強渡過了漢水;馬匹疲勞不堪,不住鞭打
才好不容易到達邢叔的封地。　　驂:同駕一車的三匹馬,或稱駕車時
位於兩邊的馬。《詩·鄭風·大叔于田》:"執轡如組,兩驂如舞。"鄭
玄箋:"在旁曰驂。"《荀子·哀公》:"兩驂列,兩服入廄。"楊倞注:"兩
服,馬在中;兩驂,兩服之外馬。"一說服馬的左邊爲驂。《文選·顏延
之〈陽給事誄〉》:"如彼騑駬,配服驂衡。"李善注:"服謂中央兩馬,夾
轅者在服之左曰驂,右曰騑。"這裏泛指馬或馬車。賈島《別徐明府》:
"明日疲驂去,蕭條過古城。"　　邢:古諸侯國名,周武王子邢叔之封
地,春秋時爲鄭邑,在今河南沁陽西北邢臺鎮。《左傳·隱公十一
年》:"王取鄔、劉、蒍、邢之田于鄭。"楊伯峻注:"邢邑,今河南省沁陽

縣西北有邢臺鎮，當是古邢城。"《左傳·僖公二十四年》:"邢、晉、應、韓，武之四穆也。"杜預注:"四國皆武王子。"又周武王子邢叔封于邢，子孫以國爲氏，見《通志·氏族》，元稹返京途中所經，即其地。白居易原唱《東南行一百韵寄通州元九侍御澧州李十一舍人果州崔二十二使君開州韋大員外庾三十二補闕杜十四拾遺李二十助教員外竇七挍書》"秦嶺馳三驛，商山上二邢"句下注:"商山險道中有東、西二邢。"兩者互爲印證。

⑦ 郵亭:驛館內遞送文書、信件處。《漢書·薛宣傳》:"過其縣，橋梁郵亭不修。"顏師古注:"郵，行書之舍，亦如今之驛及行道館舍也。"雍陶《夷陵城》:"世家曾覽楚英雄，國破城荒萬事空。唯有郵亭階下柳，春來猶似細腰宮。" 蕭索:蕭條冷落，凄凉，衰頽。董思恭《詠雪》:"天山飛雪度，言是落花朝。惜哉不我與，蕭索從風飄。"劉過《謁金門》:"休道旅懷蕭索，生怕香濃灰薄。" 烽堠:烽火臺。《東觀漢記·郭伋傳》:"伋知盧芳夙賊，難卒以力制，常嚴烽候，明購賞，以結寇心。"袁傪《喜陸侍御破石埭草寇東峰亭賦詩》:"幾處閑烽堠，千方慶里閭。欣欣夏木長，寂寂晚烟徐。" 崎嶇:形容地勢或道路高低不平。王維《獻始興公》:"寧栖野樹林，寧飲澗水流。不用坐梁肉，崎嶇見王侯。"元結《宿無爲觀》:"九疑山深幾千里? 峰谷崎嶇人不到。"

⑦ 饋餉:這裏指運送糧餉。李商隱《行次西郊作一百韵》:"健兒立霜雪，腹歉衣裳單。饋餉多過時，高估銅與鉛。"曾鞏《上歐陽學士第二書》:"承藉世德，不蒙矢石備戰守，馭車僕馬，數千里饋餉。"輅:車轅上用來挽車的橫木。《漢書·婁敬傳》:"敬脱挽輅。"顏師古注引蘇林曰:"輅……一木橫遮車前，二人挽之，一人推之。"李遠《過馬嵬山》:"金甲雲旗盡日回，倉皇羅袖滿塵埃。濃香猶自飄鑾輅，恨魄無因離馬嵬。" 誰何:誰人，哪個。白居易《新樂府·蠻子朝》:"德宗省表知如此，笑令中使迎蠻子。蠻子導從者誰何? 摩挲俗羽雙隈伽。"梅堯臣《風異賦》:"衆心驚惶，廣衢瞖昧，莫辨誰何，執手相對。"

執殳：《詩·衛風·伯兮》：“伯也執殳，爲王前驅。”毛傳：“殳，長丈二
而無刃。”後以指爲皇室效力或作士兵。白居易《題座隅》：“手不任執
殳，肩不能荷鋤。量力揆所用，曾不敵一夫。”

　　⑦ 拔家：脫離家庭，擺脫家庭。拔，脫離，擺脫。《梁書·王亮傳》：
“義師至新林，内外百僚皆道迎，其不能拔者，亦間路送誠款。”陳子昂
《爲程處弼慶拜洛表》：“今日又拔死爲生，溝壑殘骸，而得再造。”義同
“拔身”，脫身。《晉書·周虓傳》：“虓屬志貞亮，無愧古烈，未及拔身，奄
隕厥命。”李華《寄趙七侍御》：“茂挺獨先覺，拔身渡京虹。”自注：“蕭天
寶末知亂棄官，往江東殯葬先人。”也義同“拔城”，丢棄。劉禹錫《順陽
歌》：“曾聞天寶末，胡馬西南騖。城守魯將軍，拔城從此去。”　　力役：這
裏指勞役。《孟子·盡心》：“有布縷之征，粟米之征，力役之征。”耿湋
《代園中老人》：“傭賃難堪一老身，皤皤力役在青春。林園手種唯吾事，
桃李成陰歸别人。”　　連鎖：鎖鏈，鏈子，猶言後世的連鎖互保之法。《宋
書·索虜傳》：“虜法，獲生將，付其三郎大帥，連鎖鎖頸後。”《南史·齊
廢帝東昏侯紀》：“王侯貴人昏……今除金銀連鎖，自餘新器，悉用斑
陶。”　　逋誅：逃避誅罰。《陳書·衡陽獻王昌傳》：“王琳逆命，逋誅歲
久。”岳飛《奏乞本軍進討劉豫札子》：“賊豫逋誅，尚穴中土。”

　　⑧ 防戍：防守邊境。沈彬《入塞二首》一：“半夜翻營旗攬月，深
秋防戍劍磨風。謗書未及明君爇，卧骨將軍已殁功。”唐元《姑蘇歸舟
行雜詠》二：“祗道還家樂，翻成逆旅驚。卜程防戍卒，亂眼畏潮生。”
收田：收割農田的作物。賈島《酬張籍王建》：“漸老更思深處隱，多閑
數得上方眠。鼠抛貧屋收田日，雁度寒江擬雪天。”梅堯臣《邨豪》：
“日擊收田鼓，時稱大有年。爛傾新釀酒，飽載下江船。”

　　⑨ 縑緗：供書寫用的淺黄色細絹。顔真卿《送辛子序》：“惜乎困
於縑緗，不獲繕寫。”《舊唐書·代宗後獨孤氏》：“法度有節，不待珩
璜；篇訓之制，自盈縑緗。”也指書册。孫過庭《書譜》：“若乃師宜官之
高名，徒彰史牒；邯鄲淳之令範，宜著縑緗。”駱賓王《上兗州刺史啓》：

"頗游簡素,少閱縑緗。" 工女:古代指從事蠶桑、紡織、縫紉等工作的女子。《谷梁傳·桓公十四年》:"天子親耕以共粢盛,王后親蠶以共祭服,國非無良農工女也,以爲人之所盡事其祖禰,不若以己所自親者也。"《淮南子·泰族訓》:"繭之性爲絲,然非得工女煮以熱湯而抽其統紀,則不能成絲。" 竭:窮盡。李華《吊古戰場文》:"鼓衰兮力盡,矢竭兮弦絕。"白居易《除忠州寄謝崔相公》:"提拔出泥知力竭,吹嘘生翅見情深。劍鋒缺折難沖斗,桐尾燒焦豈望琴!" 青紫:本爲古時公卿綬帶之色,因借指高官顯爵。《漢書·夏侯勝傳》:"勝每講授,常謂諸生曰:'士病不明經術;經術苟明,其取青紫如俛拾地芥耳!'"王先謙補注引葉夢得曰:"漢丞相、大尉皆金印紫綬,御史大夫銀印青綬,此三府官之極崇者,勝雲青紫謂此。"陳子昂《爲金吾將軍陳令英請免官表》:"不以臣駑怯,更加寵命,授以青紫,遣督幽州。"也借指顯貴之服。杜甫《夏夜嘆》:"青紫雖被體,不如早還鄉。" 使臣:皇帝所派遣負有專門使命的官員。《後漢書·張酺傳》:"張酺反作色大言,怨讓使臣。"周密《齊東野語·謝惠國坐亡》:"使臣至是一力回護,幸而免焉!" 紆:屈曲,曲折。《周禮·考工記·矢人》:"中弱則紆,中強則揚。"沈佺期《嵩山石淙侍宴應制》:"仙人六膳調神鼎,玉女三漿捧帝壺。自惜汾陽紆道駕,無如太室覽真圖。"

⑧ 國:國都。《左傳·隱公元年》:"先王之制,大都不過參國之一。"蘇舜欽《上執政啓》:"近戚當塗,陳冤無路,徊徨去國,舉動畏人。" 參雲:同"參天",高聳於天空,形容京城樹木的高大。盧照鄰《贈許左丞從駕萬年宮》:"黃山聞鳳笛,清蹕侍龍媒。曳日朱旗卷,參雲金障開。"梅堯臣《和永叔啼鳥》:"深林參天不見日,滿壑呼嘯誰識名?" 蕪:滿院荒廢,野草叢生,這是詩人對自己家園的具體真實的描繪。元稹《苦雨》:"江瘴氣候惡,庭空田地蕪。"許渾《咸陽城東樓》:"鳥下綠蕪秦苑夕,蟬鳴黃葉漢宮秋。"

⑧ "破窗塵坲坲"兩句:詩人自注:"此已下並言靖安里無人居,

觸目荒凉。"　幽院:幽静的庭院。柳中庸《幽院早春》:"草短花初拆,
苔青柳半黄。隔簾春雨細,高枕曉鶯長。"李煜《病中書事》:"病身堅
固道情深,宴坐清香思自任。月照静居唯搗藥,門扃幽院只來禽。"
嗚嗚:歌詠聲,吟詠聲。元稹《和李校書新題樂府十二首·五弦彈》:
"風入春松正淩亂,鶯含曉舌憐嬌妙。嗚嗚暗溜咽冰泉,殺殺霜刀澀
寒鞘。"葉適《潘廣度》:"秦聲嗚嗚何處村? 楚些行歌愁斷魂。"這裏是
元稹對鳥鳴聲的描繪。

⑧ 祖竹:老竹。吳融《送弟東歸》:"偶持麟筆侍金閨,夢想三年
在故溪。祖竹定欺檐雪折,稚杉應拂棟雲齊。"猶"竹祖"。杜牧《川守
大夫劉公早歲寓居敦行里肆有題壁十韵今之置第乃獲舊居洛下大僚
因有唱和嘆詠不足輒獻此詩》:"旅館當年葺,公才此日論。林繁輕竹
祖,樹暗惜桐孫。"　新筍:竹的嫩芽,可作菜。《詩·大雅·韓奕》:
"其蔌維何,維筍及蒲。"鄭玄箋:"筍,竹萌也。"韓愈《和侯協律詠筍》:
"竹亭人不到,新筍滿前軒。"　孫枝:從樹幹上長出的新枝。元稹《桐
花詩序》:"及今六年,詔許西歸,去時桐樹上孫枝已拱矣!"白居易《談
氏外孫生三日喜是男偶吟成篇兼戲呈夢得》:"玉芽珠顆小男兒,羅薦
蘭湯浴罷時。茉莒春來盈女手,梧桐老去長孫枝。"　舊梧:不是後來
而是當年生長的梧桐枝條。馮時行《牟元禮挽章》:"幽鳥空啼疏竹
徑,青燈愁見舊梧堂。就中有事空堪恨,誰問雙親兩鬢霜?"劉仁本
《題寧溪圖用毛儀仲韵七首》四:"蒼烟落日小漁舟,溪北溪南載我遊。
游到王家遠庵下,白雲深鎖舊梧楸。"

⑧ 晚花:遲開的花。宋之問《龍門應制》:"歌舞淹留景欲斜,石
關猶駐五雲車。鳥旗翼翼留芳草,龍騎駸駸映晚花。"杜審言《贈崔融
二十韵》:"連騎追佳賞,城中及路傍。三川宿雨霽,四月晚花芳。"
蛺蝶:蝴蝶。葛洪《抱朴子·官理》:"鬐孺背千金而逐蛺蝶,越人棄八珍
而甘蝱蜪,即患不賞好,又病不識惡矣!"何遜《石頭答庾郎丹》:"黃鸝隱
葉飛,蛺蝶縈空戲。"　殘蒂:殘留的葉柄或花蒂。范浚《凌霄花》:"風霜

忽搖落,大木亦雕瘁。視爾托根生,枯莖無殘蒂。"林俊《雲莊紀物三十一韻》:"山柿辭殘蒂,崻梅落故了。砂精霜候橘,粟細雨前茶。" 茱萸:植物名,香氣辛烈,可入藥,古俗農曆九月九日重陽節佩茱萸能祛邪辟惡。杜審言《重九日宴江陰》:"蟋蟀期歸晚,茱萸節候新。降霜青女月,送酒白衣人。"王維《九月九日憶山東兄弟》:"獨在異鄉爲異客,每逢佳節倍思親。遙知兄弟登高處,遍插茱萸少一人。"

⑧ 林秀:園林中的花木。張九齡《登襄陽峴山》:"地本原林秀,朝來烟景和。同心不同賞,留嘆此岩阿!"唐堯臣《金陵懷古詩》:"多士春林秀,作頌清風穆。出入三百年,朝事幾翻覆?" 因衛避繳蘆:這裏用了大雁銜蘆的典故,用以寓意旅途的艱難。大雁銜蘆,即大雁口含蘆草,用以自衛的一種本能。崔豹《古今注·鳥獸》:"雁自河北渡江南,瘠瘦能高飛,不畏繒繳。江南沃饒,每至還河北,體肥不能高飛,恐爲虞人所獲,嘗銜蘆長數寸,以防繒繳焉!"駱賓王《同張二詠雁》:"唼藻滄江遠,銜蘆紫塞長。霧深迷曉景,風急斷秋行。"武元衡《幕中諸公有觀獵之作因繼之》:"旌斾遍張林嶺動,豺狼驅盡塞垣空。銜蘆遠雁愁縈繳,繞樹啼猿怯避弓。"

⑧ 文房:書房。李嶠《送光禄劉主簿之洛》:"朋席餘歡盡,文房舊侶空。他鄉千里月,岐路九秋風。"何薳《春渚紀聞·端溪龍香硯》:"史君與其父孝綽字逸老,皆有能書名,故文房所蓄多臻妙美。" 經肆:義同"文房",對舉成文,亦即書房。張方平《湖州新建州學記》:"復立小學于東南隅,童子離經肆,簡諒者聚焉!凡爲屋百有二十楹。"吳泳《陳侍郎文集序》:"蓋棺之事未定,往往編蒲鋟梓已遍滿於書坊經肆矣!"

⑧ 鵷鷺:鵷和鷺飛行有序,比喻班行有序的朝官,也比喻有才德者。宋之問《早發大庾嶺》:"感謝鵷鷺朝,勤修魑魅職。生還倘非遠,誓擬酬恩德。"儲光羲《群鴉詠》:"冢宰收琳琅,侍臣盡鵷鷺。"這裏詩人僅僅描寫自然界的鳥類,但隱含寄託之意。 鷗鳶:即鷗鳥。韋應

物《鳶奪巢》："野鵲野鵲巢林梢，鴟鳶恃力奪鵲巢。"鴟鳥，指鴟鷹。杜甫《北征》："鴟鳥鳴黃桑，野鼠拱亂穴。"

⑧ 鄭重：莊重，慎重，認真嚴肅。《朱子語類》卷九一："大抵前輩禮數，極周詳鄭重。"劉塤《隱居通議·駢儷》引陳文龍《上賈似道啓》："鄭重千鈞之判，料理一介之寒。"　須臾：片刻，短時間。儲光羲《牧童詞》："同類相鼓舞，觸物成謳吟。取樂須臾間，寧問聲與音？"盧綸《送張郎中還蜀歌》："垂楊不動雨紛紛，錦帳胡瓶争送君。須臾醉起簫笳發，空見紅旌入白雲。"元稹奉詔回京在元和九年年底，至十年春天正月回到京師，三月二十五日又下詔出貶元稹爲通州司馬，匆匆回京又匆匆出貶，僅在須臾之間，當權者把玩元稹政治前途於手掌之中。

⑧ 迢遞：連綿不絕貌。張九齡《登荆州城樓》："天宇何其曠！江城坐自拘。層樓百餘尺，迢遞在西隅。"楊巨源《送絳州盧使君》："絳老問年須筭字，庾公逢月要題詩。朱欄迢遞因高勝，粉堞清明欲下遲。"　遐徼：邊遠之地。元稹《哭女樊四十韵》："馬無生角望，猿有斷腸鳴。去伴投遐徼，來隨夢險程。"李頻《哭賈島》："秦樓吟苦夜，南望只悲君。一宦終遐徼，千山隔旅墳。"　蒼黃：亦作"倉惶"、"倉皇"、"倉遑"、"倉徨"、"倉黃"，匆忙急迫。李肇《唐國史補》卷下："宰相已下，不知所對，而倉遑頗盛。"李煜《破陣子》："最是倉皇辭廟日，教坊猶奏別離歌，垂泪對宮娥。"　奥區：腹地。《後漢書·班固傳》："防禦之阻，則天下之奥區焉！"李善注："奥，深也，言秦地險固，爲天下深奥之區域。"劉炎《邇言》："或曰：淮壖千里，濱接魯鄧，昔爲奥區，今爲極邊。"

⑧ 通川：即元稹當時的貶謫之地通州。元稹《蟲豸詩序》："又數年，司馬通川郡。"這裏是元稹自謂。元稹《見人詠韓舍人新律詩因有戲贈》："七字排居敬，千詞敵樂天（侍御八兄，能爲七言絕句；贊善白君，好作百韵律詩）。殷勤閑太祝（張君籍），好去老通川（自謂）。"誠：真正，確實。《孟子·梁惠王》："挾太山以超北海，語人曰：'我不能。'是誠不能也。"諸葛亮《前出師表》："今天下三分，益州疲敝，此誠

危急存亡之秋也。" 咎:罪過,過失。《詩·小雅·北山》:"或湛樂飲酒,或慘慘畏咎。"鄭玄箋:"咎,猶罪過也。"《後漢書·鍾離意傳》:"湯引六事,咎在一人。"王安石《感事》:"昔之心所哀,今也執其咎。" 誠有咎:元稹並非真的認爲自己有錯,而是以"退一萬步講"的修辭手法,引出、突出、強調下文"潯口定無辜"。 潯口:古城名,以地當溢水入長江口而得名,漢初灌嬰始築此城,故址在今江西省九江市,後改名溢城,唐初又改潯陽,爲沿江鎮守要地。白居易出貶江州,正是其地,故稱。白居易《初到江州》:"潯陽欲到思無窮,庾亮樓南溢口東。"其《潯陽宴別》:"鞍馬軍城外,笙歌祖帳間。乘潮發溢口,帶雪別廬山。"這裏元稹是稱呼自己的朋友白居易,白居易對此也欣然接受。白居易《江樓夜吟元九律詩成三十韻》:"不得當時遇,空令後代憐。相悲今若此,溢浦與通川。" 無辜:沒有罪,無罪的人。杜甫《兩當縣吳十侍御江上宅》:"不忍殺無辜,所以分白黑。"耿湋《嶽祠送薛近貶官》:"枯松老柏仙山下,白帝祠堂枕古迮。遷客無辜祝史告,神明有喜女巫知。"白居易出貶江州,本身並無任何過錯;衹是出於義憤,上疏請求捕刺殺宰相武元衡的兇手,受到當權者的嫉恨,藉口白居易母親陳氏因看花墜井而死,白居易作《賞花》、《新井》(現存《白氏長慶集》中沒有這兩首詩篇,不知是本來沒有,還是白居易事後刪除),有傷名教,先出貶江州刺史,繼以"不當治郡"的莫須有罪名,追改爲江州司馬。白居易含冤出貶,元稹爲此憤憤不平,聽到消息之後,有《聞樂天授江州司馬》"垂死病中驚坐起"抒其憤。

⑩ 利器:鋒利的武器,精良的工具。《論語·衛靈公》:"工欲善其事,必先利其器。"孔安國注:"言工以利器爲用。"梅堯臣《寄永興招討夏太尉》:"馬煩人急當勁虜,雖持利器安得強!" 從頭:猶當頭,劈頭蓋臉。唐代佚名《王法曹歌》:"見錢滿面喜,無鑷從頭喝。常逢餓夜叉,百姓不可活。"林季仲《送真歇禪師》:"譬如坐海底,巨浸從頭沒。反問岸上人,覓水濟我渴!" 剛腸:指剛直的氣質。《文選·嵇·

康〈與山巨源絶交書〉》："剛腸嫉惡，輕肆直言，遇事便發。"張銑注："剛腸，謂强志也。"白居易《哭孔戡》："平生剛腸内，直氣歸其間。"　刳：遭受殘害。韓愈《曹成王碑》："江東新刳於兵，郡旱，饑民交走死無吊。"《續資治通鑒・宋高帝建炎元年》："南陽密邇中原，雖易以號召四方，但今日陳唐諸郡，新刳於亂，千乘萬騎，何所取給！"

(91) 熏蕕：香草和臭草，喻善惡、賢愚、好壞等。語本《左傳・僖公四年》："一熏一蕕，十年尚猶有臭。"杜預注："熏，香草；蕕，臭草。十年有臭，言善易消，惡難除。"《魏書・辛雄傳》："今君子小人熏蕕不别，豈所謂賞善罰惡，殷勤隱恤者也。"元稹《陽城驛》："鼻復勢氣塞，不得辨薰蕕。公雖未顯諫，惴惴如患瘤。"　盛貯：收藏，存放。朱熹《按唐仲友第六狀》："蒙唐仲友令三六宣教，用黄岩竹籠六隻，盛貯般入宅堂。"洪邁《萬首唐人絶句・重華宫投進札子》："凡目録一册，七言十五册，五言五册，共二十一册，用匣盛貯。"　稊稗：一種形似穀的草。《莊子・知北遊》："東郭子問於莊子曰：'所謂道，惡乎在？'莊子曰：'在稊稗。'"孫紹遠《題惠崇畫四首》四："鄙夫此志相依，生涯稊稗同微。欲具沙邊短艇，波濤歲晚人稀。"　超逾：亦作"超逾"，超越，勝過。曾鞏《謝中書舍人表》："伏惟皇帝陛下超逾千載，特起一時。"張耒《代文潞公辭免明堂加恩表》："伏念臣樸忠一意，際會四朝，超逾等夷，出入將相，洎老休於鄉社……"

(92) "公幹經時卧"兩句：詩人引出劉楨與鍾儀，寓意當今，意有所指，請讀者注意。　公幹：劉楨之字，王欽若《册府元龜》卷九三〇："魏劉楨爲太祖丞相掾屬，以辭旨巧妙，爲諸公子所愛。太子嘗請諸文學，酒酣，坐歡，命夫人甄氏出拜。坐中衆人咸伏，而楨獨平視，太祖聞之，乃收楨，減死論罪。"李百藥《賦得魏都》："南館招奇士，西園引上才。還惜劉公幹，疲病清漳隈。"儲光羲《貽劉高士别》："高談閔仲叔，逸氣劉公幹。每言竹柏貞，常輕朝市玩。"　經時：歷久。蔡邕《述行賦》："余有行於京洛兮，遘淫雨之經時。"權德輿《玉臺體十二首》九：“莫作經時別，西郭是宋家。” 鍾儀：春秋楚人，曾爲鄭俘獲，被獻於晉侯。晉侯見鍾儀，問之曰：“南冠而縶者誰也？”有司對曰：“鄭人所獻楚囚也。”釋而慰問之，問其族，對曰：“伶人也。”晉侯曰：“能樂乎？”對曰：“先人之職也，敢有二事？”與之琴，操楚音。晉侯語於范文子，文子曰：“楚囚，君子也！言稱先職，不背本也；樂操土風，不忘舊也。”見《左傳·成公九年》。後多以“鍾儀”爲拘囚異鄉或懷土思歸者的典型。李白《淮南臥病書懷寄蜀中趙徵君蕤》：“楚冠懷鍾儀，越吟比莊舄。國門遙天外，鄉路遠山隔。”劉禹錫《遊桃源一百韵》：“才能疑木雁，報施迷夷蹠。楚奏縶鍾儀，商歌勞甯戚。”

㉝ “光陰流似水”兩句：意謂歲月有如流水，日夜消逝；而通州的瘴氣在烈日之下，比火爐還熱。 光陰：時間，歲月。韋述《晚渡伊水》：“光陰逝不借，超然慕疇昔。遠遊亦何爲？歸來存竹帛。”韓偓《青春》：“眼意心期卒未休，暗中終擬約秦樓。光陰負我難相偶，情緒牽人不自由。”

㉞ 薄命：命運不好，福分差。《北史·侯白傳》：“文帝聞其名，召與語，悦之……後給五品食，月餘而死，時人傷其薄命。”李百藥《妾薄命》：“團扇秋風起，長門夜月明。羞聞拊背入，恨説舞腰輕。”這裏是元稹自嘆。 深交：猶至友，謂交情很深。駱賓王《初秋於寶六郎宅宴》：“千里風雲契，一朝心賞同。意盡深交合，神靈俗累空。”元稹《酬盧秘書》：“文工猶畏忌，朝士絶嫌猜。新識蓬山傑，深交翰苑材。”這裏詩人讚譽白居易對自己的深情厚意。

㉟ 救焚：“救焚拯溺”的省稱。焚，指火災；溺，指落水者，猶言救人於水火之中。權德輿《仲秋朝拜昭陵》：“撫運斯順人，救焚非逐鹿。”白居易《寓言題僧》：“劫風火起燒荒宅，苦海波生蕩破船。力小無因救焚溺，清涼山下且安禪。” 骨肉：比喻至親，指父母兄弟子女等親人，詩人這裏比喻白居易。盧照鄰《西使兼送孟學士南游》：“骨肉胡秦外，風塵關塞中。唯餘劍鋒在，耿耿氣成虹。”沈亞之《上壽州

李大夫書》：“亞之前應貢在京師，而長幼骨肉萍居於吳。”　投分：定交，意氣相合。駱賓王《夏日游德州贈高四》：“締交君贈縞，投分我忘筌。”錢起《贈李十六》：“半面喜投分，數年欽盛名。常思夢顏色，誰憶訪柴荆！”　肌膚：喻最親近或親密者，猶骨肉。董仲舒《春秋繁露·玉杯》：“《春秋》不譏其前，而顧譏其後，必以三年之喪，肌膚之情也。”《漢書·叙傳》：“高四皓之名，割肌膚之愛。”顏師古注引晉灼曰：“不立戚夫人子。”兩句比喻自己與白居易的友誼深於骨肉。　澧州李十一：即元和十一年冬出爲澧州刺史的李建，曾歷職兵部郎中知制誥，根據唐人的習慣，得稱“舍人”。張謂《寄崔澧州》：“共樸臺郎被，俱褰郡守帷。罷金殊往日，鳴玉幸同時。”白居易《聞李十一出牧澧州崔二十二出牧果州因寄絶句》：“平生相見即眉開，静念無如李與崔。各是天涯爲刺史，緣何不覓九江来？”　舍人：官名。《周禮·地官·舍人》：“舍人掌平宫中之政，分其財守，以法掌其出入者也。”本宫内人之意，後世以爲親近左右之官。秦漢有太子舍人，爲太子屬官；魏晉以後有中書通事舍人，掌傳宣詔命；隋唐又置起居舍人，掌修記言之史，置通事舍人，掌朝見引納。元積《見人詠韓舍人新律詩因有戲贈》：“喜聞韓古調，兼愛近詩篇。玉磬聲聲徹，金鈴個個圓。”白居易《酬張十八訪宿見贈》：“問其所與游，獨言韓舍人。其次即及我，我愧非其倫。”　果州崔二十二：即時爲果州刺史的崔韶，元和十一年九月爲張宿所構，出貶果州。其接到白居易的書信之後，由他派出信使前来通州向元積轉遞白居易寄給元積的二十四首詩篇。杜甫《陪李梓州王閬州蘇遂州李果州四使君登惠義寺》：“春日無人境，虚空不住天。鶯花隨世界，樓閣寄山巔。”姚合《送崔玄亮赴果州冬夜宴韓卿宅》：“華省思仙侣，疲民愛使君。泠泠唯自適，郡邸有誰聞？”請讀者注意，元和五年元積從洛陽被召回京，元積與崔韶曾在陝州見面，元積《元和五年予官不了罷俸西歸三月六日至陝府與吳十一兄端公崔二十二院長思愴曩游因投五十韵》中的：“崔二十二院長”就是崔韶。

但元稹《送嶺南崔侍御》、《送崔侍御之嶺南二十韵》兩詩中提及的"崔侍御"卻不是"崔韶"而是"崔琯",兩者雖然同姓"崔",而且都是元稹"才識兼茂名於體用"科的同年,但前者排行"二十二",後者排行"二十",請讀者注意區別。　員外:即"員外郎",官名,本指正員以外的郎官,晉武帝始設員外散騎常侍,員外散騎侍郎,簡稱員外郎。隋開皇時,尚書省二十四司各設員外郎一人,爲各司之次官。唐以後直至明清,各部都有員外郎,位在郎中之次。元稹《仁風李著作園醉後寄李十》:"朧明春月照花枝,花下音聲是管兒。却笑西京李員外,五更騎馬趁朝時。"白居易《冬夜與錢員外同直禁中》:"夜深草詔罷,霜月凄凛凛。欲卧暖殘杯,燈前相對飲。"　開州韋大:即韋處厚,元和九年九月出貶爲開州刺史。杜甫《三絶句》一:"前年渝州殺刺史,今年開州殺刺史。群盗相隨劇虎狼,食人更肯留妻子?"張籍《和韋開州盛山十二首·竹巖》:"獨入千竿裏,緣巖踏石層。笋頭齊欲出,更不許人登。"　庚三十二:即庚敬休,曾歷職右補闕,與元稹有親戚關係,與元稹的前妻韋叢、繼配裴淑都有親戚關係。白居易《三月三日登庚樓寄庚三十二》:"三日歡遊辭曲水,二年愁卧在長沙。每登高處長相憶,何況茲樓屬庚家!"白居易《潯陽歲晚寄元八郎中庚三十二員外》:"閱水年將暮,燒金道未成。丹砂不肯死,白髮自須生。"　補闕:官名,唐武后垂拱元年始置,有左右之分。左補闕屬門下省,右補闕屬中書省,掌供奉諷諫。白居易《寄陸補闕》:"忽憶前年科第後,此時雞鶴暫同群。秋風惆悵須吹散,雞在中庭鶴在雲。"劉言史《山中喜崔補闕見尋》:"鹿袖青藜鼠耳巾,潜夫豈解拜朝臣。白屋藜床還共入,山妻老大不羞人。"　杜十四:即杜元穎,元稹江陵士曹參軍時的同僚。據朱金城《白居易集校箋》考證,時任右補闕,白居易稱"拾遺",屬於資訊滯後所致。元稹《三月三十日程氏館餞杜十四歸京》:"江春今日盡,程館祖筵開。我正南冠縶,君尋北路回。"白居易《東南行一百韵寄通州元九侍御澧州李十一舍人果州崔二十二使君開州韋大員外庚三十二補闕杜十四拾遺李二十助教員外竇七校書》:"南去經三楚,東来過五湖。山頭看候館,水面問征途。"　拾遺:官名,唐武則天時置左右拾遺,掌供奉諷諫。宋改爲左右正言,後隨設隨罷。劉禹錫《寄楊八拾遺》:"聞君前日獨庭争,漢帝偏知白馬生。忽領簿書遊太學,寧勞侍從厭承明。"張籍《病中寄白學士拾遺》:"秋亭病客眠,庭樹滿枝蟬。凉風繞砌起,斜影入床前。"　李二十:即李紳,元和四年至長安爲校書郎,元和八九年間改任國子助教,直至元和十四年。白居易《看渾家牡丹花戲贈李二十》:"香勝燒蘭紅勝霞,城中最數令公家。人人散後君須看,歸到江南無此花。"白居易《遊城南留元九李二十晚歸》:"老遊春飲莫相違,不獨花稀人亦稀。更勸殘杯看日影,猶應趁得鼓聲歸。"　助教:古代學官名,晉咸寧時設置,協助國子祭酒、博士教授生徒。其後除個別朝代外,國學中都設經學助教,稱國子助教、太學助教、四門助教、廣文助教等。州(郡)縣學亦有設經學助教者。北魏增設醫學助教,隋增算學助教,唐增律學助教,協助博士傳授專門知識,至宋代廢止。韓愈《贈張十八助教》:"喜君眸子重清朗,携手城南歷舊遊。忽見孟生題竹處,相看泪落不能收。"白居易《初授贊善大夫早朝寄李二十助教》:"病身初謁青宫日,衰貌新垂白髮年。寂莫曹司非熟地,蕭條風雪是寒天。"　竇七:即竇鞏,元稹的密友,時竇鞏已經出任外職,但唐人習慣仍然以内職稱之,故稱"校書"。令狐楚《和寄竇七中丞》:"仙吏秦峨別,新詩鄂渚來。才推今北斗,職賦舊三台。"裴度《竇七中丞見示初至夏口獻元戎詩輒戲和之》:"出佐青油幕,來吟白雪篇。須爲九皋鶴,莫上五湖船。"　校書:古代掌校理典籍的官員,漢有校書郎中,三國魏始置秘書校書郎,隋、唐等都設此官,屬秘書省。元稹《贈吕二校書》:"同年同拜校書郎,觸處潛行爛漫狂。共占花園争趙辟,競添錢貫定秋娘。"白居易《惜玉蕊花有懷集賢王校書起》:"芳意將闌風又吹,白雲離葉雪辭枝。集賢讎校無閑日,落盡瑶花君不知。"　席八舍人:即席夔,曾任職知制誥,故言"舍人",

元和十二年春天病故。韓愈《和席八夔十二韻（元和十一年夔與愈同掌制誥）》：“倚玉難藏拙，吹竽久混真。坐慚空自老，江海未還身。”白居易《東南行一百韻寄通州元九侍御澧州李十一舍人果州崔二十二使君開州韋大員外庾三十二補闕杜十四拾遺李二十助教員外竇七校書》：“去夏微之瘧，今春席八殂。天涯書達否？泉下哭知無（去年聞元九瘴瘧，書去竟未報。今春聞席八歿，久與還往，能無慟哭）？”

⑯ 二妙：稱自己推重的二人。沈佺期《夏日都門送司馬員外逸客孫員外佺北征》：“廟略天人授，軍麾相國持。復言徵二妙，才命重當時。”韋應物《路逢崔元二侍御避馬見招以詩見贈》：“一臺稱二妙，歸路望行塵。俱是攀龍客，空爲避馬人。”本詩所指，誠如詩注所示：“庾三十二、杜二十四並居北省。” 軒陛：殿堂，居室。張九齡《酬王履震遊園見貽》：“逶迤戀軒陛，蕭散反丘樊。”也指殿堂的臺階。陸贄《奉天論奏當今所切務狀》：“郡國之志不達於朝廷，朝廷之誠不升於軒陛。上澤闕於下布，下情壅於上聞。” 三英：三位英才。任昉《九日侍宴樂游苑》：“共貫沿五勝，獨道邁三英。”李商隱《月夜重寄宋華陽姊妹》：“偷桃竊藥事難兼，十二城中鎖彩蟾。應共三英同夜賞，玉樓仍是水精簾。”本詩所指，誠如詩注所示：“李十一、崔二十二、韋大各典方州。” 袴襦：《後漢書·廉范傳》：“遷蜀郡太守……百姓爲便，乃歌之曰：‘廉叔度，來何暮？不禁火，民安作，平生無襦今五袴。’”後遂以“袴襦”指地方官吏的善政，這裏是讚譽李建、崔韶、韋處厚在三州的善政。黃滔《泉州開元寺佛殿碑記》：“初，僕射太原公，以子房之帷幄布泉城，以叔度之袴襦纘泉民，而謂竺乾之道與尼聃鼎。”蘇軾《慶源宣義王丈求紅帶》：“今年鹽市數州禁，中有遺民懷袴襦。” 北省：指尚書省，因尚書省在宮闕之北，故稱。《北齊書·宋遊道傳》：“文襄謂暹、遊道曰：‘卿一人處南臺，一人處北省，當使天下肅然。’”李群玉《送秦煉師歸岑公山》：“北省諫書藏舊草，南宮郎署握新蘭。”方州：指州郡。王維《責躬薦弟表》：“顧臣謬官華省，而弟遠守方州，

外愧妨賢,內慚比義,痛心疾首,以日爲年。"韓偓《出官經硤石縣》:
"暝鳥影連翩,驚狐尾纛簌。尚得佐方州,信是皇恩沐。"

　　⑨ 李多嘲蝘蜓:元稹在句下自注:"李二十雅善歌詩,固多詠物
之作。" 蝘蜓:守宮,俗稱壁虎,古籍多與蜥蜴、蠑螈等相混。《荀
子·賦》:"螭龍爲蝘蜓,鴟梟爲鳳皇。"楊倞注:"蝘蜓,守宮。"馬縞《中
華古今注》卷下:"蝘蜓,一曰守宮,一曰龍子。善於樹上捕蟬食之,其
細長五色者,名曰蜥蜴;其長大者,名曰蠑螈。" 竇數集蜘蛛:元稹在
句下自注:"竇七頻改官銜,屢有蜘蛛之喜。" 蜘蛛:節肢動物,尾部
分泌黏液,凝成細絲,織成網,用來捕食昆蟲。《關尹子·三極》:"聖
人師蜂立君臣,師蜘蛛立網罟,師拱鼠制禮,師戰蟻制兵。"蕭綱《和簫
侍中子顯春別四首》二:"蜘蛛作絲滿帳中,芳草結葉當行路。"古人迷
信,以爲見蜘蛛而有發財或升官之喜事。 詠物:以詩歌描寫事物。
《國語·楚語》:"若是而不從,動而不悛,則文詠物以行之,求賢良以
翼之。"韋昭注:"文,文辭也。詠,風也,謂以文辭風托事物以動行
也。"范仲淹《賦林衡鑒序》:"指其物而詠者,謂之詠物。" 官銜:官員
的職位名稱,舊時官吏的封號、品級及歷任官職,統稱爲官銜。劉禹
錫《酬太原狄尚書見寄》:"家聲烜赫冠前賢,時望穹崇鎮北邊。身上
官銜如座主,幕中談笑取同年。"封演《封氏聞見記·官銜》:"官銜之
名,蓋興近代,當是選曹補受,須存資歷,聞奏之時,先具舊官名品於
前,次書擬官於後,使新舊相銜不斷,故曰官銜,亦曰頭銜。"

　　⑧ 奇貨:珍奇少見的物品或貨物,這裏是以物喻人,指崔韶等
人。劉禹錫《賈客詞》:"妻約雕金釧,女垂貫珠纓。高貲比封君,奇貨
通幸卿。"李復言《續幽怪録·盧僕射從史》:"湘到輦下,以奇貨求助,
助者數人。" 朽株:腐朽的樹樁,亦喻指老朽無用的人,元稹自喻。
司馬相如《上書諫獵》:"輿不及還轅,人不暇施功,雖有烏獲逄蒙之
伎,力不得用,枯木朽株,盡爲難矣!"《後漢書·孟嘗傳》:"盤木朽株,
爲萬乘用者,左右爲之容耳。"

⑨⑨ 邯鄲笑匍匐：典出《莊子·秋水》："且子獨不聞夫壽陵餘子之學行於邯鄲與？未得國能，又失其故行矣！直匍匐而歸耳！"《漢書·叙傳》："昔有學步於邯鄲者，曾未得其仿佛，又復失其故步，遂匍匐而歸耳！"元稹《寄吴士矩》："强起相維持，翻成兩匍匐。" 燕鋌：這裏用緱鋌的故事，緱鋌即鋌緱，謂以草繩纏繞劍柄。戰國時齊人馮驩，爲孟嘗君門客，甚貧，止有一劍，以鋌草繞緱，甚爲人所輕，見《史記·孟嘗君列傳》，後遂以"緱鋌"表示懷才而受冷遇。尹臺《謁唐太史應德陳橋莊二首》一："舊劍床頭長緱鋌，新書案側欲噓藜。微言更及玄笙理，不記參横晚日西。" 揶揄：嘲笑，戲弄。《世説新語·任誕》："襄陽羅友有大韵。"劉孝標注引《晉陽秋》："乃是首旦出門，於中途逢一鬼，大見揶揄云：'我只見汝送人作郡，何以不見人送汝作郡？'"高駢《依韵奉酬李迪》："只見絲綸終日降，不知功業是誰書？而今共飲醇滋味，消得揶揄勢利疏。"

⑩⑩ 三閭：指屈原。《後漢書·孔融傳》："忠非三閭，智非鼂錯，竊位爲過，免罪爲幸。"李賢注："即屈原也，掌王族三姓，曰昭、屈、景，故曰'三閭'。"陶潛《感士不遇賦》："故夷、皓有安歸之嘆，三閭發已矣之哀。"張孝祥《水調歌頭·泛湘江》："喚起九歌忠憤，拂拭三閭文字，還與日爭光。" 百里：古時一縣所轄之地，因以爲縣的代稱，也借指縣令。《後漢書·仇覽傳》："(王)涣謝遣曰：'枳棘非鸞鳳所栖，百里豈大賢之路！'"李賢注："時涣爲縣令，故自稱百里也。"駱賓王《餞鄭安陽入蜀》："彭山折阪外，井絡少城隈。地是三巴俗，人非百里材。"

⑩⑪ "耽眠稀醒素"兩句：《佩文韵府·醉》認爲兩句是元稹《憑醉》中的詩句，《佩文韵府》的引録有誤，兩句應該是本詩的一聯。 醒素：猶清醒。《玄怪録·李沈》："胡氏喜，又贈絹五十疋，因取别。乃憶醒素之言，蓋以三才五星隱其成數耳！" 嗟籲：傷感長嘆。孟浩然《書懷貽京邑同好》："晝夜常自强，詞翰頗亦工。三十既成立，嗟籲命不通。"竇群《題劍》："丈夫得寶劍，束髮曾書紳。嗟籲一朝遇，願言千載鄰。"

⑩ **學問**：學習和詢問（知識、技能等），也作知識、學識。語出《易·乾》："君子學以聚之，問以辯之。"韓愈《答楊子書》："學問有暇，幸時見臨。"蘇軾《登州謝上表》："而臣天資鈍頑，學問寡淺。"　**書題**：指書信。岑參《祁四再赴江南別詩》："山驛秋雲冷，江帆暮雨低。憐君不解説，相憶在書題。"方干《送陳秀才將游雪上便議北歸》："淮邊欲暝軍鼙急，洛下先寒苑樹空。詩句因余更孤峭，書題不合忘江東。"也泛指寫在書籍前或後的文字。羅隱《篋中得故王郎中書》："鳳里前年別望郎，叮嚀唯恐滯吳鄉。勸疏杯酒知妨事，乞與書題作裹糧。"黃滔《出關言懷》："又乞書題出，關西謁列侯。寄家僧許嶽，釣浦雨移洲。"

⑩ **夢寐**：謂睡夢。《後漢書·郎顗傳》："此誠臣顗區區之念，夙夜夢寐，盡心所計。"高適《觀李九少府翳樹宓子賤神祠碑》："安知夢寐間，忽與精靈通？"　**凋枯**：凋謝枯萎。李白《擬古十二首》七："萬物皆凋枯，遂無少可樂。曠野多白骨，幽魂共銷鑠。"朱慶餘《閑居冬末寄友人》："人情難故舊，草色易凋枯。共有男兒事，何年入帝都？"

⑩ **近喜司戎健**：元稹在句下自注："今日得樂天書。"由此可知，元稹本詩即賦作於接到"崔果州使"將白居易二十四篇詩歌送達通州元稹手中之日。　**司戎**：白居易時任江州司馬，司武與司戎意近，而司武是司馬的別稱。《左傳·襄公六年》："子蕩怒，以弓梏華弱於朝。平公見之，曰：'司武而梏於朝，難以勝矣！'"杜預注："司武，司馬。"楊伯峻注："武、馬古同音，且宋國司馬之職掌武事。"　**尋傷掌誥徂**：席夔曾經擔任知制誥的工作，與"掌誥"之説吻合。元稹在句下自注："六年聞席八歿。""六"是"去"之誤，"去年聞席八歿"與席夔"元和十二年春天病故"相符。　**徂**：死亡，凋謝。《史記·伯夷列傳》："於嗟徂兮，命之衰矣！"司馬貞索隱："徂者，往也，死也。"《文選·顏延之〈應詔觀北湖田收〉》："開冬眷徂物，殘悴盈化先。"李善注："言開冬而視徂落之物，雖已殘悴，而尚盈於殘悴之先，言可觀也。"

⑩ **士元名位屈**：龐統初不爲人所知所用，僅僅爲一縣之令，政績

不佳，被免職不用。後因魯肅、諸葛亮的舉薦，才獲重用，建功立業。《三國志·龐統傳》："龐統字士元，襄陽人也……先主領荆州，統以從事守耒陽令，在縣不治，免官。吳將魯肅遺先主書曰：'龐士元非百里才也，使處治中別駕之任，始當展其驥足耳！'諸葛亮亦言之於先主，先主見與善譚，大器之，以爲治中從事。親待亞於諸葛亮，遂與亮並爲軍師中郎將……進圍雒縣，統率衆攻城，爲流矢所中，卒時年三十六……追賜統爵關内侯，諡曰靖侯。"後代詩篇中常常借"士元"之名稱讚朋友。孟浩然《宴張別駕新齋》："講論陪諸子，文章得舊朋。士元多賞激，衰病恨無能。"武元衡《送鄧州潘使君赴任》："橘柚金難並，池塘練不如。春風行部日，應駐士元車。"　名位：官職與品位，名譽與地位。《左傳·莊公十八年》："王命諸侯，名位不同，禮亦異數。"吳處厚《青箱雜記》卷一："人皆謂其寒薄，獨一善相者目之曰：'公名位俱極，但禄氣不豐耳。'"　屈：屈辱，委屈，冤枉。《史記·老子韓非列傳》："徑省其辭，則不知而屈之。"司馬貞索隱："謂人主意在文華，而說者但徑捷省略其辭，則以說者爲無知見屈辱也。"葉適《惠州姜公墓志銘》："高宗既歎其屈，而孝宗尤器其材。"　伯道子孫無：晉代鄧攸字伯道，鄧攸歷任河東、吳郡和會稽太守，官至尚書右僕射。永嘉末因避石勒兵亂，携子、侄逃難，途中屢遇險，恐難兩全，乃棄去己子，保全侄兒，後終無子。見《晉書·鄧攸傳》。劉義慶《世説新語·賞譽》："謝太傅重鄧僕射，常言：'天地無知，使伯道無兒。'"後用作嘆人無子之典。李嘉祐《故吏部郎中贈給事中韋公挽歌二首》一："神理今何在？斯人竟若斯。顏淵徒有德，伯道且無兒。"韓愈《游西林寺題蕭二兄郎中舊堂》："中郎有女能傳業，伯道無兒可保家。"　子孫：兒子和孫子，泛指後代。劉長卿《自鄱陽還道中寄褚徵君》："愛君清川口，弄月時棹唱。白首無子孫，一生自疏曠。"高適《送渾將軍出塞》："將軍族貴兵且强，漢家已是渾邪王。子孫相承在朝野，至今部曲燕支下。"

⑯"舊好飛瓊翰"兩句：對白居易原唱的由衷讚美以及自己的深

切感受。　舊好：舊交，老相好，老朋友。耿湋《奉送崔侍御和蕃》：
"新恩明主啓，舊好使臣修。"郎士元《送楊中丞和蕃》："錦車登隴日，
邊草正萋萋。舊好尋君長，新愁聽鼓鼙。"本詩指白居易。　瓊翰：對
他人書信、字迹的美稱。王勃《宇文德陽宅秋夜山亭宴序》："披瓊翰
者，仰高筵而不暇。"《太平御覽·雪》："李顒《悲四時》曰：雲霮霺以時
興，雪聯翩而聚密。枯林皦如瓊翰，空岫即若玉室。"　新詩：新的詩
作。杜甫《解悶十二首》七："陶冶性靈存底物？新詩改罷自長吟。熟
知二謝將能事，頗學陰何苦用心。"王建《寄楊十二秘書》："新詩欲寫
中朝滿，舊卷常抄外國將。閑出天門醉騎馬，可憐蓬閣秘書郎。"　玉
壺：酒壺的美稱。李白《待酒不至》："玉壺繫青絲，沽酒來何遲！"又指
仙境，事見《後漢書·費長房傳》：東漢費長房欲求仙，見市中有老翁
懸一壺賣藥，市畢即跳入壺中。費便拜叩，隨老翁入壺。但見玉堂富
麗，酒食俱備，後知老翁乃神仙，後遂用以指仙境。陳子昂《感遇詩三
十八首》五："曷見玄真子，觀世玉壺中。"王沂孫《無悶·雪景》："待翠
管吹破蒼茫，看取玉壺天地。"

⑩ 閑處：僻靜的處所。《史記·張釋之馮唐列傳》："上怒，起入
禁中。良久，召唐讓曰：'公奈何衆辱我，獨無閑處乎？'"元稹《除夜》：
"閑處低聲哭，空堂背月眠。傷心小兒女，撩亂火堆邊。"　泣：無聲流
淚或低聲而哭。《易·屯》："得敵，或鼓或罷，或泣或歌。"蘇軾《前赤
壁賦》："舞幽壑之潛蛟，泣孤舟之嫠婦。"　娛：歡樂，戲樂。《詩·鄭
風·出其東門》："縞衣茹蘆，聊可與娛。"毛傳："娛，樂也。"韓愈《別趙
子》："不謂小郭中，有子可與娛。"

⑩ 廉藺聲相讓：事見《史記·廉頗藺相如列傳》，藺相如完璧歸
趙之後，位居廉頗之上，廉頗不服，"廉頗曰：'我爲趙將，有攻城野戰
之大功。而藺相如徒以口舌爲勞，而位居我上。且相如素賤人，吾羞
不忍爲之下。'宣言曰：'我見相如必辱之！'相如聞，不肯與會。相如
每朝時，常稱病，不欲與廉頗爭列。已而相如出，望見廉頗，相如引車

避匿。於是舍人相與諫曰：'臣所以去親戚而事君者，徒慕君之高義也！今君與廉頗同列，廉君宣惡言而君畏匿之，恐懼殊甚。且庸人尚羞之，況於將相乎？臣等不肖，請辭去。'藺相如固止之曰：'公之視廉將軍孰與秦王？'曰：'不若也！'相如曰：'夫以秦王之威，而相如廷叱之，辱其群臣。相如雖駑，獨畏廉將軍哉？顧吾念之：强秦之所以不敢加兵於趙者，徒以吾兩人在也！今兩虎共鬥，其勢不俱生。吾所以爲此者，以先國家之急而後私讎也！'廉頗聞之，肉袒負荆，因賓客至藺相如門謝罪，曰：'鄙賤之人，不知將軍寬之至此也！'卒相與驩，爲刎頸之交。" **相讓**：互相謙遜，彼此讓步。《左傳·隱公九年》："戎輕而不整，貪而無親，勝不相讓，敗不相救。"杜甫《劍門》："至今英雄人，高視見霸王。并吞與割據，極力不相讓。" **燕秦勢豈俱**：柳宗元《詠荆軻》可以破解詩人本句的含義："燕秦不兩立，太子已爲虞。千金奉短計，匕首荆卿趨。窮年徇所欲，兵勢且見屠。微言激幽憤，怒目辭燕都。朔風動易水，揮爵前長驅。函首致宿怨，獻田開版圖。炯然耀電光，掌握罔正夫。造端何其銳，臨事竟趦趄？長虹吐白日，倉卒反受誅。按劍赫憑怒，風雷助號呼。慈父斷子首，狂走無容軀。夷城芟七族，臺觀皆焚污。始期憂患弭，卒動灾禍樞。秦皇本詐力，事與桓公殊。奈何效曹子，實謂勇且愚！世傳故多謬，太史徵無且。"

⑩ **"此篇應絶倒"兩句**：這是元稹與白居易的戲言，足見兩人友誼的深厚。而所謂"足下寄容州詩"，應該就是元稹酬和竇群的詩篇《奉和竇容州》，有句："明公莫訝容州遠，一路瀟湘景氣濃……自嘆風波去無極，不知何日又相逢？"但現存白氏長慶集中，已經没有"此篇擬打足下寄容州詩"自注之"寄容州詩"，想來是白居易結集時删除。**絶倒**：佩服之極。戎昱《聽杜山人彈胡笳》："杜陵先生證此道，沈家祝家皆絶倒。如今世上雅風衰，若個深知此聲好？"崔宗之《贈李十二白》："清論既抵掌，玄談又絶倒。分明楚漢事，歷歷王霸道。" **髭須**：鬍子，唇上曰髭，唇下爲須。《樂府詩集·陌上桑》："行者見羅敷，下

擔拚髭須。"劉商《寄李備》:"挂却衣冠披薜荔,世人應是笑狂愚。年來漸覺髭須黑,欲寄松花君用無?"

[編年]

　　不見《年譜》在"詩編年"欄内對本詩編年,僅在譜文"四月,崔韶使者自果州至通州,帶來白居易的信和詩。李景信亦自忠州來訪"後引述《酬樂天東南行詩一百韵》的序,並有結論:"可見崔韶使者及李景信之至通州,皆在十三年四月。"我們已注意到《年譜》在《凡例》第二條裏的説明:"本譜體制:每年之下,先叙事實(第一部分),次繫詩、文(第二部分)……爲了叙述的方便,有些資料與考證,適宜於放在第一部分,另一些資料與考證,適宜於放在第二部分,請讀者對照起來看。"我們也注意到《年譜》在譜文之後所引述的資料:"《酬東南行》序云:'到通州後……尋而樂天既予八首……(元和)十三年,予以赦當遷。簡省書籍,得是八篇,吟嘆方極。適崔果州使至,爲予致樂天去年十二月二日書,書中寄予百韵至兩韵凡二十四章。屬李景信校書至忠州訪予,連床遞飲之間,悲吒使酒,不三兩日,盡和去年已來三十二章皆畢,李生視草而去。四月十三日,予手寫爲上、下卷'云云。"讀完《年譜》所引材料,確實祇能得出與《年譜》一致的結論,即"可見崔韶使者及李景信之至通州,皆在十三年四月"以及"四月,崔韶使者自果州至通州,帶來白居易的信和詩。李景信亦自忠州來訪",除此而外,並没有説明元稹《酬樂天東南行詩一百韵》作於元和十三年四月的事實。按照《年譜》的《凡例》,如果這一部分資料與考證適宜第一部分,那末應該在第一部分"可見崔韶使者及李景信之至通州,皆在十三年四月"之後作出明確的説明:元稹與李景信"連床遞飲","悲吒使酒",不三兩日盡和白居易寄來的三十二首詩歌,《酬樂天東南行詩一百韵》等詩歌即作於其時。或者在本年"詩編年"欄内對《酬樂天東南行詩一百韵》等詩歌一一加以編年,《年譜》在編年元稹其他詩文時常常是這樣處理的,翻看《年譜》,這樣的處理方式比比皆是,也是值得肯定的。遺憾的是元稹在元和十三年四月十三日之前不久一次性酬和白居易的三十二首詩歌,一首也不見於《年譜》編年於元和十三年,相反部分詩歌却分別編年在元和十三年之前的各年"詩編年"條下,有些不能具體編年的詩歌則籠統編年在元稹"乙未至戊戌在通州所作其他詩"欄内,有些詩歌則無緣無故遺漏編年。《年譜》這樣的編年離開元稹的史實實在太遠,把讀者的視綫攪得模糊不清。《編年箋注》編年本詩:"元稹和作成於元和十三年(八一八)四月。"《年譜新編》亦編年元和十三年,但其説明編年理由的譜文却是有問題的:"崔韶派人自果州帶來白居易之詩與信。李景信亦自忠州來訪。追和白詩,托李景儉寄白氏。"元稹委託李景儉寄給白居易的不是這首《酬樂天東南行一百韵》詩篇,更不是包括《酬樂天東南行一百韵》在内的"三十二首"詩歌,而僅僅祇是《憑李忠州寄詩樂天》而已,時間也不是元和十三年四月,而是元和十四年年初元稹離開通州轉任虢州長史途經忠州之時,《年譜新編》的陳述牛頭不對馬嘴,明顯是錯誤的。

我們認爲本詩應該作於元和十三年四月十三日之前不久,亦即來自忠州的李景信與元稹相會之時,具體時間可能是四月十日、十一日至十二日間,元稹繼前任刺史李進賢離任之後剛剛"權知州務",地點在通州。我們的根據有三:其一,元稹因病移地興元就醫,因病情危急没有來得及告知白居易,兩人因此失去聯繫,自元和十年十月稍前至元和十二年五月前後,元稹没有收到白居易寄贈自己的詩篇,白居易也没有收到元稹回酬自己的詩篇,有白居易《與微之書》爲證:"四月十日夜,樂天白。微之!微之!不見足下面已三年矣!不得足下書欲二年矣!人生幾何,離闊如此!況以膠漆之心,置於胡越之身。進不得相合,退不能相忘。牽攣乖隔,各欲白首。微之!微之!如何,如何?天實爲之,謂之奈何!"其二,本詩序:"屬李景信校書自忠州訪予,連床遞飲之間,悲咤使酒,不三兩日盡和去年已來三十二章皆畢,李生視草而去。四月十三日,予手寫爲上下卷。"其三,元稹作於元和十三年十一月十日的《告畲三陽神文》文云:"我貳茲邑,星歲三卒……自喪守侯,月環其七。"元稹元和十年來到通州,從"星歲三卒"來看,當是"十三年"。上推"月環其七",當是元和十三年四月前後,時任通州刺史李進賢離任他去,元稹奉山南西道節度使權德輿之命,代理其職,亦即"權知州務"。據此,元稹本詩以及其他三十一首詩篇,均作於元和十三年四月十三日之前的"不三兩日",均作於李景信自忠州來訪之時,均完成於李景信離開通州之前,作詩的時間僅僅祇在"不三兩日"之間,因此我們可以斷定,本詩以及其他三十一詩篇,應該作於元和十三年四月十三日之前的"不三兩日"之內,亦即元和十三年四月十三日之前的四月十日、十一日至十二日間,肯定不涵蓋四月十三日之後的"四月",也不應該包括四月十日之前數日的"四月"。《年譜》、《編年箋注》稱"四月"是籠統的,也是不確切的。而《年譜新編》把元稹"追和白詩"編排在"三月,李夷簡爲門下侍郎、同平章事,白居易向元稹祝賀"、"三月或四月,權知州務"兩條材料之前,同樣是背離了歷史的史實,同樣是非常不合適的。

◎ 酬樂天醉別^{(一)①}

前回一去五年別,此別又知何日回②? 好住樂天休悵望! 匹如元不到京來③。

録自《元氏長慶集》卷二〇

［校記］

(一) 酬樂天醉別:本詩存世各本,包括楊本、叢刊本、《萬首唐人絕句》、《全詩》諸本,均無異文。

[箋注]

① 酬樂天醉別：白居易原唱是《醉後却寄元九》：“蒲池村裏匆匆別，澧水橋邊兀兀回。行到城門殘酒醒，萬重離恨一時來。”作於元和十年三月三十日長安城門口，而元稹的酬唱次韵酬和却在元和十三年四月十日至十二日之間。

② 前回一去五年別：這裏指元和五年三月元稹出貶江陵士曹參軍之事，至元和十年元稹與白居易再次見面，前後正好五年。當時白居易在長安，後因母親病故回到老家守喪，守喪期滿，回京任職太子左贊善大夫。元稹白居易當時分別之情景，有白居易《和答詩十首序》紀實，録以供讀者參閱：“（元和）五年春，微之從東臺來。不數日，又左轉爲江陵士曹掾。詔下日，會予下内直歸，而微之已即路，邂逅相遇於街衢中，自永壽寺南，抵新昌里北，得馬上話別。語不過相勉，保方寸，外形骸而已，因不暇及他。是夕，足下次于山北寺，僕職役不得去，命季弟送行，且奉新詩一軸，致於執事，凡二十章，率有比興，淫文艷韵無一字焉！意者欲足下在途諷讀，且以遣日時消憂懣，又有以張直氣而扶壯心也！” 前回：上一次。陸龜蒙《孤燭怨》：“前回邊使至，聞道交河戰。坐想鼓鞞聲，寸心攢百箭。”韋莊《天仙子》：“悵望前回夢裏期。看花不語苦尋思。露桃宫裏小腰肢。眉眼細，鬢雲垂。惟有多情宋玉知。” 此別又知何日回：元稹在這裏抒發的是早日盼望歸還京城的迫切心情。請讀者注意：元稹賦詠本詩雖然已經是元和十三年四月中旬，但他還是用了元和十年三月三十日分別之時的口吻，希望讀者細加體味。 何日：哪一天，什麼時候。宋之問《題大庾嶺北驛》：“陽月南飛雁，傳聞至此回。我行殊未已，何日復歸來？”李嶠《送司馬先生》：“蓬閣桃源兩處分，人間海上不相聞。一朝琴裏悲黄鶴，何日山頭望白雲？”

③ 好住：行人臨去時慰囑居留者之詞，猶言安居保重或不要遠送之意。《南史·任忠傳》：“忠馳入臺，見後主，言敗狀，曰：‘官好住，

無所用力。'"《敦煌變文集·伍子胥變文》:"子胥別姊稱:'好住! 不
須啼哭泪千行。'"　　恨望:惆悵地看望或想望。劉長卿《寄李侍御》:
"舊國人未歸,芳洲草還碧。年年湖上亭,恨望江南客。"李白《擬古十
二首》一二:"佳人彩雲裏,欲贈隔遠天。相思無由見,恨望涼風前。"
匹如:比如,好似,唐宋人之口語。白居易《詠懷》:"尚平婚嫁了無累,
馮翊符章封却還。處分貧家殘活計,匹如身後莫相關。"蘇軾《答李寺
丞二首》二:"僕雖遭憂患狼狽,然匹如當初不及第,即諸事易了。"
元:本來,向來,原來。嵇康《琴賦序》:"推其所由,似元不解音聲。"王
魯復《詣李侍郎》:"文字元無底,功夫轉到難。"吳曾《能改齋漫録·事
始》:"本朝試進士詩賦題,元不具出處。"

[編年]

　　《年譜》編年本詩於元和十年"初到通州時作",除引述白居易原
唱詩題和元稹酬唱詩篇全文之外,没有説明編年理由。《編年箋注》
編年:"元稹此詩作於元和十年(八一五)初到通州司馬任時。見下
《譜》。"《年譜新編》編年本詩於元和十年"赴通州途中",没有説明編
年理由。

　　我們以爲,白居易原唱確實作於元和十年三月三十日送別元稹
之後,作於長安城門口,但並非當時立即寄贈,而是與數日後所作的
其他七首詩篇一起寄贈元稹。白居易寄贈這八篇詩歌之時,元稹已
經跋涉於貶赴通州途中,不可能在途中收到白居易的詩篇,不可能如
《年譜》所言"初到通州時作",不可能如《編年箋注》所言"初到通州司
馬任時",更不可能如《年譜新編》所言"赴通州途中"作,而應該是元
稹到達之後,因爲這八篇詩篇,其中有白居易《微之到通州日授館未
安見塵壁間有數行字讀之即僕舊詩其落句云緑水紅蓮一朵開千花百
草無顔色然不知題者何人也微之吟嘆不足因綴一章兼録僕詩本同寄
省其詩乃是十五年前初及第時贈長安妓人阿軟絶句緬思往事杳若夢

中懷舊感今因酬長句》、《得微之到官後書備知通州之事悵然有感因成四章》五篇詩歌的元稹原唱，均作於元稹本人到達通州之後，故白居易的酬篇更應該在其後，元稹還沒有等到白居易的酬詩，自己就已經病倒在床，元稹當時"瘧病將死，一見外不復記憶"，當時並沒有，也不可能立即酬和白居易的這八篇詩歌，直到元和十三年四月收到白居易重行寄贈的二十四首詩篇之後，才當著李景信的面"不三兩日"酬和白居易的三十二首贈詩，包括酬和元和十年白居易寄贈元稹的八首以及元和十三年四月元稹收到白居易重行寄贈的二十四首詩篇，具體時間應該在元和十三年四月十日至十二日間，地點在通州，元稹當時是以州司馬的身份"權知州務"。本詩即是酬和白居易元和十年寄贈的八首之一，但元稹酬和之時，却是三十二篇，用的却是當時的口吻，請讀者注意辨別。

我們編年本詩的根據有三：其一，元稹因病移地興元就醫，因病情危急沒有來得及告知白居易，兩人因此失去聯繫，自元和十年十月稍前至元和十二年五月前後，元稹沒有收到白居易寄贈自己的詩篇，白居易也沒有收到元稹回酬自己的詩篇，有白居易《與微之書》爲證，前詩編年已經引用，此不重複。其二，就是《酬樂天東南行詩一百韻》的詩序，上面也已經引述，此不重複。第三，如果讀者還有疑問，請參閱一九八八年筆者在《蘇州大學學報》第二期上發表的拙稿《元稹白居易通江唱和真相述略》、二〇〇二年在《南昌大學學報》第二期發表的拙稿《元稹白居易通江唱和縱述》以及河南人民出版社出版於二〇〇八年三月的《元稹考論·元稹白居易通江唱和真相考略》三文，以及最近在《杭州電子科技大學學報》2015年第二期剛剛發表的《後人對元稹詩文的錯解》拙文。

◎ 酬樂天雨後見憶^{(一)①}

雨滑危梁性命愁,差池一步一生休②。黃泉便是通州郡,漸入深泥漸到州③。

録自《元氏長慶集》卷二〇

[校記]

(一)酬樂天雨後見憶:本詩存世各本,包括楊本、叢刊本、《萬首唐人絕句》、《全詩》諸本,均無異文。

[箋注]

① 酬樂天雨後見憶:白居易原唱是《雨夜憶元九》:"天陰一日便堪愁,何況連宵雨不休! 一種雨中君最苦,偏梁閣道向通州。"作於元和十年三月三十白居易與元稹分別之後的四五月間,白居易因天雨而挂念在蜀道上艱難跋涉的元稹,元稹元和十三年四月十日至四月十二日間次韵酬和。 雨後:大雨之後。王昌齡《酬鴻臚裴主簿雨後北樓見贈》:"暮霞照新晴,歸雲猶相逐。有懷晨昏暇,想見登眺目。"李白《雨後望月》:"四郊陰靄散,開戶半蟾生。萬里野霜合,一條江練橫。" 見:用在動詞前面表示被動,相當於被,受到。《孟子·梁惠王》:"百姓之不見保,爲不用恩焉!"韓愈《駑驥贈歐陽詹》:"有能必見用,有德必見收。孰云時與命? 通塞皆自由。" 憶:思念。杜甫《中丞嚴公雨中垂寄見憶一絕奉答二絕》:"雨映行宮辱贈詩,元戎肯赴野人期。江邊老病雖無力,強擬晴天理釣絲。"嚴武《巴嶺答杜二見憶》:"卧向巴山落月時,兩鄉千里夢相思。可但步兵偏愛酒,也知光禄最能詩。"

② 雨滑:因雨而路滑。岑參《早上五盤嶺》:"棧道溪雨滑,畬田原

草乾。此行爲知己，不覺蜀道難。"許渾《行次虎頭岩酬寄路中丞》："石梯迎雨滑，沙井落潮鹹。何以慰行旅？如公書一緘。" 危梁：謂高架於山谷間的橋，亦即人們常説的棧道。羅隱《升仙橋》："危梁枕路岐，駐馬問前時。價自友朋得，名因婦女知。"孫棨《北里志·鄭合敬先輩》："嗚呼！有危梁峻谷之虞，則回車返策者衆矣！" 性命：生命。諸葛亮《出師表》："苟全性命於亂世，不求聞達于諸侯。"韓愈《東都遇春》："譬如籠中鳥，仰給活性命。" 愁：憂慮，憂愁。《左傳·襄公二十九年》："哀而不愁，樂而不荒。"張協《七命八首》一："愁洽百年，苦溢千歲。" 差池：差錯。韓愈《寄崔二十六立之》："每旬遺書我，竟歲無差池。"也作意外解。李端《古別離二首》一："與君桂陽別，令君岳陽待。後事忽差池，前期日空在。" 一步：行走時兩脚間的距離。阮籍《大人先生傳》："以萬里爲一步，以千歲爲一朝。"《朱子語類》卷二："只似在圓地上走，一人過急一步，一人差不及一步，又一人甚緩，差數步也。" 一生：一輩子。葛洪《抱朴子·道意》："余親見所識者數人，了不奉神明，一生不祈祭，身享遐年，名位巍巍，子孫蕃昌且富貴也。"《晉書·阮孚傳》："孚性好屐……或有詣阮，正見自蠟屐，因自嘆曰：'未知一生當著幾量屐！'" 休：猶甘休，完蛋。韓愈《祭河南張員外文》："解手背面，遂十一年。君出我入，如相避然。生闊死休，吞不復宣。"《敦煌曲子詞·定風波》："更遇盲依（醫）與宣謝（瀉），休也，頭面大汗永分離。"

③ 黃泉：這裏指人死後埋葬的地方，即所謂的"陰間"。王建《寒食行》："遠人無墳水頭祭，還引婦姑望鄉拜。三日無火燒紙錢，紙錢那得到黃泉？"鄭蜀賓《別親朋》："畏途方萬里，生涯近百年。不知將白首，何處入黃泉？" 通州郡：即通州，隋、唐兩代曾稱"通川郡"；《舊唐書·地理志》："通州：隋通川郡。武德元年改爲通州，領通川、宣漢、三岡、石鼓、東鄉五縣，以宣漢屬南并州……天寶元年改爲通川郡，乾元元年復爲通州。舊領縣七，户七千八百九十八，口三萬八千一百二十三。天寶户四萬七百四十三，口十一萬八百四。在京師西

南二千三百里,去東都二千八百七十五里。"州治即今四川省達州市。
元稹《蟲豸詩七篇序》:"又數年,司馬通川郡。通之地,叢穢卑褊,烝
瘴陰鬱,敵爲蟲蛇,備有辛螫。蛇之毒百而鼻塞者尤之,蟲之輩亦百,
而虻、蟆、浮塵、蜘蛛、蟻子、蛒蜂之類最甚害人。"楊巨源《奉寄通州元
九侍御》:"須聽瑞雪傳心語,莫被啼猨續淚行。共説聖朝容直氣,期
君新歲奉恩光。" 深泥:很深很厚很黏的爛泥。《周禮·考工記·輪
人》:"參分其輻之長,而殺其一,則雖有深泥,亦弗之溓也。"元稹《有
鳥二十章》六:"風吹繩斷童子走,餘勢尚存猶在天。愁爾一朝還到
地,落在深泥誰復憐?"

[編年]

《年譜》編年本詩於元和十年"通州作",没有説明理由。《編年箋
注》編年:"此詩……作於元和十年(八一五),元稹時在通州司馬任。
見下《譜》。"《年譜新編》編年本詩於元和十年"赴通州途中作",也没
有説明理由。

我們以爲,《編年箋注》所謂"作於元和十年(八一五),元稹時在
通州司馬任"的説法是不確切的,因爲元和十年初春元稹自唐州返回
京城,歡游城南,接著出貶通州,沿途跋涉一路賦詩,於這年的六月才
到達通州,時間已經過去了將近半年,如何可以籠統地説元和十年元
稹在通州司馬任這樣不負責任之話?

關於本詩的編年,我們以爲應該與《酬樂天醉别》一樣,理由也是
一樣,請參閲,不再重複。但有一點必須説明:白居易原唱應該作於
元和十年的四五月間,而不是《醉後却寄元九》所作的元和十年三月
三十日。

◎ 酬樂天得微之詩知通州事因成四首①

茅簷屋舍竹籬州⁽一⁾，虎怕偏蹄蛇兩頭（通州元和二年偏蹄虎
害人，比之白額。兩頭蛇，處處皆有之也）⁽二⁾②。暗蠱有時迷酒影⁽三⁾，
浮塵向日似波流③。沙含水弩多傷骨，田仰畬刀少用牛④。
知得共君相見否？近來魂夢轉悠悠⑤。

平地才應一頃餘，閣欄都大似巢居⁽四⁾（巴人多在山坡架木爲
居，自號閣欄頭也）⁽五⁾⑥。入衙官吏聲疑鳥，下峽舟船腹似魚⑦。
市井無錢論尺丈⁽六⁾，田疇付火罷耘鋤⁽七⁾⑧。此中愁殺須甘
分，惟惜平生舊著書（本句云：‘努力安心過三考，已曾愁殺李尚書。’又予
病甚，將平生所爲文自題云‘異日送白二十二郎也’）⑨。

哭鳥晝飛人見少，悵魂夜嘯虎行多⑩。滿身沙虱無防
處，獨腳山魈不奈何⑪。甘受鬼神侵骨髓，常憂岐路處風
波⁽八⁾⑫。南歌未有東西分，敢唱滄浪一字歌（本句云‘時時三唱濯
纓歌’）⁽九⁾⑬。

三千里外巴蛇穴⁽一〇⁾，四十年來司馬官⑭。瘴色滿身治
不盡，瘡痕刮骨洗應難⑮。常甘人向衰容薄，獨訝君將舊眼
看⑯。前日詩中高蓋字（白詩云：‘舉目爭能不悵悵？高車大馬滿長
安’⁽一一⁾），至今唇舌遍長安⑰。

錄自《元氏長慶集》卷二一

［校記］

（一）茅簷屋舍竹籬州：楊本、叢刊本、《全詩》、《全唐詩錄》、《瀛
奎律髓》同，《蜀中廣記》、《錦繡萬花谷》作“茅苫屋舍竹籬州”，語義相

類,不改。

(二)通州元和二年偏蹄虎害人,比之白額。兩頭蛇,處處皆有之也:楊本、叢刊本、《全詩》、《全唐詩録》同,《瀛奎律髓》無此注文。

(三)暗蠱有時迷酒影:楊本、叢刊本、《全詩》、《全唐詩録》、《瀛奎律髓》、《錦繡萬花谷》同,《蜀中廣記》作"暗蠱有時迷酒飲",語義不同,不改。

(四)閣欄都大似巢居:楊本、叢刊本、《全詩》、《全唐詩録》同,《瀛奎律髓》作"閭闈都大似巢居",語義不同,不改。

(五)自號閣欄頭也:楊本、叢刊本、《全詩》、《全唐詩録》同,《瀛奎律髓》作"自號閭闈頭也",語義不同,不改。

(六)市井無錢論尺丈:楊本、叢刊本、《全詩》、《全唐詩録》同,《瀛奎律髓》作"市井無錢論丈尺",語義相類,不改。

(七)田疇付火罷耘鋤:楊本、叢刊本、《全詩》、《全唐詩録》同,《瀛奎律髓》作"田疇付火罷耘鉏",語義相類,不改。

(八)常憂岐路處風波:叢刊本、《全詩》、《全唐詩録》同,楊本作"常憂岐路處風波",《瀛奎律髓》作"常憂岐路起風波",語義相類,不改。

(九)本句云'時時三唱濯纓歌':楊本、叢刊本、《全詩》、《全唐詩録》同,《瀛奎律髓》無此注。

(一〇)三千里外巴蛇穴:包括本句在内的以下八句,存世各本均以元稹另一首詩篇《酬樂天見寄》出現在讀者面前,筆者根據元稹白居易唱和詩的内容以及元稹酬和詩的次韻情況斷定:這首詩歌,應該是元稹《酬樂天得微之詩知通州事因成四首》之四,而原來佔據《酬樂天得微之詩知通州事因成四首》之四位置的那首詩篇應該是另一首詩歌:"荒蕪滿院不能鋤,甑有塵埃圃乏蔬。定覺身將囚一種,未知生共死何如? 饑搖困尾喪家狗,熱暴枯鱗失水魚。苦境萬般君莫問,自憐方寸本來虛。"與白居易原唱並不次韻,由於錯亂,誤入本組詩。

這種錯亂，對照一下白居易的原唱《得微之到官後書備知通州之事悵然有感因成四章》第四章就不難發現："通州海內恓惶地，司馬人間冗長官。傷鳥有弦驚不定，臥龍無水動應難。劍埋獄底誰深掘？松偃霜中盡冷看。舉目爭能不惆悵？高車大馬滿長安。"白居易的詩篇，與元稹"三千里外巴蛇穴"八句一一次韻，應該是具備唱和關係的原存詩篇，今天予以改正，並且加以辨正，幸請讀者注意辨別：《元氏長慶集》中元稹有《酬樂天得微之詩知通州事因成四首》已見上面引錄，其一："……"其二："……"其三："……"其四："荒蕪滿院不能鋤，甑有塵埃圃乏蔬。定覺身將囚一種，未知生共死何如？饑搖困尾喪家狗，熱暴枯鱗失水魚。苦境萬般君莫問，自憐方寸本來虛。"而白居易原唱《得微之到官後書備知通州之事悵然有感因成四章》，其一："……"其二："……"其三："……"其四："通州海內恓惶地，司馬人間冗長官。傷鳥有弦驚不定，臥龍無水動應難。劍埋獄底誰深掘？松偃霜中盡冷看。舉目爭能不惆悵？高車大馬滿長安。"仔細對照白居易原唱與元稹酬唱，兩組詩篇之一、二、三各篇，雖然還說不上是嚴格的"次韻"，但互相之間是押韻則確定無疑。唯有元稹的第四首，白居易原唱押"官"、"難"、"看"、"安"韻，而元稹酬篇卻押"蔬"、"如"、"魚"、"虛"韻，兩者不在同一韻部，肯定有誤。我們翻檢《元氏長慶集》，有《酬樂天見寄》一首，詩云："三千里外巴蛇穴，四十年來司馬官。瘴色滿身治不盡，瘡痕刮骨洗應難。常甘人向衰容薄，獨訝君將舊眼看。前日詩中高蓋字（白詩云舉目爭能不惆悵，高車大馬滿長安），至今唇舌遍長安。"不僅與白居易《得微之到官後書備知通州之事悵然有感因成四章》之四語境前後相接，而且兩詩一一次韻，尤其元稹"前日詩中高蓋字（白詩云舉目爭能不惆悵，高車大馬滿長安），至今唇舌遍長安"的回酬與白居易原唱"舉目爭能不惆悵？高車大馬滿長安"嚴絲合縫，元稹之《酬樂天見寄》與元稹之《酬樂天得微之詩知通州事因成四首》錯簡無疑。那末，錯入《酬樂天得微之詩知通州事因成四首》之中的第四首元稹詩篇，又是與白居易哪一首詩篇存在唱和關係？翻檢《白氏長慶集》卷一八，發現其《即事寄微之》詩云："畬田澀米不耕鉏，旱地荒園少菜蔬。想念土風今若此，料看生計合何如？衣縫紕纇黃絲絹，飯下腥鹹白小魚。飽暖飢寒何足道！此身長短是空虛！"白居易的這首原唱，與錯入元稹《酬樂天得微之詩知通州事因成四首》之中的第四首不僅語境相接，而且也一一次韻，白居易《即事寄微之》與元稹《酬樂天得微之詩知通州事因成四首》之中的第四首才是名符其實的唱和詩篇。看來是元稹、白居易兩處四首詩篇互相錯簡，應該是劉麟父子或者其他前人錯簡所致。而《元氏長慶集》之"楊本"、"馬本"以及《瀛奎律髓》、《全唐詩録》、《全詩》均承誤錯簡。對此，《元稹集》、《編年箋注》均無發現，更沒有給予更正。《年譜》、《年譜新編》則有所發現，特此説明。

（一一）白詩云：'舉目爭能不惆悵？高車大馬滿長安'：楊本、叢刊本、《全詩》、《江西通志》無，這應該是馬元調所爲。

［箋注］

① 酬樂天得微之詩知通州事因成四首：白居易原唱爲《得微之到官後書備知通州之事悵然有感因成四章》，其一："來書子細説通州，州在山根峽岸頭。四面千重火雲合，中心一道瘴江流。蟲蛇白晝攔官道，蚊蚋黃昏撲郡樓。何罪遣君居此地？天高無處問來由。"其二："匝匝巘山萬仞餘，人家應似甑中居。寅年籬下多逢虎，亥日沙頭始賣魚。衣斑梅雨長須熨，米澀畬田不解鉏。努力安心過三考，已曾愁殺李尚書（李實尚書先貶此州，身殁於彼處）。"其三："人稀地僻醫巫少，夏旱秋霖瘴瘧多。老去一身須愛惜，別來四體得如何？侏儒飽笑東方朔，薏苡讒憂馬伏波。莫遣沈愁結成病，時時一唱濯纓歌。"其四："通州海內恓惶地，司馬人間冗長官。傷鳥有弦驚不定，臥龍無水動應難。劍埋獄底誰深掘？松偃霜中盡冷看。舉目爭能不惆悵？高

車大馬滿長安。"需要説明的是:白居易有《得微之到官後書因成四首》、《即事寄微之》寄贈元稹,後來元稹也有酬詩《酬樂天得微之詩知通州事因成四首》、《酬樂天見寄》酬和,但根據與白居易原唱内容、元稹酬詩次韻等等的對比之後發現,這裏互爲舛誤,亦即《酬樂天見寄》的詩題應該是《酬樂天得微之詩知通州事因成四首》之四,而《酬樂天得微之詩知通州事因成四首》之四的詩題應該是《酬樂天見寄》,我們在本組詩的"校記"中已經説明,下面我們還將涉及這兩首詩篇,附帶再在這裏作一點説明。另外,元稹酬和的第一首詩篇,與白居易原唱的第一首並没有一一次韻;第三第四兩韻僅僅是押韻,自然也與第二第三首一一次韻不同;倒是經過我們調整以後的元稹白居易的第四首,它們是一一次韻的關係。

②茅檐屋舍:用茅草等材料覆蓋的屋舍。陶潛《桃花源記》:"復行數十步,豁然開朗,土地平曠,屋舍儼然。"楊師道《還山宅》:"鳥散茅檐静,雲披澗户斜。依然此泉路,猶是昔烟霞。" 竹籬:用竹編的籬笆。《南史·王儉傳》:"宋世,宫門外六門城設竹籬。"李中《寄劉鈞秀才》:"野鳥穿莎徑,江雲過竹籬。" 偏蹄虎:不詳具體含義,根據本詩詩注,應該是比較凶猛的老虎,與力雄勢猛的白額虎相當。 白額:猛虎。《晉書·周處傳》:"南山白額猛獸,長橋下蛟,並子爲三矣!"李白《大獵賦》:"雖鑿齒磨牙而致伉,誰謂南山白額之足覦。"王琦注:"白額虎蓋虎之老者,力雄勢猛,人所難御。" 兩頭蛇:蛇之一種,無毒,尾圓鈍,驟看頗像頭,且有與頭相同的行動習性,故名,古人傳説見之者死。賈誼《新書·春秋》:"孫叔敖之爲嬰兒也,出遊而還,憂而不食。其母問其故,泣而對曰:'今日吾見兩頭蛇,恐去死無日矣!'其母曰:'今蛇安在?'曰:'吾聞見兩頭蛇者死,吾恐他人又見,吾已埋之也!'其母曰:'無憂,汝不死。吾聞之:有陰德者,天報之以福。'"劉恂《嶺表録異》卷下:"兩頭蛇,嶺外多此類。時有如小指大者,長尺餘,腹下鱗紅皆錦文。一頭有口眼,一頭似頭而無口眼,云兩

頭俱能進退,謬也。昔孫叔敖見之不祥,乃殺而埋之。南人見之以爲常,其禍安在哉?”《南齊書‧紀僧真傳》:“尋除前軍將軍,遭母喪開冢,得五色兩頭蛇。”

③ 蠱:傳說一種人工培育的毒蟲。《文選‧鮑照〈苦熱行〉》:“含沙射流影,吹蠱痛行暉。”李善注引顧野王《輿地志》:“江南數郡有畜蠱者,主人行之以殺人,行食飲中,人不覺也。其家絕滅者,則飛遊妄走,中之則斃。”《通志‧六書》:“造蠱之法,以百蟲置皿中,俾相啖食,其存者爲蠱,故從蟲皿也。”也指傷害人的熱毒惡氣。《史記‧秦本紀》:“〔德公〕二年,初伏,以狗御蠱。”張守節正義:“蠱者,熱毒惡氣爲傷害人,故磔狗以御之。”　酒影:指酒面的浮光或酒中的倒影。岑參《梁州陪趙行軍龍岡寺北庭泛舟宴王侍御》:“酒影搖新月,灘聲聒夕陽。江鐘聞已暮,歸棹綠川長。”姚合《宴光祿田卿宅》:“春風酒影動,晴日樂聲長。”　浮塵:空中飛揚或物面附著的灰塵。林逋《寺居》:“不壓浮塵擬何了,片心難舍此緣中。”又指浮塵子,昆蟲名,體形似蟬而小,黃綠色或黃褐色,具有刺吸式口器,吸稻、棉、果樹等汁液,亦省稱“浮塵”。韓愈《忽忽》:“雲生我身乘風振,奮出六合絕浮塵。死生哀樂兩相棄,是非得失付閑人。”元稹《蟲豸詩七篇‧浮塵子三首》一:“可嘆浮塵子,纖埃喻此微。”原詩序:“浮塵,蟆類也,其實微不可見,與塵相浮而上下。”　向日:朝著太陽,面對太陽。《史記‧龜策列傳》:“於是元王向日而謝,再拜而受。”李世民《詠桃》:“向日分千笑,迎風共一香。”　波流:水流,支流。劉向《説苑‧雜言》:“錯吾軀於波流,而吾不敢用私。”薛用弱《集異記補編‧崔圓》:“是日風色恬和,波流靜謐。”這裏指浮塵在陽光裏隨著氣流上下流動。

④ 水弩:蜮的俗稱,傳說中的一種水中毒蟲,以其在水中含沙射人,故名。《詩‧小雅‧何人斯》:“爲鬼爲蜮。”陸德明釋文:“〔蜮〕狀如鱉,三足,一名射工,俗呼之水弩,在水中含沙射人,一云射人影。”白居易《送人貶信州判官》:“溪畔毒沙藏水弩,城頭枯樹下山魈。若

於此郡爲卑吏，刺史廳前又折腰。"張祜《寄遷客》："溪行防水弩，野店避山魈。瘴海須求藥，貪泉莫舉瓢！" 畲刀：指用火種刀耕的方法來耕種土地所使用的簡單工具。貫休《懷武夷紅石子二首》二："竹鞘畲刀缺，松枝獵箭牢。何時一相見，清話擘蟠桃？"劉嵩《渡繡水取道赴高州》"溪罟窮深捕，畲刀廢薄耕。見人茆屋好，渾欲愧平生。"

⑤ 知得：曉得。司空曙《送魏季羔游長沙觀兄》："訪友多成滯，携家不厭遊。惠連仍有作，知得從兄酬。"張元幹《柳梢青》："入戶飛花，隔簾雙燕，有誰知得？" 共：副詞，皆，共同，一起。《禮記·內則》："少事長，賤事貴，共帥時。"鄭玄注："共，猶皆也。"鮑照《代白頭吟》："古來共如此，非君獨撫膺。" 魂夢：夢，夢魂。李嘉佑《江湖秋思》："嵩南春遍傷魂夢，壺口雲深隔路歧。"王昌齡《太湖秋夕》："水宿烟雨寒，洞庭霜落微。月明移舟去，夜静魂夢歸。" 悠悠：思念貌，憂思貌。《詩·邶風·終風》："莫往莫來，悠悠我思。"鄭玄箋："言我思其如是，心悠悠然。"喬知之《定情篇》："去時恩灼灼，去罷心悠悠。""近來魂夢轉悠悠"以上八句：宋代無名氏《錦繡萬花谷·達州》："'茅苫屋舍竹籬州，虎怕偏蹄蛇兩頭。暗蠱有時迷酒影，浮塵終日似波流。沙含水弩多傷骨，田仰畲刀少用牛。知得共君相見否？近來魂夢轉悠悠。'出白樂天《詠達州畏景》。"《錦繡萬花谷》認爲八句出自白居易之手，顯然是張冠李戴。八句除見於《元氏長慶集》各本外，又見《瀛奎律髓》、《全詩》、《全唐詩録》，均歸名元稹。《蜀中廣記》："《唐詩紀事》：元稹受通之初，有習通者曰，地墊濕卑褊，人土希少，邑無吏，市無貨，百姓茹草木，刺史以下計粒而食。大有虎、豹、蛇、虺之患，小有蟆、蚋、蜘蛛之類，皆能鑽嚙肌膚，使人瘡痏。夏多陰霆，秋爲痢瘧，故其酬白樂天詩：'茅苫屋舍竹籬州，虎怕偏蹄蛇兩頭。暗蠱有時迷酒飲，浮塵終日似波流。沙含水弩多傷骨，田仰畲刀少用牛。知得共君相見否？近來魂夢轉悠悠。微之以詞人謫居，牢騷之感，或甚其詞者與？"

⑥ 平地：平坦的地面。《左傳·隱公九年》："凡雨，自三日以往

爲霖，平地尺爲大雪。"《史記·吳王濞列傳》："吳多步兵，步兵利險；漢多車騎，車騎利平地。"　頃：土地面積單位之一：一、百畝爲頃。《漢書·楊惲傳》："田彼南山，蕪穢不治，種一頃豆，落而爲萁。"顏師古注引張晏曰："一頃百畝，以喻百官。"杜甫《杜鵑》："有竹一頃餘，喬木上參天。"二、十二畝半爲頃。《公羊傳·宣公十五年》"什一者，天下之中正也"何休注："凡爲田，一頃十二畝半。八家而九頃，共爲一井，故曰井田。"　閣欄：唐代四川東部居民所建木屋。祝穆《方輿勝覽》卷六〇引《寰宇記》："今渝之山谷中有狼猓，鄉俗構屋高樹，謂之閣欄。不解絲竹，唯敲銅鼓。觀木葉以別四時，父子同諱，夫妻共名。"《名勝記·重慶府》："《寰宇記》云：'狼猓鄉人構屋高樹上，謂之閣欄。不解絲竹，惟擊銅鼓祭鬼以祈福。'"　巢居：謂上古或邊遠之民於樹上築巢而居。張華《博物志》卷三："南越巢居，北朔穴居，避寒暑也。"杜甫《五盤》："地僻無網罟，水清反多魚。好鳥不妄飛，野人半巢居。"

　　⑦ "入衙官吏聲疑鳥"兩句：元稹從小長期生活在中原地區，對通州的語言並不熟悉，大多聽不明白，猶如聽到鳥語一般。來往於長江裏的船隻，爲了平穩快速，船底大多腹底尖狹如魚腹一般。　官吏：官員，亦爲官府人員的總稱。《史記·秦始皇本紀》："於是二世乃遵用趙高，申法令，乃陰與趙高謀曰：'大臣不服，官吏尚強，及諸公子必與我爭，爲之奈何？'"蘇軾《喜雨亭記》："丁卯大雨三日乃止，官吏相與慶于庭。"　峽：特指長江三峽。《世說新語·言語》："桓公入峽，絕壁天懸，騰波迅急。"《新唐書·李叔明傳》："梁崇義阻命，詔引兵下峽，戰荊門，敗其衆。"

　　⑧ 市井無錢論尺丈：意謂在集市貿易上，不用錢幣，衹是以物易物，如以布匹交換，又衹論尺丈多少。《大清一統志·達州》："風俗：叢穢卑褊，蒸癘陰鬱，宣漢井場男女不耕鹽，貨賣雜物代錢，習性獷硬，語無實詞，民俗秀野，任俠尚氣，邑屋壯大，果蔬豐甘。"　市井：古代城邑中集中買賣貨物的場所，其得名之由，有數説：一、《管子·小

匡》：“處商必就市井。”尹知章注：“立市必四方，若造井之制，故曰市井。”二、《公羊傳·宣公十五年》：“什一行而頌聲作矣！”何休注：“因井田以爲市，故俗語曰市井。”《初學記》卷二四：“或曰：古者二十畝爲井，因井爲市，故云也。”三、《漢書·貨殖傳序》：“商相與語財利於市井。”顔師古注：“凡言市井者，市，交易之處；井，共汲之所，故總而言之也。”四、《詩·陳風·東門之枌序》孔穎達疏引應劭《風俗通》：“俗説：市井，謂至市者當于井上洗濯其物香潔，及自嚴飾，乃到市也。”五、《史記·平準書》：“山川園池市井租税之入，自天子以至於封君湯沐邑，皆各爲私奉養焉！”張守節正義：“古人未有市，若朝聚井汲水，便將貨物于井邊貨賣，故言市井也。”後亦泛指店鋪、市場。　錢：錢幣。《國語·周語》：“景王二十一年，將鑄大錢。”韋昭注：“錢者，金幣之名，所以貿易買物，通財用者也。古曰泉，後轉曰錢。”韓愈《送石處士序》：“人與之錢則辭。”　田疇付火罷耘鋤：意謂田地不用耕種之法，採用火攻刀耕之法。　田疇：泛指田地。《禮記·月令》：“〔季夏之月〕可以糞田疇，可以美土疆。”孫希旦集解引吳澄曰：“田疇，謂耕熟而其田有疆界者。”賈誼《新書·銅布》：“銅布於下，採銅者棄其田疇，家鑄者損其農事，穀不爲則鄰於饑。”　付火：義同“火耕”，一種原始的耕作方法，燒去草木，就地種植作物。杜甫《戲作俳諧體遣悶二首》二：“瓦卜傳神語，畬田費火耕。”仇兆鰲注：“《貨殖傳》：‘楚俗之地，地廣人稀，或火耕而水耨。’楚俗燒榛種田，謂之火耕。”暢當《自平陽館赴郡》：“寥落火耕俗，征途青冥裏。”　耘鋤：除草和鬆土用的鋤頭。元稹《田野狐兔行》：“種豆耘鋤，種禾溝甽。”也指去除田間雜草。曹植《上疏陳審舉之義》：“小者未堪大使，爲可使耘鉏穢草，驅護鳥雀。”也泛指農業勞動。王安石《道人北山來》：“告叟去復來，耘鋤尚康强。”

　　⑨“此中愁殺須甘分”兩句：白居易原唱《得微之到官後書備知通州之事悵然有感因成四章》其二：“努力安心過三考，已曾愁殺李尚書（李實尚書先貶此州，身歿於彼處）。”本句是對白居易關心自己的回

應。通州歷來是統治集團貶放政敵排斥異己的地方，一到此地不僅有志難申有事難成，往往還有性命之憂。據《資治通鑑》、元稹《告畬三陽神文》的記載：以前李實以尚書貶謫通州，而後死在遷調途中；當時在位的刺史李進賢元和十三年四月之時也不得不離開通州，亦即元稹賦詠本詩之同時。詩人親眼目睹這些慘烈的故事，能夠無動於心？包括宦官在內的政敵命抱病在身、行近四十的元稹跋涉二千餘里，來到這樣荒涼不堪的通州，擔任身穿綠衫的八品閑職，可見宦官吐突承璀、仇士良等人欲置元稹於死地而方休的惡毒意圖是十分明顯的。元稹自己也知道要想活著回去的希望是十分渺茫的，這時的元稹已經不像從江陵返回京城時那麼天真，對政敵的惡毒用心自然心知肚明。所以離開京城臨來通州之際，詩人考慮到通州的具體情況，唯恐自己一去而難以回到京城，最大的可能就是步入冥府，做一個冤屈的死鬼。故他把自己所有的詩與文——計二十卷一起交給白居易，希望他日能由白居易結集傳世，元稹同年所寫的《敘詩寄樂天書》："自十六時至是元和七年，已有詩八百餘首，色類相從，共成十體，凡二十卷。自笑冗亂，亦不復置之於行李。昨來京師，偶在筐篋，及通行，盡置足下。"白居易事後的《與元九書》也記敘了這段文壇佳話："今俟罪潯陽，除盥櫛食寢外無餘事，因覽足下去通州日所留新舊文二十六軸，開卷得意，忽如會面……"但白居易所述具體卷軸數則是"二十六軸"，與元稹所云"二十卷"稍異。想來兩人之中有一人誤記，而這位元誤記者多半應該是白居易。元稹剛剛來到通州，無辜受貶的詩人心情自然鬱悶不已，最後終於病倒在床，前後百日有餘，其《感夢》詩云："我病百日餘，肌體頗若刲。氣填暮不食，早早掩寶圭。"正在元稹病得不省人事的時刻，熊士登來到通州，病中的元稹從熊士登口中得知：他日夜思念的白居易僅僅因爲替被藩鎮派出凶手刺死的宰臣武元衡之事說了幾句完全應該說的話，卻被吐突承璀和守舊官僚們找到了白居易先言官而言事的所謂"越職"藉口，乘機將白居易謫爲江州司馬。當時的元稹正處在昏迷不醒的重病之中,聽到朋友這樣不幸的消息,詩人憤怒不已,有《聞樂天授江州司馬》抒情紀實:"殘燈無焰影幢幢,此夕聞君謫九江。垂死病中驚坐起,暗風吹雨入寒窗。"洪邁《容齋隨筆·長歌之哀》對元稹詩評價云:"嬉笑之怒,甚於裂眥;長歌之哀,過於慟哭。此語誠然!元微之在江陵(通州),病中聞白樂天左降江州,作絶句云:'殘燈無焰影幢幢,此夕聞君謫九江。垂死病中驚起坐,暗風吹雨入寒窗。'樂天以爲:'此句他人尚不可聞,況僕心哉!'"白居易的貶謫顯然又加重了元稹的病情,病危時刻元稹沒有顧及宦途前程與家庭子女等等的問題,祇是關心自己的朋友白居易和元稹自己用血和淚寫成的幾十卷詩文。他伏枕修書,讓熊士登日後送與白居易:"上報疾狀,次叙病心,終論平生交分。"一封極平常的書信耗去了元稹全身的力氣,他已沒有精力顧及其他的事情。他合眼休息了一會,用他人幾乎聽不到的聲音,命家僮把他在通州寫的詩文收拾起來。勉強掙扎著坐了起來,用那發抖的手好不容易在封面上寫下了歪歪扭扭的九個大字:"他日送達白二十二郎。"這時的元稹預感到自己來日無多去日逼近,已作好了臨死之前的最後準備。時隔千年,我們自然無法知道當時的詳細情形;但從詩人通過熊士登向自己的摯友白居易交代後事這一點來推測,元稹當時苦痛的心情是不難想見的。尤其如元稹這樣心懷壯志而又始終沒有實現自己畢生願望的人來説,其臨死前遺憾而又無奈的情狀定然不同於一般的常人。　　愁殺:亦作"愁煞",謂使人極爲憂愁。《古詩十九首·去者日以疏》:"白楊多悲風,蕭蕭愁殺人。"馮延巳《臨江仙》:"夕陽千里連芳草,萋萋愁煞王孫。"殺,常常表示程度深,但這裏是真正意義上的"死去"。　　甘分:甘願。王建《原上新居十三首》四:"家貧僮僕瘦,春冷菜蔬焦。甘分長如此,無名在聖朝。"張鷟《朝野僉載》卷五:"有寡婦告其子不孝,其子不能自理,但云:'得罪於母,死所甘分。'"　　著書:撰寫著作。《史記·老子韓非列傳》:"關令尹喜曰:'子將隱矣!强爲我著書！'於是老子乃著書上下篇,言道德之意五千餘言而去。"韓愈《順宗實錄》:"贊居忠州十餘年……避謗不著書,習醫方。"

　　⑩ 哭鳥:啼聲如哭的鳥,如鵂鶹,而鵂鶹就是貓頭鷹一類的鳥。《莊子·秋水》:"鵂鶹夜撮蚤,察毫末,晝出瞋目而不見丘山,言殊性也。"按《廣雅·釋鳥》:"鵂鶹,怪鴟。"王念孫疏證:"鵂鶹,怪鴟,頭似貓,而夜飛,今揚州人謂之夜貓。"貓頭鷹一般在夜間飛出覓食,故元稹詩有"晝飛人見少"之言。元稹《瘴塞》:"瘴塞巴山哭鳥悲,紅妝少婦斂啼眉。殷勤奉藥來相勸,云是前年欲病時。"杜牧《祭周相公文》:"萬山環合,才千餘家。夜有哭鳥,晝有毒霧。病無與醫,饑不兼食。"　倀魂:亦即"倀鬼",舊時迷信傳說,謂人死於虎,其鬼魂受虎役使者爲"倀鬼"、"倀魂"。裴鉶《傳奇·馬拯》:"二子並聞其説,遂詰獵者,曰:'此是倀鬼,被虎所食之人也,爲虎前呵道耳!'"也指溺死者的鬼魂。《太平廣記》卷三五二引孫光憲《北夢瑣言·李戴仁》:"江河邊多倀鬼,往往呼人姓名,應之者必溺,乃死魂者誘之也。"這裏指前者。嘯:撮口吹出聲音。《詩·召南·江有汜》:"不我過,其嘯也歌。"鄭玄箋:"嘯,蹙口而出聲。"《世說新語·栖逸》:"阮步兵嘯聞數百步。"

　　⑪ 沙虱:一種細小而極毒的蟲子。葛洪《抱朴子·登涉》:"又有沙虱,水陸皆有,其新雨後及晨暮前,跋涉必著人,唯烈日草燥時,差稀耳!其大如毛髮之端,初著人,便入其皮裏,其所在如芒刺之狀,小犯大痛,可以針挑取之,正赤如丹,著爪上行動也。"元稹《哭女樊四十韻》:"山魈邪亂逼,沙虱毒潛嬰。"《太平廣記》卷四七八引杜光庭《錄異記·沙虱》:"潭、袁、處、吉等州有沙虱,即毒蛇鱗中虱也,細不可見。夏月,蛇爲虱所苦,倒挂身于江灘急流處,水刷其虱。或臥沙中,碾虱入沙。行人中之,所咬處如針孔粟粒,四面有五色文,即其毒也。"李時珍《本草綱目·沙虱》:"按郭義恭《廣志》云:沙虱在水中,色赤,大不過蟣,入人皮中殺人。"　山魈:動物名,猴屬,狒狒之類,體長約三尺,頭大面長,眼小而凹,鼻深紅色,兩頰藍紫有皺紋,腹部灰白

色,臀部有一大塊紅色牌胝,尾極短而向上,有尖利長牙,性凶猛,狀極醜惡,古代傳說以爲山怪,又稱"山蕭"、"山臊"、"山繅"等,記述狀貌不一。戴孚《廣異記・斑子》:"山魈者,嶺南所在有之,獨足反踵,手足三歧,其牝者好施脂粉,於大樹中做窠。"元稹《哭女樊四十韻》:"病是他鄉染,魂應遠處驚。山魈邪亂逼,沙虱毒潛嬰。"

⑫ 鬼神:鬼與神的合稱。《禮記・仲尼燕居》:"鬼神得其饗,喪紀得其哀。"孔穎達疏:"鬼神得其饗者,謂天神人鬼各得其饗食也。"韓愈《原鬼》:"無聲與形者,鬼神是也。"也泛指神靈、精氣。《史記・五帝本紀》:"歷日月而迎送之,明鬼神而敬事之。"張守節正義:"天曰神,人神曰鬼。又云聖人之精氣謂之神,賢人之精氣謂之鬼。"常常偏指鬼,死去的祖先。《左傳・昭公七年》:"今君若步玉趾,辱見寡君……致君之嘉惠,是寡君既受貺矣!何蜀之敢望?其先君鬼神實嘉賴之,豈唯寡君?" 骨髓:骨腔内的膏狀物質。《韓非子・喻老》:"扁鵲曰:'疾在腠理,湯熨之所及也;在肌膚,針石之所及也;在腸胃,火齊之所及也;在骨髓,司命之所屬,無奈何也。'"也指指内心深處。張鷟《遊仙窟》:"所恨別易會難,去留乖隔,王事有限,不敢稽停;每一尋思,痛深骨髓。" 岐路:岔路。曹植《美女篇》:"美女妖且閑,采桑岐路間。"這裏比喻官場中險易難測的前途。《後漢書・鄧彪等傳論》:"統之,方軌易因,險塗難御。故昔人明慎於所受之分,遲遲于岐路之間也。" 風波:風浪。元稹《江陵三夢》:"驚覺滿床月,風波江上聲。"這裏比喻糾紛或亂子。鮑溶《行路難》:"入宫見妒君不察,莫入此地生風波!"

⑬ 南歌:南方的歌曲。《佩文韻府・南歌》:"《吕氏春秋》:禹行水見塗山之女,禹未之遇而省南土。塗山之女乃令其妾往候禹于塗山之陽,女乃作歌,實始爲南音,周公、召公取風焉!"《文選・南都賦》:"於是齊僮唱兮列趙女,坐南歌兮起鄭舞。" 滄浪:《孟子・離婁》:"有孺子歌曰:'滄浪之水清兮,可以濯我纓;滄浪之水濁兮,可以濯我足。'"後遂以"滄浪"指此歌。《文心雕龍・明詩》:"孺子'滄浪',亦有全曲。"劉長卿

《長沙早春雪後臨湘水呈同游諸子》："君問漁人意,滄浪自有歌。"

　⑭　三千里外:通州離開長安與洛陽有數千里之遙,故言。《舊唐書·地理志》:"通州……在京師西南二千三百里,去東都二千八百七十五里。""三千里",自然是約數。李嶠《道》:"銅駝分輦洛,劍閣抵臨邛。紫微三千里,青樓十二重。"張説《岳州宴別潭州王熊二首》二:"孤城臨楚塞,遠樹入秦宮。誰念三千里,江潭一老翁?"　巴蛇穴:通州境内,各種蛇類甚多,盤踞各處,元稹本人就有《巴蛇三首》,其序云:"巴之蛇百類,其大,蟒;其毒,褰鼻。蟒,人常不見;褰鼻,常遭之。毒人則毛髮皆豎起,飲溪澗而泥沙盡沸。驗方云:攻巨蟒用雄黄烟,破其腦則裂。而鷓鳥能食其小者,巴無是物。其民常用禁術制之,尤效。"張説《巴丘春作》:"湖陰窺魍魎,丘勢辨巴蛇。島户巢爲館,漁人艇作家。"　四十年來司馬官:元和十三年,元稹恰好時年四十,又擔任荒僻之州有職無權的司馬,連讀上句,明顯感到詩人内心的牢騷與苦痛。盧綸《和陳翃郎中拜本府少尹兼侍御史獻上侍中因呈同院諸公》:"三千士裏文章伯,四十年來錦繡衣。節比青松當潤直,心隨黄雀繞檐飛。"張籍《法雄寺東樓》:"汾陽舊宅今爲寺,猶有當時歌舞樓。四十年來車馬絶,古槐深巷暮蟬愁。"　司馬:州郡輔助官吏,常常有職無權。岑參《送郭司馬赴伊吾郡請示李明府》:"安西美少年,脱劍卸弓弦。不倚將軍勢,皆稱司馬賢。"盧綸《送楊瞱東歸》:"西江風浪何時盡?北客音書欲寄誰? 若説溢城楊司馬,知君望國有新詩。"

　⑮　瘴色滿身治不盡:瘴色是因瘴癘患病的氣色。元稹《思歸樂》:"肌膚無瘴色,飲食康且寧。"韓愈《自袁州還京》:"面猶含瘴色,眼已見華風。"元稹元和五年出貶江陵,接著又出貶通州,都是唐代的瘴癘之地,詩人一直染瘴嚴重,久病延年,久治不愈,故言。　瘡痕刮骨洗應難:意謂即使如關羽一樣刮骨去毒,留在内心的傷痛也永遠無法治愈。　瘡痕:創傷或潰瘍愈後留下的疤痕。元稹《貽蜀五首·病馬詩寄上李尚書》:"萬里長鳴望蜀門,病身猶帶舊瘡痕。遥看雲路心

空在，久服鹽車力漸煩。"元稹《寄樂天二首》二："羸骨欲銷猶被刻，瘡痕未沒又遭彈。劍頭已折藏須蓋，丁字雖剛屈莫難。" 刮骨：用刀刮除骨上的藥毒以治創傷。《三國志·關羽傳》："羽嘗爲流矢所中，貫其左臂，後創雖愈，每至陰雨，骨常疼痛，醫曰：'矢鏃有毒，毒入於骨，當破臂作創，刮骨去毒，然後此患乃除耳！'羽便伸臂令醫劈之。時羽適請諸將飲食相對，臂血流離，盈於盤器，而羽割炙引酒，言笑自若。"後用爲形容精神堅強的典實。庾信《周柱國大將軍紇干弘神道碑》："公入仕四十五年，身經一百六戰……刮骨傅藥，事同關羽。"王維《燕支行》："報讎只是聞嘗膽，飲酒不曾妨刮骨。"

⑯"常甘人向衰容薄"兩句：意謂自己已經習慣了他人把自己看作一個毫無用處、病病厭厭的老頭，反而驚訝你仍舊以過去贊許的眼光看待我評價我。 衰容：衰老而又不得志貌。劉長卿《和州留別穆郎中》："播遷悲遠道，搖落感衰容。今日猶多難，何年更此逢？"李嘉佑《酬皇甫十六侍御曾見寄（此公時貶舒州司馬）》："自顧衰容累玉除，忽承優詔赴銅魚。江頭鳥避青旌節，城裏人迎露網車。" 薄：輕視，鄙薄。《孟子·盡心》："孟子曰：'於不可已而已者，無所不已。於所厚者薄，無所不薄也。'"《史記·孫子吳起列傳》："居頃之，其母死，起終不歸。曾子薄之，而與起絕。"《資治通鑑·後晉高祖天福三年》："鳳翔節度使李從曮，厚文士而薄武人，愛農民而嚴士卒，由是將士怨之。" 舊眼：舊日的眼光。白居易《重贈李大夫》："流落多年應是命，量移遠郡未成官。慚君獨不欺顦顇，猶作銀臺舊眼看。"劉摯《次韻耒陽鄒明府庸》："夢比光陰一鳥過，四年江渚負長哦。逢君舊眼青猶在，驚我寒須白已多。"

⑰"前日詩中高蓋字"兩句：元稹句下自注："白詩云：'舉目爭能不惆悵？高車大馬滿長安。'"亦即白居易在《得微之到官後書備知通州之事悵然有感因成四章》之四中所云："舉目爭能不惆悵？高車大馬滿長安。" 高蓋：指高車。張衡《東都賦》："結飛雲之袷輅，樹翠羽

之高蓋。"謝朓《鼓吹曲》:"凝笳翼高蓋,迭鼓送華輈。"與白居易的原唱"高車大馬"呼應。　　唇舌:比喻言辭、議論,常帶貶義。皮日休《新秋即事三首》三:"青桂巾箱時寄藥,白綸臥具半拋書。君卿唇舌非吾事,且向江南問鱠魚。"李咸用《依韵修睦上人山居十首》三:"柏緣執性長時瘦,梅爲多知兩番生。不是不同明主意,懶將唇舌與齊烹。"

[編年]

　　《年譜》編年本詩於元和十年"通州作",沒有説明理由。《編年箋注》編年:"元稹此詩作於元和十年(八一五),時在通州司馬任。見下《譜》。"《年譜新編》編年本詩於元和十年,也沒有説明理由。

　　我們以爲,《編年箋注》所謂的元和十年元稹"時在通州司馬任"的説法是不確切的,因爲元和十年初春元稹行色匆匆,行蹤不定,直到這年的六月才到達通州,時間已經過去了將近半年,應該加以區分。

　　關於本組詩的編年,我們以爲應該與《酬樂天醉别》、《酬樂天雨後見憶》一樣,即作於元和十三年四月十日至同月十二日間,理由也是一樣,請參閲,不再重複。元稹當時是以州司馬的身份"權知州務",地點在通州。但有一點必須説明:白居易原唱應該作於元和十年元稹到任後的七月間,而不是《醉後却寄元九》所作的元和十年三月三十日,也不是《酬樂天雨後見憶》的四五月間。

◎ 酬樂天見寄(一)①

　　荒蕪滿院不能鋤,甑有塵埃圃乏蔬②。定覺身將囚一種,未知生共死何如③?饑摇困尾喪家狗,熱暴枯鱗失水魚(二)④。苦境萬般君莫問,自憐方寸本來虛⑤。

録自《元氏長慶集》卷二一

[校記]

（一）酬樂天見寄：本詩八句原來佔據《酬樂天得微之詩知通州事因成四首》之四的位置，這是明顯的錯簡，今根據白居易原唱内容以及元稹酬和詩篇的次韵改正，將這八句調整到這裏，詩題仍然依照原來所擬，不作改動。

（二）熱暴枯鱗失水魚：叢刊本、《瀛奎律髓》、《全詩》、《全唐詩録》同，楊本作"渴暴枯鱗失水魚"，語義相類，不改。

[箋注]

① 酬樂天見寄：白居易的原唱是《即事寄微之》："畬田澀米不耕鉏，旱地荒園少菜蔬。想念土風今若此，料看生計合何如？衣縫紕纇黄絲絹，飯下腥咸白小魚。飽暖饑寒何足道，此身長短是空虛！"而原來的"三千里外巴蛇穴"八句，與白居易原唱比勘，兩詩説的並不是一回事，不僅没有次韵，而且連同韵相酬也談不上，這在元稹白居易的唱和上，從不如此，定有差錯。但原來的"三千里外巴蛇穴"八句却與白居易《得微之到官後書備知通州之事悵然有感因成四章》之四内容相符，而且一一次韵："通州海内恓惶地，司馬人間冗長官。傷鳥有弦驚不定，卧龍無水動應難。劍埋獄底誰深掘？松偃霜中盡冷看。舉目争能不惆悵？高車大馬滿長安。"尤其最後兩句，正好與元稹詩中的自注相符合。因此我們認爲，本詩應該是元稹《酬樂天得微之詩知通州事因成四首》之四的錯簡。而現在題爲《酬樂天得微之詩知通州事因成四首》之四詩所云，既内容相合，又一一次韵，也完全支持我們上面的結論。這次借整理《元氏長慶集》之機會，給予改正。

② 荒蕪：謂田宅不治，草穢叢生。《國語·周語》："田疇荒蕪，資用乏匱。"韋昭注："荒，虛也；蕪，穢也。"韋應物《休沐東還曹貴里示端》："竹木稍摧翳，園場亦荒蕪。" 甑：蒸食炊器，其底有孔，古用陶

製,殷周時代有以青銅製,後多用木製,俗叫甄子。《周禮·考工記·陶人》:"陶人爲甄,實二鬴,厚半寸,脣寸,七穿。"賈思勰《齊民要術·作醬法》:"用春種烏豆,於大甄中燥蒸之。"　　塵埃:飛揚的灰土。《禮記·曲禮》:"前有水,則載青旌;前有塵埃,則載鳴鳶。"杜甫《兵車行》:"爺娘妻子走相送,塵埃不見咸陽橋。"

③"定覺身將囚一種"兩句:這是詩人的感嘆之言、絕望之語:身爲囚犯,未知生死。　　定覺:定然感覺得到。沈與求《次律兄以蘆菔見餉并有詩次其韵》:"葅亂金釵入珍饌,羹融玉糝脱污泥。程春定覺人强飯,功校蹲鴟自不齊。"王炎《次韵答簡簿》:"此憂未知可解否?準擬爲君浮酒船。酒酣傾瀉珠百斛,定覺揮毫轉神速。"　　囚:犯人。《禮記·月令》:"〔仲夏之月〕挺重囚,益其食。"《尉繚子·將理》:"故善審囚之情,不楚而囚之情畢矣!"白居易《歌舞》:"豈知閿鄉獄,中有凍死囚!"元稹衹是貶謫的官員,但他却自比囚犯,可見其内心的傷感。　　一種:一樣,同樣。慧皎《高僧傳·宋京師杯度》:"時南州有陳家,頗有衣食,度往其家,甚見料理。聞都下復有一杯度,陳父子五人咸不信,故下都看之,果如其家杯度,形相一種。"李清照《一剪梅》:"花自飄零水自流,一種相思,兩處閑愁。"　　未知:不知道。王維《别弟妹二首》一:"念昔别時小,未知疏與親。今來始離恨,拭泪方殷勤。"劉長卿《秋杪江亭有作》:"寒渚一孤雁,夕陽千萬山。扁舟如落葉,此去未知還。"　　生死:生和死,生或死。白居易《梦裴相公》:"五年生死隔,一夕魂夢通。"偏指死。王建《老婦歎鏡》:"十年不開一片鐵,長向暗中梳白髮。今日後床重照看,生死終當此長别。"蔣防《霍小玉傳》:"鄙拙庸愚,不意顧盼,倘垂採録,生死爲榮。"　　何如:如何,怎麽樣,用於詢問。《左傳·襄公二十七年》:"子木問于趙孟曰:'范武子之德何如?'"《新唐書·哥舒翰傳》:"禄山見翰責曰:'汝常易我,今何如?'"

④喪家狗:亦即"喪家之狗"。《史記·孔子世家》:"孔子適鄭,與弟子相失,孔子獨立郭東門。鄭人或謂子貢曰:'東門有人,其顙似堯,

其項類皋陶,其肩類子產,然自要以下不及禹三寸,累累若喪家之狗。'"後因以比喻失去依靠、無處投奔或驚慌失措的人。王充《論衡·骨相》:"子貢以告孔子,孔子欣然笑曰:'形狀未也,如喪家狗,然哉!然哉!'"陸游《歸老》:"累累喪家狗,喔喔失旦雞。" 枯鱗:枯魚,亦喻處於困境者。《隋書·王孝籍傳》:"伏惟明尚書公動哀矜之色,開寬裕之懷。咳唾足以活枯鱗,吹噓可用飛窮羽。"劉長卿《獄中聞收東京有赦》:"持法不須張密網,恩波自解惜枯鱗。" 失水魚:離水之魚,喻處於困境的人。李山甫《賀友人及第》:"得水蛟龍失水魚,此心相對兩何如?敢辭今日須行卷,猶喜他年待薦書。"孔平仲《兩頭纖纖》四:"兩頭纖纖柳葉書,半白半黑鷺間烏。膢膢腷膊失水魚,磊磊落落大丈夫。"

⑤ 苦境:困境,逆境。元稹《哭子十首(翰林學士時作)》八:"長年苦境知何限?豈得因兒獨喪明!消遣又來緣爾母,夜深和淚有經聲。"魏學洢《長水怨(爲友人妾賦)》:"昔年別兩妾,我淚揮不止。誰料行及身,苦境苦如此!" 萬般:總括之詞,謂各種各樣。元稹《岳陽樓》:"岳陽樓上日銜窗,影到深潭赤玉幢。悵望殘春萬般意,滿欄湖水入西江。"杜牧《不寢》:"到曉不成夢,思量堪白頭。多無百年命,長有萬般愁。" 自憐:自傷,自我憐惜。顏之推《神仙》:"鏡中不相識,捫心徒自憐。"岑參《初授官題高冠草堂》:"自憐無舊業,不敢恥微官。" 方寸:這裏指心、腦海。李白《贈崔侍郎》:"長劍一杯酒,男兒方寸心。洛陽因劇孟,托宿話胸襟。"嚴維《餘姚祗役奉簡鮑參軍》:"童年獻賦在皇州,方寸思量君與侯。萬事無成新白首,兩春虛擲對滄流。" 虛:心慌,不踏實。袁宏《後漢紀·靈帝紀》:"上嘗登永安樂侯臺,黃門常侍惡其登高望見居處樓殿,乃使左右諫曰:'天子不當登高,登高則百姓虛。'自是之後,遂不敢復登臺樹。"柳藏經《二絕句》二:"誰謂三才貴?余觀萬化同。心虛嫌蠹食,年老怯狂風。"

[編年]

　　雖然經過我們的改正,但《年譜》、《編年箋注》、《年譜新編》原來的編年仍然不受影響,因爲他們把《酬樂天見寄》與《酬樂天得微之詩知通州事因成四首》五首詩歌都編年在元和十年,都沒有説明理由。《年譜》編年本詩於元和十年,沒有説明理由。《編年箋注》編年:"元稹此詩作於元和十年(八一五),時在通州司馬任。"下面沒有慣見的"見卞《譜》"字樣。《年譜新編》編年本詩於元和十年,也沒有説明理由。

　　關於本詩的編年,我們以爲應該與《酬樂天醉別》、《酬樂天雨後見憶》、《酬樂天得微之詩知通州事因成四首》一樣,理由也是一樣,請參閱,不再重複。元稹當時是以州司馬的身份"權知州務",地點在通州。但有一點必須説明:白居易原唱應該作於元和十年元稹到任後的七月間,而不是《醉後却寄元九》所作的元和十年三月三十日,也不是《酬樂天雨後見憶》的四五月間。而元稹的追和,應該是元和十三年四月十日至十二日間。

◎ 酬樂天寄生衣①

　　秋茅處處流痎(瘧也)瘧⁽一⁾,夜鳥聲聲哭瘴雲②。羸骨不勝纖細物,欲將文服却還君③。

　　　　　　　　　　　　　録自《元氏長慶集》卷二一

[校記]

　　(一)秋茅處處流痎(瘧也)瘧:楊本、叢刊本、《萬首唐人絶句》、《全詩》作"秋茅處處流痎瘧",無注文,這類注文,估計是馬元調所爲。

[箋注]

① 酬樂天寄生衣：白居易原唱是《寄生衣與微之因題封上》：“淺色縠紗輕似霧，紡花紗袴薄如雲。莫嫌輕薄但知著，猶恐通州熱殺君。” 生衣：夏衣。王建《秋日後》：“立秋日後無多熱，漸覺生衣不著身。”陸游《晨起獨行綠陰間》：“不恨過時嘗煮酒，且欣平旦著生衣。”

② 茅：草名，《本草》謂茅有白茅、菅茅、黃茅、香茅、芭茅等，葉皆相似。又謂夏花者爲茅，秋花者爲菅，俗稱茅草者指白茅。杜甫《茅屋爲秋風所破歌》：“八月秋高風怒號，卷我屋上三重茅。”茅可蓋屋，因以指代草舍。蘇軾《月華寺》：“道人修道要底物？破鐺煮飯茆三間。”這裏意謂家家户户。 痎瘧：瘧疾的通稱，亦指經年不愈的老瘧。《素問·四氣調神大論》：“夏三月，此謂蕃秀……逆之則傷心，秋爲痎瘧。”張隱庵集注引馬蒔曰：“痎瘧者，瘧之總稱也。”《醫宗金鑒·雜病心法要訣·痎瘧瘧母》：“痎瘧經年久不愈，瘧母成塊結癖症。”注：“痎瘧，經年不愈之老瘧也。” 夜烏：這裏指貓頭鷹，貓頭鷹，古籍中稱鴟鴞、鴞或梟，身體淡褐色，多黑斑。兩眼大而圓，位於頭部正前方，喙和爪均呈鉤狀，非常銳利。晝伏夜出，食物以鼠類爲主，亦捕食小鳥或大型昆蟲。鳴叫似哭，舊時多以爲不祥之惡鳥，其實對人類有益。王僧孺《春怨》：“四時如湍水，飛奔競回復。夜烏響嘤嘤，朝光照煜煜。”陳叔寶《同江僕射遊攝山栖霞寺》：“山空明月深，摧殘枯樹影。零落古藤陰，霜月夜烏去。” 瘴雲：猶瘴氣。杜甫《熱三首》二：“瘴雲終不滅，瀘水復西來。”張祜《送徐彥夫南遷》：“瘴雲秋不斷，陰火夜長然。”

③ 羸骨：義同“羸身”，瘦弱的身體。司空圖《歌者》：“繞壁依稀認寫真，便須粉繪飾羸身。”王安石《寄育王山長老常坦》：“羸身歸來不受報，祇取斗酒相獻酬。” 羸：衰病，瘦弱，困憊。《國語·魯語》：“饑饉薦降，民羸幾卒。”韋昭注：“羸，病也。”《漢書·鄒陽傳》：“今夫天下布衣窮居之士，身在貧羸。”顏師古注：“衣食不充，故羸瘦也。” 不勝：無法承擔，承受不了。《管子·入國》：“子有幼弱不勝養爲累

者。"尹知章注:"勝,堪也,謂不堪自養,故爲累。"岑參《終南東溪口作》:"沙平湛濯足,石淺不勝舟。"　　纖細:細微。張齊賢《洛陽縉紳舊聞記·安中令大度》:"今天子明聖,輔弼得人,察令公忠賢,所奏事皆纖細,不行者,不疑令公爾。"　　文服:這裏指華美的衣服。王逸《楚辭章句·招魂》:"被文服纖麗而不奇些,長髮曼鬋艷陸離些。"

[編年]

《年譜》編年本詩元和十年"通州作",沒有説明理由。《編年箋注》編年本詩:"元稹此詩作於元和十年(八一五),時在通州司馬任。"也沒有説明理由。《年譜新編》編年本詩作於元和十年,理由是:"白居易原唱爲《寄生衣與微之因題封上》,次韻酬和。"

關於本詩的編年,我們的根據有二:其一,元稹因病移地興元就醫,元稹白居易兩人因此失去聯繫,時間從元和十年十月稍前至元和十二年五月前後,元稹沒有收到白居易寄贈自己的詩篇,白居易也沒有收到元稹回酬自己的詩篇,有白居易《與微之書》爲證:"四月十日夜,樂天白。微之,微之!不見足下面,已三年矣!不得足下書,欲二年矣!人生幾何,離闊如此!"其二,根據元稹《酬樂天東南行一百韻》詩序所示,本詩原唱屬於白居易元和十二年十二月二日重新寄贈元稹的二十四首詩篇之一,本詩屬於在元和十三年四月十三日之前的"不三兩日"之內,亦即四月十日至十二日間元稹酬和的三十二首詩篇之一。元稹當時是以州司馬的身份"權知州務",地點在通州。

白居易原唱詩篇的作年應該在元和十年七月前後,但當時元稹並沒有收到,所以後來得知真情的白居易於元和十二年十二月二日重新寄贈。雖然果州(州治今南充市)間隔渠州(州治今渠縣)與通州(州治今達縣市)相連,但從白居易元和十二年十二月二日寄出詩篇與書信,經過果州刺史崔韶的轉遞,歷時數月,直到元和十三年四月十三日之前不久元稹才收到白居易的贈詩與來信,從中可見古代通信條件之困難。絕不如《年譜》設想古代通信如現代通訊那樣方便快捷：白居易賦就一篇詩歌贈送元稹，數日之後元稹就會收到，並立刻酬和白居易，又是數日之後，白居易也會收到元稹的酬和詩篇，把古代通信現代化到令人難以置信的荒唐地步。

◎ 酬樂天武關南見微之題山石榴花詩^{(一)①}

比因酬贈爲花時，不爲君行不復知②。又更幾年還共到？滿墻塵土兩篇詩③。

録自《元氏長慶集》卷二一

[校記]

（一）酬樂天武關南見微之題山石榴花詩：本詩存世各本，包括楊本、叢刊本、《萬首唐人絕句》、《全詩》諸本，未見異文。

[箋注]

① 酬樂天武關南見微之題山石榴花詩：白居易原唱爲《武關南見元九題山石榴花見寄》：“往來同路不同時，前後相思兩不知。行過關門三四里，榴花不見見君詩。” 武關：地名，在陝西商南縣西北。楚懷王三十年，秦昭襄王遺書誘楚王約會於此，執以入秦。公元前二〇七年劉邦也由此入秦。《資治通鑑·周赧王四年》：“秦惠王使人告楚懷王，請以武關之外易黔中地。”胡三省注：“武關，《左傳》之少習，地在漢弘農郡析縣西百七十里，道通南陽。《晉太康地志》曰：‘武關當冠軍西。’《括地志》曰：‘武關在商州上洛縣東，武關之外，蓋秦丹、析、商於之地。’”元稹《西歸絕句十二首》二：“五年江上損客顏，今日春風到武關。兩紙京書臨水讀，小桃花樹滿商山。”李涉《題武關》：

"來往悲歡萬里心,多從此路計浮沉。皆緣不得空門要,舜葬蒼梧直至今。" 山石榴:杜鵑花的別稱,花開紅色,也叫映山紅。稱山石榴的植物尚有金櫻子、小檗。李時珍《本草綱目·小檗》:"小檗:釋名子蘗、山石榴。時珍曰:'此與金櫻子、杜鵑花並名山石榴,非一物也。'弘景曰:'小蘗,樹小,狀如石榴,其皮黃而苦。又一種多刺,皮亦黃,並主口瘡。'恭曰:'小蘗生山石間,所在皆有。襄陽峴山東者爲良,一名山石榴。其樹枝葉與石榴無別,但花異,子細黑,圓如牛李子及女貞子,爾其樹皮白。'陶云:'皮黃恐謬矣!今太常所貯乃小樹,多刺而葉細者名刺蘗,非小蘗也。'藏器曰:'凡是蘗木,皆皮黃,今既不黃,非蘗也。小蘗如石榴皮黃,子赤如枸杞子,兩頭尖,人剉枝以染黃。若云子黑而圓,恐是別物,非小蘗也。'時珍曰:'小蘗山間時有之,小樹也,其皮外白裹黃,狀如蘗皮而薄小。'"白居易《山石榴寄元九》:"山石榴,一名山躑躅,一名杜鵑花,杜鵑啼時花撲撲。"杜牧《山石榴》:"似火山榴映小山,繁中能薄艷中間。一朵佳人玉釵上,祇疑燒却翠雲鬟。"

② 酬贈:詩詞唱和。韋應物《冬夜宿司空曙野居因寄酬贈》:"南北與山鄰,蓬庵庇一身。繁霜疑似雪,荒草似無人。"戴叔倫《酬贈張衆甫》:"野人無本意,散木任天材。分向空山老,何言上苑來!" 花時:百花盛開的時節。杜甫《遣遇》:"自喜遂生理,花時甘縕袍。"王安石《初夏即事》:"晴日暖風生麥氣,綠陰幽草勝花時。" 知:結交,交遊。《左傳·昭公四年》:"公孫明知叔孫於齊。"杜預注:"公孫明,齊大夫子明也,與叔孫相親知。"《史記·項羽本紀》:"梁乃召故所知豪吏,諭以所爲起大事,遂舉吳中兵。"知己者,知交。《文選·謝瞻〈王撫軍庾西陽集別作詩〉》:"方舟新舊知,對筵曠明牧。"李善注:"舊知,庾也;明牧,指王撫軍也。"溫庭筠《贈袁司錄》:"劉尹故人諳往事,謝郎諸弟得新知。"

③ 共到:一起來到。劉長卿《送子婿崔真甫李穆往揚州四首》二:"半邏鶯滿樹,新年人獨還。落花逐流水,共到茱萸灣。"張籍《同

韋員外開元觀尋時道士》：“觀裏初晴竹樹涼，閑行共到最高房。昨來官罷無生計，欲就師求斷穀方。” 塵土：細小的灰土。王建《外按》：“夾城門向野田開，白鹿非時出洞來。日暮秦陵塵土起，從東外按使初回。”李正封《洛陽清明日雨霽》：“曉日清明天，夜來嵩少雨。千門尚煙火，九陌無塵土。” 兩篇詩：一篇是元稹元和五年出貶江陵經由武關所賦，今已散失，擬題應該是《武關南題山石榴花》。另一篇就是白居易的《武關南見元九題山石榴花見寄》，白居易出貶江州途經武關時所作。

[編年]

《年譜》編年本詩於元和十年，沒有説明編年理由。《編年箋注》編年本詩：“元稹此詩作於元和十年（八一五），時在通州司馬任。見卞《譜》。”《年譜新編》編年本詩：“白居易原唱爲《武關南見元九題山石榴花見寄》，次韻酬和。白詩元和十年作，元詩疑元和十三年追和。”沒有説明“疑元和十三年追和”的理由。

關於酬和白居易本詩的編年，我們的根據有二：其一，元稹因病移地興元就醫，兩人因此失去聯繫，時間從元和十年十月稍前至元和十二年五月前後，元稹沒有收到白居易寄贈自己的詩篇，白居易也没有收到元稹回酬自己的詩篇，有白居易《與微之書》爲證。其二，我們認爲根據元稹《酬樂天東南行一百韻》詩序所示，本詩原唱屬於白居易元和十二年十二月二日重新寄贈元稹的二十四首詩篇之一，本詩屬於在元和十三年四月十日至四月十二日“不三兩日”之内元稹酬和的三十二首詩篇之一。元稹當時是以州司馬的身份“權知州務”，地點在通州。

《年譜新編》“元和十三年追和”的編年意見與我們的結論基本相同，可惜沒有進一步具體到元和十三年四月十日至四月十二日“不三兩日”之内，而且又沒有明確肯定，祇是“疑”而已。不過我們仍然不得不遺憾地指出：出版於二〇〇四年十一月的《年譜新編》的這個編年結論，顯然基本參考了我們發表於《蘇州大學學報》一九八八年第二期《元稹白居易通江唱和真相述略》與發表於《南昌大學學報》二〇〇二年第二期的《元稹白居易通江唱和真相繼述》兩篇拙稿，不過《年譜新編》没有如實説明而已。前一篇拙稿，中國人民大學書報資料中心已於一九八八年第七期全文複印，後一篇拙稿，經常在網絡上被人全文刊載，想來《年譜新編》不難看到。但《年譜新編》祇注意本詩編年之結論，而對編年理由并未理解明白，也没有表述清楚，祇能讓讀者自己去體會。對於《年譜新編》如此馬虎的學術研究態度，我們真的無言以對。

◎ 酬樂天舟泊夜讀微之詩①

　　知君暗泊西江岸，讀我閑詩欲到明②。今夜通州還不睡⁽一⁾，滿山風雨杜鵑聲③。

録自《元氏長慶集》卷二一

［校記］

　　（一）今夜通州還不睡：楊本、叢刊本、《萬首唐人絶句》、《佩文齋詠物詩選》、《全詩》、《江西通志》同，《石倉歷代詩選》作"今夜通州還不曙"，語義不佳，不從不改。

［箋注］

　　① 酬樂天舟泊夜讀微之詩：白居易原唱是《舟中讀元九詩》："把君詩卷燈前讀，詩盡燈殘天未明。眼痛滅燈猶暗坐。逆風吹浪打船聲。"白居易當時出貶江州司馬，正在前往江州途中，乘舟而往，又有

"西江岸"佐證,估計是已經越過鄂州,正在接近江州途中,時間大約是元和十年的九月間。　泊:停船靠岸。《三國志·陸凱傳》:"武昌土地,實危險而塉埆,非王都安國養民之處,船泊則沈漂,陵居則峻危。"杜甫《絕句四首》三:"兩個黃鸝鳴翠柳,一行白鷺上青天。窗含西嶺千秋雪,門泊東吳萬里船。"　讀:誦讀,閱讀,理解書文的意義。《孟子·萬章》:"頌其詩,讀其書,不知其人,可乎?"楊伯峻注:"'讀'字涵義,既有誦讀之義,亦可有抽繹之義,故譯文用'研究'兩字。"韓愈《讀荀》:"始吾讀孟軻書,然後知孔子之道尊。"

② 西江:江名,唐人多稱長江中下游爲西江。劉長卿《留辭》:"南楚迢迢通漢口,西江森森去揚州。春風已遣歸心促,縱復芳菲不可留。"元稹《相憶淚》:"西江流水到江州,聞道分成九道流。我滴兩行相憶淚,遣君何處遣人求?"　閑詩:一般是詩人的自謙之詞,說自己的詩作沒有目的也給不了別人啓發與幫助。王建《原上新居十三首》一一:"近來年紀到,世事總無心。古碣憑人搨,閑詩任客吟。"姚合《閑居遣懷十首》五:"永日厨烟絶,何曾暫廢吟。閑詩隨思緝,小酒恣情斟。"

③ 今夜通州還不睡:詩人徹夜不眠,是睡不著,還是不想睡?我們以爲兩者兼而有之。那末詩人在想些什麼,做些什麼,讀者祇有展開想像的翅膀,各人自己去尋找自己認爲合理的答案。其實,白居易賦詠原唱之時的元和十年九月,元稹確實在通州,但因病正在死亡綫上挣扎,如何能夠入睡?又因爲聽到白居易無故被貶江州司馬的消息,内心憤憤不平,更難以入睡。元和十三年四月十日至十二日,李景信來到通州看望元稹,元稹《酬樂天東南行詩一百韵序》:"屬李景信校書自忠州訪予,連床遞飲之間,悲咤使酒,不三兩日,盡和去年已來三十二章皆畢,李生視草而去。四月十三日,予手寫爲上下卷。"無論是元和十年的九月,還是元和十三年的四月,元稹都没有入睡,前者是氣憤得難以入睡,後者是興奮得難以入睡,忙碌得没有工夫入

睡。　　滿山：漫山遍野。崔國輔《從軍行》：“刀光照塞月，陣色明如
畫。傳聞賊滿山，已共前鋒鬥。”儲光羲《寄孫山人》：“新林二月孤舟
還，水滿清江花滿山。借問故園隱君子，時時來往住人間。”　　風雨：
風和雨。張翬《遊栖霞寺》：“潮來雜風雨，梅落成霜霰。一從方外遊，
頓覺塵心變。”颸風下雨。盧象《峽中作》：“高唐幾百里？樹色接陽臺。
晚見江山霽，宵聞風雨來。”王昌齡《別辛漸》：“別館蕭條風雨寒，扁舟
月色渡江看。酒酣不識關西道，却望春江雲尚殘。”　　杜鵑：鳥名，又
名杜宇、子規，相傳爲古蜀王杜宇之魂所化，春末夏初常晝夜啼鳴，其
聲哀切。杜甫《杜鵑行》：“君不見昔日蜀天子，化作杜鵑似老烏。寄
巢生子不自啄，群鳥至今與哺雛。”劉長卿《經漂母墓》：“渚蘋行客薦，
山木杜鵑愁。春草茫茫綠，王孫舊此游。”元稹詩中的“今夜通州還不
睡，滿山風雨杜鵑聲”兩句，杜鵑鳴叫在“春末夏初”，與白居易出貶江
州的“九月間”的時間不符。元稹在有意無意間泄露了自己酬和白居
易的詩篇，不是作於“九月間”之後的一兩個月内，而是作於“春末夏
初”杜鵑鳴叫之時，元稹兩年多之後，亦即元和十三年四月十日至十
二日“追酬”的痕迹也就自覺不自覺地流露了出來。

[編年]

　　《年譜》編年本詩於元和十年，没有説明理由。《編年箋注》編年
本詩：“元稹此詩作於元和十年（八一五），時在通州司馬任。”後面没
有習慣性的“見卞《譜》”。《年譜新編》編年本詩：“白居易原唱爲《舟
中讀元九詩》，次韵酬和。白詩元和十年作，元詩疑元和十三年
追和。”

　　關於酬和白居易原唱之本詩的編年，我們的根據除了白居易的
《與微之書》和元稹《酬樂天東南行一百韵序》之外，本詩“滿山風雨杜
鵑聲”的詩句，又爲我們提供了又一有力佐證。請讀者注意，白居易

原唱作於元和十年九月間,詩中並沒有提及杜鵑,杜鵑也不在九月間鳴叫。而元稹酬詩賦於元和十三年四月十日至四月十二日之間的"不三兩日",時值夏初杜鵑晝夜鳴叫之時,故有此句。這也有力駁斥了《年譜》、《編年箋注》關於本詩作於元和十年的結論,因爲白居易原唱作於元和十年九月間,按照《年譜》、《編年箋注》的編年,元稹的酬篇無論如何也應該在元和十年的冬天,冬天能够聽到"滿山風雨杜鵑聲"嗎?這又爲我們本詩是元和十三年四月十一日至四月十二日之間的"不三兩日"追和的結論增加了有力的佐證。元稹當時是以州司馬的身份"權知州務",地點在通州。

《年譜新編》"疑元和十三年追和"的編年意見與我們的結論基本相同,可惜沒有進一步具體到元和十三年四月十日至四月十二日之間的"不三兩日"之内,而且又沒有明確肯定,祇是"疑"而已。不過我們仍然不得不遺憾地指出:出版於二〇〇四年十一月的《年譜新編》的這個編年結論,顯然基本參考了我們發表於《蘇州大學學報》一九八八年第二期《元稹白居易通江唱和真相述略》與發表於《南昌大學學報》二〇〇二年第二期的《元稹白居易通江唱和真相縱述》兩篇拙稿,不過《年譜新編》沒有如實説明而已。對於《年譜新編》如此不嚴肅的學術研究態度,我們真的無話可説。

◎ 酬樂天赴江州路上見寄三首①

昔在京城心,今在吳楚末②。千山道路險,萬里音塵闊③。天上參與商,地上胡與越④。終天升沈異,滿地網羅設(一)⑤。心有無睽環,腸有無繩結⑥。有結解不開,有環尋不歇⑦。山嶽移可盡,江海塞可絕⑧。離恨若空虛,窮年思不徹⑨。生莫強相同,相同會相別⑩。

襄陽大堤繞，我向堤前住⑪。燭隨花艷來，騎送朝雲去⑫。萬竿高廟竹，三月徐亭樹⑬。我昔憶君時，君今懷我處⑭。有身有離別，無地無岐路⑮。風塵同古今，人世勞新故⑯。

人亦有相愛，我爾殊衆人⑰。朝朝寧不食，日日願見君⑱。一日不得見，愁腸坐氛氳⑲。如何遠相失，各作萬里雲⑳？雲高風苦多，會合難遽因㉑。天上猶有礙，何況地上身㉒！

録自《元氏長慶集》卷八

[校記]

（一）滿地網羅設：楊本、叢刊本、《全詩》同，宋蜀本作"滿地羅網設"，語義相類，不改。

[箋注]

① 酬樂天赴江州路上見寄三首：白居易原唱爲《寄微之三首》，其一："江州望通州，天涯與地末。有山萬丈高，有江千里闊。間之以雲霧，飛鳥不可越。誰知千古險，爲我二人設？通州君初到，鬱鬱愁如結。江州我方去，迢迢行未歇。道路日乖隔，音信日斷絕。因風欲寄語，地遠聲不徹。生當復相逢，死當從此別。"其二："君遊襄陽日，我在長安住。君今在通州，我過襄陽去。襄陽九里郭，樓雉連雲樹。顧此稍依依，是君舊遊處。蒼茫兼葭水，中有潯陽路。此去更相思，江西少親故。"其三："去國日已遠，喜逢物似人。如何含此意？江上坐思君。有如河嶽氣，相合方氛氳。狂風吹中絕，兩處成孤雲。風迴終有時，雲合豈無因？努力各自愛，窮通我爾身。"白居易原唱作於元和十年貶謫江州之時，具體時間應該在九月間，白居易正在前往江州

途中的襄陽。　路上：在路途中。岑參《天山雪歌送蕭治歸京》："能兼漢月照銀山，復逐胡風過鐵關。交河城邊飛鳥絶，輪臺路上馬蹄滑。"戎昱《題宋玉亭》："宋玉庭前悲暮秋，陽臺路上雨初收。應緣此處人多别，松竹蕭蕭也帶愁。"　見：用在動詞前面表示被動。相當於被，受到。劉長卿《酬張夏别後道中見寄》："離群方歲晏，謫宦在天涯。暮雪同行少，寒潮欲上遲。"韋應物《酬盧嵩秋夜見寄五韵》："喬木生夜涼，月華滿前墀。去君咫尺地，勞君萬里思。"　寄：托人遞送，贈送。李白《淮海對雪贈傅靄》："興從剡溪起，思繞梁園發。寄君郢中歌，曲罷心斷絶。"岑參《寄左省杜拾遺》："聯步趨丹陛，分曹限紫微。曉隨天仗入，暮惹御香歸。"

②"昔在京城心"兩句：意謂過去我們在京城共事，心心相通，交情深厚。現在我們同樣爲被人排擠，出貶在吳楚大地，心情除了憤懣之外，又當如何？　京城：國都。韋應物《寓居永定精舍》："政拙忻罷守，閑居初理生。家貧何由往？夢想在京城。"王建《歸昭應留别城中》："喜得近京城，官卑意亦榮。竝床歡未定，離室思還生。"　吳：古國名，也稱爲勾吳、攻吳，姬姓，始祖爲周太王之子太伯，至十九世孫壽夢稱王，據有今江蘇大部和安徽、浙江的一部分，建都於吳（今江蘇蘇州市）。傳至夫差，於公元前四七三年爲越所滅。又古國名，三國時三國之一，公元二二二年孫權稱吳王，都建業（今江蘇南京市），公元二二九年稱帝，佔有今之長江中下游，南至福建、兩廣以及越南北部和中部，公元二八〇年爲晉所滅。孟浩然《早春潤州送從弟還鄉》："兄弟遊吳國，庭闈戀楚關。已多新歲感，更餞白眉還。"劉禹錫《答柳子厚》："宫館貯嬌娃，當時意大誇。豔傾吳國盡，笑入越王家。"　楚：古國名，芈姓，始祖鬻熊，西周時立國于荆山一帶，都丹陽（今湖北秭歸東南），周人稱爲荆蠻，後建都於郢（今湖北江陵西北紀王城），春秋戰國時國勢强盛，疆域由湖北、湖南擴展到今河南、安徽、江蘇、浙江、江西和四川，爲五霸七雄之一。戰國末漸弱，屢敗于秦，遷都陳（今河

南淮陽),又遷壽春(今安徽壽縣),公元前二二三年爲秦所滅。楊炯《奉和上元酺宴應詔》:"仰德還符日,霈恩更似春。襄城非牧豎,楚國有巴人。"王維《偶然作六首》一:"楚國有狂夫,茫然無心想。散髮不冠帶,行歌南陌上。"

③ 千山:極言山多。柳宗元《江雪》:"千山鳥飛絕,萬徑人蹤滅。"王安石《古松》:"萬壑風生成夜響,千山月照挂秋陰。" 道路:地面上供人或車馬通行的部分。孟浩然《送席大》:"道路疲千里,鄉園老一丘。知君命不偶,同病亦同憂。"柳宗元《伯祖妣趙郡李夫人墓誌銘》:"王氏姑定省扶持,自揚州至於京師,道路遇疾,遂館於陳氏。"萬里:極言路程之遠。庾抱《別蔡參軍》:"今日歡娛盡,何年風月同?悲生萬里外,恨起一杯中。"張文琮《昭君怨》:"戒途飛萬里,回首望三秦。忽見天山雪,還疑上苑春。" 音塵:音信,消息。蔡琰《胡笳十八拍》一〇:"故鄉隔兮音塵絕,哭無聲兮氣將咽。"蹤迹。李白《憶秦娥》:"樂游原上清秋節,咸陽古道音塵絕。"

④ 參與商:參星和商星,參星在西,商星在東,此出彼没,永不相見,這裏比喻親友隔絕,不能相見。陸機《爲顧彦贈婦二首》二:"形影參商乖,音息曠不達。"吳均《閨怨》:"相去三千里,參商書信難。" 胡與越:胡族在北方,越族在南方,泛指北方和南方的各個民族。司馬光《言施行封事上殿札子》:"漢武帝詳延特起之士,待以不次之位,終獲其用,威加胡越。"又指胡地在北,越在南,比喻疏遠隔絕,本詩含意在此。白居易《與微之書》:"況以膠漆之心,置於胡越之身,進不得相合,退不能相忘。"

⑤ 升沈:即"升沉",升降,舊時謂仕途的得失與進退。李白《送友人入蜀》:"升沉應已定,不必問君平。"也作升降解,謂際遇的幸與不幸。元稹《寄樂天二首》一:"榮辱升沉影與身,世情誰是舊雷陳?"網羅:原指捕捉鳥獸的工具,這裏指以網捕物。元稹《蟲豸詩·蜘蛛詩序》:"巴蜘蛛大而毒,其甚者,身邊數寸,而踦長數倍其身,網羅竹

柏盡死。"也比喻整人的法網。司空曙《酬張芬有赦後見贈》:"紫鳳朝銜五色書,陽春忽布網羅除。"歐陽修《江鄰幾文集序》:"其間又有不幸罹憂患,觸網羅,至困阨流離以死與!"

⑥ 無朕:亦作"無眹",沒有迹象或先兆。嚴遵《道德指歸論·用兵》:"與敵相距,變運無形,奇出無朕,錯勝無窮。"元稹《酬別致用》:"神哉心相見,無朕安得離!"朕,通"眹"。歐陽修《三皇設言民不違論》:"化被而物不知,功成而迹無朕。" 環:這裏比喻漩渦。《管子·度地》:"水之性……倚則環,環則中。"尹知章注:"倚,排也。前後相排,則圓流生,空若環之中,所謂齊。"元稹在這裏以此比喻政治漩渦對自己與白居易的傷害。 結:形容憂愁、氣憤積聚不得發泄。王充《論衡·幸偶》:"氣結閼積,聚爲癰,潰爲疽創,流血出膿。"元稹《古決絕詞三首》二:"噫春冰之將泮,何余懷之獨結!"這裏詩人以此比喻無形的憂愁、氣憤一直與自己和白居易爲伴。

⑦ "有結解不開"以下六句:意謂高山大嶺可以經過不懈努力全部移開,江湖大海祇要堅持就能填平,而政治的迫害卻一直跟隨著自己與白居易,憂愁氣憤也從來沒有離開過自己與白居易。 結:形容憂愁、氣憤積聚不得發泄。《詩·檜風·素冠》:"庶見素韠兮,我心蘊結兮!"元稹《遣病十首》一〇:"朝結故鄉念,暮作空堂寢。夢別淚亦流,啼痕暗橫枕。" 環:原指璧的一種,圓圈形的玉器。《左傳·昭公十六年》:"宣子有環,其一在鄭商。"高承《事物紀原·衣裘帶服·環》:"《瑞應圖》曰:'黃帝時,西王母獻白環,舜時又獻之。'則環當出於此。"這裏以環比喻揮之不去、去了又來的煩惱。

⑧ 山嶽:亦作"山岳",高大的山。《左傳·莊公二十二年》:"山嶽則配天。"孫綽《游天台山賦》:"天台山者,蓋山嶽之神秀也。"范仲淹《岳陽樓記》:"日星隱曜,山岳潛形。" 移:搖動,移動。韓愈《龍移》:"天昏地黑蛟龍移,雷驚電激雄雌隨。"毛熙震《浣溪沙》六:"碧玉冠輕嫋燕釵,捧心無語步香階,緩移弓底繡羅鞋。" 江海:江和海。

《荀子·勸學》：“不積小流，無以成江海。”岑參《送張秘書充劉相公通汴河判官便赴江外覲省》：“萬里江海通，九州天地寬。”　塞：堵塞，填塞。《詩·豳風·七月》：“穹窒熏鼠，塞向墐戶。”《新唐書·朱敬則傳》：“塞羅織之妄源，掃朋黨之險迹。”

⑨　離恨：因別離而産生的愁苦。吳均《陌上桑》：“故人甯知此，離恨煎人腸。”李煜《清平樂》：“離恨恰如春草，更行更遠還生。”　空虛：指天空，亦喻朝廷。劉禹錫《送前進士蔡京赴學究科》：“幸遇天官舊丞相，知君無翼上空虛。”趙璜《曲江上巳》：“欲問神仙在何處？紫雲樓閣向空虛。”　窮年：終其天年，畢生。《荀子·解蔽》：“以可以知人之性，求可以知物之理，而無所疑止之，没世窮年不能遍也。”劉長卿《雲門寺訪靈一上人》：“獨行殘雪裏，相見白雲中。請近東林寺，窮年事遠公。”　徹：盡，完。袁宏《後漢紀·質帝紀》：“冀復私召往來，生子伯玉，匿不敢出。壽知之，使其子河南尹徹滅友氏家。”杜甫《江畔獨步尋花七絶句》一：“江上被花惱不徹，無處告訴只顛狂。”

⑩　“生莫强相同”兩句：意謂人生不可以强求與相同相聚，太多的相同會招致遺憾的別離，這裏是元稹感歎自己與白居易太多的相同招來長久的別離。　相同：彼此無差異。劉知幾《史通·列傳》：“又傳之爲體，大抵相同，而述者多方，有時而異耳！”無可《宿西岳白石院》：“岳壁松多古，壇基雪不通。未能親近去，擁褐愧相同。”　相別：謂彼此分別。儲光羲《效古二首》一：“婦人役州縣，丁男事征討。老幼相別離，哭泣無昏早。”蘇軾《和子由宿逍遥堂序》：“〔余〕以爲今者宦遊相別之日淺，而異時退休相從之日長。”

⑪　襄陽：唐代山南東道治所，李吉甫《元和郡縣志》：“襄州……今爲襄陽節度使理所，管襄州、鄧州、復州、郢州、唐州、隨州、均州、房州，管縣三十八，都管户一十四萬二千……秦兼天下，自漢以北爲南陽郡，今鄧州南陽縣是也。漢以南爲南郡，今荆州是也。後漢建安十三年魏武平荆州，置襄陽郡。自赤壁之敗，魏失江陵，而荆州都督理

無常處。吳將諸葛瑾、陸遜皆數入其境。自羊公鎮襄陽,吳不復入……隋置行臺,皇朝初亦置山南道行臺,武德七年廢行臺,置都督府,貞觀六年廢都督府改爲州,永貞元年並爲大都督府。"元稹《渡漢江》:"嶓冢去年尋漾水,襄陽今日渡江潯。山遙遠樹纔成點,浦静沉碑欲辨文。"白居易《遊襄陽懷孟浩然》:"今我諷遺文,思人至其鄉。清風無人繼,日暮空襄陽。"襄陽爲自西京前往東南各地的必經之地,如江陵、江州等。　　大堤繞:漢水流經襄陽,自西北而東而南而西南,沿著漢水,大堤順漢水而築,故言。張柬之《大堤曲》:"南國多佳人,莫若大堤女。玉床翠羽帳,寶襪蓮花距。"張潮《襄陽行》:"襄陽傳近大堤北,君到襄陽莫回惑。大堤諸女兒,憐錢不憐德。"　我向堤前住:這裏是指元和五年元稹出貶江陵經由襄陽時事,元稹有《襄陽道》、《渡漢江》、《襄陽爲盧竇紀事五首》諸詩紀實,這些詩篇編年在拙稿"元和五年"欄内,請參閱。

　　⑫"燭隨花艷來"兩句:元稹曾有《襄陽爲盧竇紀事五首》,記述元稹襄陽之行,其一:"帝下真符召玉真,偶逢遊女暫相親。素書三卷留爲贈,從向人間説向人。"其二:"風弄花枝月照階,醉和春睡倚香懷。依稀似覺雙環動,潜被蕭郎卸玉釵。"其五:"花枝臨水復臨堤,閑照江流亦照泥。千萬春風好抬舉,夜來曾有鳳皇栖。"可爲本句注解。這種風流韵事,在唐代非常普遍,不足爲奇,故元稹也公然寫入自己的詩篇。　　花艷:艷麗。《樂府詩集·襄陽樂》:"朝發襄陽城,暮至大堤宿。大堤諸女兒,花艷驚郎目。"韓愈《送李尚書赴襄陽八韵得長字》:"風流峴首客,花艷大堤倡。"　　朝雲:巫山神女名,戰國時楚懷王遊高唐,晝夢幸巫山之女,後好事者爲立廟,號曰"朝雲",典出宋玉《高唐賦序》:楚襄王與宋玉遊雲夢之臺,望高唐之觀,其上有雲氣變化無窮。玉謂此氣爲朝雲,並對王説,過去先王曾遊高唐,怠而晝寢,夢見一婦人自稱是巫山之女,願侍王枕席,王因幸之。巫山之女臨去時説:"妾在巫山之陽,高丘之阻,旦爲朝雲,暮爲行雨,朝朝暮暮,陽

臺之下。"有"朝雲暮雨"的傳説,常常比喻男女歡會。鄭世翼《巫山高》:"霏霏暮雨合,靄靄朝雲生……別有幽栖客,淹留攀桂情。"元稹《白衣裳》:"藕絲衫子柳花帬,空著沈香慢火熏。閑倚嚲風笑周昉,枉抛心力畫朝雲。"

⑬ 萬竿:極言竹子之多。元稹《使東川·亞枝紅》:"平陽池上亞枝紅,悵望山郵事事同。還向萬竿深竹裏,一枝渾卧碧流中。"白居易《醉題沈子明壁》:"不愛君家十叢菊,不愛君家萬竿竹。愛君簾下唱歌人,色似芙蓉聲似玉。"　高廟:爲紀念梁高祖而造的廟宇,在襄陽。李吉甫《元和郡縣志·襄州》:"檀溪:在縣西南。初梁高祖鎮荆州,聞齊主崩,令蕭遙光等五人輔政,謂之五貴,嘆曰:'政出多門,亂其階矣!'陰懷平京師之意,潛造器械,多伐斫竹木,沈于檀溪,爲舟裝之備。參軍吕僧珍獨悟其旨,亦私具櫓數百張。及義師起,乃取檀溪竹木裝戰艦,諸將爭櫓,僧珍每船付二張,事克集。今溪已涸非其舊矣!"　徐亭樹:這裏用的是徐孺子的典故,徐孺子即東漢徐稚,稚字孺子,陳蕃爲太守時,以禮請署功曹,既謁而退。蕃在郡不接賓客,唯稚來特設一榻,去則懸之。稚又嘗爲太尉黄瓊所辟,未就。及瓊卒歸葬,稚乃徒步往,設雞酒祭之。事見《後漢書·徐稚傳》。詩文中常用其事,杜甫《陪裴使君登岳陽樓》:"湖闊兼雲霧,樓孤屬晚晴。禮加徐孺子,詩接謝宣城。"楊巨源《送章孝標校書歸杭州因寄白舍人》:"不妨公事資高卧,無限詩情要細論。若訪郡人徐孺子,應須騎馬到沙村。"這裏以徐稚比喻白居易,期待白居易。

⑭ "我昔憶君時"兩句:元和五年元稹貶任江陵士曹參軍,曾經途經襄陽,有多篇詩歌思念白居易,如《貶江陵途中寄樂天枓直枓直以員外郎判鹽鐵樂天以拾遺在翰林》、《三月二十四日宿曾峰館夜對桐花寄樂天》。元和十年白居易出任江州司馬,也曾經由襄陽,也有多篇詩篇思念元稹,如《武關南見元九題山石榴花見寄》、《舟中讀元九詩》,本組詩僅是其中之一,從中可見元稹白居易之間密切的聯繫

與深厚的友情。

⑮ "有身有離別"兩句：意謂人生在世,不可能永遠相守,離別是常有的事情,就像地上的道路,不可能沒有岐路一樣。 離別:比較長久地跟人或地方分開。《楚辭·離騷》:"余既不難夫離別兮,傷靈修之數化。"陸龜蒙《離別》:"丈夫非無淚,不灑離別間。" 岐路:岔路。《列子·説符》:"楊子之鄰人亡羊,既率其黨,又請楊氏之豎追之。楊子曰:'嘻!亡一羊,何追者之衆?'鄰人曰:'多岐路。'"也指離別分手處。王勃《杜少府之任蜀州》:"海記憶體知己,天涯若比鄰。無爲在岐路,兒女共沾巾。"也比喻官場中險易難測的前途。元積《酬樂天得微之詩知通州事因成四首》三:"滿身沙虱無防處,獨脚山魈不奈何。甘受鬼神侵骨髓,常憂岐路處風波。"

⑯ "風塵同古今"兩句:意謂人生在世,永遠忙碌在宦途、戰亂、塵事之中,永遠奔忙於新與舊、新人與舊人的應酬之中。 風塵:原指被風揚起的塵土,也比喻戰亂與戎事以及塵世紛擾的現實生活境界,也指宦途、官場、塵事以及平庸的世俗之事。李端《代村中老人答》:"京洛風塵後,村鄉烟火稀。"戴叔倫《贈殷亮》:"山中舊宅無人住,來往風塵共白頭。" 古今:古代和現今。《史記·太史公自序》:"故禮因人質爲之節文,略協古今之變。"杜甫《登樓》:"錦江春色來天地,玉壘浮雲變古今。" 人世:人生。杜甫《奉送二十三舅録事之攝彬州》:"衰老悲人世,驅馳厭甲兵。"人間,人類社會。唐無名氏《鄭德璘》:"〔水府〕儼然第舍,與人世無異。" 新故:新與舊。辛延年《羽林郎》:"人生有新故,貴賤不相逾。"也指新來的人與原有的人。杜甫《將適吳楚留別章使君留後兼幕府諸公得柳字》:"相逢半新故,取別隨薄厚。"

⑰ "人亦有相愛"兩句:意謂人世間人與人之間,自然都有相親相愛之情意,但我們兩人之間的情誼,同於衆人又有別於衆人。 相愛:互相親愛、互相友好。《莊子·天地》:"端正而不知以爲義,相愛

而不知以爲仁。”《史記·佞幸列傳》：“今上爲膠東王時，嫣與上學書相愛。”　衆人：一般人，群衆。《孟子·告子》：“君子之所爲，衆人固不識也。”謝靈運《石門新營所住》：“匪爲衆人説，冀與智者論。”

⑱ 朝朝：天天，每天。《列子·仲尼》：“子列子亦微焉，朝朝相與辯。”干寶《搜神記》卷一三：“始皇時童謡曰：‘城門有血，城當陷没爲湖。’有嫗聞之，朝朝往窺。”孟浩然《留別王維》：“寂寂竟何待？朝朝空自歸。”　寧：寧可，寧願。《國語·晉語》：“必報讐，吾寧事齊楚。”劉義慶《世説新語·德行》：“友人有疾，不忍委之，寧以我身代友人之命。”　不食：不吃。《論語·衛靈公》：“吾嘗終日不食。”《史記·魏其武安侯列傳》：“太后怒，不食。”　日日：每天。《左傳·哀公十六年》：“國人望君如望歲焉！日日以幾。”王昌齡《萬歲樓》：“年年喜見山長在，日日悲看水獨流。”　願：希望。《漢書·蕭何傳》：“願君讓封勿受，悉以家私財佐軍。”聶夷中《傷田家》：“我願君王心，化作光明燭。”祝願，祈求。《墨子·非命》：“聞文王者皆起而趨之，罷不肖，股肱不利者，處而願之曰：‘奈何乎使文王之地及我，吾則吾利，豈不亦猶文王之民也哉！’”孫詒讓間詁引俞樾曰：“‘則’上‘吾’字，‘豈’上‘利’字，並衍文。”范仲淹《老人星賦》：“實贊天靈之數，允葉華封之願。”　君：對對方的尊稱，猶言您，本詩指白居易。董思恭《詠月》：“別客長安道，思婦高樓上。所願君莫違，清風時可訪。”宋璟《送蘇尚書赴益州》：“我望風烟接，君行霰雪飛。園亭若有送，楊柳最依依。”

⑲ 愁腸：憂思鬱結的心腸。謝朓《秋夜講解》：“沉沉倒營魄，苦蔭蔭愁腸。”《敦煌變文集·伍子胥變文》：“自從一別音書絶，憶君愁腸氣欲絶。”　氛氳：這裏比喻心緒繚亂。陳子昂《入東陽峽》：“仙舟不可見，遙思坐氛氳。”李白《鳴皋歌送岑徵君》：“盤白石兮坐素月，琴松風兮寂萬壑，望不見兮心氛氳，蘿冥冥兮霰紛紛。”

⑳ “如何遠相失”以下六句：詩人以自然界的風雲爲喻，感嘆自

己與白居易兩人分別之易，會合之難，天上風雲來往極易，猶有阻礙，何況地上遠隔萬水千山又不得行動自由的人們！ 　如何：奈何，怎麼辦。《詩・秦風・晨風》："如何如何，忘我實多。"白居易《上陽白髮人》："上陽人，苦最多，少亦苦，老亦苦，少苦老苦兩如何？"

㉑苦：苦於，困於。杜甫《逃難》："疏布纏枯骨，奔走苦不暖。"曾鞏《謝雨文》："前歲苦饑，去歲苦盜。"恨，怨嫌。《古詩十九首・生年不滿百》："晝短苦夜長，何不秉燭遊？"秦觀《和黃法曹憶建溪梅花》："清淚斑斑知有恨，恨春相逢苦不早。" 　會合：聚集，聚合。曹植《七哀》："君若清路塵，妾若濁水泥。浮沈各異勢，會合何時諧？"皇甫枚《三水小牘・步飛烟》："雖羽駕塵襟，難於會合，而丹誠皎日，誓以周旋。"見面，相逢。韓愈《此日足可惜贈張籍》："蕭條千萬里，會合安可逢？"蘇舜欽《潁川留別王公輔》："解携春波上，會合知何秋？"遇合。王安石《何處難忘酒二首》二："何處難忘酒？君臣會合時。"

㉒天上：天空中。范朝《甯王山池》："水勢臨階轉，峰形對路開。槎從天上得，石是海邊來。"劉長卿《至德三年春正月時謬蒙差攝海鹽令聞王師收二京因書事寄上浙西節度李侍郎中丞行營五十韻》："天上胡星孛，人間反氣橫。風塵生汗馬，河洛縱長鯨。" 　礙：障礙。揚雄《法言・君子》："子未覩禹之行水與？一東一北，行之無礙也。"齊己《船窗》："舉頭還有礙，低眼即無妨。" 　何況：用反問的語氣表達更進一層的意思。《後漢書・楊終傳》："昔殷民近遷洛邑，且猶怨望，何況去中土之肥饒，寄不毛之荒極乎？"何承天《雉子游原澤》："卿相非所盼，何況於千金！" 　地上：陸地上。《周禮・春官・大司樂》："冬日至，於地上之圜丘奏之……夏日至，於澤中之方丘奏之。"亦指地面上。李白《靜夜思》："床前明月光，疑是地上霜。"指人間，陽世。《墨子・兼愛下》："人之生乎地上之無幾何也，譬之猶駟馳而過隙也。"蘇舜欽《吳江亭上對月》："不疑身世在地上，祇恐槎去觸鬥牛。"

[編年]

　　《年譜》編年本組詩於元和十年,除標示毫無意義的與白居易原唱次韻的具體字眼之外,没有列舉任何理由。《編年箋注》編年本詩:"元稹此詩作於元和十年(八一五),時在通州司馬任。見下《譜》。"《年譜新編》亦編年本組詩於元和十年,没有列舉理由。

　　我們編年本詩的根據同元稹《酬樂天武關南見微之題山石榴花詩》、《酬樂天舟泊夜讀微之詩》中揭示的根據,此不重複。據此,本組詩應該屬於在元和十三年四月十日至四月十二日間的"不三兩日"之内元稹酬和的三十二首詩篇中的三首。元稹當時是以州司馬的身份"權知州務",地點在通州。需要説明一下,白居易原詩則賦成於元和十年九月間白居易出貶江州刺史後來追改江州司馬途中。

◎ 酬樂天寄蘄州簟(一)①

　　蘄簟未經春,君先拭翠筠②。知爲熱時物,預與瘴中人③。碾玉連心潤,編牙小片珍④。霜凝青汗簡,冰透碧遊鱗⑤。水魄輕涵黛,琉璃薄帶塵⑥。夢成傷冷滑,驚卧老龍身⑦。

録自《元氏長慶集》卷一五

[校記]

　　(一)酬樂天寄蘄州簟:本詩存世各本,包括楊本、叢刊本、《全詩》諸本,均無異文。

[箋注]

　　① 酬樂天寄蘄州簟:白居易原唱爲《寄蘄州簟與元九因題六韵

(時元九鰥居）》："笛竹出蘄春，霜刀劈翠筠。織成雙鎖簟，寄與獨眠人。卷作筒中布，舒爲席上珍。滑如鋪薤葉，冷似臥龍鱗。清潤宜乘露，鮮華不受塵。通州炎瘴地，此物最關身。"　蘄州：州郡名。《舊唐書·地理志》："蘄州……隋蘄春郡，武德四年平朱粲，改爲蘄州，領蘄春、蘄水、羅田、黃梅、沛水五縣，其年省蘄水入蘄春，又分蘄春立永寧，省羅田入沛水，又改沛水爲蘭溪，又於黃梅縣置南晉州，八年州廢，以黃梅來屬。天寶元年改爲蘄春郡，乾元元年復爲蘄州。舊領縣四，户一萬六百一十二，口三萬九千六百七十八……至京師二千五百六十里，至東都一千八百二十四里。"戴叔倫《蘄州行營作》："蘄水城西向北看，桃花落盡柳花殘。朱旗半捲山川小，白馬連嘶草樹寒。"韓愈《鄭群贈簟》："蘄州簟竹天下知，鄭君所寶尤瓖奇。携來當晝不得臥，一府傳看黃琉璃。"　簟：蘄州簟，用簟竹製成，簟竹，竹名。《説郛》卷八七引嵇含《南方草木狀》："簟竹，葉疏而大，一節相去六七尺，出九真，彼人取嫩者，槌浸紡績爲布，謂之竹疏布。"《初學記》卷二八引沈懷遠《博羅縣簟竹銘》："簟竹既大，薄且空中，節長一丈，其直如松。"本詩指供坐臥鋪墊用的葦席或竹席。《詩·小雅·斯干》："下莞上簟，乃安斯寢。"鄭玄箋："竹葦曰簟。"杜甫《陪鄭廣文游何將軍山林十首》六："酒醒思臥簟，衣冷欲裝綿。"

②蘄簟：用蘄竹編製的簀席。許渾《夏日戲題郭別駕東堂》："晚樹垂朱實，春簀露粉竿。散香蘄簟滑，沈水越瓶寒。"文同《寄永興吳龍圖給事三首》三："土風豪盛古長安，誰謂元侯臥治難？使客不來公事少，一床蘄簟石林寒。"　經春：經過春天的時光。崔顥《贈輕車》："悠悠遠行歸，經春涉長道。幽冀桑始青，洛陽蠶欲老。"陶翰《送金卿歸新羅》："奉義朝中國，殊恩及遠臣。鄉心遙渡海，客路再經春。"翠筠：綠竹。楊巨源《池上竹》："氣潤晚烟重，光涵秋露多。翠筠入疏柳，清影拂圓荷。"李商隱《題二首後重有戲贈任秀才》："一丈紅薔擁翠筠，羅窗不識繞街塵……遙知小閣還斜照，羨殺烏龍臥錦茵。"筠是

竹的青皮,竹皮。《禮記·禮器》:"其在人也,如竹箭之有筠也,如松柏之有心也。"鄭玄注:"筠,竹之青皮也。"孔穎達疏:"筠是竹外青皮。"劉禹錫《許給事見示哭工部劉尚書詩因命同作》:"特達圭無玷,堅貞竹有筠。"洪頤煊《讀書叢錄》卷四:"《說文》無筠字,《說文》:'筼,竹膚也,從竹民聲。''筹,析竹筼也。'是析竹皮黃者爲筹,皮青者爲筼,筼即筠字。"

③ 熱時物:熱天用的器物或飲食,這裏指蘄簟。　熱時:炎熱的季節。元稹《酬周從事望海亭見寄》:"年老無流輩,行稀足薜蘿。熱時憐水近,高處見山多。"白居易《題新昌所居》:"宅小人煩悶,泥深馬鈍頑。街東閑處住,日午熱時還。"　預與:提前贈與。暫不見唐宋及以前書證。耶律鑄《匏瓜亭二首》一:"豈容五石爲無用,好辦千金預與酬。瓠落縱甘成棄物,世途元更有中流。"楊基《湘陰廟梨花序》:"舟中岑寂,賦詩一首,且歸以示方君,預與起宗締來歲之約云。"瘴:瘴氣,指南部、西南部地區山林間濕熱蒸發能致病之氣。《後漢書·南蠻傳》:"南州水土溫暑,加有瘴氣,致死者十必四五。"《北史·柳述傳》:"述在龍川數年,復徙寧越,遇瘴癘死。"

④ "碾玉連心潤"以下六句:這裏是對蘄簟的具體描繪,是對白居易原唱"卷作筒中布,舒爲席上珍。滑如鋪薤葉,冷似臥龍鱗。清潤宜乘露,鮮華不受塵"的回應,元稹的詩句形象而生動,可見元稹的文字功力。讀者也可以與白居易的原唱文字加以對照,比較兩人各有所長的文字特長。　碾玉:經過打磨雕琢之後的玉器。陸龜蒙《開元雜題七首·玉龍子》:"何代奇工碾玉英? 細鬐纖角盡雕成。烟乾霧悄君心苦,風雨長隨一擲聲。"和凝《宮詞百首》八三:"結金冠子學梳蟬,碾玉蜻蜓綴鬢偏。寢殿垂簾悄無事,試香閑立御爐前。"這裏形容蘄簟如玉器一般的涼滑。　連心潤:猶言透心涼。李頎《夏宴張兵曹東堂》:"北窗臥簟連心花,竹裏蟬鳴西日斜。羽扇搖風却珠汗,玉盆貯水割甘瓜。"温庭筠《寄渚宮遺民弘里生》:

"波月欺華燭,汀雲潤故琴。鏡清花並蒂,床冷簟連心。" 編牙小片珍:猶言編出的竹席如牙齒一般細小整齊。李咸用《僧院薔薇》:"小片當吟落,清香入定空。何人來此植? 應固惱休公。"方干《雪中寄殷道士》:"大片紛紛小片輕,雨和風擊更縱橫。園林入夜寒光動,窗戶凌晨濕氣生。"

⑤ 汗簡:以火炙竹簡,供書寫所用。劉向《別錄》:"殺青者,以火炙簡令汗,取其青易書,復不蠹,謂之殺青,亦謂汗簡。"庾信《預麟趾殿校書和劉儀同》:"子雲猶汗簡,溫舒正削蒲。"後來也指竹簡,古代用來書寫文字的竹片,這裏借喻"蘄州簟","霜凝"、"冰透"則形容"蘄州簟"的冷滑。 遊鱗:遊魚。潘岳《閑居賦》:"遊鱗瀺灂,菡萏敷披。"王維《戲贈張五弟諲三首》三:"設置守獱兔,垂釣伺遊鱗。"也指龍。《文選·潘尼〈贈侍御史王元貺〉》:"遊鱗萃靈沼,撫翼希天階。"李善注:"游鱗,龍也。"這裏統統借喻"蘄州簟"。

⑥ 魄:通"珀"。《後漢書·王符傳》:"犀象珠玉,虎魄瑇瑁。"《文選·沈約〈恩幸傳論〉》:"素縑丹魄,至皆兼兩。"李善注:"虎魄也,色赤,故曰丹。"張銑注:"珀,琥珀也。" 黛:青黑色的顏料,古時女子用以畫眉。《韓非子·顯學》:"故善毛嗇、西施之美,無益於面;用脂澤粉黛,則倍其初。"《文心雕龍·情采》:"夫鉛黛所以飾容,而盼倩生於淑姿。" 琉璃:亦作"琉璃",一種有色半透明的玉石。《後漢書·大秦傳》:"土多金銀奇寶、有夜光璧、明月珠、駭雞犀、珊瑚、虎魄、琉璃、琅玕、朱丹、青碧。"《西京雜記》卷一:"雜廁五色琉璃爲劍匣。"戴埴《鼠璞·琉璃》:"琉璃,自然之物,彩澤光潤逾於衆玉,其色不常。"

⑦ "夢成傷冷滑"兩句:這是詩人對蘄簟防暑效果的由衷讚美與出自内心贊許。 冷滑:清涼滑潤。李復言《續玄怪錄·張老》:"其堂沉香爲梁,玳瑁帖門,碧玉窗,珍珠箔,階砌皆冷滑碧色,不辨其物。"白居易《遊悟真寺詩一百三十韻》:"冷滑無人迹,苔點如花箋。"

老龍：義近"遊鱗"，意謂"蘄州簟"的冷滑，連"老龍"也感到驚奇不已。杜甫《巴西驛亭觀江漲呈竇使君》："霄漢愁高鳥，泥沙困老龍。天邊同客舍，携我豁心胸。"元稹《山竹枝》："貴宅安危步，難將混俗材。還投輞川水，從作老龍回。"

[編年]

《年譜》編年本詩於元和十一年，其在譜文部分説明編年理由："白居易《寄蘄州簟與元九因題六韻》：'通州炎瘴地，此物最關身。'自注：'時元九鰥居。'元稹《酬樂天寄蘄州簟》云：'蘄簟未經春，君先拭翠筠。知爲熱時物，預與瘴中人。'元和十年閏六月元稹至通州。白居易從江州寄竹簟與元稹，當在元和十一年初，未到'熱時'，故曰'預與'。"《編年箋注》離開了一貫對《年譜》亦步亦趨的盲從態度，編年本詩於元和十二年："元稹此詩作於元和十二年(八一七)，時在通州司馬任，正寓居興元。"但没有説明編年理由。《年譜新編》編年本詩於元和十三年："白居易原唱爲《寄蘄州簟與元九因題六韻》，次韻酬和。元詩疑爲元和十三年追和。"

我們認爲，根據元稹《酬樂天東南行一百韻》詩序所示，本詩原唱應該屬於白居易元和十二年十二月二日重新寄贈元稹的二十四首詩篇中的一首，本詩應該屬於在元和十三年四月十日至四月十二日間的"不三兩日"之内元稹酬和的三十二首詩篇中的一首。元稹當時是以州司馬的身份"權知州務"，地點在通州。

我們認爲，卞孝萱先生把本詩的寫作時間定爲元和十年年底和十一年年初也是欠妥的。這是因爲元稹白居易這段時間中斷了聯繫，元稹没有收到白居易的寄酬詩歌，因而也就没有了回酬詩歌。白居易元和十年六月司馬江州，元稹八月才知道這個消息，元稹《酬樂天東南行詩》詩注："元和十年閏六月至通州，染瘴危重，八月聞樂天司馬江州。"筆者按："閏"字衍，《年譜》没有加以辨正，誤導了讀者。

十月初元稹離開通州前往興元治病,元稹與白居易從此音訊不通,失去了聯繫,所以白居易在元和十二年四月十日寫的《與微之書》:"微之,微之!不見足下面已三年矣!不得足下書欲二年矣!"從元和十年三月三十日元稹白居易長安分手至白居易寫信的十二年四月十日,確實已是"已三年"不見面;而從元和十二年四月十日逆推"欲二年",白居易不得元稹詩文當從元和十年八月間開始,亦即元稹八月病危之際委託熊士登帶書詩給白居易之後,就再也沒有任何書詩寄給白居易。由此可知白居易大約在元稹離開通州以後,就再也沒有收到過元稹的詩歌和書信。又如元稹元和十年六月至九月間的大病,白居易是在元和十一年的夏天,亦即時隔近一年的時間才知道的;白居易隨即修書問候,而元稹竟然無書作答。白居易元和十二年的《東南行詩》:"去夏微之瘧,今春席八殂。天涯書達否?泉下哭知無(去年聞元九瘴瘧,書去竟未報。今春聞席八歿,久與往還,能無慟矣)?"而元稹《酬樂天東南行詩一百韵》:"別猶多夢寐,情尚感凋枯。近喜司戎健,尋傷掌誥徂(今日得樂天書,六年聞席八歿)。"白居易詩作於元和十二年,詩曰:"今春席八殂。"知席八卒在元和十二年的春天。元稹酬詩作於元和十三年的四月十三日之前不久,詩注中的"六年"當爲"去年"之刊誤。請大家特別注意白居易詩注中的"聞"字,元稹元和十年夏秋之際大病不已,但白居易却直到元和十一年夏天才聽説,亦即"聞"説。這正説明元稹白居易從元和十年秋天至十二年初夏,因元稹北上興元易地就醫而中斷了聯繫,兩人並無詩歌酬唱贈答。所以我們認爲白居易寄蘄州簟事並贈詩雖然發生在元和十年的冬天,但元稹的酬詩却是元和十三年年初與其他三十一首詩歌一次性追和的。一九八八年發表在《蘇州大學學報》第二期的拙作《元稹白居易通江唱和真相考略》已一一辯明,拜請參閲。但元稹後來追和時用的還是當時的口氣,因爲白居易的蘄州簟是在夏天之前提前寄達通州的,所以元稹在酬詩中解嘲云:"知爲熱時物,預與瘴中人。"但

有一點請讀者注意，儘管白居易詩題下注明："時元九鰥居。"詩中又
說："織成雙鎖簟，寄與獨眠人。"但元稹的酬詩《酬樂天寄蘄州簟》對
此話題極力回避，因爲元稹十三年酬和之時，元稹的妻子裴淑正在自
己身邊，詩人不能再提"鰥居"、"獨眠"的話題，元稹別無它法，祇能選
擇回避。

《編年箋注》認爲"元稹此詩作於元和十二年(八一七)，時在通州
司馬任，正寓居興元"的結論同樣是錯誤的：按照我們的意見，元稹回
歸通州在元和十二年五月，結合《編年箋注》"正寓居興元"的意見，那
末白居易贈詩並寄送"蘄州簟"應該在元和十二年五月之前。如果按
照《年譜》與《編年箋注》以及《年譜新編》的意見，元稹回歸通州在元
和十二年九月之後，結合《編年箋注》"正寓居興元"的意見，白居易寄
"蘄州簟"並賦詩應該在元和十二年九月之前。但歷史的事實告訴我
們，元稹在興元治病之日，白居易與元稹是音訊不通，白居易的《與微
之書》就是明證，他的《憶微之》"三年隔闊音塵斷，兩地飄零氣味同"
是又一個明證，元稹的《水上寄樂天》、《相憶淚》也提供了同樣的證
據，在音訊不通的情況下，白居易焉能寄書贈物給元稹？元稹又怎麼
可以回酬白居易的詩篇？

《年譜新編》"元和十三年追和"的編年意見與我們的結論基本相
同，可惜沒有進一步具體到元和十三年四月十日至四月十二日間的
"不三兩日"之內，而且又沒有明確肯定，祇是"疑"而已。不過我們仍
然不得不遺憾地指出：出版於二〇〇四年十一月的《年譜新編》的這
個編年結論，顯然與我們發表於《蘇州大學學報》一九八八年第二期
《元稹白居易通江唱和真相述略》與發表於《南昌大學學報》二〇〇二
年第二期的《元稹白居易通江唱和真相縱述》兩篇拙稿的編年結論一
樣，前一篇拙稿，中國人民大學書報資料中心已於一九八八年第七期
全文複印。後一篇拙稿，經常在網絡上被人多次全文刊載，想來《年
譜新編》的著者不難看到吧！

◎ 酬樂天見憶兼傷仲遠①

死別重泉閟，生離萬里賒②。瘴侵新病骨，夢到故人家③。遙泪陳根草，閑收落地花④。庾公樓悵望，巴子國生涯⑤。河任天然曲，江隨峽勢斜⑥。與君皆直慧，須分老泥沙⁽一⁾⑦。

录自《元氏長慶集》卷八

[校記]

（一）須分老泥沙：楊本、叢刊本、《全詩》同，《全詩》注作“須分老長沙”，語義不同，不改。

[箋注]

① 酬樂天見憶兼傷仲遠：白居易原唱是《憶微之傷仲遠（李三仲遠去年春喪）》：“幽獨辭群久，漂流去國賒。只將琴作伴，唯以酒爲家。感逝因看水，傷離爲見花。李三埋地底，元九謫天涯。舉眼青雲遠，回頭白日斜。可能勝賈誼，猶自滯長沙。” 仲遠：即李顧言，行三，曾任職監察御史。元稹作於元和十年的《遺病》詩曰：“獨孤纔四十（秘書少監郁），仕宦方榮榮。李三三十九（監察御史顧言），登朝有清聲。”白居易作於元和十一年的《憶微之傷仲遠》詩題下注：“李三仲遠去年春喪。”據此，知李顧言病故於元和十年春天，年三十九歲。又據元稹《與楊十二李三早入永壽寺看牡丹》（作於貞元十年，元稹時年十六）、《別李三》（作於貞元十二年，元稹時年十八）、白居易《村中留李三宿》（作於元和九年秋），李顧言應該是元稹白居易年輕時的朋友。

② 死別：永別。《玉臺新詠・古詩〈爲焦仲卿妻作〉》：“生人作死別，恨恨那可論！”杜甫《垂老別》：“孰知是死別，且復傷其寒。”　重泉：猶九泉，舊指死者所歸。竇常《哭張倉曹南史》：“萬事竟蹉跎，重泉恨若何？”孟郊《悼亡》：“山頭明月夜增輝，增輝不照重泉下。泉下雙龍無再期，金鸞玉燕空鎖化。”　閟：關門，亦泛指關閉。《左傳・莊公三十二年》：“初，公築臺，臨黨氏，見孟任，從之。閟，而以夫人言，許之。”楊伯峻注：“閟音秘，閉門也。”元稹《和李校書新題樂府十二首・上陽白髮人》：“諸王在閤四十年，七宅六宮門戶閟。”也指幽静，幽深。梅堯臣《讀永叔所撰薛雲衞碣》：“堅堅孝子心，森森柏庭閟。”生離：猶生別離，生時與親友難以再見的別離。《楚辭・九辯》：“重無怨而生離兮，中結軫而增傷。”葛洪《抱朴子・用刑》：“暴兵百萬，動數十年，天下有生離之哀，家户懷怨曠之嘆。”　賒：距離遠。葛洪《抱朴子・至理》：“豈能棄交修賒，抑遺嗜好，割目下之近欲，修難成之遠功哉！”吕巖《七言》四五：“常憂白日光陰促，每恨青天道路賒。”

③ “瘴侵新病骨”兩句：意謂瘴氣反反復復侵襲我多病瘦損的身軀，夜夢中一次次來到老朋友的家中。　病骨：指多病瘦損的身軀。李賀《示弟》：“病骨猶能在，人間底事無？”蘇軾《浴日亭》：“已覺蒼凉蘇病骨，更煩沉瀟洗衰顏。”　故人：舊交，老友。《史記・范雎蔡澤列傳》：“公之所以得無死者，以綈袍戀戀，有故人之意，故釋公。”王維《送元二使安西》：“勸君更盡一杯酒，西出陽關無故人。”

④ 陳根：逾年的宿草。《禮記・檀引》“曾子曰：‘朋友之墓，有宿草而不哭焉！’”鄭玄注：“宿草，謂陳根也。”劉禹錫《秋螢引》：“漢陵秦苑遙蒼蒼，陳根腐葉秋螢光。”也借指亡友。孔紹安《傷顧學士》：“遊人行變橘，逝者遽焚芝……陳根非席卉，緦帳異書帷。”　落地：指物體的下端直達地面。劉長卿《別嚴士元》：“細雨濕衣看不見，閑花落地聽無聲。日斜江上孤帆影，草綠湖南萬里情。”韓愈《秋懷詩十一首》八：“卷卷落地葉，隨風走前軒。鳴聲若有意，顛倒相追奔。”

⑤ 庾公樓：樓名。一名庾樓，在江西九江，傳說爲晉庾亮鎮江州時所建，不足信。陸游《入蜀記》卷四：“樓正對廬山之雙劍峰，北臨大江，氣象雄麗……庾亮嘗爲江荊豫州刺史，其實則治武昌。若武昌南樓名庾樓，猶有理，今江州治所在晉特柴桑縣之溢口關耳！此樓附會甚明。”白居易《庾樓曉望》：“獨憑朱檻立凌晨，山色初明水色新。竹霧曉籠銜嶺月，蘋風送煖過江春。子城陰處猶殘雪，衙鼓聲前未有塵。三百年來庾樓上，曾經多少望鄉人！”白居易《庾樓新歲》：“歲時銷旅貌，風景觸鄉愁。牢落江湖意，新年上庾樓。”白居易《三月三日登庾樓寄庾三十二》：“三日歡遊辭曲水，二年愁臥在長沙。每登高處長相憶，何況兹樓屬庾家！”白居易《山中酬江州崔使君見寄》：“眷眄情無限，優容禮有餘。三年爲郡吏，一半許山居。酒熟心相待，詩來手自書。庾樓春好醉，明日且回車。”白居易《重到江州感舊遊題郡樓十一韻》：“重過蕭寺宿，再上庾樓行。雲水新秋思，閭閻舊日情。郡民猶認得，司馬詠詩聲。”均認爲庾樓在江州。元稹本詩“庾公樓悵望，巴子國生涯”云云，也是屬於誤信誤傳之例，知識淵博如白居易、“元才子”者，也有聽信誤傳的時候，可不值得大家深思！唐人孫元晏等也持同樣的觀點，其《庾樓》詩云：“江州樓上月明中，從事同登眺遠空。玉樹忽薶千載後，有誰重此繼清風？”杜荀鶴《送友人牧江州》：“但遂生靈願，當應雨露隨。江山勝他郡，閑賦庾樓詩。”即使是也在江州任職的著名詩人李紳，其《趨翰苑遭誣構四十六韻》也同樣誤認庾樓在江州：“詔下因飛朔，恩移詎省辜（余以寶曆元年五月量移江州長史）……溢浦潮通楚，匡山地接吳。庾樓清桂滿，遠寺數蓮敷。髣髴皆停馬，悲歡盡隙駒。舊交封宿草（沈八侍郎、武十五侍郎、元九相公、麗嚴京兆、蔣防舍人，皆爲塵世），衰髯重生芻。”但元稹後來親臨武昌任職武昌軍節度使，還是實實在在改變了自己的錯誤認識，其《所思二首》其一云：“庾亮樓中初見時，武昌春柳似腰肢。相逢相失還如夢，爲雨爲雲今不知。”其二云：“鄂渚濛濛烟雨微，女郎魂逐莫雲

歸。只應長在漢陽渡,化作鴛鴦一隻飛。"當然,那是後話。　　悵望:
惆悵地看望、想望。盧照鄰《西使兼送孟學士南游》:"零雨悲王粲,清
尊別孔融。裴回聞夜鶴,悵望待秋鴻。"徐堅《餞唐永昌》:"郎官出宰
赴伊瀍,征傳駸駸灞水前。此時悵望新豐道,握手相看共黯然。"　巴
子國:古族名,國名,其族主要分佈在今川東、鄂西一帶,元稹當時謫
居的通州正在其範圍之內。傳說周以前居今甘肅南部,後遷武落鍾
離山(今湖北長陽西北),以廩君爲首領,稱廩君蠻,因以白虎爲圖騰,
又稱白虎夷或虎蠻,周初封爲子國,稱巴子國。竇庠《酬韓愈侍郎登
岳陽樓見贈(時予權知岳州事)》:"巨浸連空闊,危樓在杳冥。稍分巴
子國,欲近老人星。"劉禹錫《始至雲安寄兵部韓侍郎中書白舍人二公
近曾遠守故有屬焉》:"天外巴子國,山頭白帝城。波清蜀棟盡,雲散
楚臺傾。"　生涯:語本《莊子・養生主》:"吾生也有涯,而知也無涯。"
原謂生命有邊際、限度,後指生命、人生。沈炯《獨酌謠》:"生涯本漫
漫,神理暫超超。"劉禹錫《代裴相公讓官第三表》:"聖日難逢,生涯漸
短。體羸無拜舞之望,心在有涕戀之悲。"生活。庾信《謝趙王賚絲布
等啓》:"望外之恩,實符大賚;非常之錫,乃溢生涯。"陳亮《謝陳參政
啓》:"暮景生涯,恍如落日;少年夢事,旋若好風。"猶生計。沈佺期
《餞高唐州詢》:"生涯在王事,客鬢各蹉跎。"

　　⑥ 河:古代對黃河的專稱。《書・禹貢》:"島夷皮服,夾右碣石
入於河。"曾鞏《本朝政要策・黃河》:"河自西出而南,又東折,然後北
注於海。"　天然:自然賦予的,生來具備的。《史記・平津侯主父列
傳》:"臣竊以爲陛下天然之聖,寬仁之資,而誠以天下爲務,則湯武之
名不難侔,而成康之俗可復興也。"　曲:彎曲,不直。《荀子・勸學》:
"其曲中規。"韓愈《獨釣四首》一:"曲樹行藤角,平池散芡盤。"這裏指
黃河在河套地區天然形成的彎曲之處。　江:專指長江。《書・禹
貢》:"江漢朝宗於海。"《孟子・滕文公》:"決汝漢,排淮泗而注之江。"
李覯《長江賦》:"重裝迭載,逾江越淮。"　峽勢斜:猶言長江奔流而

下,在三峽受到山勢的限制,曲折歪斜前行。文同《過朝天嶺》:"雲容杳杳斷鴻意,風色蕭蕭行客心。山若畫屏隨峽勢,水如衣帶轉巖陰。"峽勢猶"山勢",山的形勢或氣勢。儲光羲《苑外至龍興院作》:"山勢當空出,雲陰滿地來。"

⑦ 直戇:憨直,剛直而愚笨。李觀《代彝上蘇州韋使君》:"竊以閣下有經濟之器,因敷小人直戇之性。"徐禎卿《談藝錄》:"故夫直戇之詞,譬之無音之弦耳!何所取聞於人哉!" 老:衰老,凋謝。《詩·衛風·氓》:"及爾偕老,老使我怨。"孔穎達疏:"老者以華落色衰爲老,未必大老也。"死的婉辭。子蘭《城上吟》:"古塚密於草,新墳侵官道。城外無閑地,城中人又老。" 泥沙:原指泥土與沙子,這裏比喻卑微的地位。虞世南《門有車馬客》:"逢恩出毛羽,失路委泥沙。"王禹偁《寄獻潤州趙舍人》:"應笑陶潛未歸去,折腰奔走在泥沙。"

[編年]

《年譜》編年本詩於元和十一年,並在其"糾謬"項下云:"居易《憶微之傷仲遠》題下注'李三仲遠去年春喪。'李顧言卒於元和十年,此詩元和十一年作。《白香山年譜》繫於元和十年,誤。"《編年箋注》編年:"白居易原唱《憶微之傷仲遠》見《白居易集》卷一六,題下注:'李三仲遠去年春喪。'仲遠,李顧言,卒於元和十年,則白詩及元稹和作成於元和十三年(八一八)。"《年譜新編》編年本詩:"白居易原唱爲《憶微之傷仲遠》,次韻酬和。白詩題下注:'李三仲遠去年春喪。'李顧言元和十年春卒,白詩應作於元和十一年。元詩疑爲元和十三年追和。"《編年箋注》改變對《年譜》一貫的亦步亦趨的附和態度,沒有採納《年譜》本詩作於元和十一年的結論,改爲"疑爲元和十三年追和"的結論,但爲什麼不是《年譜》的"元和十一年"而是"疑爲元和十三年追和",《編年箋注》沒有說,《年譜新編》也沒有說,留下了明顯的令人生疑的痕迹。

　　我們的意見與《年譜》完全不同,根據除了白居易的《與微之書》與元稹的《酬樂天東南行一百韻序》之外,還有白居易《憶微之》爲證:"三年隔闊音塵斷,兩地飄零氣味同。"本詩原唱應該屬於白居易元和十二年十二月二日重新寄贈元稹的二十四首詩篇中的一首,本詩應該屬於在元和十三年四月十日至四月十二日間的"不三兩日"之內元稹酬和的三十二首詩篇中的一首。

　　需要說明的是:李顧言確實病故於元和十年的春天,白居易《哭李三》:"去年渭水曲,秋時訪我來。今年常樂里,春日哭君回。哭君仰問天,天意安在哉? 若必奪其壽,何如不與才! 落然身後事,妻病女嬰孩。"白居易元和九年在在下邽金氏村,等待朝廷對自己的安排。九年的秋天,李顧言來訪,白居易有《村中留李三固言(顧言)宿》:"平生早遊宦,不道無親故。如我與君心,相知應有數。春明門前別,金氏陂中遇。村酒兩三杯,相留寒日暮。勿嫌村酒薄,聊酌論心素。請君少踟蹰,繫馬門前樹。明年身若健,便擬江湖去。他日縱相思,知君無覓處。後會既茫茫,今宵君且住!"同年冬天,白居易被召回京,拜太子左贊善大夫。上引白居易的原唱《憶微之傷仲遠》有注:"李三仲遠去年春喪。"《憶微之傷仲遠》應該作於元和十一年,但白居易的這篇詩歌,元稹因移地與就醫而没有收到,白居易後來得知真情之後,又於元和十二年十二月二日重行寄贈,十三年四月十三日之前的"不三兩日",元稹收到由果州刺史崔韶轉遞的白居易的二十四首詩篇,元稹當著李景信的面,一口氣酬和白居易一次性補寄的二十四首詩篇,連同元和十年因病没有來得及酬和的八首詩篇,一併酬和共計三十二首,具體時間應該是元和十三年四月十日至四月十二日間。元稹當時是以州司馬的身份"權知州務",地點在通州。

　　《編年箋注》、《年譜新編》"元和十三年追和"的編年意見與我們早年發表的結論基本相同,可惜没有進一步具體到元和十三年四月十三日之前的"不三兩日"之內,而且又没有明確肯定,衹是"疑"而已。不過我們仍然不得不遺憾地指出:出版於二〇〇二年六月的《編年箋注》與出版於二〇〇四年十一月的《年譜新編》的這個編年結論,與我們發表於《蘇州大學學報》一九八八年第二期《元稹白居易通江唱和真相述略》與發表於《南昌大學學報》二〇〇二年第二期的《元稹白居易通江唱和真相繼述》兩篇拙稿的結論相同。我們不知原因何在,大概是"所見略同"吧!

◎ 酬樂天春寄微之①

鸚心明點雀幽蒙,何事相將盡入籠②?君避海鯨驚浪裏,我隨巴蟒瘴烟中③。千山塞路音書絶,兩地知春曆日同④。一樹梅花數升酒,醉尋江岸哭東風⁽一⁾⑤。

録自《元氏長慶集》卷二一

[校記]

(一)醉尋江岸哭東風:楊本、叢刊本、《全詩》同,盧校宋本作"醉尋江岸笑東風",語義不同,不改。

[箋注]

① 酬樂天春寄微之:白居易原唱爲《憶微之》:"與君何日出屯蒙?魚戀江湖鳥厭籠。分手各拋滄海畔,折腰俱老緑衫中。三年隔闊音塵斷,兩地飄零氣味同。又被新年勸相憶,柳條黄軟欲春風。"元稹的酬詩與白居易原唱一一次韵酬和,讀者可以自行對照。

② "鸚心明點雀幽蒙"兩句:意謂我本來愚昧異常,應該被人騙入牢籠,白居易你本來聰明非常,爲何也被人誘入其中? 鸚心:即鸚鵡之心。鸚鵡,鳥名,頭圓,上嘴大,呈鉤狀,下嘴短小,舌大而軟,

羽毛色彩美麗,有白、赤、黃、綠等色。能效人語,主食果實。《禮記·曲禮》:"鸚鵡能言,不離飛鳥。"段成式《酉陽雜俎·羽篇》:"鸚鵡,能飛,眾鳥趾前三後一,唯鸚鵡四趾齊分。凡鳥下瞼眨上,獨此鳥兩瞼俱動,如人目。"也比喻有才之士。紀唐夫《送溫庭筠尉方城》:"鳳皇詔下雖沾命,鸚鵡才高却累身!"　明黠:聰明而狡黠。元稹《估客樂》:"客心本明黠,聞語心已驚。"義近"敏黠",聰慧,機靈。文瑩《玉壺清話》卷九:"有周宗者,廣陵人。少孤貧,事主爲左右給事,敏黠可喜。"　幽蒙:猶幽暗,暗昧。阮瑀《紀征賦》:"目幽蒙以廣衍,遂沾濡而難量。"陳襄《仙居縣樹岩老亭》:"何必求深隱? 幽蒙即所廬。"　何事:爲何,何故。左思《招隱二首》一:"何事待嘯歌? 灌木自悲吟。"《新唐書·沈既濟傳》:"若廣聰明以收淹滯,先補其缺,何事官外置官?"　籠:飼養鳥、蟲、家禽等的籠子。《史記·滑稽列傳》:"昔者,齊王使淳于髡獻鵠於楚。出邑門,道飛其鵠,徒揭空籠。"韓愈《與張十八同效阮步兵"一日復一夕"》:"譬如籠中鶴,六翮無所搖。"

③ 鯨:水栖哺乳綱動物,體形長大,外形似魚,鯨的種類很多,如藍鯨、抹香鯨、海豚、江豚以及我國特有的淡水海豚即白暨豚等都屬於鯨類。《文選·左思〈吳都賦〉》:"於是乎長鯨吞航,修鯢吐浪。"陳子良《贊德上越國公楊素》:"拔劍倚天外,蒙犀輝日精。彎弧穿伏石,揮戈斬大鯨。"　驚浪:洶湧的浪濤。左思《蜀都賦》:"流漢湯湯,驚浪雷奔。"劉禹錫《韓十八侍御見示岳陽樓別竇司直詩成六十韵》:"北風忽震盪,驚浪迷津涘。"　蟒:一種無毒的大蛇,體長可達一丈以上,多產於熱帶近水的森林裏。元稹《蟲豸詩七篇·巴蛇三首》:"漢帝斬蛇劍,晉時燒上天。自茲繁巨蟒,往往壽千年。"白居易《送客春遊嶺南二十韵》:"雲烟蟒蛇氣,刀劍鱷魚鱗。路足羈栖客,官多謫逐臣。"

④ "千山塞路音書絕"兩句:意謂千山萬嶺阻塞道路,往來的書信難於到達,相互之間音訊不通,但曆日相同,應該知道春天同時到來。　千山:極言山多。柳宗元《江雪》:"千山鳥飛絕,萬徑人蹤滅。"

王安石《古松》："萬壑風生成夜響，千山月照挂秋陰。" 塞路：充塞道路，這裏言其山多。陳琳《爲袁紹檄豫州》："嘗繳充蹊，坑穽塞路。"鮑照《蕪城賦》："崩榛塞路，崢嶸古馗。" 音書：音訊，書信。沈佺期《古意呈補闕喬知之》："白狼河北音書斷，丹鳳城南秋夜長。誰謂含愁獨不見？更教明月照流黃。"宋之問《渡漢江》："嶺外音書斷，經冬復歷春。近鄉情更怯，不敢問來人。" 兩地：兩處，兩個地方。何遜《與胡興安夜別詩》："念此一筵笑，分爲兩地愁。"元稹《齊睍饒州刺史王堪澧州刺史制》："俾分兩地之憂，佇聽二天之諺。" 曆日：原指曆書，日曆。李益《書院無曆日以詩代書問路侍御六月大小》："野性迷堯曆，松窗有道經。故人爲柱史，爲我數階蓂。"這裏引申爲節候。太上隱者《答人》："偶來松樹下，高枕石頭眠。山中無曆日，寒盡不知年。"

⑤ "一樹梅花數升酒"兩句：從中可見詩人内心悲憤的心態。梅花：梅樹的花，早春先葉開放，花瓣五片，有粉紅、白、紅等顏色，是有名的觀賞植物。《樂府詩集·子夜四時歌春歌》："杜鵑竹裏鳴，梅花落滿道。"駱賓王《西行別東臺詳正學士》："上苑梅花早，御溝楊柳新。" 江岸：水流的岸邊。駱賓王《別李嶠得勝字》："芳尊徒自滿，別恨轉難勝。客似遊江岸，人疑上灞陵。"孟浩然《峴山送蕭員外之荆州》："峴山江岸曲，郢水郭門前。自古登臨處，非今獨黯然。"此江岸，應該在通州，陸路交通困難，但水路也不便利。但詩人却借水路，意欲將自己的心情哭訴於也在水邊的江州白居易。 哭：因悲傷痛苦或情緒激動而流淚。《論語·述而》："子於是日哭則不歌。"韓愈《送孟東野序》："其歌也有思，其哭也有懷。" 東風：原指東方刮來的風，這裏指春風。李白《春日獨酌二首》一："東風扇淑氣，水木榮春暉。"也代指春天。羅隱《綿谷回寄蔡氏昆仲》："一年兩度錦城遊，前值東風後值秋。"元稹企望從東邊江州刮來的陣陣東風裏面，得到白居易的一絲半點的資訊。

[編年]

《年譜》編年本詩於元和十二年,理由是:"白詩云:'三年隔闊音塵斷,兩地飄零氣味同。又被新年勸相憶,柳條黃軟欲春風。'元和十年白居易與元稹在西京見面,下推'三年'爲元和十二年。"《編年箋注》編年:"白居易原唱《憶微之》見《白居易集》卷一六,白時在江州司馬任。元稹此詩作於元和十三年(八一八),時在通州司馬任,全家寓居興元。"《年譜新編》編年:"白居易原唱爲《憶微之》,次韻酬和。白詩云:'三年隔闊音塵斷,兩地飄零氣味同。又被新年勸相憶,柳條黃軟欲春風。''三年'指十年、十一年、十二年,'新年'指十三年。元白詩當爲元和十三年春作。"

我們以爲,《年譜》對白居易原唱的編年應該説是對的,但我們却被《年譜》的編年搞糊塗了,《年譜》究竟是在給元稹的詩歌編年,還是給白居易的原唱編年? 在古代詩歌的酬唱中,特別是元稹白居易這一時期的酬唱中,以爲原唱在某個時候賦就一首詩歌,答酬者也一定幾乎同時酬和,這是脱離古代通信條件的想當然而已,《年譜》對元稹名下的本詩的編年就是想當然而出現的錯誤,當然,《年譜》出現類如的錯誤絶非僅此一處而已。

《編年箋注》的結論與我們的結論大致相同,但一直不敢越《年譜》雷池一步的《編年箋注》,這次却一反常態,大致準確編年本詩,應該是可喜可賀之事,祇是在引用他人成果的時候,應該説明一下比較好,不然就有嫌疑了。我們的成果發表於一九八八年的《蘇州大學學報》,接著又被中國人民大學的書報資料中心全文複印,時隔十四年,難道楊軍先生還沒有看到? 在二〇〇二年,我們又在《南昌大學學報》第二期發表同一專題的論文《元稹白居易通江唱和真相縷述》,網絡對此反反復復引用,作爲以研究元稹爲己任的《編年箋注》的著者,如果推説沒有看到,似乎有點强詞奪理吧! 還有,《編年箋注》所云"元稹此詩作於元和十三年(八一八),時在通州司馬任,全家寓居興元"云云實屬令人大跌眼鏡的"新見",無論是我們以爲元稹全家於元和十二年五月回到通州,還是《年譜》《編年箋注》以爲元稹一家元和十二年九月回到通州,或者如《年譜新編》所云"秋或冬,自興元回通州",元和十三年元稹已經在通州以州司馬的身份"權知州務",怎麽可能還會"全家寓居興元"?

《年譜新編》"元白詩當爲元和十三年春作"的結論也是錯誤的,那就是元稹的詩篇確實作於元和十三年,但不在"元和十三年春",而在元和十三年"四月十三日"之前的四月十日至四月十二日"不三兩日",依照慣例,四月不應該算春天吧!而且,白居易原唱詩不是作於元和十三年,朱金城先生《白居易集箋校》編年白居易《憶微之》於元和十二年,《年譜新編》對"三年"的計算是有問題的,所謂"三年",是連頭帶尾的"三年",即是指十年、十一年和十二年,《憶微之》即作於元和十二年春天,如果作於元和十三年,應該説"四年"了。當然,元稹的酬篇確實作於元和十三年,但那是另一種特殊情況決定的,故元稹詩中并没有提及"三年",其回應白居易"三年隔闊音塵斷,兩地飄零氣味同"的詩句則是"千山塞路音書絕,兩地知春曆日同"。

我們編年本詩作於元和十三年四月十日至十二日之間,根據就是白居易的《與微之書》與元稹的《酬樂天東南行一百韻序》,本詩原唱應該屬於白居易元和十二年十二月二日重新寄贈元稹的二十四首詩篇中的一首,本詩應該屬於在元和十三年四月十三日之前的"不三兩日"之内元稹酬和的三十二首詩篇中的一首。元稹當時是以州司馬的身份"權知州務",地點在通州。

◎ 酬樂天嘆窮愁見寄^{(一)①}

病煎愁緒轉紛紛，百里何由説向君^②！老去心情隨日減，遠來書信隔年聞^③。三冬有電連春雨，九月無霜盡火雲^④。併與巴南終歲熱，四時誰道各平分^⑤？

錄自《元氏長慶集》卷二一

［校記］

（一）酬樂天嘆窮愁見寄：本詩存世各本，包括楊本、叢刊本、《石倉歷代詩選》、《全詩》，均無異文。

［箋注］

① 酬樂天嘆窮愁見寄：白居易原唱爲《寄微之》：“帝城行樂日紛紛，天畔窮愁我與君。秦女笑歌春不見，巴猿啼哭夜長聞。何處琵琶弦似語？ 誰家髻墮髻如雲？ 人生多少歡娛事，那獨千分無一分！”嘆：嘆氣，嘆息。王逸《九嘆序》：“嘆者，傷也，息也。”朱仲晦《答王無功問故園》：“語罷相嘆息，浩然起深情。歸哉且五斗，餉子東皋耕。”窮愁：窮困愁苦。《史記·平原君虞卿列傳論》：“然虞卿非窮愁，亦不能著書以自見於後世云。”李嘉佑《早秋京口旅泊章侍御寄書相問因以贈之時七夕》：“祇有同時驄馬客，偏宜尺牘問窮愁。”

② 愁緒：憂愁的心緒。杜審言《代張侍御傷美人》：“二八泉扉掩，帷屏寵愛空。泪痕宵夜燭，愁緒亂春風。”杜甫《泛江送魏十八倉曹還京因寄岑中允參范郎中季明》：“帝鄉愁緒外，春色泪痕邊。見酒須相憶，將詩莫浪傳。” 紛紛：煩忙，忙亂。元稹《餘杭周從事以十章見寄詞調清婉難於遍酬聊和詩首篇以答來貺》：“擾擾紛紛旦暮間，經

營閒事不曾閒。"王安石《尹村道中》:"自憐許國終無用,何事紛紛客此身?" 百里:一百里,謂距離甚遠。《詩·大雅·桑柔》:"維此聖人,瞻言百里。"《史記·孫子吳起列傳》:"兵法,百里而趣利者蹶上將。" 何由:從何處,從什麼途徑。《楚辭·天問》:"上下未形,何由考之?"王昌齡《送韋十二兵曹》:"出處兩不合,忠貞何由伸?"

③ 老:年歲大,與"幼"或"少"相對。《詩·小雅·北山》:"嘉我未老,鮮我方將。"《楚辭·九章·涉江》:"余幼好此奇服兮,年既老而不衰。"元稹是年四十歲,嚴格來説還不可以説"老",但由於屢屢遭到打擊,心情灰暗,故而年紀未老而心理年齡已可稱"老"。 心情:心神,情緒。蘇頲《曉發方騫驛》:"鬢髮愁氛換,心情險路迷。方知向蜀者,偏識子規啼。"史達祖《玉樓春·梨花》:"玉容寂寞誰爲主?寒食心情愁幾許?"也可作興致,情趣解。王建《眼病寄同官》:"天寒眼痛少心情,隔霧看人夜裏行。年少往來常不住,墙西凍地馬蹄聲。"陸游《春晚書懷》二:"老向軒裳增力量,病於風月減心情。" 隨日:隨著時間推移。李端《冬夜寄韓弇》:"獨坐知霜下,開門見木衰。壯應隨日去,老豈與人期?"元稹《與吳侍御春遊》:"蒼龍闕下陪驄馬,紫閣峰頭見白雲。滿眼流光隨日度,今朝花落更紛紛。" 遠來書信隔年聞:這裏是指白居易元和十二年十二月二日重行寄贈元稹的二十四首詩篇以及問候元稹的書信,直到元和十三年"四月十三日"之前才有果州刺史崔韶派人送到通州,交到元稹手中,這就是"隔年聞"的由來。遠來:從遠方而來。許棠《失題》:"獨夜長城下,孤吟近北辰。半天初去雁,窮磧遠來人。"戴司顏《贈僧》:"遠來朝鳳闕,歸去戀元侯。" 書信:指信札。王駕《古意》:"一行書信千行淚,寒到君邊衣到無?"杜甫《寄韋有夏郎中》:"省郎憂病士,書信有柴胡。飲子頻通汗,懷君想報珠。" 隔年:隔開一個年頭。岑參《過酒泉憶杜陵別業》:"愁裏難消日,歸期尚來年。陽關萬里夢,知處杜陵田。"元稹《感夢》:"行吟坐嘆知何極!影絕魂銷動隔年。今夜商山館中夢,分明同在後堂前。"這

裏指白居易元和十二年的書信與詩歌,直到元和十三年四月之時才寄到元稹手中,故言"隔年"。

④ "三冬有電連春雨"兩句:三冬有電,九月無霜,在中原地區不可想像,但在蜀地,因爲地形屬於盆地的關係,却是非常正常的氣候,但這種氣候,對元稹却很難適應,也被詩人看作異常。　三冬:冬季三月,即冬季。楊炯《李舍人山亭詩序》:"三冬事隙,五日歸休。"張元幹《好事近》:"三冬蘭若讀書燈,想見太清絕。"　電:閃電。《詩·小雅·十月之交》:"爗爗震電,不寧不令。"孔穎達疏:"爗爗然有震雷之電。"韓愈《送窮文》:"駕塵彍風,與電爭先。"　春雨:春天的雨。《莊子·外物》:"春雨日時,草木怒生。"方干《水墨松石》:"垂地寒雲吞大漠,過江春雨入全吳。"　霜:在氣温降到攝氏零度以下時,靠近地面空氣中所含的水汽凝結成的白色冰晶。《詩·秦風·蒹葭》:"蒹葭蒼蒼,白露爲霜。"李白《秋下荆門》:"霜落荆門江樹空,布帆無恙挂秋風。"　火雲:紅雲,多指炎夏。宋之問《入瀧州江》:"潭蒸水沫起,山熱火雲生。猿躩時能嘯,鳶飛莫敢鳴。"杜甫《貽華陽柳少府》:"火雲洗月露,絶壁上朝暾。"仇兆鰲注:"火雲,朝霞也。"

⑤ "併與巴南終歲熱"兩句:意謂通州地區一年四季都是炎熱得讓人難以忍受,老天啊,誰說一年四季平分,每個季節祇有三個月的時光?　併:副詞,都,皆。庾信《春賦》:"河陽一縣併是花,金谷從來滿園樹。"王安石《金陵即事》:"背人照影無窮柳,隔屋吹香併是梅。"巴南:即包括通州在內的川東地區。王勃《江亭夜月送別二首》一:"江送巴南水,山橫塞北雲。津亭秋月夜,誰見泣離群?"劉長卿《赴巴南書情寄故人》:"南過三湘去,巴人此路偏。謫居秋瘴裏,歸處夕陽邊。"　終歲:終年,整年。《管子·治國》:"農夫終歲之作,不足以自食也。"白居易《丘中有一士》:"終歲守窮餓,而無嗟嘆聲。"　四時:四季。《禮記·孔子閑居》:"天有四時,春秋冬夏。"韋莊《晚春》:"萬物不如酒,四時唯愛春。"　誰道:哪一個說。蘇頲《山驛閑臥即事》:"息

燕歸檐静,飛花落院閑。不愁愁自著,誰道憶鄉關?"沈佺期《驩州南亭夜望》:"昨夜南亭望,分明夢洛中。室家誰道別? 兒女案嘗同。"平分:平均分配。《楚辭·九辯》:"皇天平分四時兮,竊獨悲此廩秋。"白居易《元微之除浙東觀察使喜得杭越鄰州先贈長句》:"郡樓對翫千峰月,江界平分兩岸春。"

[編年]

　　《年譜》編年本詩於"乙未至戊戌在通州所作其他詩"中,編年理由是:"居易原唱爲:《寄微之》。詩云:'天畔窮愁我與君。'故元稹稱之爲'嘆窮愁見寄'。白詩又有'巴猿啼哭夜長聞'之句,説明元稹在通州。"《編年箋注》編年:"白居易原唱《寄微之》見《白居易集》卷一七。其中有'天畔窮愁我與君'之句,又有'巴猿啼哭夜長聞'之句,可見元稹時在通州。"但始終没有説明編年本詩於元稹在通州的何年何月,大概是有意留給讀者的謎語吧! 不過其編排在元和十三年之内,算是元和十三年的詩歌吧!《年譜新編》編年本詩:"白居易原唱爲《寄微之》,次韻酬和。元詩疑元和十三年追和。"

　　我們以爲,本詩可以具體編年,不必如《年譜》這般籠統,也不必像《編年箋注》那樣欲言又止。我們的根據還是白居易的《與微之書》與元稹的《酬樂天東南行一百韻序》,本詩原唱應該屬於白居易元和十二年十二月二日重新寄贈元稹的二十四首詩篇中的一首,本詩應該屬於在元和十三年四月十日至四月十二日間的"不三兩日"之内元稹酬和的三十二首詩篇中的一首。元稹當時是以州司馬的身份"權知州務",地點在通州。

　　順便説一下,《年譜新編》關於本詩"元和十三年追和"的説法,我們在前面已經反反復復説過,應該是採録了我們十多年前的現成結論。採録他人成果本來很正常,但問題是不該不作任何説明,讓不明真相的部分讀者以爲是《年譜新編》自創的新成果,而本書稿似乎倒成了抄襲他人成果的作品。

◎ 酬樂天三月三日見寄①

　　常年此日花前醉⁽一⁾，今日花前病裏銷②。獨倚破簾閑悵望，可憐虚度好春朝③。

錄自《元氏長慶集》卷二一

［校記］

　　（一）常年此日花前醉：楊本、叢刊本、《萬首唐人絕句》同，《全詩》作“當年此日花前醉”，語義不同，不改。

［箋注］

　　① 酬樂天三月三日見寄：白居易原唱是《三月三日懷微之》：“良時光景長虛擲，壯歲風情已暗銷。忽憶同爲校書日，每年同醉是今朝。”　三月三日：即上巳節，漢以前取農曆三月上旬之巳日，三國魏以後改用三月三日，不用上巳，見《晉書·禮志》。《周禮·春官·女巫》：“女巫掌歲時祓除釁浴。”賈公彥疏：“一月有上巳，據上旬之巳而爲祓除之事，見今三月三日水上戒浴是也。”《藝文類聚》卷四引《夏仲御別傳》：“仲御詣洛，到三月三日，洛中公王以下，莫不方軌連軫，並至南浮橋邊禊。”張說《三月三日定昆池奉和蕭令得潭字韵》：“暮春三月日重三，春水桃花滿禊潭。廣樂透迤天上下，仙舟搖衍鏡中酣。”杜甫《麗人行》：“三月三日天氣新，長安水邊多麗人。態濃意遠淑且真，肌理細膩骨肉勻。”

　　② 常年：往年。崔液《上元夜六首》三：“今年春色勝常年，此夜風光最可憐。鳷鵲樓前新月滿，鳳皇臺上寶鐙燃。”杜甫《臘日》：“臘

日常年暖尚遙,今年臘日凍全消。" 銷:排遣,打發。元稹《贈樂天》:"等閑相見銷長日,也有閑時更學琴。"杜荀鶴《題江山寺》:"遍遊銷一日,重到是何年?"

③ 簾:以竹、布等製成的臨時遮蔽門窗的用具。謝朓《和王主簿怨情》:"花叢亂數蝶,風簾入雙燕。"張耒《夏日》:"落落疏簾邀月影,嘈嘈虛枕納溪聲。" 悵望:惆悵地看望或想望。高適《送蹇秀才赴臨洮》:"悵望日千里,如何今二毛?猶思陽谷去,莫厭隴山高。"杜甫《官池春雁二首》一:"自古稻粱多不足,至今鴻鵠亂為群。且休悵望看春水,更恐歸飛隔暮雲。" 可憐:可惜。盧綸《早春歸盩厔別業却寄耿拾遺》:"可憐芳歲青山裏,惟有松枝好寄君。"韓愈《贈崔立之評事》:"可憐無益費精神,有似黃金擲虛牝。" 虛度:白白地度過。武元衡《南徐別業早春有懷》:"花枝入户猶含潤,泉水侵階乍有聲。虛度年華不相見,離腸懷土並關情。"元稹《使東川·好時節》:"身騎驄馬峨眉下,面帶霜威卓氏前。虛度東川好時節,酒樓元被蜀兒眠。" 春朝:春天的早晨,這裏泛指春天。司空曙《題玉真觀公主山池院》:"香殿留遺影,春朝玉户開。羽衣重素幾,珠網儼輕埃。"劉禹錫《翰林白二十二學士見寄詩一百篇因以答貺》:"吟君遺我百篇詩,使我獨坐形神馳。玉琴清夜人不語,琪樹春朝風正吹。"本詩短短四句,反映元稹貶謫在通州那種無可奈何的心情。

[編年]

《年譜》編年本詩於"乙未至戊戌在通州所作其他詩"中,沒有説明理由。《編年箋注》編年:"白居易原唱《三月三日懷微之》見《白居易集》卷一七。元稹此詩作於通州時期。見下《譜》。"不見其編年意見,但按照其在《編年箋注》中的排列順序,則落實在元和十三年(八一八)。《年譜新編》編年本詩:"白居易原唱為《三月三日懷微之》,次韻酬和。元詩疑元和十三年追和。"

　　我們以爲，本詩可以具體編年，不必如《年譜》這般籠統，也不必如《編年箋注》那樣故弄玄虛。我們的根據仍然是白居易的《與微之書》，還有元稹的《酬樂天東南行一百韵序》，本詩原唱應該屬於白居易元和十二年十二月二日重新寄贈元稹的二十四首詩篇中的一首，本詩應該屬於在元和十三年四月十一日至四月十二日間"不三兩日"之内元稹酬和的三十二首詩篇中的一首。元稹當時是以州司馬的身份"權知州務"，地點在通州。當然，白居易的原唱並不是作於元和十三年的三月三日，而是作於元和十一年或者元和十二年的三月三日，但元稹收到包括本詩在内的二十四詩篇時，已經是元和十三年四月十三日之前數天，早就錯過了元和十一年或者元和十二年的三月三日。

　　《年譜新編》關於本詩"元和十三年追和"的説法，《編年箋注》徑自將"作於通州時期"的本詩特別排列在"元和十三年(八一八)"的做法，則應該是采録了我們十多年的現成結論。這本來應該是讓人高興的事情，但按照中華民族的道德準則，無論如何應該作一點説明才是。

◎ 酬樂天頻夢微之^{(一)①}

　　山水萬重書斷絶，念君憐我夢相聞②。我今因病魂顛倒，唯夢閑人不夢君③。

録自《元氏長慶集》卷二〇

[校記]

　　（一）酬樂天頻夢微之：本詩存世各本，包括楊本、叢刊本、《古詩鏡·唐詩鏡》、《全詩》諸本，未見異文。

［箋注］

① 酬樂天頻夢微之：白居易原唱爲《夢微之（十二年八月二十日夜）》：“晨起臨風一惆悵，通川溢水斷相聞。不知憶我因何事？昨夜三回夢見君。” 頻：屢次，接連。《列子·黃帝》：“數月，意不已，又往從之。列子曰：‘汝何去來之頻？’”韓愈《論天旱人饑狀》：“今瑞雪頻降，來年必豐。” 夢：做夢。《左傳·僖公二十八年》：“晉侯夢與楚子搏。”李白《夢遊天姥吟留別》：“我欲因之夢吳越，一夜飛度鏡湖月。”

② 山水萬重書斷絶：意謂我們之間書信的斷絶是因爲通州與江州之間隔著萬水千山。其實，元稹白居易之間音訊不通的另一個重要原因是因元稹病情的突然危急，臨時決定移地興元就醫，沒有來得及告知白居易。白居易以爲元稹還在通州，不時有詩篇寄贈，但元稹始終不作回酬。白居易出於對朋輩的關切，既驚異元稹“未報”書詩，疑有不測之事；又猜想自己的書詩元稹沒有收到，尚存安慰之想，仍然不時作詩寄往通州：例如《寄蕲州簟與元九》、《春晚寄微之》、《憶微之傷仲遠》、《憶微之》等即是這一時期的寄贈之作，但元稹都沒有收到。而元稹在興元時期，因“千山塞路音書絶”、“山水萬重書斷絶”，沒有收到白居易的任何資訊，但元稹並未忘記與白居易的友情，特別是元稹與熊士（孺）登在興元再次相遇之後，這種思念更加迫切，另外有《相憶泪》、《水上寄樂天》等詩思念白居易，即是借漢水抒發自己對白居易的思念，但却沒有辦法向白居易寄出自己的書詩，故白居易亦無酬元稹之作。這就是元稹白居易通州、江州任職期間音訊不通的真實情況，也是他們斷絶詩歌酬唱的真實原因。 山水：山與水。《三國志·賈詡傳》：“吳蜀雖蕞爾小國，依阻山水……皆難卒謀也。”柳宗元《漁翁》：“烟銷日出不見人，欸乃一聲山水綠。” 斷絶：原來連貫的不再連貫，原來有聯繫的失去聯繫。《管子·幼官》：“方外旗物尚白，兵尚劍，刑則紹昧斷絶。”尹知章注：“其用刑則斷晝之昧斷絶而戮之也。”綦毋潛《春泛若耶》：“幽意無斷絶，此去隨所偶。” 念君憐

我夢相聞：這是本詩的主旨所在，白居易思念元稹，現實生活中無法見面，祇有在夢境相遇。而元稹對白居易思念自己的深情，也表達了深深的感激。　　憐：哀憐，憐憫。《史記·項羽本紀》：“籍與江東子弟八千人渡江而西，今無一人還，縱江東父兄憐而王我，我何面目見之？”韓愈《寄三學士》：“上憐民無食，征賦半已休。”　　相聞：彼此都能聽到，極言距離之近。《老子》：“鄰國相望，雞犬之聲相聞。”陶潛《桃花源記》：“阡陌交通，雞犬相聞。”互通資訊，互相通報。《後漢書·隗囂傳》：“自今以後，手書相聞，勿用傍人解構之言。”

　　③ “我今因病魂顛倒”兩句：元稹也在急切思念白居易，無由見面，也想拜託夢神實現自己的痴心，但可恨的是雖然夜夢一個接著一個，不相干的閑人也一個跟著一個出現在夢境之中，但就是一次也沒有夢到最最想夢到的白居易，詩人遺憾之情溢於言表。　　病：重病，傷痛嚴重。《漢書·張良傳》：“忠言逆耳利於行，毒藥苦口利於病。”韓愈《河南少尹裴君墓誌銘》：“疾病，改河南少尹。輿至官，若干日，卒。”這裏指元稹元和十二年五月稍後回到通州之後，因旅途的勞累暫時引發了元稹的舊病，時間大約在這年的七八月間。但經過裴淑在傍邊的精心照料，元稹不久就很快恢復了健康，能够與一家一起出遊，欣賞“十月開花”的蜀地景象。　　魂：精神，情緒，意念。《楚辭·遠遊》：“夜耿耿而不寐兮，魂熒熒而至曙。”許敬宗《謝敕書表》：“引領天庭，望丹霄而結戀；馳魂魏闕，懼黃落而長違。”　　顛倒：上下、前後或次序倒置。酈道元《水經注·河水》：“夫《琴操》以爲孔子臨狄水而歌矣！曰：狄水衍兮風揚波，船楫顛倒更相加。”《文心雕龍·定勢》：“效奇之法，必顛倒文句，上句而抑下，中辭而出外，回互不常。”　　閑人：不相干的人。耿湋《留別解縣韓明府》：“閑人州縣厭，賤士友朋譏。朔雪逢初下，秦關獨暮歸。”韓愈《忽忽》：“雲生我身乘風振，奮出六合絕浮塵。死生哀樂兩相棄，是非得失付閑人。”

[编年]

《年谱》编年本诗於元和十二年，理由是："居易原唱爲:《梦微之》。诗云:'昨夜三回梦见君。'题下注:'十二年八月二十日夜。'"因爲《年谱》是主张元稹元和十二年"九月离兴元"的，所以白居易的原唱以及元稹的酬篇，都应该作於元稹寓居兴元期间，与元稹白居易在元稹寓居兴元期间音讯不通的史实相矛盾。《编年笺注》编年本诗:"白居易原唱《梦微之》见《白居易集》卷一七。题下注:'(元和)十二年八月二十日夜。'则元稹诗成於其後不久，要不出元和十三年(八一七)。"《编年笺注》对本诗的编年实在让人无法看懂，"元和十三年"与"(八一七)"之间，怎麽能够划上等号？我们大胆揣测一下，也许"元和十三年"是"元和十二年"之笔误。不过仍然非常遗憾，"元和十二年"的结论依然是错误的。未见《年谱新编》对本诗的编年，大概是疏忽导致的遗漏吧！

我们以爲，本诗可以具体编年，不必如《年谱》这般笼统，也不必如《编年笺注》那般错乱无序。我们的根据仍然是白居易的《与微之书》和元稹的《酬乐天东南行一百韵序》，本诗原唱应该属於白居易元和十二年十二月二日重新寄赠元稹的二十四首诗篇中的一首，本诗应该属於在元和十三年四月十一日至四月十二日间"不三两日"之内元稹酬和的三十二首诗篇中的一首。元稹当时是以州司马的身份"权知州务"，地点在通州。虽然白居易的原唱应该作於元和十二年八月二十一日，亦即"八月二十日夜"之後的次日，但元稹的酬篇却在元和十三年"四月十三日"之前的"不三两日"之内。我们的意见已经与《年谱》、《编年笺注》有很大的出入，想来读者不难辨别。

我们这样解释完全符合元稹、裴淑的生活实际，元稹自己的《疟塞》"疟塞巴山哭鸟悲，红妆少妇敛啼眉。殷勤奉药来相劝，云是前年欲病时"可以证明:元稹、裴淑结婚在元和十年的年底，正是元稹因病移地興元不久,作爲元稹的新婚妻子自然擔當起了照顧元稹病體的責任。從本詩"瘴塞巴山"的句子來看,元稹、裴淑他們這時應該已經回到通州,路途的勞累引發了元稹暫時的不適,而他的妻子誤以爲元稹又像前年亦即元和十年那樣生病,所以焦急異常,詩歌的字裏行間流露了元稹夫婦的伉儷情深。發生這件事情的大致時間我們以爲應是元和十二年五月元稹回到通州後不久,具體時間應該是元和十二年的七八月間。正因爲元稹處於再一次重病之中,所以白居易的原唱在十二年八月二十一日之後寄到通州之後,元稹的病體仍然沒有恢復,因此沒有立即酬和,被耽擱了下來。白居易沒有接到元稹的回酬,故於其後不久一併寄出自己過去寄贈元稹而元稹始終沒有酬和的詩篇二十四首,其中就應該包括白居易的《夢微之(十二年八月二十日夜)》在內。而元稹接到白居易的再次寄贈,於元和十三年四月十日至十二日之間,當着忠州刺史李景儉弟弟、自忠州來訪的李景信的面,一併回酬了三十二首詩篇。

■ 酬樂天重寄 [(一)①]

據白居易《重寄》

[校記]

(一) 酬樂天重寄:所據白居易《重寄》,見《白氏長慶集》、《白香山詩集》,《萬首唐人絕句》作"重寄元九",其他悉同。

[箋注]

① 酬樂天重寄:元稹元和十三年四月十三日前不久在通州一次性酬和白居易三十二首詩篇,但現存《元氏長慶集》中的有關詩篇卻

祇有二十首，尚有十二首詩篇散失。這個情況，包括《元稹集》、《年譜》、《編年箋注》、《年譜新編》在內，至今無人述及。我們今天補錄於這次元稹詩文的整理集中，屬於首次，故證據標示尚需較多筆墨，幸請讀者見諒。我們補錄十二首元稹佚失詩篇的證據有三：一、最重要的證據是諸多白居易原唱的存在，我們將在此後展開十二首佚失詩篇中一一出示。如本篇，有白居易《重寄》：「蕭散弓驚雁，分飛劍化龍。悠悠天地內，不死會相逢。」二、元稹《酬樂天東南行詩一百韻序》：「元和十年三月二十五日，予司馬通州。二十九日，與樂天於鄂東蒲池村別，各賦一絕。到通州後，予又寄一篇。尋而樂天眎予八首，予時瘧病將死，一見外不復記憶。十三年，予以赦當遷，簡省書籍，得是八篇。吟嘆方極，適崔果州使至，爲予致樂天去年十二月二日書，書中寄予百韻至兩韻凡二十四章。屬李景信校書自忠州訪予，連床遞飲之間，悲吒使酒，不三兩日，盡和去年已來三十二章皆畢，李生視草而去。四月十三日，予手寫爲上下卷，仍依次重用本韻。亦不知何時得見樂天，因人或寄去，通之人莫可與言詩者，唯妻淑在旁知狀（其本卷尋時於峽州面付樂天，別本都在唱和卷中，此卷唯五言大律詩二首而已）。」三、仔細查閱元稹白居易的通州江州唱和，一一對應比對，發現元稹三十二首詩篇的酬和已經佚失十二首。應該說明的是，對於已經散失的十二篇詩歌，我們根據白居易原唱詩題，代擬題目。這三十二首詩歌，白居易是分成兩次寄贈元稹：前面八首寄贈於元和十年，元稹因病沒有來得及酬和；後面二十四首，是白居易得知自己此後陸續寄贈元稹的詩篇元稹並沒有收到之後，於元和十二年十二月二日委託信使或便人轉輾多人重行寄贈元稹。但這二十四首詩篇到達通州已經是元和十三年四月十三日之前不久。其間的情況比較複雜，非三言兩語可以說清，爲了讀者能夠看清錯綜複雜的白居易與元稹唱和的情況，故祇能列表說明：

元稹白居易通江唱和詩文繫年對比簡表

白居易詩歌詩題	本書稿繫年	元稹詩歌詩題	本書稿繫年	備　註
城西別元九詩文補 2	十年三月三十日	灃西別樂天三月三十日相餞送 19	十年三月三十日	三十二首之外
醉後却寄元九 15	十年三月三十日	酬樂天醉別（次韻）20	＊十三年初追和	第一組八首之一
重寄 15	十年三月三十日	♯酬樂天重寄	＊♯十三年初追和	第一組八首之一
雨夜憶元九 15	十年四五月間	酬樂天雨後見憶（次韻）415	＊十三年初追和	第一組八首之一
		見樂天詩 20	十年六月	三十二首之外
微之到通州日……15	十年七月	♯酬樂天微之到通州日……	＊♯十三年初追和	第一組八首之一
得微之到官後書因成四首 15	十年七月（酬和叙詩寄樂天書）	叙詩寄樂天書	十年六月	三十二首之外
得微之到官後書因成四首 15	十年七月	酬樂天得微之書因成四首 21	＊十三年初追和	第一組八首之一，其中第四首錯簡，是二十四首之一
即事寄微之 18	十年七月	酬樂天見寄 21	＊十三年初追和	第一組八首之一，與上詩第四首錯簡
雨中携元九詩訪元八侍御 15	十年七月	♯酬樂天雨中携元九詩訪元八侍御	＊♯十三年初追和	第二組二十四首之一
寄生衣與微之因題封上 15	十年七月	酬樂天寄生衣 21	＊十三年初追和	第二組二十四首之一
		聞樂天授江州司馬 20	十年八月	三十二首之外
藍橋驛見元九詩 15	十年八月	♯酬樂天藍橋驛見元九詩	＊♯十三年初追和	第二組二十四首之一

續表 1

白居易詩歌詩題	本書稿繫年	元稹詩歌詩題	本書稿繫年	備 註
韓公堆寄元九 15	十年八月	♯酬樂天韓公堆寄元九	＊♯十三年初追和	第二組二十四首之一
武關南見元九題山石榴花見寄 15	十年八九月	酬樂天武關南見元九題山石榴花見寄(次韵)21	＊十三年初追和	第二組二十四首之一
舟中讀元九詩 15	十年九月	酬樂天舟泊夜讀微之詩(次韵)21	＊十三年初追和	第二組二十四首之一
寄微之三首 10	十年九月	酬樂天赴江州路上見寄三首(次韵)8	＊十三年初追和	第二組二十四首之一
		放言五首 18	九年三月下旬	三十二首之外
放言五首 15	十年九月			三十二首之外
編集拙詩戲贈元九李二十 16	十年十二月	♯酬樂天編詩成集戲贈元九	＊♯十三年初追和	第二組二十四首之一
與元九書 45	十年十二月			三十二首之外
寄蘄州簟與元九因題六韵 16	十年冬	酬樂天寄蘄州簟(次韵)15	＊十三年初追和	第二組二十四首之一
見紫薇花憶微之 16	十一年春	♯酬樂天見紫薇花憶微之	＊♯十三年初追和	第二組二十四首之一
山石榴寄元九 12	十一年三月	♯酬樂天山石榴寄元九	＊♯十三年初追和	第二組二十四首之一
春晚寄微之 10	十一年三月	♯酬樂天春晚寄微之	＊♯十三年初追和	第二組二十四首之一
		水上寄樂天 15	十一年八月十五日	三十二首之外
		相憶泪 20	十一年八月十五日	三十二首之外
憶微之傷仲遠 16	十一年	酬樂天見憶兼傷仲遠(次韵)8	＊十三年初追和	第二組二十四首之一

續表 2

白居易詩歌詩題	本書稿繫年	元稹詩歌詩題	本書稿繫年	備　註
感秋懷微之 10	十一年秋	♯酬樂天感秋懷微之	＊♯十三年初追和	第二組二十四首之一
憶微之 16	十二年春	酬樂天春寄微之(次韵)21	＊十三年初追和	第二組二十四首之一
寄微之 17	十二年春	酬樂天嘆窮愁見寄(次韵)21	＊十三年初追和	第二組二十四首之一
三月三日懷微之 17	十一年或十二年三月三日	酬樂天三月三日見寄(次韵)21	＊十三年初追和	第二組二十四首之一
與微之書 45	十二年四月十日			三十二首之外
山中與元九書因題書後 16	十二年四月十日	酬樂天書後三韵 20	十二年五月	三十二首之外
		閬州開元寺壁題樂天詩 20	十二年五月	三十二首之外
答微之 17	十二年秋			三十二首之外
		得樂天書 20	十二年五月	三十二首之外
夢微之 17	十二年八月二十一日	酬樂天頻夢微之(次韵)20	＊十三年初追和	第二組二十四首之一
		寄樂天 20	十二年夏天	三十二首之外
題詩屏風絶句 17	十二年冬			三十二首之外
感逝寄遠 9	十二年十一十二月	♯酬樂天感逝寄遠	＊♯十三年初追和	第二組二十四首之一
東南行一百韵寄元九 16	十二年十二月二日	酬樂天東南行(次韵)12	＊十三年初追和	第二組二十四首之一
夢與李七庚三十二同訪元九 16	十年四月至十二年底	♯酬樂天夢與李七庚三十二同訪元九	＊♯十三年初追和	第二組二十四首之一
元九以白輕蓉見寄以詩報知 17	十三年春	酬樂天得積所寄白輕庸(次韵)21	十三年初追和後	三十二首之外

續表 3

白居易詩歌詩題	本書稿繫年	元稹詩歌詩題	本書稿繫年	備　註
聞李尚書拜相賀微之 17	十三年三月	酬樂天聞李尚書拜相見賀（次韻)21	十三年四月	三十二首之外
夢亡友劉太白同遊彰敬寺 17	十三年	和樂天夢亡友劉太白同遊（次韻)8	十三年	三十二首之外
尋郭道士不遇 17	十年十月至十四年初	和樂天尋郭道士不遇(次韻)21	追和後至十四年	三十二首之外
江樓夜吟元九律詩 17	十三年末十四年初	酬樂天江樓夜吟積詩(次韻)13	十四年初	三十二首之外
		憑李忠州寄書樂天 20	十四年春	三十二首之外
十四年夜遇微之於峽州 17	十四年三月十二日			三十二首之外

這裏有幾點説明：其一、凡列表元稹詩文繫年欄内有"＊"者，爲元稹元和十三年四月十日至四月十二日一次性追和白居易的詩歌，其中"元稹詩歌"欄内有"♯"者，疑元稹已散失的詩歌，共十二首，詩題爲筆者據白居易詩歌詩題代擬；白居易的三十二首原唱詩歌是：元和十年寄贈元稹的八首，元和十二年十二月二日重行寄贈元稹的二十四首詩歌，現存於白居易集及《全詩》之中。其二、"本書繫年"欄内有"＊"者，爲元稹酬和三十二首中現存於元稹詩集及《全詩》者的編年，有"＊♯"者，是筆者對已散失元稹詩歌的編年。其三、元稹白居易詩歌詩題後面的數字，爲《元氏長慶集》、《白氏長慶集》的卷數；元稹白居易繫年欄内的年號均爲"元和"，一併省略。其四、元稹與白居易詩歌的詩題一般都比較長，爲簡表所限，某些標題有所省略；其五、一些較爲複雜的問題，如《酬樂天得微之書因成四首》第四首與《酬樂天見寄》的錯簡，已在其他拙作裏涉及，本文祇能作簡略的標示。其六、除

此而外,這三十二首詩篇,具體的賦寫時間,根據元稹《酬樂天東南行詩一百韵序》所言,應該是元稹元和十三年四月十三日之前的"不三兩日"内,亦即四月十日至十二日之間,當著李景信的面,"連床遞飲之間,悲吒使酒,不三兩日,盡和去年已來三十二章皆畢",一次性酬和的,"李生視草而去","元才子"的本色,於此可見一斑。其七,不僅如此,在李景信到來的"不三兩日"内,元稹除了酬和白居易的三十二首詩篇之外,還有酬和白行簡的《酬知退》之篇,還有贈送、贈別李景信的詩篇前後計有《喜李十一景信到》、《與李十一夜飲》、《贈李十一》、《通州丁溪館夜別李景信三首》、《夜別筵》、《別李十一五絶》十二首,加上前面所説的三十二首,共計是四十五首,都完成於"不三兩日"内,這種情景,在古代詩人中是極爲罕見的,也許是絶無僅有的,祇有"元才子"才具備這樣超人的能力。　　重寄:第二次寄酬,針對白居易自己《醉後却寄元九》而言。白居易《別李十一後重寄》:"秋日正蕭條,驅車出蓬蓽。回望青門道,目極心鬱鬱。"白居易《餘思未盡加爲六韵重寄微之》:"海内聲華併在身,篋中文字絶無倫。遥知獨對封章草,忽憶同爲獻納臣。"

[編年]

　　《元稹集》没有採録,《年譜》、《編年箋注》、《年譜新編》既没有採録,更没有編年。

　　我們以爲,本佚失詩是元稹元和十三年四月十日或十二日一次性酬和白居易三十二篇詩歌中的一篇,亦即現在已經佚失的十二首詩篇之一,應該與其他二十首酬和白居易的詩篇作於同時,元稹當時是以州司馬的身份"權知州務",地點在通州。

■ 酬樂天微之到通州日⁽一⁾①

　　據白居易《微之到通州日授館未安見塵壁間有數行字讀之即僕舊詩其落句云綠水紅蓮一朵開千花百草無顏色然不知題者何人也微之吟嘆不足因綴一章兼錄僕詩本同寄省其詩乃是十五年前初及第時贈長安妓人阿軟絕句緬思往事杳若夢中懷舊感今因酬長句》

[校記]

　　（一）酬樂天微之到通州日：所據白居易《微之到通州日……》詩篇，見《白氏長慶集》、《白香山詩集》、《蜀中廣記》、《全詩》、《全唐詩錄》，不見異文。

[箋注]

　　① 酬樂天微之到通州日：白居易《微之到通州日授館未安見塵壁間有數行字讀之即僕舊詩其落句云綠水紅蓮一朵開千花百草無顏色然不知題者何人也微之吟嘆不足因綴一章兼錄僕詩本同寄省其詩乃是十五年前初及第時贈長安妓人阿軟絕句緬思往事杳若夢中懷舊感今因酬長句》：“十五年前似夢遊，曾將詩句結風流。偶助笑歌嘲阿軟，可知傳誦到通州？ 昔教紅袖佳人唱，今遣青衫司馬愁。惆悵又聞題處所，雨淋江館破牆頭。”其餘兩條根據，由於《酬樂天重寄》已經明確標示，此不重複。此下十一首，同此辦理。　通州：李唐州郡之一，府治即今四川達州市。元稹《見樂天詩》：“通州到日日平西，江館無人虎印泥。忽向破檐殘漏處，見君詩在柱心題。”元稹《和樂天夢亡友

劉太白同遊二首》一:"君詩昨日到通州,萬里知君一夢劉。閑坐思量
小來事,祇應元是夢中遊。"

[編年]

　　《元稹集》沒有採録,《年譜》、《編年箋注》、《年譜新編》既沒有採
録,更沒有編年。

　　我們以爲,本佚失詩是元稹元和十三年四月十日或十二日一次
性酬和白居易三十二篇詩歌中的一篇,亦即現在已經佚失的十二首
詩篇之一,應該與其他二十首酬和白居易的詩篇作於同時,元稹當時
是以州司馬的身份"權知州務",地點在通州。

■ 酬樂天雨中携元九詩訪元八侍御(一)①

據白居易《雨中携元九詩訪元八侍御》

[校記]

　　(一)酬樂天雨中携元九詩訪元八侍御:所據白居易《雨中携元
九詩訪元八侍御》見《白氏長慶集》、《白香山詩集》、《萬首唐人絶句》、
《全詩》、《全唐詩録》,不見異文。

[箋注]

　　① 酬樂天雨中携元九詩訪元八侍御:白居易《雨中携元九詩訪
元八侍御》:"微之詩卷憶同開,暇日多應不入臺。好句無人堪共詠,
衝泥蹋水就君來。"今存元稹詩篇未見酬和,據補。　　携:持,拿着。
李賀《金銅仙人辭漢歌》:"携盤獨出月荒凉,渭城已遠波聲小。"携帶。
《莊子·讓王》:"於是夫負妻戴,携子以入於海,終身不反也。"韓愈

《復志賦》:"嗟日月其幾何兮,携孤嫠而北旋!" 訪:拜訪,探望。杜甫《聶末陽以僕阻水書致酒肉療饑荒江詩得代懷興盡本韵至縣呈聶令陸路去方田驛四十里舟行一日時屬江漲泊於方田》:"末陽馳尺素,見訪荒江渺。義士烈女家,風流吾賢紹。"曹松《拜訪陸處士》:"萬卷書邊人半白,再來惟恐降玄纁。性靈比鶴争多少?氣力登山較幾分?" 元八侍御:即元宗簡,元稹與白居易的朋友,時在長安昇平里居住。白居易《故京兆元少尹文集序》:"居敬姓元,名宗簡,河南人。自舉進士歷御史府、尚書郎,訖京亞尹,二十年著格詩一百八十五、律詩五百九、賦述銘記書碣讚序七十五,總七百六十九章,合三十卷。"白居易《李十一舍人松園飲小酎酒得元八侍御詩叙云在臺中推院有鞫獄之苦即事書懷因酬四韵》:"愛酒舍人開小酌,能文御史寄新詩。亂松園裏醉相憶,古柏廳前忙不知。"

[編年]

　　《元稹集》没有採録,《年譜》、《編年箋注》、《年譜新編》既没有採録,更没有編年。

　　我們以爲,本佚失詩是元稹元和十三年四月十日或十二日一次性酬和白居易三十二篇詩歌中的一篇,亦即現在已經佚失的十二首詩篇之一,應該與其他二十首酬和白居易的詩篇作於同時,元稹當時是以州司馬的身份"權知州務",地點在通州。

■ 酬樂天藍橋驛見元九詩^{(一)①}

　　據白居易《藍橋驛見元九詩(詩中云江陵歸時逢春雪)》

[校記]

（一）酬樂天藍橋驛見元九詩：本佚失詩所據白居易《藍橋驛見元九詩》，見《白氏長慶集》、《白香山詩集》、《才調集》、《萬首唐人絕句》、《全詩》、《全唐詩錄》，基本無異文。

[箋注]

① 酬樂天藍橋驛見元九詩：白居易《藍橋驛見元九詩（詩中云江陵歸時逢春雪）》："藍橋春雪君歸日，秦嶺秋風我去時。每到驛亭先下馬，循墻遶柱覓君詩。"除了"江陵歸時逢春雪"之句外，現存元稹詩文不見元稹回酬之篇，應該是已經佚失，據補。　藍橋：橋名，在陝西省藍田縣東南藍溪之上，相傳其地有仙窟，爲唐代裴航遇仙女雲英處。裴鉶《传奇·裴航》："一飲瓊漿百感生，玄霜搗盡見雲英。藍橋便是神仙窟，何必崎嶇上玉清！"元稹《西歸絕句十二首》一二："寒花帶雪滿山腰，著柳冰珠滿碧條。天色漸明回一望，玉塵隨馬度藍橋。"唐彦謙《無題十首》五："誰知別易會應難，目斷青鸞信渺漫。情似藍橋橋下水，年來流恨幾時乾？"

[編年]

《元稹集》沒有採錄，《年譜》、《編年箋注》、《年譜新編》既沒有採錄，更沒有編年。

我們以爲，本佚失詩是元稹元和十三年四月十日或十二日一次性酬和白居易三十二篇詩歌中的一篇，亦即現在已經佚失的十二首詩篇之一，應該與其他二十首酬和白居易的詩篇作於同時，元稹當時是以州司馬的身份"權知州務"，地點在通州。

■ 酬樂天韓公堆寄元九 (一)①

據白居易《韓公堆寄元九》

[校記]

（一）酬樂天韓公堆寄元九：本佚失詩所據白居易《韓公堆寄元九》，見《白氏長慶集》、《白香山詩集》、《萬首唐人絶句》、《全詩》、《全唐詩録》，有關部份無異文。

[箋注]

① 酬樂天韓公堆寄元九：白居易《韓公堆寄元九》：“韓公堆北澗西頭，冷雨涼風拂面秋。努力南行少惆悵，江州猶似勝通州。”元稹現存詩文不見酬和之篇，應該是已經佚失，據補。　韓公堆：地名，在藍田縣。《長安志·藍田縣》：“韓公堆驛在縣南三十五里。”《舊唐書·郭子儀傳》：“子儀遣六軍兵馬使張知節、烏崇福、羽林軍使長孫全緒等將兵萬人爲前鋒，營於韓公堆。盛張旗幟，鼓鞞震山谷。全緒遣禁軍舊將王甫入長安，陰結少年豪俠，以爲内應。”崔滌《望韓公堆》：“韓公堆上望秦川，渺渺關山西接連。孤客一身千里外，未知歸日是何年？”

[編年]

《元稹集》没有採録，《年譜》、《編年箋注》、《年譜新編》既没有採録，更没有編年。

我們以爲，本佚失詩是元稹元和十三年四月十日或十二日一次性酬和白居易三十二篇詩歌中的一篇，亦即現在已經佚失的十二首詩篇之一，應該與其他二十首酬和白居易的詩篇作於同時，元稹當時是以州司馬的身份“權知州務”，地點在通州。

■ 酬樂天編詩成集戲贈元九^{(一)①}

據白居易《編集拙詩成一十五卷因題卷末戲贈元九李二十》

[校記]

（一）酬樂天編詩成集戲贈元九：元稹本佚失詩所據白居易《編集拙詩成一十五卷因題卷末戲贈元九李二十》，見《白氏長慶集》、《白香山詩集》、《唐宋詩醇》、《全詩》、《全唐詩録》，有關部份無異文。

[箋注]

① 酬樂天編詩成集戲贈元九：白居易《編集拙詩成一十五卷因題卷末戲贈元九李二十》：“一篇長恨有風情，十首秦吟近正聲。每被老元偷格律（元九向江陵日，嘗以拙詩一軸贈行，自後格變），苦教短李伏歌行（李二十常自負歌行，近見予《樂府五十首》，默然心伏）。世間富貴應無分，身後文章合有名。莫怪氣粗言語大，新排十五卷詩成。”今存元稹詩篇未見酬篇，據補。白居易編集自己的詩文集，時在元和十年年末，在江州司馬任。其繕寫於元和十年十二月的《與元九書》：“僕數月來檢討囊篋中，得新舊詩各以類分，分爲卷首。自拾遺來，凡所適、所感，關於美刺興比者；又自武德訖元和，因事立題，題爲《新樂府》者，共一百五十首，謂之諷諭詩。又或退公獨處，或移病閑居，知足保和，吟玩情性者一百首，謂之閑適詩。又有事物牽於外，情理動於内，隨感遇而形於嘆詠者一百首，謂之感傷詩。又有五言七言長句絶句，自一百韵至兩韵者四百餘首，謂之雜律詩。凡爲十五卷，約八百首。異時相見，當盡致於執事。” 編詩：整理詩篇。楊億《楊公行狀》：“先朝以公專精風騷，特命編詩爲二百卷。公孜孜採掇，矻矻服勤，非風雅之言，未嘗取也。”蘇頌《楊公神道碑銘》：“太宗留意儒雅，日閱群書。詔翰林學士李昉等采前代文章，類爲千卷，號《文苑英華》。謂公邃於風什，專俾編詩爲一百八十卷。” 成集：彙編成集子。王禹偁《送李藕學士序》：“唐韋處厚，由考功員外郎出刺盛山，爲詩十二章，當時名士，自元白而下皆和之，韓文公爲之序……若元白者，屬

和成集,某希韓者願爲序,以繼其美,告行有期,聊以爲送。"趙士彩《無爲集原序》:"公遣詞典麗,立意奧妙,因删除其蕪纇,取其有補於教化者,編次成集,將以爲學者標準。上佐吾君偃武修文之意,不其偉歟!" 戲贈:同"戲言",開玩笑的話。《吕氏春秋·重言》:"周公對曰:'臣聞之,天子無戲言。'"《魏書·夏侯道遷傳》:"少有志操,年十七,父母爲結婚韋氏,道遷云:'欲懷四方之志,不願取婦。'家人咸謂戲言。"同"戲啁",戲謔。《三國志·李譔傳》:"然體輕脱,好戲啁,故世不能重也。"這裏是詩人間詩歌酬贈時的謙虛語。

[編年]

《元稹集》没有採録,《年譜》、《編年箋注》、《年譜新編》既没有採録,更没有編年。

我們以爲,本佚失詩是元稹元和十三年四月十日或十二日一次性酬和白居易三十二篇詩歌中的一篇,亦即現在已經佚失的十二首詩篇之一,應該與其他二十首酬和白居易的詩篇作於同時,元稹當時是以州司馬的身份"權知州務",地點在通州。

■ 酬樂天見紫薇花憶微之 (一)①

據白居易《見紫薇花憶微之》

[校記]

(一)酬樂天見紫薇花憶微之:本佚失詩所據白居易《見紫薇花憶微之》,見《白氏長慶集》、《白香山詩集》、《萬首唐人絶句》、《唐宋詩醇》、《佩文齋廣群芳譜》、《佩文齋詠物詩選》、《全詩》,有關部份無異文。

[箋注]

① 酬樂天見紫薇花憶微之：白居易《見紫薇花憶微之》："一叢暗淡將何比？淺碧籠裙襯紫巾。除却微之見應愛，人間少有別花人。"不見元稹酬和，元稹酬和詩應該是佚失了，據補。　　紫薇：花木名，又稱滿堂紅、百日紅，落葉小喬木，樹皮滑澤，夏、秋之間開花，淡紅紫色或白色，美麗可供觀賞。楊於陵《郡齋有紫薇雙本自朱明接于徂暑其花芳馥數句猶茂庭宇之內迥無其倫予嘉其美而能久因詩紀述》："內齋有嘉樹，雙植分庭隅。綠葉下成幄，紫花紛若鋪。"劉禹錫《和郴州楊侍郎玩郡齋紫薇花十四韵》："南方足奇樹，公府成佳境。綠陰交廣除，明艷透蕭屏。"　憶：思念，想念。《關尹子·六匕》："心憶者猶忘饑，心忿者猶忘寒。"韓愈《次鄧州界》："潮陽南去倍長沙，戀闕那堪更憶家！"

[編年]

《元稹集》沒有採録，《年譜》、《編年箋注》、《年譜新編》既沒有採録，更沒有編年。

我們以爲，本佚失詩是元稹元和十三年四月十日或十二日一次性酬和白居易三十二篇詩歌中的一篇，亦即現在已經佚失的十二首詩篇之一，應該與其他二十首酬和白居易的詩篇作於同時，元稹當時是以州司馬的身份"權知州務"，地點在通州。

■ 酬樂天山石榴寄元九^{(一)①}

據白居易《山石榴寄元九》

[校記]

（一）酬樂天山石榴寄元九：本佚失詩所據白居易《山石榴寄元

九》，見《白氏長慶集》、《白香山詩集》、《蜀中廣記》、《唐宋詩醇》、《佩文齋廣群芳譜》、《佩文齋詠物詩選》、《全詩》，有關部份無異文。《全蜀藝文志》將"山石榴，一名山躑躅，一名杜鵑花"作爲題序，其他悉同。

[箋注]

① 酬樂天山石榴寄元九：白居易《山石榴寄元九》："山石榴，一名山躑躅，一名杜鵑花，杜鵑啼時花撲撲。九江三月杜鵑來，一聲催得一枝開。江城上佐閑無事，山下巕得廳前栽。爛漫一欄十八樹，根株有數花無數。千房萬葉一時新，嫩紫殷紅鮮麴塵。泪痕裛損臙脂臉，剪刀裁破紅綃巾。謫仙初墮愁在世，姹女新嫁嬌泥春。日射血珠將滴地，風翻熖火欲燒人。閑折兩枝持在手，細看不似人間有。花中此物是西施，芙蓉芍藥皆嫫母。奇芳絕豔別者誰？通州遷客元拾遺。拾遺初貶江陵去，去時正值青春暮。商山秦嶺愁殺人，山石榴花紅夾路。題詩報我何所云？若云色似石榴裙。當時叢畔唯思我，今日欄前只憶君。憶君不見坐銷落，日西風起紅紛紛。"今存元稹詩篇未見酬篇，據補。　山石榴：杜鵑花的別稱，花開紅色，也叫映山紅。白居易《武關南見元九題山石榴花見寄》："往來同路不同時，前後相思兩不知。行過關門三四里，榴花不見見君詩。"白居易《題山石榴花》："一叢千朵壓闌干，翦碎紅綃却作團。風嫋舞腰香不盡，露銷妝臉泪新乾。"

[編年]

《元稹集》沒有採録，《年譜》、《編年箋注》、《年譜新編》既沒有採録，更沒有編年。

我們以爲，本佚失詩是元稹元和十三年四月十日或十二日一次性酬和白居易三十二篇詩歌中的一篇,亦即現在已經佚失的十二首詩篇之一,應該與其他二十首酬和白居易的詩篇作於同時,元稹當時是以州司馬的身份"權知州務",地點在通州。

■ 酬樂天春晚寄微之^{(一)①}

據白居易《春晚寄微之》

[校記]

(一)酬樂天春晚寄微之:本佚失詩所據白居易《春晚寄微之》,見《白氏長慶集》、《白香山詩集》、《全詩》,有關部份無異文。

[箋注]

① 酬樂天春晚寄微之:白居易《春晚寄微之》:"三月江水闊,悠悠桃花波。年芳與心事,此地兩蹉跎。南國方譴謫,中原正兵戈。眼前故人少,頭上白髮多。通州更迢遞,春盡復如何?"今存元稹詩篇未見酬篇,據補。 春晚:猶春暮。張彥勝《露賦》:"昔時春晚,拂楊柳於南津;今日秋深,落芙蓉於北渚。"陸游《自芳華樓過瑤林莊》:"春晚江邊草過腰,雨餘樓下水平橋。名花未落如相待,佳客能來不費招。"

[編年]

《元稹集》沒有採錄,《年譜》、《編年箋注》、《年譜新編》既沒有採錄,更沒有編年。

我們以爲,本佚失詩是元稹元和十三年四月十日或十二日一次性酬和白居易三十二篇詩歌中的一篇,亦即現在已經佚失的十二首詩篇之一,應該與其他二十首酬和白居易的詩篇作於同時,元稹當時是以州司馬的身份"權知州務",地點在通州。

■ 酬樂天感秋懷微之^{(一)①}

據白居易《感秋懷微之》

[校記]

(一)酬樂天感秋懷微之:本佚失詩所據白居易《感秋懷微之》,見《白氏長慶集》、《白香山詩集》、《石倉歷代詩選》、《全詩》,有關部份無異文。

[箋注]

① 酬樂天感秋懷微之:白居易《感秋懷微之》:"葉下湖有波,秋風此時至。誰知濩落心,先納蕭條氣。推移感時歲,漂泊思同志,昔爲烟霞侶,今作泥塗吏。白鷗毛羽弱,青鳳文章異。各閉一籠中,歲晚同顦顇。"今存元稹詩篇未見酬篇,據補。　感秋:義近"傷秋",悲秋,對秋景而傷感。韓愈《祖席・秋字》:"淮南悲木落,而我亦傷秋。"盧綸《秋夜同暢當宿藏公院》:"風螢方喜夜,露槿已傷秋。"

[編年]

《元稹集》沒有採録,《年譜》、《編年箋注》、《年譜新編》既沒有採録,更沒有編年。

我們以爲,本佚失詩是元稹元和十三年四月十日或十二日一次性酬和白居易三十二篇詩歌中的一篇,亦即現在已經佚失的十二首詩篇之一,應該與其他二十首酬和白居易的詩篇作於同時,元稹當時是以州司馬的身份"權知州務",地點在通州。

■ 酬樂天感逝寄遠^{(一)①}

據白居易《感逝寄遠》

[校記]

（一）酬樂天感逝寄遠：本佚失詩所據白居易《感逝寄遠》，見《白香山詩集》、《全詩》，無異文。《白氏長慶集》題注作"寄通州嚴侍御、果州崔員外、澧州李舍人、鳳州李郎中"，其中的"通州嚴侍御"，應該是"通州元侍御"之誤；"澧州李舍人"應該是"澧州李舍人"之誤。

[箋注]

① 酬樂天感逝寄遠：白居易《感逝寄遠（寄通州元侍御、果州崔員外、澧州李舍人、鳳州李郎中）》："昨日聞甲死，今朝聞乙死。知識三分中，二分化爲鬼。逝者不復見，悲哉長已矣！存者今如何？去我皆萬里。平生知心者，屈指能有幾？通果澧鳳州，眇然四君子。相思俱老大，浮世如流水。應嘆舊交遊，凋零日如此。何當一杯酒，開眼笑相視！"現存元稹詩文中，未見元稹本來應該酬的酬和之篇，據此補。　感逝：感念往昔。高允《徵士頌序》："昔歲同徵，零落將盡。感逝懷人，作《徵士頌》。"白居易《憶微之傷仲遠》："感逝因看水，傷離爲見花。李三埋地底，元九謫天涯。"　寄遠：寄送遠方，謂寄給在遠方的朋友親人。李白《江行寄遠》："刳木出吳楚，危槎百餘尺。疾風吹片帆，日暮千里隔。"于鵠《寄盧儋員外秋衣詞》："寄遠空以心，心誠亦難知。篋中有秋帛，裁作遠客衣。"

［編年］

《元稹集》沒有採録，《年譜》、《編年箋注》、《年譜新編》既没有採録，更没有編年。

朱金城先生《白居易集箋校》編年白居易詩於元和十一年至元和十三年。據《舊唐書》，元稹元和十年三月出貶通州司馬，崔韶元和十一年九月出爲果州刺史，白居易《聞李十一出牧澧州崔二十二出牧果州因寄絶句》："平生相見即眉開，静念無如李與崔。各是天涯爲刺史，緣何不覔九江來？"知李建出任澧州刺史也在同時，亦即元和十一年。唯鳳州李郎中，《唐刺史考》和《白居易集箋校》均没有注明具體時間。我們以爲，本佚失詩是元稹元和十三年四月十日或十二日一次性酬和白居易三十二篇詩歌中的一篇，亦即現在已經佚失的十二首詩篇之一，應該與其他二十首酬和白居易的詩篇作於同時，元稹當時是以州司馬的身份"權知州務"，地點在通州。

■ 酬樂天夢與李七庚三十二同訪元九^{(一)①}

據白居易《夢與李七庚三十二同訪元九》

［校記］

（一）酬樂天夢與李七庚三十二同訪元九：本佚失詩所據白居易《夢與李七庚三十二同訪元九》，見《白氏長慶集》、《白香山詩集》、《全詩》、《全唐詩録》，不過所有標題均誤作"夢與李七庚三十三同訪元九"，其餘悉同。白居易有多篇詩篇涉及庚敬休，均作"庚三十二"，如《東南行一百韵寄通州元九侍御澧州李十一舍人果州崔二十二使君開州韋大員外庚三十二補闕杜十四拾遺李二十助教員外竇七挍書》、《潯陽歲晚寄元八郎中庚三十二員外》、《廬山草堂夜雨獨宿寄牛二李

七庾三十二員外》、《京使回累得南省諸公書因以長句詩寄謝蕭五劉
二元八吳十一韋大陸郎中崔二十二牛二李七庾三十二李六李十楊三
樊大楊十二員外》就是其中的一些例子。

[箋注]

　　① 酬樂天夢與李七庾三十二同訪元九：白居易《夢與李七庾三
十二同訪元九》："夜夢歸長安，見我故親友。損之在我左，順之在我
右。云是二月天，春風出携手。同過靖安里，下馬尋元九。元九正獨
坐，見我笑開口。還指西院花，仍開北亭酒。如言各有故，似惜歡難
久。神合俄頃間，神離欠伸後。覺來疑在側，求索無所有。殘燈影閃
墻，斜月光穿牖。天明西北望，萬里君知否？老去無見期，踟躕搔白
首。"今存元稹詩篇未見酬篇，據補。　　李七：即李宗閔，行七。初期
是元稹的朋友，後期成爲牛黨集團的首領，是元稹的政敵之一，排擠
元稹出鎮武昌軍節度使，就是因爲李宗閔的緣故。白居易《廬山草堂
夜雨獨宿寄牛二李七庾三十二員外》："丹霄携手三君子，白髮垂頭一
病翁。蘭省花時錦帳下，廬山雨夜草庵中。"白居易《初除主客郎中知
制誥與王十一李七元九三舍人中書同宿話舊感懷》："閑宵静話喜還
悲，聚散窮通不自知。已分雲泥行異路，忽驚雞鶴宿同枝。"　　庾三十
二：即庾敬休，行三十二，元稹白居易的朋友，更是元稹的親戚，元稹
《祭禮部庾侍郎太夫人文》中的"禮部庾侍郎"庾承宣，就是庾敬休的
從兄弟。這個"庾承宣"，與元稹的前妻韋叢，還有元稹的繼配裴淑，
都有親戚關係。元稹《寄庾敬休》："小來同在曲江頭，不省春時不共
游。今日江風好暄暖，可憐春盡古湘州。"白居易《三月三日登庾樓寄
庾三十二》："三日歡遊辭曲水，二年愁卧在長沙。每登高處長相憶，
何況兹樓屬庾家！"　　訪：拜訪，探望。武元衡《與崔十五同訪裴校書
不遇》："梨花落盡柳花時，庭樹流鶯日過遲。幾度相思不相見，春風
何處有佳期？"劉禹錫《喜康將軍見訪》："謫居愁寂似幽栖，百草當門

茅舍低。夜獵將軍忽相訪,鷓鴣驚起繞籬啼。"

[編年]

《元稹集》沒有採錄,《年譜》、《編年箋注》、《年譜新編》既沒有採錄,更沒有編年。

我們以爲,本佚失詩是元稹元和十三年四月十日或十二日一次性酬和白居易三十二篇詩歌中的一篇,亦即現在已經佚失的十二首詩篇之一,應該與其他二十首酬和白居易的詩篇作於同時,元稹當時是以州司馬的身份"權知州務",地點在通州。

◎ 酬知退①

終須修到無修處,聞盡聲聞始不聞②。莫著妄心銷彼我(一),我心無我亦無君③。

録自《元氏長慶集》卷二〇

[校記]

(一)莫著妄心銷彼我:蘭雪堂本、叢刊本、《萬首唐人絕句》、《全詩》同,楊本作"莫著妄心銷被我",語義不佳,不改。

[箋注]

① 酬:詩文贈答。裴耀卿《酬張九齡使風見示》:"兹地五湖鄰,艱哉萬里人。驚飆翻是托,危浪亦相因。"宋鼎《酬故人還山》:"舉棹乘春水,歸山撫歲華。碧潭宵見月,紅樹晚開花。" 知退:即白行簡,字知退。白居易的弟弟,元稹的朋友,他們兩人曾分別有《李娃傳》、《李娃行》問世。《舊唐書·白行簡傳》:"行簡,字知退,貞元末登進士

第,授秘書省校書郎。元和中,盧坦鎮東蜀,辟爲掌書記。府罷,歸潯陽。居易授江州司馬,從兄之郡。十五年,居易入朝爲尚書郎,行簡亦授左拾遺,累遷司門員外郎、主客郎中。長慶末,振武奏水運營田使賀拔志言營田數過實,詔令行簡按覆之,不實,志懼,自刺死。行簡寶曆二年冬病卒,有文集二十卷。行簡文筆有兄風,辭賦尤稱精密,文士皆師法之。居易友愛過人,兄弟相待如賓客。"元稹《使東川序》:"元和四年三月七日,予以監察御史使東川,往來鞍馬間,賦詩凡三十二章,秘書省校書郎白行簡爲予手寫爲《東川卷》。"白居易《歲暮寄微之三首》一:"微之別久能無嘆? 知退書稀豈免愁? 甲子百年過半後,光陰一歲欲終頭。"元稹撰作本詩之時,白行簡正在江州,與兄長白居易在一起。

② 修:學習,培養。《禮記·學記》:"故君子之于學也,藏焉! 修焉! 息焉! 遊焉!"鄭玄注:"修,習也。"《後漢書·和熹鄧皇后紀》:"帝知後勞心曲體,嘆曰:'修德之修勞,乃如是乎!'"特指修行,指學佛或學道,行善積德。寒山《詩三百三首》二六八:"今日懇懇修,願與佛相遇。" 聲聞:梵文意譯,佛家稱聞佛之言教,證四諦之理的得道者,常指羅漢。《大乘義章》卷一七:"觀察四諦而得道者,悉名聲聞。"《敦煌變文集·維摩經押座文》:"五百聲聞皆被訶,住相法空分取證。"

③ 妄心:佛教語,謂妄生分別之心。《大乘起信論》:"一切衆生,以有妄心,念念分別。"晁迥《法藏碎金録》卷三:"凡分彼我,皆是妄心。妙一真心,元無彼我。" 彼我:他和我,彼此。揚雄《解嘲》:"世異事變,人道不殊,彼我易時,未知何如。"劉知幾《史通·因習》:"及隋氏受命,海内爲家,國靡愛憎,人無彼我。" 無我:佛教語,謂世界上不存在實體的自我,以諸法無我爲根本義。王維《能禪師碑》:"禪師默然受教,曾不起予。退省其私,迥超無我。"鮑溶《贈僧戒休》:"風行露宿不知貧,明月爲心又是身。欲問月中無我法,無人無我問何人?"

[編年]

《年譜》編年本詩於"乙未至戊戌在通州所作其他詩"欄内,没有說明理由。《編年箋注》編年:"此詩作於通州時期。"未見《年譜新編》編年本詩。

元稹《酬樂天頻夢微之》:"山水萬重書斷絶,念君憐我夢相聞。我今因病魂顛倒,唯夢閑人不夢君。"與本詩所述,如一家説也。本詩與《酬樂天頻夢微之》爲同時之作,亦即作於元和十三年四月十日至四月十二日之時。《舊唐書·憲宗紀》:"(元和八年)八月辛巳朔……辛丑,以東川節度使潘孟陽爲户部侍郎、判度支,盧坦爲梓州刺史、劍南東川節度使……(元和十二年)九月丁亥朔……戊戌,劍南東川節度盧坦卒。"參閲上面《舊唐書·白行簡傳》所述,白行簡當時在盧坦幕府掌書記,元和十二年九月盧坦病故,估計白行簡不久即應該離開東川。白行簡離開東川,第一目的地應該是白居易任職司馬的江州。元和十二年五月,元稹與白居易的聯繫已經恢復,詩歌酬唱得以繼續。隨著元稹白居易通江唱和的恢復,與白居易同在江州的白行簡,作爲元稹的朋友,自然也有詩篇寄贈元稹,白行簡的原唱應該作於其時。元稹的酬篇,亦即本詩,也應該作於其時,亦即元和十三年四月十日至四月十二日之間。元稹當時是以州司馬的身份"權知州務",地點在通州。

◎ 通州丁溪館夜别李景信三首⁽⁻⁾①

月濛濛兮山掩掩,束束别魂眉斂斂②。蟲瑗覆時天欲明,碧幌青燈風灩灩③。泪消語盡還暫眠,唯夢千山萬山險④。

水環環兮山簇簇,啼鳥聲聲婦人哭⑤。離床别臉睡還開,燈炧暗飄珠蔌蔌⑥。山深虎横館無門,夜集巴兒扣空木⑦。

雨瀟瀟兮鵑咽咽，傾冠倒枕燈臨滅⑧。倦僮呼喚聲復眠，啼雞拍翅三聲絕⑨。握手相看其奈何，奈何其奈天明別⑩。

録自《元氏長慶集》卷二六

［校記］

（一）通州丁溪館夜別李景信三首：本詩存世各本，包括楊本、叢刊本、《全詩》諸本，均無異文。

［箋注］

① 丁溪館：通州境内的一處驛館，參閱元稹《見樂天詩》"通州到日日平西，江館無人虎印泥。忽向破簷殘漏處，見君詩在柱心題"之句，與本詩第二首"山深虎横館無門"相照應。《四川通志·直隸達州》："丁溪館：在州南，唐元微之集有《通州丁溪館夜別李景信》詩。"雖然通州前往京師與通州前往忠州並不在同一方向，前者在北，後者在南，但前者與後者都要通過東關水經由渠州而分別往北往南，也許這處通州的驛館就是元稹初來通州時臨時居住的驛館，亦即元稹賦寫《見樂天詩》的那處驛館。元稹《別李十一五絕》有句"今日送君江上頭"，又云"明朝別後應腸斷，獨棹破船歸到州"，知元稹送別李景信應該在水路之上，亦即通過通州府治的東關水，而元稹元和十年來到通州，也是自渠州而東，由水路而達通州，元稹《南昌灘》就是例證，如《蜀中廣記·達州》："《寰宇記》云：巴渠江在石鼓縣南四十步，流入通州界，江中有南昌灘，元微之《南昌灘》詩云：'渠江明净峽逶迤，船到名灘拽□遲。櫓窸動摇妨作夢，巴童指點笑吟詩。畬餘宿麥黄山腹，日背殘花白水湄。物色可憐心莫恨，此行都是獨行時。'"　夜別：臨分手之前的夜晚。高適《夜別韋司

士得城字》："高館張燈酒復清，夜鐘殘月雁歸聲。只言啼鳥堪求侶，無那春風欲送行。"賈至《巴陵夜別王八員外》："柳絮飛時別洛陽，梅花發後到三湘。世情已逐浮雲散，離恨空隨江水長。" 李景信：元稹的朋友，元和十三年四月十三日之前，受李景信兄長、忠州刺史李景儉的委託，前來通州看望元稹，"三兩日"之後，離開通州回到忠州，元稹賦詩三首送別，表達了依依惜別的情感。元稹《酬樂天東南行詩一百韻序》："（元和）十三年，予以赦當遷……屬李景信校書自忠州訪予，連床遞飲之間，悲吒使酒，不三兩日盡和去年已來三十二章皆畢，李生視草而去。四月十三日，予手寫爲上下卷……"

② 濛濛：模糊不清貌。《楚辭·九辯》："願皓日之顯行兮，雲濛濛而蔽之。"蘇軾《大別方丈銘》："閉目而視，目之所見，冥冥濛濛。"掩掩：隱約模糊貌。邢居實《南征賦》："曾不得其死所兮，豈純孝之可恃！塞遭回于水濱兮，日掩掩其黃昏！"義近"掩映"，遮蔽，隱蔽。元稹《賽神》："採薪持斧者，棄斧縱橫奔。山深多掩映，僅免鯨鯢吞。"束束：不舒展貌。暫無其他書證。 別魂：離別的情思。杜甫《閬州東樓筵奉送十一舅往青城》："游目俯大江，列筵慰別魂。"崔塗《巫山旅別》："無限別魂招不得，夕陽西下水東流。" 斂斂：同"瀲瀲"，斂，通"瀲"，光波流動貌。鄭谷《夕陽》："夕陽秋更好，斂斂蕙蘭中。"梅堯臣《過塗荊二山遇暗石》："聚石如伏兵，斂斂波下立。"

③ 蠡琖：螺形的小酒杯。 蠡：即螺，特指螺殼、螺號。班昭《東征賦》："諒不登樔而椓蠡兮，得不陳力而相追。"《新唐書·環王傳》："出以象駕車、羽蓋珠箔、鳴金、擊鼓、吹蠡爲樂。" 琖：小杯子。《禮記·明堂位》："爵用玉琖仍雕。"孔穎達疏："琖，夏後氏之爵名也。以玉飾之，故曰玉琖。"劉禹錫《劉駙馬水亭避暑》："琥珀琖紅疑漏酒，水晶簾瑩更通風。"特指酒杯。吳文英《塞垣春·丙午歲旦》："殢綠窗，細呪浮梅琖。" 覆：傾出，倒出。《易·鼎》："鼎折足，覆公餗。"《新唐書·元獻楊皇后傳》："夢若有介而戈者環鼎三，而三煮盡覆。" 碧

幌:綠色的幃幔。江淹《麗色賦》:"椒庭承月,碧幌延日。"白居易《立秋夕涼風忽至炎暑稍消即事詠懷》:"紅釭霏微滅,碧幌飄飄開。"　青燈:韋應物《寺居獨夜寄崔主簿》:"坐使青燈曉,還傷夏衣薄。"陸游《秋夜讀書每以二鼓盡爲節》:"白髮無情侵老境,青燈有味似兒時。"灩灩:飄動貌。盧綸《秋夜同暢當宿潭上西亭》:"圓月出山頭,七賢林下游,梢梢寒葉墜,灩灩月波流。"李端《宿瓜洲寄柳中庸》:"寒潮來灩灩,秋葉下紛紛。便送江東去,徘徊祇待君。"

④ 淚消:眼淚暫時消失。張耒《別錢筠甫三首》一:"倦客無眠聽曉鐘,五更蠟燭淚消紅。城西古寺來何處? 今日分携獨向東。"胡儼《四時詞》三:"秋露白如玉,梧桐墜寒綠。文犀鎮錦帷,紅淚消銀燭。"語盡:要説的話語已經説完。王建《送人》:"河亭收酒器,語盡各西東。回首不相見,行車秋雨中。"元稹《山枇杷》:"綠珠語盡身欲投,漢武眼穿神漸滅。"　暫眠:短時間的睡眠。李至《伏覩禁林新成盛事輒思歌詠不避荒蕪》:"吟求視草箋分寫,醉假通中枕暫眠。俗客不知仙禁近,高歌共樂太平年。"《太平廣記·陽羨書生》:"然後書生起謂彥曰:'暫眠遂久,君獨坐,當悒悒邪?'"　千山:極言山多。柳宗元《江雪》:"千山鳥飛絶,萬徑人蹤滅。"王安石《古松》:"萬壑風生成夜響,千山月照挂秋陰。"　萬山:猶言山多。岑參《原頭送范侍御得山字》:"百尺原頭酒色殷,路傍驄馬汗斑斑。別君祇有相思夢,遮莫千山與萬山。"李嘉佑《夜宴南陵留別》:"雪滿前庭月色閑,主人留客未能還。預愁明日相思處,匹馬千山與萬山。"

⑤ 環環:彎曲貌。《樂府詩集·女兒子》:"我欲上蜀蜀水難,蹋蹀珂頭腰環環。"韓愈《峽石西泉》:"居然鱗介不能容,石眼環環水一鍾。聞説旱時求得雨,祇疑科斗是蛟龍。"　簇簇:一叢叢,一堆堆。白居易《和夢遊春詩一百韵》:"巴水白茫茫,楚山青簇簇。吟君七十韵,是我心所蓄。"薛能《華嶽》:"簇簇復亭亭,三峰卓杳冥。每思窮本末,應合配圖經。"　啼鳥:啼鳴的鳥。宋之問《芳樹》:"夭桃色若綬,

穠李光如練。啼鳥弄花疏,遊蜂飲香遍。"杜審言《賦得妾薄命》:"啼鳥驚殘夢,飛花攪獨愁。自憐春色罷,團扇復迎秋。" 聲聲:一聲跟著一聲。郭震《蛩》:"愁殺離家未達人,一聲聲到枕前聞。苦吟莫向朱門裏,滿耳笙歌不聽君。"常建《聽琴秋夜贈寇尊師》:"琴當秋夜聽,況是洞中人。一指指應法,一聲聲爽神。" 婦人哭:婦女的哭聲。李端《宿石澗店聞婦人哭》:"山店門前一婦人,哀哀夜哭向秋雲。自說夫因征戰死,朝來逢著舊將軍。"李賀《猛虎行》:"泰山之下,婦人哭聲。官家有程,吏不敢聽。"本詩是對"啼鳥聲聲"的具體而形象的形容。

⑥ 離床別臉睡還開:意謂原來同床而眠,但怎麼也睡不著,於是離開床鋪,別轉臉另外安寢,但結果還是無法入睡。這表明元稹與李景信兩人友誼的深厚,不忍離別。王建《上杜元穎相公》:"學士金鑾殿後居,天中行坐侍龍興。承恩不許離床謝,密詔常教倚案書。"杜牧《牧陪昭應盧郎中在江西宣州佐今吏部沈公幕罷府周歲公宰昭應牧在淮南纂職叙舊成二十二韻用以投寄》:"泥情斜拂印,別臉小低頭。日晚花枝爛,釭凝粉彩稠。" 燈灺:謂燈燭將熄。韓偓《無題》:"小檻移燈灺,空房鎖隙塵。額波風盡日,簾影月侵晨。"沈與求《次夕雨作用子虛韻奉懷次顏知魚軒小集》:"靜聽屧聲喧夜市,旋挑燈灺醞春愁。閉關不問陰晴事,時怪玄花掠病眸。" 蔌蔌:飄落貌。和凝《天仙子》二:"洞口春紅飛蔌蔌,仙子含愁眉黛綠。"蘇軾《浣溪沙·徐門石潭謝雨道上作》:"蔌蔌衣巾落棗花,村南村北響繰車。"象聲詞,輕微之聲。《南史·王晏傳》:"見屋桷子悉是大蛇,就視之,猶木也。晏惡之,乃以紙裹桷子,猶紙內搖動,蔌蔌有聲。"

⑦ 山深:即"深山",與山外距離遠、人不常到的山嶺。《左傳·襄公二十一年》:"深山大澤,實生龍蛇。"東方朔《非有先生論》:"遂居深山之間,積土爲室,編蓬爲户。" 橫:暴烈,猛烈。趙嘏《憶山陽》:"芰荷香遶垂鞭袖,楊柳風橫弄笛船。城礙十洲烟島路,寺臨千頃夕

陽川。”歐陽修《蝶戀花》:“雨橫風狂三月暮。門掩黃昏,無計留春住。”　無門:沒有門戶。《莊子·知北遊》:“其來無迹,其往無崖,無門無房,四達之皇皇也。”姚鵠《書情獻知己》:“有道期攀桂,無門息轉蓬。”　巴兒:指巴蜀(今四川省與重慶市)的年輕人。方干《蜀中》:“遊子去游多不歸,春風酒味勝餘時。閑來却伴巴兒醉,荳蔻花邊唱竹枝。”鄭谷《通川客舍》:“漸解巴兒語,誰憐越客吟? 黃花徒滿手,白髮不勝簪。”　空木:光禿的樹木。陸龜蒙《子夜四時歌·冬》:“南光走冷圭,北籟號空木。年年任霜霰,不減篔簹綠。”郭祥正《馬上》:“秋山剝棗熟,野水漚麻香。鳥倦投空木,蟬悲送夕陽。”

⑧ 瀟瀟:風雨急驟貌。《詩·鄭風·風雨》:“風雨瀟瀟,雞鳴膠膠。”毛傳:“瀟瀟,暴疾也。”小雨貌。王周《宿疏陂驛》:“誰知孤宦天涯意? 微雨瀟瀟古驛中。”　鵑:鳥名,又名子規、杜宇。常璩《華陽國志·蜀志》:“時適二月,子鵑鳥鳴,故蜀人悲子鵑鳥鳴也。”鮑照《擬行路難十八首》六:“中有一鳥名杜鵑,言是古時蜀帝魂。其聲哀苦鳴不息,羽毛憔悴似人髠。”　咽咽:嗚咽哀切之聲。李賀《傷心行》:“咽咽學楚吟,病骨傷幽素。”僧鸞《贈李粲秀才》:“愁如湘靈哭湘浦,咽咽哀音隔雲霧。”　傾冠:帽子歪斜。蘇頲《奉和魏僕射秋日還鄉有懷之作》:“南宮夙拜罷,東道晝游初。飲餞傾冠蓋,傳呼問里閭。”杜牧《寄澧州張舍人笛》:“樓中威鳳傾冠聽,沙上驚鴻掠水分。遙想紫泥封詔罷,夜深應隔禁墻聞。”　倒枕:顛倒枕頭。元稹《合衣寢》:“良夕背燈坐,方成合衣寢。酒醉夜未闌,幾回顛倒枕。”元稹《宿石磯》:“石磯江水夜潺湲,半夜江風引杜鵑。燈暗酒醒顛倒枕,五更斜月入空船。”

⑨ 倦僮:疲倦不堪的童僕。元稹《秋堂夕》:“書卷滿床席,蠹蛸懸復升。啼兒屢啞咽,倦僮時寢興。”朱熹《淳熙戊戌七月廿九日早發潭溪西登雲谷取道芹溪友人丘子野留宿因題芹溪小隱以貽之作此以紀其事》:“我來屏山下,奔走倦僮僕。亭亭日已中,冠巾濕如沐。”呼喚:呼叫、喊叫。白居易《府齋感懷酬夢得》:“府伶呼喚爭先到,家

醞提携動輒隨。合是人生開眼日,自當年老斂眉時。"王繼勛《贈和龍妙空禪師》:"只栖雲樹兩三畝,不下烟蘿四五年。猨鳥認聲呼喚易,龍神降伏住持堅。" 膺:應語,答話。韓偓《倚醉》:"分明窗下聞裁翦,敲遍欄干喚不膺。"辛棄疾《滿江紅·游南巖和范先之韵》:"正仰看、飛鳥却膺人,回頭錯。" 啼雞:啼鳴的公雞。陸游《新買啼雞》"戔戔赤幘聲甚雄,意氣不與其曹同。我求長鳴久未獲,一見便覺千群空。"朱倫瀚《早發新昌》:"山圍四面郭,水遠半邊城。村静啼雞晏,秋深落月明。" 拍翅:拍打自己的翅膀,這是公雞啼鳴常有的連帶動作。梅堯臣《絶句五首》一:"風過已午未肯止,酒病嬰我心無憀。船頭拍翅野鴨浴,水上擺子獰魚跳。"蘇轍《六月十三日病起走筆寄仇池》:"夜蜩感寒氣,上樹鳴啾啾。野鶴弄池水,落拍翅羽修。" 三聲:舊指軍中用以傳令的金鼓、笳、鐸之聲。銀雀山漢墓竹簡《孫臏兵法·十陣》:"三聲既全,五彩必具,辨吾號聲,知五旗。"戎昱《桂州口號》:"畫角三聲動客愁,曉霜如雪覆江樓。誰道桂林風景暖?到來重著卓貂裘。"

⑩ 握手:執手,拉手,古時在離別、會晤或有所囑託時,皆以握手表示親近或信任。《東觀漢記·馬援傳》:"援素與述同鄉里,相善,以爲至當握手迎如平生。"元結《別王佐卿序》:"在少年時,握手笑別,雖遠不恨。" 相看:互相注視,共同觀看。蕭綱《對燭賦》:"回照金屏裏,脈脈兩相看。"杜甫《又呈竇使君》:"相看萬里外,同是一浮萍。"奈何:怎麽樣,怎麽辦。《戰國策·趙策》:"辛垣衍曰:'先生助之奈何?'魯連曰:'吾將使梁及燕助之。齊楚則固助之矣!'"《楚辭·九歌·大司命》:"羌愈思兮愁人,愁人兮奈何?" 天明:天亮。杜甫《石壕吏》:"天明登前途,獨與老翁别。"歐陽修《鵯鵊詞》:"紅紗蠟燭愁夜短,緑窗鵯鵊催天明。"

[編年]

《年譜》、《編年箋注》、《年譜新編》均編年本詩於元和十三年,均沒有具體説明理由,均編列在《別李十一五絶》之後,均誤。

我們以爲本組詩詩意明確無誤表明:這是元和十三年四月十三日稍前不久,亦即四月十二日元稹與李景信臨别前夜所作的詩篇,不應該編排在《别李十一五絶》之前。題稱"夜别",自然是賦作於當日之晚。元稹當時是以州司馬的身份"權知州務",地點在通州。

◎ 夜別筵（一）①

夜長酒闌燈花長,燈花落地復落床②。似我别淚三四行,滴君滿坐之衣裳③。與君别後淚痕在,年年著衣心莫改④。

錄自《元氏長慶集》卷二六

[校記]

（一）夜別筵:楊本、叢刊本、《全詩》同,《石倉歷代詩選》作"夜别宴",語義相類,各備一説,不改。

[箋注]

① 别筵:餞别的筵席。庾肩吾《餞張孝總應令》:"别筵開帳殿,離舟卷幔城。"杜甫《送路六侍御入朝》:"更爲後會知何地? 忽漫相逢是别筵。"

② 夜長:義近"長夜",漫長的夜。陶潛《飲酒》一六:"披褐守長夜,晨雞不肯鳴。"杜甫《茅屋爲秋風所破歌》:"自經喪亂少睡眠,長夜沾濕何由徹!" 酒闌:謂酒筵將盡。《史記·高祖本紀》:"酒闌,吕公

因目固留高祖。"裴駰集解引文穎曰:"闌言希也,謂飲酒者半罷半在,謂之闌。"杜甫《魏將軍歌》:"吾爲子起歌都護,酒闌插劍肝膽露。"燈花:燈心餘燼結成的花狀物。庾信《對燭賦》:"刺取燈花持桂燭,還却燈檠下燭盤。"蘇軾《西江月·坐客見和復次韻》:"燈花零落酒花穠。妙語一時飛動。" 床:古代坐具。《禮記·內則》:"父母舅姑將坐,奉席請何鄉;將衽,長者奉席請何趾,少者執床與坐。"陳澔集説:"床,《説文》云:'安身之几坐。'非今之卧床也。"《漢武帝內傳》:"〔西王母〕下車登床,帝拜跪問寒温畢,立如也,因呼帝共坐。"

③ 别淚:傷别之淚。庾信《擬詠懷詩二十七首》七:"纖腰減束素,别淚損横波。"杜甫《奉寄高常侍》:"天涯春色催遲暮,别淚遙添錦水波。" 三四:猶言再三再四。《北齊書·崔邈傳》:"握手殷勤,至於三四。"表示爲數不多。歐陽修《歸自謡》:"春艷艷,江上晚山三四點。" 衣裳:古時衣指上衣,裳指下裙,後亦泛指衣服。《詩·齊風·東方未明》:"東方未明,顛倒衣裳。"毛傳:"上曰衣,下曰裳。"劉希夷《擣衣篇》:"秋天瑟瑟夜漫漫,夜白風清玉露漙。燕山遊子衣裳薄,秦地佳人閨閣寒。"

④ 淚痕:眼淚留下的痕迹。蕭綱《和蕭侍中子顯春别四首》三:"淚痕未燥詎終朝,行聞玉佩已相要。"李白《怨情》:"但見淚痕濕,不知心恨誰?" 年年:每年。劉商《同諸子哭張元易》:"盛德高名總是空,神明福善大朦朧。遊魂永永無歸日,流水年年自向東。"陸羽《會稽東小山》:"月色寒潮入剡溪,青猿叫斷緑林西。昔人已逐東流去,空見年年江草齊。" 著衣:穿衣。《世説新語·排調》:"謝遏夏月嘗仰卧,謝公清晨卒來,不暇著衣。"項斯《宿山寺》:"中宵能得幾時睡?又被鐘聲催著衣。"

[編年]

未見《年譜》編年本詩,《編年箋注》編入"未編年詩",《年譜新編》

列入"無法編年作品"。

　　我們以爲,本詩可以編年。從本詩詩意來看,詩人是在深夜與即將離去的朋友飲酒,兩人依依不捨,感情極爲深厚。在元稹一生的朋友中,感情如此深厚的朋友,白居易應該是首選。但在元稹與白居易的數次分別中,都是元稹離開而白居易送行;而白居易離開杭州,元稹在越州,不在現場,因此都可以排除。除此而外的朋友中,李景儉應該是次選,但元和十三年元稹與李景儉在忠州分別之時,也是元稹離開而李景儉送行。元和七年元稹李景儉在江陵分別之時,倒是李景儉離開而元稹送別,但據《酬別致用》、《送致用》兩詩所示,元稹送別李景儉時並無"夜飲送別"的情節,因此也可以排除。還需要排除的是元和十一年元稹在興元送別李復禮,雖然是元稹送別李復禮,但據《遣行十首》三"就枕回轉數,聞雞撩亂驚。一家同草草,排比送君行"所示,送別是在凌晨時分,而不是本詩所示的深夜餞別。還有一次元稹送別朋友,倒是在深夜,與本詩描述的情景也十分相符:那是元和十三年四月十二日之夜,李景儉的弟弟李景信受李景儉的委託,從忠州前來通州看望元稹,有《酬樂天東南行詩一百韻》爲證:"(元和)十三年……李景信校書自忠州訪予,連床遞飲之間,悲吒使酒,不三兩日盡和去年已來三十二章皆畢,李生視草而去。四月十三日,予手寫爲上下卷,仍依次重用本韻。"李景信來訪期間,元稹與李景信常常夜飲,如《與李十一夜飲》:"寒夜燈前賴酒壺,與君相對興猶孤。忠州刺史應閑臥,江水猿聲睡得無?"臨去之時,元稹轉輾而難眠,又如《別李十一五絕》五:"聞君欲去潛銷骨,一夜暗添新白頭。明朝別後應腸斷,獨棹破船歸到州。"因此借酒澆愁,借酒餞別也就在所難免了。元稹《通州丁溪館夜別李景信三首》就是這種情景的真實寫照,詩中有句云:"蟲琖覆時天欲明,碧幌青燈風灩灩。淚消語盡還暫眠,唯夢千山萬山險。""倦僮呼喚膺復眠,啼雞拍翅三聲絕。握手相看其奈何,奈何其奈天明別。"本詩即應該作於其時,亦即元和十三年四月十二日之夜，元稹當時是以州司馬的身份"權知州務"，地點在通州的丁溪館，被送別的自然是李景信。

◎ 別李十一五絕^{(一)①}

巴南分與親情別，不料與君床並頭②。爲我遠來休悵望^(二)！折君災難是通州③。

京城每與閑人別，猶自傷心與白頭④。今日別君心更苦，別君緣是在通州^{(三)⑤}。

萬里尚能來遠道，一程那忍便分頭⑥？鳥籠猿檻君應會，十步向前非我州⑦。

來時見我江南岸，今日送君江上頭⑧。別後料添新夢寐，虎驚蛇伏是通州^{(四)⑨}。

聞君欲去潛銷骨，一夜暗添新白頭⑩。明朝別後應腸斷，獨棹破船歸到州⑪。

録自《元氏長慶集》卷二〇

［校記］

（一）別李十一五絕：楊本、叢刊本、《萬首唐人絕句》、《全詩》同，盧校宋本題爲"別李十一五絕"，但缺第二首，實際上祇有"四絕"。

（二）爲我遠來休悵望：蘭雪堂本、叢刊本、《萬首唐人絕句》、《全詩》同，楊本誤作"爲我遠來休恨望"，不從不改。

（三）別君緣是在通州：蘭雪堂本、叢刊本、《萬首唐人絕句》、《全詩》同，楊本誤作"別君總是在通州"，不從不改。

（四）虎驚蛇伏是通州：原本、楊本、叢刊本、《全詩》"伏"下注：

“一作亂”，語義不同，不從，據《萬首唐人絕句》改。

［箋注］

①　李十一：即元和十三年四月十三日之前來通州看望元稹的李景信，排行十一。本詩也進一步證明岑仲勉《唐人行第録》中對《贈李十一》、《與李十一夜飲》糾謬的錯誤。幸請讀者注意，詳情請參閱拙作《元微之詩中“李十一”非“李六”之舛誤辨》以及拙稿《元稹考論·元稹詩中“李十一”非“李六”之舛誤辨》。

②　巴南：亦即包括通州在内的巴子國的南部地區。岑參《晚發五渡》：“客厭巴南地，鄉鄰劍北天。江村片雨外，野寺夕陽邊。”楊凌《送客之蜀》：“西蜀三千里，巴南水一方。曉雲天際斷，夜月峽中長。”分：緣分，福分。劉禹錫《寄樂天》：“倖免如斯分非淺，祝君長詠夢熊詩。”蘇軾《次韵周邠寄雁蕩山圖二首》一：“此生的有尋山分，已覺温台落手中。”　親情：親戚，亦指親戚情誼。酈道元《水經注·漸江水》：“質去家已數十年，親情凋落，無復向時比矣！”拾得《詩》三：“聚集會親情，總來看盤飣。”　不料：没想到，没有預先料到。耿湋《屏居盩厔》：“百年心不料，一卷日相知。乘興偏難改，憂家是强爲。”李涉《中秋夜君山臺望月》：“大堤花裹錦江前，詩酒同遊四十年。不料中秋最明夜，洞庭湖上見當天。”　並頭：頭挨著頭。秦韜玉《燕子》：“不知大廈許栖無？頻已銜泥到座隅。曾與佳人並頭語，幾回抛却繡工夫。”成彦雄《新燕》：“纔離海島宿江濱，應夢笙歌作近鄰。減省雕梁並頭語，畫堂中有未歸人。”

③　遠來：來自遠方。蘇頲《小園納涼即事》：“煩暑避蒸鬱，居閑習高明。長風自遠來，層閣有餘清。”韋應物《淮上遇洛陽李主簿》：“寒山獨過雁，暮雨遠來舟。日夕逢歸客，那能忘舊遊！”　悵望：惆悵地看望或想望。元凛《中秋夜不見月》：“吟詩得句翻停筆，酖處臨尊却掩扉。公子倚欄猶悵望，懶將紅燭草堂歸。”熊皦《祖龍詞》：“平吞

六國更何求？童女童男問十洲。滄海不回應悵望，始知徐福解風流。" 折：折斷。《古詩十九首·庭中有奇樹》："攀條折其榮，將以遺所思。"韓愈《利劍》："使我心腐劍鋒折，決雲中斷開青天。" 災難：災禍造成的苦難，災禍。《晉書·劉喬傳》："災難延於宗子，權柄隆於朝廷。"沈約《法王寺碑》："往劫將謝，災難孔多。"

④ 京城：國都。張説《幽州新歲作》："邊鎮戍歌連夜動，京城燎火徹明開。遙遙西向長安日，願上南山壽一杯。"王建《歸昭應留別城中》："喜得近京城，官卑意亦榮。並床歡未定，離室思還生。" 閑人：與自己並不相干的人。韓愈《遊城南十六首·賽神》："白布長衫紫領巾，差科未動是閑人。麥苗含穟桑生葚，共向田頭樂社神。"孟郊《大梁送柳淳先入關》："青山輾爲塵，白日無閑人。自古推高車，爭利西入秦。" 傷心：心靈受傷，形容極其悲痛。司馬遷《報任少卿書》："故禍莫憯於欲利，悲莫痛於傷心。"陸游《沈園二絶》一："傷心橋下春波緑，曾是驚鴻照影來。" 白頭：謂使頭髮變白。王熊《奉別張岳州説二首》一："歲月空嗟老，江山不惜春。忽聞黄鶴曲，更作白頭新。"王維《獻始興公》："鄙哉匹夫節，布褐將白頭。任智誠則短，守仁固其優。"

⑤ "今日別君心更苦"兩句：意謂今日之分别，比之往日在京城的分别，心情更加痛苦，情緒更加低落，因爲分别的地方，是與繁華京城絶然不同、荒僻無比的通州。 緣：因爲。班固《白虎通·喪服》："天子崩，赴告諸侯者何？緣臣子喪君，哀痛憤懣，無能不告語人者也。"杜甫《客至》："花徑不曾緣客掃，蓬門今始爲君開。"

⑥ 尚能：還能够。白居易《東城尋春》："今猶未甚衰，每事力可任。花時仍愛出，酒後尚能吟。"陸龜蒙《次幽獨君韻二首》一："靈氣獨不死，尚能成綺文。如何孤窆裏，猶自讀三墳？" 遠道：猶遠路。《墨子·辭過》："古之民未知爲舟車時，重任不够，遠道不至。"劉向《説苑·尊賢》："是故游江海者托於船，致遠道者托於乘。" 一程：約

計的道路里程，猶言一段路。白居易《壽安歇馬重吟》："春衫細薄馬
蹄輕，一日遲遲進一程。野棠花含新蜜氣，山禽語帶破匏聲。"姚合
《題永城驛》："連浦一程兼汴宋，夾堤千柳雜唐隋。從來此恨皆前達，
敢負吾君作楚詞！"　分頭：分別，離別。温庭筠《過分水嶺》："溪水無
情似有情，入山三日得同行。嶺頭便是分頭處，惜別潺湲一夜聲。"吳
融《湖州晚望》："鼓角迎秋晚韻長，斷虹疏雨間微陽。兩條溪水分頭
碧，四面人家入骨凉。"

⑦ 鳥籠猿檻：這裏以此比喻元稹不得自由行動，猶如籠中之鳥，
檻裏之猴子。《編年箋注》注："喻通州境界狹小。"大誤。　鳥籠：養
鳥的籠子。《説文‧竹部》："笯，鳥籠也。"許渾《酬杜補闕初春雨中舟
次橫江喜裴郎中相迎見寄》："郢歌莫問青山吏，魚在深池鳥在籠。"李
洪《紀行雜詩》四："支流二水繞山城，瀟灑桐廬舊得名。好在烏籠山
靄裏，眼生詩句易詩成。"　檻：關動物的大籠子、柵欄。《莊子‧天
地》："而虎豹在於囊檻，亦可以爲得矣。"《淮南子‧主術訓》："故夫養
虎豹犀象者，爲之圈檻，供其嗜欲。"　十步向前非我州：意謂不是我
情薄意寡，我不能再向前送行，因爲十步之外，就已經不是通州的地
盤了。元稹時爲謫吏，没有隨便離開職任地的自由，這是唐代謫吏必
須遵守的規矩。請讀者注意，這裏的"十步"，僅僅祇是比喻，意猶目
力所及，很短的距離，前面已經是渠州了。因爲李景信這次離開，是
乘船，與下面"獨棹破船歸到州"之句呼應。李景信自東關水向西而
巴水，然後由涪江南行，從渝州(今重慶市)進入長江，回到忠州。

⑧ "來時見我江南岸"兩句：這是指元和十年三月三十日元稹貶
謫通州司馬，李景信與白居易等人一起在澧西送別元稹，白居易有
《城西別元九》："城西三月三十日，別友辭春兩恨多。帝里却歸猶寂
寞，通州獨去又如何？"元稹《澧西別樂天博載樊宗憲李景信兩秀才侄
谷三月三十日相餞送》："今朝相送自同遊，酒語詩情替別愁。忽到澧
西總回去，一身騎馬向通州。"這裏是舊事重提，意在與今日之江上送

別李景信相比。

⑨ 添：估量，忖度。宋玉《對楚王問》：“夫蕃籬之鷃，豈能與之料天地之高哉？”《文選·左思〈吳都賦〉》：“夫上圖景宿，辨于天文者也；下料物土，析於地理者也。”劉逵注：“料，度也。” 夢寐：謂睡夢。儲光羲《重寄虬上人》：“鵲浴西江雨，雞鳴東海潮。此情勞夢寐，況道雙林遙。”劉長卿《逢郴州使因寄鄭協律》：“相思楚天外，夢寐楚猿吟。更落淮南葉，難爲江上心。” 虎驚蛇伏是通州：意謂通州時時有老虎出沒，驚嚇百姓；通州的每一個地方，都有各種各樣的蛇類伏在那裏，隨時隨地可以咬傷、致死州民。自然環境是如此，社會環境未嘗不是如此。

⑩ 銷骨：猶銷魂，形容極其哀傷。孟郊《答韓愈李觀別因獻張徐州》：“富別愁在顏，貧別愁銷骨。懶磨舊銅鏡，畏見新白髮。”辛棄疾《賀新郎·陳同父自東陽來過余》：“路斷車輪生四角，此地行人銷骨。” 暗添：不知不覺中悄悄增加。元稹《新政縣》：“須鬢暗添巴路雪，衣裳無復帝鄉塵。曾沾幾許名兼利，勞動生涯涉苦辛。”許棠《遣懷》：“飛塵長滿眼，衰髮暗添頭。章句非經濟，終難動五侯。”

⑪ 明朝別後應腸斷：此句意謂我們今日分別，明天會相互牽挂，愁腸寸斷。不是説明天分別，因爲上面已經有“今日別君心更苦”、“今日送君江上頭”的描述。 棹：謂划船。《後漢書·張衡傳》：“號馮夷俾清津兮，棹龍舟以濟予。”陶潛《歸去來兮辭》：“或命巾車，或棹孤舟。”

[編年]

《年譜》、《編年箋注》、《年譜新編》均編年本組詩於元和十三年，但均編排在《通州丁溪館夜別李景信三首》之前，均誤。《編年箋注》將《與李十一夜飲》、《贈李十一》編排在《喜李十一景信到》之前，誤。《年譜新編》將本組詩編排在《贈李十一》之前，亦誤。本組詩有“十步向前非我州”云云，就是本組詩作於最後送別李景信的最好證據，具體時間應該是元和十四年四月十三日早晨。

　　我們以爲本組詩與其他有關李景信來訪的詩篇應該都是作於元和十三年四月十日至四月十三日凌晨間，元稹的《酬樂天東南行詩一百韵(并序)》就是最有力的證據。它們的編排次序應該是：《喜李十一景信到》、《與李十一夜飲》、《贈李十一》，然後是元稹一次性酬和白居易元和十年寄贈元稹的八篇詩歌以及元和十二年十二月二日重行寄贈元稹的二十四首詩篇，連同酬和白行簡的《酬知退》，然後才是《通州丁溪館夜別李景信三首》、《夜別筵》、《別李十一五絶》，一共四十五首，幸請讀者注意辨別。元稹當時是以州司馬的身份“權知州務”，地點均在通州。

◎ 寄樂天^{(一)①}

　　無身尚擬魂相就，身在那無夢往還^②？直到他生亦相覓，不能空記樹中環^{(二)③}。

録自《元氏長慶集》卷二〇

［校記］

　　（一）寄樂天：楊本、叢刊本、《全詩》同，《萬首唐人絶句》作“寄白樂天”，語義相類，不改。

　　（二）不能空記樹中環：楊本、叢刊本、《全詩》同，《萬首唐人絶句》、《全詩》注作“不能空寄樹中環”，語義不同，不改。

［箋注］

　　① 寄樂天：本詩是元稹白居易通江唱和中比較少見的元稹主動

寄赠白居易的詩作。時元稹一家已經回到通州,元稹與白居易中斷的聯繫也已經恢復,元稹也已經一次性酬和白居易的寄贈詩三十二首。本詩是元稹對此前回酬白居易《酬樂天頻夢微之》的補充,元稹詩云:"山水萬重書斷絶,念君憐我夢相聞。我今因病魂顛倒,唯夢閑人不夢君。"這首詩是次韵酬和白居易《夢微之(十二年八月二十日夜)》詩篇的,白居易詩云:"晨起臨風一惆悵,通川溢水斷相聞。不知憶我因何事,昨夜三回夢見君?"白居易與元稹自元和十年三月三十日分手至此已三年隔斷,無由見面。十二年八月二十日的晚上,思念元稹過切的白居易就不由自主地做起夢來,而且一個跟著一個,一連做了三個。第二天早晨起來,白居易把自己對元稹的思念寫進了這首詩歌之中。詩題注已清楚表明,三回夢見元稹是在元和十二年八月二十日的晚上,寫詩是在八月二十一日早晨。白居易在詩中不説自己對元稹的思念,反而調侃自己的老朋友元稹説:"不知憶我因何事,昨夜三回夢見君?"元稹元和十三年四月十三日前不久收到白居易一併寄來的二十四首詩歌,當著李景信的面一口氣酬和三十二首,其中之一即就是《酬樂天頻夢微之》,詩中也調侃老朋友白居易説:"我今因夢魂顛倒,唯夢閑人不夢君。"詩歌賦成謄抄之後,元稹覺得自己的調侃有點過分,因此再次舊事重提,賦成《寄樂天》,補足自己對白居易的無窮思念。我們以爲,本詩即作於元和十三年元稹"三十二首酬詩"賦成之後不久。

② 無身:道家語,謂没有自我的存在。《老子》:"吾所以有大患者,爲吾有身;及吾無身,吾有何患?"河上公注:"使吾無有身體,得道,自然輕舉升雲,出入無間,與道通神,當有何患?"薛瑩《寄舊山隱侶》:"舊山諸隱淪,身在苦無身。"也謂身死。《三國志·諸葛亮傳》:"當此之時,亮之素志,進欲龍驤虎視,苞括四海,退欲跨陵邊疆,震盪宇内,又自以爲無身之日,則未有能蹈涉中原,抗衡上國者,是以用兵不戢,屢耀其武。" 相就:主動靠近,主動親近。元稹《蟲豸詩七篇·

蟆子三首》一："將身遠相就,不敢恨非辜。"秦觀《雷陽書事》："蟲氓托絲布,相就通殷勤。"　那無:哪能沒有。杜甫《季秋蘇五弟纓江樓夜宴崔十三評事韋少府侄三首》三："對月那無酒? 登樓況有江。聽歌驚白鬢,笑舞拓秋窗。"韓愈《渚亭》："自有人知處,那無步往蹤。莫教安四壁,面面看芙蓉。"　往還:往返、來回。《列子·黃帝》："入火往還,埃不漫,身不焦。"郭璞《江賦》："介鯨乘濤以出入,鰼鰽順時而往還。"

　　③ 直到:一直到(多指時間)。包佶《戲題諸判官廳壁》："六十老翁無所取,二三君子不相遺。願留今日交歡意,直到隳官謝病時。"王建《霓裳詞十首》五："伴教霓裳有貴妃,從初直到曲成時。日長耳裏聞聲熟,拍數分毫錯總知。"　他生:來生,下一世。李商隱《馬嵬二首》一："海外徒聞更九州,他生未卜此生休。"王安石《文師神松》："磊砢拂天吾所愛,他生來此聽樓鐘。"　相覓:尋找。元稹《早春尋李校書》："帶霧山鶯啼尚小,穿沙蘆笋葉纔分。今朝何事偏相覓? 撩亂芳情最是君。"李建勳《清明日》："他皆攜酒尋芳去,我獨關門好靜眠。唯有楊花似相覓,因風時復到床前。"　樹中環:事見吳均《續齊諧記》,即黃雀銜環的故事,相傳東漢楊寶九歲時,至華陰山北,見一黃雀為鴟梟所搏,墜於樹下,寶取雀以歸,置巾箱中,食以黃花,百餘日毛羽成,乃飛去。其夜有黃衣童子自稱西王母使者,以白環四枚與寶曰："令君子孫潔白,位登三事,當如此環矣!"其中的"三事"即指三公。《詩·小雅·雨無正》："三事大夫,莫肯夙夜。"孔穎達疏:"三事大夫為三公耳!"《漢書·韋賢傳》："天子我監,登我三事。"顏師古注:"三事,三公之位,謂丞相也。"後用為報恩之典。王縉《青雀歌》："莫言不解銜環報,但問君恩今若為?"歐陽修《歸田錄序》："曾不聞吐珠銜環,效蛇雀之報。"

［編年］

　　《年譜》編年本詩於"乙未至戊戌在通州所作其他詩",沒有說明理由。《編年箋注》編年本詩:"此詩作於通州時期,時當元和十三年(八一八)。"未見《年譜新編》對本詩的編年,大概是疏忽導致的遺漏吧!

在通州期間,元稹與白居易的詩歌酬唱並非綿延不絕,你來我往,而是時斷時續的,尤其元稹主動寄贈白居易的詩歌更少。我們已經在本年《酬樂天頻夢微之》的編年指出,元稹主動寄贈白居易的詩篇,必須滿足兩個條件,這裏不再重複,兩相耽誤。以爲元稹一直在通州的白居易,把自己一篇又一篇寄贈元稹的詩篇寄往通州,而元稹根本没有收到看到。直到元和十二年五月之後元稹回到通州,接到白居易的《與微之書》,元稹回書白居易之後,白居易才知道元稹根本没有收到自己多次寄贈的詩歌,於是在元和十二年十二月二日重行寄贈二十四首,時經數月,直到元和十三年四月中旬,才輾轉到了元稹手中,於是元稹在元和十三年"四月十三日"前"不三兩日",亦即四月十一日至四月十二日一次性酬和白居易寄贈的二十四首詩篇,外加元和十年没有來得及酬和的八首,共計三十二首。直到這時元稹與白居易之間的聯繫才算恢復才算正常。本詩是元稹對自己《酬樂天頻夢微之》"我今因病魂顛倒,唯夢閑人不夢君"的續篇,應該作於元和十三年四月中旬一次性酬和白居易三十二篇詩歌之後寄贈白居易的又一篇詩歌,具體時間在四月中下旬,元稹當時是以州司馬的身份"權知州務",地點在通州。

■ 酬楊巨源見寄(一)①

據楊巨源《奉寄通州元九侍御》

[校記]

(一)酬楊巨源見寄:元稹本佚失詩所據楊巨源《奉寄通州元九

侍御》，見《英華》、《唐詩品彙》、《石倉歷代詩選》、《全詩》，未見異文。

［箋注］

　　① 酬楊巨源見寄：楊巨源《奉寄通州元九侍御》：“大明宮殿鬱蒼蒼，紫禁龍樓直署香。九陌華軒爭道路，一枝寒玉任烟霜。須聽瑞雪傳心語，莫被啼猿續淚行！共説聖朝容直氣，期君新歲奉恩光。”現存元稹詩篇未見回酬，據補。　　楊巨源：中唐著名詩人，有“三刀夢益州，一箭取遼（聊）城”之句爲人稱道，張籍則有“卷裏詩過一千首”、“詩名往日動長安”之讚譽。元稹的忘年詩友，交往甚久。元稹《鶯鶯傳》：“所善楊巨源好屬詞，因爲賦《崔娘詩》一絶云：‘清潤潘郎玉不如，中庭蕙草雪消初。風流才子多春思，腸斷蕭娘一紙書。’”元稹《叙詩寄樂天書》：“不數年，與詩人楊巨源友善，日課爲詩。性復僻嬾，人事常有閑暇，間則有作。”

［編年］

　　《元稹集》没有採録，《年譜》、《編年箋注》、《年譜新編》既没有採録，更没有編年。

　　元稹元和十年至元和十四年初在通州司馬任，“侍御”是對監察御史的稱呼，楊巨源這裏是以元稹過去高職稱呼，有敬重之意。楊巨源元和九年入朝爲秘書郎，歷太常博士、虞部員外郎等職，長慶元年拜職國子司業，一直在京城任職，與“大明宮殿鬱蒼蒼，紫禁龍樓直署香”的描寫相符。《舊唐書·憲宗紀》：“（元和十三年）三月庚寅，以前劍南西川節度使李夷簡爲御史大夫……庚子，以御史大夫李夷簡爲門下侍郎、同平章事。”據干支推算，“庚子”是三月十七日。楊巨源知道元稹與李夷簡的互爲信任的關係，知道元稹離開貶地回京的日子就在眼前，故賦詩提前祝賀，期待自己的朋友在新的一年裏能够得到聖朝的眷顧。此後，白居易也有《聞李尚書拜相因以長句寄賀微之》：
"憐君不久在通川，知己新提造化權。夔皋定求才濟世，張雷應辨氣
沖天。那知淪落天涯日，正是陶鈞海內年。肯向泥中拋折劍，不收重
鑄作龍泉。"對知己李夷簡的遷昇宰相，對朋友楊巨源、白居易的真心
祝福，元稹欣喜不已，有《酬樂天聞李尚書拜相以詩見賀》酬和白居
易，但今天却不見元稹酬和楊巨源的詩篇，似乎有點不近情理，比較
合理的解釋就是成了佚失之詩。楊巨源的詩篇應該賦成於元和十三
年三月十七日或稍後一日，顧及長安與通州之間的距離，元稹收到楊
巨源的祝福應該在十天左右，故元稹酬和楊巨源的詩篇應該在元和
十三年的四月間，元稹當時是以州司馬的身份"權知州務"，地點在
通州。

◎ 報三陽神文①

維元和十三年九月十五日〔一〕，文林郎、守通州司馬、權
知州務元稹，謹遣攝録事參軍元叔則〔二〕②，以清酒庶羞之奠，
以報于三陽神之靈〔三〕③：越九月始踐朔，霖雨既旬，式從榮
典，俾吏拜稽首，祈三辰克霽於神〔四〕④。神初饗若不逾祈〔五〕，
幽妖靈虫不克亂〔六〕，負輸獲熟者賴神之仁⑤。仁必報，式備
報典不敢諼。伏惟尚饗⑥。

録自《元氏長慶集》卷五九

［校記］

（一）維元和十三年九月十五日：原本作"維年月日"，據宋蜀本、
盧校、《全文》改。楊本、叢刊本作"維元和十二年九月十五日"，與《告
畲三陽神文》前後不一，不從不改。

（二）謹遣攝録事參軍元叔則：楊本、叢刊本、《全文》同，宋蜀本作“謹遣攝録事參軍元淑則”，僅備一説，不改。

（三）以報于三陽神之靈：楊本、叢刊本、《全文》同，宋蜀本、盧校作“昭報于三陽神之靈”，僅備一説，不改。

（四）祈三辰克霽於神：楊本同，叢刊本、宋蜀本、《全文》作“祈三辰克霽於神明”，各備一説，不改。

（五）神初饗若不逾祈：楊本、叢刊本、《全文》同，宋蜀本作“神效饗若不逾祈”，各備一説，不改。

（六）幽妖靈虯不克亂：原本作“幽妖靈虯不克庶”，楊本作“幽妖靈虯不克”，叢刊本作“幽妖靈虯不克□”，據宋蜀本、《全文》改。

［箋注］

①　報：祭祀。《詩·周頌·良耜序》：“良耜，秋報社稷也。”孔穎達疏：“秋物既成，王者乃祭社稷之神，以報生長之功。”韓愈《烏氏廟碑銘》：“作廟天都，以致其孝。右祖左孫，爰饗其報。”元稹時任雖然祇是通州司馬的閑職，當時通州刺史李進賢離任，由於山南西道節度使權德輿的提携，元稹已經是以州司馬的身份“權知州務”的角色，亦即是通州臨時的最高主官，對通州的州務負有全面管理的責任，故按照當時的慣例，在“秋物既成”的時候，“祭社稷之神，以報生長之功”的責任，就自然而然落在元稹的頭上。　　三陽：古人稱農曆十一月冬至一陽生，十二月二陽生，正月三陽開泰，合稱“三陽”。三陽神是春天的神，是農業豐收的神，故在秋收有望之際，預先祭祀，既是感恩，也是期待。《詩·周頌·良耜》：“嚴緝：此詩爲報社稷，必陳農功之本末。故當秋時而追述春耕，又預言冬獲也。記曰：有祈焉！有報焉！有《載芟》之祈，而後有《良耜》之報，故二詩相次。”張説《先天應令》：“三陽麗景早芳辰，四序嘉園物候新。梅花百般障行路，垂柳千條暗迴津。”崔琮《長至日上公獻壽》：“應律三陽首，朝天萬國同。斗邊看

子月,臺上候祥風。"

②　元和十三年九月十五日：楊本作"元和十二年九月十五日",而元稹作於元和十三年十一月十日的《告畬三陽神文》文云："我貳茲邑,星歲三卒……自喪守侯,月環其七。"元稹元和十年來到通州,從"星歲三卒"來看,當以"十三年"爲是。從"元和十三年十一月十日"上推"月環其七",當是元和十三年四月前後,時任通州刺史李進賢離任,元稹奉山南西道節度使權德輿之命,代理其職,亦即以州司馬的身份"權知州務"。　　文林郎：文散官名,隋置,取北齊徵文學之士充文林館之義,歷代因之。李邕《謝恩慰諭表》："職臣之功,自文林郎拜朝散大夫,除户部員外郎。"柳宗元《祭李中丞文》："故吏儒林郎守侍御史王播……文林郎守監察御史劉禹錫、承務郎監察御史裏行柳宗元、承務郎監察御史裏行李程等,謹以清酌之奠,敬祭於故中丞贈刑部侍郎李公之靈。"　　守：猶攝,暫時署理職務,多指官階低而署理較高的官職。高承《事物紀原·守官》："漢有守令守郡尉,以秩未當得而越授之,故曰守,猶今權也。則官之有守,自漢始也……《通典》曰：試,未正命也,階高官卑稱行,階卑官高稱守。"《後漢書·王允傳》："初平元年,代楊彪爲司徒,守尚書令如故。"韓愈《送湖南李正字序》："今愈以都官郎守東都省。"　　權知：謂代掌某官職。《新唐書·黨項傳》："〔拓拔思恭〕俄進四面都統,權知京兆尹。"王君玉《國老談苑》卷一："太祖嘗語趙普曰：'唐室禍源在諸侯難制,何術以革之?'普曰：'列郡以京官權知,三年一替,則無虞。'因從之。"　　攝：唐以後謂詔除而非正命爲攝。《文獻通考·職官》："〔唐神龍初〕遂有員外、檢校、試、攝、判、知之官。"注："攝者,言敕攝,非州府版署之命……皆是詔除而非正命。"《左傳·昭公四年》："士景伯如楚,叔魚攝理。"杜預注："攝,代景伯。"元稹《處分幽州德音》："管内州縣官吏蕭存古等二百餘人,悉是劉總選任材能,久令假攝,並與正授,用獎勤勞。"　　録事參軍：官職名,都督府及州郡均有此設置,品級依據州郡大小各有不同,

通州時爲下州,據《舊唐書・職官志》記載,應該是"從第八品上階"。韋應物《信州録事參軍常曾古鼎歌》:"三年糾一郡,獨飲寒泉井。江南鑄器多,鑄銀罷官無?"李嘉佑《送從弟永任饒州録事參軍》:"一官萬里向千溪,水宿山行魚浦西。日晚長烟高岸近,天寒積雪遠峰低。"元叔則:即時爲通州的録事參軍,州郡屬吏,其餘不詳。

③ 清酒:古代祭祀用的清潔之酒。《詩・小雅・信南山》:"祭以清酒,從以騂牡。"朱熹集傳:"清酒,清潔之酒。"《周禮・天官・酒正》:"辨三酒之物,一曰事酒,二曰昔酒,三曰清酒。"鄭玄注:"鄭司農云:'清酒,祭祀之酒。'……今中山冬釀,接夏而成。"　庶羞:多種美味。《儀禮・公食大夫禮》:"上大夫庶羞二十,加於下大夫以雉兔鶉鴽。"胡培翬正義引郝敬云:"肴美曰羞,品多曰庶。"杜甫《後出塞》:"斑白居上列,酒酣進庶羞。"

④ 朔:月相名,舊曆每月初一,月球運行到地球和太陽之間,和太陽同時出没,地球上看不到月光的月相。《説文・月部》:"朔,月一日始蘇也。"《後漢書・律曆志》:"日月相推,日舒月速,當其同所,謂之合朔。"這裏指元和十三年九月一日。　霖雨:連綿大雨。《晏子春秋・諫》:"景公之時,霖雨十有七日。"《舊五代史・唐武皇紀》:"時霖雨積旬,汴軍屯聚既衆,芻糧不給,復多痢瘧,師人多死。"　既旬:終旬。元稹《旱灾自咎貽七縣宰》:"六月天不雨,秋孟亦既旬。"吳融《贈李長史歌序》:"余客武康縣既旬日,將去,邑長相餞於溪亭。座中有李長史,袖出蘆管,自請聲以送客。"　榮典:光榮的恩典。宋祁《國子博士魏琰可尚書虞部員外郎制》:"往踐郎位,服我榮典,無廢舊勞。"史浩《代叔父辭兼權參知政事表》:"敢料宸衷,愈推榮典。雨露未收於膏澤,肺肝再進於忱辭。"　稽首:古時一種跪拜禮,叩頭至地,是九拜中最恭敬者。張説《九日進茱萸山詩五首》二:"黄花宜泛酒,青岳好登高。稽首明廷内,心爲天下勞。"李頎《題盧道士房》:"稽首問仙要,黄精堪餌花。"　三辰:指日、月、星。《左傳・桓公二年》:"三辰旂

旗，昭其明也。"杜預注："三辰，日、月、星也。"沈約《齊故安陸昭王碑》："昭昭若三辰之麗於天，滔滔猶四瀆之紀於地。" 克：能够。《書·舜典》："慎徽五典，五典克從。"孔傳："五教能從，無違命。"《詩·齊風·南山》："析薪如之何？匪斧不克。"毛傳："克，能也。" 霽：雨止天晴。儲光羲《獄中貽姚張薛李鄭柳諸公》："雁聲遠天末，凉氣生霽後。"泛指風霜雨雪停止，天氣晴好。《晏子春秋·諫》："景公之時，雨雪三日而不霽。"

⑤ 饗：通"享"，神鬼享用祭品。《詩·小雅·楚茨》："先祖是皇，神保是饗。"鄭玄箋："其鬼神又安而享其祭祀。"《國語·周語》："神饗而民聽。" 祈：向天或神求禱。《詩·小雅·甫田》："琴瑟擊鼓，以御田祖，以祈甘雨，以介我稷黍。"韓愈《潮州祭神文》："謹以清酌脩之奠，祈於大湖神之靈。" 幽妖：隱藏的妖魔。元稹《授崔倰尚書户部侍郎制》："惟朕憲考，亟征不廷。熏剔幽妖，擒滅罪疾。用力滋廣，理財是切。"元稹《遭風二十韻》："那知否極休徵至，漸覺宵分曙氣催。怪族潛收湖黯湛，幽妖盡走日崔嵬。" 靈虯：虯龍。曹植《矯志》："靈虯避難，不耻污泥。"葛洪《抱朴子·守塉》："儵鮒汜濫以暴鱗，靈虯勿用乎不測。" 負輸：裝載運輸。陸九淵《與宋漕》："鄙語所謂移東籬掩西障，或有以積負輸者，上之人不察，欣然以喜，不知其非公家之利，乃吏胥之便也。"黄榦《知果州李兵部墓誌銘》："七年秋，除提舉江南東路常平茶鹽。公事將行別，儲郡計錢四萬緡，爲樓櫓費弛負輸亦萬緡。"

⑥ 仁：行惠施利，以恩德濟助。《韓非子·詭使》："少欲寬惠行德謂之仁。"賈誼《新書·道德説》："安利物者，仁行也。仁行出於德，故曰：'仁者，德之出也。'" 諼：通"萱"，忘記。《詩·衛風·淇奥》："有匪君子，終不可諼兮！"毛傳："諼，忘也。"馬瑞辰通釋："《説文》：'蕙，令人忘憂之草也，或從暖作蕿，或從宣作萱。'……是知凡《詩》作諼、訓忘者，皆當爲蕙及蕿、萱之假借。若諼之本義，自爲詐耳！"韓愈《江漢答孟

郊》：“何爲復見贈？繾綣在不諼。” 伏惟：亦作“伏維”，下對上的敬詞，
多用於奏疏或信函、墓誌銘等，謂念及，想到。孫逖《宋州司馬先府君墓
誌銘》：“伏惟尊靈，安此真宅。小子痛極，豈復能文？泣血書事，言多失
緒。”韓愈《祭鄭夫人文》：“嗚呼哀哉！日月有時。歸合堂封，終天永辭。
絕而復蘇，伏惟尚饗！” 尚饗：亦作“尚享”，舊時用作祭文的結語，表示
希望神靈、死者來享用祭品的意思。《儀禮‧士虞禮》：“卒辭曰：哀子
某，來日某隮祔爾於爾皇祖某甫。尚饗！”鄭玄注：“尚，庶幾也。”李翱
《陵廟時日朔祭議》：“敬修時享，以申追慕。尚享！”

［編年］

　　《年譜》編年本文於元和十三年，理由是：“文首題：‘維元和十三
年九月十五日，文林郎、守通州司馬、權知州務元稹。’”《編年箋注》編
年：“此文作時據蜀本、虞本補出，爲元和十三年(八一八)九月十五
日。”“虞本”云云，顯然是《編年箋注》之筆誤。《年譜新編》編年本文
於元和十三年，有譜文“九月，祈、報畬三陽神”說明。

　　我們以爲，根據元稹本文“維元和十三年九月十五日”所示，本文應
該宣讀於、而非撰寫於元和十三年九月十五日。本文又云：“越九月始
踐朔，霖雨既旬”，從九月“始踐朔”亦即“九月初一”下推“既旬”，而非明
言“時近兩旬”，時間應該在十天以上、十五天以下。根據一般的慣例，
此文當撰作於祭祀的前夜，亦即元和十三年九月十四日，至多九月十三
日，元稹當時是以州司馬的身份“權知州務”，地點在通州。

◎ 告畬竹山神文①

　　稹聞天好平施，而特累山嶽，許其崇崇②。聖王亦視之
公侯⁽一⁾，不惜牲幣，蓋以其鎮定區宇，舒貯風雲，毓藥櫨棟

礩，洎百穀萬貨，以資養於人也（二）③。至於蒙翳薈蘿，惡木穴窟，虺蜥虎豺（三），迎礙吞噬，以遂其高傲堅頑之勢，非天意也④。按通之載，號神為名山川。且邇邑屋而挾道途（四），然而不咋不獲（五），不礩不柱，叢集貙蟒，蔽弊道路，將五十年矣！實人力之不足於山也，非神之過⑤。

今天子斬三叛之明年，通民畢賦，用其閑餘，夾津而南，開山三十里，為來年農種張本。自十月季旬，周甲癸而功半就⑥。郡司馬元稹率屬攸置酒肴（六），以告於神曰（七）：“通之邑居，纔二百室。一旦為神翦翳穢，戮豺狼，幅員六十里之地，亦足為用力於神，神其戒哉！”⑦

敬用嘉祝，祝曰：“為山輸力，為民豐食。廩以萬億，蟊賊以殛⑧。報用黍稷，謚用正直。播布不殖，淫屬不息⑨。風雨不式，豭麋不比（八）。俾民無得，將他山是齒⑩。棄神之域，為神之羞。永永無極，神其畏哉！尚饗。”⑪

錄自《元氏長慶集》卷五九

［校記］

（一）聖王亦視之公侯：宋蜀本、叢刊本、錢校、《全文》同，楊本作“聖王亦視子公侯”，各備一說，不改。

（二）以資養於人也：楊本、叢刊本、《全文》同，宋蜀本作“以滋養於人也”，各備一說，不改。

（三）虺蜥虎豺：《全文》、叢刊本同，盧校作“蛇蜥虎豹”，楊本、宋蜀本作“蛇蜥虎豺”，各備一說，不改。

（四）且邇邑屋而挾道途：原本作“且邇邑屋而扶道途”，楊本、叢刊本、《全文》同，據宋蜀本、盧校改。

（五）然而不砟不獲：楊本、叢刊本、《全文》同，宋蜀本、盧校作"然而不斫不獲"，語義相類，各備一説，不改。

（六）郡司馬元稹率屬置酒肴：楊本、叢刊本、《全文》同，宋蜀本、盧校作"郡司馬元稹率攸屬置酒肴"，各備一説，不改。

（七）以告於神曰：楊本、叢刊本、《全文》同，宋蜀本作"以告畬於神曰"，盧校作"以告於畬神曰"，各備一説，不改。

（八）猥麋不比：原本作"猥糜不比"，叢刊本同，據楊本、《全文》改。

［箋注］

① 告：禱告，祭告。《書·金縢》："爲壇於南方北面，周公立焉！植璧秉珪，乃告大王、王季、文王。"孔傳："告，謂祝辭。"韓愈《祭竹林神文》："京兆尹兼御史大夫韓愈，謹以酒脯之奠，再拜稽首告于竹林之神。"　畬：焚燒田地裏的草木，用草木灰做肥料的原始耕作方法。元結《謝上表》："臣見招輯流亡，率勸貧弱，保守城邑，畬種山林，冀望秋後少可全活。"泛指粗放耕種。元結《喻舊部曲》："勸汝學全生，隨我畬退谷。"　竹山：地名，在通州的通川縣。《四川通志·直隸達州》："大竹山在州東三十五里，與小竹山連峙。《方輿勝覽》：在州東南十餘里，元稹有《告畬竹山神文》。"《大清一統志·達州》："竹山在州東南十餘里。《方輿勝覽》：元稹有《告畬竹山神文》。"

② 平施：均平地施與。《易·謙》："地中有山，謙。君子以裒多益寡，稱物平施。"孔穎達疏："稱物平施者，稱此物之多少，均平而施。"元稹《芳樹》："雨露貴平施，吾其春草芽。"　嵩崇：高大。司馬光《類篇》卷二六："嵩崇：思融切，《説文》中嶽嵩，高山。"丁度《集韻》卷一："嵩崇：中嶽嵩，高山。"

③ 聖王：古指德才超群達於至境之帝王。《左傳·桓公六年》："夫民，神之主也；是以聖王先成民而後致力於神。"柳宗元《封建論》：

"彼封建者,更古聖王堯、舜、禹、湯、文、武而莫能去之;蓋非不欲去之也,勢不可也。" 公侯:公爵與侯爵。《禮記·王制》:"王者之制祿爵,公侯伯子男凡五等。"班固《白虎通·爵》:"所以名之爲公侯者何?公者通,公正無私之意也;侯者候也,候逆順也。" 牲幣:犧牲和幣帛,古代用以祀日月星辰、社稷、五岳等,後泛指一般祭祀供品。《周禮·春官·肆師》:"立大祀用玉帛牲牷,立次祀用牲幣,立小祀用牲。"鄭玄注:"鄭司農云:'大祀天地,次祀日月星辰,小祀司命已下。'玄謂大祀又有宗廟,次祀又有社稷、五祀、五岳,小祀又有司中、風師、雨師、山川、百物。"《孔叢子·論書》:"牲幣之物,五岳視三公而名山視子男。" 區宇:境域,天下。元稹《賀誅吳元濟表》:"威動區宇,道光祖宗。"陳亮《重建紫霄觀記》:"本朝混一區宇,是觀因以不廢。" 風雲:風和雲。《史記·老子韓非列傳》:"至於龍,吾不能知其乘風雲而上天。"王勃《上巳浮江宴序》:"林壑清其顧盼,風雲蕩其懷抱。" 毓:繁殖,養育。《周禮·地官·大司徒》:"以蕃鳥獸,以毓草木。"鄭玄注:"毓,古育字。"班固《東都賦》:"發蘋藻以潛魚,豐圃草以毓獸。" 欒櫨:屋中柱頂承梁之木,曲者爲欒,直者爲櫨。劉禹錫《武陵觀火詩》:"騰烟透窗户,飛焰生欒櫨。"白居易《遊悟真寺詩一百三十韵》:"前對多寶塔,風鐸鳴四端。欒櫨與户牖,恰恰金碧繁。" 棟:屋的正梁。《儀禮·鄉射禮》:"序則物當棟。"鄭玄注:"是制五架之屋也,正中曰棟,次曰楣,前曰庪。"韓愈《陪杜侍御遊湘西兩寺》:"大廈棟方隆,巨川楫行剡。" 礎:柱下石礅。《淮南子·説林訓》:"山雲蒸,柱礎潤。"高誘注:"礎,柱下石礩也。"謝莊《喜雨詩》:"燕起知風舞,礎潤識雲流。" 百穀:穀類的總稱,百,舉成數而言,謂衆多。《書·舜典》:"帝曰:棄,黎民阻饑,汝後稷,播時百穀。"《詩·豳風·七月》:"亟其乘屋,其始播百穀。" 萬貨:衆多貨物之稱。齊論《趙州刺史何公德政碑》:"公嘗曰:'未戰修備,兵之勢也;未用資置,物之理也。推此例而理之,萬貨之源可見矣!'"杜牧《上李太尉論江賊書》:"商旅通流,萬貨不乏,獲一利也。鄉閭安堵,狴犴空虚,獲二利也;擷茶之饒,盡入公室,獲三利也。" 資養:猶供養。蕭子良《净住子净行法門·緣境無礙門》:"若志在於資養,便覩縛纏更重。"蘇軾《答程全父推官書》一:"某與兒子粗無病,但黎蜑雜居,無復人理,資養所急,求輒無有。"

④ 蒙翳:遮蔽,覆蓋。陸龜蒙《書李賀小傳後》:"草木勢甚盛,率多大櫟,合數十抱,藂蓧蒙翳,如塢如洞。"蘇軾《凌虚臺記》:"昔者荒草野田,霜露之所蒙翳,狐虺之所竄伏。" 薈:草木繁盛貌。《詩·曹風·候人》:"薈兮蔚兮,南山朝隮。"朱熹集傳:"薈,蔚,草木盛多之貌。"郭璞《江賦》:"涯灌芊萰,潜薈葱蘢。" 惡木:賤劣的樹。《文選·陸機〈猛虎行〉》:"渴不飲盜泉水,熱不息惡木陰。"李善注:"《管子》曰:夫士懷耿介之心,不蔭惡木之枝。惡木尚能耻之,况與惡人同處!"龔頤正《芥隱筆記·不子也》:"夫惡木垂蔭,志士不息;盜泉飛溢,廉夫不飲。匹夫匹婦,况天子乎?" 穴窟:猶窟穴,動物栖身的洞穴。王充《論衡·辨祟》:"鳥有巢栖,獸有窟穴,蟲魚介鱗各有區處,猶人之有室宅樓臺也。"杜甫《又觀打魚》:"日暮蛟龍改窟穴,山根鱣鮪隨雲雷。" 虺蜥:蜥蜴。桓寬《鹽鐵論·周秦》:"《詩》云:謂天蓋高,不敢不局。謂地蓋厚,不敢不蹐。哀今之人,胡爲虺蜥?"葛洪《抱朴子·博喻》:"當其行龍姿於虺蜥之中,卷鳳翅乎斥鷃之群。" 迎礙:猶言阻擋妨礙。暫無其他合適的書證。義近"妨礙",即阻礙,使事情不能順利進行。蕭子良《净住子净行法門·修理六根門》:"初不樂聞,反生妨礙。"范成大《秋日田園雜興》二:"静看檐蛛結網低,無端妨礙小蟲飛。蜻蜓倒挂蜂兒窘,催唤山童爲解圍。" 吞噬:吞吃,吞咽。郭璞《長蛇贊》:"長蛇百尋,厥鬣如彘。飛群走類,靡不吞噬。"李肇《唐國史補》卷中:"初,劉闢有心疾,人自外至,輒如吞噬之狀。" 高傲:謂驕傲,看不起人。《韓非子·八説》:"離世遁上,謂之高傲。"林嵩《周樸詩集序》:"迂僻而貧,聾瞽不重。高傲縱逸,林觀宇宙。"

堅頑：猶堅硬。白居易《微之重誇州居其落句有西州羅刹之譴因嘲兹石聊以寄懷》：“神鬼曾鞭猶不動，波濤雖打欲何如？誰知太守心相似，抵滯堅頑兩有餘。”彭乘《墨客揮犀》卷八：“古之石刻存於今者，惟石鼓也……外以木櫺護之，其石質堅頑，類今人馬碴磋者。”　天意：上天的意旨。《墨子·天志》：“順天意者，兼相愛，交相利，必得賞；反天意者，別相惡，交相賊，必得罰。”《漢書·禮樂志》：“王者承天意以從事，故務德教而省刑罰。”

　　⑤“按通之載”兩句：意謂根據通州典籍的記載，祇有名山大川才被人們看作山神河神。崔湜《奉和登驪山高頂寓目應制》：“名山何壯哉！玄覽一徘徊。御路穿林轉，旌門倚石開。”沈佺期《早發平昌島》：“陽烏出海樹，雲雁下江烟。積氣沖長島，浮光溢大川。”　邑屋：邑里的房舍，村舍。《戰國策·齊策》：“願得賜歸，安行而返臣之邑屋。”《漢書·郭解傳》：“居邑屋不見敬，是吾德不修也，彼何辜！”顏師古注：“邑屋，猶今人言村舍、巷舍也。”　道途：道路，路途。《禮記·儒行》：“道塗不爭險易之利，冬夏不爭陰陽之和。”裴鉶《傳奇·許栖岩》：“有蕃人牽一馬，瘦削而價不高，因市之而歸。以其將遠涉道途，日加努秣，而肌膚益削。”　“然而不斫不獲”兩句：意謂沒有開墾，就不會有真正的收穫，沒有柱石就不會有真正的木柱。　斫：斬，砍，割。《尸子》卷下：“武王親射惡來之口，親斫殷紂之頸。”《太平廣記》卷二八八引張鷟《朝野僉載》：“虢王斫七姨頭送朝堂。”　叢集：聚集，彙集。嵇康《琴賦》：“珍怪琅玕，瑤瑾翕赩。叢集累積，奐衍於其側。”元稹《唐故朝議郎侍御史內供奉鹽鐵轉運河陰留後河南元君墓誌銘》：“先府君叢集群言，裁成《百葉書抄》。”　貙：獸名，也稱貙虎。《爾雅·釋獸》：“貙，似狸。”郭璞注：“今貙虎也，大如狗，文如狸。”柳宗元《羆說》：“鹿畏貙，貙畏虎，虎畏羆。”　蟒：巨蛇。《爾雅·釋魚》：“蟒，王蛇。”郭璞注：“蟒，蛇最大者，故曰王蛇。”張華《博物志》卷一○：“蟒開口廣丈餘，前後失人，皆此蟒氣所噏上。”　蔽：屏障，障礙。

《左傳‧昭公十八年》：“葉在楚國，方城外之蔽也。”杜預注：“爲方城外之蔽障。”韓愈《江南西道觀察使王公神道碑》：“袪蔽於目，釋負於躬。”　弊：通“蔽”，蒙蔽。《韓非子‧姦劫弒臣》：“爲姦利以弊人主。”王先慎集解：“弊，讀爲‘蔽’。”　將五十年矣：從元和十三年前推“五十年”，應該是天寶之後的大曆(766—779)間。《舊唐書‧地理志》：“通州……貞觀五年廢都督府，爲下州，長安二年升爲中州，開元二十三年升爲上州，天寶元年改爲通川郡，乾元元年復爲通州。舊領縣七，户七千八百九十八，口三萬八千一百二十三，天寶户四萬七百四十三，口十一萬八百四。”而本文下面有“通之邑居，纔二百室”之語，“二百室”與七縣計有“七千八百九十八”、“四萬七百四十三”相較，屬實是大爲衰落，遠遠不如從前了。　人力：人的勞力，人的力量。《穀梁傳‧定公元年》：“毛澤未盡，人力未竭，未可以雩。”柳宗元《辯侵伐論》：“備三有餘，而以用其人。一曰義有餘，二曰人力有餘，三曰貨食有餘。”

　　⑥ 今天子斬三叛：指當今皇上唐憲宗元和元年平定劉闢叛亂、元和二年平定李錡叛亂、元和十二年平定吳元濟叛亂之事。《舊唐書‧憲宗紀》：“(元和元年)三月乙丑朔……九月辛卯朔……辛亥，高崇文奏收成都，擒劉闢以獻……(十月)戊子，斬劉闢並子超郎等九人於獨柳樹下……(元和二年十月)庚申，李錡據潤州反，殺判官王澹、大將趙琦。時錡詐請入朝，署澹爲留後，因諷兵士亂殺澹，琦遂令蘇、常、杭、湖、睦五州戍將殺刺史，修石頭故城，謀欲僭逆……癸酉，潤州大將張子良、李奉仙等執李錡以獻……十一月甲申，斬李錡於獨柳樹下，削錡屬籍……十年春正月癸酉朔……丙申，嚴綬帥師次蔡州界。己亥，制削奪吳元濟在身官爵……(元和十二年十月)己卯，隨唐節度使李愬率師入蔡州，執吳元濟以獻，淮西平……十一月丙戌朔，御興安門，受淮西之俘，以吳元濟徇兩市，斬於獨柳樹。”元稹《憲宗章武孝皇帝挽歌詞三首》二：“天寶遺餘事，元和盛聖功。二凶梟帳下，三叛

斬都中（楊惠琳、李師道傳首京師，劉闢劉、李錡、吳元濟腰斬都市）。”

畢：完成，完結。《孟子·滕文公》：“公事畢，然後敢治私事。”《漢書·王莽傳》：“願諸章下議者皆寢勿上，使臣莽得盡力畢制禮作樂事。”

賦：田地稅，泛指賦稅。《漢書·食貨志》：“順於民心，所補者三：一曰主用足，二曰民賦少，三曰勸農功。”韓愈《送陸歙州詩序》：“當今賦出於天下，江南居十九。” 閑餘：空閑的時間。裴度《傍水閑行》：“閑餘何處覺身輕？暫脫朝衣傍水行。鷗鳥亦知人意靜，故來相近不相驚。”邵雍《天宮幽居即事》：“人苦天津遠，來須特特來。閑餘知道泰，靜久覺神開。” 津：水。嵇康《雜體詩·言志》：“朝食琅玕實，夕飲玉池津。”酈道元《水經注·渭水》：“山雨滂湃，洪津泛灑，挂溜騰虛，直瀉山下。”本文的“津”是指流經通州境内的東關水。 農種：猶耕種。蔡襄《安州孝感縣井記》：“古有厮陂，渠教農種，殖貨財，或功利饒於人，而資於國者，前史書志皆特載而詳言之。”趙鼎《措置防秋事宜》：“數年頗聞農種漸廣，自汴由陳、蔡至光，纔三百里，復與蘄、黄接界，亦粗有糧可因。” 張本：作爲伏筆而預先説在前面的話，爲事態的發展預先做的安排。《左傳·隱公五年》：“曲沃莊伯以鄭人、邢人伐翼，王使尹氏、武氏助之，翼侯奔隨。”杜預注：“晉内相攻伐……傳具其事，爲後晉事張本。”劉知幾《史通·浮詞》：“蓋古之記事也，或先經張本，或後傳終言，分佈雖疏，錯綜逾密。” 季旬：一月中的最後十天。季即末，指一個時期的末了。《國語·晉語》：“今晉寡德而安俘女，又增其寵，雖當三季之王，不亦可乎？”韋昭注：“季，末也。三季王，桀、紂、幽王也。”蔡琰《悲憤詩》：“漢季失權柄，董卓亂天常。” 甲癸：天干從“甲”起至“癸”止，爲數凡十，因以“甲癸”代指十天或十年。梅堯臣《雲間月》：“雄鳥與牡兔，萬歲不生子。三旬後乃合，徒用成甲癸。”鄭俠《代謝僕射相公》：“兩周甲癸之年，遽至郎列；三易騏駬之乘，備玷使華。”

⑦ 郡：古代地方行政區劃名，周制縣大郡小，戰國時逐漸變爲郡大

於縣。秦滅六國,正式建立郡縣制,以郡統縣,漢因之,隋唐則州郡互稱。《左傳‧哀公二年》:"克敵者,上大夫受縣,下大夫受郡。"杜預注:"《周書‧作雒篇》:千里百縣,縣有四郡。"陸德明釋文:"千里百縣,縣方百里;縣有四郡,郡方五十里。"　攸:助詞,無義。《書‧盤庚》:"汝不憂朕心之攸困。"王引之《經傳釋詞‧攸》:"攸,語助也。……言不憂朕心之困也。某氏《傳》'攸'爲'所',失之。"《詩‧大雅‧皇矣》:"執訊連連,攸馘安安。"　酒肴:亦作"酒殽",酒與菜肴。《漢書‧揚雄傳》:"家素貧,耆酒,人希至其門,時有好事者載酒肴從遊學。"韓愈《齪齪》:"妖姬坐左右,柔指發哀彈。酒肴雖日陳,感激寧爲歡!"　翳薉:亦作"翳薈",指荆棘荒草等阻障通路之物。《六韜‧戰騎》:"大澗深谷,翳薈林木,此騎之竭地也。"鄭俠《紀連守植道傍木》:"古來善政蓋有數,道路開通亦其目。芟除翳薉平險阻,堅固橋梁便艫舳。"　豺狼:豺與狼,皆凶獸。《楚辭‧招魂》:"豺狼從目,往來侁侁些。"高適《同群公出獵海上》"鷹隼何翩翩!馳驟相傳呼。豺狼竄榛莽,麇鹿罹艱虞。"幅員:指疆域,廣狹稱幅,周圍稱員。柳宗元《貞符》:"濮沿于北,祝栗于南,幅員西東,祇一乃心。"《舊唐書‧張茂宗傳》:"幅員千里,自長安至隴右,置士馬坊,爲會計都領。"引申爲範圍。柳宗元《石渠記》:"潭幅員減百尺,清深多儵魚。"　用力:使用力氣,花費精力。《史記‧秦楚之際月表》:"以德若彼,用力如此,蓋一統若斯之難也。"蘇軾《靈壁張氏園亭記》:"凡園之百物,無一不可人意者,信其用力之多且久也。"施展才能。韓愈《送李愿歸盤谷序》:"大丈夫之遇知於天子,用力於當世者之所爲也。"　戒:告請,約請。《儀禮‧覲禮》:"天子使大夫戒曰:某日,伯父帥乃初事。"鄭玄注:"戒猶告也。"《吕氏春秋‧慎小》:"衛獻公戒孫林父、寧殖食。"許維遹集釋:"戒,約也。"

⑧ 輸力:出力,貢獻力量。《左傳‧襄公二十一年》:"昔陪臣書能輸力於王室,王施惠焉!"杜預注:"輸力,謂輔相晉國以翼戴天子。"《北齊書‧文襄帝紀》:"使僕得輸力南朝,北敦姻好,束帛自行,戎車

不駕，僕立當世之功，君卒父禰之業。” 廩：糧倉。《詩·周頌·豐年》：“亦有高廩，萬億及秭。”《左傳·文公十六年》：“自廬以往，振廩同食。”也指糧食。《管子·問》：“問死事之寡其餼廩何如?”尹知章注：“言給其餼廩……廩，米粟之屬。”蘇軾《和公濟飲湖上》：“與君歌鼓樂豐年，喚取千夫食陳廩。” 螟賊：吃禾苗的兩種害蟲。《詩·小雅·大田》：“去其螟螣，及其螟賊。”毛傳：“食根曰螟，食節曰賊。”《東觀漢記·徐防傳》：“京師淫雨，螟賊傷稼穡。” 殛：誅殺。《逸周書·商誓》：“予既殛紂，承天命，予亦來休命爾百姓里居君子。”《新唐書·竇參傳》：“卒與妻子並誅，暴先骨，殛命於道，蓋自取之也。”

⑨ 報：祭祀。《國語·魯語》：“幕能帥顓頊者也，有虞氏報焉！”韋昭注：“報，報德，謂祭也。”蘇軾《秋賽祝文》一：“一邦蒙惠，已膺風雨之時；百里有嚴，將享秋冬之報。” 黍稷：黍和稷，爲古代主要農作物，亦泛指五穀。《書·君陳》：“黍稷非馨，明德惟馨。”葛洪《抱朴子·明本》：“珍黍稷之收，而不覺秀之者豐壤也。” 謚：古代帝王、貴族、大臣、士大夫或其他有地位的人死後，據其生前業迹評定的帶有褒貶意義的稱號。《禮記·檀弓》：“公叔文子卒，其子戍請謚於君曰：‘日月有時，將葬矣！請所以易其名者。’”鄭玄注：“謚者，行之迹。”《晉書·禮志》：“《五經通義》以爲有德則謚善，無德則謚惡，故雖君臣可同。” 正直：公正無私，剛直坦率。《書·洪範》：“無反無側，王道正直。”蔡沈集傳：“正直，不偏邪也。”《韓詩外傳》卷七：“正直者順道而行，順理而言，公平無私，不爲安肆志，不爲危激行。” 播布：播種。《孟子通·滕文公問爲國》：“孟子曰：民事不可緩也。《詩》云：晝爾於茅，宵爾索綯。亟其乘屋，其始播百穀。”朱熹注：“民事謂農事，《詩·豳風·七月》之篇，於往，取也，綯絞也，亟急也，乘升也，播布也。言農事至重，人君不可以爲緩而忽之，故引詩言治屋之急，如此者，蓋以來春將復始播百穀而不暇爲此也。” 殖：孳生，繁殖。《左傳·隱公六年》：“爲國家者，見惡如農夫之務去草焉！芟夷薀崇之，絕其本根，

勿使能殖,則善者信矣!"《漢書·叙傳》:"譬猶中木之殖山林,鳥魚之
毓川澤,得氣者蕃滋,失時者苓落。"　淫厲:禍害,灾害。《左傳·昭
公七年》:"匹夫匹婦强死,其魂魄猶能馮依於人,以爲淫厲。"《後漢
書·襄楷傳》:"淫厲疾疫,自此而起。"　息:停止,停息。《易·乾》:
"天行健,君子以自强不息。"《後漢書·翟酺傳》:"庶灾害可息,豐年
可招矣!"

⑩ 風雨:風和雨。高適《途中寄徐録事》:"落日風雨至,秋天鴻
雁初。離憂不堪比,旅館復何如?"杜甫《雨過蘇端》:"雞鳴風雨交,久
旱雲亦好。杖藜入春泥,無食起我早。"　式:規格,標準。桓寬《鹽鐵
論·錯幣》:"吏匠侵利,或不中式,故有薄厚輕重。"《北史·周紀》:
"八月壬寅,議權衡度量,頒於天下。其不依新式者,悉追停之。"
狨:一種猴屬的動物。段成式《酉陽雜俎·境異》:"帝女子澤,性妒,
有從婢散逐四山,無所依託。東偶狐狸,生子曰狭;南交猴,有子曰
溪;北通玃狨,所育爲僋。"玃狨即狨玃,猿猴類動物。張華《博物志》
卷三:"蜀中南高山上,有物如獼猴,長七尺,能人行,健走,名曰猴玃,
一名化,或曰狨玃。"唐無名氏《補江總白猿傳》:"然其狀,即狨玃也。"
麋:哺乳動物,毛淡褐色,雄的有角,角像鹿,尾像驢,蹄像牛,頸像駱
駝,但從整體來看哪一種動物都不像。性温順,吃植物,原産我國,是
一種稀有的珍貴獸類,也叫四不像。《楚辭·九歌·湘夫人》:"麋何
食兮庭中? 蛟何爲兮水裔?"周輝《清波雜誌》卷三:"麋食艾,生茸,入
藥。"　不比:不協和。《戰國策·魏策》:"文侯曰:'鐘聲不比乎? 左
高。'"鮑彪注:"比,猶協。"吴師道補正:"不比,言不和也。"　俾:使。
《詩·邶風·緑衣》:"我思古人,俾無訧兮。"毛傳:"俾,使。"《新唐
書·裴冕傳》:"陛下宜還冕於朝,復俾輔相,必能致治成化。"　無得:
猶無從。《論語·泰伯》:"泰伯,其可謂至德也已矣! 三以天下讓,民
無得而稱焉!"邢昺疏:"三讓之美,皆隱蔽不著,故人無得而稱焉!"未
能得以。《宋史·胡松年傳》:"〔張敵萬〕向在淮南誘敵深入,步騎四

集,悉陷於淖,無得解者,金人至今膽落。" 嗇:通"穡",收穫穀物。《禮記・郊特牲》:"祭百種,以報嗇也。"孔穎達疏:"種曰稼,斂曰嗇。"通"穡",泛指各種農事。《漢書・成帝紀》:"服田力嗇,乃亦有秋。"

⑪棄神:即"后稷",周之先祖,相傳姜嫄踐天帝足迹,懷孕生子,因曾棄而不養,故名之爲"棄"。虞舜命爲農官,教民耕稼,稱爲"后稷"。《詩・大雅・生民》:"厥初生民,時維姜嫄……載生載育,時維后稷。"《韓詩外傳》卷二:"夫辟土殖穀者后稷也,決江疏河者禹也,聽獄執中者皋陶也。"古代農官名。《國語・周語》:"農師一之,農正再之,后稷三之。"王安石《上皇帝萬言書》:"人之才德,高下厚薄不同,其所任有宜有不宜。先王知其如此,故知農者以爲后稷,知工者以爲共工。" 羞:進獻食物。《左傳・昭公二十七年》:"羞者獻體改服於門外。"杜預注:"羞,進食也。"泛指進獻。《左傳・隱公三年》:"可薦於鬼神,可羞於王公。" 永永:謂長遠,長久。《大戴禮記・公符》:"陛下永永,與天無極。"李翱《於湖州別女足娘墓文》:"鬼神有知,汝骨安全。永永終古,無有後艱。" 無極:無窮盡,無邊際。《左傳・僖公二十四年》:"女德無極,女怨無終。"元稹《奉和竇容州》:"自嘆風波去無極,不知何日又相逢?" 畏:敬重,心服。《論語・子罕》:"後生可畏,焉知來者之不如今也?"韓愈《寄盧仝》:"先生固是余所畏,度量不敢窺涯涘。"《編年箋注》認爲本文"神其戒哉"、"神其畏哉"是元稹對神的"告誡",從而發出"原來告神文可如是作"的感嘆,我們以爲應該是嚴重的誤解,一篇祭祀竹山神的祭文,如果真可以如《編年箋注》理解的那樣可以"告誡"農神,倒真是讓人大開眼界了。"戒"是告請、約請之意,"畏"是敬重,心服之義,與"告誡"相去十萬八千里,怎麼可以混淆?

[編年]

《年譜》編年本文於元和十三年,理由是:"文有'自十月季旬,周甲癸而功半就'之語。《編年箋注》本文於"元和十三年（八一八）十月下旬"，沒有說明理由。《年譜新編》編年本文於元和十三年，也沒有說明理由。

我們以爲，本文確實應該撰作於元和十三年，但絕對不是"十月下旬"。本文："自十月季旬，周甲癸而功半就。"元稹率領通州百姓開墾"三十里"荒山的工程開始於十月下旬，而整個過程已經經過了"周甲癸"，亦即十天的時間，取得了"功半就"的效果。據此推算，撰寫本文的具體時間應該已經到了元和十三年的十一月之初，元稹當時是以州司馬的身份"權知州務"，地點在通州。

◎ 告畬三陽神文①

維元和十三年歲次戊戌十一月辛巳朔十日庚寅（一），通州司馬元稹謹用肴酒爲州人告于畬三陽之神（二）②。圖籍鑴載，耆艾傳述，通之盛時，戶四萬室③。耕稼駢致，謠謳湧溢。廬閈珠玉，樓雉丹漆（三）④。孝順子孫，廉能吏卒。軒然神功，坐受嘉栗⑤。

政失不虔（四），人用不謐。奪富撓豪，軋窮役疾⑥。弱者逋播，悍者憤怫。饑饉因仍，盜賊倉卒⑦。閭落焚燔，城市剽拂。人民遂空，萬不存一⑧。神居毀蕩，神氣蕭飋。再完陋宮，榻不容膝⑨。僅有雞豵，無復芬苾。豺虎號噪，麋鹿幽喧（五）⑩。屬鬼瘝人，貪吏殄物。闤闠丘墟，門戶蒿蓽。神又何情，受人祈乞⑪？嗚呼！罔天軸地（六），羅星走日。水火炎潤，原隰生出（七）⑫。

古不獨加，今不獨屈。化由人興，胡不爲率⑬？我貳茲邑，星歲三卒。熟視民病，飽聞政失⑭。自喪守侯（八），月環其七。弊深力薄，未暇纖悉⑮。都盧虛持（九），先後排比。附防風俗（一〇），簡用紀律⑯。功不甚農，虛不勝實。乃勸州人（一一），大課芟銍⑰。人人自利，若受鞭挟（一二）。旋六十里（一三），功旬半畢⑱。

嗚呼！教則人功，理有陰隲。農勸事時，賞信罰必⑲。市無欺奪，吏不侵軼。非神敢煩，在我有術⑳。雷蟄雨枯，蒸頑曝鬱。導祥百來（一四），呵屬四逸㉑。非我敢知，有神之吉（一五）。惟我惟神，各恤其恤㉒。神永是邦，我非常秩。繼我者誰？爲神斯粟。尚饗㉓。

　　　　　　　　　　　　　　録自《元氏長慶集》卷五九

[校記]

（一）維元和十三年歲次戊戌十一月辛巳朔十日庚寅：原本作“維年月日”，《全文》同，據楊本、叢刊本、宋蜀本改。盧校作“維元和十三年歲次戊戌十一月辛巳朔越十日庚寅”，語義相類，僅備一說，不改。

（二）通州司馬元稹謹用肴酒爲州人告于畬三陽之神：原本作“通州司馬稹用肴酒爲州人告于畬三陽之神”，楊本、叢刊本、《全文》同，據宋蜀本改。盧校作“通州司馬元稹用肴酒爲州人告于畬三陽之神”，僅備一說，不改。

（三）樓雉丹漆：《全文》同，楊本、叢刊本作“樓稚丹漆”，語義不佳，不從不改。

（四）政失不虔：原本作“政式不虔”，楊本、叢刊本、《全文》同，據宋蜀本、盧校改。

（五）麋鹿幽噎：原本作“糜鹿幽喧”，語義不通，據楊本、叢刊本、

《全文》改。

（六）罔天軸地：楊本、叢刊本、《全文》同，宋蜀本作“網天軸地”，語義有相通之處，不改。

（七）原隔生出：宋蜀本、盧校、《全文》同，楊本、叢刊本作“原濕生出”，語義不佳，不從不改。

（八）自喪守侯：原本作“自喪守後”，《全文》同，語義似乎不通，據楊本、叢刊本、盧校改。

（九）都盧虛持：原本作“都虛盧持”，楊本、叢刊本同，據《全文》改。

（一〇）附防風俗：楊本、叢刊本、《全文》同，宋蜀本、盧校作“附旁風俗”，各備一説，不改。

（一一）乃勸州人：《全文》同，楊本、叢刊本作“乃勸□人”，宋蜀本、盧校作“乃勸居人”，各備一説，不改。

（一二）若受鞭挟：原本作“若受鞭秩”，楊本、叢刊本同，據宋蜀本、盧校、《全文》改。

（一三）旋六十里：宋蜀本、《全文》同，楊本、叢刊本作“旋六千里”，刊刻之誤，不從不改。

（一四）導祥百來：原本作“引導百來”，楊本、叢刊本、《全文》作“□導百來”，據宋蜀本、盧校改。

（一五）有神之吉：楊本、叢刊本、《全文》同，宋蜀本、盧校作“有神斯吉”，各備一説，不改。

[箋注]

① 告畬三陽神文：本文撰成之後，在通川縣的華陽觀祭祀三陽神。《六藝之一録・達州碑記》：“《元稹告畬三陽神文》：元和（十三）年作，通川之華陽觀。”向神祈求風調雨順的好年景，是當時人們，其中也包括元稹在内，對自然現象缺乏科學認識的行爲。但是，元稹開

墾荒山爲百姓拓地與整頓吏治杜絕弊端還是應該肯定的。本文以通州五十年前的繁榮與今日的衰落爲對照，在詩人的筆下，通州的昔日誠如杜甫《憶昔二首》之二中所描繪："憶昔開元全盛日，小邑猶藏萬家室。稻米流脂粟米白，公私倉廩俱豐實。九州道路無豺虎，遠行不勞吉日出。齊紈魯縞車班班，男耕女桑不相失。"借著祭祀三陽神的機會，元稹抒發個人的感慨，他又借著"權知州務"的有利時機，爲民謀利，倡議開荒，力圖通過自己以及後任的多年努力，重現通州境内的"開元盛世"。在當時，元稹的理想雖然没有實現也不可能實現，但他的努力却在當地留下許多佳話：據《四川通志·直隸達州·古碑記附》記載，有元稹《告畬三陽神文》存留當地，説明達州百姓是感激元稹的。留在當地的古迹還有嘎雲亭、六相樓、勝江亭等，《大清一統志·古迹通川故城》："六相樓：在州内治。唐李嶠、李適之、劉晏、韓滉、元稹、宋張商英皆嘗官於此，後皆入相，故以名樓。舊在泮池側，明嘉靖中移於學宫講堂前。"宋代祝穆《方輿勝覽·達州》亦有記載："夏雲亭：在南山，元稹爲司馬時立，下瞰江流，周覽城邑。"又云："勝江亭：在州西三里，郡守王蕃因讀江州司馬白居易寄通州司馬元稹詩，有'通州猶似勝江州'之句，因以名勝江亭。""通州猶似勝江州"也許是元稹已經佚失詩歌中的詩句，也許是白居易《韓公堆寄元九》"江州猶似勝通州"的誤讀。如果是後者，通州百姓這樣誤讀，其心情也完全可以理解。但這些古迹是當地百姓爲紀念在通州作出貢獻的好官，其中也包括詩人在内而建造的，這確確實實是當地百姓對元稹的懷念與肯定。從中也可看出元稹同情百姓苦難關心百姓生產生活的政績，百姓自有公論，歷史也自有公論。

② 維元和十三年歲次戊戌十一月辛巳朔十日庚寅：據與《舊唐書·憲宗紀》核對，元和十三年的干支確實是"戊戌"，十一月的朔日也正是"辛巳"，而下推十日，更是"庚寅"。兩者的記載一一相符，説明楊本、宋蜀本以及盧校的關於本文此處的版本是可以信賴的。

肴酒：猶酒肴。柳宗元《與楊誨之書》：“足下過今年，當侍從北下。僕
得歸溪上，設肴酒以俟趨拜。”李綽《尚書故實》：“韋拜而上，命坐，慰
勞久之，亦無肴酒湯果之設。”　州人：州民。《三國志·彭羕傳》：“成
都既定，先主領益州牧，拔羕爲治中從事。羕起徒步，一朝處州人之
上，形色囂然，自矜得遇滋甚。”韓愈《柳子厚墓誌銘》：“因其土俗，爲
設教禁，州人順賴。”

③　圖籍：地圖和户籍，常以指疆土人民。《荀子·榮辱》：“循法
則、度量、刑辟、圖籍，不知其義，謹守其所，慎不敢損益也。”楊倞注：
“圖謂模寫土地之形，籍謂書其户口之數也。”《鮑氏戰國策·秦策》：
“據九鼎，按圖籍，挾天子以令天下。”鮑彪注：“土地之圖，人民金穀之
籍。”　鐫：鑿，雕刻。《淮南子·本經訓》：“鐫山石。”高誘注：“鐫，猶
鑿也。”謝翺《逃暑崇法寺》：“只今塵土影堂空，石上猶鐫麻紙帖。”
載：記録，登載。《史記·孟子荀卿列傳》：“先序今以上至黄帝，學者
所共術，大並世盛衰，因載其禨祥度制，推而遠之，至天地未生，窈冥
不可考而原也。”《文心雕龍·辨騷》：“崑崙懸圃，非經義所載。”　耆
艾：尊長，師長，亦泛指老年人。《漢書·武帝紀》：“然則於鄉里先耆
艾，奉高年，古之道也。”顏師古注：“六十曰耆，五十曰艾。”元稹《代曲
江老人》：“尚齒惇耆艾，搜材拔積薪。”　傳述：轉述，傳授，傳説。《後
漢書·西域傳論》：“張騫但著地多暑濕，乘象而戰，班勇雖列其奉浮
圖，不殺伐，而精文善法導達之功靡所傳述。”《顏氏家訓·音辭》：“江
南學士讀《左傳》，口相傳述，自爲凡例。”　“通之盛時”兩句：據《舊唐
書·地理志》記載，通州“天寶户四萬七百四十三，口十一萬八百四”，
正與本文“户四萬室”相符，而與元稹在《告畬竹山神文》中披露的“通
之邑居，纔二百室”相比，不可同日而語，從中可見通州在五十年間的
衰落。

④　耕稼：泛指種莊稼。《漢書·召信臣傳》：“其化大行，郡中莫
不耕稼力田，百姓歸之。”《顏氏家訓·勉學》：“人生在世，會當有業：

農民則計量耕稼，商賈則討論貨賄。" 駢：二馬並行。《後漢書·董卓傳》："乃駢馬交臂相加，笑語良久。"李賢注："駢，並也。" 致：細密，精密。《文選·班固〈西都賦〉》："碝磩彩致，琳珉青熒。"李善注引《禮記》鄭玄注："致，密也。" 謠謳：歌謠。《宋書·樂志》："凡樂章古詞，今之存者，並漢世街陌謠謳，《江南可採蓮》、《烏生》、《十五》、《白頭吟》之屬是也。"林之奇《秋懷》："壯士亦何者，哀哦與蟲酬？所抱不列陳，調苦難謠謳。" 廛閈：猶廛里。《文選·鮑照〈蕪城賦〉》："廛閈撲地，歌吹沸天。"李善注："鄭玄《周禮》注曰：'廛，民居區域之稱。'"張銑注："廛，里也；閈，里門。"《新唐書·杜佑傳》："佑爲開大衢，疏析廛閈，以息火災。"指市肆商店。《新唐書·叛臣傳贊》："市人良賈精貨，皆逃去不出，列廛閈者，惟粗雜苦窳而已。"范成大《吳船錄》卷下："沿江數萬家，廛閈甚盛，列肆如櫛。" 珠玉：珍珠和玉，泛指珠寶。《莊子·讓王》："事之以珠玉而不受。"李白《大獵賦》："六宮斥其珠玉。" 樓雉：城樓與城堞，亦泛指城牆。謝朓《和王著作融八公山》："出沒眺樓雉，遠近送春目。"白居易《雜興三首》二："流水不入田，壅入王宮裏。餘波養魚鳥，倒影浮樓雉。" 丹漆：用朱漆塗飾。王充《論衡·亂龍》："釣者以木爲魚，丹漆其身。"張華《勵志詩》："如彼梓材，弗勤丹漆。雖勞樸斲，終負素質。"

⑤ 孝順：原指愛敬天下之人、順天下人之心的美好德行，後多指盡心奉養父母，順從父母的意志。《國語·楚語》："勤勉以勸之，孝順以納之，忠信以發之，德音以揚之。"袁宏《後漢紀·安帝紀》："觀人之道，幼則觀其孝順而好學，長則觀其慈愛而能教。" 廉能：清廉能幹。《周禮·天官·小宰》："以聽官府之六計，弊群吏之治……二曰廉能。"元稹《追封王潛母齊國大長公主》："不因恩澤以求郎，每致忠貞而事主。使勤貴富，戒斁廉能。" 神功：神靈的功力。《南史·謝惠連傳》："〔靈運〕忽夢見惠連，即得'池塘生春草'，大以爲工，常云：'此語有神功，非吾語也。'"黃滔《大唐福州報恩定光多寶塔碑記》："仲氏

司徒自清源聞而感，鑄而資，雖從人力，悉類神功。”　嘉栗：形容酒佳美清醇。《左傳·桓公六年》：“奉酒醴以告曰：‘嘉栗旨酒。’”楊伯峻注：“嘉栗旨酒，猶言既好又清而美之酒。”潘岳《藉田賦》：“黍稷馨香，旨酒嘉栗。”

⑥ 不虔：不敬。《文選·王粲〈贈士孫文始詩〉》：“無曰蠻裔，不虔汝德。”李善注：“賈逵《國語》注：虔，敬也。”柳宗元《柳州文宣王新修廟碑》：“苟神之在，曷敢不虔？”　謐：安寧。蕭綱《南郊頌》：“塵清世晏，蒼兕無用其武功；運謐時平，鵷鷺咸修其文德。”《南史·賀琛傳》：“今誠願責其公平之效，黜其殘愚之心，則下安上謐，無徼幸之患矣！”　“奪富撓豪”兩句：意謂富人強取，豪家擾亂，再加上疾病、徭疫、窮困，最終把百姓逼到走投無路的困難境地。　奪：強取。《易·繫辭》：“小人而乘君子之器，盜思奪之矣！”杜甫《揚旗》：“公來練猛士，欲奪天邊城。”　撓：擾亂，阻撓。《逸周書·史記》：“外內相間，下撓其民，民無所附，三苗以亡。”《舊唐書·段秀實傳》：“將紓國難，詭收寇兵，撓其凶謀，果集吾事。”　役：勞役，役作之事。《周禮·地官·小司徒》：“乃會萬民之卒伍而用之……以起軍旅，以作田役。”賈公彥疏：“以作田役者，謂田獵役作皆是也。”潘岳《藉田賦》：“此一役也，而二美具焉！”　疾：病，病痛。王符《潛夫論·思賢》：“夫治世不得真賢，譬猶治疾不得良醫也。”陸游《雨後至近村》：“年耄身猶健，秋高疾已平。”

⑦ 逋播：逃亡。蘇軾《次韻子由病酒肺疾發》：“三彭恣啖齧，二豎肯逋播？寸田可治生，誰勸耕黃穰？”陳造《寄鄭良佐》：“東魯男子舊修謹，南郡諸生底逋播。平安敢煩街吏報，潔白長虛楚人些。”　憤悱：義近“憤切”，十分憤恨。《陳書·高祖紀》：“眷言桑梓，公私憤切。”陸游《老學庵筆記》卷一：“每言及時事，往往憤切興嘆。”　饑饉：灾荒，莊稼收成很差或顆粒無收。《詩·小雅·雲漢》：“天降喪亂，饑饉降臻。”司馬光《苦雨》：“連年困饑饉，此際庶和熟。”　因仍：猶因

襲，沿襲。《三國志·程昱傳》：“轉相因仍，莫正其本。”王禹偁《五哀詩》：“文自咸通後，流散不復雅。因仍歷五代，秉筆多艷冶。” 盜賊：劫奪和偷竊，劫奪和偷竊財物的人。《周禮·天官·小宰》：“五曰刑職，以詰邦國，以糾萬民，以除盜賊。”《荀子·君道》：“禁盜賊，除奸邪。”楊倞注：“盜賊通名，分而言之，則私竊謂之盜，劫殺謂之賊。”倉卒：亦作“倉猝”，匆忙急迫。《漢書·王嘉傳》：“今諸大夫有材能者甚少，宜豫畜養可成就者……臨事倉卒乃求，非所以明朝廷也。”王充《論衡·逢遇》：“倉猝之業，須臾之名。”

⑧ 閭落：義近“閭里”，里巷、村落。《周禮·天官·小宰》：“聽閭里以版圖。”賈公彥疏：“在六鄉則二十五家爲閭，在六遂則二十五家爲里。閭里之中有爭訟，則以户籍之版、土地之圖聽決之。”韓愈《寄盧仝》：“水北山人得名聲，去年去作幕下士。水南山人又繼往，鞍馬僕從寒閭里。” 焚燔：焚燒。元稹《祭禮部庾侍郎太夫人文》：“世火焚燔，慧劍斷網。”《武經總要·火攻》：“若此者，則焚燔吾前之草木以絶火勢，又燔吾後以拒敵人。我軍按黑地而處堅整隊伍，敵莫能害。”城市：人口集中、工商業發達、居民以非農業人口爲主的地區，通常是周圍地區的政治、經濟、文化中心。《韓非子·愛臣》：“是故大臣之禄雖大，不得藉威城市。”蘇軾《許州西湖》：“但恐城市歡，不知田野愔。”剽拂：義近“剽劫”，搶劫。《漢書·王尊傳》：“往者南山盜賊阻山橫行，剽劫良民。”《舊五代史·唐莊宗紀》：“衛兵所至，責其供餉，既不能給，因壞其什器，撤其廬舍而焚之，甚於剽劫。” 人民：百姓，平民，指以勞動群衆爲主體的社會基本成員。《詩·大雅·抑》：“質爾人民，謹爾侯度，用戒不虞。”楊衒之《洛陽伽藍記·城北》：“九月中旬入鉢和國……人民服飾，惟有氈衣。”

⑨ 神居：供奉神像的廟宇。李尚一《開業寺碑（并序）》：“是用神居肅穆，靈德支持，縱石盡而猶存，與金剛而不壞。”顏真卿《橫山廟碑》：“神居武陵，其地有湖。每出則神獸前道，形如白馬。” 毁蕩：毁

壞一空。姚勉《與太守陳舍人》："天子爲高安郡擇牧，畀以麾節，以殘破毁蕩之地，人所畏避而還。"《蜀中廣記·冥報記》："節度使吴行魯奏移門樓于天王寺，拆其鐘樓，遺蹤勝賞並爲毁蕩矣！"　神氣：神之妙靈異之氣。《禮記·孔子閑居》："地載神氣，神氣風霆，風霆流形，庶物露生，無非教也。"孔穎達疏："神氣，謂神妙之氣。"《史記·封禪書》："長安東北有神氣，成五采，若人冠絻焉！"　飀：秋風。王延壽《魯靈光殿賦》："鴻爌炾以爣閬，飀蕭條而清泠。"象聲詞，風聲。劉禹錫《唐故宣歙池等州都團練觀察處置使宣州刺史兼御史中丞贈左散騎常侍王公神道碑》："松楸飀然，石馬矯然。過者必敬，宛陵之阡。"　陋宫：簡陋的住居之所。《尚書疏衍》卷二："若此而處陋宫，用惡器者，《易》曰：上古穴居而野處，後世聖人易之以宫室，上棟下宇，以待風雨。"義近"陋室"，簡陋狹小的屋子。劉禹錫《陋室銘》："山不在高，有仙則名；水不在深，有龍則靈。斯是陋室，惟吾德馨。"　榻：狹長而矮的坐卧用具。《後漢書·徐稚傳》："（陳）蕃在郡不接賓客，唯稚來特設一榻，去則縣之。"杜甫《贈李十五丈别》："山深水增波，解榻秋露懸。"

⑩ 豭：公豬。《左傳·哀公十五年》："既食，孔伯姬杖戈而先，大子與五人介，輿豭從之。"孔穎達疏："豭，是豕之牡者。"《史記·秦始皇本紀》："夫爲寄豭，殺之無罪，男秉義程。"司馬貞索隱："豭，牡豕也。"　芬苾：芳香。《荀子·禮論》："五味調香，所以養口也；椒蘭芬苾，所以養鼻也。"韓愈《南山詩》："嘗聞於祠官，芬苾降歆嗅。"　號噪：呼叫，喧嚷。鮑照《登大雷岸與妹書》："栖波之鳥，水化之蟲，智吞愚，以强捕小，號噪驚聒，紛乎其中。"梅堯臣《丙戌五月二十二日晝寢夢亡妻謝氏同在江上早行忽逢岸次大山遂往遊陟予賦百餘言述所覩物狀及寤尚記句有共登雲母山不得同宫處仿像夢中意續以成篇》："雄雌更守林，號噪見飛鼠。鼠驚竪毛怒，梟枝如發弩。"　麋鹿：麋與鹿。《孟子·梁惠王》："樂其有麋鹿魚鱉。"孟郊《隱士》："虎豹忌當

道,麋鹿知藏身。"即麋。《墨子·非樂》:"今人固與禽獸麋鹿、蜚鳥、貞蟲異者也。"崔道融《元日有題》:"自量麋鹿分,只合在山林。"原本誤爲"麋鹿",無法説通,《編年箋注》承誤,未加勘誤。　幽噎:同"幽咽",元稹《江陵三夢》一:"言罷泣幽噎,我亦涕淋漓。"《太平御覽·辛氏三秦記》:"俗歌曰:'隴頭流水,鳴聲幽噎。遙望秦川,心肝斷絶。'"

⑪厲鬼:惡鬼。《左傳·昭公七年》:"今夢黃熊入於寢門,其何厲鬼也?"韓愈《柳州羅池廟碑》:"福我兮壽我,驅厲鬼兮山之左。"瘅:病,熱症,濕熱症。《詩·大雅·板》:"上帝板板,下民卒瘅。"毛傳:"瘅,病也。"《素問·脈要精微論》:"瘅成爲消中。"王冰注:"瘅,謂濕熱也。"　貪吏:貪污的官吏。《荀子·强國》:"女主亂之宫,詐臣亂之朝,貪吏亂之官,衆庶百姓皆以貪利争奪爲俗,曷若是而可以持國乎?"《史記·滑稽列傳》:"貪吏安可爲也!"　殄:滅絶,絶盡。《淮南子·本經訓》:"上掩天光,下殄地財。"高誘注:"殄,盡也。"宋若昭《和御製麟德殿宴百僚》:"修文招隱伏,尚武殄妖凶。"　闤闠:街市,街道。《文選·左思〈魏都賦〉》:"班列肆以兼羅,設闤闠以襟帶。"吕向注:"闤闠,市中巷繞市,如衣之襟帶然。"沈括《江州攬秀亭記》:"江湖山水,闤闠之趣,不能兼有也。"借指店鋪,商業。玄奘《大唐西域記·印度總述》:"闤闠當塗,旗亭夾路。"　丘墟:廢墟,荒地。《史記·李斯列傳》:"紂殺親戚、不聽諫者,國爲丘墟,遂危社稷。"《後漢書·竇融傳》:"自兵起以來,轉相攻擊,城郭皆爲丘墟,生人轉入溝壑。"　蒿蓽:義近"蒿棘",蒿草與荆棘,亦泛指野草。江淹《思北歸賦》:"步庭蕪兮多蒿棘,顧左右兮絶親賓。"李約《城南訪裴氏昆季》:"村蹊蒿棘間,往往斷新耕。"

⑫罔:蒙蔽,欺骗。《漢書·郊祀志》:"臣聞明於天地之性,不可或以神怪;知萬物之情,不可罔以非類。"顏師古注:"罔,猶蔽。"《資治通鑑·齊和帝中興元年》:"今不可幸小民之無識而罔之。"胡三省注:"以非道欺人謂之罔。"　軸:同"逐",奔馳,馳逐。沈亞之《夢遊仙

賦》:"馳詠想之悠悠兮,軸吾情於萬里。"　羅:分佈,分散。《史記·五帝本紀》:"時播百穀草木,淳化鳥獸蟲蛾,旁羅日月星辰水波土石金玉。"司馬貞索隱:"羅,廣布也。"韓愈《南山詩》:"或羅若星離,或翕若雲逗。"　走:馳騁。韓愈《送張侍郎》:"司徒東鎮馳書謁,丞相西來走馬迎。"李肇《唐國史補》卷上:"涇州之亂,有使走驢東去,甚急。"水火:水與火。《東觀漢記·鄭衆傳》:"單于大怒,圍守閉之不與水火,欲脅服衆。"薛用弱《集異記·王積薪》:"寓宿於山中孤姥之家,但有婦姑,止給水火。"　原隰:廣平與低濕之地。《國語·周語》:"猶其原隰之有衍沃也。"韋昭注:"廣平曰原,下濕曰隰。"張九齡《奉和聖製送尚書燕國公赴朔方》:"山川勤遠略,原隰軫皇情。"泛指原野。沈約《齊故安陸昭王碑文》:"於是驅馬原隰,卷甲遄征。"王安石《得子固書因寄》:"重登城頭望,喜氣滿原隰。"

⑬ 加:强加,侵凌,凌辱。《論語·公冶長》:"我不欲人加諸我也,吾亦欲無加諸人。"《周書·馮遷傳》:"遷性質直,小心畏慎,雖居樞要,不加勢位加人。"通"嘉",褒獎。《管子·小匡》:"力死之功,猶尚可加也;顯生之功,將何如?"郭沫若等集校引丁士涵曰:"加與嘉通。"劉向《列女傳·齊桓公姬》:"望色請罪,桓公加焉;厥使其内,立爲夫人。"　屈:屈辱,委屈,冤枉。《史記·老子韓非列傳》:"徑省其辭,則不知而屈之。"司馬貞索隱:"謂人主意在文華,而説者但徑捷省略其辭,則以説者爲無知見屈辱也。"葉適《朝奉大夫知惠州姜公墓誌銘》:"高宗既嘆其屈,而孝宗尤器其材。"　化:變化,改變。《國語·晉語》:"雀入於海爲蛤,雉入於淮爲蜃,黿鼉魚鱉,莫不能化,唯人不能。"韓愈《請遷玄宗廟議》:"高祖神堯皇帝,創業經始,化隋爲唐,義同周之文王。"　興:創辦,舉辦。《荀子·王霸》:"興天下同利,除天下同害,天下歸之。"桓寬《鹽鐵論·本議》:"邊用度不足,故興鹽鐵,設酒榷,置均輸,蕃貨長財,以佐助邊費。"　胡不:何不。《詩·墉風·相鼠》:"人而無禮,胡不遄死?"《史記·張耳陳餘列傳》:"苟必

信,胡不赴秦軍俱死?" 率:率領,帶領。《史記·吳太伯世家》:"越
王句踐率其衆以朝吳。"韓愈《與祠部陸員外書》:"(侯)喜率兄弟操耒
耜而耕於野。"勸導。《史記·孝文本紀》:"農,天下之本,其開籍田,
朕親率耕,以給宗廟粢盛。"裴駰集解引韋昭曰:"借民力以治之,以奉
宗廟,且以勸率天下,使務農也。"葉適《史進翁墓誌銘》:"教以廉不營
利矣! 教以退不希進矣……非以口率,身化之也。"

⑭ 貳:副手,副職。《國語·晉語》:"夫太子,君之貳也。"韋昭
注:"貳,副也。"《三國志·廖立傳》:"立本意,自謂才名宜爲諸葛亮之
貳,而更游散在李嚴等下,常懷怏怏。" 星歲:歲星,意謂一年。韋應
物《白沙亭逢吳叟歌》:"星歲再周十二辰,爾來不語今爲君。盛時忽
去良可恨,一生坎　何足云!"劉商《胡笳十八拍·第十一拍》:"日來
月往相催遷,迢迢星歲欲周天。無冬無夏臥霜霰,水凍草枯爲一年。"
熟視:經常看到。韓愈《應科目時與人書》:"是以有力者遇之,熟視之
若無覩也。"注目細看。《新唐書·胡楚賓傳》:"性重慎,未嘗語禁中
事,人及其醉問之,亦熟視不答。" 民病:民衆的苦難。《周禮·地
官·司救》:"凡歲時有天患民病,則以節巡國中及郊野,而以王命施
惠。"張孝祥《與胡帥書》:"孝肅公一代偉人,名蓋夷虜,其忠言嘉謨,
既已行之當時,補袞職而起民病,遺稿所傳,又當使凡爲士大夫者家
有而日見之。" 飽聞:猶多聞。杜甫《憑何十一少府邕覓榿木栽》:
"飽聞榿木三年大,與致溪邊十畝陰。"韓愈《與少室李拾遺書》:"勤儉
之聲、寬大之政,幽閨婦女、草野小人皆飽聞而厭道之。" 政失:失誤
的政治,不良的吏治。靳恒《洛水漲應詔上直言疏》:"是以政失於此,
變生於彼,亦猶影之像形,響之赴聲,動而輒隨,各以類應。"杜佑《改
定樂章論》:"周衰政失,鄭衛是興,秦漢已還,古樂淪缺,世之所存,
《韶》、《武》而已。"

⑮ "自喪守侯"兩句:意謂通州刺史離任他去,已經過去了七個
月。本文的"守侯"是指李進賢。《舊唐書·憲宗紀》:"(元和八年)十

二月庚辰朔……丙戌……振武軍亂，逐其帥李進賢，屠其家，乃以夏
州節度使張煦代進賢，率兵二千赴鎮，許便宜擊斷……九年……二月
己卯朔……丁丑，貶前鎮武節度使李進賢爲通州刺史。"從本文作年
元和十三年十一月十日前推"七個月"，李進賢離開通州他去應該在
元和十三年四月。上年五月前後，元稹病癒從興元返回通州，現在李
進賢離任他去，也許是按照慣例，理應由時爲通州刺史輔助官員的元
稹代理州務，也許是元稹吏部乙科的座主、山南西道節度使權德輿成
全了元稹。總之，元稹大約於元和十三年四月之後代理州務，暫時成
爲通州事實上的主官。　　喪：有"哀葬死者的禮儀"之義，如《左傳·
隱公十一年》："不書葬，不成喪也。"韓愈《曹成王碑》："王生十年而失
先王，哭泣哀悲……喪除，痛刮磨豪習，委己於學。"也泛指與人死亡
有關的各種事情。如《周禮·地官·牛人》："喪事共其奠牛。"《南
史·宋武帝紀》："己卯，禁喪事用銅釘。"指人的屍體、骨殖。《春秋·
僖公元年》："夫人氏之喪至自齊。"杜預注："齊侯既殺哀姜，以其屍
歸。"《三國志·魏武帝紀》："購求信喪不得，衆乃刻木如信形狀，祭而
哭焉！"也指禍難。《詩·邶風·谷風》："凡民有喪，匍匐救之。"鄭玄
箋："凡於民有凶禍之事，鄰里尚盡力往救之。"指人死。《書·金縢》：
"武王既喪，管叔及其群弟乃流言於國。"孔傳："武王死。"陶潛《歸去
來兮辭序》："尋程氏妹喪於武昌。"都一一與"死亡"有關，似乎"自喪
守侯，月環其七"或"自喪守後，月環其七"兩句，是通州刺史李進賢病
故已經有七個月之久。所以元稹接下來又説："乃勸州人，大課芟銓。
人人自利，若受鞭秩。旋六十里，功旬半畢。"但是，白居易《前河陽節
度使魏義通授右龍武軍統軍前泗州刺史李進賢授右驍衛將軍並撿挍
常侍兼御史大夫制》："敕：夫文武之才，內外迭用；軍國之任，出入遞
遷：斯所以優勛賢而均勞逸也。某官魏義通，以戎功積久，榮委旄旎。
某官李進賢，以軍課居多，寵分符竹。各勤其職，咸用所長。是以河
陽三城，鎮靜而不擾；泗濱一郡，緝理而有勞。我有禁軍，爾宜分領。

親信則倚爲心膂，動用則張爲爪牙。苟非其人，不付此任。咸假貂蟬
之貴，仍兼憲職之榮。勉哉二臣，無替一志。可依前件。”據《舊唐
書·穆宗紀》，白居易元和十五年十二月二十八日才從司門員外郎晉
升爲主客郎中知制誥臣，其撰寫《前河陽節度使魏義通授右龍武軍統
軍前泗州刺史李進賢授右驍衛將軍並攝按常侍兼御史大夫制》制文，
應該在元和十五年十二月二十八日之後，至白居易卸職中書舍人的
長慶二年的七月之前。這説明，通州“自喪守侯，月環其七”或“自喪
守後，月環其七”兩句的實在含義是李進賢離職他去，而不是病故，所
以張祜《觀泗州李常侍打毬》：“日出樹烟紅，開場畫鼓雄。驟騎鞍上
月，輕撥鐙前風。斗轉時乘勢，旁捎乍迸空。等來低背手，爭得旋分
騌。遠射門斜入，深排馬迴通。遥知三殿下，長恨出征東。”張祜與元
稹、白居易同時，長慶初年，令狐楚曾經薦舉張祜，無果而返。其詩題
“泗州李常侍”云云，與白居易制文題“李進賢授右驍衛將軍並攝按常
侍兼御史大夫制”一一相符。故《唐刺史考》在“元和末”將李進賢歷
職泗州刺史，唯“李常侍，未知是否李進賢”一句，似乎不必“未知”而
已。康駢《劇談錄·劉相國宅》也有記載：“通義坊劉相國宅，本文宗
朝朔方節度使李進賢舊第。進賢起自戎旅，而倜儻瑰瑋，累居藩翰，
富于財寶，雖豪侈奉身，雅好賓客。”此條材料又説明，李進賢“文宗
朝”還在“朔方節度使”任。不過康駢《劇談錄》的記載常常並不可靠，
祇能作爲參考。據此，我們應該重新審視“喪”字的真實含義。“喪”
字除上述所列舉含義之外，尚有“喪失、失去”、“滅亡，失敗”、“逃亡，
流亡”、“消耗，耗費”、“忘記，忘掉”、“悲悼，憂傷”、“神態不滿或不樂
的樣子”等多種含義，其中“喪失、失去”比較符合元稹文句的原意：
《易·坤》：“西南得朋，東北喪朋。”《孟子·梁惠王》：“西喪地於秦七
百里；南辱於楚。”江淹《恨賦》：“別豔姬與美女，喪金輿及玉乘。”蘇軾
《王子立墓誌銘》：“喜怒不見，得喪若一。”意謂通州自從喪失、失去守
侯李進賢之後，已經七個月了。順便應該在這裏提及，元稹在江陵，

曾經是嚴綬的部屬。而李進賢在河東，也是嚴綬的部屬。元稹與李進賢，因嚴綬的關係，相互之間應該關係不錯，至少不應該有隔閡存在。　守侯：州刺史的別稱。呂南公《請見蔡簽判書》："凡得位於汝陰之人，無不紛紛而造請，上自守侯，下至權征之吏，適來則爲之，出郭以迎，適去則爲之，出郭以送。"張九成《侯憲奇石贊》："高安守侯仲平，蓄奇石三：其一霏霏若陰山雪，其一洋洋若五湖魚，又其一粲粲若蜀江錦，皆希世寶也。"　弊：弊病，害處。韓愈《論變鹽法事宜狀》："所利至少，爲弊則多。"《宋史·樊知古傳》："不細籌之，則民果受弊矣！"　力：能力。《易·繫辭》："德薄而位尊，知小而謀大，力小而任重，鮮不及矣！"韓愈《復志賦》："既識路又疾驅兮，孰知餘力之不任。"未暇：謂沒有時間顧及。劉楨《雜詩》："馳翰未暇食，日昃不知晏。"《文心雕龍·銘箴》："曾名品之未暇，何事理之能閑哉！"　纖悉：細微詳盡。《文心雕龍·總術》："昔陸氏《文賦》，號爲曲盡，然泛論纖悉，而實體未該。"孟郊《晚雪吟》："鏡海見纖悉，冰天步飄颻。"

⑯ 都盧：統統。張鷟《遊仙窟》："五嫂曰：'張郎太貪生，一箭射兩垛。'十娘則謂曰：'遮三不得一，覓兩都盧失。'"白居易《贈鄰里往還》："骨肉都盧無十口，糧儲依約有三年。"　排比：安排，準備。賈思勰《齊民要術·雜說》："至十二月內，即須排比農具使足。"王定保《唐摭言·雜文》："公聞之，即處分所司，排比迎新使。"　風俗：相沿積久而成的風氣、習俗。李泌《奉和聖製中和節曲江宴百寮》："風俗時有變，中和節惟新。軒車雙闕下，宴會曲江濱。"張子容《樂城歲日贈孟浩然》："插桃銷瘴癘，移竹近階墀。半是吳風俗，仍爲楚歲時。"　紀律：規矩，規律。徐幹《中論·曆數》："昔者聖王之造曆數也，察紀律之行，觀運機之動。"邵雍《和趙充道秘丞見贈詩》："殊無紀律詩千首，富有雲山酒一瓢。"

⑰ 州人：州民。劉長卿《送州人孫沅自本州却歸句章新營所居》："火種山田薄，星居海島寒。憐君不得已，步步別離難。"韓翃《寄

裴鄆州》：“烏紗靈壽對秋風，悵望浮雲濟水東。官樹陰陰鈴閣暮，州人轉憶白頭翁。” 芟銍：亦即“銍芟”，收割，引申指收穫，這裏指收穫山林裏的產品。艾，通“乂”。《詩·周頌·臣工》：“命我眾人，庤乃錢鎛，奄觀銍艾。”毛傳：“銍，獲也。”馬瑞辰通釋：“‘奄觀銍艾’，甚言其收穫之速，乃所以爲勸耳……《良耜》‘獲之挃挃’，傳：‘挃挃，獲聲也。’《說文》：‘銍，獲禾短鐮也。’‘挃，獲禾聲。’是挃與銍有別。而《爾雅·釋訓》‘銍銍，獲也’及此詩皆作銍者，假借字也。艾亦乂之假借，《說文》：‘乂，芟艸也。或作刈。’又：‘獲，乂穀也。’是芟艸、獲穀通謂之乂。”

⑱ 自利：各自得好處。《國語·晉語》：“抑撓志以從君，爲廢人以自利也。”《墨子·非攻》：“今有一人，入人園圃，竊其桃李，眾聞則非之，上爲政者得則罰之。此何也？以虧人自利也。” 鞭抶：用鞭抽打。李燾《續資治通鑒長編》卷六一：“初，鄆王元份娶崇儀使李漢贇之女，性悍妒，慘酷宮中。女使小不如意，必加鞭抶，或有死者。”梅堯臣《書竄》：“遂傾西蜀巧，日夜急鞭抶。” 畢：完成；完結。《孟子·滕文公》：“公事畢，然後敢治私事。”《漢書·王莽傳》：“願諸章下議者皆寢勿上，使臣莽得盡力畢制禮作樂事。”

⑲ 人功：人力。《漢書·溝洫志》：“昔大禹治水，山陵當路者毀之，故鑿龍門，辟伊闕……此乃人功所造，何足言也！”范成大《净行寺傍皆圩田》：“空腹荷鋤那辦此？人功未至不關天。” 陰騭：默默地使安定。《書·洪範》：“惟天陰騭下民。”孔傳：“騭，定也。天不言，而默定下民，是助合其居，使有常生之資。”楊炯《唐同州長史宇文公神道碑》：“文王以業重三分，昭事上帝；武王以功成八百，陰騭下民。” 賞信罰必：謂該賞一定賞，該罰一定罰。《六韜·賞罰》：“太公曰：‘凡用賞者貴信，用罰者貴必，賞信罰必，於耳目之所見聞，則所不見聞者莫不陰化矣！’”唐庚《謝家提舉啓》：“賞信罰必，事易說難。其交物也，淡以親；其待人也，輕以約。”

⑳ 欺侵：欺淩侵奪。白居易《丘中有一士二首》二：“鄉人化其風，熏如蘭在林。智愚與强弱，不忍相欺侵。”蔡襄《豐樂亭》：“時節屢豐有，民裏無欺侵。”　侵軼：謂越權行事。殷亮《顔魯公行狀》：“劉展反狀已露，公慮其侵軼江南，乃選將訓卒，緝器械爲水陸戰備。”劉怦《賀收劍門表》：“劉闢擢於非次，授任節旄，不立朝章，擅有侵軼，詔命……嚴礪、李庸等計會討伐。”　煩：煩勞，相煩。《左傳·僖公三十年》：“若亡鄭而有益於君，敢以煩執事。”韓愈《詠燈花》：“更煩將喜事，來報主人公。”　術：方法，手段。《禮記·祭統》：“惠術也，可以觀政矣！”鄭玄注：“術猶法也。”司馬光《投壺新格序》：“求諸少選且不可得，是故聖人廣爲之術以求之，投壺與其一焉！”

㉑ 雷蟄：指蟄伏，蟄居，雷于冬時蟄伏不出，故稱。元稹《蟲豸詩七篇·蛒蜂三首》三：“雷蟄吞噬止，枯焚巢穴除。”方岳《代與浦城塵宰》：“山下有雷，以山之生物而雷蟄之。”　蒸：氣體上升，蒸發。《國語·周語》：“自今至於初吉，陽氣俱蒸，土膏其動。”《史記·周本紀》：“陽伏而不能出，陰迫而不能蒸，於是有地震。”裴駰集解引韋昭曰：“蒸，升也。”　曝：曬。《列子·楊朱》：“昔者宋國有田夫，常衣緼黂，僅以過冬，暨春東作，自曝於日。”《東觀漢記·高鳳傳》：“妻嘗之田，曝麥於庭。”　祥：吉祥的預兆。《易·繫辭》：“吉事有祥，象事知器，占事知來。”鄭玄注：“行其言事，則獲嘉祥之應。”吳曾《能改齋漫録·記詩》：“京師每夕有赤氣，見西南隅，如火，至人定乃滅，人以爲皇子降生之祥。”　厲：惡鬼。《左傳·成公十年》：“晉侯夢大厲，被髮及地，搏膺而踴。”《新唐書·李景略傳》：“既而若有女厲者進謝廷中，如光妻云。”　逸：逃亡，逃跑。《左傳·桓公八年》：“隨侯逸，鬥丹獲其戎車與其戎右少師。”杜預注：“逸，逃也。”《北史·齊高祖神武帝紀》：“見一赤兔，每搏輒逸，遂至迴澤。”

㉒ 恤：體恤，憐憫。《左傳·昭公三十年》：“事大在共其時命，事小在恤其所無。”《史記·項羽本紀》：“今不恤士卒而徇其私，非社稷

之臣。" 恤：憂慮，憂患。《易·泰》："勿恤其孚，於食有福。"孔穎達疏："故不須憂其孚信也。"《國語·晉語》："君欲勿恤，其可乎？若大難至而恤之，其何及矣！"韋昭注："恤，憂也。"

㉓"神永是邦"兩句：意謂神靈永遠是此方百姓的神靈，而我祇是臨時代理州務而已。 常秩：一定的職務。《左傳·文公六年》："予之法制，告之訓典，教之防利，委之常秩。"杜預注："常秩，官司之常職。"元稹《王沂可河南府永寧縣令范傳規可陝州安邑縣令制》："比制諸侯吏，府罷則歸之有司，以叙常秩。近或不時以聞，謬異前詔。"斯：助詞，詩文中襯字，無實際意義，亦無語法作用。《詩·小雅·甫田》："乃求千斯倉，乃求萬斯箱。"《詩·大雅·思齊》："太姒嗣徽音，則百斯男。" 栗：謹敬。《書·大禹謨》："〔舜〕祇載見瞽瞍，夔夔齋栗。"韓愈《山南鄭相公樊員外酬答爲詩其末咸有見及語樊封以示愈依賦十四韻以獻》："遺我一言重，跽受惕齋栗。"

［編年］

《年譜》編年本文於元和十三年，理由是："文首題：'維元和十三年，歲次戊戌，十一月辛巳朔，十日庚寅。'《輿地碑記目》卷四《達州碑記》云：'《元稹告畬三陽神文》：元和十三年作，在通川之華陽觀。'"《編年箋注》編年："本文作時原缺，據蜀本、楊本等補出，爲元和十三年（八一八）十一月十日。"《年譜新編》編年本文於元和十三年，理由是："《輿地碑記目》卷四《達州碑記》云：'《元稹告畬三陽神文》：元和十三年作，在通川之華陽觀。'"

我們以爲，根據本文"維元和十三年歲次戊戌十一月辛巳朔十日庚寅，通州司馬元稹謹用肴酒爲州人告于畬三陽之神"的明示，本文應該作於其時，但具體日期不應該是"十一月十日"，而應該在"十日"祭祀三陽神之前夜，亦即元和十三年十一月九日或稍前，地點在通州，元稹時是以通州司馬的身份"權知州務"。

▲ 通州猶似勝江州^(一)①

通州猶似勝江州①。

　　　　　　　　據《方輿勝覽》、《明一統志》、《大清一統志》

［校記］

　　（一）通州猶自勝江州：《方輿勝覽》作"達州猶似勝江州"，又作
"通州猶似勝江州"，《明一統志》、《大清一統志》同作"通州猶似勝江
州"。白居易《韓公堆寄元九》作"江州猶似勝通州"，《白香山詩集》、
《萬首唐人絕句》、《全詩》、《全唐詩錄》同。

［箋注］

　　① 通州猶似勝江州：《蜀中廣記·達州》："州以元微之左遷司馬
著名，《方輿勝覽》有勝江亭，在州西三里，乃郡守王蕃讀白樂天寄微
之詩，云：'達州猶似勝江州。'因以名亭也。"《方輿勝覽·達州》："勝
江亭在州西三里，郡守王蕃因讀江州司馬白居易寄通州司馬元稹詩，
有'通州猶似勝江州'之句，因以名亭。"《明一統志·宮室》："勝江亭：
在達州西三里，宋郡守王蕃建，取唐白居易寄元稹詩'通州猶似勝江
州'之句而名。"《大清一統志·達州》："勝江亭：在州西三里，宋郡守
王蕃建，取唐白居易詩'通州猶似勝江州'之句而名。"以上各條，均歸
名白居易。而白居易《韓公堆寄元九》："韓公堆北澗西頭，冷雨涼風
拂面秋。努力南行少惆悵，江州猶似勝通州。"白居易已經明確表示
"江州猶似勝通州"，無論如何不應該再提"通州猶似勝江州"這樣自
相矛盾的話語。是不是通州百姓出於對元稹的熱愛，故意將白居易
的"江州猶似勝通州"擅自改作"通州猶似勝江州"？ 但據宋代《方輿

勝覽》的記載以及通州"郡守王蕃"的命名,通州確實應該有"勝江亭"的存在,《蜀中廣記》、《明一統志》、《大清一統志》也有記載給予證實。唯一能夠説通的解釋是:元稹另有一首已經佚失的詩篇,含有"通州猶似勝江州"之句。作爲此種推測的一個旁證是:長慶年間,元稹與白居易之間就有過一番熱鬧非凡的"論戰":元稹《以州宅夸於樂天》:"州城迴繞拂雲堆,鏡水稽山滿眼來。四面常時對屏障,一家終日在樓臺。星河似向檐前落,鼓角驚從地底迴。我是玉皇香案吏,謫居猶得住蓬萊。"白居易則有《答微之誇越州州宅》:"賀上人回得報書,大誇州宅似仙居。厭看馮翊風沙久,喜見蘭亭烟景初。日出旌旗生氣色,月明樓閣在空虛。知君暗數江南郡,除却餘杭盡不如。"元稹《重夸州宅旦暮景色兼酬前篇末句》:"仙都難畫亦難書,暫合登臨不合居。繞郭烟嵐新雨後,滿山樓閣上燈初。人聲曉動千門闢,湖色宵涵萬象虛。爲問西州羅刹岸,濤頭衝突近何如?"白居易《微之重誇州居其落句有西州羅刹之謔因嘲兹石聊以寄懷》:"君問西州城下事,醉中迷紙爲君書。嵌空石面標羅刹,壓捺潮頭敵子胥。神鬼曾鞭猶不動,波濤雖打欲何如?誰知太守心相似,抵滯堅頑兩有餘。"元稹《再酬復言和夸州宅》:"會稽天下本無儔,任取蘇杭作輩流。斷髮儀刑千古學,奔濤翻動萬人憂。石緣類鬼名羅刹,寺爲因墳號虎丘。莫著詩章遠牽引,由来北郡似南州。"從中可見,元稹完全有可能對白居易"江州猶似勝通州"給予"回擊":"通州猶似勝江州。"現在元稹詩文中未見,據補。　猶似:即"猶自",尚,尚自。許渾《塞下曲》:"朝來有鄉信,猶自寄征衣。"王沂孫《齊天樂·蟬》:"短夢深宮,向人猶自訴憔悴。"　勝:胜过,超过。羊祜《讓開府表》:"然臣等不能推有德,進有功,使聖聽知勝臣者多,而未達者不少。"梅堯臣《欲雪復晴》:"誰意鬥晴後,苦寒勝北方。"

[編年]

　　未見《元稹集》採錄，也未見《年譜》、《編年箋注》、《年譜新編》採錄與編年。

　　元稹元和十二年五月從興元回到通州之後，不久即以州司馬的身份"權知州務"，代行刺史的職責。手中有了實權的元稹，號召百姓開墾荒地，"爲來年農業張本"，有《報三陽神文》、《告畬竹山神文》、《告畬三陽神文》爲證。經過墾荒的通州，面貌一新。而據《方輿勝覽》記載，元稹又修建戛雲亭，"下瞰江流，周覽城邑"，故詩人由衷地發出"通州猶似勝江州"的讚歎。據此，元稹已經佚失的詩篇及"通州猶似勝江州"詩句，應該撰寫於元稹通州任的後期，與《報三陽神文》、《告畬竹山神文》、《告畬三陽神文》同時，亦即元和十三年的秋冬，地點自然在通州。

◎ 和東川李相公慈竹十二韵(次本韵)①

　　慈竹不外長，密比青瑤華②。矛攢有森束，玉粒無蹉跎(一)③。纖粉妍膩質，細瓊交翠柯④。亭亭霄漢近，靄靄雨露多⑤。冰碧寒夜筝，簫韶風畫羅⑥。烟含朧朧影(二)，月泛鱗鱗波(三)⑦。鸞鳳一已顧，燕雀永不過⑧。幽姿媚庭實，顥氣爽天涯(四)⑨。峻節高轉露，貞筠寒更佳⑩。托身仙壇上，靈物神所呵(五)⑪。時與天籟合，日聞陽春歌⑫。應憐孤生者，摧折成病痾(六)⑬。

録自《元氏長慶集》卷七

[校記]

　　(一) 玉粒無蹉跎：《全詩》、《全芳備祖》同，楊本、叢刊本、《英華》、《蜀中廣記》、《佩文齋廣群芳譜》作“玉立無蹉跎”，語義不同，不改。

（二）烟含朧朧影：楊本、叢刊本、《全詩》、《蜀中廣記》、《佩文齋廣群芳譜》同，宋蜀本、《英華》作“烟涵朧朧影”，語義相類，不改。

（三）月泛鱗鱗波：原本作“月泛鮮鮮波”，楊本、叢刊本、《蜀中廣記》同，錢校、《英華》、《全詩》、《佩文齋廣群芳譜》作“月泛鱗鱗波”，據改。

（四）顥氣爽天涯：楊本、叢刊本、《全詩》、《蜀中廣記》同，錢校、《英華》、《全詩》注、《佩文齋廣群芳譜》作“顥氣陵天涯”，語義不佳，不改。

（五）靈物神所呵：宋蜀本、錢校、《英華》、《全詩》、《蜀中廣記》、《佩文齋廣群芳譜》同，楊本、叢刊本作“靈物神所何”，語義不通，不改。

（六）摧折成病痾：楊本、叢刊本、《全詩》、《蜀中廣記》、《佩文齋廣群芳譜》同，《英華》作“摧折成沉痾”，《全詩》注作“摧折成卧痾”，語義相類，不改。

［箋注］

① 和：這説明元稹此詩爲酬和之作，與後面《酬東川李相公十六韵》之“酬”相同。李逢吉前後主動寄贈元稹詩篇，可惜李逢吉原唱已經散失。當時李逢吉是東川節度使，用元稹在《酬東川李相公十六韵啓》中的話來説，李逢吉能夠“廢名位之常數，比朋友以字之，飾揚涓埃，投擲珠玉”，主動寄贈詩篇於“權知州務”之元稹，而元稹之“廟議末學，江花陋詞”，又“無不記在雅章，以備光寵”，説明李逢吉對元稹的尊重，李逢吉確有楚人“乘車戴笠不忘相揖”之品格。但後來李逢吉謀奪元稹相位之時，則不惜採用誣陷之手段。從中可見李逢吉爲了自己的仕途與私利，能夠翻手爲雲覆手爲雨，陷害朋友，從中可見

李逢吉卑鄙的人品，請讀者記住這個話頭，記住這個李逢吉。　東川：劍南東川節度觀察處置等使兼梓州刺史的簡稱，領梓、遂、綿、劍、普、榮、合、渝、瀘、陵、昌十一州，府治梓州(今四川省三臺市)。元稹元和四年曾經出使東川，懲辦當時的東川節度使嚴礪以及屬下的一些刺史，當地百姓讚譽不已，這也許是李逢吉主動寄贈元稹詩篇的一個緣由。元稹《西州院》：“自入西州院，唯見東川城。今夜城頭月，非暗又非明。”元稹《送東川馬逢侍御史回十韵》：“風水荆門闊，文章蜀地豪。眼青賓禮重，眉白衆情高。”　李相公：即李逢吉，時任東川節度副使。《舊唐書·憲宗紀》：“(元和十二年)九月丁亥朔……戊戌，劍南東川節度盧坦卒……丁未，以朝議大夫、門下侍郎同平章事李逢吉檢校兵部尚書，使持節梓州諸軍事、梓州刺史，充劍南東川節度副大使知節度事……(元和十五年閏正月)丁巳，以劍南東川節度使李逢吉爲襄州刺史，充山南東道節度使。以吏部侍郎王涯檢校禮部尚書、梓州刺史，充劍南東川節度使。”元稹元和四年出使東川之時，有途中詩《使東川·駱口驛二首》提及李逢吉，序曰：“東壁上有李二十員外逢吉、崔二十二侍御詔使雲南題名處。北壁有翰林白二十二居易題《擁石關》、《雲開》、《雪》、《紅樹》等篇，有王質夫和焉！王不知是何人也。”其一詩曰：“郵亭壁上數行字，崔李題名王白詩。盡日無人共言語，不離墙下至行時。”據《舊唐書·李逢吉傳》記載，李逢吉元和四年前曾先後歷官左拾遺、左補闕、工部員外郎充入南詔副使等職，而元稹詩序又曰李逢吉“詔使雲南”，兩條材料互爲印證。我們估計元稹與李逢吉相識當在元和元年的左拾遺任上，元稹與李逢吉此後交往不少衝突不斷，這是他們交往的首次文字記載，也請讀者也記住這個話頭。

　②慈竹：竹名，又稱義竹、慈孝竹、子母竹。叢生，一叢或多至數十百竿，根窠盤結，四時出笋。竹高至二丈許，新竹舊竹密結，高低相倚，若老少相依，故名“慈竹”。王勃《慈竹賦序》：“廣漢山谷有竹名

慈,生必向内,示不離本。修莖巨葉,攢根逗柢。叢之大者或至百千株焉! 而縈結逾乎咫尺。好事君子徒爲階庭之翫焉! 吁嗟! 非此土所有,乃有厭流俗之譏,動鄉關之思者,蓋撫高節而興嘆,覽嘉名而思歸,遂爲賦。"杜甫《天寶初南曹小司寇舅於我太夫人堂下累土爲山一匱盈尺以代彼朽木承諸焚香瓷甌甌甚安矣旁植慈竹蓋兹數峰嶔岑婵娟宛有塵外數致乃不知興之所至而作是詩》:"慈竹春陰覆,香爐曉勢分。惟南將獻壽,佳氣日氛氲。" 青瑤:青玉。王嘉《拾遺記·瀛洲》:"〔瀛洲〕有金巒之觀……刻黑玉爲烏,以水精爲月,青瑤爲蟾兔。"陳標《焦桐樹》:"若使琢磨徵白玉,便來風律軫青瑤。"

③ 攢:簇聚,聚集。《文選·張衡〈西京賦〉》:"攢珍寶之玩好。"薛綜注:"攢,聚也。"皎然《述祖德贈湖上諸沈》:"歲晚高歌悲苦寒,空堂危坐百憂攢。" 森束:謂繁密無間,猶如捆束。語出張協《雜詩十首》四:"密葉日夜疏,叢林森如束。"梅堯臣《靈竈簇》:"漢北取蓬蒿,江南藉茅竹。蒿疏無鬱浥,竹净亦森束。"覺範《題天王圓證大師房壁》:"籬外霜筠森束玉,屋頭露橘欲垂金。能營野飯羹紅醬,渡水何辭數訪尋!" 玉粒:指米、粟。杜甫《茅堂檢校收稻二首》一:"御夾侵寒氣,嘗新破旅顏。紅鮮終日有,玉粒未吾慳。"陸龜蒙《懷仙三首》三:"神燭光華麗,靈祛羽翼生。已傳餐玉粒,猶自買雲英。"這裏以禾稻的樣子狀慈竹之態。 蹉跎:這裏指參差不齊貌。杜甫《種萵苣》:"植物半蹉跎,嘉生將已矣!"李白《五松山送殷淑》:"撫酒惜此月,流光畏蹉跎。明日別離去,連峰鬱嵯峨。"

④ "纖粉妍膩質"兩句:以下是對慈竹千姿萬態的具體描繪以及對周圍環境的讚美,詩人借詠慈竹的丰姿美態寄託自己的理想。纖粉:這裏指"竹粉",筍殼脫落時附著在竹節旁的白色粉末。周邦彦《漁家傲》:"日照釵梁光欲溜,循階竹粉沾衣袖,拂拂面紅如著酒。"程垓《望秦川》:"竹粉翻新籜,荷花拭靚妝。" 妍:美麗,美好。《魏書·崔浩傳》:"浩纖妍潔白,如美婦人。"韓愈《送窮文》:"面醜心妍,利居

衆後,責在人先。"　膩:滑澤,細膩。牛嶠《女冠子》:"額黃侵膩髮,臂釧透紅紗。"李清照《漁家傲》:"雪裏已知春信至,寒梅點綴瓊枝膩。"瓊:美玉。《詩·衛風·木瓜》:"投我以木瓜,報之以瓊琚。"毛傳:"瓊,玉之美者。"武元衡《春暮寄杜嘉興昆弟》:"柳色千家與萬家,輕風細雨落殘花。數枝瓊玉無由見,空掩柴扉度歲華。"詩詞中常以比喻色澤晶瑩如瓊之物,這裏指竹子的枝幹。　翠柯:這裏形容竹子的莖幹。傅玄《芙蕖》:"陰結其實,陽發其華。金房綠葉,素株翠柯。"李復《種松》:"兩株偶得生,逾年未自如。近覺稍得地,翠柯漸扶疏。"翠:青綠色。司馬相如《上林賦》:"揚翠葉,扤紫莖,發紅華,垂朱榮。"王勃《滕王閣序》:"層巒聳翠,上出重霄;飛閣流丹,下臨無地。"　柯:草木的枝莖。《禮記·禮器》:"如竹箭之有筠也,如松柏之有心也……故貫四時而不改柯易葉。"《文選·張衡〈西京賦〉》:"浸石菌於重涯,濯靈芝以朱柯。"薛綜注:"朱柯,芝草莖赤色也。"

⑤ 亭亭:高聳貌,直立貌,獨立貌。《文選·張衡〈西京賦〉》:"干雲霧而上達,狀亭亭以苕苕。"薛綜注:"亭亭、苕苕,高貌也。"蘇軾《虎跑泉》:"亭亭石塔東峰上,此老初來百神仰。"　霄漢:天河,亦借指天空。《後漢書·仲長統傳》:"不受當時之責,永保性命之期。如是,則可以陵霄漢,出宇宙之外矣!"張孝祥《踏莎行》:"趁此秋風,乘槎霄漢。"　靄靄:猶藹藹,茂盛貌。鄭世翼《巫山高》:"巫山凌太清,岧嶢類削成。霏霏暮雨合,靄靄朝雲生。"李頎《晚歸東園》:"出郭喜見山,東行亦未遠。夕陽帶歸路,靄靄秋稼晚。"　雨露:雨和露,亦偏指雨水。《後漢書·馬融傳》:"今年五月以來,雨露時澍。"元稹《代曲江老人百韵》:"暇日耕耘足,豐年雨露頻。"

⑥ 冰碧:謂竹,竹經冬不凋,故稱。元稹《寺院新竹》:"亭亭巧於削,一一大如拱。冰碧林外寒,峰巒眼前聳。"　寒夜:寒冷的夜晚。韋應物《酬閤員外陟》:"寒夜阻良覿,叢竹想幽居。虎符予已誤,金丹子何如?"劉禹錫《酬樂天小亭寒夜有懷》:"寒夜陰雲起,疏林宿鳥驚。

斜風閃燈影，迸雪打窗聲。" 簫韶：舜樂名。《書·益稷》："《簫韶》九成，鳳皇來儀。"也泛指美妙的仙樂。李紳《憶夜直金鑾殿承旨》："月當銀漢玉繩低，深聽簫韶碧落齊。"

⑦ 朧朧：微明貌，昏暗貌。元稹《月臨花》："臨風揚揚花，透影朧朧月。巫峽隔波雲，姑峰漏霞雪。"嚴仁《鷓鴣天》："寒淡淡，曉朧朧，黃雞催斷丑時鐘。" 鱗鱗：明亮貌。張謂《九日宴》："秋葉風吹黃颯颯，晴雲日照白鱗鱗。"歐陽修《內直奉寄聖俞博士》："霜雲映月鱗鱗色，風葉飛空摵摵鳴。"

⑧ 鸞鳳：鸞鳥與鳳凰。劉向《九嘆·遠遊》："駕鸞鳳以上游兮，從玄鶴與鶄明。"古人有"鸞鳳和鳴"之説，亦即鸞鳥與鳳凰相應鳴叫，聲音和悦。嵇康《琴賦》："遠而聽之，若鸞鳳和鳴戲雲中。" 燕雀：燕和雀，泛指小鳥。《禮記·三年問》："小者至於燕雀，猶有啁噍之頃焉！然後乃能去之。"盧照鄰《文翁講堂》："錦里淹中館，岷山稷下亭。空梁無燕雀，古壁有丹青。"

⑨ 幽姿：幽雅的姿態，這裏喻竹。韋應物《郡齋移杉》："櫂幹方數尺，幽姿已蒼然。結根西山寺，來植郡齋前。"白居易《畫竹歌》："東叢八莖疏且寒，曾憶湘妃廟裏雨中看。幽姿遠思少人別，與君相顧空長嘆。" 庭實：陳列於朝堂的貢獻物品。《後漢書·班固傳》："於是庭實千品，旨酒萬鍾。"李賢注："庭實，貢獻之物也。"《續資治通鑒·宋神宗元豐四年》："又請户部陳歲之所貢以充庭實，仍以龜爲前列，金次之，玉帛又次之，餘爲後。" 顥氣：清新潔白盛大之氣。白居易《故饒州刺史吳府君神道碑銘》："每專氣入静，不粒食者累歲；顥氣充而丹田澤，飄然有出世心。"邵雍《秋遊六首》二："先秋顥氣已潛生，洛邑方知節候平。庭院乍涼人共喜，園林經雨氣尤清。" 天涯：猶天邊，指極遠的地方，語出《古詩十九首·行行重行行》："相去萬餘里，各在天一涯。"徐陵《與王僧辯書》："維桑與梓，翻若天涯。"鄭愔《塞外三首》三："海外歸書斷，天涯旅鬢殘。子卿猶奉使，常向節旄看。"

⑩ 峻節：高尚的節操。顏延之《秋胡》：“峻節貫秋霜，明艷侔朝日。”羅隱《寄鍾常侍》：“峻節不由人學得，遠途終是自將來。”　貞筠：指竹，喻堅貞不易的節操。王融《贈族叔衛軍》：“德馨伊何，如蘭之宣，貞筠抽箭，潤璧懷山。”蘇味道《詠霜》：“自有貞筠質，寧將庶草腓。”

⑪ 托身：栖身，寄身。《淮南子・主術訓》：“然民有掘穴狹廬，所以托身者，明主弗樂也。”謝朓《蒲生行》：“蒲生廣湖邊，托身洪波側。”仙壇：指仙人住處。元結《登九疑第二峰》：“九疑第二峰，其上有仙壇。”劉滄《經麻姑山》：“山頂白雲千萬片，時聞鸞鶴下仙壇。”　靈物：祥瑞之物。《後漢書・光武帝紀》：“今天下清寧，靈物仍降。”韓愈《爲宰相賀白龜狀》：“斯皆陛下聖德所施，靈物來效。”珍奇神異之物。《後漢書・南蠻西南夷傳論》：“若乃藏山隱海之靈物，沈沙栖陸之瑋寶，莫不呈表怪麗，雕被宮幄焉。”元稹《兔絲》：“靈物本特達，不復相纏縈。”神靈，神明。白居易《劉白唱和集解》：“在在處處，應當有靈物護之。”范仲淹《滕子京以真籙相示因以贈之》：“非有靈物持，此書安得全？”　呵：護衛。李商隱《驪山有感》：“驪岫飛泉泛暖香，九龍呵護玉蓮房。”齊己《渚宮莫問詩一十五首》八：“舊峰呵練若，松徑接匡廬。”

⑫ 天籟：自然界的聲響，如風聲、鳥聲、流水聲等。《莊子・齊物論》：“女聞人籟而未聞地籟，女聞地籟而未聞天籟夫！”劉禹錫《武陵北亭記》：“林風天籟，與金奏合。”指詩文天然渾成得自然之趣。陸龜蒙《奉和因贈至一百四十言》：“唱既野芳圻，酬還天籟疏。”　陽春：春天，溫暖的春天。《管子・地數》：“君伐菹薪，煮沸水爲鹽，正而積之三萬鍾，至陽春，請籍于時。”唐代酒肆布衣《醉吟》：“陽春時節天氣和，萬物芳盛人如何？”也比喻恩澤。歐陽詹《上鄭相公書》：“上天至仁之膏澤，厚地無私之陽春。”古歌曲名，是一種比較高雅難學的曲子。李固《致黃瓊書》：“嶢嶢者易缺，皦皦者易污。《陽春》之曲，和者

必寡。"後用以泛指高雅的曲調。鮑照《翫月城西門廨中》:"蜀琴抽白雪,郢曲發陽春。"白居易《張十八員外以新詩二十五首見寄因題卷後》:"陽春曲調高難和,淡水交情老始知。"

⑬"應憐孤生者"兩句:詩人自評,比喻自身處境。 孤生:孤陋的人,常用爲自謙之詞。《後漢書·周榮傳》:"榮曰:'榮江淮孤生……今復得備宰士,縱爲竇氏所害,誠所甘心。'"范仲淹《與韓魏公書》:"前時寵示第三文字,極切當,頗爲孤生之助。"也作孤獨的人解。王維《酬諸公見過》:"嗟余未喪,哀此孤生。"柳宗元《南澗中題》:"孤生易爲感,失路少所宜。" 摧折:受挫折,遭打擊。《史記·袁盎晁錯列傳》:"陛下素驕淮南王,弗稍禁,以至此,今又暴摧折之。"韓愈《縣齋有懷》:"蹉跎顏遂低,摧折氣愈下。"這裏是元稹自身遭遇的叙述。痾:疾病。《三國志·管寧傳》:"沈委篤痾,寢疾彌留。"潘岳《閑居賦》:"嘗膳載加,舊痾有痊。"病態,指畸形。《漢書·五行志》:"其後三國皆有篡弑之禍,近下人伐上之痾。"《晉書·五行志》:"及六畜,謂之禍,言其著也。及人,謂之痾。痾,病貌也。"

[編年]

《年譜》編年本詩於元和十二年,同時在譜文中有"本年,元稹與李逢吉唱和"之語,並引《酬東川李相公十六韻》之啓加以證明《酬東川李相公十六韻》作於元和十二年十二月十二日,但没有說明本詩的具體寫作日期。《編年箋注》編年:"此詩作於元和十二年(八一七),見下《譜》。"《年譜新編》編年本詩於元和十二年,没有說明理由也没有說明具體時間,僅有譜文"至通州。年末,獻詩文於李逢吉,與之唱和",但並没有涉及本詩的編年,且"獻詩文於李逢吉,與之唱和"的表述也是不確切的,因爲本詩是元稹酬和李逢吉的詩篇,並非元稹首先獻詩文於李逢吉,幸請讀者辨別。

我們以爲,李逢吉出任東川節度使在元和十二年九月至元和十五年一月，有《舊唐書·憲宗紀》爲證。而元稹元和十二年五月返回通州，十四年正月九日離開通州赴任虢州。因而元和十二年臘月和十三年臘月都可能是元稹這兩首詩的寫作時間。《酬東川李相公十六韻》啓曰：“今月十二日州使回。”元稹《告畬三陽神文》（作於元和十三年十一月十日）文曰：“我貳兹邑，星歲三卒……自喪守候，月環其七……我非常秩，繼我者誰？”其《報三陽神文》文：“維元和十二年九月十五日文林郎守通州司馬權知州務元稹。”“十二年”宋本作“十三年”（參見《群書拾補》）。今從“星歲三卒”來看，當以“十三年”爲是。如此元和十三年四月前後，通州刺史李進賢離任他去，元稹代理其職——“權知州務”，元稹即履行自己代理州刺史的職責，同時也有權力派出“州使”，“州使回”之言表明此詩應該作於元和十三年四月之後，本年十二月之前，從時間以及通州與梓州的距離來推測，此詩寫作在元和十三年十一月最爲可能，元稹當時是以州司馬的身份“權知州務”，地點在通州。

◎ 蟲豸詩七篇·并序（有足曰蟲，無足曰豸）^{（一）①}

天之居物於地也，有獸宜山宜穴，魚宜水宜泥，鳥宜木宜洲，蟲宜草宜腐穢②。風雨會而寒暑時，山川正而原野平衍，然後郭閭屋室以州之人之宜③。人不得其宜，而之鳥獸蟲魚之所宜，非蟲魚獸鳥之罪也。然而自非聖賢，人失所宜，未嘗無不得宜之嘆云④。始辛卯年，予掾荊州之地，洲渚濕墊，其動物宜介，其毛物宜翅羽⑤。予所舍，又荊州樹木洲渚處，晝夜常有翅羽百族鬧，心不得閑靜，因爲《有鳥二十章》以自達（二）⑥。又數年，司馬通州郡，通之地，叢穢卑褊，烝癘陰鬱，焰爲蟲蛇（三），備有辛螫⑦。蛇之毒百，而鼻褰者尤之⑧。蟲之輩亦百，而虻、蟆、浮塵、蜘蛛、蟻子、蛞蜂之類最甚害人⑨。其土民具能攻其所毒，亦往往合於方籍，不知者遭輒死⁽四⁾⑩。予因賦其七蟲爲二十一章，別爲序，以備瑣細之形狀，而盡藥石之所宜，庶亦叔教之意焉⑪！

録自《元氏長慶集》卷四

［校記］

（一）蟲豸詩七篇・并序（有足曰蟲，無足曰豸）：原本作“蟲豸詩七篇（并序 有足曰蟲，無足曰豸）”，楊本、叢刊本作“蟲豸詩七首（并序）”，宋蜀本作“蟲豸詩”，《全詩》作“蟲豸詩七篇并序”。根據本書的統一體例，凡屬組詩，均將組詩總標題冠於每首詩篇標題之前，以與其他獨立成篇的詩歌相區別，據此，凡《元氏長慶集》中歸屬“蟲豸詩七篇”的組詩，特地在其組詩前加上“蟲豸詩七篇”，不再另外出校，特此説明。與此類似的情況還有《使東川》、《和李校書新題樂府十二首》、《貽蜀五首》、《和劉猛古題樂府十首》、《和李餘古題樂府九首》、《詠廿四氣詩》組詩等，一併在此説明。

（二）因爲《有鳥二十章》以自達：楊本、叢刊本、《全詩》同，盧校疑作“因爲《有鳥二十章》以自遣”，“達”就有“通曉明白”、“放達曠達”之意，不必疑更不必改。

（三）焰爲蟲蛇：楊本、叢刊本、《全詩》同，宋蜀本在“蟲”“蛇”之間空缺十字，録以備考。

（四）不知者遭輒死：叢刊本、《全詩》注同，楊本、《全詩》作“不知者毒輒死”，宋蜀本、蘭雪堂本、盧校作“不知者遭毒輒死”，語義相類，不改。

[箋注]

① 蟲豸詩:詩人這組詩歌以"感物寓意"的手法,他喻人世間的醜惡勢力。詩歌寫於淮西平叛之後,詩中的巴蛇顯然是指淮西和河朔吳元濟、王承宗、李師道等世代相襲的叛鎮而言,李唐無力平叛,因而叛鎮盤踞各地,氣焰囂張,形成"巴山畫昏黑,妖霧毒濛濛"的恐怖局面。在這組詩裏,元稹有感巴蛇的跋扈而寄寓自己對叛亂藩鎮爲害國家遺禍百姓的痛恨之情,表明了詩人對藩鎮的叛亂的反對態度。這組詩歌採用的是典型的"感物寓意"手法,而"巴蛇"是"蟲豸"們,如蛞蜂、蜘蛛、蟻子、蟆子、浮塵子、虻等得以孳生的發源地和得以依賴的庇護所,幸請注意。白居易《禽蟲十二章(并序)》:"莊列寓言,《風》、《騷》比興,多假蟲鳥以爲筌蹄。故詩義始于《關雎》、《鵲巢》,道説先乎鯤鵬蜩鷃之類是也。予閑居,乘興偶作一十二章,頗類志怪放言,每章可致一哂,一哂之外,亦有以自警其衰耄封執之惑焉! 頃如此作,多與故人微之、夢得共之。微之、夢得嘗云:'此乃九奏中新聲,八珍中異味也。'有旨哉,有旨哉! 今則獨吟,想二君在目,能無恨乎?"可以作爲讀者閱讀本組詩的參考。　　蟲豸:小蟲的通稱,題下注:"有足曰蟲,無足曰豸。"元稹《春蟬》:"及來商山道,山深氣不平。春秋兩相似,蟲豸百種鳴。"杜荀鶴《和友人見題山居水閣》:"和君詩句吟聲大,蟲豸聞之謂蟄雷。"

② "天之居物於地也"五句:意謂老天造萬物於地,萬物各有其生存於天地間的本領,走獸適宜在山陵洞穴來往,魚蝦適宜在水道湖底存身,飛鳥喜歡在鄰水的洲渚、成片的樹木活動,而蟲類則常常出没在草叢腐穢之處。　　居物:囤積財物。《漢書·張湯傳》:"〔信〕居物致富,與湯分之。"顏師古注引服虔曰:"居,謂儲也。"戴叔倫《贈韋評事儹》:"細草誰開徑? 芳條自結陰。由來居物外,無事可抽簪。"宜:合適,適當,適宜。《敦煌變文集·太子成道經變文》:"魚透碧波堪上岸,無憂花樹最宜觀。"蘇軾《飲湖上初晴後雨二首》二:"欲把西

湖比西子,淡妝濃抹總相宜。" 腐穢:腐爛骯髒,常指不潔淨的處所和事物,亦爲自謙之詞。陶弘景《冥通記》卷二:"自顧腐穢,無地自安。"歐陽修《寄懷二首》一:"鳥獸死有用,羽角筋革齒。輦挽入工師,飾作軍國器。玉食白如瓠,瞑目已腐穢。生者不敢留,埋藏與螻蟻。百年富貴身,孰若鳥獸類? 惟有令人名,終古如不死。"

③ 風雨會而寒暑時:意謂風雨相會適度,寒暑降臨按時。 風雨:風和雨。陸敬《巫山高》:"懸崖激巨浪,脆葉隕驚飆。別有陽臺處,風雨共飄颻。"蘇軾《次韻黃魯直見贈古風二首》一:"嘉穀臥風雨,稂莠登我場。" 會:符合,相合。《管子·法禁》:"上明陳其制,則下皆會其度矣!"《顏氏家訓·書證》:"且鄭玄以前,全不解反語,《通俗》反音,甚會近俗。"王利器集解:"會,猶言合也。" 寒暑:寒冬與暑夏。《易·繫辭》:"寒往則暑來,暑往則寒來,寒暑相推而歲成焉!"陸機《赴洛詩二首》二:"歲月一何易,寒暑忽已革。" 時:副詞,按時。《論語·學而》:"學而時習之,不亦說乎?"元稹《祭翰林白學士太夫人文》:"寒溫必服,藥餌必時。" 山川:山岳、江河。《易·坎》:"天險,不可升也,地險,山川丘陵也,王公設險以守其國。"沈佺期《興慶池侍宴應制》:"漢家城闕疑天上,秦地山川似鏡中。" 正:副詞,正好,恰好。《史記·樗里子甘茂列傳》:"至漢興,長樂宮在其東,未央宮在其西,武庫正值其墓。"韓愈《京尹不臺參答友人書》:"小人言不可信,類如此,亦在大賢斟酌而斷之;流言止於智者,正謂此耳!"本詩意謂自然生成的山岳、江河非常適宜人類居住。 原野:平原曠野。《呂氏春秋·季春紀》:"循行國邑,周視原野。"高誘注:"廣平曰原,郊外曰野。"蘇拯《狡兔行》:"秋來無骨肥,鷹犬遍原野。草中三穴無處藏,何況平田無穴者!" 平衍:平坦寬廣之地。《穆天子傳》卷二:"己酉,天子大饗正公諸侯王吏七萃之士于平衍之中。"指地勢平坦、寬廣。張衡《南都賦》:"上平衍而肱蕩,下蒙籠而崎嶇。"《宋史·河渠志》:"自河而南,地勢平衍。" 郛:外城。《魏書·慕容白曜傳》:"軍人入其西

郊，頗有采掠，文秀悔之，遂嬰城拒守。"元稹《後湖》："荆有泥濘水，在荆之邑郊。郊前水在後，謂之爲後湖。"　閈：里門、里巷、墙垣。白居易《和微之詩二十三首・和櫛沐寄道友》："始出里北閈，稍轉市西闤。"白居易《池上篇序》："都城風土水木之勝在東南偏，東南之勝在履道里，里之勝在西北隅，西閈北垣第一第即白氏叟樂天退老之地。"　屋室：房屋，住宅。《戰國策・趙策》："願大夫之往也，毋伐樹木，毋發屋室。"劉義慶《世説新語・任誕》："我以天地爲棟宇，屋室爲褌衣。"

④ "人不得其宜"兩句：明言詩人的處境不如鳥獸蟲魚，鳥獸蟲魚自然無罪，而迫使詩人處如此境地者自然有罪。　鳥獸：泛指飛禽走獸。《漢書・武帝紀》："德及鳥獸，教通四海。"杜甫《北風》："爽携卑濕地，聲拔洞庭湖。萬里魚龍伏，三更鳥獸呼。"　蟲魚：泛指微小的動物。《詩・小雅・鴛鴦序》："思古明王，交於萬物有道。"孔穎達疏："思古明王交接於天下之萬物，鳥獸蟲魚皆有道，不暴夭也。"馬異《貞元旱歲》："赤地炎都寸草無，百川水沸煮蟲魚。定應燋爛無人救，泪落三篇古尚書。"　聖賢：聖人和賢人的合稱，亦泛稱道德才智傑出者。司馬遷《報任少卿書》："《詩》三百篇，大底聖賢發憤之所爲作也。"韓愈《重答張籍書》："吾子不以愈無似，意欲推而納諸聖賢之域。"　所宜：適宜，妥當。《書序》："言九州所有，土地所生，風氣所宜，皆聚此書也。"應瑒《侍五官中郎將建章臺集詩》："贈詩見存慰，小子非所宜。"　無不：没有不，全是。《禮記・中庸》："辟如天地之無不持載，無不覆幬。"韓愈《元和聖德詩序》："風雨晦明，無不從順。"　得宜：得其所宜，適當。《文心雕龍・書記》："禰衡代書，親疏得宜，斯又尺牘之偏才也。"趙璘《因話録・宫部》："令公勛德不同常人，且又爲國姻戚，自令公始，亦謂得宜。"

⑤ "始辛卯年"兩句：元稹貶任江陵士曹參軍在元和五年，干支當爲庚寅，非辛卯，當是元稹事隔多年又病後誤記所致。《編年箋注》注："辛卯年：唐憲宗元和六年（八一一）。"没有上下連讀，没有注意

"始"字的確切含義,沒有指出元稹出貶荊州亦即江陵的準確年月,沒有更正元稹因病所致的筆誤,很不應該。 掾:官府中佐助官吏的通稱。《史記·項羽本紀》:"項梁嘗有櫟陽逮,乃請蘄獄掾曹咎書抵櫟陽獄掾司馬欣,以故事得已。"劉長卿《送陶十赴杭州攝掾》:"莫嘆江城一掾卑,滄州未是阻心期。" 洲渚:水中小塊陸地。左思《吳都賦》:"島嶼綿邈,洲渚馮隆。"杜甫《暮春》:"暮春駕鷺立洲渚,挾子翻飛還一叢。" 濕墊:潮濕。楊衒之《洛陽伽藍記·景寧寺》:"江左假息,僻居一隅,地多濕墊。"元稹《叙詩寄樂天書》:"授通之初,有習通之俗者曰:'通之地,濕墊卑褊,人士稀少……'" 動物:自然界中生物的一大類,與植物相對。多以有機物爲食料,有神經,有感覺,能運動。《周禮·地官·大司徒》:"辨五地之物生:一曰山林,其動物宜毛物,其植物宜皁物。"葉子奇《草木子·觀物》:"動物本諸天,所以頭順天而呼吸以氣;植物本諸地,所以根順地而升降以津。" 介:獸無偶稱爲介。《莊子·庚桑楚》:"夫函車之獸,介而離山,則不免於罔罟之患。"《方言》第六:"物無耦曰特,獸無耦曰介。" 毛物:指長有細毛的獸類。《周禮·地官·大司徒》:"一曰山林,其動物宜毛物。"鄭玄注:"毛物,貂、狐、貒、貉之屬,縟毛者也。"龔開《僕爲虛谷先生作玉豹馬先生有詩見酬極筆勢之馳騁乃以此詩報謝》:"南山有雄豹,隱霧成變化。奇姿驚世人,毛物亦增價。"本詩指禽鳥。 翅羽:翅膀。禰衡《鸚鵡賦》:"閉以雕籠,翦其翅羽。"張鷟《遊仙窟》:"但令翅羽爲人生,會些高飛共君去。"

⑥ 予所舍又荊州樹木洲渚處:元稹在江陵的住宅被安置在冷僻荒凉的江邊,這是貶官常常遇到的遭遇。參閱元稹《江邊四十韵》,有"官借江邊宅,天生地勢坳。欹危饒壞構,迢遞接長郊"數句描述。洲渚:水中小塊陸地。左思《吳都賦》:"島嶼縣邈,洲渚馮隆。"杜甫《暮春》:"暮春駕鷺立洲渚,挾子翻飛還一叢。" 畫夜:白日和黑夜。李白《送王孝廉覲省》:"彭蠡將天合,姑蘇在日邊……相思無晝夜,東

泣似長川。”岑參《輦北秋興寄崔明允》：“白露披梧桐，玄蟬晝夜號。秋風萬里動，日暮黃雲高。”　　百族：百姓。《周禮·地官·司市》：“大市日昃而市，而族爲主。”鄭玄注引鄭司農曰：“百族，百姓也。”本詩借喻諸多禽獸飛蟲。蘇軾《李氏園》：“入門所見夥，十步九移目。異花兼四方，野鳥喧百族。”　　閑靜：地靜心靜。王建《洛中張籍新居》：“最是城中閑靜處，更回門向寺前開。雲山且喜重重見，親故應須得得來。”白居易《寄庾侍郎》：“庭霜封石棱，池雪印鶴迹。幽致竟誰別？閑靜聊自適。”　　因爲《有鳥二十章》：元稹有《有鳥二十章（庚寅）》，作於元和五年，與本詩序前後呼應，請參閱。同時，也再一次證明元稹自述“辛卯年”是病中誤述。　　自達：表達自己的意思。權德輿《豐城劍池驛感題》：“神物不自達，聖賢亦彷徨。我行豐城野，慷慨心內傷。”蘇轍《上皇帝書》：“則其思報之誠，沒世而不能自達。”

⑦　又數年司馬通川郡：元和十年（815），元稹再次被貶斥，司馬更爲荒涼的通州。“數年”常常是時間不定的表示，但這裏的真實含義就是從元和五年至元和十年，亦即五六年的時長。李頎《欲之新鄉答崔顥綦母潛》：“數年作吏家屢空，誰道黑頭成老翁？男兒在世無產業，行子出門如轉蓬。”孟浩然《奉先張明府休沐還鄉海亭宴集探得階字》：“自君理畿甸，予亦經江淮。萬里書信斷，數年雲雨乖。”　“通之地”四句：元稹有《叙詩寄樂天書》，提及通州的現狀，可以與本詩兼讀：“授通之初，有習通之俗者曰：‘通之地，濕墊卑褊，人士稀少，近荒札，死亡過半。邑無吏，市無貨，百姓茹草木，刺史以下計粒而食。大有虎、貘、蛇虺之患，小有蟆、蚋、浮塵、蜘蛛、蛒、蜂之類，皆能鑽齧肌膚，使人瘡痏。夏多陰霪，秋爲痢瘧，地無醫巫，藥石萬里，病者有百死一生之慮。’”　　叢穢：猶荒蕪。張君祖《詠懷三首》一：“區區雖非黨，兼忘混礫玉。恪神罔叢穢，要在夷心曲。”黃佐《翰林記·正文體》：“國初文體承元末之陋，皆務奇博，其弊遂寖叢穢。”　　卑褊：祝穆《方輿勝覽·達州》：“風俗：地濕墊卑褊，土地肥美，任俠尚氣，質樸無

文,俗不耕桑,地無醫藥,夏秋多瘴。”與元稹的話一一印證。　卑:低,與高相對。《易·繫辭》:“卑高以陳,貴賤位矣!”曹丕《芙蓉池作》:“卑枝拂羽蓋,修修摩蒼天。”　褊:狹小。《左傳·隱公四年》:“衛國褊小,老夫耄矣!無能爲也。”潘岳《西征賦》:“傷桴檝之褊小,撮舟中而掬指。”　烝瘴陰鬱:《大清一統志·達州》:“風俗:叢穢卑褊,蒸瘴陰鬱,宣漢井場男女不耕蠶,貨賣雜物代錢,習性獷硬,語無實詞,民俗秀野,任俠尚氣,邑屋壯大,果蓏豐甘。”也與元稹的説法一致。　烝:指氣體上升。王充《論衡·自然》:“下氣烝上,上氣降下,萬物自生其中間矣!”韓愈《永貞行》:“湖波連天日相騰,蠻俗生梗瘴癘烝。”　瘴:指南部、西南部地區山林間濕熱蒸發能致病之氣。《後漢書·南蠻傳》:“南州水土温暑,加有瘴氣,致死者十必四五。”鮑照《苦熱行》:“瘴氣晝熏體,菵露夜霑衣。”　陰:冷,寒冷。《左傳·襄公二十八年》:“陰不堪陽。”楊伯峻注:“古人謂寒冷爲陰,温暖爲陽。應有冰而無冰,即應寒而暖,故曰陰不勝陽。”《素問·四時刺逆從論》:“厥陰有餘病,陰痺。”王冰注:“陰,謂寒也。”　鬱:滯塞不通,鬱積不暢。鮑照《松柏篇》:“鬱湮重冥下,煩冤難具説。”秦觀《浩氣傳》:“凡物壅之則壹而相與鬱,散之則疏而相與通。”　蟲蛇:泛指蛇和其他蟲類。《韓非子·五蠹》:“人民不勝禽獸蟲蛇,有聖人作,構木爲巢以避群害,而民悦之。”王充《論衡·無形》:“夫蟲蛇未化者,不若不化者。蟲蛇未化,人不食也;化爲魚鱉,人則食之。食則壽命乃短,非所冀也。”　辛螫:毒蟲刺螫人。《詩·周頌·小毖》:“莫予荓蜂,自求辛螫。”鄭玄箋:“徒自求辛苦毒螫之害耳!”葉適《劉靖君墓誌銘》:“憂患之味早,視衆所甘,殆若辛螫。”也比喻荼毒虐害。陳子昂《送著作佐郎崔融等從梁王東征詩序》:“皇帝哀北鄙之人,罹其辛螫;以東征之義,降彼偏裨。”

⑧ 鼻褰:毒蛇名,又名褰鼻。《佩文韵府》卷六三:“褰鼻:《本草》:‘白花蛇一名鼻褰蛇。寇宗奭曰:‘諸蛇鼻向下,獨此鼻向上,故

名。'"柳宗元《宥蝮蛇文》："其頭蹙惡，其腹次且，褰鼻鉤牙，穴出榛居，蓄怒而蟠，銜毒而趨。"　尤：最惡劣，亦指最惡劣的人物。《新唐書·李絳傳》："比諫官多朋黨，論奏不實，皆陷謗訕，欲黜其尤者，若何？"沈俶《諧史》："一日伯簡與其徒會飲呼蒲，楊忠挺刃而前，執其尤者，捽首頓之地。"

　　⑨ 虻：昆蟲名，種類很多，吮吸人、畜的血液。《史記·項羽本紀》："夫搏牛之虻，不可以破蟣蝨。"孟郊《京山行》："眾虻聚病馬，流血不得行。後路起夜色，前山聞虎聲。"　蟆：即"蟆子"，黑色小蚊，夜伏而晝飛，嘴有毒，咬人成瘡。王周《蚋子賦（有序）》："蚋子之下有蟆子，蟆子之下有浮塵子，三者異乎？皆狀小而黑。世云：巴蛇鱗介中微蟲所變耳！"　浮塵：空中飛揚或物面附著的灰塵，又稱浮塵子，昆蟲名，體形似蟬而小，黃綠色或黃褐色，具有刺吸式口器，吸稻、棉、果樹等汁液。林逋《寺居》："不壓浮塵擬何了，片心難舍此緣中。"蘇轍《次韻子瞻和淵明飲酒二十首》一六："浮塵掃欲盡，火棗行當成。"蜘蛛：節肢動物，尾部分泌黏液，凝成細絲，織成網，用來捕食昆蟲。《關尹子·三極》："聖人師蜂立君臣，師蜘蛛立網罟，師拱鼠制禮，師戰蟻制兵。"盧象《同王維過崔處士林亭》："映竹時聞轉轆轤，當窗只見網蜘蛛。主人非病常高臥，環堵蒙籠一老儒。"　蟻子：螞蟻。高駢《遣興》："浮世忙忙蟻子群，莫嗔頭上雪紛紛。沈憂萬種與千種，行樂十分無一分。"楊萬里《英石鋪道中》："先生盡日行石間，恰如蟻子緣假山。"　蛒蜂：蜂之一種，有毒。元稹《敘詩寄樂天書》："大有虎、貘、蛇、虺之患，小有蟆、蚋、浮塵、蜘蛛、蛒蜂之類、皆能鑽齧肌膚、使人瘡痏。"《詩傳名物集覽·蟲豸》："巴中蛒蜂，在褰鼻蛇穴內，最毒。元稹有詩，'此蠣蠆也。'莊子曰：'蠣蠆之尾。'"彭大翼《山堂肆考·昆蟲·蜂》："又一種名蛒蜂，巢在褰鼻蛇穴下，故毒螫倍于諸蜂。揚雄《方言》：其大而有蜜，謂之壺蜂，即今黑蜂。《楚詞》所謂赤蟻，若象玄蜂若壺者也。"

⑩ 土民：土人，當地人。《資治通鑑・晉懷帝永嘉五年》："巴蜀流民布在荆湘間，數爲土民所侵苦。"白居易《送客春遊嶺南二十韵》："陰晴變寒暑，昏曉錯星辰。瘴地難爲老，蠻陬不易馴。土民稀白首，洞主盡黄巾。" 方籍：醫書。魏之琇《續名醫類案・咳嗽》："宜用補中益氣與六君子參合服方藉參苓術以補肺之母，使痰無由生。"義近"方書"，亦即醫書。白居易《病中逢秋招客夜酌》："合和新藥草，尋檢舊方書。"

⑪ 瑣細：瑣碎，細小。杜甫《北征》："山果多瑣細，羅生雜橡栗。"陸游《讀老子次前韵》："平生好大忽瑣細，焚香讀書户常閉。" 藥石：藥劑和砭石，泛指藥物。曹髦《傷魂賦》："岐鵲騁技而弗救，豈藥石之能追？"蘇軾《答子由頌》："病根何處容他住，日夜還將藥石攻！" 叔敖：春秋時楚人，孫叔敖年少而仁，聽人言有見兩頭蛇者必死無疑。叔敖外出，途中遇兩頭蛇，叔敖怕他人再見而喪命，殺而埋之，回家哭著向母親訣别，時人認爲其有爲他人著想不惜犧牲自己之美德。張説《登九里臺是樊姬墓》："楚國所以霸，樊姬有力焉！不懷沈尹禄，誰諳叔敖賢？"周曇《春秋戰國門・樊姬》："側影頻移未退朝，喜逢賢相日從高。當時不有樊姬問，令尹何由進叔敖？"詩人撰寫這組詩歌，目的之一是揭露黑暗的社會現實，讓人們認清社會上形形色色的醜惡勢力；目的之二也是向人們介紹自然界的種種毒蟲，讓人們認清它們的危害，有像孫叔敖一樣爲他人著想之意。

［編年］

《年譜》在"乙未至戊戌在通州所作其他詩"欄内繫入元稹詩《蟲豸詩（七篇，并序）》，理由是："《序》云：'……又數年，司馬通州郡。通之地，蛇之毒百……虻之輩亦百，而虻、蟆、浮塵、蜘蛛、蟻子、蛒蜂之類最甚害人……予因賦其七蟲爲二十一章，别爲序'云云。"《編年箋注》同意《年譜》意見："組詩《蟲豸詩》七首作於元和十年（八一五）至十三年(八一八)期間,元稹時在通州司馬任。"理由是:"詳卜《譜》。"
《年譜新編》亦編年"乙未至戊戌在通州所作其他詩",理由是:"序云:
'又數年,司馬通州(川)郡。通之地,叢穢卑褊,烝癉陰鬱,焰爲蟲蛇,
備有辛螫。蛇之毒百,而鼻褒者尤之。蟲之輩亦百,而虹、蟆、浮塵、
蜘蛛、蟻子、蛒蜂之類,最甚害人。其土民具能攻其所毒,亦往往合于
方籍。不知者,遭毒(一本無)輒死。予因賦其七蟲爲二十一章,別爲
序,以備瑣細之形狀,而盡藥石之所宜,庶亦(一本無)叔敖之意焉!'
該組詩包括《巴蛇》、《蛒蜂》、《蜘蛛》、《蟻子》、《蟆子》、《浮塵子》、
《虹》。"

　　我們以爲《年譜》、《編年箋注》、《年譜新編》對《蟲豸詩》的繫年過
於籠統。首先《蟲豸詩》所述均是通州山谷間的蟲豸,因此它的作年
理應是元稹在通州的元和十年六月至十月間和元和十二年五月至十
三年年底。元和十年六月至十月間元稹"瘧病將死,一見外不復記
憶",觀察外界事物不可能如此細緻,見聞也不會如此廣泛,如《叙詩
寄樂天書》:"授通之初有習通之熟者曰:'通之地濕墊卑褊……大有
虎、豹、蛇虺之患,小有蟆、蚋、浮塵、蜘蛛、蛒蜂之類,皆能鑽齧肌膚,
使人瘡痏。'"但這僅僅是道聽塗説,沒有來得及作認真細緻的觀察與
瞭解,所以當時還不太可能作《蟲豸詩》;而元和十二年五月至十三年
年底之間應是《蟲豸詩》組詩二十一首詩篇的創作時間。其次,《蟲豸
詩》二十一首雖然爲感物寓意之作,但它的序言裏多多少少流露出當
時的時序,如《蟲豸詩・蟆子三首序》:"秋夏不愈。"又如《蟲豸詩・虹
三首序》:"巴山谷間,春秋常雨,自五六月至八九月。雨則多虹,道路
群飛,噬馬牛血及蹄角。旦暮尤極繁多,人常用日中時趣程,逮雪霜而
後盡。"從《序》所云歷春夏秋冬的情況看,本組詩應該是元稹第二次在
通州時賦作比較可能。第三,元和十三年的九月至十一月之間,元稹親
自引導並參加通州百姓開墾通州境內的荒山,深入到百姓中間,來到崇
山峻嶺之間,有元稹自己的《報三陽神文》、《告畬竹山神文》、《告畬三陽

神文》爲證，對當地的蟲豸特性才有了進一步的瞭解，對被其毒害的百姓苦惱才有了深刻的體會，因此才能寫出觀察如此細緻入微的動人詩篇。據此，我們以爲本組詩應該賦成於元和十三年的冬季，元稹當時是以州司馬的身份"權知州務"，地點自然在通州。

◎ 蟲豸詩七篇·巴蛇三首(并序)(一)①

巴之蛇百類，其大，蟒；其毒，褰鼻。蟒，人常不見；褰鼻，常遭之②。毒人則毛髮皆豎起，飲溪澗而泥沙盡沸③。驗方云："攻巨蟒用雄黄烟，被其腦則裂。"(二)④而鶡鳥(鶡屬)能食其小者，巴無是物，其民常用禁術制之，尤效⑤。

巴蛇千種毒，其最鼻褰蛇⑥。掉舌翻紅焰，盤身甇白花⑦。噴人豎毛髮，飲浪沸泥沙⑧。欲學叔敖瘞，其如多似麻⑨。

越嶺南濱海，武都西陷戎(三)⑩。雄黄假名石，鶡鳥遠難籠⑪。詎有隳腸計？應無破腦功⑫。巴山晝昏黑，妖霧毒濛濛⑬。

漢帝斬蛇劍，晋時燒上天⑭。自兹繁巨蟒，往往壽千年⑮。白晝遮長道，青溪蒸毒烟⑯。戰龍蒼海外，平地血浮船⑰。

録自《元氏長慶集》卷四

［校記］

(一) 巴蛇三首(并序)：叢刊本、《全詩》同，楊本、《蜀中廣記》作"巴蛇"，體例不同，不改。

（二）被其腦則裂：楊本、叢刊本、《全詩》、《蜀中廣記》同，猶言巴蛇遭遇雄黃烟則腦袋破裂。宋蜀本作"破其腦則裂"，破腦自然身裂，語義重複，不從不改。

（三）武都西陷戎：宋蜀本、蘭雪堂本、叢刊本、《全詩》注、《蜀中廣記》、《淵鑒類函》同，楊本、《全詩》作"武都西隱戎"，語義不佳，不改。

[箋注]

① 巴蛇：古代傳說中的大蛇。《山海經·海內南經》："巴蛇食象，三歲而出其骨。"郭璞《巴蛇》："象實巨獸，有蛇吞之。越出其骨，三年爲期。厥大何如？屈生是疑。"除本組詩外，元稹另有《酬樂天見寄》也涉及"巴蛇"："三千里外巴蛇穴，四十年來司馬官。瘴色滿身治不盡，瘡痕刮骨洗應難。"寓意與本詩相同，可以參讀。

② 百類：多種多樣。許嵩《建康實錄》卷一七："侯景以窮見歸，撫之如子，故我高祖於景何薄？百姓於景何辜？而景肆長戟以凌蹙朝廷，騁鋸牙而殘害百類，皇枝繦褓之上皆窮刃極殂，豈有人臣忍聞此痛？"義近"群類"。張説《爲留守作瑞禾杏表》："陛下覆翼萬方，植生群類。"　蟒：巨蛇。《爾雅·釋魚》："蟒，王蛇。"郭璞注："蟒，蛇最大者，故曰王蛇。"元稹《送崔侍御之嶺南二十韵》："茅燕連蟒氣，衣漬度梅黰。象鬥緣溪竹，猿鳴帶雨杉。"　褰鼻：毒蛇名，因其鼻子向上，不同它蛇，故名。元稹《蟲豸詩·蛒蜂三首序》："蛒，蜂類而大，巢在褰鼻蛇穴下，故毒螫倍諸蜂薑。"《詩傳名物集覽·蟲豸》："又蛒蜂，出巴中，在褰鼻蛇穴內，其毒非方藥可療。"

③ 毒人：猶毒害人類。沈鯉《域外三槐記》："予性不耐暑，方盛夏，夕陽毒人，極爲酷烈，而居廬不堪御暑也。"《續資治通鑑長編·景祐四年》："詔福建路有以野葛毒人者，徙其家嶺北編管，永不放還。"毛髮：人體上的毛與頭髮。《史記·扁鵲倉公列傳》："流汗者，法病內

重,毛髮而色澤,脈不衰,此亦內關之病也。"李群玉《古鏡》:"冰輝凜
毛髮,使我肝膽冷。"有時也特指頭髮。司馬遷《報任少卿書》:"其次
剔毛髮嬰金鐵受辱。"這裏指遇到巴蛇的人們因爲驚恐而頭髮汗毛都
豎立起來了。 溪澗:兩山之間的河溝。《漢書·晁錯傳》:"上下山
阪,出入溪澗,中國之馬弗與也。"干寶《搜神記》卷一:"比至日中,大
雨總至,溪澗盈溢。" 泥沙盡沸:盧之頤《本草乘雅半偈》卷一〇:"白
花蛇……噬人有大毒,元稹《長慶集》云:白花蛇毒人,毛髮豎立;飲於
溪水,則泥沙盡沸。唯蘄州白花蛇性少善,故入藥取蘄産者爲貴。"繆
希雍《神農本草經疏·白花蛇》:"白花蛇味甘咸溫,有毒……一名褰
鼻蛇,白花者良(出蘄州,龍頭虎口,黑質白花,目開如生,尾有爪甲,
真蘄産也)。"

④ 驗方:臨床經驗證明確有療效的現成藥方。權德輿《翰苑集
原序》:"公在南賓,閉門却掃,郡人稀識其面。復避謗不著書,惟考校
醫方,撰集《驗方》五十卷,行於世。"元稹《送崔侍御之嶺南二十韵
序》:"古朋友別,皆贈以言。況南方物候飲食與北土異,其甚者夷民
喜聚蠱。秘方云:'以含銀變黑爲驗,攻之重雄黃。'海物多肥腥,啖之
好嘔泄。'驗方云:'備之在咸食。'" 巨蟒:身軀巨大的蟒蛇。元稹
《人道短》:"杜鵑無百年,天遣百鳥哺雛,不遣哺鳳皇。巨蟒壽千歲,
天遣食牛吞象充腹腸。"《江西通志·撫州府》:"化龍池在崇仁縣治
北,宋樂史家池旁有巨蟒,鱗甲爪距如金,一日風雨大作,化龍而去,
史登科正此日也!" 雄黃:礦物名,桔紅色,半透明結晶體,用於製作
砒,外用有殺蟲、治療蛇蟲咬傷的作用。葛洪《抱朴子·內篇》卷四:
"或問曰隱居山澤辟蛇蝮之道,抱朴子曰:'昔圓丘多大蛇,又生好藥,
黃帝將登焉! 廣成子教之佩雄黃,而衆蛇皆去。今帶武都雄黃,色如
雞冠者五兩以上,以入山林草木,則不畏蛇蝮。若中人,以少許雄黃
末内瘡中,亦登時愈也。"元稹《蟲豸詩·蜘蛛三首序》:"巴蜘蛛大而
毒,其甚者身運數寸,而蹄長數倍其身。網羅竹柏,盡死。中人,瘡痏

溱濕,且痛癢倍常。用雄黃苦酒塗所囓,仍用鼠婦蟲食其絲盡,輒愈。療不速,絲及心,而療不及矣!"　被:同"披",靠近,依傍。《戰國策·魏策》:"殷紂之國,左孟門而右漳滏,前帶河,後被山,有此險也,然爲政不善,而武王伐之。"王引之《經義述聞·通說》:"《魏策》曰:'殷紂之國,前帶河,後被山。'則被非帶也……《上林賦》曰:'被山緣谷,循阪下隰。'皆謂傍山也。故徐廣曰:'披,旁其邊之謂也。''披'、'被',古今字耳!"賈思勰《齊民要術·菖》:"菖蔓生,被樹而升。"　裂:綻開,龜裂。左思《蜀都賦》:"蒲陶亂潰,若榴競裂。"韓愈《嘲鼾睡二首》一:"木枕十字裂,鏡面生痱瘟。"

⑤ 鶔鳥:鳥名。李肇《唐國史補》卷中:"松脂入地千歲爲茯苓,茯苓千歲爲琥魄,琥魄千歲爲瑿玉,愈久則愈精也。鶔鳥千歲爲鳩,愈老則愈毒也。"羅願《爾雅翼·釋鳥》:"鶔鳥千歲爲鳩……陶隱居又言:鳩鳥狀如孔雀,五色雜斑,高大,黑頭赤喙,出交廣深山中。"　禁術:禁架術,禁咒術。《後漢書·徐登傳》:"但行禁架。"李賢注:"禁架,即禁術也。"

⑥ 巴蛇千種毒:意謂巴蛇種類有千種之多,每一種都有毒。張説《巴丘春作》:"湖陰窺魍魎,丘勢辨巴蛇。島户巢爲館,漁人艇作家。"白居易《送客南遷》:"水蟲能射影,山鬼解藏形。穴掉巴蛇尾,林飄鴆鳥翎。"　鼻褰蛇:即白花蛇,李時珍《本草綱目》卷四三:"白花蛇:釋名蘄蛇(《綱目》),褰鼻蛇。《集解》宗奭:諸蛇鼻向下,獨此鼻向上,背有方勝花文,以此得名。《志》曰:白花蛇生南地及蜀郡諸山中,九月、十月採捕火乾。白花者,良頌曰:今黔中及蘄州、鄧州皆有之,其文作方勝。白花喜螫人足,黔人有被螫者,立斷之,續以木脚。此蛇入人室屋中,作爛爪氣者不可向之,須速辟除之。時珍曰:花蛇湖蜀皆有,今惟以蘄蛇擅名。然蘄地亦不多得,市肆所貨、官司所取者,皆自江南興國州諸山中來。其蛇龍頭虎口,黑質白花,脅有二十四個方勝文,腹有念珠班,口有四長牙,尾上有一佛指甲,長一二分,腸形

如連珠,多在石南藤上食其花葉,人以此尋獲。先撒沙土一把,則幡而不動。又取之,用繩懸起,劙刀破腹去腸物,則反尾洗滌其腹,蓋護創,爾乃以竹支定,屈曲盤起,縶縛炕乾。出蘄地者雖乾枯而眼光不陷,他處者則否矣! 故羅願《爾雅翼》云:蛇死目皆閉,惟蘄州花蛇目開如生,舒、蘄兩界者則一開一閉,故人以此驗之。又按元稹《長慶集》云:巴蛇凡百類,惟褰鼻白花蛇人常不見之,毒人則毛髮豎立,飲於溪澗,則泥沙盡沸。鵰鳥能食其小者,巴人亦用禁術制之,熏以雄黃烟,則腦裂也。此説與蘇頌所説蘄蛇相合。然今蘄蛇亦不甚毒,則蘄蜀之蛇雖同有白花而類性不同,故入藥獨取蘄產者也。”

⑦ 掉舌:蠕動舌頭。《舊唐書·裴度傳》:“‘陛下徇耳目之欲,拔置相位,天下人騰口掉舌,以爲不可,於陛下無益,願徐思其宜!’帝不省納。”惠洪《東坡羹》:“東坡鐺內相容攝,乞與饞禪掉舌尋。”這裏指蛇吐舌。　紅焰:紅色的火焰。史延《清明日賜百僚新火》:“頒賜恩逾洽,承時慶自均。翠烟和柳嫩,紅焰出花新。”劉禹錫《百花行》:“春風連夜動,微雨凌曉濯。紅焰出墻頭,雪光映樓角。”這裏借喻蛇吐出的紅色舌頭,又稱蛇信子。　盤身:將身體盤成一團。貫休《送越將歸會稽》:“面如玉盤身八尺,燕語清寧戰袍窄。古嶽龍腥一匣霜,江上相逢雙眼碧。”馮山《苦寒寄任瀘州汲師中》:“此地正苦寒,盤身西南飛。”這裏指蛇將長長的身體盤縮成一團。　白花:白色的花,如柳絮。沈佺期《折楊柳》:“白花飛歷亂,黃鳥思參差。妾自肝腸斷,旁人那得知?”李嶠《竹》:“白花搖鳳影,青節動龍文。葉掃東南日,枝捎西北雲。”這裏借喻蛇身上的白色花紋。

⑧ 噴人豎毛髮:這裏指鼻褰蛇向靠近的人們噴射毒液,令人毛骨悚然,即元稹自己在詩序裏所説的“毒人則毛髮皆豎起”。趙長卿《江城子·夜凉對景》:“彩雲飛盡楚天空。碧溶溶。一簾風。吹起荷花,香霧噴人濃。明月淒涼多少恨! 恨難許,我情鍾。”薛季宣《月下酌醑》:“噴人清馥遍閑庭,心醉銀釭對醁醽。高髻月娥呈素面,孤雲

天蓋拂明星。”　豎：直立，樹立。《後漢書・靈帝紀》：“冬十月壬午，御殿後槐樹自拔倒豎。”韓愈《送窮文》：“毛髮盡豎，竦肩縮頸。”　毛髮：人體上的毛與頭髮。李羣玉《古鏡》：“冰輝凜毛髮，使我肝膽冷。忽驚行深幽，面落九秋井。”聶夷中《雜興》：“擾擾造化内，茫茫天地中。苟或有所願，毛髮亦不容。”特指頭髮。司馬遷《報任少卿書》：“其次剔毛髮嬰金鐵受辱。”杜甫《哭王彭州掄》：“巫峽長雲雨，秦城近鬥杓。馮唐毛髮白，歸興日蕭蕭。”　飲浪沸泥沙：這裏指鼻塞蛇在溪水中翻騰，毒浪翻滾，泛起陣陣泥沙，誠如元稹自己在詩序中所描述：“飲溪澗而泥沙盡沸。”《樂府詩集・飲馬長城窟行》：“長城征馬度，橫行且勞羣。入冰穿凍水，飲浪聚流文。”駱賓王《浮槎》：“渤海三千里，泥沙幾萬重。似舟飄不定，如梗泛何從！”　沸：泉湧貌，亦泛指水波翻湧貌。庾信《哀江南賦》：“冤霜夏零，憤泉秋沸。”王昌齡《小敷谷龍潭祠作》：“跳波沸崢嶸，深處不可挹。”指液體燒滾的狀態。《韓非子・備内》：“今夫水之勝火亦明矣！然而釜鬵間之，水煎沸竭盡其上，而火得熾盛焚其下，水失其所以勝者矣！”酈道元《水經注・伊水》：“潭渾若沸，亦不測其深淺也。”　泥沙：泥土與沙子。劉孝標《東陽金華山栖志》：“夫鳥居山上，層巢木末；魚潛淵下，窟穴泥沙。”杜甫《黄魚》：“日見巴東峽，黄魚出浪新……泥沙卷涎沫，回首怪龍鱗。”

⑨　“欲學叔敖瘞”兩句：意謂自己本來想學習孫叔敖埋兩頭蛇的義舉，將害人的兩頭蛇一一埋葬，無奈人世間的兩頭蛇實在太多太多。　叔敖瘞：賈誼《新書》卷六：“孫叔敖之爲嬰兒也，出遊而還，憂而不食。其母問其故，泣而對曰：‘今日吾見兩頭蛇，恐去死無日矣！’其母曰：‘今蛇安在？’曰：‘吾聞見兩頭蛇者死，吾恐他人又見，吾已埋之也！’其母曰：‘無憂！汝不死！吾聞之有陰德者天報以福。’人聞之，皆諭其能仁也。及爲令尹，未治而國人信之。”周曇《春秋戰國門・孫叔敖》：“童稚逢蛇嘆不祥，慮悲來者爲埋藏。是知陽報由陰施，天爵昭然契日彰。”李瀚《蒙求》：“柳下直道，叔敖陰德。張湯巧

詆,杜周深刻。"

⑩ 越嶺:亦即"五嶺",大庾嶺、越城嶺、騎田嶺、萌渚嶺、都龐嶺的總稱,位於江西、湖南、廣東、廣西四省之間,是長江與珠江流域的分水嶺。李紳《逾嶺嶠止荒陬抵高要》:"周王止化惟荆蠻,漢武鑿遠通屓顏。南標銅柱限荒徼,五嶺從茲窮險艱。"許渾《京口津亭送張崔二侍御》:"水接三湘暮,山通五嶺春。傷離與懷舊,明日白頭人。"濱海:靠近海邊,沿海。趙曄《吳越春秋·闔閭内傳》:"寡人國僻遠東濱海。"《後漢書·法雄傳》:"永初三年,海賊張伯路等三千餘人冠赤幘,服絳衣,自稱'將軍',寇濱海九郡,殺二千石令長。" 武都:唐代州郡名,州治在今甘肅武都。《舊唐書·地理志》:"武州……隋武都郡。武德元年置武州,領將利、建威、覆津、盤堤四縣。貞觀元年省建威,入將利。天寶元年改爲武都郡,乾元元年復爲武州。舊領縣三,户一千一百五十二,口五千三百八十一。天寶户二千九百二十三,口一萬五千三百一十三。在京師西一千二百九十里,至東都二千里。"顧況《戴氏廣異記序》:"武都女子化爲男,成都男子化爲女;周娥殉墓,十載却活;嬴諜暴市,六日而蘇。"裴度《唐故太尉兼中書令西平郡王贈太師李公神道碑銘》:"乾元初,嘗客武都,值酋豪以缺守遘亂,殺掠平人。公與所從十數騎馳而射之,殪其爲魁者,餘黨遂遁。" 戎:古代典籍泛指我國西部的少數民族。《禮記·王制》:"西方曰戎。"《大戴禮記·千乘》:"西辟之民曰戎。"《三國志·諸葛亮傳》:"西和諸戎,南撫夷越。"又古族名,支系衆多:殷周有鬼戎、西戎、餘無之戎等。春秋時有己氏之戎、北戎、允戎、伊洛之戎、犬戎、驪戎、蠻戎七種。秦國西北有狄、獂、邽、冀之戎、義渠之戎、大荔之戎等。戰國時,晉國及其以北有大戎、條戎、茅戎、林胡、樓煩之戎;燕北有山戎;今豫陝交界一帶有揚拒、陸渾之戎等。多從事遊牧,部分從事農耕。一說,其見於商周者曰鬼方,曰昆夷,曰獫鬻。其在宗周之季,則曰玁狁。入春秋後則始謂之戎,隨世異名,因地殊號。

⑪ 雄黄：礦物名，外用有殺蟲、治療蛇蟲咬傷的作用。祝穆《古今事文類聚・雄黄去蛇》：“昔圓丘多大蛇，又生好藥，黄帝將登焉！廣成子教之佩雄黄而蛇皆去（《抱朴子》）。”汪森《粵西叢載・蚺蛇》：“董……爲余言：其家人妻往樵于山，爲蚺蛇所得。比晚不歸，家人怪之，往尋之，見蛇方蟠其身，以尾吸其陰，吐舌於婦人口内，遂歸聚衆往擊之。蛇見人衆乃去，婦人尚有微氣，灌以雄黄敗毒之劑，稍復醒能言。越一二日毒發身腫，明瑩可鑒，竟死。世言蚺蛇最淫，見婦人裹衣，輒卧其上，人隨殺之，觀此益信。”　鵰鳥：鷂屬，即鷂，亦稱負雀，因善於捕獲雀、蛇，又稱雀鷹。《爾雅・釋鳥》：“鷣，負雀。”郭璞注：“鷣，鷂也。江南呼之爲鷣，善捉雀，因名焉！”李肇《唐國史補》卷中亦有説明。

⑫ 詎：副詞，表示否定，相當於“無”、“非”、“不”。《文選・江淹〈別賦〉》：“至如一去絕國，詎相見期。”劉良注：“詎，無也。”《北史・盧玄傳》：“創制立事，各有其時，樂爲此者，詎幾人也！”　隳：毁壞，廢棄。《老子》：“故物或行或隨，或歔或吹，或强或羸，或載或隳。”陸德明釋文：“隳，毁也。”《吕氏春秋・必己》：“合則離，愛則隳。”高誘注：“隳，廢也。”

⑬ 巴山：巴地之山。元稹《瘴塞》：“瘴塞巴山哭鳥悲，紅妝少婦斂啼眉。”李商隱《夜雨寄北》：“君問歸期未有期，巴山夜雨漲秋池。何當共剪西窗燭，却話巴山夜雨時。”　巴：古族名，國名，其族主要分佈在今川東、鄂西一帶，巴山之名，因此而得。盧照鄰《西使兼送孟學士南遊》：“地道巴陵北，天山弱水東。相看萬餘里，共倚一征蓬。”張九齡《巫山高》：“神女去已久，雲雨空冥冥。唯有巴猿嘯，哀音不可聽。”　昏黑：天色黑暗。杜甫《茅屋爲秋風所破歌》：“唇焦口燥呼不得，歸來倚杖自嘆息。俄頃風定雲墨色，秋天漠漠向昏黑。”于鵠《過凌霄洞天謁張先生祠》：“斷崖晝昏黑，槎臬横只椽。”　妖霧：妖怪興起的毒霧。沈夢麟《浙江儲都尉射虎卷》：“雕弧白矢開妖霧，雨血風

毛灑夕曛。斬却樓蘭應有日，丹心好答聖明君。"徐之瑞《五十初度戲作一萬八千日歌》："將軍海外御樓船，坐看蚩尤蔽妖霧。" 濛濛：迷茫貌。《詩·豳風·東山》："零雨其蒙。"鄭玄箋："歸又道遇雨，濛濛然。"吉師老《鴛鴦》："江島濛濛烟靄微，綠蕪深處刷毛衣。"濃盛貌。元稹《春晚寄楊十二兼呈趙八》："濛濛竹樹深，簾牖多清陰。避日坐林影，餘花委芳襟。"張籍《惜花》："濛濛庭樹花，墜地無顏色。"

⑭ 漢帝斬蛇劍：漢代劉邦起事前曾醉行澤中，遇大蛇當道，乃拔劍斬之，《史記·高祖本紀》："高祖以亭長爲縣送徒酈山，徒多道亡，自度比至皆亡之。至豐西澤中，止飲，夜乃解縱所送徒，曰：'公等皆去，吾亦從此逝矣！'徒中壯士願從者十餘人。高祖被酒，夜徑澤中，令一人行前。行前者還報曰：'前有大蛇當徑，願還！'高祖醉，曰：'壯士行，何畏？'乃前，拔劍擊斬蛇，蛇遂分爲兩，徑開。行數里，醉，因臥。後人來至蛇所，有一老嫗夜哭。人問何哭，嫗曰：'人殺吾子，故哭之。'人曰：'嫗子何爲見殺？'嫗曰：'吾子，白帝子也。化爲蛇，當道，今爲赤帝子斬之，故哭。'人乃以嫗爲不誠，欲笞之，嫗因忽不見。後人至，高祖覺，後人告高祖，高祖乃心獨喜，自負，諸從者日益畏之。"後用以爲典。元稹《說劍》："神物終變化，復爲龍牝牡。晉末武庫燒，脫然排戶牖。"薛逢《送徐州李從事商隱》："斬蛇澤畔人烟曉，戲馬臺前樹影疏。" 晉時燒上天：《晉書·五行志》："惠帝元康五年閏月庚寅，武庫火，張華疑有亂，先命固守，然後救火，是以累代異寶、王莽頭、孔子屐、漢高祖斷白蛇劍及二百八萬器械一時蕩盡。"《晉書·張華傳》："武庫火，華懼因此變作，列兵固守，然後救之。故累代之寶及漢高斬蛇劍、王莽頭、孔子履等盡焚焉！時華見劍穿屋而飛，莫知所向。"這裏借喻中央政府鎮壓叛亂藩鎮的武裝力量，自從晉代以後，越來越消弱，有如消失的斬蛇之劍，難以發揮應有的震懾作用，故從此以後，藩鎮割據之勢越演越烈，成不可收拾之勢。元稹借此典抨擊唐代中後期藩鎮割據的時弊，應該引起讀者的注意。

⑮ 巨蟒：巨大的蟒蛇，一種無毒的大蛇，體長可達一丈以上，頭部長，口大，舌的尖端有分叉，背部黄褐色，有暗色斑點，腹部白色，多産于熱帶近水的森林裏，捕食小禽獸，又稱蚺蛇。郭璞《蟒蛇》："蠢蠢萬生，咸以類長。惟蛇之君，是謂巨蟒。小則數尋，大或百丈。"白居易《送客春遊嶺南二十韵》："雲烟蟒蛇氣，刀劍鱷魚鱗。"　壽千年：巨蟒不僅體大，而且壽命很長。元稹《人道短》："巨蟒壽千歲，天遣食牛吞象充腹腸。"潘閬《憶賈閬仙》："風雅道何玄？高吟憶閬仙。人雖終百歲，君合壽千年。"

⑯ "白晝遮長道"兩句：意謂叛亂藩鎮横行不法，光天化日之下公然抗拒朝廷，猶如巨蟒白天攔住大道，不讓人們行走。因此引起戰亂，硝烟滚滚，把一個好端端的世界搞得天無寧日，地無安居。　白晝：白天，意謂光天化日。《漢書・賈誼傳》："白晝大都之中剽吏而奪之金。"顔師古注："白晝，晝日也，言白者，謂不陰晦也。"杜甫《夔州歌十絶句》七："長年三老長歌裏，白晝攤錢高浪中。"　長道：大道，遠路。《詩・魯頌・泮水》："順彼長道，屈此群醜。"朱熹集傳："長道，猶大道也。"《古詩十九首・回車駕言邁》："回車駕言邁，悠悠涉長道。"青溪：碧緑的溪水。杜甫《萬丈潭》："青溪含冥寞，神物有顯晦。"盧鴻一《嵩山十志・樾館》："紫岩隈兮青溪側，雲松烟蔦兮千古色。"　毒烟：毒霧，意謂藩鎮叛亂引起的戰爭硝烟。楊蟠《平南謡》："海南山似刀，溪惡如發弩。溪山毒烟中，人骨水有蛟。"

⑰ "戰龍蒼海外"兩句：意謂藩鎮叛亂給國家給百姓帶來的深重災難，"平地血浮船"一語，道出戰争的慘烈。詩篇以"巨蟒"他喻盤踞各地的叛亂藩鎮，對抗中央政府，横行當地，流露了詩人的擔憂與不滿。　龍：傳説中的一種神異動物，身長，形如蛇，有鱗爪，能興雲降雨，爲水族之長。李白《下陵陽沿高溪三門六刺灘》："三門横峻灘，六刺走波瀾。石驚虎伏起，水狀龍縈盤。"李白《夜泊黄山聞殷十四吳吟》："昨夜誰爲吳會吟，風生萬壑振空林。龍驚不敢水中卧，猿嘯時

聞巘下音。"在古代,常常被喻指人君。王充《論衡·紀妖》:"祖龍死,謂始皇也。祖,人之本;龍,人君之象也。"杜甫《哀王孫》:"高帝子孫盡隆準,龍種自與常人殊。豺狼在邑龍在野,王孫善保千金軀。"仇兆鰲注:"豺狼指禄山,龍指玄宗。" 蒼海:大海。韋應物《寇季膺古刀歌》:"高山成谷蒼海填,英豪埋没誰所捐?吳鉤斷馬不知處,幾度烟塵今獨全。"蔡襄《八月十九日》:"潮頭出海卷秋風,風豪潮起蒼海空。弄潮舩旗出復没,騰身潮上爭驍雄。" 平地:平坦的地面。《左傳·隱公九年》:"凡雨,自三日以往爲霖,平地尺爲大雪。"《史記·吳王濞列傳》:"吳多步兵,步兵利險;漢多車騎,車騎利平地。" 浮船:藉助水或其他液體的力量,將具備一定浮力條件的物體托起。庾信《周車騎將軍賀婁慈神道碑》:"相如西喻,鏤石於靈山;武侯南征,浮船於瀘水。"韓琦《席上自和》:"白楊花落眠蠶老,紅杏枝殘笑靨圓。不似丁年爲帥日,醉鄉方擬拍浮船。"

[編年]

《年譜》、《編年箋注》、《年譜新編》均編年本組詩於"乙未至戊戌在通州所作其他詩"欄內。

我們以爲編年過於籠統,根據《蟲豸詩》揭示的内容,參閱元稹在通州任内的行蹤與經歷,尤其是元和十三年的九月至十一月之間,元稹親自引導並參加通州百姓開墾通州境内的荒山,深入到百姓中間,來到崇山峻嶺之間,對當地衆多的蟲豸特性有了進一步的瞭解,對被其毒害的百姓苦惱才有了深刻的體會,因此才能寫出觀察如此細緻入微的動人詩篇。據此,我們以爲本組詩應該賦成於元和十三年的冬季,元稹當時是以州司馬的身份"權知州務",地點自然在通州。

◎ 蟲豸詩七篇·蟒蜂三首(并序)①

蟒,蜂類而大,巢在褰鼻蛇穴下,故毒螫倍諸蜂蠆②。中手足輒斷落,及心胸則圮裂③。用它蜂中人之方療之,不能愈。巴人往往持禁以制之,則差④。

巴蛇蟠窟穴⑤。穴下有巢蜂⑥。近樹禽垂翅,依原獸絕蹤⑥。微遭斷手足,厚毒破心胸⑦。昔甚招魂句,那知眼自逢⑧?

梨笑清都月(京都開元觀,多梨花蜂)(一),蜂遊紫殿春⑨。構脾分部伍,嚼蕊奉君親⑩。翅羽頗同類,心神固異倫⑪。安知人世裏,不有噬人人(二)⑫?

蘭蕙本同畹,蜂蛇亦雜居⑬。害心俱毒螫,妖焰兩吹噓⑭。雷蟄吞噬止,枯焚巢穴除⑮。可憐相濟惡,勿謂禍無餘⑯。

録自《元氏長慶集》卷四

[校記]

(一)京都開元觀,多梨花蜂:原本作"京開元觀,多梨花蜂",楊本、叢刊本同,《蜀中廣記》、《佩文齋詠物詩選》作"京師開元觀,多梨花蜂",據《全詩》改。

(二)不有噬人人:楊本、叢刊本、《全詩》、《蜀中廣記》同,《佩文齋詠物詩選》作"不有挾鉤人",語義相類,不改。

[箋注]

① 蟒蜂:通篇詩歌以"感物寓意"的手法,批判在叛亂藩鎮庇護下的社會黑惡勢力的凶殘,詩人以"安知人世裏,不有噬人人"點題,

大聲疾呼,無情揭露,難能可貴。我們以爲一千多年前的元稹對社會黑暗及其不平的認識能達到如此深刻的程度,在古代詩人中並不多見,精神可嘉,值得讀者重視。這是詩人早年貧困,以及後來數遭貶謫而長期接近百姓的必然結果,這裏既有自身的切身體驗,又有對社會的深刻觀察。　　蜂:膜翅類昆蟲,多有毒刺,喜群居,種類甚多,蛒蜂是其中的一種。《詩·周頌·小毖》:"莫予荓蜂,自求辛螫。"朱熹集傳:"蜂,小物而有毒。"《資治通鑑·周威烈王二十三年》:"蝮、蟻、蜂、蠆,皆能害人。"胡三省注:"蜂,細腰而能螫人。"《山堂肆考·蜂》:"《格物論》:蜜蜂三種……一種名蛒蜂,巢在褰鼻蛇穴下,故毒螫倍於諸蜂。揚雄《方言》:其大而有蜜,謂之壺蜂,即今黑蜂,楚詞所謂赤蟻,若象玄蜂若壺者也。"《續通志·蟲類》:"蛒蜂出巴中,在褰鼻蛇穴內,其毒倍常。唐元稹詩云:'巴蛇蟠窟穴,穴下有巢蜂。'即此。"

②　毒螫:謂毒蟲或動物等刺人。《鬼谷子·權》:"螫蟲之動也,必以毒螫。"《淮南子·説山訓》:"貞蟲之動以毒螫,熊羆之動以攫搏,兕牛之動以抵觸,物莫措其所修而用其所短也。"韓愈《永貞行》:"蠱蟲群飛夜撲燈,雄虺毒螫墮股肱。"也指用毒汁毒素毒害危害對方。班固《白虎通·諫諍》:"民蒙毒螫。"　蠆:蠍子一類的毒蟲。高適《贈別王十七管記》:"亦謂掃攙槍,旋驚陷蜂蠆。歸旌告東捷,鬥騎傳西敗。"施肩吾《壯士行》:"凍梟殘蠆我不取,污我匣裏青蛇鱗。"

③　手足:手和足。《淮南子·兵略訓》:"凡此五官之於將也,猶身之有股肱手足也。"干寶《搜神記》卷一四:"神鳥以不死草覆之,七年,男女同體而生,二頭,四手足。"　斷落:截斷而落下。《後漢書·西羌傳論》:"頭顱斷落於萬丈之山,支革判解於重崖之上。"張嵲《爲林大受劉嘉成等斷案事繳奏狀》:"百姓李念七窩藏賊人,拷打李念七,兩腳斷落身死。"　心胸:猶心中,內心。《後漢書·隗囂傳》:"今孺卿當成敗之際,遇嚴兵之鋒,可爲怖栗,宜斷之心胸,參之有識。"王安石《送吳顯道南歸》:"君今幸未成老翁,二十八宿羅心胸。"　圮裂:

破碎,分裂。《三國志·諸葛恪傳》:"至吾父子兄弟,並受殊恩,非徒凡庸之隸,是以悲慟,肝心圯裂。"桓溫《薦譙元彥表》:"伏惟大晉應符御世,運無常通,時有屯蹇,神州丘墟,三方圯裂。"

④ 中人:傷害人。《楚辭·九辯》:"憯淒增欷兮,薄寒之中人。"葛洪《抱朴子·登涉》:"蛇種雖多,唯有蝮蛇及青金蛇,中人爲至急。"巴人:古巴州人。杜甫《將曉二首》一:"巴人常小梗,蜀使動無還。垂老孤帆色飄飄犯百蠻。"劉禹錫《雜曲歌辭·竹枝》:"楚水巴山江雨多,巴人能唱本鄉歌。"

⑤ 巴蛇:古代傳説中的大蛇。左思《吳都賦》:"屠巴蛇,出象骼。"白居易《送客南遷》:"穴掉巴蛇尾,林飄鴆鳥翎。颶風千里黑,蕎草四時青。" 蟠:盤曲,盤結。揚雄《法言·問神》:"龍蟠於泥,蚖其肆矣!"蘇軾《謫居三適·午窗坐睡》:"蒲團蟠兩膝,竹几閣雙肘。"窟穴:動物栖身的洞穴。王充《論衡·辨祟》:"鳥有巢栖,獸有窟穴,蟲魚介鱗各有區處,猶人之有室宅樓臺也。"杜甫《又觀打魚》:"日暮蛟龍改窟穴,山根鱣鮪隨雲雷。"

⑥ 近樹:靠近樹木,進入樹林。姚鏞《陪守齋至玉湖書院作》:"天垂大溪碧,近樹齊遠山。水氣涵野色,縹緲亭數間。"趙湘《九日松林寺登高》:"屐齒憑泉漱,雲衣近樹飄。自知清静意,應免俗人招。"垂翅:垂翼。《東觀漢記·馮異傳》:"垂翅回溪,奮翼澠池。失之東隅,收之桑榆。"錢起《送員外侍御入朝》:"自憐江上鶴,垂翅羨飛鳴。"依原:照舊,仍舊。張耒《夏日三首》二:"細徑依原僻,茅蓬四五家。山田來雉兔,溪雨熟桑麻。"胡寶琮《祖陵大禮慶成詩》:"伏乞特降指揮應係因坊場没官抵産,並許依原估價直充折,庶寬民力。" 絶蹤:斷絶了蹤迹。李頻《送劉山人歸洞庭》:"君逐雲山去,人間又絶蹤……平生心未已,豈得更相從?"唐無名氏《驪龍》:"奮鬐雲乍起,矯首浪還沖。荀氏傳高譽,莊生冀絶蹤。"

⑦ 微遭:輕微傷害。《舊唐書·許景先傳》:"去歲豫、亳兩州微

遭旱損，庸賦不辦，以致流亡。"《册府元龜·命使》："制曰：'去年江南、淮南有微遭旱處，河南數州亦有水損。"　手足：手和足。鮑溶《采葛行》："蠻女不惜手足損，鉤刀一一牽柔長。葛絲茸茸春雪體，深澗擇泉清處洗。"李咸用《荆山》："良工指君疑，真玉却非玉。寄言懷寶人，不須傷手足！"　厚毒：義同"重其毒"，重毒，大毒。《春秋左傳注疏》卷四二："司馬侯曰：'不可！楚王方侈天，或者欲逞其心，以厚其毒而降之罰，未可知也。"蘇軾《和詠荆軻》："秦如馬後牛，吕氏非復嬴。天欲厚其毒，假手李客卿。功成志自滿，積惡如陵京。"　心胸：猶心中，内心，五臟六肺。崔興宗《同王右丞送瑗公南歸》："常願入靈嶽，藏經訪遺蹤。南歸見長老，且爲説心胸。"李白《魏郡别蘇明府因北遊》："遠别隔兩河，雲山杳千重。何時更杯酒，再得論心胸？"

⑧　招魂：招死者之魂。《儀禮·士喪禮》："復者一人。"鄭玄注："復者，有司招魂復魄也。"劉長卿《感懷》："愁中卜命看周易，夢裏招魂讀楚詞。自笑不如湘浦雁，飛來即是北歸時。"招生者之魂。《楚辭》有《招魂》篇，王逸《題解》："《招魂》者，宋玉之所作也……宋玉憐哀屈原，忠而斥棄，愁懣山澤，魂魄放佚，厥命將落，故作《招魂》，欲以復其精神，延其年壽。"杜甫《乾元中寓居同谷縣作歌七首》五："嗚呼五歌兮歌正長，魂招不來歸故鄉。"仇兆鰲注引《楚辭》朱熹注："古人招魂之禮，不專施於死者。公詩如'剪紙招我魂'，'老魂招不得'，'南方實有未招魂'，與此詩'魂招不來歸故鄉'，皆招生時之魂也，本王逸《楚辭注》。"按世間小兒病時或恐其失魂，每使人於室内或室外路旁呼之，謂之叫魂，即招魂施於生者之義。　自逢：親自所見，親自遇到。皎然《送丘秀才遊越》："山情與詩思，爛熳欲何從？夜舸誰相逐？空江月自逢。"韓維《和子華兄方惜鶯聲之晚今忽聞之》："山鳥凡禽處處鳴，獨憐清囀久無聲……不爲好音輕俗耳，自逢真賞動詩情。"逢：遇到，遇見。《詩·王風·兔爰》："我生之初，尚無爲，我生之後，逢此百罹。"揚雄《羽獵賦》："逢之則碎，近之則破。"

⑨"梨笑清都月"兩句：意謂梨花在清都觀春夜月光下燦爛開放，採集梨花花蜜的蜜蜂，借著大好的春色，飛過重重迻迻的宮墻，深入帝王宮殿的御花園忙忙碌碌。這是詩人對年輕時期的回憶，並非是眼前實景的描繪。　　清都：神話傳説中天帝居住的宮闕。《楚辭·遠遊》："集重陽入帝宮兮，造旬始而觀清都。"《列子·周穆王》："清都、紫微、鈞天、廣樂，帝之所居。"帝王居住的都城。左思《魏都賦》："蓋比物以錯辭，述清都之閑麗。"楊炯《崇文館宴集詩序》："皇家以中樞北極，清都有天子之宫。"又據詩人自注，清都觀即開元觀。元稹有多篇詩歌涉及開元觀，如《臺中鞫獄憶開元觀舊事呈損之兼贈周兄四十韻》，詩云："憶在開元觀，食柏練玉顏。疏慵日高卧，自謂輕人寰。"《開元觀閑居酬吴士矩侍御三十韵》，詩云："静習狂心盡，幽居道氣添。神編啓黄簡，秘籙捧朱籤。"《清都夜境》詩云："夜久連觀静，斜月何晶熒！寥天如碧玉，歷歷綴華星。"《清都春霽寄胡三吴十一》詩云："蕊珠宫殿經微雨，草樹無塵耀眼光。白日當空天氣暖，好風飄樹柳陰凉。蜂憐宿露攢芳久，燕得新泥拂户忙。"拜請讀者並讀。　　紫殿：帝王宫殿。《三輔黄圖·漢宫》："武帝又起紫殿，雕文刻鏤黼黻，以玉飾之。"謝朓《直中書省詩》："紫殿肅陰陰，彤庭赫弘敞。"杜甫《贈蜀僧閭邱師兄》："當時上紫殿，不獨卿相尊。"

⑩構脾：構造蜂房。　　脾：人或高等動物的内臟之一，在胃的左側。其功能在製造血球、破壞血球，調節血量、産生淋巴球與抗體等。班固《白虎通·情性》："脾者，土之精也。"繁欽《與魏文帝箋》："詠北狄之遐征，奏胡馬之長思，凄入肝脾，哀感頑艷。"這裏借喻蜂房的内部，猶如人體的内臟相似。　　部伍：軍隊的編制單位，部曲行伍。《史記·李將軍列傳》："及出擊胡，而廣行無部伍行陳，就善水草屯舍止，人人自便。"司馬貞索隱："《百官志》云'將軍領軍皆有部曲，大將軍營五部，部校尉一人，部下有曲，曲有軍候一人'也。"《資治通鑑·後晉齊王開運元年》："於是諸軍恟懼，無復部伍，委棄器甲，所過焚掠，比

至相州,不復能整。”泛指軍隊。《南史·張敬兒傳》:“部伍泊沔口,敬兒乘舸艋過江,詣晉熙王燮。”這裏借指蜜蜂猶如軍隊一般,嚴密分工,各盡其職,構造蜂房。 嚼蕊:這裏指蜜蜂在花朵的花蕊中忙忙碌碌採集花蜜。 嚼:咀嚼。韓愈《落齒》:“語訛默固好,嚼廢軟還美。”含。章碣《春別》:“花邊馬嚼金銜去,樓上人垂玉箸看。”剝蝕。真山民《朱溪澗》:“雪融山脊嵐生翠,水嚼沙洲樹出根。” 蕊:花蕊,植物的生殖器官,有雄、雌之分,雌蕊受雄蕊之粉,結成果實。《文選·張衡〈蜀都賦〉》:“敷蕊葳蕤。”張銑注:“蕊,花心也。”杜甫《徐步》:“芹泥隨燕嘴,蕊粉上蜂鬚。”花,花朵。《楚辭·離騷》:“擘木根以結茝兮,貫薜荔之落蕊。”黃巢《題菊花》:“颯颯西風滿院栽,蕊寒香冷蝶難來。” 君親:君王與父母,亦特指君主。舊題李陵《答蘇武書》:“違棄君親之恩,長爲蠻夷之域,傷已。”葛洪《抱朴子·酒誡》:“臣子失禮于君親之前,幼賤悖慢於耆宿之坐。”這裏借喻蜜蜂的蜂王,蜜蜂將辛辛苦苦採集來的蜂蜜奉獻給蜂王享用。

⑪ 翅羽:翅膀。禰衡《鸚鵡賦》:“閉以雕籠,翦其翅羽。”元稹《遣病十首》七:“歲晚我獨留,秋深爾安適?風高翅羽垂,路遠烟波隔。”本詩泛指鳥類昆蟲等動物。葉適《懷遠堂》:“渚清蓮葉曉,露净菊枝芳。鶴籠翅羽闊,漁艓波浪長。” 同類:同一種類。《三國志·司馬芝傳》:“循行何忍重惜一簪,輕傷同類乎?”《隋書·沈光傳》:“大業中,煬帝徵天下驍果之士以伐遼左,光預焉!同類數萬人,皆出其下。” 心神:心思精力,語出《莊子·在宥》:“解心釋神,莫然無魂。”庾信《代人乞致仕表》:“心神已弊,晷刻增悲。”姚合《武功縣居》:“簿書銷眼力,杯酒耗心神。”心情,精神狀態。《三國志·關羽傳》:“初,曹公壯羽爲人,而察其心神無久留之意。”韓愈《爲韋相公讓官表》:“承命震駭,心神靡寧。顧已慚靦,手足失措。” 異倫:不同類,不一樣。陸機《挽歌詩三首》一:“死生各異倫,祖載當有時。”韓愈《北極贈李觀》:“所尚苟同趨,賢愚豈異倫?”

⑫ "安知人世裏"兩句：詩人一針見血，揭示當時的社會本質，這在古代的詩人中，並不多見，難能可貴。　人世：人間，人類社會。韋渠牟《步虛詞》："四極威儀異，三天使命同。那將人世戀，不去上清宮？"陳子昂《同王員外雨後登開元寺南樓因酬暉上人獨坐山亭有贈》："巖庭交雜樹，石瀨瀉鳴泉……甯知人世裏，疲病得攀緣？"　不有：無有，沒有。劉義慶《世說新語・賞譽》："范豫章謂王荊州：'卿風流俊望，真後來之秀！'王曰：'不有此舅，焉有此甥？'"杜甫《城西陂泛舟》："魚吹細浪搖歌扇，燕蹴飛花落舞筵。不有小舟能蕩槳，百壺那送酒如泉？"　噬人：吃人，侵犯人。《戰國策・韓策》："齊大夫諸子有犬，犬猛不可叱，叱之必噬人。客有請叱之者，疾視而徐叱之，犬不動，復叱之，犬遂無噬人之心。"杜荀《山有狙行》："山有狙，不可馴。山有虎，不可親。狙詐匪懷德，虎饑須噬人。"　噬：啗食，吃。《易・噬嗑》："噬腊肉，遇毒。"《文選・左思〈蜀都賦〉》："戟食鐵之獸，射噬毒之鹿。"劉逵注："有神鹿兩頭，主食毒草，名之食毒鹿。"齧嚙，咬。《文選・左思〈魏都賦〉》："蔡莽螫刺，昆蟲毒噬。"李周翰注："噬，咬也。"侵吞。《新唐書・蕭嵩傳》："會吐蕃大將悉諾邏恭祿及燭龍莽布支陷瓜州……于時悉諾邏恭祿威憺諸部，吐蕃倚其健噬邊。"

⑬ 蘭蕙：蘭和蕙，皆香草，多連用以喻賢者。《漢書・揚雄傳》："排玉戶而揚金鋪兮，發蘭蕙與芎藭。"褚遂良《安德山池宴集》："良朋比蘭蕙，雕藻邁瓊琚。"　畹：古代地積單位，或以三十畝爲一畹，或以十二畝爲一畹，或以三十步爲一畹，説法不一。《楚辭・離騷》："余既滋蘭之九畹兮，又樹蕙之百畝。"王逸注："十二畝爲畹。"《文選・左思〈魏都賦〉》："右則疏圃曲池，下畹高堂。"劉逵注引班固曰："畹，三十畝也。"泛指園圃。韓愈《贈別元十八協律六首》一："何氏之從學，蘭蕙已滿畹？"無可《蘭》："畹靜風吹亂，亭秋雨引長。"　雜居：謂交錯配合而居。《易・繫辭》："八卦以象告，爻象以情言，剛柔雜居，而吉凶可見矣！"孔穎達疏："剛柔二爻，相雜而居。"混雜而處。《禮記・禮

運》："以衰裳入朝，與家僕雜居齊齒，非禮也。"孫希旦集解："大夫强則陪臣尊，故朝廷之臣與之相雜而處，而齊同齒列也。"李白《送秘書晁監還日本國序》："我無爾詐，爾無我虞。彼以好來，廢關弛禁。上敷文教，虛至寔歸。故人民雜居，往來如市。"

⑭ 害心：害人害物之心。《十輪經》卷四："像是畜生，墮於八難，見染衣人尚不加惡生於害心。"蘇拯《鴟梟》："地若默爾聲，與夫妖爲諱。一時懷害心，千古不能替。" 妖焰：害蟲的毒焰。鄭剛中《盜焚浦江龍德寺經藏與卷軸化爲玉諸公談禪論佛指真畫僞如泥中洗泥余竊不取且火之焚物無所不壞獨經卷不隨土木灰燼者理固灼然豈俟多談因戲爲一詩然不可以付寺僧也》："想當妖焰燃，人驚鬼神哭。烟消火力寒，撥灰開韞櫝。"鄭清之《和虛齋勸農十詩》二："熱天妖焰彗初沉，朝汲仁賢簡帝心。未用鋒車便脂牽，小須千里遍春霖。" 吹噓：鼓吹。元稹《感夢（夢故兵部裴尚書相公）》"美名何足多，深分從此始。吹噓莫我先，頑陋不我鄙。"元稹《酬樂天江樓夜吟稹詩因成三十韵》："興飄滄海動，氣合碧雲連。點綴工微者，吹噓勢特然。"

⑮ 雷蟄：指蟄伏，蟄居，雷於冬時蟄伏不出，故稱。義近"蟄雷"，白居易《酬盧秘書二十韵》："杜陵書積蠹，豐獄劍生苔。晦厭鳴雞雨，春驚震蟄雷。"殷堯藩《喜雨》："一元和氣歸中正，百怪蒼淵起蟄雷。"吞噬：吞吃，吞咽。郭璞《長蛇贊》："長蛇百尋，厥鬣如彘。飛群走類，靡不吞噬。"李肇《唐國史補》卷中："初，劉闢有心疾，人自外至，輒如吞噬之狀。"猶吞併，兼併。《後漢書·南匈奴傳》："降及後世，翫爲常俗，終於吞噬神鄉，丘墟帝宅。"劉知幾《史通·斷限》："臧洪、陶謙、劉虞、孫瓚生於季末，自相吞噬。" 巢穴：蟲鳥獸類栖身之處。戎昱《入劍門》："劍門兵革後，萬事盡堪悲。鳥鼠無巢穴，兒童話別離。"牟融《謝惠劍》："浩氣中心發，雄風兩腋生。犬戎從此滅，巢穴不時平。"枯焚：火勢猛烈，不可救治。梅堯臣《送謝師直秘丞通判莫州兼寄張和叔》："越雖隔大江，吳遭若枯焚。寔由恃阻懈，抉目悲伍員。"義近

"燒焚"，燒毀，燒掉。曹植《送應氏詩二首》一："洛陽何寂寞，宮室盡燒焚。"杜甫《憶昔二首》二："洛陽宮殿燒焚盡，宗廟新除狐兔穴。"

⑯　可憐：可惜。盧綸《早春歸盩厔别業却寄耿拾遺》："可憐芳歲青山裏，惟有松枝好寄君。"韓愈《贈崔立之評事》："可憐無益費精神，有似黄金擲虚牝。"　相濟：互相排擠。蘇拯《鴟鴞》："天不殘爾族，與夫惡相濟。地若默爾聲，與夫妖爲諱。"　無餘：没有剩餘、殘留。《詩·秦風·權輿》："于我乎，夏屋渠渠，今也每食無餘。"班固《西都賦》："草木無餘，禽獸殄夷。"

［編年］

　　《年譜》、《編年箋注》、《年譜新編》的編年意見同《巴蛇三首》所示，亦即編年本組詩於"乙未至戊戌在通州所作其他詩"欄内。

　　我們的編年意見及編年理由亦同《巴蛇三首》所述，亦即本組詩應該賦成於元和十三年的冬季，元稹當時是以州司馬的身份"權知州務"，地點在通州。

◎ 蟲豸詩七篇·蜘蛛三首（并序）⁽一⁾①

　　巴蜘蛛，大而毒。其甚者，身運數寸⁽二⁾，而踦長數倍其身②。網羅竹柏盡死，中人，瘡痏潢濕，且痛癢倍常③。用雄黄苦酒塗所嚙，仍用鼠婦蟲食其絲盡，輒愈。療不速，絲及心，而療不及矣④！

　　蜘蛛天下足，巴蜀就中多⑤。縫隙容長踦，虛空織横羅⑥。縈纏傷竹柏，吞噬及蟲蛾⑦。爲送佳人喜，珠幰無奈何⑧！

　　網密將求食，絲斜誤著人⑨。因依方托緒⁽三⁾，挂胃遂容身⑩。截道蟬冠礙，漫天玉露頻⑪。兒童憐小巧，漸欲及車輪⑫。

　　稚子憐圓網，佳人祝喜絲⁽四⁾⑬。那知緣暗隙，忽復囓柔肌⁽五⁾⑭。毒媵攻猶易，焚心療恐遲⑮。看看長妖緒，和扁欲連洏⑯。

録自《元氏長慶集》卷四

［校記］

　　（一）蜘蛛三首（并序）：楊本、叢刊本、《全詩》同，《佩文齋詠物詩選》作“蜘蛛”，且祇選第一首與第二首，體例不同，不改。

　　（二）身運數寸：原本作“身邊數寸”，楊本、叢刊本、《全詩》同，語義不佳，據宋蜀本改。

　　（三）因依方托緒：楊本、叢刊本、《佩文齋詠物詩選》、《淵鑒類函》、《全詩》注同，《全詩》作“因依紀方緒”，語義不同，不改。

　　（四）佳人祝喜絲：叢刊本、蘭雪堂本、《淵鑒類函》、《全詩》同，楊本作“佳人兄喜絲”，語義不通，不從。宋蜀本作“佳人況喜絲”，語義不佳，不改。

　　（五）忽復囓柔肌：楊本、叢刊本、《淵鑒類函》同，《全詩》作“忽被囓柔肌”，語義不同，不改。

［箋注］

　　① 蜘蛛：節肢動物，尾部分泌黏液，凝成細絲，織成網，用來捕食昆蟲。孟郊《蜘蛛諷》：“萬類皆有性，各各禀天和。蠶身與汝身，汝身何太訛！蠶身不爲己，汝身不爲佗。蠶絲爲衣裳，汝絲爲網羅。濟物幾無功，害物日已多。百蟲雖切恨，其將奈爾何！”張祜《讀曲歌五首》一：“窗中獨自起，簾外獨自行。愁見蜘蛛織，尋思直到明。”本詩的蜘

蛛,詩人另有含義另有寄託,暗喻張網以待百姓自投的官吏,它們極盡機謀,時時刻刻殘害黎民百姓。

② 運:謂空間距離遠。《書・大禹謨》:"帝德廣運,乃聖乃神,乃武乃文。"孔傳:"廣謂所覆者大,運謂所及者遠。"《國語・越語》:"句踐之地……廣運百里。"韋昭注:"言取境内近者百里之中,東西爲廣,南北爲運。"也作直徑解,古代有"運寸"之説,指直徑一寸。《莊子・山木》:"莊周遊乎雕陵之樊,覩一異鵲,自南方來者,翼廣七尺,目大運寸。"陸德明釋文引司馬彪曰:"運寸,可回一寸也。"王念孫《讀書雜誌餘編・莊子》:"司馬以運爲轉運之運,非也。運寸與廣七尺,相對爲文,廣爲横,則運爲從也。目大運寸,猶言目大徑寸耳!"元稹《奉和權相公行次臨關驛逢鄭僕射相公歸朝俄頃分途因以奉贈詩十四韵》:"別路環山雪,離章運寸珠。" 踦:指一隻脚。《管子・侈靡》:"其獄一踦腓一踦屨而當死。"尹知章注:"諸侯犯罪者,令著一隻屨以恥之,可以當死刑。"趙守正注:"腓,讀爲扉,亦作菲,草鞋。草鞋與常屨有別,一踦腓一踦屨,即一脚著草鞋,另一脚則穿常屨。以此當作死罪,言古代刑罰寬簡。"亦指足。《淮南子・齊俗訓》:"今之國都,男女切踦,肩摩於道,其於俗一也。"高誘注:"踦,足也。"

③ 網羅:比喻像網的籠罩物。王維《既蒙宥罪旋復拜官伏感聖恩竊書鄙意兼奉簡新除使君等諸公》:"忽蒙漢詔還冠冕,始覺殷王解網羅。"李山甫《又代孔明哭先主》:"盡驅神鬼隨鞭策,全罩英雄入網羅。" 瘡痏:瘡瘍,傷痕。《舊唐書・僖宗紀》:"豺狼貽朝市之憂,瘡痏及腹心之痛。"洪邁《夷堅丁志・洛中怪獸》:"西洛市中忽有黑獸,仿佛如犬,或如驢,夜出晝隱,民間訛言能抓人肌膚成瘡痏。"也指生瘡瘍。元稹《叙詩寄樂天書》:"小有蟆蚋、浮塵、蜘蛛、蛞蜂之類,皆能鑽齧肌膚,使人瘡痏。" 潗:泉水流出貌,潗淁,亦即小水貌。柳宗元《問答・答問》:"稱其文,則皆汗漫輝煌……而僕乃樸鄙艱澀,培塿潗淁。"文同《山雨》:"山雨灑春城,潗潗聲頗急。" 痛癢:痛覺和癢覺。

徐幹《中論·考僞》:"惑世盜名之徒因夫民之離聖教日久也,生邪端,造異術……斯術之於斯民也,猶內關之疾也,非有痛癢煩苛於身,情志慧然,不覺疾之已深也。"朱熹《答徐居甫書》:"如人疾病,血氣不運于四支,則手足頑麻不知痛癢。" 倍常:八尺爲尋,倍尋爲常,倍常爲三丈二尺。柳宗元《柳州山水近治可遊者記》:"由屛南室中入小穴,倍常而上,始黑,已而大明,爲上室。"也作大不同於一般解。馮贄《雲仙雜記》卷五:"李初直遇與人相知,則曰:'棠棣之好,何以過此。'喜慶倍常。"本詩語義正是後者。

④ 苦酒:劣質味酸的酒。《釋名·釋飲食》:"苦酒:淳毒甚者,酢〔且〕苦也。"《太平御覽》卷八六六引陳壽《魏名臣奏》:"劉放奏云:'今官販苦酒,與百姓爭錐刀之末,宜其息絕。'"梅堯臣《依韵和劉比部留別》:"苦酒聊爲酌,無勞辨聖賢。"又作醋的別名。《晉書·張華傳》:"陸機嘗餉華鮓……華髮器,便曰:'此龍肉也。'衆未之信。華曰:'試以苦酒濯之,必有異。'"賈思勰《齊民要術·作酢法》:"烏梅苦酒法:烏梅去核,一升許肉,以五升苦酒漬數日,曝乾,搗作屑。欲食,輒投水中,即成醋爾!"雄黃苦酒,疑用苦酒泡雄黃製成,待考。 鼠婦:蟲名,古稱伊威,又名鼠負潮蟲。體形橢圓,胸部有環節七,每節有足一對,栖於陰濕壁角之間。干寶《搜神記》卷一九:"出東門,入園中覆船下,就視之,皆是鼠婦。"封演《封氏聞見記·竊蟲》:"余曾覩此蟲,大如半胡麻,形如鼠婦。"

⑤ 天下:古時多指中國範圍内的全部土地,全國。《後漢書·朱穆傳》:"昔秦政煩苛,百姓土崩,陳勝奮臂一呼,天下鼎沸。"梅堯臣《送師直之會稽宰》:"天下風物佳,莫出吳與越。" 巴蜀:秦、漢兩代設巴蜀二郡,皆在今四川省與重慶市。《戰國策·秦策》:"大王之國,西有巴蜀、漢中之利,北有胡貉、代馬之用。"《後漢書·光武帝紀》:"公孫述稱王巴蜀,李憲自立爲淮南王。"

⑥ 縫隙:狹長如綫的空處。嚴思善《論則天不宜合葬乾陵表》:

"臣又聞乾陵宮其門以石關塞其石,縫隙鑄鐵以固。"《韵府拾遺》卷一〇〇:"縫隙:《齊民要術》造神曲,七月上寅日布曲餅於地,閉塞窗户,密泥縫隙,勿令通風,滿七日翻之。"　長踦:亦作"長蚑"、"長跂",蠨蛸的別名。崔豹《古今注・魚蟲》:"長蚑,蠨蛸也。身小足長,故謂長蚑。"馬縞《中華古今注・長跂》:"長跂,蠨蛸也。身小足長,故謂長跂。"　虚空:虚無飄渺的天空。元稹《和劉猛古題樂府十首・織婦詞》:"檐前嫋嫋遊絲上,上有蜘蛛巧來往。羨他蟲豸解緣天,能向虚空織羅網。"白居易《宿清源寺》:"虚空走日月,世界遷陵谷。我生寄其間,孰能逃倚伏?"　羅:原爲捕鳥的網。《詩・王風・兔爰》:"有兔爰爰,雉離于羅。"毛傳:"鳥網爲羅。"曹植《野田黄雀行》:"不見籬間雀,見鷂自投羅。"又指捕獸的網。葛洪《抱朴子・譏惑》:"近人值政化之蠹役,庸民遭道網之絶紊,猶網魚之去水罟,圍獸之出陸羅也。"這裏指蜘蛛捕小蟲的蜘蛛網。楊萬里《過百家渡》:"柳子祠前春已殘,新晴特地却春寒。疏籬不與花爲護,只爲蛛絲作網竿。"楊萬里《晚興》:"雙井茶芽醒骨甜,蓬萊香爐倦人添。蜘蛛正苦空庭闊,風爲將絲度别檐。"

⑦　縈纏:環繞。潘岳《笙賦》:"新聲變曲,奇韵横逸。縈纏歌鼓,網羅鍾律。"梅堯臣《和王仲儀凌霄花》:"觀此引蔓柔,必憑高樹起。氣類固未合,縈纏豈由己。"糾纏。杜光庭《李玄微爲亡女修齋詞》:"迫以俗機,縈纏世網。久拘職宦,罔遂初心。"蘇轍《古北口道中呈趙侍郎》:"獨卧繩床已七年,往來殊復少縈纏。"　竹柏:謂竹與柏。《後漢書・桓帝紀》:"〔延熹九年〕冬十二月,洛城旁竹柏枯傷。"柏樹的一種。李時珍《本草綱目・柏》:"峨眉山中一種竹葉柏身者,謂之竹柏。"韋嗣立《酬崔光禄冬日述懷贈答序》:"蘭菊春秋自芳,竹柏歲寒無變,僕敬之重之,故不能忘也。"李正封《夏遊招隱寺暴雨晚晴》:"竹柏風雨過,蕭疏臺殿凉。石渠寫奔溜,金刹照頹陽。"　吞噬:吞吃,吞咽。杜甫《義鶻》:"陰崖有蒼鷹,養子黑柏顛。白蛇登其巢,吞噬恣朝

餐。"齊己《猛虎行》:"磨爾牙,錯爾爪。狐莫威,兔莫狡。饑來吞噬助
腸飽,橫行不怕日月明。" 蟲蛾:蟲豸。《列子·黃帝》:"太古神聖之
人,備知萬物情態,悉解異類音聲……故先會鬼神魑魅,次達八方人
民,末聚禽獸蟲蛾,言血氣之類,心智不殊遠也。"《史記·五帝本紀》:
"時播百穀草木,淳化鳥獸蟲蛾。"張守節正義:"蛾音魚起反……蟻,
蚍蜉也。"

⑧ 佳人:美女。宋玉《登徒子好色賦》:"天下之佳人,莫若楚國;
楚國之麗者,莫若臣里;臣里之美者,莫若臣東家之子。"司馬相如《長
門賦》:"夫何一佳人兮,步逍遙以自虞;魂逾佚而不反兮,形枯槁而獨
居?" 珠櫳:珠飾的窗櫺。鮑照《玩月城西門廨中》:"娥眉蔽珠櫳,玉
鉤隔瑣窗。三五二八時,千里與君同。"李商隱《李肱所遺畫松詩書兩
紙得四十韵》:"報以漆鳴琴,懸之真珠櫳。" 奈何:怎麼樣,怎麼辦。
《楚辭·九歌·大司命》:"羌愈思兮愁人,愁人兮奈何?"猶言辦法。
白居易《寄唐生》:"不懼權豪怒,亦任親朋譏。人竟無奈何,呼作狂
男兒。"

⑨ "網密將求食"兩句:意謂蜘蛛到處編織密密的羅網,雖然本
意似乎是爲了求取食物果腹,但網絲太多太斜,也將無辜的人們牽涉
其中,成爲名副其實的受害者。 網密:猶"密網",桓寬《鹽鐵論·刑
德》:"昔秦法繁於秋荼,而網密於凝脂。"後因以"密網"比喻繁苛的法
令。《世說新語·政事》:"賈充初定律令。"劉孝標注引《晉諸公贊》:
"充有才識,明達治體,加善刑法,由此與散騎常侍裴楷共定科令,蠲
除密網,以爲《晉律》。"《晉書·劉頌傳》:"下吏縱奸,懼所司之不舉,
則謹密網以羅微罪。" 求食:覓取食物。杜甫《義鶻》:"白蛇登其巢,
吞噬恣朝餐。雄飛遠求食,雌者鳴辛酸。"元稹《有鳥二十章》七:"有
鳥有鳥名啄木,木中求食常不足。偏啄鄧林求一蟲,蟲孔未穿長觜
禿。" 著人:接觸,貼近。《左傳·宣公四年》:"伯棼射王,汰輈,及鼓
跗,著於丁寧。"方干《冬夜泊僧舍》:"無酒能消夜?隨僧早閉門。照

墙燈焰細,著瓦雨聲繁。"

⑩ 因依:倚傍,依託。阮籍《詠懷八十二首》八:"回風吹四壁,寒鳥相因依。"辛棄疾《新荷葉·和趙德莊韵》:"南雲雁少,錦書無個因依。"　挂罥:同"罥挂",纏繞懸挂。元稹《松樹》:"既無貞直幹,復有罥挂蟲。"皇甫枚《三水小牘·王知古》:"少焉,有群狐突出,焦頭爛額者,置羅罥挂者,應弦飲羽者,凡獲狐大小百餘頭以歸。"　容身:安身,存身。《韓非子·詭使》:"而斷頭裂腹,播骨乎平原野者,無宅容身,身死田奪。"張籍《移居静安坊答元八郎中》:"作活每常嫌費力,移居衹是貴容身。"

⑪ 截道:攔路。《百喻經·五百歡喜丸喻》:"後時彼國大曠野中有惡師子,截道殺人,斷絶王路。"陳與義《游南嶂同孫通道》:"石門泄風無晝夜,古木截道藏雷雨。"　蟬冠:漢代侍從官所戴的冠,上有蟬飾,並插貂尾,故亦稱貂蟬冠,後泛指高官。錢起《中書王舍人輞川舊居》:"一從解蕙帶,三入偶蟬冠。"蘇轍《代三省祭司馬丞相文》:"龍衮蟬冠,遂以往襚。"詩人在這裏採用"感物寓意"的慣用手法,意有所指意有所諷。　漫天:滿天。韓愈《游城南十六首·晚春》"草樹知春不久歸,百般紅紫鬥芳菲。楊花榆莢無才思,惟解漫天作雪飛。"蘇軾《再和楊公濟梅花十絶》九:"長恨漫天柳絮輕,只將飛舞占清明。"玉露:指秋露。謝朓《泛水曲》:"玉露沾翠葉,金風鳴素枝。"杜甫《秋興八首》一:"玉露凋傷楓樹林,巫山巫峽氣蕭森。"

⑫ 兒童:古代凡年齡大於嬰兒而尚未成年的人都叫兒童,與現代衹指年紀小於少年的幼孩有所不同。《列子·仲尼》:"聞兒童謡曰:‘立我蒸民,莫匪爾極。’"杜甫《羌村三首》三:"兵革既未息,兒童盡東征。"　小巧:小技巧。楊萬里《初秋戲作山居雜興俳體十二解》三:"暑後花枝輸了春,雜英小巧亦欣人。"周密《武林舊事·歲除》:"銷金斗葉、諸色戲弄之物,無不具備,皆極小巧。"　車輪:車輛或機械上能旋轉的輪子。陳子良《遊俠篇》:"洛陽麗春色,遊俠騁輕肥。

水逐車輪轉,塵隨馬足飛。"李白《北上行》:"馬足蹶側石,車輪摧高崗。"

⑬ 稚子:幼子,小孩。寒山《詩三百三首》二四八:"余勸諸稚子,急離火宅中。三車在門外,載你免飄蓬。"杜牧《朱坡》:"小蓮娃欲語,幽笋稚相携。"馮集梧注引姚寬《西溪叢語》:"杜牧之詩云'小蓮娃欲語,幽笋稚相携',言笋如稚子,與杜甫'竹根稚子無人見'同意。"　圓網:蜘蛛所編織之網,近似圓形,故言。《山堂肆考·蜘蛛》:"《格物論》:蜘蛛,大腹,深灰色,多於空中作圓網。在地布網,名土蜘蛛。絡幕草上者,名草蜘蛛。長踦者,名蠨蛸。小而長脚者,名蟢子。又有赤斑者,有五色者,有大身上有刺毛者,有薄小者,惟在屋四面布網。《方言》:自關而西謂之鼀螻,自關而東謂之鼄蟊,北燕朝鮮洌水間謂之蠨蛛,齊人呼爲杜公陶。隱居曰:一種赤斑者,生林落間,名花蜘蛛,一名絡新婦。"　佳人:這裏指美女。白居易《微之到通州日授館未安見塵壁間有數行字讀之即僕舊詩其落句雲淥水紅蓮一朵開千花百草無顏色然不知題者何人也微之吟嘆不足因綴一章兼録僕詩本同寄省其詩乃十五年前初及第時贈長安妓人阿軟絶句緬思往事杳若夢中懷舊感今因酬長句》:"十五年間似夢游,曾將詩句結風流。偶助笑歌嘲阿軟,可知傳誦到通州?昔教紅袖佳人唱,今遣青衫司馬愁。"施肩吾《杜鵑花詞》:"杜鵑花時夭艷然,所恨帝城人不識。丁寧莫遣春風吹,留與佳人比顏色。"　喜絲:古人以爲蜘蛛常常會帶來喜信,故稱其所吐之絲爲喜絲。暫無唐宋及此前書證。黃之雋《佳人四十首》三八:"佳人祝喜絲,曾許月圓期。"湯右曾《送潘尹之官太倉四首》四:"曲殘紅豆最相思,何處針樓祝喜絲?好爲春風買桃葉,待教唱我渡江詞。"

⑭ 暗隙:不易被人發現的隙縫。劉禹錫《遊桃源一百韵》"尋花得幽蹤,窺洞穿暗隙。依微聞雞犬,豁達值阡陌。"元稹《空屋題(十月十四日夜)》:"月明穿暗隙,燈盡落殘灰。更想咸陽道,魂車昨夜回。"

隙:壁縫,空隙。《孟子·滕文公》:"鑽穴隙相窺,逾牆相從。"王安石《酬吳仲庶小園之句》:"花影隙中看嫋嫋,車音牆外聽轔轔。"　柔肌:形容女子柔和潔白的肌膚。《太平御覽·美婦人》:"又曰:蜀先主甘后,沛人,生微賤里中。相者云:此女後貴,位極宮掖。及后長,體貌特異,年十八,玉質柔肌,態媚容冶。"樓扶《水龍吟》:"素娥洗盡繁妝,夜深步月秋千地。輕腮暈玉,柔肌籠粉,緇塵斂避。"

⑮ 毒腠:毒氣攻入皮膚之下。　腠:指皮下肌肉之間的空隙。《素問·生氣通天論》:"清靜則肉腠閉拒,雖有大風苛毒,弗之能害。"桓寬《鹽鐵論·輕重》:"夫拙醫不知脈理之腠,血氣之分,妄刺而無益於疾,傷肌膚而已矣!"　焚心:毒氣深入內臟,發炎發熱,如火焚心。曹鄴《寄嵩陽道人》:"將龍逐虎神初王,積火焚心氣漸清。見説嵩陽有仙客,欲持金簡問長生。"義近"焚軀",猶焚身。康駢《劇談錄·狄惟謙請雨》:"曝山椒之畏景,事等焚軀;起天際之油雲,法同翦爪。"

⑯ 看看:估量時間之詞,有漸漸、眼看著、轉瞬間等意思。劉禹錫《酬楊侍郎憑見寄》:"看看瓜時欲到,故侯也好歸來。"王安石《馬上》:"年光如水盡東流,風物看看又到秋。"　妖緒:連綿不斷的妖氣、毒氣。《晉書·潘岳傳論》:"安仁思緒雲騫,詞鋒景煥。"王安石《憶昨詩示諸外弟》:"令人感嗟千萬緒,不忍倉卒回驂騑。"　緒:連綿不斷的情思、意緒。江淹《泣賦》:"闃寂以思,情緒留連。"元稹《鶯鶯傳》:"長安行樂之地,觸緒牽情。"　和扁:古代良醫和以及與扁鵲的合稱。《漢書·藝文志》:"太古有岐伯、俞拊,中世有扁鵲、秦和。"顏師古注:"和,秦醫名也。"劉禹錫《謝賜廣利方表》:"長驅和扁,高視農軒。"　漣洏:亦作"漣而",淚流貌。王粲《贈蔡子篤》:"中心孔悼,涕淚漣洏。"劉知幾《史通·自敘》:"儻使平子不出,公紀不生,將恐此書與糞土同捐,烟燼俱滅。後之識者,無得而觀,此予所以撫卷漣洏,淚盡而繼之以血也。"

[編年]

《年譜》、《編年箋注》、《年譜新編》的編年意見同《巴蛇三首》所示,亦即編年本組詩於"乙未至戊戌在通州所作其他詩"欄内。

我們的編年意見及編年理由亦同《巴蛇三首》所述,亦即本組詩應該賦成於元和十三年的冬季,地點在通州,元稹當時是以州司馬的身份"權知州務"。

◎ 蟲豸詩七篇·蟻子三首(并序)①

巴蟻眾而善攻樑棟,往往木容完具而心節朽壞②。屋居者不省其微,而禍成傾壓③。

蟻子生無處,偏因濕處生④。陰靈煩擾攘,拾粒苦譽譚(一)⑤。床上主人病,耳中虛藏鳴⑥。雷霆翻不省,聞汝作牛聲⑦。

時術功雖細,年深禍亦成⑧。攻穿漏江海,嚼食困蛟鯨⑨。敢憚榱欒蠹,深藏柱石傾⑩。寄言持重者,微物莫全輕⑪!

攘攘終朝見,悠悠卒歲疑⑫。詎能分牝牡(二)?焉得有蟻蚳(蟻卵)⑬?徙市竟何意?生涯都幾時⑭?巢由或逢我,應似我相期⑮。

錄自《元氏長慶集》卷四

[校記]

(一) 拾粒苦譽譚:叢刊本、《全詩》、《蜀中廣記》、《淵鑒類函》同,楊本作"拾粒苦鶯譚",語義不同,不改。

（二）詎能分牝牡：楊本、叢刊本、《淵鑒類函》、《蜀中廣記》、《全詩》同，宋蜀本作“詎能全牝牡”，語義難通，不從不改。

[箋注]

① 蟻子：螞蟻。李時珍《本草綱目·蟻》：“蟻處處有之，有大、小、黑、白、黃、赤數種。穴居卵生。其居有等，其行有隊。能知雨候，春出冬蟄。”段成式《酉陽雜俎·蟲篇》：“秦中多巨黑蟻，好鬥，俗呼爲馬蟻。”楊萬里《英石鋪道中》：“先生盡日行石間，恰如蟻子緣假山。”這首詩揭露宦官們通過平日看似微不足道的一言一行，一點一點損害國家利益，最後導致國家的衰亡，諷刺欺瞞皇上、愚弄百官的宦官們。詩人又一次巧妙地用“感物寓意”的手法，含蓄但又清楚地指明了宦官的特徵與身份，一針見血地指明了蟻子的深禍大害。其序所云“巴蟻衆而善攻欒棟，往往木容完具，而心節污壞”，以形象深刻的比喻揭示了蟻子亦即宦官們破壞的漸進性、隱蔽性、危險性。而“屋居者不省其微而禍成傾壓”之序與“寄言持重者，微物莫全輕”兩句詩則是對人主的勸喻。元稹有《捉捕歌》，有句云：“捉捕復捉捕，莫捉狐與兔。狐兔藏窟穴，豺狼妨道路。道路非不妨，最憂螻蟻聚。豺狼不陷穽，螻蟻潛幽蠹。切切主人窗，主人輕細故。延緣蝕欒櫨，漸入棟梁柱。梁棟盡空虛，攻穿痕不露。”用意與手法同此，可以參讀。

② 巴蟻：巴地的螞蟻。杜甫《暫往白帝復還東屯》：“復作歸田去，猶殘穫稻功。築場憐穴蟻，拾穗許村童。”項斯《鯉魚》：“乞鋤防蟻穴，望水寫金盆。他日能爲雨，公田報此恩。” 欒：木名，即欒華，屬無患子科，落葉喬木，羽狀複葉，花呈淡黃色，結蒴果。《重修政和證類本草·欒華》引《本草圖經》：“欒華生漢中川谷，今南方及都下園圃中或有之。葉似木槿而薄細，花黃似槐而稍長大，子殼似酸漿，其中有實如熟豌豆，圓，黑堅，堪爲數珠者。五月采其花，亦可染黃。”《山海經·大荒南經》：“大荒之中……有木名曰欒。禹攻雲雨，有赤石

焉！生欒，黃本赤枝青葉，群帝焉取藥。"班固《白虎通·崩薨》引《春秋含文嘉》："天子墳高三仞，樹以松……大夫八尺，樹以欒。"吳融《玉堂種竹六韵》："當砌植檀欒，濃陰五月寒。引風穿玉牖，搖露滴金盤。"本詩指建築物立柱和橫梁間成弓形的承重結構。《文選·張衡〈西京賦〉》："跱游極於浮柱，結重欒以相承。"薛綜注："欒，柱上曲木，兩頭受櫨者。"梅堯臣《次韵和王平甫見寄》："幸時構明堂，願爲櫨與欒。"　棟：屋的正梁。《易·繫辭》："上古穴居而野處，後世聖人易之以宮室，上棟下宇，以待風雨。"《儀禮·鄉射禮》："序則物當棟。"鄭玄注："是制五架之屋也，正中曰棟，次曰楣，前曰庪。"　木容：這裏指欒棟的表面。劉禹錫《送李策秀才還湖南因寄幕中親故兼簡衡州呂八郎中》："諒無蟠木容，聊復蓬累行。"姚文燮《曲靖道中》："暫假黃堂綰玉麟，木容山色愧勞薪。月明古廟歌梁甫，雨剥殘碑拜黨人。"　完具：完整，完備。《漢書·王莽傳》："府藏完具，獨未央宮燒攻莽三日，死則案堵復故。"蘇洵《幾策·審勢》："況今以天子之尊，藉郡縣之勢，言脱于口而四方回應，其所以用威之資固已完具。"　心節：肉眼看不到的物體內部。單恂《春雨》："紅發棠梨花滿枝，小樓寒食雨絲絲。白頭更度傷心節，細簡冬郎蜀紙詩。"這裏指木心木節，爲肉眼所不見部分。　節：泛指草木條幹間堅實結節的部分。《易·説卦》："艮爲山……其於木也，爲堅多節。"蕭繹《金樓子·志怪》："扶南國今衆香皆共一木，根是旃檀，節是沈香，花是雞舌，葉是霍香。"　朽壞：朽爛腐壞。《晉書·樂志》："庾翼、桓温專事軍旅，樂器在庫，遂至朽壞焉！"王柏《賑濟利害書》："始也，低價以强民之輸，先爲中户之困，既而官吏侵漁，所積朽壞，民得之而不可食。"

③屋居者：他喻一國之君，與下面的"主人"用法同。暫無唐宋及此前書證。《山堂肆考·昆蟲·攻欒》："《元稹文集》：'巴蟻衆而善攻欒，棟往往木形完具，而心節朽壞。屋居者不省其微，而禍成傾墜。'"　傾墜：覆壓。李綱《蘄州黃梅山真慧禪院法堂記》："蘄州黃梅

五祖山真慧禪院,祖師道場,爲天下名刹,而法堂葳久雲蒸木腐,將有傾壓之虞。"朱熹《甲寅擬上封事》:"儻根本動搖,腹心蠱壞,大勢傾壓,無復可爲,則中外之臣雖有奇才遠略,亦無所施。"

④ 蟻子:螞蟻之子。顧況《諒公洞庭孤橘歌》:"不羨江陵千木奴,下生白蟻子上生。"曾慥《類説・聯句》:"馬希振與雍僧貫假多爲聯句,希振曰:'蟻子子銜蟲子子。'雍曰:'猫兒兒捉雀兒兒。'" 無處:無一處不是。李乂《春日侍宴芙蓉園應制》:"朝來曲江地,無處不光輝。"方干《送孫百篇游天台》:"遠近常時皆藥氣,高低無處不泉聲。" 濕處:潮濕的地方。杜甫《春夜喜雨》:"好雨知時節,當春乃發生……曉看紅濕處,花重錦官城。"元稹《賽神(邨落事妖神)》:"蜉蝣生濕處,鷗鴉集黄昏。主人邪心起,氣焰日夜繁。"

⑤ 陰霪:連綿不斷的雨。元稹《叙詩寄樂天書》:"夏多陰霪,秋爲痢瘧,地無醫巫,藥石萬里,病者有百死一生之慮。"賈島《望山》:"陰霪一以掃,浩翠寫國門。長安百萬家,家家張屏新。" 擾攘:忙亂,匆忙。《史記・陳丞相世家論》:"傾側擾攘楚魏閒,卒歸高帝。"混亂,騷亂。《漢書・律曆志》:"戰國擾攘,秦兼天下。"王讜《唐語林・補遺》:"由此致南詔,擾攘西蜀。" 嚶嚀:形容聲音清婉、嬌細。劉禹錫《插田歌》:"齊唱田中歌,嚶嚀如竹枝。"梅堯臣《寄題絳守園池》:"蒼官矗槐朋在庭,風蟲日鳥聲嚶嚀。"

⑥ 主人:財物或權力的支配者。陶潛《乞食》:"主人解余意,遺贈豈虚來?"李昇《詠燈》:"一點分明值萬金,開時惟怕冷風侵。主人若也勤挑撥,敢向尊前不盡心?"這裏暗喻唐憲宗。元稹《大觜烏》:"主人一心惑,誘引不知疲……主人一朝病,爭向屋檐窺……主人偏養者,嘯聚最賓士……主人病心怯,燈火夜深移。左右雖無語,奄然皆泪垂。平明天出日,陰魅走參差。烏來屋檐上,又惑主人兒。"

⑦ 雷霆:震雷,霹靂。李白《聞李太尉大舉秦兵百萬出征東南懦夫請纓冀申一割之用半道病還留别金陵崔侍御十九韵》:"太尉杖旄

鉞，雲旗繞彭城。三軍受號令，千里肅雷霆。"元稹《青雲驛》："大帝直南北，群仙侍東西。龍虎儼隊仗，雷霆轟鼓鼙。" 牛聲：牛的怒吼聲，如牛的怒吼聲。《太平廣記·朱氏子》："數日乃病，恒見此牛爲厲，竟作牛聲死。"《太平廣記·蠐螬》："山中鄉人采之，取殼以貨。要全其殼，須以木楔出肉，黿吼如牛聲響。"這裏形容主人荒謬，正常的雷霆之聲反而聽不到，却將螞蟻的細微之聲當作牛的吼聲。宦官的聲音細微如螞蟻，唐憲宗却聽來如牛吼，而大臣的奏請雖如雷霆，唐憲宗却充耳不聞。詩人感物寓意的運用，出神而入化。

⑧"時術功雖細"兩句：詩人以爲年久月深，宦官頭目在唐憲宗耳邊的絮絮細語終將影響唐憲宗的重大決策，危害國家危害百姓。時術：時時學習。《禮記·學記》："'蛾子時術之'，其此之謂乎！"孔穎達疏："蟻子，小蟲，蚍蜉之子，時時術學銜土之事而成大垤。"孫希旦集解："術，學也。蚍蜉之子，其力微矣！然時時學術蚍蜉之所爲，則能成大垤。" 功細：義近"細務"，瑣碎小事。葛洪《抱朴子·崇教》："澄視於秋毫者，不見天文之焕炳；肆心於細務者，不覺儒道之弘遠。"《舊唐書·陸元方傳》："象先清净寡欲，不以細務介意。" 年深：時間久長。柳宗元《祭弟宗直文》："由吾被謗年深，使汝負才自棄。"李商隱《腸》："擬問陽臺事，年深楚語訛。" 禍成：形成災禍。楊炯《渾天賦并序》："傷成於鈇，誅成於鑕，禍成於井，德成於衡。"盧仝《雜興》："豈期福極翻成禍，禍成身誅家亦破。昨朝惆悵不如君，今日悲君不如我。"

⑨ 攻穿：步步攻擊，最後洞穿。元稹《捉捕歌》："延緣蝕欒櫨，漸入棟梁柱。梁棟盡空虛，攻穿痕不露。主人坦然意，晝夜安寢寤。"鄭獬《禮法論》："朝廷未嘗爲之禁令，而端使之攻穿壞敗。" 江海：江和海。《荀子·勸學》："不積小流，無以成江海。"岑參《送張秘書充劉相公通汴河判官便赴江外觀省》："萬里江海通，九州天地寬。" 嚙食：齧食。張君房《雲笈七籤》卷一二一《秦萬受斗尺欺人罪修黄籙齋

驗》：“秦萬者，廬州巢縣人也。家富，開米麵綵帛之肆，常用長尺大斗以買，短尺小斗以賣，雖良友勸之，終不改悔。元和四年五月身死，冥司考責，了罰爲大蛇，身長丈餘，無目，在山林中被諸小蟲日夜嚙食，痛疼苦楚無休歇時。託夢與其子，具説此苦，云：‘汝明日於南山二十里林間看我！與少水喫，廣造功德！’其子夢覺語之，一家悲嘆，坐以待旦。及明，徑至城南林中，果見大蛇無目，被衆蟲嚙食，鱗甲血流，異常腥穢，一家見之號泣。”　蛟鯨：蛟龍與鯨魚，亦泛指巨大的水中動物。陸游《寄太湖隱者》：“有時跨蛟鯨，指揮雷雨奔。”王令《雜詩效孫莘老》：“魚鰕無所能，動輒困人得。蛟鯨能則乖，覆舟取人食。”

⑩ 榱：屋椽。《左傳·襄公三十一年》：“棟折榱崩。”史遊《急就篇》卷三：“榱椽欂櫨瓦屋梁。”顔師古注：“榱即椽也，亦名爲桷。”王應麟補注引《説文》：“秦名爲屋椽，周謂之榱，齊魯謂之桷。”　欒：建築物立柱和橫梁間成弓形的承重結構。《文選·張衡〈西京賦〉》：“跱游極於浮柱，結重欒以相承。”薛綜注：“欒，柱上曲木，兩頭受櫨者。”白居易《遊悟真寺詩一百三十韻》：“前對多寶塔，風鐸鳴四端。欒櫨與户牖，恰恰金碧繁。”　蠹：蛀蝕。《公羊傳·宣公十二年》：“古者杅不穿，皮不蠹，則不出於四方。”《莊子·人間世》：“散木也……以爲門户則液樠，以爲柱則蠹。”損害，敗壞。《戰國策·秦策》：“韓亡則荆魏不能獨立，則是一舉而壞韓蠹魏。”高誘注：“蠹，害也。”王明清《揮塵後録》卷三：“自古爲臣之奸，未有如京(蔡京)今日爲甚。爰自崇寧已來，交通閹寺，通謁宫禁，蠹國用則若糞土，輕名器以市私恩。”　柱石：頂梁的柱子和墊柱的礎石。高適《同郭十題楊主簿新廳》：“華館曙沉沉，惟良正在今。用材兼柱石，聞物象高深。”高適《留上李右相》：“傅説明殷道，蕭何律漢刑。鈞衡持國柄，柱石總朝經。”元稹《有鳥二十章(庚寅)》九：“妖鼠多年羽翮生，不辨雌雄無本族。穿墉伺隙善潛身，晝伏宵飛惡明燭。大廈雖存柱石傾，暗齧棟梁成蠹木。”可與本詩本句參讀。

⑪ 寄言:猶寄語、帶信。《楚辭·九章·思美人》:"願寄言於浮雲兮,遇豐隆而不將。"元稹《遣興十首》五:"寄言抱志士,日月東西跳。" 持重者:擔負重大任務的人。《三國志·荀彧傳》:"天子拜太祖大將軍,進彧爲漢侍中,守尚書令,常居中持重。"田錫《題羅池廟碑陰》:"古人或有其言而無其行,或有其質而無其文,故周勃持重而詞則寡焉!子夏美才而行或缺焉!"本詩暗喻唐憲宗。 微物:細小的東西,小的生物。《韓非子·外儲説》:"臣爲削者也,諸微物必以削削之,而所削必大於削。"也喻指卑下者。趙彥伯《奉和九日幸臨渭亭登高應制得花字》:"簪挂丹莄蕊,杯浮紫菊花。所願同微物,年年共辟邪。"元稹《春蟬》:"風松不成韵,蜩蟟沸如羹。豈無朝陽鳳,羞與微物爭。"

⑫ 攘攘:紛亂貌。《古詩源》卷一引《六韜》:"天下攘攘,皆爲利往;天下熙熙,皆爲利來。"歐陽行周《藏冰賦》:"六合蒼蒼,萬物攘攘。詎無時啟,亦有時藏。" 終朝:整天。陸機《答張悛》:"終朝理文案,薄暮不遑瞑。"杜甫《冬日有懷李白》:"寂寞書齋裏,終朝獨爾思。"悠悠:久長,久遠。杜甫《發秦州》:"大哉乾坤內,吾道長悠悠。"白居易《長恨歌》:"悠悠生死別經年,魂魄不曾來入夢。"連綿不盡貌。溫庭筠《夢江南》:"過盡千帆皆不是,斜暉脈脈水悠悠。" 卒歲:終年,整年。《淮南子·主術訓》:"中田之獲,卒歲之收,不過畝四石。"李白《贈友人三首》一:"餘芳若可佩,卒歲長相隨。"

⑬ "詎能分牝牡"兩句:意謂何曾能分清它們是雌是雄!它們又哪里能夠有自己的後代?兩句以蟻子暗喻宦官,借螞蟻而加以譏諷,感物寓意的手法十分明顯。 詎能:豈能。江淹《休上人怨別》:"寶書爲君掩,瑤瑟詎能開?"元稹《酬段丞與諸棋流會宿弊居見贈二十四韵次用本韵》:"鳴局寧虛日,閑窗任廢時。琴書甘盡棄,園井詎能窺?" 牝牡:鳥獸的雌性和雄性。《荀子·非相》:"夫禽獸有父子而無父子之親,有牝牡而無男女之別。"《史記·龜策列傳》:"禽獸有牝

牝，置之山原；鳥有雌雄，布之林澤；有介之蟲，置之溪谷。”又謂男性和女性。希道《授炙轂子歌二首》二：“魄微入魂牝牡結，陽响陰滋神鬼滅。千歌萬贊皆未决，古往今來抛日月。”蘇軾《揚雄論》：“人生而莫不有饑寒之患、牝牡之欲。”　焉得：怎麼能够。李白《古風》二六：“纖手怨玉琴，清晨起長嘆。焉得偶君子，共乘雙飛鸞！”韋應物《送雷監赴闕庭》：“詔書忽已至，焉得久踟蹰？方舟趁朝謁，觀者盈路衢。”蛾蚳：蟻卵，與本詩原注“蟻卵”相合。劉或《衡虞科制詔（三年八月）》：“古者，衡虞置制，蛾蚳不收；川澤産育，登器進御。”柳宗元《辨伏神文（并序）》：“累積星紀兮，以老爲奇。潛苞水土兮，混雜蛾蚳（韓曰：‘蛾，蝗子也。蚳，蟻卵也’）。”

　⑭徙市：古禮，天子、諸侯喪，庶人不外出求覓財利，以示憂戚，因移市於巷中以供其急需，謂之徙市。《禮記·檀弓》：“歲旱，穆公召縣子而問然：‘天久不雨……徙市則奚若？’曰：‘天子崩，巷市七日，諸侯薨，巷市三日，爲之徙市，不亦可乎？’”鄭玄注：“徙市者，庶人之喪禮。今徙市，是憂戚於旱若喪。”孔穎達疏：“今徙市是憂戚於旱，若居天子、諸侯之喪必巷市者，以庶人憂戚無復求覓財利，要有急須之物不得求，故於邑里之内而爲巷市。”周墀《旱辭》：“元和九年旱……天既不蒙，我憂孔益。徙市曝巫，揮時紛徙，俗宜此尚。”　生涯：語本《莊子·養生主》：“吾生也有涯，而知也無涯。”原謂生命有邊際、限度，後指生命、人生。劉禹錫《代表相公讓官第三表》：“聖日難逢，生涯漸短。體羸無拜舞之望，心在有涕戀之悲。”也指生活。庾信《謝趙王賚絲布等啓》：“望外之恩，實符大賚；非常之錫，乃溢生涯。”陳亮《謝陳參政啓》：“暮景生涯，恍如落日；少年夢事，旋若好風。”猶生計。沈佺期《餞高唐州詢》：“生涯在王事，客鬢各蹉跎。”

　⑮巢由：巢父和許由的並稱，相傳皆爲堯時隱士。皇甫謐《高士傳·巢父》：“巢父者，堯時隱人也。山居不營世利，年老以樹爲巢而寢其上，故時人號曰巢父。”許由，也是傳説中的隱士，相傳堯讓以天下，

不受,遁居於潁水之陽箕山之下。堯又召爲九州長,由不願聞,洗耳於潁水之濱。江淹《爲蕭太傅謝侍中敦勸表》:"臣不能遵烟洲而謝支伯,迎雲山而揖許由,激昂榮華之間,沈潛珪組之內。"齊己《題鄭郎中谷仰山居》:"秦争漢奪虛勞力,却是巢由得穩眠。"　相期:期待,相約。李白《贈郭季鷹》:"一擊九千仞,相期凌紫氛。"王安石《送孫立之赴廣西》:"相期鼻目傾肝膽,誰伴溪山避網羅?"

[編年]

《年譜》、《編年箋注》、《年譜新編》的編年意見同《巴蛇三首》所示,亦即編年本組詩於"乙未至戊戌在通州所作其他詩"欄內。

我們的編年意見及編年理由亦同《巴蛇三首》所述,亦即本組詩應該賦成於元和十三年的冬季,元稹當時是以州司馬的身份"權知州務",地點在通州。

◎ 蟲豸詩七篇·蟆子三首(并序)①

蟆,蚊類也。其實黑而小,不礙紗縠,夜伏而晝飛,聞柏烟與麝香輒去②。蚊蟆與浮塵,皆巴蛇鱗中之細蟲耳!故噆人成瘡,秋夏不愈。膏楸葉而傅之,則差③。

蟆子微於蚋,朝繁夜則無④。毫端生羽翼,針喙嚼肌膚⑤。暗毒應難免,羸形日漸枯⑥。將身遠相就,不敢恨非辜⑦。

晦景權藏毒,明時敢噬人⑧。不勞生訮怒(一),祇足助酸辛⑨。隼眥看無物,蛇軀庇有鱗⑩。天方芻狗我,甘與爾相親⑪。

　　有口深堪異，趨時詎可量⑫？誰令通鼻息？何故辨馨香⑬？沉水來滄海，崇蘭泛露光⑭。那能枉焚爇？爾衆我微茫⑮。

録自《元氏長慶集》卷四

［校記］

（一）不勞生詬怒：《全詩》、《蜀中廣記》同，楊本、叢刊本作“不勞生妬怒”，語義不佳，不改。

［箋注］

①　蜈子：黑色小蚊，夜伏而晝飛，嘴有毒，咬人成瘡。《太平廣記・舍毒》：“峽江至蜀有蜈子，色黑，亦能咬人，毒亦不甚。視其生處，即數鹽樹葉背上，春間生之，葉卷成窠，大如桃李，名爲五倍子，治一切瘡毒。收者曬而殺之，即不化去，不然者必竅穴而出飛爲蜈子矣！黔南界有微塵，色白，甚小，視之不見，能晝夜害人，雖帳深密，亦不可斷。以麤茶燒之，烟如焚香狀，即可斷之。又如席鋪油帔隔之，稍可滅（出《録異記》）。”《續通志・蟲類》：“蜈子一名烏蚊，形圓，黑色，大如菜子。元稹《長慶集》云：‘蚋之小而黑者名蜈子。’即此。《録異記》以爲：即五倍子所化也。臣等謹按《録異記》云：‘峽江至蜀有蜈子，視其生處，即數鹽樹葉背上春間生之，葉卷成窠，大如桃李，名爲五倍子，收者曬而乾之，即不化去。不然者，必竅穴而出，飛爲蜈子矣！’據此，則五倍子亦係蟲類，‘鄭志’編入木類，誤，今附訂正。”這兩條材料與本詩元稹的詩序一一相印證。

②　蚊：俗稱蚊子，昆蟲，雄蚊吸食花果液汁，雌蚊吸血，能傳播瘧疾、絲蟲病和流行性乙型腦炎等疾病。句道興本《搜神記》：“小鳥者無過，鷦鷯之鳥，其鳥常在蚊子角上養七子，猶嫌土廣人稀，其蚊子亦

不知頭上有鳥。"吳融《平望蚊子二十六韵》:"天下有蚊子,候夜嚌人膚。平望有蚊子,白晝來相屠。"蘇軾《與米元章書》八:"某食則脹,不食則羸甚,昨夜通旦不交睫,端坐飽蚊子耳!" 不礙紗縠:意謂紗縠的織孔雖然很小很小,但却仍然擋不住蚊子對人體的叮咬。 縠:縐紗。《戰國策·齊策》:"王之憂國愛民,不若王愛尺縠也。"吳師道補正:"縠,縐紗。"《漢書·江充傳》:"充衣紗縠禪衣。"顏師古注:"紗縠,紡絲而織之也。輕者爲紗,縐者爲縠。" 紗:絹之輕細者,古作"沙"。白居易《寄生衣與微之》:"淺色縠衫輕似霧,紡花紗袴薄於雲。"張泌《柳枝》:"膩粉瓊妝透碧紗。" 柏烟:柏樹樹枝燃燒時釋放出來的烟霧,能够驅趕蚊子、蟆子。趙亮功《甘露寺》:"檐前松子落,厨際柏烟香。別後聞鐘磬,山陰空夕陽。"《駢字類編·草木門·柏》:"柏烟:《宋史·樂志》:'管簫動地清,喧陵柏烟昏。'" 麝香:指麝。《後漢書·冉駹夷傳》:"又有五角羊、麝香、輕毛毦雞、牲牲。"杜甫《山寺》:"麝香眠石竹,鸚鵡啄金桃。"本詩指雄麝臍部香腺中的分泌物,乾燥後呈顆粒狀或塊狀,作香料或藥用。王建《宮詞》一六:"總把金鞭騎御馬,綠鬈紅額麝香香。"

③ 楸:木名,落葉喬木,葉子三角狀卵形或長橢圓形,花冠白色,有紫色斑點,木材質地細密。可供建築、造船等用。潘岳《懷舊賦》:"望彼楸矣!感於予思。"杜甫《三絶句》一:"楸樹馨香倚釣磯,斬新花蕊未應飛。" 楸葉:楸樹葉,唐宋習俗用以象徵秋意。孟元老《東京夢華録·立秋》:"立秋日,滿街賣楸葉,婦女兒童輩皆剪成花樣戴之。"李時珍《本草綱目·楸》:"唐時立秋日,京師賣楸葉,婦女、兒童剪花戴之,取秋意也。"

④ "蟆子微於蚋"兩句:王周《蚋子賦》:"蚋子之下有蟆子,蟆子之下有浮塵子,三者異乎? 皆狀小而黑,世云巴蛇鱗介中微蟲所變耳! 三伏間,晝飛夜息,咂啄人肌膚,動爲瘡痏。能飛不見其翼,能囓不見其口,微眇之極,雖縝密衣服亦可通透。莊生焦螟之説,近之

也。"焦螟是傳說中一種極小的蟲。《晏子春秋·外篇》:"東海有蟲,巢於蚊睫,再乳再飛,而蚊不爲驚……東海漁者命曰焦冥。"白居易《蚊蟆》:"巴徼炎毒早,二月蚊蟆生。咂膚拂不去,繞耳薨薨聲。斯物頗微細,中人初甚輕。如有膚受譖,久則瘡痏成。痏成無奈何,所要防其萌。麼蟲何足道! 潛諭儆人情。"白居易曾出任忠州刺史,故對此與元稹同感。

⑤ 毫端:細毛的末端,比喻極細微。《後漢書·南匈奴傳》:"嗚呼! 千里之差,興自毫端。"權德輿《小言》:"醯雞伺晨駕蚊翼,毫端棘刺分畛域。蛛絲結構聊蔭息。蟻垤崔嵬不可陟。"　羽翼:禽鳥的翼翅。《管子·霸形》:"寡人之有仲父也,猶飛鴻之有羽翼也。"嚴忌《哀時命》:"勢不能淩波以徑度兮,又無羽翼而高翔。"　針喙:喙如細針之尖端。梅堯臣《針口魚賦》:"有魚針喙形甚小,常乘春波來不少,人競取之,一掬不重乎銖秒。其爲針也,穎不能刺肌膚,目不能穿絲縷。"貝瓊《罵蚊》:"籲嗟蚊兮,爾生可矜,爾毒可憎! 針喙逾薑,綃翼方蠅,晝伏如伺,夕飛孰徵?"　嚌:咬,叮。元稹《蟲豸詩·蟻子》:"時術功雖細,年深禍亦成。攻穿漏江海,嚌食困蛟鯨。"王安石《韓持國從富并州辟》:"思之不能寐,慼若虻蚋嚌。"　肌膚:肌肉與皮膚。《史記·孝文本紀》:"夫刑至斷支體,刻肌膚,終身不息,何其楚痛而不德也? 豈稱爲民父母之意哉!"杜甫《哀王孫》:"已經百日竄荊棘,身上無有完肌膚。"

⑥ 暗毒:不易被覺察的毒,不知不覺中的毒。錢薇《平樂署中晝霧不解》:"曙暘宜散翳,此地獨陰霾。暗毒流春潤,平堤若陡崖。"陶宗儀《說郛·禪本草》:"然此味內有暗毒,須鍛鍊毒盡,乃可入藥。"難免:不易避免。王建《醉後憶山中故人》:"花開草復秋,雲水自悠悠。因醉暫無事,在山難免愁。"白居易《病中詩十五首·初病風》"六十八衰翁,乘衰百疾攻。朽株難免蠹,空穴易來風。"　羸形:瘦弱的形體。張衡《西京賦》:"始徐進而羸形,似不任乎羅綺。"韓愈《南溪始

泛》:"足弱不能步,自宜收朝迹。羸形可輿致,佳觀安可擲!"　枯:憔悴,羸瘦。《荀子·修身》:"安燕而血氣不惰,勞勤而容貌不枯。"嵇康《答難養生論》:"故蠍盛則木朽,欲勝則身枯。"

⑦ "將身遠相就"兩句:詩人語涉怨恨,被貶荒涼之地,久久不得回京,飽受蚊類的侵擾;但這一切怨不得蚊類,祇能嫉恨貶斥他的政敵,無緣無故將自己送到蚊類的跟前。　相就:主動靠近,主動親近。元稹《寄樂天》:"無身尚擬魂相就,身在那無夢往還?"秦觀《雷陽書事》:"蛋氓托絲布,相就通殷勤。"　非辜:猶非罪。《書·仲虺之誥》:"小大戰戰,罔不懼于非辜。"孔傳:"言商家小大憂危,恐其非罪見滅。"蘇舜欽《上集賢文相書》:"或親舊見過,往往閔惻而言,以謂某以非辜遭廢。"也指無罪之人。范仲淹《奏乞兩府兼判》:"審刑大理寺,評天下之法,生死榮辱,繫於筆下。禍及非辜,怨動天地。"

⑧ 晦景:日色昏暗貌。酈道元《水經注·溱水》:"又南入重山,崖峻險阻,岩嶺干天,交柯雲蔚,霾天晦景,謂之瀧中。"《南齊書·高帝紀》:"浮祲虧辰,沈氛晦景。"　權:副詞,姑且,暫且。《漢書·王莽傳》:"臣聞周成王幼少,周道未成,成王不能共事天地,修文武之烈。周公權而居攝,則周道成,王室安;不居攝,則恐周隊失天命。"《文選·左思〈魏都賦〉》:"權假日以余榮,比朝華而庵藹。"李善注:"權,猶苟且也。"　藏毒:收斂自己的毒素。王安石《真人》:"予常值真人,能藏毒而寧能。納穢若净能,易羶使馨能。"施樞《水次秋蚊可畏》:"利觜似花鷹,針膚不暫停。有生何蠢蠢,藏毒在冥冥!"　藏:隱藏,潛匿。《易·繫辭》:"顯諸仁,藏諸用,鼓萬物而不與聖人同憂。"《史記·魏公子列傳》:"公子聞趙有處士毛公藏於博徒,薛公藏於賣漿家,公子欲見兩人,兩人自匿不肯見公子。"　毒:毒物。《易·噬嗑》:"噬臘肉,遇毒。"孔穎達疏:"毒者,苦惡之物也。"韓愈《縣齋讀書》:"南方本多毒,北客恒懼侵。"　明時:指政治清明的時代,古時常用以稱頌本朝。張九齡《酬趙二侍御使西軍贈兩省舊僚之作》:"使車經隴

月,征斾繞河風……明時獨匪報,嘗欲退微躬。"令狐楚《宫中樂》:"霜
霽長楊苑,冰開太液池。宫中行樂日,天下盛明時。"本詩是指陽光明
媚之時。　噬人:蟊啃人,叮咬人。　噬:蟊啃,叮咬。《左傳・哀公
十二年》:"國狗之瘈,無不噬也。"《文選・左思〈魏都賦〉》:"蔡莽螫
刺,昆蟲毒噬。"李周翰注:"噬,咬也。"

⑨ 詬怒:怒罵。《顏氏家訓・養生》:"及鄱陽王世子謝夫人,登
屋詬怒,見射而斃。"怒,嗔怒。元稹《苦雨》:"巢燕污床席,蒼蠅點肌
膚。不足生詬怒,但苦寡歡娱。"《資治通鑑・唐穆宗長慶二年》:"弓
高守備甚嚴,有中使夜至,守將不内,旦,乃得入,中使大詬怒。"　酸
辛:酸味和辣味。《素問・至真要大論》:"濕淫所勝,平以苦熱,佐以
酸辛,以苦燥之,以淡泄之。"辛酸,悲苦。阮籍《詠懷八十二首》六四:
"對酒不能言,悽愴懷酸辛。"杜甫《奉贈鮮於京兆二十韵》:"微生沾忌
刻,萬事益酸辛。"本詩是後者。

⑩ "隼皆看無物"兩句:意謂隼鷹在高空翱翔,但却没有覺察到
下面的不軌異動,看不到滿空飛舞的蟆子,原來它們都在巴蛇的庇護
下暫時隱藏在巴蛇的蛇鱗之中。詩人以"感物寓意"的寫作方式,抨
擊在藩鎮亦即巴蛇庇護下的走卒與抓牙——滿空飛舞的蟆子們。
隼:鳥名,又名鶻,鷹類中最小者,飛速善襲,目光鋭利,獵者多飼之,
使助捕鳥兔。李嶠《軍師凱旋自邕州順流舟中》:"弓鳴蒼隼落,劍動
白猿悲……全軍多勝策,無戰在明時。"蘇味道《贈封御史入臺》:"凛
凛當朝色,行行滿路威。惟當擊隼去,復覩落雕歸。"

⑪ 芻狗:古代祭祀時用草紮成的狗。《老子》:"天地不仁,以萬
物爲芻狗;聖人不仁,以百姓爲芻狗。"魏源本義:"結芻爲狗,用之祭
祀,既畢事則棄而踐之。"《莊子・天運》:"夫芻狗之未陳也,盛以篋
衍,巾以文繡,屍祝齊戒以將之;及其已陳也,行者踐其首脊,蘇者取
而爨之而已。"陸德明釋文引李頤曰:"芻狗,結芻爲狗,巫祝用之。"後
因用以喻微賤無用的事物或言論。劉琨《答盧諶》:"如彼龜玉,韞櫝

毁諸。芻狗之談，其最得乎？”李頎《裴尹東溪別業》：“始知物外情，簪
紱同芻狗。” 相親：互相親愛，相親近。《史記·管晏列傳論》：“語
曰：‘將順其美，匡救其惡，故上下能相親也。’”蘇軾《留別雩泉》：“二
年飲泉水，魚鳥亦相親。”

⑫ 有口：敢言善辯。《史記·酈生陸賈列傳》：“孝惠帝時，呂太
后用事，欲王諸呂，畏大臣有口者。”《漢書·陸賈傳》引此文，顏師古
注曰：“有口，謂辯士。”《南史·蕭修傳》：“修中直兵，參軍陳晷甚勇有
口，求爲覘候，見獲，以辭烈被害。” 趨時：謂努力去適應當時的具體
形勢、環境與條件。王符《潛夫論·救邊》：“《周書》曰：‘凡彼聖人必
趨時。’是故戰守之策，不可不早定也。”《文心雕龍·通變》：“趨時必
果，乘機無怯。”迎合潮流，迎合時尚。葛洪《抱朴子·廣譬》：“體方貞
以居直者，雖誘以封國，猶不違情以趨時焉，安肯躐徑以取容乎？”白
居易《陳中師除太常少卿制》：“不背俗以矯逸，不趨時以沽名。” 詎
可：豈可。《後漢書·光武帝紀》：“天下詎可知，而閉長者乎？”韓愈
《感春五首》四：“音容不接祇隔夜，凶訃詎可相尋來？”

⑬ 鼻息：從鼻腔出入的氣息。張仲景《傷寒論·辨溫病脈證》：
“風溫爲病，脈陰陽俱浮，自汗出，身重多眠睡，鼻息必鼾，語言難出。”
劉孝標《廣絕交論》：“衡所以揣其輕重，繢所以屬其鼻息。”比喻聲勢，
氣勢。《後漢書·袁紹傳》：“袁紹孤客窮軍，仰我鼻息。”李白《古風》
二四：“鼻息干虹蜺，行人皆怵惕。” 馨香：散播很遠的香氣。《國
語·周語》：“其德足以昭其馨香，其惠足以同其民人。”韋昭注：“馨
香，芳馨之升聞者也。”《古詩十九首·庭中有奇樹》：“馨香盈懷袖，路
遠莫致之。”

⑭ 沉水：亦作“沈水”。李時珍《本草綱目·沉香》：“木之心節置
水則沉，故名沉水。”嵇含《南方草木狀·蜜香沉香》：“此八物同出於
一樹也……木心與節堅黑，沉水者爲沉香，與水面平者爲雞骨香。”後
因以“沉水”借指沉香。羅隱《香》：“沈水良材食柏珍，博山烟暖玉樓

春。"李清照《菩薩蠻》:"沈水臥時燒,香消酒未消。"　滄海:大海。董仲舒《春秋繁露·觀德》:"故受命而海内順之,猶衆星之共北辰,流之宗滄海也。"蘇軾《清都謝道士真贊》:"一江春水東流,滔滔直入滄海。"我國古代對東海的別稱。曹操《步出夏門行》:"東臨碣石,以觀滄海。"《初學記》卷六引晉張華《博物志》:"東海之別有渤澥,故東海共稱渤海,又通謂之滄海。"神話中的海島名。《海内十洲記·滄海島》:"滄海島在北海中,地方三千里,去岸二十一萬里,海四面繞島,各廣二千里,水皆蒼色,仙人謂之滄海也。"　崇蘭:叢蘭,叢生的蘭草。《楚辭·招魂》:"光風轉蕙,泛崇蘭些。"王念孫《讀書雜誌餘編·楚辭》:"崇蘭,猶叢蘭耳!《文子·上德》:'叢蘭欲茂,秋風敗之。'《說文》:'叢,聚也。'《廣雅》:'崇,聚也。'是崇與叢同義。"劉禹錫《省試風光草際浮》:"影碎翻崇蘭,浮香轉叢蕙。"　露光:露水珠反射出來的光耀。元稹《夜合》:"綺樹滿朝陽,融融有露光。"劉禹錫《謝寶員外旬休早涼見示詩》:"風韻漸高梧葉動,露光初重槿花稀。"

⑮"那能枉焚爇"兩句:詩人深感社會黑惡勢力的强大、衆多,難免有一點寡不敵衆的悲哀與憤怒,難免有一點無奈與絕望。　爇:燒,焚燒。《左傳·僖公二十八年》:"魏犫、顛頡怒曰:'勞之不圖,報于何有!'爇僖負羈氏。"杜預注:"爇,燒也。"《資治通鑑·唐僖宗中和三年》:"歸禮潛遣人爇其室,殺貌類者數人,用之易服得免。"胡三省注:"爇,燒也。"　微茫:原指隱秘暗昧,隱約模糊,引申爲渺茫。李白《古風》一:"正聲何微茫!哀怨起騷人。揚馬激頹波,開流蕩無垠。"秦觀《次韵子瞻贈金山寶覺大師》:"珍重故人敦妙契,自憐身世兩微茫。"

[編年]

　　《年譜》、《編年箋注》、《年譜新編》的編年意見同《巴蛇三首》所述,亦即編年本組詩於"乙未至戊戌在通州所作其他詩"欄内。

我們的編年意見及編年理由亦同《巴蛇三首》所表述,亦即本組詩應該賦成於元和十三年的冬季,元稹當時是以州司馬的身份"權知州務",地點在通州。

◎ 蟲豸詩七篇·浮塵子三首(并序)①

浮塵,蠛類也。其實微不可見,與塵相浮而上下。人苦之,往往蒙絮衣自蔽。而浮塵輒能通透,及人肌膚。亦巢巴蛇鱗中,故攻之用前術②。

可嘆浮塵子,纖埃喻此微③。寧論隔紗幌,並解透綿衣④。有毒能成痏,無聲不見飛⑤。病來雙眼暗(一),何計辨霧霏⑥?

乍可巢蚊睫!胡為附蟒鱗⑦?已微於蠢蠢,仍害及人人(二)⑧。動植皆分命,毫芒亦是身⑨。哀哉此幽物,生死敵浮塵⑩!

但覺皮膚懵,安知瑣細來⑪?因風吹薄霧,向日誤輕埃⑫。暗嚙堪銷骨,潛飛有禍胎⑬。然無防備處(三),留待雪霜摧⑭。

録自《元氏長慶集》卷四

[校記]

(一)病來雙眼暗:楊本、叢刊本、《全詩》、《淵鑒類函》同,《佩文齋詠物詩選》作"老來雙眼暗",語義不同,不改。

(二)仍害及人人:《淵鑒類函》、《全詩》注同,楊本、叢刊本、《全詩》作"仍害及仁人",浮塵子襲擊動物與人類,難於區分人類的善惡,語義難通，不從不改。

（三）然無防備處：楊本、叢刊本、《全詩》同，《淵鑒類函》作"默無防備處"，語義不同，不改。

[箋注]

①浮塵子：昆蟲名，體形似蟬而小，黃綠色或黃褐色，具有刺吸式口器，吸稻、棉、果樹等汁液，是農業害蟲，亦省稱"浮塵"。元稹《蟆子》詩序："蚊蟆與浮塵，皆巴蛇鱗中之細蟲耳！"《續通志·蟲類》："浮塵子出蜀中，微不可見，與塵相浮上下，故名，見元稹《長慶集》。《錄異記》曰：'色白，晝夜害人。'又《溪蠻叢笑》云：'蠻地有蟲，極細，拭目難覩，黑點著身，抓搔不可耐，名雞末子，此亦浮塵子之類，但色黑耳！"

②絮衣：綿衣。白居易《自詠》："老遣寬裁襪，寒教厚絮衣。"項斯《贈道者》："晏來知養氣，度日語時稀。到處留丹井，終寒不絮衣。"自蔽：自行掩蔽。陸贄《賜將士名奉天定難功臣詔》："朕失守宮闕，出次郊畿，九廟震驚，萬姓奔駭。內省思咎，外顧懷慚，罪實在予，不敢自蔽。"柳宗元《湘岸移木芙蓉植龍興精舍》："有美不自蔽，安能守孤根？盈盈湘西岸，秋至風露繁。"

③可嘆：令人感慨。盧象《寒食》："光烟榆柳滅，怨曲龍蛇新。可嘆文公霸，平生負此臣。"高適《田家春望》："出門何所見？春色滿平蕪。可嘆無知己，高陽一酒徒。"　纖埃：微塵。潘岳《藉田賦》："微風生於輕憾，纖埃起于朱輪。"元稹《清都夜境》："樓榭自陰映，雲牖深冥冥。纖埃悄不起，玉砌寒光清。"

④寧：寧可，寧願。《國語·晉語》："必報讎，吾寧事齊楚。"劉義慶《世說新語·德行》："友人有疾，不忍委之，寧以我身代友人之命。"紗幌：紗製窗簾。葛洪《抱朴子·勤求》："此何異乎在紗幌之外不能察軒房之內，而肆其倨慢，謂人之不見己。"白居易《和元九悼往（感舊

蚊幬作)》：“唯有襯紗幌，塵埃日夜侵。馨香與顏色，不似舊時深。”
綿衣：內裝絲綿的衣服。王建《秋夜》：“夜久葉露滴，秋蟲入戶飛。臥
多骨髓冷，起覆舊綿衣。”也指裝棉絮的衣服。白居易《閒出》：“人事
行時少，官曹入日稀。春寒游正好，穩馬薄綿衣。”

⑤“有毒能成痏”兩句：意謂浮塵子個個有毒，被它們叮咬就起
苞化膿，但是耳聽無聲，眼觀不見，讓人非常討厭但又無可奈何。
痏：瘡，指癰疽之類。《呂氏春秋·至忠》：“齊王疾痏，使人之宋迎文
摯。”白居易《二月一日作贈韋七庶子》：“去冬病瘡痏，將養遵醫術。
今春入道場，清淨依僧律。” 無聲：沒有聲音。《莊子·知北遊》：“視
之無形，聽之無聲。”曹植《七啓》一：“畫形於無象，造響於無聲。”

⑥“病來雙眼暗”兩句：意謂受到浮塵子的一再侵襲，雙眼已經
迷茫，眼珠黯淡無神，又有什麼辦法辨別本來就難以辨別眼前飛舞的
是咬人的浮塵子還是真正的灰塵？ 雙眼：一雙眼睛。沈佺期《驄
馬》：“西北五花驄，來時道向東。四蹄碧玉片，雙眼黃金瞳。”戎昱《送
嚴十五郎之長安》：“送客身爲客，思家愴別家。暫收雙眼淚，遙想五
陵花。” 何計：有什麼辦法。白居易《洛城東花下作》：“無因重年少，
何計駐時芳？欲送愁離面，須傾酒入腸。”姚合《送殷堯藩侍御赴同
州》：“此生無了日，終歲踏離筵。何計因歸去，深山恣意眠？” 霏霏：
飄揚飛動貌，也指飛動的東西。葛洪《抱朴子·暢玄》：“或混漾於淵
澄，或霏霏而雲浮。”王質《晚泊東流》：“山高樹多日出遲，食時霧露且
霏霏。馬蹄已踏兩郵舍，人家漸開雙竹扉。”

⑦“乍可巢蚊睫”兩句：這首詩篇仍然諷喻在叛亂藩鎮庇護下的
走狗爪牙，它們對百姓的殘害可謂無孔不入。 乍可：祇可。元稹
《夢遊春七十韻》：“忤誠人所賊，性亦天之付。乍可沈爲香，不能浮作
瓠。”蔣捷《瑞鶴仙·鄉城見月》：“勸清光，乍可幽窗相伴，休照紅樓夜
笛。” 蚊睫：蚊蟲的眼睫毛，比喻極小的處所。《晏子春秋·外篇》又
曰：“公曰：‘天下有極細乎？’晏子對曰：‘有。東海有蟲，巢於蚊睫，再

乳再飛，而蚊不爲驚，臣嬰不知其名，而東海漁者命曰焦冥。’”張華
《鷦鷯賦》：“鷦螟巢於蚊睫，大鵬彌乎天隅。”周孚《贈蕭光祖》：“田園
一蚊睫，書卷百牛腰。”　胡：代詞，表示疑問或反詰，爲什麽，問原因。
《詩·魏風·伐檀》：“不稼不穡，胡取禾三百廛兮？”歐陽修《秋聲賦》：
“此秋聲也，胡爲而來哉？”　蟒鱗：蟒蛇的鱗甲，俗稱蛇鱗。馮復京
《六家詩名物疏》卷一〇：“其地名酸棗焉！其樹高數丈，徑圍一二尺，
木理極細，堅而且重，樹皮亦細，文似蛇鱗。”《蜀中廣記》卷六九：“《拾
遺記》曰：‘昔伯禹入穴，乃至一空，裏有人身而蛇鱗，口吐玉簡以授
禹，長十有二寸，以量度天地。”

⑧　蠢蠢：騷亂貌。《左傳·昭公二十四年》：“今王室實蠢蠢焉！
吾小國懼矣！”杜預注：“蠢蠢，動擾貌。”韓愈《平淮西碑》：“常兵時曲，
軍士蠢蠢；既翦陵雲，蔡卒大窘。”衆多而雜亂貌。郭璞《蜜蜂賦》：“嗟
物品之蠢蠢，惟貞蟲之明族。”寒山《詩三百三首》三〇三：“三界人蠢
蠢，六道人茫茫。”　人人：每個人，所有的人。《禮記·表記》：“子曰：
‘仁之難成久矣！人人失其所好，故仁者之過易辭也。’”《孟子·離
婁》：“人人親其親，長其長，而天下太平。”

⑨　“動植皆分命”兩句：意謂動物也好，植物也罷，都是生命；身
軀巨大也好，體態細小也罷，也都是生命。　動植：動物和植物。謝
莊《宋孝武帝哀策文》：“禎被動植，信泊翔泳。”權德輿《郊居歲暮因書
所懷》：“元和暢萬物，動植咸使遂。素履期不渝，永懷丘中志。”　分
命：猶運命。于濆《雜曲歌辭·古別離》：“人誰無分命？妾身何太奇！
君爲東南風，妾作西北枝。”杜甫《白小》：“白小群分命，天然二寸魚。
細微沾水族，風俗當園蔬”　毫芒：比喻極細微。班固《答賓戲》：“獨
攄意乎宇宙之外，銳思於毫芒之内。”竇叔向《青陽館望九子山》：“蒼
翠岩嶤上碧天，九峰遙落縣門前。毫芒映日千重樹，涓滴垂空萬
丈泉。”

⑩　哀哉：絕望的哀呼。杜甫《前出塞九首》四：“路逢相識人，附

書與六親。哀哉兩決絕，不復同苦辛！"孟雲卿《傷時二首》一："大方載群物，生死有常倫。虎豹不相食，哀哉人食人！" 生死：用以表示堅決，猶死活。杜甫《前出塞九首》四："送徒既有長，遠戍亦有身。生死向前去，不勞吏怒嗔。"杜甫《贈別何邕》："生死論交地，何由見一人？悲君隨燕雀，薄宦走風塵。"

⑪ 皮膚：身體表面包在肌肉外部的組織，人和高等動物的皮膚由表皮、真皮和皮下組織三層組成，有保護、感覺、分泌、排泄等作用。《東觀漢記·明德馬皇后傳》："夢有小飛蟲萬數，隨著身入皮膚中。"杜荀鶴《送僧赴黃山沐湯泉》："患身是幻逢禪主，水洗皮膚語洗心。"瑣細：瑣碎，細小。杜甫《北征》："山果多瑣細，羅生雜橡栗。"陸游《讀老子次前韻》："平生好大忽瑣細，焚香讀書戶常閉。"

⑫ 薄霧：輕薄的霧。杜甫《將曉二首》二："寒沙蒙薄霧，落月去清波。壯惜身名晚，衰慚應接多。"元稹《會真詩三十韻》："龍吹過庭竹，鸞歌拂井桐。羅綃垂薄霧，環佩響輕風。" 向日：朝著太陽，面對太陽。李世民《詠桃》："向日分千笑，迎風共一香。"元稹《酬樂天得微之詩知通州事因成四首》："茅檐屋舍竹籬州，虎怕偏蹄蛇兩頭。暗蠱有時迷酒影，浮塵向日似波流。" 輕埃：輕微的塵埃。韋應物《對雨贈李主簿高秀才》："邐迤曙雲薄，散漫東風來。青山滿春野，微雨灑輕埃。"李商隱《臨發崇讓宅紫薇》："一樹濃姿獨看來，秋庭暮雨類輕埃。不先搖落應為有，已欲別離休更開。"

⑬ 暗齧：偷偷叮咬。元稹《有鳥二十章》八："大廈雖存柱石傾，暗齧棟梁成蠹木。"朱彝尊《朱碧山銀槎歌孫少宰席上賦》："槎枒老樹幾千歲，霜皮崩剝枝柯刪。陰崖自遭鬼斧劈，積雨暗齧苔紋斑。" 銷骨：銷蝕骨體。元稹《別李十一五絕》五："聞君欲去潛銷骨，一夜暗添新白頭。"杜荀鶴《經青山吊李翰林》："天地空銷骨，聲名不傍身。"潛飛：偷偷飛來飛去，不易被人們發現。皮日休《傷開元觀顧道士》："恊晨宮上啟金扉，詔使先生坐蛻歸。鶴有一聲應是哭，丹無餘粒恐

潛飛。"劉敞《寄贈獻臣》："龍興幽泉中,溶雲自潛飛。氣還大淵下,灰鑰先察微。"　禍胎:猶禍根,語出枚乘《上書諫吳王》："福生有基,禍生有胎,納其基,絕其胎,禍何自來?"白居易《閑居有所思二首》二:"權門要路是身災,散地閑居少禍胎。今日憐君嶺南去,當時笑我洛中来。"羅隱《錢》："志士不敢道,貯之成禍胎。"

⑭　"然無防備處"兩句:詩人感嘆雖然人力有限,防不勝防,但大自然的規律決不容許它們長期爲非作歹,嚴冬來臨,霜降雪飛,就是它們的末日。　防備:做好準備以應付攻擊或避免受害。《後漢書·和帝紀》："先帝即位,務休力役,然猶深思遠慮,安不忘危,探觀舊典,復收鹽鐵,欲以防備不虞,甯安邊境。"白居易《新樂府·縛戎人》："遊騎不聽能漢語,將軍遂縛作蕃生。配向東南卑濕地,定無存恤空防備。"段成式《嘲元中丞》："鶯裏花前選孟光,東山逅客酒初狂。素娥畢竟難防備,燒得河車莫遣嘗。"　雪霜:雪和霜。《禮記·月令》:"〔孟冬之月〕行秋令,則雪霜不時,小兵時起,土地侵削。"李紳《發壽陽分司敕到又遇新正感懷書事》："漸喜雪霜消解盡,得隨風水到天津。"　摧:挫敗,挫損。《韓非子·存韓》："今伐韓未可一年而滅,拔一城而退,則權輕於天下,天下摧我兵矣!"《史記·樂毅列傳》："當是時,齊湣王强,南敗楚相唐眛於重丘,西摧三晉於觀津。"

[編年]

《年譜》、《編年箋注》、《年譜新編》的編年意見同《巴蛇三首》所述,亦即編年本組詩於"乙未至戊戌在通州所作其他詩"欄內。

我們的編年意見及編年理由亦同《巴蛇三首》所表述,亦即本組詩應該賦成於元和十三年的冬季,元稹當時是以州司馬的身份"權知州務",地點在通州。

◎蟲豸詩七篇 · 虻三首（并序）①

巴山谷間，春秋常雨，自五六月至八九月②。雨則多虻，道路群飛，噬馬牛血及蹄角③。旦暮尤極繁多，人常用日中時趣程，逮雪霜而後盡。其噬人痛劇浮蟆，而不能毒留肌，故無療術④。

陰深山有瘴，濕墊草多虻⑤。衆噬錐刀毒，群飛風雨聲⑥。汗粘瘡痏痛，日曝苦辛行⑦。飽爾蛆殘腹，安知天地情⑧！

千山溪沸石，六月火燒雲⑨。自顧生無類，那堪毒有群⑩！搏牛皮若截，噬馬血成文⑪。蹄角尚如此，肌膚安可云⑫？

辛螫終非久，炎凉本遞興⑬。秋風自天落，夏蕈與霜澄(一)⑭。一鏡開潭面，千峰露石棱(二)⑮。氣平蟲豸死，雲路好攀登(三)⑯！

録自《元氏長慶集》卷四

[校記]

（一）夏蕈與霜澄：楊本、叢刊本、《全詩》同，《蜀中廣記》、《淵鑒類函》作“夏孽與霜澄”，語義相類，不改。

（二）千峰露石棱：原本作“千鋒露石棱”，楊本、叢刊本、《全詩》同，語義不佳，據《蜀中廣記》、《淵鑒類函》改。

（三）雲路好攀登：叢刊本、《全詩》、《蜀中廣記》、《淵鑒類函》同，楊本作“雲露好攀登”，語義不通，不從不改。

[箋注]

①　虻:昆蟲名,種類很多,吮吸人、畜的血液。據《辭海》,虻是昆蟲綱雙翅目,虻科。成蟲形似蠅而稍大,體粗壯,長約一至三厘米,多毛,頭闊,眼大,刺吸式口器觸角短,僅三節。翅僅前翅一對,後翅退化爲"平衡棒"。幼蟲生活在沼澤中,肉食性。最常見的有華虻、中華斑虻,雌虻刺吸牛等牲畜以及人的血液,傳播疾病,危害不小。《史記·項羽本紀》:"夫搏牛之虻,不可以破蟣蝨。"《淮南子·俶真訓》:"夫憂患之來攖人心也,非直蜂蠆之螫毒,而蚤虻之慘怛也。"另外,在我國的古籍記載中,虻是昆蟲名,似蠅而大,雄蟲食植物液汁,雌蟲吸食人和動物的血液。李時珍《本草綱目·蜚虻》:"按劉河間云:虻食血而治血,因其性而爲用也。成無己云:苦走血,血結不行者,以苦攻之。故治畜血用虻蟲,乃肝經血分藥也。"歐陽修《憎蒼蠅賦》:"蒼蠅蒼蠅吾嗟爾,爲生既無蜂蠆之毒尾,又無蚊虻之利觜,幸不爲人所畏,何不爲人之喜?"周密《齊東野語·端平入洛》:"沿途茂草長林,白骨相望,虻蠅撲面,杳無人蹤。"

②　春秋:春季與秋季。陶潛《移居二首》二:"春秋多佳日,登高賦新詩。"元稹《春蟬》:"及來商山道,山深氣不平。春秋兩相似,蟲豸百種鳴。"　自五六月至八九月:從序文全文來看,本句應該是對"春秋常雨"的補充説明。但是"五六月"應該是"夏季","八九月"應該是"秋季",故"春秋常雨"似乎應該是"春夏秋常雨"比較合適。

③　"雨則多虻"三句:三句所言,與虻的特性一一符合。　蹄角:牛的蹄與角,古時用以計牛頭數。蹄角共六,即一頭牛。《漢書·貨殖傳》:"牛千蹄角。"顏師古注:"百六十七頭牛,則爲蹄與角凡一千二也。言千者,舉成數也。"陸游《游昭牛圖》:"時時弄筆眼力健,蹄角毛骨分豪芒。我無沙堤金絡馬,拂拭此幅喜欲狂。"

④　旦暮:清早與黃昏。宋之問《新年作》:"老去居人下,春歸在客先。嶺猿同旦暮,江柳共風烟。"劉長卿《晚次苦竹館却憶于越舊

遊》："匹馬風塵色，千峰旦暮時。遙看落日盡，獨向遠山遲。" 趨程：趕快趕路。李心傳《建炎以來繫年要錄》卷一九九："是日吳璘命姚仲即日趨程之德順，統制官盧仕閔、姚志並聽節制。如得機便，即進兵克復涇、渭等州。" 趨：趕快，從速。《國語·晉語》："三軍之士皆在，有人能坐待刑而不能面夷？趨行事乎！"《史記·鄭世家》："令宋趨降，三要乃許。" 療：醫治，治療。《周禮·天官·瘍醫》："凡療瘍以五毒攻之。"鄭玄注："止病曰療。"《三國志·王朗傳》："醫藥以療其疾，寬繇以樂其業。" 術：方法，手段。《禮記·祭統》："惠術也，可以觀政矣！"鄭玄注："術猶法也。"《呂氏春秋·決勝》："夫兵貴不可勝。不可勝在己，可勝在彼。聖人必在己者，不必在彼者，故執不可勝之術，以遇不勝之敵，若此則兵無失矣！"

⑤ 陰深：昏暗。韋應物《龍頭山神女歌》："陰深靈氣静凝美，的皪龍綃雜瓊佩。"幽深。朱灣《題段上人院壁畫古松》："陰深方丈間，直趨幽且閑。" 濕墊：潮濕。楊衒之《洛陽伽藍記·景寧寺》："江左假息，僻居一隅，地多濕墊。"元稹《劉氏館集隱客歸和子元及之子蒙晦之》："濕墊緣竹徑，寥落護岸冰。偶然沾市酒，不越四五升。"

⑥ 錐刀：本詩借喻微薄，微細。《淮南子·本經訓》："昔者蒼頡作書而天雨粟，鬼夜哭。"高誘注："詐僞萌生則去本趨末，棄耕作之業而務錐刀之利。"曹植《求通親親表》："臣伏自惟省，無錐刀之用。"群飛：成群飛舞。盧照鄰《浴浪鳥》："獨舞依磐石，群飛動輕浪。奮迅碧沙前，長懷白雲上。"儲光羲《使過彈箏峽作》："鳥雀知天雪，群飛復群鳴。原田無遺粟，日暮滿空城。"

⑦ 瘡痏：瘡瘍，傷痕。葛洪《抱朴子·擢才》："乃有播埃塵于白珪，生瘡痏於玉肌。"《舊唐書·僖宗紀》："豺狼貽朝市之憂，瘡痏及腹心之痛。" 苦辛：猶辛苦，勞苦艱辛。《古詩十九首·今日良宴會》："無爲守窮賤，轗軻長苦辛。"羅志仁《絕句》："嚙雪蘇郎受苦辛，庾公老作北朝臣。"

⑧ "飽爾蛆殘腹"兩句：詩人大聲呵斥，萬事萬物，自有自然規律制約，自有百姓善惡美醜的評判，社會黑惡勢力的跋扈終非長久。這當然祇是詩人的美好願望，人間的社會也好，客觀的自然也罷，相互的爭鬥總是存在的，非人們的主觀意志在短期內所能改變。　天地：天和地，指自然界或社會。《荀子‧天論》："星隊木鳴，國人皆恐……是天地之變、陰陽之化，物之罕至者也。"柳宗元《封建論》："天地果無初乎？吾不得而知之也。"

⑨ 千山：極言山多。柳宗元《江雪》："千山鳥飛絕，萬徑人蹤滅。"王安石《古松》："萬壑風生成夜響，千山月照挂秋陰。"　火燒雲：即火雲，火雲即紅雲，多指炎夏，與"六月"相呼應。蕭統《錦帶書十二月啓‧菰賓五月》："凍雨洗梅樹之中，火雲燒桂林之上。"杜甫《貽華陽柳少府》："火雲洗月露，絕壁上朝暾。"仇兆鰲注："火雲，朝霞也。"

⑩ 自顧：自念，自視。《東觀漢記‧和熹鄧后傳》："太后臨大病，不自顧而念兆民。"杜甫《客堂》："臺郎選才俊，自顧亦已極。"　無類：沒有朋類或同伴。韓愈《閔己賦》："余昏昏其無類兮，望夫人其已遠。"因亮《顏魯公集行狀》："公蹈忠藎之苦，古今無類焉！"　那堪：怎堪，怎能禁受。李端《溪行遇雨寄柳中庸》："那堪兩處宿，共聽一聲猿？"張先《青門引‧春思》："那堪更被明月，隔墻送過秋千影！"　有群：成群結隊。韋應物《任洛陽丞請告一首》："休告臥空館，養病絕囂塵。游魚自成族，野鳥亦有群。"竇常《秋日洛陽官舍寄上水部家兄》："貔虎今無半，狐狸宿有群。威聲慚北部，仁化樂南薰。"

⑪ "搏牛皮若截"兩句：意謂虷搏擊耕牛好像牛皮被利錐所簇，馬匹被叮咬之後，滿身是血，斑斑點點，又像文字又像圖畫。　搏：格鬥，奮鬥。《史記‧張儀列傳》："此所謂兩虎相搏者也。"柳宗元《三戒‧黔之驢》："益習其聲，又近出前後，終不敢搏。"　噬：齧嚙，咬。《左傳‧哀公十二年》："國狗之瘈，無不噬也。"《文選‧左思〈魏都賦〉》："蔡莽螫刺，昆蟲毒噬。"李周翰注："噬，咬也。"

⑫ 蹄角：這裏指代牲口。梅堯臣《觀楊之美盤車圖》："谷口長松葉老瘦，澗畔古樹身枯高……轂輪傍側輻可數，蹄角攙錯行相聯。"石介《慶曆聖德頌序》："古者一雲氣之祥，一草木之異，一蹄角之怪，一羽毛之瑞，當時群臣，猶且濃墨大字，金頭鈿軸，以稱述頌美時君功德，以爲無前之休，丕天之績。" 肌膚：肌肉與皮膚，本詩借喻人。李端《胡騰歌》："胡騰身是凉州兒，肌膚如玉鼻如錐。桐布輕衫前後卷，葡萄長帶一邊垂。"劉禹錫《望夫山》："何代提戈去不還，獨留形影白雲間？肌膚銷盡雪霜色，羅綺點成苔蘚斑。"

⑬ 辛螫：毒蟲刺螫人。《詩·周頌·小毖》："莫予荓蜂，自求辛螫。"鄭玄箋："徒自求辛苦毒螫之害耳！"葉適《劉靖君墓誌銘》："憂患之味早，視衆所甘，殆若辛螫。"也比喻荼毒，虐害。陳子昂《送著作佐郎崔融等從梁王東征詩序》："皇帝哀北鄙之人，罹其辛螫；以東征之義，降彼偏裨。" 炎凉：猶冷熱，指氣溫。武元衡《獨不見》："俄驚白日晚，始悟炎凉變。"猶寒暑，喻歲月。司馬光《重過華下》："昔辭蓮幕去，三十四炎凉。"張煌言《擬古》："人生百歲間，炎凉倏代謝。"喻富貴與貧寒。王禹偁《與李宗諤書》："某自束髮以來，與人遊且多矣！能不以炎凉爲去就者，雖貧賤之交固亦鮮得，況貴冑乎？"喻人情勢利，反復無常。李白《經亂離後天恩流夜郎憶舊遊書懷贈江夏韋太守良宰》："一別隔千里，榮枯異炎凉。炎凉幾度改，九土中橫潰。"盧綸《送鹽鐵裴判官入蜀》："雲白風雷歇，林清洞穴稀。炎凉君莫問，見即在忘歸。" 遞興：交替興起，依次興起。顧野王《進玉篇啓》："有巢肇制，三聖代立，十紀遞興，龍牒浮河，龜書起洛。"岑參《秋夕聽羅山人彈三峽流泉》："能含古人曲遞與今人傳知音難再逢惜君方老年。"

⑭ 秋風：秋季的風。曹丕《燕歌行二首》一："秋風蕭瑟天氣凉，草木搖落露爲霜。群燕辭歸雁南翔，念君客遊思斷腸。"杜甫《奉和嚴鄭公軍城早秋》："秋風嫋嫋動高旌，玉帳分弓射虜營。已收滴博雲間

戌,欲奪蓬婆雪外城。"　夏蘖:樹木夏天新生的枝條。　蘖:草木砍伐後長出的新芽。《國語・魯語》:"山不槎蘖,澤不伐夭。"韋昭注:"以株生曰蘖。"《孟子・告子》:"是其日夜之所息,雨露之所潤,非無萌蘖之生焉!"　霜:在氣溫降到攝氏零度以下時,靠近地面空氣中所含的水汽凝結成的白色冰晶。沈佺期《紫騮馬》:"跼足追奔易,長鳴遇賞難。摐金一萬里,霜露不辭寒。"陰行先《和張燕公湘中九日登高》:"重陽初啓節,無射正飛灰。寂寞風蟬至,連翩霜雁來。"　澄:安,安定。《後漢書・光武帝紀贊》:"三河未澄,四關重擾。"高適《餞宋八充彭中丞判官之嶺南》:"勿憚九嶷險,須令百越澄。"

⑮　一鏡:指像一面明鏡的平面之水。劉長卿《舊井》:"舊井依舊城,寒水深洞徹。下看百餘尺,一鏡光不滅。"錢起《賦得餘冰》:"曉日餘冰上,春池一鏡明。"　潭面:水潭的水面。劉禹錫《望洞庭》:"湖光秋月兩相和,潭面無風鏡未磨。遙望洞庭山翠色,白銀盤裏一青螺。"李珣《漁父》:"棹警鷗飛水濺袍。影隨潭面柳垂條。終日醉,絕塵勞。曾見錢塘八月濤。"　千峰:千山萬嶺。王昌齡《送歐陽會稽之任》:"萬室霽朝雨,千峰迎夕陽。輝輝遠洲映,曖曖澄湖光。"劉長卿《寄普門上人》:"白雲幽臥處,不向世人傳。聞在千峰裏,心知獨夜禪。"楊本原作"千鋒",《編年箋注》對此不作改動,也未對"千鋒"作出合理的解釋。冀勤校點的《元稹集》云:"峰,原作'鋒',據文意改。"我們認爲是有道理的。　石棱:這裏指石結構山體上呈條狀凸起的部分。盧綸《和張僕射塞下曲》:"林暗草驚風,將軍夜引弓。平明尋白羽,没在石棱中。"杜牧《游池州林泉寺金碧洞》:"袖拂霜林下石棱,潺湲聲斷滿溪冰。攜茶臘月游金碧,合有文章病茂陵。"

⑯　雲路:雲間,天上。江總《遊攝山栖霞寺》:"烟崖憇古石,雲路排征鳥。"王勃《馴鳶賦》:"質雖滯于城闕,策已成於雲路。"高山上的路徑。盧照鄰《贈益府裴録事》:"青山雲路深,丹壑月華臨。"儲光羲《遊茅山五首》二:"巾車入雲路,理棹瑤溪行。"比喻仕途、高位。鮑照

《侍郎滿辭閣》："臣所居職限滿,今便收迹,金閨雲路,從兹自遠。"元稹《貽蜀五首·病馬詩寄上李尚書》："萬里長鳴望蜀門,病身猶帶舊瘡痕。遙看雲路心空在,久服鹽車力漸煩。" 攀登:攀緣而上。曹植《九愁賦》："卷浮雲以太息,顧攀登而無階。"權德輿《李十韶州寄途中絶句使者取報修書之際口號酬贈》："詔下忽臨山水郡,不妨從事恣攀登。莫言向北千行雁,別有圖南六月鵬。"這是組詩七首二十一篇的總結性文字,寄寓了詩人對政治清明、社會安定的希望,也寄寓了詩人對自己明天仕途的願望。這一組《蟲豸詩》,賦詠於元和十三年冬季,這一時期李唐剛剛平息了吳元濟的叛亂,回頭招討謀刺宰相武元衡、焚燒東都留守院、暗通吳元濟、遣兵進攻徐州的叛鎮李師道,《舊唐書·憲宗紀》："(元和十三年)秋七月……乙酉詔削奪淄青節度使李師道在身官爵。仍令宣武、魏博、義成、武寧、橫海等五鎮之師分路進討。"詩人爲此而擔憂,生怕一直難以平定的河朔藩鎮兵連禍結,再次構成對李唐朝廷的嚴重威脅。元稹在平定藩鎮叛亂這個重大問題上到底贊成什麽又堅決反對什麽,在這組詩歌中表現得十分清楚,不容他人置疑。《年譜》所謂"元稹依附藩鎮"云云,顯然是站不住脚的荒謬之論。

[編年]

　　《年譜》、《編年箋注》、《年譜新編》的編年意見同《巴蛇三首》所述,亦即編年本組詩於"乙未至戊戌在通州所作其他詩"欄內。

　　我們的編年意見及編年理由亦同《巴蛇三首》所表述,亦即本組詩應該賦成於元和十三年的冬季,元稹當時是以州司馬的身份"權知州務",地點在通州。

◎ 和樂天夢亡友劉太白同遊二首⁽一⁾①

君詩昨日到通州，萬里知君一夢劉②。閑坐思量小來事，祇應元是夢中遊③。

老來東郡復西州，行處生塵爲喪劉④。縱使劉君魂魄在，也應至死不同遊⑤。

錄自《元氏長慶集》卷八

[校記]

（一）和樂天夢亡友劉太白同遊二首：本詩存世各本，包括楊本、叢刊本、《萬首唐人絕句》、《全詩》諸本，均無異文。

[箋注]

① 和樂天夢亡友劉太白同遊二首：白居易原唱是《夢亡友劉太白同遊彰敬寺》：“三千里外卧江州，十五年前哭老劉。昨夜夢中彰敬寺，死生魂魄暫同遊。”白居易原唱祇有一首，而元稹酬篇却是兩首，所謂次韵，這裏是重複次韵，亦即第一首與白居易原唱次韵，第二首仍然與白居易原唱次韵，這在元稹白居易酬唱中並不多見。元稹另有《送劉太白(太白居從善坊)》，有句云：“洛陽大底居人少，從善坊西最寂寥。”又《與太白同之東洛至櫟陽太白染疾駐行予九月二十五日至華岳寺雪後望山》：“共作洛陽千里伴，老劉因疾駐行軒。”知元稹這位朋友應該是洛陽人，病故較早。白居易有《常樂里閑居偶題十六韵兼寄劉十五公輿王十一起呂二炅呂四穎崔十八玄亮元九稹劉三十二敦質張十五仲元時爲校書郎》詩篇，詩曰：“勿言無知己，躁静各有徒。蘭臺七八人，出處與之俱。旬時阻談笑，旦夕望軒車。誰能鑷校閑，

解帶臥吾廬？窗前有竹翫，門外有酒沽。何以待君子？數竿對一壺。”其中的“劉三十二敦質”就是劉太白，元稹白居易與劉太白均是校書郎時的朋友。白居易另有《哭劉敦質》：“小樹兩株柏，新土三尺墳。蒼蒼白露草，此地哭劉君。哭君豈無辭？辭云君子人。如何天不吊，窮悴至終身？愚者多貴壽，賢者獨賤迍。龍亢彼無悔，蠖屈此不伸。哭罷持此辭，吾將詰羲文。”

②君詩昨日到通州：元稹白居易通州與江州間的唱和，此時才算正式恢復。關於元稹白居易間的通江唱和，絕非如後人懸想的那樣順利，前人多所誤解。如《舊唐書·元稹傳》：“稹聰警絕人，年少有才名。與太原白居易友善，工爲詩，善狀詠風態物色，當時言詩者稱元白焉！自衣冠士子，至閭閻下俚，悉傳諷之，號爲‘元和體’。既以俊爽不容於朝，流放荊蠻者僅十年。俄而白居易亦貶江州司馬，稹量移通州司馬。雖通江懸邈，而二人來往贈答，凡所爲詩，自有三十五十韻乃至百韻者。江南人士，傳道諷誦，流聞闕下，里巷相傳，爲之紙貴。觀其流離放逐之意，靡不悽惋。”《舊唐書·白居易傳》：“時元稹在通州，篇詠贈答往來，不以數千里爲遠。”清代《達州志》卷四一：“白居易……貶忠州刺史，嘗寓達州，與元稹往來唱和，時號‘元白’。”清代《達州志》記載有誤：一、白居易從未到過達州亦即當時的通州；二、白居易貶忠州刺史之時，元稹轉任虢州長史，兩人在長江中的夷陵江面偶然相遇，白居易《十年三月三十日別微之於澧上十四年三月十一日夜遇微之於峽中停舟夷陵三宿而別言不盡者以詩終之因賦七言十七韻以贈且欲記所遇之地與相見之時爲他年會話張本也》：“澧水店頭春盡日，送君上馬謫通川。夷陵峽口明月夜，此處逢君是偶然。一別五年方見面，相攜三宿未迴船。”就是明證，所謂的元白通江唱和早已結束，根本不存在元稹白居易均在通州的唱和。　萬里：猶一萬里，極言空間距離之遙遠。崔湜《塞垣行》：“疾風卷溟海，萬里揚砂礫。仰望不見天，昏昏竟朝夕。”杜審言《旅寓安南》：“積雨生昏霧，輕

霜下震雷。故鄉逾萬里，客思倍從來。”詩人這裏指的是通州與江州之間的距離，但根據現在的測算方法，兩地之間衹有數千里，元稹《酬樂天江樓夜吟稹詩因成三十韻（次用本韻）》：“五千誠遠道，四十已中年（諸葛亮云：‘揚州萬里。’潯陽向餘五千，僕今年忽已四十一）。”這是元稹親口所説，通江之間的距離衹有“五千”。所謂“萬里”云云，是詩人誇張的説法，元稹與白居易通江唱和中，屢次出現這種情況。而據今天的測量，通州與江州之間，實際距離衹有二千。　　夢：做夢。顧況《代佳人贈別》：“萬里行人欲渡溪，千行珠泪滴爲泥。已成殘夢隨君去，猶有驚烏半夜啼。”李益《奉和武相公春曉聞鶯》：“蜀道山川心易驚，緑窗殘夢曉聞鶯。分明似寫文君恨，萬怨千愁弦上聲。”

　　③閑坐：閑暇時坐著没事做。崔液《上元夜六首》一：“玉漏銀壺且莫催，鐵關金鎖徹明開。誰家見月能閑坐？何處聞燈不看來？”祖詠《蘇氏別業》：“屋覆經冬雪，庭昏未夕陰。寥寥人境外，閑坐聽春禽。”　　思量：考慮，忖度。《晉書·王豹傳》：“得前後白事，具意，輒别思量也。”杜荀鶴《秋日寄吟友》：“閑坐細思量，惟吟不可忘。”　　小來：從小，年輕時。李頎《雜曲歌辭·緩歌行》：“小來攀貴遊，傾財破産無所憂。”杜甫《送李校書二十六韻》：“小來習性懶，晚節慵轉劇。”　　夢中：睡夢之中。沈約《别范安成》：“勿言一樽酒，明日難重持。夢中不識路，何以慰相思？”晏幾道《鷓鴣天》：“從别後，憶相逢，幾回魂夢與君同。今宵剩把銀釭照，猶恐相逢是夢中。”

　　④老來：年老之後。杜甫《哭韋大夫之晉》：“童孺交遊盡，喧卑俗事牽。老來多涕泪，情在强詩篇。”陸游《孤坐無聊每思江湖之適》：“老來閲盡榮枯事，萬變惟應一笑酬。”　　東郡：郡名，有多種説法，這裏特指夷陵郡。杜甫《秋日夔府詠懷奉寄鄭監李賓客一百韻》：“東郡時題壁，南湖日扣舷。”朱鶴齡注：“夷陵郡，在夔州之東，故曰東郡。”一説指江陵縣，錢謙益注：“江陵，漢舊縣，屬南郡。《史記》：江陵，故郡都，西通巴、巫，在巴、巫之東，故曰東郡。”元稹曾經被貶在江陵五

年,故言。　西州:古城名,東晉置,爲揚州刺史治所,故址在今江蘇省南京市,晉謝安死後,羊曇醉至西州門,慟哭而去,即此處。事見《晉書‧謝安傳》,後遂用爲典實。溫庭筠《經故翰林袁學士居》:"西州城外花千樹,儘是羊曇醉後春。"蘇軾《日日出東門》:"何事羊公子,不肯過西州?"這裏指巴蜀地區,詩人意在特指通州。《後漢書‧廉范傳》:"范父遭喪亂,客死於蜀漢,范遂流寓西州。"孫賁《下瞿塘》:"我從前月來西州,錦官城外十日留。"　行處:隨處,到處。杜甫《曲江二首》二:"酒債尋常行處有,人生七十古來稀。"這裏指走過的地方一個跟著一個,猶如走馬。韋莊《嘆落花》:"西子去時遺笑靨,謝娥行處落金鈿。"　生塵:沾上塵埃。曹植《洛神賦》:"陵波微步,羅韈生塵。"柳永《荔支香》:"緩步羅襪生塵,來繞瓊筵看。"　爲:這裏作介詞,因爲,由於,表示原因。李白《登金陵鳳凰臺》:"三山半落青天外,二水中分白鷺洲。總爲浮雲能蔽日,長安不見使人愁。"李嘉佑《聞逝者自驚》:"亦知死是人間事,年老聞之心自疑。黃卷清琴總爲累,落花流水共添悲。"

⑤ "縱使劉君魂魄在"兩句:意謂即使劉太白死去之後尚有魂魄跟隨我們,因爲我們兩個人貶謫一處緊跟謫任又一處,我想太白老兄的魂魄也難以跟上我們貶謫的腳步,難以一起遊覽。而且我與你白居易一在江州一在通州,他老兄究竟到通州與我遊玩,還是到江州與你白居易相聚?　縱使:即使。《顏氏家訓‧養生》:"縱使得仙,終當有死。"杜甫《戲爲六絕句》三:"縱使盧王操翰墨,劣於漢魏近風騷。"魂魄:古人想像中一種能脫離人體而獨立存在的精神,附體則人生,離體則人死。《左傳‧昭公七年》:"匹夫匹婦强死,其魂魄猶能馮依於人,以爲淫厲。"任華《寄李白》:"古來文章有能奔逸氣,聳高格,清人心神,驚人魂魄。我聞當今有李白,大獵賦,鴻猷文,嗤長卿,笑子雲。"

［編年］

　　《年譜》編年本詩於"乙未至戊戌在通州所作其他詩"，理由是："白詩云：'三千里外臥江州。'元詩云：'君詩昨日到通州。'"《編年箋注》僅采錄本詩而沒有說明編在哪一年，不知何故，但編列在元和十三年。《年譜新編》編年本詩於元和十三年，理由是："白詩云：'三千里外臥江州，十五年前哭老劉。'劉太白即劉敦質，貞元二十年卒。自貞元二十年下推十五年，應爲元和十三年。元詩亦應元和十三年作。"

　　我們以爲，一、劉太白即劉敦質貞元二十年病故，白居易《哭劉敦質》作於貞元二十年，而白居易對元稹本詩的原唱又有"三千里外臥江州，十五年前哭老劉"之句，以"十五年前"推得，白居易原唱當作於元和十三年，白居易正在江州司馬任，元稹也已經病愈，從興元回到通州。這一時期元稹與白居易江州通州唱和沒有阻隔，所以元稹酬篇也應該作於其後不久，亦即元和十三年。

　　關於本詩的編年結論，我們在《蘇州大學學報》一九八八年第二期《元稹白居易通江唱和真相述略》已經進行了清楚的表述："元和十三年，白氏還有《夢亡友劉太白同遊彰敬寺》、《尋郭道士不遇》詩寄稹，元氏亦有《和樂天夢亡友劉太白同遊二首》、《和樂天尋郭道士不遇》詩次韻酬和。"請有興趣的讀者參閱。拙稿《元稹白居易通江唱和真相述略》又被中國人民大學報刊資料中心全文複印，見同年第七期，應該不難翻閱。《編年箋注》、《年譜新編》對本詩的編年結論與我們的十多年前的結論如此一致，不知是不是是一種偶然是一種巧合？除此而外，我們在二〇〇二年《南昌大學學報》第二期上又發表《元稹白居易通江唱和真相繼述》，對本詩的編年又列表清楚表明，從時間上看，我們發表的時間也應該比《編年箋注》、《年譜新編》成書要早，面對如此奇怪的現象，我們真不知道說什麼才好！二、今天我們再補充一點，根據元稹《酬樂天東南行詩一百韵序》，元稹在十三年四月十一日至四月十二日間,在"不三兩日"的時間內,曾當著李景信的面,一次就酬和白居易詩三十二首,三十二首中不包含本詩,故元稹本詩雖然可以編年元和十三年,但應該排除四月十二日之前的歲月。本詩又云"君詩昨日到通州",知元稹酬詩應該賦成於通州,元稹當時是以通州司馬的身份"權知州務"。

◎ 和樂天尋郭道士不遇(道士昔常爲僧(一),於荆州相別)①

昔年我見杯中渡,今日人言鶴上逢②。兩虎定隨千歲鹿,雙林添作幾株松③?方瞳應是新燒藥(二),短脚知緣舊施春(爲僧時先有脚疾)(三)④。欲請僧繇遠相畫,苦愁頻變本形容⑤。

録自《元氏長慶集》卷二一

[校記]

(一)道士昔常爲僧:楊本、叢刊本、《全詩》作"昔常爲僧",語義相類,不改。盧校宋本作"昔嘗爲僧","常"與"嘗"在"曾經"的義項上相通,不改。

(二)方瞳應是新燒藥:叢刊本、《全詩》同,楊本作"方瞳應是新燒藥",語義不通,不從不改。

(三)爲僧時先有脚疾:錢校、叢刊本、《全詩》同,楊本作"爲僧時先有時疾",語義不同,不從不改。

[箋注]

① 和樂天尋郭道士不遇:白居易原唱《尋郭道士不遇》:"郡中乞假來相訪,洞裏朝元去不逢。看院只留雙白鶴,入門惟見一青松。藥

爐有火丹應伏,雲碓無人水自舂(廬山中雲母多,故以水碓搗煉,俗呼爲水碓)。欲問參同契中事,更期何日得從容?” 郭道士:即元稹白居易的朋友郭虛舟,道士。郭道士最先相識元稹於江陵士曹參軍任,因元稹的關係,幾年之後郭道士又相識謫任江州司馬的白居易,三人的友誼至少持續到元稹浙東觀察使任、白居易蘇州刺史任之時。白居易有《郭虛舟相訪》:“朝暖就南軒,暮寒歸後屋。晚酌一兩杯,夜棋三數局。寒灰埋暗火,曉焰凝殘燭。不嫌貧冷人,時來同一宿。”又有《同微之贈別郭虛舟鍊師五十韻》,有句云:“我爲江司馬,君爲荊判司。俱當愁悴日,始識虛舟師。師年三十餘,白晳好容儀。專心在鉛汞,餘力工琴棋。靜彈弦數聲,閑飲酒一卮……藥灶今夕罷,詔書明日追。追我復追君,次第承恩私。官雖小大殊,同立白玉墀。我直紫微閣,手進賞罰詞。君侍玉皇座,口含生殺機。直躬易媒孽,浮俗多瑕疵。轉徙今安在?越嶠吳江湄。一提支郡印,一建連帥旗。何言四百里,不見如天涯。秋風旦夕來,白日西南馳。雪霜各滿鬢,朱紫徒爲衣。師從廬山洞,訪舊來於斯。尋君又覓我,風馭紛逶迤。帔裾曳黃絹,鬖髮垂青絲。逢人但斂手,問道亦頷頤。孤雲難久留,十日告將歸。款曲話平昔,殷勤勉衰羸。後會杳何許,前心日磷緇。俗家無異物,何以充別資。素箋一百句,題附元家詩。朱頂鶴一隻,與師雲間騎。雲間鶴背上,故情若相思。時時摘一句,唱作步虛辭。”據朱金城先生《白居易集箋校》考定,白居易詩作於寶曆元年(825),白居易時在蘇州刺史任。據此,元稹當時應該在浙東觀察使任,可惜元稹原唱《贈別郭虛舟鍊師五十韻》已經散失。 “道士昔常爲僧”兩句:第一句敘述郭虛舟原來是一個佛教徒,後來才改爲道教的信徒。第二句說元稹與郭道士相識於荊州,又分別於荊州,中間並沒有再次謀面,似乎與白居易詩篇所述不合。其實元稹賦詠本詩之時,正在通州,而郭道士在廬山,與也在廬山的白居易經常相會。等到元稹出任浙東觀察使之時,郭道士又來拜訪元稹,但這發生在通州司馬任之後，故元稹在這裏不會涉及。

②　昔年：往年，從前。孟浩然《與黃侍御北津泛舟》："豈伊今日幸，曾是昔年遊。"賀鑄《減字浣溪沙》一："記得西樓凝醉眼，昔年風物似如今。只無人與共登臨。"　杯中渡：代指佛教徒，本詩借指郭道士，與題注"昔常爲僧"相呼應。杯中渡的典故出《太平廣記·杯渡》："杯渡者，不知姓名，常乘木杯渡水，因而爲號。初在冀州，不修細行，神力卓越，世莫測其由。嘗於北方寄宿，一家家有一金像，渡竊而將去。家主覺而追之，見渡徐行，走馬逐之不及。至於孟津河，浮木杯於水，憑之渡河，不假風棹，輕疾如飛，俄而渡岸達於京師。見時可年四十許，帶索襤縷，殆不蔽身。言語出没，喜怒不均。或剖冰扣凍而洗浴，或著履上山，或徒行入市，唯荷一蘆圈子，更無餘物。"李白《送通禪師還南陵隱静寺》："我聞隱静寺，山水多奇蹤。巖種朗公橘，門深杯渡松。"牟融《送僧》："梵王生別思，之子事遐征。烟水浮杯渡，雲山隻履行。"　鶴上逢：代指道教徒的行爲舉止，也稱"鶴駕"，仙人的車駕。薛道衡《老氏碑》："煉形物表，卷迹方外，蜺裳鶴駕，往來紫府。"蘇軾《次韵韶倅李通直二首》二："青山衹在古城隅，萬里歸來卜築初。會見四山朝鶴駕，更看三李跨鯨魚。"范浚《贈青城道人》也可作爲"鶴上逢"的注釋："道人來自青城巔，飄飄逸氣凌雲烟。青鞋布襪久遊世，踏盡海宇名山川。琴心三迭得妙旨，華頂一路通幽禪。自言早歲拾瑤草，往往鶴上逢真仙。惜哉食服只半劑，猶與人世相周旋。""昔年我見杯中渡"兩句，巧妙地叙述了郭虛舟由僧人改爲道士的身份轉換。

③　兩虎：取自晉代慧遠法師的佛家故事：江西省九江市南廬山東林寺前有虎溪，相傳晉代慧遠法師居此，送客不過溪，過此，兩虎輒號鳴，因名虎溪。李白《廬山東林寺夜懷》："霜清東林鐘，水白虎溪月。"王維《過感化寺曇興上人山院》："暮持筇竹杖，相待虎溪頭。"鹿：可能指鹿女，佛經中所說的仙女，事見《雜寶藏經·鹿女夫人緣》：

"有國名婆羅奈,國中有山,名曰仙山。時有梵志,在彼山住,大小便利恒於石上。後有精氣,墮小行處,雌鹿來舐,即便有娠。日月滿足,來至仙人所,生一女子,端正殊妙,唯脚似鹿,梵志取之養育長成……此女足迹,皆生蓮華。"王維《遊感化寺》:"雁王銜果獻,鹿女踏花行。"梅堯臣《依韵和昭亭山廣教院文鑒大士喜予往還》:"捧膳溪童絜,銜花鹿女香。"　　雙林:指釋迦牟尼涅盤處,楊衒之《洛陽伽藍記·法雲寺》:"神光壯麗,若金剛之在雙林。"周祖謨校釋:"佛在拘尸那城阿夷羅跋提河邊娑羅(sala)雙樹前入般涅盤(見《大般涅盤經》),在今印度北方 Kasia,距 Gorakhpur 約三十二英里)。"王勃《釋迦佛賦》:"雙林告滅,演摩訶般若之教,示阿耨多羅之訣。"雙林也稱"雙樹",即娑羅雙樹,爲釋迦牟尼入滅之處。《大般涅盤經》卷一:"一時佛在拘施郡城,力士生地,阿利羅跋提河邊,娑羅雙樹間……二月十五日大覺世尊將欲涅盤。"慧皎《高僧傳》卷八:"夫至理無言,玄致幽寂……所以净名杜名于方丈,釋迦緘默於雙樹,將致理致淵寂,故聖爲無言。"

④ "方瞳應是新燒藥"兩句:意謂看到來人是個方眉大眼的道士,自己還誤以爲是素不相識的來訪者,但從一跛一顛的走路情狀,立刻就認出來訪者就是自己的老朋友郭虛舟道士。　　方瞳:方形的瞳孔,古人以爲長壽之相。王嘉《拾遺記·周靈王》:"老聃在周之末,居反景日室之山,與世隔絕,有黄髮老叟五人,或乘鴻,或衣羽毛耳出於頂,瞳子皆方,面色玉潔,手握青筠之杖,與聃共談天地之數。及聃退迹爲柱下史,求天下服道之術,四海名士莫不争至,五老即五方之精也。"李白《遊太山六首》二:"山際逢羽人,方瞳好容顔。"王琦注:"按仙經云:八百歲人瞳子方也。"蘇軾《子玉以詩見邀同刁丈遊金山》:"更有方瞳八十一,奮衣矍鑠走山中。"　　燒藥:煉製丹藥。白居易《不如來飲酒七首》五:"矻矻皆燒藥,累累盡作墳。"姚合《贈終南山傅山人》:"已無燒藥本,唯有著書功。"　　短脚:義同跛脚。覺範《自張平道人瑤溪》:"沖虎曾經落照村,千峰盤盡始登門。慣聞跛脚阿師

法,喜見橫行道者孫。"正勉等《跛脚法師歌自嘲》:"跛脚法師胡以名?
良由能説不能行。我今行説俱兩拙,不應無實當斯稱。"元稹原注:
"爲僧時先有脚疾。"即郭虚舟是雙脚一長一短的殘疾之人。 施春:
疑指對短脚郭道士走路一顛一跛情狀的揶揄之語,下面的詩注"爲僧
時先有脚疾"已經揭示了其中的奥秘。舊時農村舂米,用一隻脚反反
復復上上下下壓動舂米杆,舂米者的身體也跟著上下顛簸,每次還必
須歪斜身體,猶如跛行一般。

　　⑤ "欲請僧繇遠相畫"兩句:意謂本來想請著名畫師張僧繇爲我
畫像,但由於苦愁不斷,自己的相貌一日一個模樣,即使高明的畫師
也没法畫出。 僧繇:南北朝時著名畫師張僧繇,夏文彦《圖繪寶鑒》
卷二:"張僧繇,吴人,天監中歷官至右將軍、吴興太守。以丹青馳譽
於時,世謂'僧繇畫'。骨氣奇偉,規模巨集遠,而六法精備,當與顧、
陸並馳争先。僧繇畫釋氏爲多,蓋武帝時崇尚釋氏,故僧繇之畫往往
從一時之好。"李遠《贈寫御容李長史》:"宫女捲簾皆暗認,侍臣開殿
盡遙驚。三朝供奉無人敵,始覺僧繇浪得名。"吴融《華清宫四首》四:
"别殿和雲鏁翠微,太真遺像夢依依。玉皇揹泪頻惆悵,應嘆僧繇彩
筆飛。"

[編年]

　　《年譜》編年本詩於"乙未至戊戌在通州所作其他詩",理由是:
"居易原唱爲:《尋郭道士不遇》。自注:'廬山中雲母多……'江州
作。"《編年箋注》編録本詩,但不見其編年理由與編年文字的説明,但
又編列本詩於元和十三年之内,不知出於何種考慮。《年譜新編》編
年本詩:"白居易原唱爲《尋郭道士不遇》,次韵相酬。元詩疑元和十
三年追和。"

　　我們以爲,白居易原唱注:"廬山中雲母多,故以水碓搗煉,俗呼爲
水碓。"白詩作於江州無疑。詩題《和樂天……》,與元稹元和十三年四

月十一日至四月十二日間"不三兩日"追和之篇的題目《酬樂天……》有別,不應該是同時追和之作。考元稹白居易通江唱和比較正常之時間,祗有元和十二年五月至十四年年初之間,本詩即應該作於這一時期。據元稹《酬樂天東南行詩一百韵序》中表述的理由,元和十二年五月至元和十三年四月十三日間,白居易没有賦作《尋郭道士不遇》,元稹也没有賦作《和樂天尋郭道士不遇》,否則,白居易應該將《尋郭道士不遇》包含在元和十二年十二月二日重行寄贈元稹的二十四首詩篇之中,元稹也應該將《和樂天尋郭道士不遇》包含在酬和白居易的三十二首詩篇之内。詩題《和樂天……》、《酬樂天……》的不同,則泄露了其中的玄機。據此,《尋郭道士不遇》應該與《和樂天夢亡友劉太白同遊二首》作於同時,亦即四月十二日之後的元和十三年。

　　至於《編年箋注》編列本詩於元和十三年之舉以及《年譜新編》"元詩疑元和十三年追和"之語,我們已經在《和樂天夢亡友劉太白同遊二首》的編年提出詢問,這裏不再重複,每次都這樣提示,連我們自己都覺得有點不好意思。

◎ 和樂天送客遊嶺南二十韵(次用本韵)(一)①

　　我自離鄉久,君那度嶺頻②?一杯魂慘澹,萬里路艱辛③。江館連沙市,瀧船泊水濱④。騎田回北顧,銅柱指南鄰⑤。大壑浮三島,周天過五均⑥。波心踴樓閣(二),規外布星辰(交廣間南極浸高,北極浸低(三),圓規度外,星辰至衆,大如五曜者數十,皆不在星經)⑦。狒狒(《說文》作"鸒")穿筒格,猩猩置屐馴(郭璞云:鸒鸒,交廣山谷間有之,南人俗法,嘗用竹筒穿臂以受之,狒狒執臂輒笑,笑則唇蔽兩目,人因自筒中出手,以釘釘之於樹。猩猩嗜酒好屐,南人嘗以美酒置於其所,且排十數屐。猩猩見之,驟相謂曰:'吾飫就擒矣!'然而漸飲至醉(四),醉則穿破屐而行。既不能去,相與泣而見獲。故《吳都賦》曰:'猩猩啼而就擒,鸒鸒笑而被格。'蓋爲此)⑧。貢兼蛟女絹,俗重語兒巾(南方去京華絶遠,冠冕不到,唯海路稍通。吳中商肆多榜云'此有語兒巾子')⑨。舶主腰藏寶(南方呼波斯爲舶主,胡人異寶多自懷藏,以避强丐),黃家砦(南夷之區落)起塵⑩。歌鍾排象背,炊爨上魚身(夷民大陳設,則巨象背上作樂。大魚出浮,身若洲島,海人泊身於旁,因而炊爨其上,魚不之覺)⑪。電白雷山接,旗紅賊艦新⑫。島夷徐市種,廟覡趙佗神⑬。鳶跕方知瘴,蛇蘇不待春⑭。曙潮雲斬斬,夜海火磷磷(海水夜擊之,則盡如火,蓋陰火潛然之謂也)⑮。冠冕中華客,梯航異域臣⑯。果然(猿屬)皮勝錦,吉了(鳥名)舌如人⑰。風飐秋茅葉(五),烟埋曉月輪⑱。定應玄髮變,焉用翠毛珍⑲?句漏沙須買,貪泉貨莫親⑳。能傳稚川術(六),何患隱之貧㉑!

録自《元氏長慶集》卷一二

[校記]

(一)和樂天送客遊嶺南二十韵(次用本韵):楊本、叢刊本、《全詩》、《全唐詩録》同,《石倉歷代詩選》作"和樂天送客遊嶺南",語義相類,不改。

(二)波心踴樓閣:楊本、叢刊本同,《全詩》、《全唐詩録》作"波心湧樓閣",語義相類,不改。《石倉歷代詩選》無此下八句,《全詩》並無所有注文。

(三)北極浸低:原本作"北極凌低",楊本、叢刊本同,據《全詩》、《全唐詩録》改。

(四)然而漸飲至醉:《全詩》、《全唐詩録》同,楊本、叢刊本作"然而漸斂至醉",語義不通,刊刻之誤,不從不改。

(五)風飐秋茅葉:原本作"風飐秋茅葉",《全詩》、《全唐詩録》

同,叢刊本作"風默秋茅葉",語義不佳,據楊本改。

(六)能傳稚川術:《石倉歷代詩選》、《全詩》、《全唐詩録》同,楊本、叢刊本作"能傳稚子術",古人少見以"字"中的某一字加"子"稱呼他人的情況,而且"稚子"有多種含義,如"幼子,小孩"、"胄子,貴族後代",容易發生歧義,不改。

[箋注]

① 和樂天送客遊嶺南二十韵:白居易原唱《送客春遊嶺南二十韵(因叙嶺南方物以諭之,並擬微之送崔二十二之作)》:"已訝游何遠,仍嗟別太頻! 離容君蹙促,贈語我殷勤。迢遞天南面,蒼茫海北漘。訶陵國分界,交趾郡爲鄰。翕郁三光晦,温暾四氣匀。陰晴變寒暑,昏曉錯星辰。瘴地難爲老,蠻陬不易馴。土民稀白首,洞主盡黄巾。戰艦猶驚浪,戎車未息塵(時黄家賊方動)。紅旗圍卉服,紫綬裹文身。面苦桄榔制,漿酸橄欖新。牙檣迎海舶,銅鼓賽江神。不凍貪泉暖,無霜毒草春。雲烟蟒蛇氣,刀劍鼉魚鱗。路足羈栖客,官多謫逐臣。天黄生颶母(颶母如虹,欲大風即見),雨黑長楓人(楓人因夜雷雨輒暗長數丈)。回使先傳語,征軒早返輪。須防杯裏蠱(南方蠱毒多置酒中),莫愛囊中珍。北與南殊俗,身將貨孰親? 嘗聞君子誡,憂道不憂貧。"白居易原唱僅僅是仿照元稹《送崔侍御之嶺南二十韵》詩中提及的嶺南物候,給自己的客人提個醒而已,白居易以及元稹本詩題中的"客",並非是元稹《送嶺南崔侍御》、《送崔侍御之嶺南二十韵》兩詩中的"崔侍御",如果是"崔侍御",無論是白居易還是元稹,都不會以"客"稱呼自己的制科同年。具體是誰,尚待考證,幸請讀者見諒。另外,白居易原唱詩題題注中的"崔二十二",版本有誤,應該是"崔二十",亦即崔琯。此點朱金城《白居易集校箋·送客春遊嶺南二十韵》已經作了校箋:"宋本'崔二十二'作'崔二十一'。城按:崔韶是時方爲果州刺史,安能遠遊嶺南? 見白氏《東南行一百韵》詩箋。元

積貶江陵時又作有《送嶺南崔侍御》、《送崔侍御之嶺南二十韵》（自注云：‘自江陵士曹拜。’《紀懷贈李六户曹崔二十功曹五十韵》等詩，疑‘崔二十功曹’，乃元和元年與元積同登才識兼茂明於體用科之崔琯，則‘崔二十二’、‘崔二十一’俱爲‘崔二十’之訛文。何校‘二十二’作‘二十三’，疑亦非是。）” 嶺南：指五嶺以南的地區，即今廣東、廣西一帶。《晉書·吳隱之傳》：“朝廷欲革嶺南之弊，隆安中，以隱之爲龍驤將軍、廣州刺史、假節，領平越中郎將。”蘇軾《惠州一絶》：“日啖荔枝三百顆，不妨長作嶺南人。”

② 離鄉：離別故鄉。賀知章《回鄉偶書二首》一：“少小離鄉老大回，鄉音難改鬢毛衰。兒童相見不相識，笑問客從何處來？”歐陽詹《與林藴同之蜀途次嘉陵江認得越鳥聲呈林林亦閩中人也》：“正是閩中越鳥聲，幾回留聽暗沾纓。傷心激念君深淺，共有離鄉萬里情。”嶺：本詩特指五嶺。《史記·南越列傳》：“會暑濕，士卒大疫，兵不能逾嶺。”韓愈《送鄭尚書序》：“嶺之南，其州七十，其二十二隸嶺南節度府。”

③ 慘澹：暗淡，悲慘凄涼。杜甫《謁先主廟》：“慘澹風雲會，乘時各有人。力侔分社稷，志屈偃經綸。”白居易《桐樹館重題》：“慘澹病使君，蕭疏老松樹。自嗟還自哂，又向杭州去。” 艱辛：艱苦。徐陵《爲武帝與北齊廣陵城主書》：“戎帳艱辛，無乃爲弊。”戴叔倫《屯田詞》：“艱辛歷盡誰得知？望斷天南泪如雨。”

④ 江館：江邊客舍。王昌齡《送譚八之桂林》：“客心仍在楚，江館復臨湘。”薛用弱《集異記·韋宥》：“宥奇駭，因實於懷。行次江館，其家室皆已維舟入亭矣！” 沙市：沙灘邊或沙洲上的市集。皮日休《西塞山泊漁家》：“白綸巾下髮如絲，静倚楓根坐釣磯。中婦桑村挑葉去，小兒沙市買蓑歸。”元積《酬樂天東南行詩一百韵》：“江郭船添店，山城木豎郵。吠聲沙市犬，争食墓林烏。” 瀧船：南方一種能在急流中行駛的輕舟。韓愈《題臨瀧寺》：“不覺離家已五千，仍將衰病

入瀧船。潮陽未到吾能説,海氣昏昏水拍天。”元結《欸乃曲五首》五:“下瀧船似入深淵,上瀧船似欲升天。瀧南始到九疑郡,應絶高人乘興船。” 水濱:水邊。《左傳·僖公四年》:“昭王之不復,君其問諸水濱。”楊炯《和劉長史答十九兄》:“盛名恒不隕,歷代幾相因。街巷塗山曲,門閭洛水濱。”

⑤ 騎田:五嶺之一。《史記·張耳陳餘列傳》:“北有長城之役,南有五嶺之戍。”《漢書·張耳傳》作“五領”,顏師古注引鄧德明《南康記》:“大庾領一也,桂陽騎田領二也,九貞都龐領三也,臨賀萌渚領四也,始安越城領五也。”也指通往嶺南的五條道路。周去非《嶺外代答·五嶺》:“自秦世有五嶺之説,皆指山名,考之乃入嶺之途五耳!非必山也。自福建之汀,入廣東之循梅,一也;自江西之南安,入大庾,入南雄,二也;自湖南之彬入連,三也;自道入廣西之賀,四也;自全入静江,五也。” 北顧:顧望北方。《楚辭·劉向〈九嘆·憂苦〉》:“菀彼青青,泣如頹兮;留思北顧,涕漸漸兮。”王逸注:“言己所以留精思,常北顧而視郢都。”潘岳《夏侯常侍誄》:“惠訓不倦,視人如傷。乃眷北顧,辭禄延熹。” 銅柱:銅製的作爲邊界標誌的界樁。《後漢書·馬援傳》:“嶠南悉平。”李賢注引顧微《廣州記》:“援到交址,立銅柱,爲漢之極界也。”張渭《杜侍御送貢物戲贈》:“銅柱朱崖道路難,伏波横海舊登壇。”趙翼《陔餘叢考·馬氏銅柱有三》:“馬援所立銅柱在林邑國……此漢時所立銅柱在交趾者也;馬總爲安南都護,建二銅柱於漢故處,鐫著唐德,兼以明伏波之裔,此唐時所立銅柱,亦在交址者也;五代史記載馬希範攻溪州蠻,降之,乃立銅柱爲表,命學士李皋銘之,此五代時所立銅柱在五溪者也。” 南鄰:南邊的近鄰。《文選·張衡〈思玄賦〉》:“指長沙之邪徑兮,存重華乎南鄰。”李善注:“《山海經》曰:‘南方蒼梧之川,其中九疑山,舜之所葬,在長沙界中。’”杜甫《遣興五首》一:“焉知南鄰客,九月猶絺綌?”

⑥ 大壑:大海。《莊子·天地》:“夫大壑之爲物也,注焉而不滿,

酌焉而不竭。"成玄英疏："夫大海泓宏，深遠難測，百川注之而不溢，尾閭泄之而不乾。"王褒《聖主得賢臣頌》："翼乎如鴻毛遇順風，沛乎若巨魚縱大壑。" 三島：指傳説中的蓬萊、方丈、瀛洲三座海上仙山，亦泛指仙境。王維《贈焦道士》："海上游三島，淮南預八公。坐知千里外，跳向一壺中。"鄭畋《題緱山王子晉廟》："六宮攀不住，三島互相招。" 周天：謂繞天球大圓一周，天文學上以天球大圓三百六十度爲周天。《漢書·律曆志》："周天五十六萬二千一百二十，以章月乘月法，得周天。"《禮記·月令》孔穎達疏："星既左轉，日則右行，亦三百六十五日四分日之一至舊星之處。即以一日之行而爲一度計，二十八宿一周天，凡三百六十五度四分度之一，是天之一周之數也。" 五均：古代管理市場物價的官。《逸周書·大聚》："市有五均，早暮如一，送行逆來，振乏救窮。"孔晁注："均，平也，言早暮一價。"西漢末王莽新朝依託《周禮》古五均説，置五均官。《漢書·食貨志》："〔王莽〕乃下詔曰：'夫《周禮》有賒貸，《樂語》有五均，傳記各有斡焉！今開賒貸，張五均，設諸斡者，所以齊衆庶，抑並兼也。'遂於長安及五都立五均官，更名長安東西市令及洛陽、邯鄲、臨甾、宛、成都市長，皆爲五均司市師。"顏師古注引臣瓚曰："其（《樂語》）文云：'天子取諸侯之土以立五均，則市無二賈，四民常均，强者不得困弱，富者不得要貧，則公家有餘，恩及小民矣！'"

⑦ 波心：水中央。韋皋《天池晚櫂》："舟浮十里芰荷香，歌發一聲山水綠。春暖魚拋水面綸，晚晴鷺立波心玉。"白居易《春題湖上》："松排山面千重翠，月點波心一顆珠。" 樓閣：泛指樓房，閣，架空的樓。《後漢書·吕强傳》："造起館舍，凡有萬數，樓閣連接，丹青素堊，雕刻之飾，不可單言。"白居易《長恨歌》："樓閣玲瓏五雲起，其中綽約多仙子。" 規：圓形。《楚辭·大招》："曾頰倚耳，曲眉規只。"王逸注："規，圜也。"借指日月之形。《文選·謝靈運〈游南亭〉》："密林含餘清，遠峰隱半規。"劉良注："隱半規，謂日落峰外隱半見，規，圓日之

形也。” 星辰：星的通稱。《書·堯典》：“曆象日月星辰。”崔融《吳中
好風景》：“夕烟楊柳岸，春水木蘭橈。城邑高樓近，星辰北斗遙。”
南極：南方極遠之地。《吕氏春秋·本味》：“南極之崖，有菜，其名曰
嘉樹，其色若碧。”曹丕《連珠三首》一：“節士抗行則榮名至，是以申胥
流音于南極，蘇武揚聲於朔裔。” 浸：副詞，逐漸。《易·遯》：“浸而
長也。”孔穎達疏：“浸者，漸進之名。”《楚辭·遠遊》：“形穆穆以浸遠
兮，離人群而遁逸。” 北極：北方邊遠之處。《莊子·大宗師》：“顓頊
得之，以處玄宫；禺强得之，立乎北極。”《楚辭·大招》：“天白顥顥，寒
凝凝只。魂乎無往，盈北極只。” 圓規：天文用語。《隋書·天文
志》：“故圓規之以爲日行道，欲明其四時所在。故於春也則以青爲
道，於夏也則以赤爲道，於秋也則以白爲道，於冬也則以黑爲道。”圓
圈。沈括《夢溪筆談·象數》：“每極星入窺管，别畫爲一圖，圖爲一圓
規，乃畫極星於規中。” 五曜：指金、木、水、火、土五星。史岑《出師
頌》：“五曜霄映，素靈夜嘆。”《文選·沈約〈齊故安陸昭王碑文〉》：“三
仁去國，五曜入房。”李善注引《春秋元命苞》：“殷紂之時，五星聚房。”
三仁，指殷之微子、箕子、比干。房，即房宿，星名，二十八宿之一。

　⑧ 狒狒：獸名，哺乳動物，身體像猴，頭部像狗，毛色灰褐，四肢
粗，尾細長。群居，雜食，多産在非洲，我國古代傳説中亦有類似之
獸。《爾雅·釋獸》：“狒狒如人，被髮迅走，食人。”郭璞注：“梟羊也。
《山海經》曰：‘其狀如人，面長唇黑，身有毛，反踵，見人則笑。交廣及
南康郡山中亦有此物。大者長丈許，俗呼之曰山都。’”段成式《酉陽
雜俎·毛篇》：“狒狒……力負千觔，笑輒上吻掩額，狀如獼猴。” 猩
猩：哺乳動物，體高可達一米多，臂長，頭尖，吻突，鼻平，口大。全身
有赤褐色長毛，没有臀疣。樹栖，主食果實，能在前肢幫助下直立行
走，古亦指猿猴之類。《禮記·曲禮》：“猩猩能言，不離禽獸。”李白
《遠别離》：“日慘慘兮雲冥冥，猩猩啼烟兮鬼嘯雨，我縱言之將何補！”

　⑨ 蛟女：借指嶺南婦女。湘中蛟女《答鄭生歌（垂拱中，太學進

士鄭生在洛下，有蛟女與之合，號爲氾人，居數歲而別。後生登岳陽樓，望鄂渚，愁吟云云，忽見女出舞波上，歌訖而逝）》："沂青山兮江之隅，拖湘波兮裏綠裾。荷拳拳兮情未舒，匪同歸兮將焉如？"蛟，通"鮫"，又作"鮫人"，神話傳説中的人魚。張華《博物志》卷九："南海外有鮫人，水居如魚，不廢織績……從水出，寓人家，積日賣絹。將去，從主人索一器，泣而成珠滿盤，以與主人。"杜甫《雨四首》四："神女花鈿落，鮫人織杼悲。繁憂不自整，終日灑如絲。" 絹：平紋的生絲織物，似縑而疏，挺括滑爽。《墨子·辭過》："治絲麻，梱布絹，以爲民衣。"韓愈《論變鹽法事宜狀》："初定兩稅時，絹一匹，直錢三千。今絹一匹，直錢八百。"這裏指唐時嶺南所貢的生絲織物。 語兒巾：也指唐時嶺南所貢的生絲織物，頭巾名。暫無其他書證。 京華：京城之美稱，因京城是文物、人才彙集之地，故稱。郭璞《遊仙詩十四首》一："京華遊俠窟，山林隱遁栖。"張九齡《上封事》："京華之地，衣冠所聚。" 冠冕：特指中原漢人服飾。《隋書·東夷傳論》："今遼東諸國，或衣服參冠冕之容，或飲食有俎豆之器，好尚經術，愛樂文史。"比喻仕宦。《後漢書·郭太傳》："〔賈淑〕雖世有冠冕，而性險害，邑里患之。"《南史·王裕之等傳論》："觀夫晉氏以來，諸王冠冕不替，蓋亦人倫所得，豈唯世禄之所專乎？" 海路：海上航道。《南齊書·陳顯達傳》："犴噬之刑，四剽於海路；家門之釁，一起於中都。"《新五代史·錢鏐世家》："〔錢鏐〕始由海路入貢京師。" 吳中：今江蘇吳縣一帶，今行政區劃調整，古時"吳中"也好，今天"吳縣"也罷，均已經是蘇州市的一部份。詩中的"吳中"應該泛指吳地。《史記·項羽本紀》："項梁殺人，與籍避仇於吳中。"韓愈《答李秀才書》："故友李觀元賓，十年之前示愈《別吳中故人》詩六章，其首章則吾子也。" 榜：告示，文書。杜牧《贈吏部尚書崔公行狀》："每懸榜舉牘，富室權家，汗而仰視，不敢出口。"吳曾《能改齋漫録·事始》："公仍命多出榜沿江，具述杭饑及米價所增之數。"

⑩ 舶主:船舶的主人。許渾《送友人罷舉歸東海》:"滄波天塹外,何島是新羅? 舶主辭番遠,碁僧入漢多。"《宋史‧三佛齊國》:"雍熙二年,舶主金花茶以方物來獻。" 塵:比喻戰事,禍亂。《後漢書‧皇甫張段傳贊》:"戎驂糾結,塵斥河潼。"《魏書‧沮渠蒙遜傳》:"四方漸泰,表裏無塵。"

⑪ 歌鍾:"鍾"通"鐘",即"歌鐘",鐘是古代禮樂器。《詩‧小雅‧鼓鐘》:"鼓鍾將將,淮水湯湯,憂心且傷。"歌鐘即歌樂聲。李白《魏郡別蘇明府因北遊》:"青樓夾兩岸,萬家喧歌鐘。"韋莊《病中聞相府夜宴》:"滿筵紅蠟照香鈿,一夜歌鐘欲沸天。" 炊爨:燒火煮飯。《東觀漢記‧第五倫傳》:"倫性節儉,作會稽郡,雖爲二千石,臥布被,自養馬,妻炊爨。"劉義慶《世說新語‧德行》:"〔祖訥〕性至孝,常自爲母炊爨作食。"

⑫ "電白雷山接"兩句:意謂嶺南氣候多變,不足爲奇,常常電閃雷鳴,與山山嶺嶺連接成一片;那裏海盜出没頻繁,更是常事,飄著紅旗,駕著新船,不時出現在人們的面前。 電:閃電。《詩‧小雅‧十月之交》:"燁燁震電,不寧不令。"孔穎達疏:"燁燁然有震雷之電。"《文心雕龍‧檄移》:"震雷始於曜電,出師先乎威聲。" 白:像雪一般的顏色。《管子‧揆度》:"其在色者,青、黃、白、黑、赤也。"李白《浣紗石上女》:"玉面邪溪女,青娥紅粉粧。一雙金齒屐,兩足白如霜。"本詩形容閃電的顏色。 雷山:被閃電籠罩的山山嶺嶺。暫無書證。賊:搶劫或偷竊財物的人。《荀子‧正論》:"故盜不竊,賊不刺。"楊倞注:"盜賊,通名。分而言之,則私竊謂之盜,劫殺謂之賊。"《晉書‧陶侃傳》:"杜弢爲益州吏,盜用庫錢,父死不奔喪,卿本佳人,何爲隨之也? 天下寧有白頭賊乎!" 艦:大型的戰船。《三國志‧周瑜傳》:"劉表治水軍,蒙衝鬥艦,乃以千數。"《隋書‧元壽傳》:"開皇初,議伐陳,以壽有思理,奉使於淮浦監修船艦,以强濟見稱。"泛指一般的船隻。陸游《舟行錢清柯橋之間》:"兒童鼓笛迎歸艦,父老壺觴叙

別情。”

⑬ 島夷：古指我國東部近海一帶及海島上的居民。皇甫曾《送徐大夫赴南海》：“海内求民瘼，城隅見島夷。”楊萬里《和鞏采若游蒲澗》：“南中道是島夷居，也有安期宅一區。” 徐市：原本誤作“徐巿”，徑改，即徐福，秦始皇時人，迎合秦始皇求長生之意，帶人入海，一去不返。事見《史記·秦始皇本紀》：“齊人徐市等上書，言海中有三神山，名曰蓬萊、方丈、瀛洲，仙人居之，請得齋戒，與童男女求之，於是遣徐市發童男女數千人，入海求仙人。”李白《古風》三：“徐市載秦女，樓船幾時回？ 但見三泉下，金棺葬寒灰。”陳陶《蒲門戍觀海作》：“徐市惑秦朝，何人在岩廊？ 惜哉千童子，葬骨於眇茫！” 覡：爲人禱祝鬼神的男巫，後亦泛指巫師。《國語·楚語》：“如是則明神降之，在男曰覡，在女曰巫。”韋昭注：“巫覡，見鬼者。《周禮》男亦曰巫。”王觀國《學林·巫覡》：“《國語》、《説文》、《漢書·郊祀志》、鄭康成注《周禮》、注《禮記》、《集韵》、《類篇》皆云：在男曰覡，在女曰巫。《玉篇》、《廣韵》皆云：在男曰巫，在女曰覡。觀國按：《周官》有司巫，掌群巫之政令。又有男巫，有女巫，通謂之巫，而不謂之覡。若言巫覡，則必有別矣！ 今按《檀弓》曰：‘歲旱，穆公召縣子而問然，曰：“天久不雨，吾欲暴巫而奚若？”曰：“天則不雨而望之愚婦人，於以求之，毋乃已疏乎？”’謂巫爲愚婦人，則女爲巫矣！ 女爲巫，則男爲覡也。” 趙佗：南越王。《史記·南越尉佗列傳》：“南越王尉佗者，真定人也，姓趙氏。秦時已并天下……佗，秦時用爲南海龍川令。至二世時，南海尉任囂病且死，召龍川令趙佗語曰：‘聞陳勝等作亂……自修待諸侯變。’會病甚……即被佗書，行南海尉事……秦已破滅，佗……自立爲南越武王……高帝已定天下……十一年遣陸賈，因立佗爲南越王。”李群玉《登蒲澗寺後二岩三首》三：“趙佗丘壟滅，馬援鼓鼙空。遐想魚鵬化，開襟九萬風。”陳陶《番禺道中作》：“千年趙佗國，霸氣委原隰。齷齪笑終軍，長纓禍先及。”

　　⑭ 鳶跕：《後漢書·馬援傳》：“當吾在浪泊、西里間，虜未滅之時，下潦上霧，毒氣重蒸，仰視飛鳶跕跕墮水中。”李賢注：“鳶，鴟也。跕跕，墮貌。”後以“鳶跕”形容路遠地惡。高適《餞宋八充彭中丞判官之嶺外》：“猿啼山不斷，鳶跕路難登。”陸游《冬夜作短歌》：“況如馬新息，萬里聽鳶跕。”　瘴：瘴癘。元稹《予病瘴樂天寄通中散碧腴垂雲膏仍題四韻以慰遠懷開拆之間因有酬答》：“紫河變煉紅霞散，翠液煎研碧玉英。金籍真人天上合，鹽車病驥輓前驚。”杜甫《悶》：“瘴癘浮三蜀，風雲暗百蠻。”　蛇蘇不待春：南方氣候比北方溫暖許多，故冬眠的蛇類不用等到春天，就已經蘇醒過來了。元稹《紅荊》：“庭中栽得紅荊樹，十月花開不待春。直到孩提盡驚怪，一家同是北來人。”白居易《和杜録事題紅葉》：“寒山十月旦，霜葉一時新。似燒非因火，如花不待春。”

　　⑮ 曙潮：清晨的海潮。皎然《送潘秀才之舒州》：“楚水清風生，揚舲泛月行。荻洲寒露彩，雷岸曙潮聲。”義近“曙海”。宋之問《謁禹廟》：“氣青連曙海，雲白洗春湖。猿嘯有時答，禽言常自呼。”《升庵集·嶺南異景》特加引用：“元微之《送客遊嶺南》一詩頗著異聞……又云：‘曙朝霞睽睽，海夜火燐燐。’注云：‘海水夜擊之，則光如火，陰火潛然之謂也。’”　夜海：夜晚的大海。許棠《送從弟歸泉州》：“瘴雜春雲重，星垂夜海空。往來如不住，亦是一年中。”范仲淹《西溪書事》：“秋天響亮頻聞鶴，夜海曈朧每見珠。”　磷磷：紛繁閃爍。劉長卿《別李氏女子》：“漢川若可涉，水清石磷磷。天涯遠鄉婦，月下孤舟人。”姚合《石庭》：“布石滿山庭，磷磷潔還清。幽人常履此，月下屨齒鳴。”　陰火：海中生物所發之光。王嘉《拾遺記·唐堯》：“西海之西有浮玉山，山下有巨穴，穴中有水，其色若火，晝則通曈不明，夜則照耀穴外，雖波濤瀼蕩，其光不滅，是謂‘陰火’。”法振《送褚先生海上尋封煉師》：“明珠漂斷岸，陰火映中流。”

　　⑯ 中華：古代華夏族多建都於黃河南北，以其在四方之中，因

稱之爲中華。後各朝疆土漸廣,凡所統轄,皆稱中華,亦稱中國。桓溫《請還都洛陽疏》:"自强胡陵暴,中華蕩覆,狼狽失據。"《敦煌曲子詞·獻忠心》:"見中華好,與舜日同,垂衣理,菊花濃。" 梯航:亦作"梯杭","梯山航海"的省語,謂長途跋涉。李隆基《賜新羅王》:"玉帛遍天下,梯杭歸上都。"張孝祥《念奴嬌·仲欽提刑仲冬行邊》:"梯航入貢,路經頭痛身熱。" 異域:他鄉,外地。《楚辭·九章·抽思》:"有鳥自南兮,來集漢北。好嫭佳麗兮,牉獨處此異域。"王逸注:"背離鄉黨,居他邑也。"杜甫《寄賀蘭銛》:"勿云俱異域,飲啄幾回同?"

⑰ 果然:這裏是獸名,長尾猿。李時珍《本草綱目·果然》:"果然,仁獸也,出西南諸山中,居樹上。狀如猨,白面黑頰,多髯而毛采斑斕,尾長於身,其末有歧。"因"毛采斑斕",故詩人言"皮勝錦"。《升庵集·嶺南異景》:"又云:'果然皮勝錦,吉了語如人。'果然,猿屬,《莊子》所云'腹猶',果然是也。吉了,鳥名,秦吉了能人語。" 吉了:這裏是鳥名,似鸚鵡,嘴脚皆紅,腦後有肉冠,善效人言。《舊唐書·音樂志》:"今案嶺南有鳥,似鸜鵒而稍大,乍視之,不相分辨,籠養久,則能言,無不通,南人謂之吉了,亦云料。"吳曾《能改齋漫録·方物》:"唐萬年縣尉段公路撰《北户録》,紀廉州民獲赤白吉了者。赤者尋卒,白者久而能言,笑語效人,禽之珍者也。"因其"能言",故人稱"舌如人"。

⑱ 黕:黑貌。《文選·潘岳〈藉田賦〉》:"青壇蔚其嶽立兮,翠幕黕以雲布。"李善注:"魏文帝《愁霖賦》曰:'玄雲黕其四塞。'黕,黑貌也。"劉禹錫《崔公神道碑》:"先德蔭之,黕如重雲。" 秋茅:秋天的茅草。元稹《酬樂天寄生衣》:"秋茅處處流疥癧,夜鳥聲聲哭瘴雲。羸骨不勝纖細物,欲將文服却還君。"義近"寒茅",虞集《用聶御史韻贈忻都兼寄張伯雨》:"尋得山泉可枕流,寒茅爲舍就中洲。故人春月多新夢,游子秋風足暮愁。" 曉月:拂曉的殘月。謝靈運《廬陵王墓下

作》:"曉月發雲陽,落日次朱方。"李群玉《自澧浦東游江表》:"哀碪搗
秋色,曉月啼寒螿。"

⑲ 玄髮:黑髮。張九齡《登樂游原春望書懷》:"已驚玄髮換,空
度綠蕪柔。奮翼籠中鳥,歸心海上鷗。"宋之問《入瀧州江》:"違隱乖
求志,披荒爲近名。鏡愁玄髮改,心負紫芝榮。"　翠毛:翠鳥的羽毛。
李華《詠史十一首》一一:"泥沾珠綴履,雨濕翠毛簪。"《宋史·輿服
志》:"五梁冠,翠毛錦綬。"

⑳ 句漏沙須買:句漏是嶺南縣名,以出丹砂聞名於世,故詩人順
便提醒南游嶺南的朋友,即使是當地普普通通的砂子,也應該出價購
買,不能隨便據爲己有。温庭筠《送陳嘏之侯官兼簡李常侍》:"縱得
步兵無綠蟻,不緣句漏有丹砂。殷勤爲報同袍友,我亦無心似海槎。"
皮日休《寄瓊州楊舍人》:"清齋净溲桃榔面,遠信閑封荳蔻花。清切
會須歸有日,莫貪句漏足丹砂。"　貪泉:泉名,在廣東省南海縣,據説
如果飲用了貪泉之水,人們就難保其清廉的本色。韋應物《送馮著受
李廣州署爲録事》:"所願酌貪泉,心不爲磷緇。上將翫國士,下以報
渴饑。"錢起《送李大夫赴廣州》:"唯君飲冰心,可酌貪泉水。忠臣感
聖君,徇義不邀勛。"

㉑ 能傳稚川術:事見《晉書·葛洪傳》:"葛洪,字稚川,丹陽句
容人也……洪少好學,家貧,躬自伐薪以貿紙筆,夜輒寫書誦習,以
儒學知名……時或尋書問義,不遠數千里,崎嶇冒涉,期於必得,遂
究覽典籍。尤好神仙導養之法,從祖玄,吳時學道,得仙號曰'葛仙
公',以其煉丹秘術授弟子鄭隱,洪就隱學,悉得其法焉!後師事南
海太守上黨鮑玄,玄亦内學,逆占將來,見洪,深重之,以女妻洪。
洪傳玄業,兼綜練醫術……聞交趾出丹,求爲句漏令……廣州刺史
鄧岳留不聽去,洪乃止羅浮山煉丹……自號'抱朴子',因以名書。"
沈傳師《贈毛仙翁》:"只向人間稱百歲,誰知洞裏過千年!青牛到
日迎方朔,丹灶開時共稚川。"杜甫《爲農》"卜宅從兹老,爲農去國

賒。遠慚句漏令，不得問丹砂。" 術：方術，指醫、卜、星、相等術藝。劉勰《文心雕龍·正緯》："於是伎數之士，附以詭術，或説陰陽，或序災異。"玄奘《大唐西域記·印度總述》："其婆羅門學四吠陀論……四曰術，謂異能、伎數、禁呪、醫方。" 何患隱之貧：事見《晉書·吳隱之傳》："吳隱之，字處默，濮陽鄄城人……廣州包帶山海，珍異所出，一篋之寶，可資數世。然多瘴疫，人情憚焉！唯貧竇不能自立者，求補長史，故前後刺史皆多黷貨。朝廷欲革嶺南之弊，隆安中以隱之爲龍驤將軍、廣州刺史，假節領平越中郎將。未至州二十里，地名石門，有水曰貪泉，飲者懷無厭之欲。隱之既至，語其親人曰：'不見可欲，使心不亂。越嶺喪清，吾知之矣！'乃至泉所，酌而飲之，因賦詩曰：'古人云此水，一歃懷千金。試使夷齊飲，終當不易心。'及在州，清操逾厲，常食不過菜及乾魚而已。帷帳器服皆付外庫，時人頗謂其矯，然亦始終不易。帳下人進魚，每剔去骨存肉，隱之覺其用意，罰而黜焉！"張説《岳州贈廣平公宋大夫》"亞相本時英，歸來復國楨。朝推長孺直，野慕隱之清。"李群玉《石門戍》："到此空思吳隱之，潮痕草蔓上幽碑。人來皆望珠璣去，誰詠貪泉四句詩？" 貧：與"富"相對。《書·洪範》："六極……四曰貧。"孔傳："困於財。"白居易《酬皇甫賓客》："性慵無病常稱病，心足雖貧不道貧。竹院君閑銷永日，花亭我醉送殘春。"

［編年］

《年譜》編年本詩於"庚寅至甲午在江陵府所作其他詩"欄內，理由是："居易原唱爲：《送客春遊嶺南二十韵》。"《編年箋注》編年："元稹和作成於江陵士曹期間，見下《譜》。"《年譜新編》編年本詩於"庚寅至甲午在江陵府所作其他詩"欄內，理由是："白居易原唱爲：《送客春遊嶺南二十韵》，次韵酬和。"

朱金城先生《白居易集箋校·送客春遊嶺南二十韵》編年白居易

《送客春遊嶺南二十韵》於元和十三年,並特地按語:"卞孝萱《元稹年譜》繫白氏此詩於元稹爲江陵士曹時,非是。"我們同意這一意見,因爲元稹任職江陵士曹參軍期間,白居易因母親病故,元和六年即退居下邽義津鄉金氏村,直到元和九年冬天才回到長安任職太子左贊善大夫。下邽義津鄉金氏村僅僅祇是一個小村,在長安東北兩百五十五里處,白居易又在母喪期間,那位準備遊嶺南的"客人",爲何要特地繞道去金氏村打擾喪服中的白居易? 於情於理都説不過去,《年譜》、《編年箋注》、《年譜新編》的意見不可取。而元和十三年,白居易在江州司馬任,送途經江州的客人前往嶺南,是再自然不過的事情。而元和十三年,元稹與白居易中斷兩年的聯繫已經恢復,故元稹接到白居易的"送客遊嶺南"詩,立即酬和也就在情理之中了。還有,本詩開頭有句云:"我自離鄉久。"如果白居易與元稹的唱和作於元稹江陵期間,元和五六年間元稹才出貶江陵,談不上"離鄉久",而元和七年、八年與九年,白居易不在京城,不太可能有此原唱。祇有作於元和十三年,元稹離開家鄉已經八年,説"離鄉久"就一點也不過分了。白居易原唱與元稹和作,僅僅涉及嶺南種種風俗。白居易原唱《送客春遊嶺南二十韵(因叙嶺南方物以諭之,並擬微之送崔二十二之作)》,節令是春天,白居易原唱應該賦作於元和十三年的春天,當時白居易重行寄贈元稹的二十四首詩篇已經在元和十二年十二月二日寄往果州等地,故本詩没有包含在"二十四首"之内,是白居易後來另行寄贈元稹,元稹也另行酬和。計其具體時間,應該在元和十三年四月十一日至四月十二日之後的本年之内,地點在通州,元稹當時是以通州司馬的身份"權知州務"。

◎ 酬東川李相公十六韻(並啓

此後至和樂天三首並次用本韻)⁽一⁾①

積啓:今月十二日州吏回,伏受相公書,示知小生所獻《和慈竹》等詩,關達鑒覽,不蒙罪退②。而又賜詩一十韻並首序一百二十三言,廢名位之常數,比朋友以字之。飾揚涓埃,投擲珠玉,幸甚,幸甚③!至於廟議末學,江花陋詞,無不記在雅章,以備光寵,不勝惶駭驚慚之至④!昔楚人始交,必有乘車戴笠不忘相揖之誓,誠以爲貴富不相忘之難也⑤!況貴賤之隔,不啻於車笠之相懸,而相公投貺珍重,又豈唯一揖之容易哉⑥!積獨何人,享是嘉惠!輒復牽課拙劣,酬獻所賜,是猶百獸與鳳凰同舞於簫韶之中,各極其歡心耳!又何眼自審其形容之不類哉⁽二⁾⑦!慶歲專人封用上獻,死罪,死罪!謹啓⑧。

昔附赤霄羽,葳蕤遊紫垣⑨。鬥班香案上,奏語玉晨尊⑩。戇直撩忌諱,科儀懲傲頑⑪。自從真籍除,棄置勿復論⑫。前時共遊者,日夕黃金軒⑬。請帝下巫覡,八荒求我魂⑭。鸞鳳屢鳴顧,燕雀尚籬藩⑮。徒令霄漢外,往往塵念存⑯。存念豈虛設?並投瓊與璠⑰。彈珠古所訝,此用何太敦⑱!鄒律寒氣變,鄭琴祥景奔⑲。靈芝繞身出,左右光彩繁⑳。碾玉無俗色,蕊珠非世言㉑。重慚前日句,陋若猶並蓀㉒。臘月巴地雨,瘴江愁浪翻㉓。因持駭雞寶,一照濁水昏㉔。

録自《元氏長慶集》卷八

[校記]

（一）酬東川李相公十六韵：楊本、《全詩》同，叢刊本作"酬東川李相公十六韵次用本韵并啓"，各備一説，《唐詩紀事》作"東川季相公"，明顯有誤，不從不改。

（二）又何暇自審其形容之不類哉：楊本、叢刊本、《全詩》同，宋蜀本作"又何暇自審其形容之相類哉"，語義不同，不改。

[箋注]

① 東川李相公：即東川節度使李逢吉，元稹後期的政敵之一，李逢吉曾勾結宦官，參與多次對元稹的誣陷與排擠，但此時尚未交惡。《舊唐書·李逢吉傳》："長慶二年三月，召爲兵部尚書。時裴度亦自太原入朝，以度招懷懷朔功，復留度，與工部侍郎元稹相次拜平章事。度在太原時，嘗上表論稹奸邪。及同居相位，逢吉以爲勢必相傾，乃遣人告和王傅于方結客欲爲元稹刺裴度。及捕于方，鞠之無狀，稹、度俱罷相位，逢吉代度爲門下侍郎平章事。"《舊唐書·穆宗紀》："（長慶二年）六月甲戌朔，甲子，司徒、平章事裴度守尚書右僕射，工部侍郎、平章事元稹爲同州刺史。以正議大夫、守兵部尚書、輕車都尉李逢吉爲門下侍郎、同中書門下平章事。"

② 啓：啓奏，稟告。《商君書·開塞》："今日願啓之以效。"《玉臺新詠·古詩爲焦仲卿妻作》："府吏得聞之，堂上啓阿母。"　今月十二日：《和東川李相公慈竹十二韵》有句云："日聞陽春歌。"本詩有句云："臘月巴地雨。"可以推知"今月十二日"應該是元和十三年十二月十二日。　州吏回：元稹元和十三年四月因原通州刺史李進賢病故而權知州務，所以才有權力和必要派出州使前往梓州。否則，"州民康非司馬功，郡政壞非司馬罪，無言責無事憂"（白居易《江州司馬廳記》）的通州司馬元稹没有權力没有必要派出自己的州使。韓翃《和

4773

高平朱參軍思歸作》："髯參軍，髯參軍，身爲北州吏，心寄東山雲。坐見萋萋芳草綠，遙思往日晴江曲。"李端《送路司諫侍從叔赴洪州》："邑人多秉筆，州吏亦負笈。村女解收魚，津童能用檝。" 吏：指官府中的胥吏或差役。《玉臺新詠·古詩〈爲焦仲卿妻作〉》："君既爲府吏，守節情不移。"杜甫《石壕吏》："暮投石壕村，有吏夜捉人。" 相公：舊時對宰相的敬稱。《文選·王粲〈從軍詩〉一》："相公征關右，赫怒震天威。"李善注："曹操爲丞相，故曰相公也。"韓愈《皇帝即位賀宰相啓》："相公翼亮聖明，大慶資始。"這裏指李逢吉，因李逢吉任職之前曾經是宰相，這時又帶著"檢校兵部尚書"的榮銜，故言。《舊唐書·憲宗紀》："（元和十二年）九月丁亥朔……丁未，以朝議大夫、門下侍郎同平章事李逢吉檢校兵部尚書，使持節梓州諸軍事、梓州刺史，充劍南東川節度副大使知節度事。" 小生：指新學後進者。《漢書·張禹傳》："新學小生，亂道誤人，宜無信用，以經術斷之。"韓愈《唐太學博士施先生墓誌銘》："自賢士大夫、老師宿儒、新進小生，聞先生之死，哭泣相吊。"舊時士子對自己的謙稱。《後漢書·黃香傳》："臣江淮孤賤，愚蒙小生，經學行能，無可篝録。"牛僧孺《玄怪録·張佐》："小生寡昧，願先生賜言以廣聞見，他非所敢望也。"《和慈竹》：即上面元稹《和東川李相公慈竹十二韻》。

③ 賜詩一十韵：這是李逢吉酬贈元稹的詩作，關於韵數多少，有兩種可能，一、"一十韵"脱"六"，應該是"一十六韵"之誤。二、李逢吉"賜詩""一十韵"不誤，元稹酬詩時擴大至"十六韵"，但一般後者應該在酬詩中加以説明，這種可能性不大。 名位：官職與品位，名譽與地位。《左傳·莊公十八年》："王命諸侯，名位不同，禮亦異數。"曹植《釋愁文》："沈溺流俗，眩惑名位。" 常數：這裏指一定的次序。權德與《古離別》："人生天地間，瞥若六轡馳。夭壽既常數，奈何生別離！"王建《杜中丞書院新移小竹》："色經寒不動，聲與静相宜。愛護出常數，稀稠看自知。" 比：齊同，等同。《荀子·不苟》："山淵平，天地

比。"楊倞注:"比,謂齊等也。"劉劭《人物志·八觀》:"是故鈞材而好學,明者爲師;比力而争,智者爲雄。"　朋友:同學,志同道合的人,後泛指交誼深厚的人。《易·兑》:"君子以朋友講習。"孔穎達疏:"同門曰朋,同志曰友。朋友聚居,講習道義。"韓愈《縣齋有懷》:"名聲荷朋友,援引乏姻婭。"　字:撫愛,愛護。《書·康誥》:"于父不能字厥子,乃疾厥子。"孔傳:"於爲人父不能字愛其子,乃疾惡其子,是不慈。"《左傳·成公四年》:"楚雖大,非吾族也,其肯字我乎?"杜預注:"字,愛也。"　飾揚:讚美稱揚。王勃《上皇甫常伯啓》:"然則知音罕嗣,流水空存。至寶不同,荆山有泪。君侯飾揚,努議提獎,燕詞白圭,成再見之榮。"《唐會要·東都國子監》:"(元和)二年八月……諸州府鄉貢明經進士見訖,宜令就國子學官講論,質定疑義,仍令百寮觀禮者。伏恐學官職位稍卑,未足飾揚盛事,伏請選擇常參官有儒學者三兩人與學官同爲講説,庶得聖朝大典輝映古今。"　涓埃:細流與微塵,比喻微小。杜甫《野望》:"惟將遲暮供多病,未有涓埃答聖朝。"李德裕《郊壇回興中書二相公蒙聖慈召至御馬前仰感恩遇輒書是詩兼呈二相公》:"咫尺天顔接,光華喜氣來。自慚衰且病,無以效涓埃。"　投擲:抛,扔。韓愈《岳陽樓别寶司直》:"中盤進橙栗,投擲傾脯醬。"徐夤《詠筆二首》一:"史氏只應歸道直,江淹何獨偶靈通!班超握管不成事,投擲翻從萬里戎。"　珠玉:珍珠和玉,泛指珠寶,這裏比喻妙語或美好的詩文。李白《大獵賦》:"六宫斥其珠玉。"杜甫《和賈至早朝》:"朝罷香烟携滿袖,詩成珠玉在揮毫。"　幸甚:書信中慣用語,有表示殷切希望之意。舊題李陵《答蘇武書》:"子卿足下:勤宣令德,策名清時,榮問休暢。幸甚,幸甚!"韓愈《與李秘書論小功不税書》:"不惜示及,幸甚,幸甚!"

④ 廟議:關於宗廟禮制的議論。《新唐書·朱子奢傳》:"始,武帝時,太廟享止四室。高祖崩,將祔主於廟,帝詔有司詳議。子奢建言:'漢丞相韋玄成奏立五廟,劉歆議當七,鄭玄本玄成,王肅宗歆,於

是歷代廟議不能一."元和元年一月太上皇唐順宗病故,元和元年七月葬唐順宗於豐陵,其神主將進入太廟。但李唐太廟祇設七位神主,遷進一位即需遷出除太祖、高祖、太宗之外最遠的一位皇帝的神主。部分朝臣認爲遷進唐順宗則需遷出唐中宗,另一部分朝臣根據當朝的禮儀以爲唐中宗爲"中興之君",當"百代不遷"其位。朝臣之間爭論不息,難於達成一致。元稹也參加了爭論,有《遷廟議狀》,他認爲:"以愚所裁,皆非得禮之中也。"論及順宗遷入宗廟問題,由於元稹所奏據典考古,合乎於禮儀,合乎於歷史,實用於當時,故李唐朝廷最終採納元稹一方的意見。關於元稹的這篇文獻,元和十一年十月元稹曾經向文壇盟主權德輿進獻,這次又向李逢吉進獻,看來元稹本人非常重視這篇文章,詳情請參閱本書稿元稹之《遷廟議狀》的原文、箋注及編年。 末學:膚淺無本之學,多用作自謙之詞或自稱的謙詞。《莊子・天道》:"本在於上,末在於下。要在於主,詳在於臣。三軍五兵之運,德之末也;賞罰利害,五刑之辟,教之末也;禮法度數,形名比詳,治之末也;鐘鼓之音,羽旄之容,樂之末也;哭泣衰絰,隆殺之服,哀之末也。此五末者,須精神之運,心術之動,然後從之者也。末學者,古人有之,而非所以先也。"成玄英疏:"先,本也。五末之學,中古有之,事涉澆僞,終非根本也。"司空曙《下第日書情寄上叔父》:"微才空覺滯京師,末學曾爲叔父知。" 《江花》:元稹元和四年按御東川,途中有組詩《使東川》,其中《駱口驛二首》提及李逢吉,序云:"東壁上有李二十員外逢吉、崔二十二侍御使雲南題名處……"除李逢吉外,另一位"崔二十二侍御"就是元稹白居易的制科同年崔韶。其一詩云:"郵亭壁上數行字,崔李題名王白詩。"看來元稹曾將《使東川》組詩呈獻李逢吉,而《使東川・江花落》是其組詩之一,詩云:"日暮嘉陵江水東,梨花萬片逐江風。江花何處最腸斷?半落江流半在空。"故在這裏以此作爲代表提及。 陋詞:粗俗、鄙野之詞,一般都是詩人的自謙。張説《謝賜撰鄭國夫人碑羅絹狀》:"鬥羊薄伎,恩感戰士之心；雕蟲陋詞，愧稱賢母之德。效輕賞重，戴厚慚深，臣子之情，豈望天報！"　陋：粗俗，鄙野。賈誼《新書·道術》："辭令就得謂之雅，反雅為陋。"《史記·日者列傳》："觀大夫類有道術者，今何言之陋也，何辭之野也！"　雅章：高雅之篇章，謂詩文。儲光羲《答王十三維》："落花滿春水，疏柳映新塘。是日歸來暮，勞君奏雅章。"歐陽詹《泉州刺史席公宴邑中赴舉秀才于東湖序》："佐贊盛事，亦獻雅章。"　光寵：光榮，榮耀。司馬遷《報任少卿書》："不能積日累勞，取尊官厚祿，以為宗族交遊光寵。"阮籍《詠懷八十二首》六九："修齡適余願，光寵非己威。"　惶駭：驚駭。《三國志·陳思王植傳》："植益內不自安。"裴松之注引魚豢《典略》："至如修者，聽采風聲，仰德不暇，目周章於省覽，何惶駭于高視哉！"《舊唐書·高仙芝傳》："俄而賊騎繼至，諸軍惶駭，棄甲而走，無復隊伍。"　驚慚：驚恐而慚愧。江淹《為蕭驃騎讓封表》："一省驚慚，再悸魂府。"裴鉶《傳奇·孫恪》："吟諷慘容，後因來塞簾，忽覩恪，遂驚慚入戶。"

　　⑤ "昔楚人始交"三句：意謂友誼不因貧賤富貴而改變。《太平御覽》卷四〇六引周處《風土記》："越俗性率樸，意親好合，即脫頭上手巾，解要間五尺刀以與之為交，拜親跪妻，初定交有禮……祝曰：'卿雖乘車我戴笠，後日相逢下車揖；我雖步行卿乘馬，後日相逢卿當下。'"後因以"車笠之交"喻貴賤貧富不移的深厚友誼。駱賓王《初秋於竇六郎宅宴序》："雖忘筌戴笠，興交態於靈臺；而搦管操觚，葉神心於勝氣。"陸游《新年書感》："朋舊何勞記車笠！子孫幸不廢菑畬。"貴富：猶富貴。王符《潛夫論·忠貴》："貴富太盛，則必驕佚而生過。"韓愈《圬者王承福傳》："將貴富難守，薄功而厚饗之者邪？抑豐悴有時，一去一來而不可常者邪？"

　　⑥ 貴賤：富貴與貧賤，指地位的尊卑。辛延年《羽林郎》："男兒愛後婦，女子重前夫。人生有新故，貴賤不相逾。"貫休《白雪曲》："為人無貴賤，莫學雞狗肥。"　相懸：亦作"相縣"，差別大，相去懸殊。

《荀子·修身》:"彼人之才性之相縣也,豈若跛鱉之與六驥足哉!"朱熹《答張敬夫書》:"務使州縣貧富不至甚相懸,則民力之慘舒亦不至大相絕矣。" 投:投贈。《詩·衛風·木瓜》:"投我以木瓜,報之以瓊琚。"劉長卿《雜詠八首上禮部李侍郎·幽琴》:"向君投此曲,所貴知音難。" 貺:賜給,賜與。《國語·魯語》:"君之所以貺使臣,臣敢不拜貺。"韋昭注:"貺,賜也。"鮑照《擬古八首》三:"羞當白璧貺,耻受聊城功。" 珍重:珍貴。竇叔向《夏夜宿表兄話舊》:"夜合花開香滿庭,夜深微雨醉初醒。遠書珍重何曾達,舊事淒涼不可聽。"白居易《初與元九別後忽夢見之悵然感懷》:"一章一遍讀,一句十回吟。珍重八十字,字字化爲金。" 容易:做起來不費事。《顏氏家訓·勉學》:"校定書籍,亦何容易,自揚雄、劉向方稱此職耳! 觀天下書未遍,不得妄下雌黃。"《朱子語類》卷六五:"節節推去,固容易見。"

⑦ 嘉惠:對他人所給予的恩惠的敬稱。陳子昂《觀荊玉篇序》:"始者與此君別,不圖至是而見之。豈非神明嘉惠,將欲扶吾壽也!"李益《從軍有苦樂行》:"一旦承嘉惠,輕命重恩光。秉筆參帷幄,從軍至朔方。" 牽課:猶勉强,强作。韓偓《奉和孫舍人荊南重圍中寄諸朝士二篇序》:"時李常侍洵……李郎中冉,皆有繼和,余久有是債,今至湖南,方暇牽課。"歐陽修《與程文簡公書》:"所要碑文,今已牽課,衰病無悰,言無倫理,不足以揚先烈,愧汗而已。" 拙劣:笨拙低劣。葛洪《抱朴子·疾謬》:"利口者扶强而黨勢,辯給者借錄以刺啟,以不應者爲拙劣,以先止者爲負敗。"元稹《獻滎陽公詩五十韵》:"拙劣仍非速,迂愚且異專。" 百獸:衆獸。儲光羲《猛虎行》:"太室爲我宅,孟門爲我鄰。百獸爲我膳,五龍爲我賓。"韓愈《猛虎行》:"猛虎雖云惡,亦各有匹儔。群行深谷閑,百獸望風低。" 鳳凰:古代傳說中的百鳥之王,雄的叫鳳,雌的叫凰,通稱爲鳳或鳳凰。李白《空城雀》:"嗷嗷空城雀,身計何戚促! 本與鷦鷯群,不隨鳳凰族。"韓愈《與崔群書》:"鳳皇、芝草,賢愚皆以爲美瑞;青天、白日,奴隸亦知其清明。"

簫韶：這裏泛指美妙的仙樂。張説《奉和聖製過甯王宅應制》：“進酒忘憂觀，簫韶喜降臨。帝堯敦族禮，王季友兄心。”李紳《憶夜直金鑾殿承旨》：“月當銀漢玉繩低，深聽簫韶碧落齊。”　歡心：指喜愛或賞識的心情。《韓非子·存韓》：“斯之來使，以奉秦王之歡心，願效便計，豈陛下所以逆賤臣者邪？”《後漢書·竇融傳》：“既到，撫結雄傑，懷輯羌虜，甚得其歡心，河西翕然歸之。”　不類：作自謙之詞，猶不肖。《書·太甲》：“予小子不明於德，自底不類。”蔡沈集傳：“不類猶不肖也。”元稹《授入朝契丹首領達于只枕等二十九人果毅別將制》：“朕聞德教加於四海，則遠人斯届，余德不類，而爾等寔來，良用愧於厥衷。”

⑧ 慶歲：祝賀新年。　慶：祝賀，慶賀。《公羊傳·昭公二十五年》：“慶子免君於大難矣！”何休注：“慶，賀也。”《新唐書·岑文本傳》：“始爲中書令，有憂色，母問之，答曰：‘非勛非舊，責重位高，所以憂也。’有來慶者，輒曰：‘今日受吊不受賀。’”　死罪：舊時用作表章、函牘中的客套語，不可拘泥。許沖《上説文解字表》：“臣沖誠惶誠恐，頓首頓首，死罪，死罪！”杜甫《進雕賦表》“臣甫誠惶，誠恐！頓首，頓首！死罪，死罪！”

⑨ 赤霄：極高的天空。《淮南子·人間訓》：“背負青天，膺摩赤霄。”這裏代指帝王所居的京城。杜甫《送覃二判官》：“蹉跎病江漢，不復謁承明……肺肝若稍愈，亦上赤霄行。”　葳蕤：羽毛飾物貌。《漢書·司馬相如傳》：“下摩蘭蕙，上拂羽蓋；錯翡翠之葳蕤，繆繞玉綏。”顔師古注：“葳蕤，羽飾貌。”也作華美貌，艷麗貌。《文選·左思〈蜀都賦〉》：“敷蕊葳蕤，落英飄飄。”張銑注：“葳蕤，花鮮好貌。”劉禹錫《觀舞柘枝二首》一：“胡服何葳蕤？仙仙登綺墀。”　紫垣：星座名，常借指皇宫。令狐楚《發潭州日寄李甯常侍》：“君今侍紫垣，我已墮青天。”

⑩ 鬥班：上朝時的一種儀式，群臣分兩班在香案前左右相對站

立。元稹《酬翰林白學士代書一百韻》："鬥班雲汹湧，開扇雉參差。"《舊唐書·武宗紀》："臣等請御殿日昧爽，宰相、兩省官鬥班於香案前，俟扇開，通事贊兩省官再拜，拜訖，升殿侍立。"　香案：放置香爐燭臺的條桌。元稹《連昌宮詞》："蛇出燕巢盤鬥拱，菌生香案正當衙。"《新唐書·儀衛志》："朝日，殿上設黼扆、躡席、熏爐、香案。"這裏指皇上座前的御案。　玉晨：仙人之號。陶弘景《真靈位業圖》："第二中位，上清高聖太上玉晨玄皇大道君，爲萬道之主。"鮑溶《贈楊煉師》："明月在天將鳳管，夜深吹向玉晨君。"這裏借指李唐天子，有時也指道觀名。元稹《寄浙西李大夫四首》三："最憶西樓人靜夜，玉晨鐘磬兩三聲。"自注："玉晨觀在紫宸殿後面也。"本詩兩者兼而有之。

⑪　戇直：迂愚剛直。權德輿《省中春晚忽憶江南舊居戲書所懷因寄兩浙親故雜言》："只欲思三徑，戇直那堪備？"《宋史·韓世忠傳》："性戇直勇敢忠義；事關廟社，必流涕極言。"　忌諱：避忌，顧忌。《老子》："天下多忌諱，而民彌貧。"白居易《初授拾遺》："天子方從諫，朝廷無忌諱。"這裏指元和元年元稹直言進諫得罪宰相杜佑，出貶河南尉。元和五年元稹在李鄗，因懲辦杜佑的親信杜兼，再次得罪杜佑，終於出貶江陵，接著再貶通州。　科儀：猶科式。薛逢《社日遊開元觀》："浪漬法堂餘像設，水存虛殿半科儀。"蘇轍《景靈宮奏告雅飾聖祖罷散道場朱表》："既祗薦於科儀，期永安於像設。"　傲頑：傲慢頑固、不守法規的人。陳束《閱視靖州碑》："或曰治之，色怒語難，養疽不剸，遂此傲頑。"這裏指元稹元和四五年間按照朝廷法規懲辦橫行東都的權貴、宦官、藩鎮，元稹最終被詔回京，途中在敷水驛遭到宦官的毒打，破面襪走。　傲：驕傲，高傲。《書·堯典》："嚚子，父頑，母嚚，象傲。"曹冏《六代論》："王綱弛而復張，諸侯傲而復肅。"　頑：指愚妄、愚頑的人。《書·君陳》："爾無忿疾於頑，無求備於一夫。"孔傳："人有頑嚚不喻，汝當訓之，無忿怒疾之。"洪邁《夷堅庚志·石城尉官舍》："曾西遷未幾，市頑有不相樂者，訐其與部民趣膝歡飲，興訟

於州,擾擾數月乃定。"

　　⑫ "自從真籍除"兩句:意謂指元和五年元稹從監察御史的"真籍"貶爲江陵士曹參軍之後,再也無人爲他辯白。　自從:介詞,表示時間的起點。陶潛《擬古九首》三:"自從分別來,門庭日荒蕪。"杜甫《韋諷錄事宅觀曹將軍畫馬圖》:"自從獻寶朝河宗,無復射蛟江水中。"　真籍:謂真人或仙家的名册。劉禹錫《遊桃源一百韻》:"如今三山上,名字在真籍。悠然謝主人,後歲當來覿。"陸龜蒙《奉和襲美酬前進士崔璐盛制見寄因贈至一百四十言》:"偶此真籍客,悠揚兩情擴。清詞忽窈窕,雅韻何虛徐!"本詩元稹借喻自己的官職。　棄置:拋棄,扔在一邊。丘遲《答徐侍中爲人贈婦》:"糟糠且棄置,蓬首亂如麻。"陸游《讀書未終卷而睡有感》:"暮年緣一懶,百事俱棄置。"謂不被任用。曹植《贈白馬王彪》:"心悲動我神,棄置莫復陳。"王維《老將行》:"自從棄置便衰朽,世事蹉跎成白首。"

　　⑬ "前時共遊者"兩句:意謂以前與詩人一起中舉及第之同年,如杜元穎、蕭俛等人,又如朋友崔群、李夷簡、張正甫等人,正春風得意,在仕途上步步向前。　前時:從前,以前。《史記·項羽本紀》:"曰:'前時某喪使公主某事,不能辦,以此不任用公。'衆乃皆伏。"韓愈《柳子厚墓誌銘》:"子厚前時少年,勇於爲人,不自貴重顧藉,謂功業可立就,故坐廢退。"　共遊:一起遊玩。張説《南中別陳七李十》:"二年共遊處,一旦各西東。請君聊駐馬,看我轉征蓬。"秦系《早秋宿崔業居處》:"從來席不暖,爲爾便淹留。雞黍今相會,雲山昔共遊。"這裏指在宦海服務皇上。　日夕:朝夕,日夜,天天。《文選·王融〈三月三日曲水詩序〉》:"署行議年,日夕於中旬。"李周翰注:"考吏行之殿最,議年谷之豐儉而奏于天子,使朝夕盈於畿甸之中也。"劉長卿《初至洞庭懷灞陵別業》:"長安邈千里,日夕懷雙闕。"　黄金:這裏比喻貴重。杜甫《望牛頭寺》:"傳燈無白日,布地有黄金。"仇兆鰲注引朱鶴齡曰:"《彌陀經》:極樂國土有七寶蓮池,池底以金沙布地。"劉長

卿《奉餞元侍郎加豫章採訪兼賜章服（時初停節度）》：“黃金裝舊馬，青草換新袍。” 軒：古代一種前頂較高而有帷幕的車子，供大夫以上官員乘坐。《左傳·哀公十五年》：“大子與之言曰：‘苟使我入獲國，服冕乘軒，三死無與。’”杜預注：“軒，大夫車。”羅隱《送程尊師東遊有寄》：“且憑鶴駕尋滄海，又恐犀軒過赤城。”

⑭ 巫覡：古代稱女巫爲巫，男巫爲覡，合稱“巫覡”，後亦泛指以裝神弄鬼替人祈禱爲職業的巫師。《荀子·正論》：“出户而巫覡有事。”楊倞注：“女曰巫，男曰覡。”《新唐書·黎幹傳》：“時大旱，幹造土龍，自與巫覡對舞，彌月不應。” 八荒：八方荒遠的地方。《漢書·項籍傳贊》：“併吞八荒之心。”顏師古注：“八荒，八方荒忽極遠之地也。”韓愈《調張籍》：“我願生兩翅，捕逐出八荒。” 魂：魂魄，魂靈。《易·繫辭》：“精氣爲物，遊魂爲變。”潘岳《馬汧督誄》：“死而有靈，庶慰冤魂。”

⑮ 鸞鳳：鸞鳥與鳳凰。劉向《九嘆·遠遊》：“駕鸞鳳以上游兮，從玄鶴與鷦明。”也比喻賢俊之士。韓愈《重雲李觀疾贈之》：“勸君善飲食，鸞鳳本高翔。” 鳴顧：鳴啼顧盼，形容留戀不舍。白居易《有雙鶴留在洛中忽見劉郎中依然鳴顧劉因爲鶴嘆二篇寄予予以二絕句答之》：“慚愧稻粱長不飽，未曾回眼向雞群。”義近“長顧”，久久地回頭看。杜甫《朱鳳行》：“側身長顧求其群，翅垂口噤心甚勞。”劉禹錫《吊馬文》：“長顧遠視，順而能力。” 燕雀：燕和雀，泛指小鳥，張九齡《感遇十二首》六：“西日下山隱，北風乘夕流。燕雀感昏旦，檐楹呼匹儔。”這裏比喻品質卑劣的人，比喻庸俗淺薄的人。李白《古風》三九：“梧桐巢燕雀，枳棘栖鴛鸞。”王琦注：“梧桐之木本鳳凰所止，而燕雀得巢其上，喻小人得志。” 尚：副詞，且，尚且。《漢書·董仲舒傳》：“民不樂生，尚不避死，安能避罪？”韓愈《重雲李觀疾贈之》：“藜羹尚如此，肉食安可嘗？” 籬藩：籬笆。元稹《賽神》：“主人一心好，四面無籬藩。”蘇軾《吊徐德占》：“從來覓棟梁，未省傍籬藩。”

⑯ 霄漢：原指天河。《後漢書·仲長統傳》：“不受當時之責，永保性命之期。如是，則可以陵霄漢，出宇宙之外矣！”張孝祥《踏莎行》：“趁此秋風，乘槎霄漢。”這裏喻指京都附近或帝王左右。杜牧《書懷寄中朝往還》：“霄漢幾多同學伴？可憐頭角盡卿材！”　塵念：塵俗之念。元稹《酬樂天八月十五夜禁中獨直玩月見寄》：“宴移明處清蘭路，歌待新詞促翰林。何意枚皋正承詔，瞥然塵念到江陰？”黃滔《題山居逸人》：“十畝餘蘆葦，新秋看雪霜。世人誰到此？塵念自應忘。”

⑰ 瓊：美玉。《詩·衛風·木瓜》：“投我以木瓜，報之以瓊琚。”毛傳：“瓊，玉之美者。”蘇軾《次韵答王鞏》：“我有方外客，顔如瓊之英。”　璠：美玉。陸雲《答顧秀才五章》五：“有斐君子，如珪如璠。”歐陽詹《李評事公進示文集因贈之》：“泠泠中山醇，片片昆丘璠。”

⑱ 彈珠：珍貴的寶珠。《太平廣記·嚴生》：“馮翊嚴生者，家於漢南，嘗遊峴山，得一物，其狀若彈丸，色黑而大，有光視之，潔徹若輕冰焉！生持以示於人，或曰：‘珠也！’生因以‘彈珠’名之，常置於箱中。其後生游長安，乃於春明門逢一胡人，叩馬而言：‘衣橐中有奇寶，願求得一見！’生即以彈珠示之，胡人捧之而喜曰：‘此天下之奇貨也！願以三十萬爲價。’曰：‘此寶安所用而君厚其價如是哉？’胡人曰：‘我西國人，此乃吾國之至寶，國人謂之清水珠。若置於濁水，泠然洞徹矣！自亡此寶且三歲，吾國之井泉盡濁，國人俱病，故此越海逾山來中夏以求之，今果得於子矣！’胡人即命注濁水於缶，以珠投之，俄而其水澹然清瑩，纖毫可辨。生於是以珠與胡，獲其價而去（出《宣室志》）。”　敦：厚重，篤實。《易·艮》：“敦艮，吉。”孔穎達疏：“敦，厚也……在上能用敦厚以自止，不陷非妄，宜其吉也。”程頤傳：“敦，篤實也。”王安石《賀留守侍中啓》：“高風所洎，薄俗以敦。”本句意謂以貴重之珠爲彈射害鳥，所得不償所失。此處用《太玄經》之典，揚雄《太玄經》卷四：“上九明珠彈於飛肉，其得不復（明珠，重寶也，飛

肉,輕欲也。九爲金,故稱明珠。飛肉,禽鳥也。珠至重,鳥至輕,以重求輕,故不復也)。"

⑲ 鄒律:相傳戰國齊人鄒衍精於音律,吹律能使地暖而禾黍滋生。《列子·湯問》:"微矣子之彈也!雖師曠之清角,鄒衍之吹律,亡以加之。"張湛注:"北方有地,美而寒,不生五穀。鄒子吹律暖之,而禾黍滋也。"後因以"鄒律"喻帶來溫暖與生機的事物。羅隱《東歸別所知》:"鄒律有風吹不變,邰枝無分住應難。"朱熹《梅花》:"自欣羌笛娛夜永,未要鄒律回春溫。" 鄭琴:《列子·湯問》載:鄭國樂師師文琴技高超,"當春而叩商弦,以召南吕,涼風忽至,草木成實;及秋而叩角弦,以激夾鍾,溫風徐回,草木發榮;常夏而叩羽弦,以召黃鍾,霜雪交下,川池暴冱;及冬而叩征弦,以激蕤賓,陽光熾烈,堅冰立散;將終命宮而總四弦,則景風翔,慶雲浮,甘露降,澧泉湧。"後以"鄭琴"借指精湛超群的技藝。端方《陶齋藏石記》卷五引南朝宋《劉懷民墓誌》:"鄭琴再寢,吳涕重零。" 祥景:吉祥的日光。鮑照《中興歌》:"中興太平運,化清四海樂。祥景照玉臺,紫烟遊鳳閣。"竇牟《元日喜聞大禮寄上翰林四學士中書六舍人二十韵》:"道風黃閣靜,祥景紫垣陰。壽酒朝時獻,農書夜直尋。"

⑳ 靈芝:傳說中的瑞草、仙草。《文選·張衡〈西京賦〉》:"浸石菌於重涯,濯靈芝以朱柯。"薛綜注:"石菌、靈芝,皆海中神山所有神草名,仙之所食者。"也比喻傑出人才。杜甫《贈鄭十八賁》:"靈芝冠衆芳,安得闕親近!" 左右:左面和右面。《史記·孫子吳起列傳》:"汝知而心與左右手背乎?"附近,兩旁。《詩·小雅·采菽》:"平平左右,亦是率從。"《左傳·宣公十二年》:"晉人逐之,左右角之。"身邊。《詩·大雅·文王》:"文王陟降,在帝左右。"韓愈《唐故贈絳州刺史馬府君行狀》:"方書、《本草》恒置左右。" 光彩:光輝和色彩。曹丕《芙蓉池作》:"上天垂光采,五色一何鮮!"韓愈《謁衡嶽廟遂宿嶽寺題門樓》:"粉墻丹柱動光彩,鬼物圖畫填青紅。"

㉑ 碾:研磨,打磨,雕琢。司空圖《暮春對柳二首》二:"正是階前開遠信,小娥旋拂碾新茶。"劉過《沁園春·詠指甲》:"銷薄春冰,碾輕寒玉。"　蕊珠:即蕊珠宮,亦省稱"蕊宮",道教經典中所説的仙宮。邵雍《二色桃》:"疑是蕊宮雙姊妹,一時俱肯嫁春風。"趙佶《燕山亭·見杏花作》:"新樣靚妝,艷溢香融,羞殺蕊珠宮女。"

㉒ 重慚前日句:指元稹前時贈送李逢吉的《和東川李相公慈竹十二韵》等詩文。至於"重慚",自然是謙虚的説法。　蕕:草名,似細蘆,蔓生水邊,有惡臭,這裏詩人謙虚地比喻自己的詩文。《左傳·僖公四年》:"一熏一蕕,十年尚猶有臭。"杜預注:"熏,香草;蕕,臭草。"韓愈《醉贈張秘書》:"今我及數子,固無蕕與熏。"　蓀:香草名。《楚辭·哀郢》:"數惟蓀之多怒兮,傷余心之慢慢。"王逸注:"蓀,香草也。"杜甫《別李義》:"憶昔初見時,小襦繡芳蓀。"

㉓ 臘月巴地雨:這裏的"臘月"指元和十三年十二月,這裏的"巴地"指通州。　臘月:農曆十二月。駱賓王《陪潤州薛司空丹徒桂明府遊招隱寺》:"緑竹寒天笋,紅蕉臘月花。金繩倘留客,爲繫日光斜。"張子容《除日》:"臘月今知晦,流年此夕除。拾樵供歲火,帖牖作春書。"　巴地:古巴子國地,包括後來的通州在内。元稹《酬樂天東南行詩一百韵》:"楚風輕似蜀,巴地濕如吴。氣濁星難見,州斜日易晡。"元稹《初除浙東妻有阻色因以四韵曉之》:"嫁時五月歸巴地,今日雙旌上越州。興慶首行千命婦,會稽旁帶六諸侯。"　瘴江:瘴氣迷漫地區的河流,這裏指通州的河流。張説《南中送北使二首》一:"待罪居重譯,窮愁暮雨秋。山臨鬼門路,城繞瘴江流。"沈佺期《入鬼門關》:"昔傳瘴江路,今到鬼門關。土地無人老,流移幾客還?"　愁浪:詩人把自己的多愁的感情色彩賦予眼前的河流,正常的浪花也就成了愁浪。戎昱《採蓮曲》:"雖聽採蓮曲,詎識採蓮心?漾楫愛花遠,回船愁浪深。"義近"血浪",混和着血泪的浪濤。韓愈《叉魚招張功曹》:"血浪凝猶沸,腥風遠更飄。"

㉔ 駭雞寶：即通天犀，一種上下貫通的犀牛角。葛洪《抱朴子·內篇》卷四："得真通天犀，角三寸以上，刻以爲魚而銜之以入水，水常爲人開，方三尺，可得氣息水中。又通天犀角有一赤理如綖，自本徹末，以角盛米置群雞中，雞欲啄之，未至數寸，即驚却退，故南人或名通天犀爲駭雞犀。"白居易《新樂府·馴犀》："馴犀馴犀通天犀，軀貌駭人角駭雞。海蠻聞有明天子，驅犀乘傳來萬里。" 濁水：渾濁的液體，與"清水"相對。《詩·小雅·四月》："相彼泉水，載清載濁。"《楚辭·漁父》："滄浪之水清兮，可以濯我纓；滄浪之水濁兮，可以濯我足。"從本詩與上面的《和東川李相公慈竹十二韻》中，我們可以清楚地看到元稹對李逢吉的信任與期盼，令人動容。但無情的事實是，此後李逢吉不僅對元稹沒有任何的幫助，而且在他回京之後，就勾結宦官排擠、打擊元稹，誣陷元稹謀刺裴度，造成元稹從宰相出貶同州、浙東，而李逢吉自己則代元稹爲相，令人扼腕。幸請讀者記住這個話頭，並加以留意。

［編年］

《年譜》編年本詩元和十二年，沒有説明理由，但在在譜文中有"本年，元稹與李逢吉唱和"之語，並引本詩之啓有"慶歲專人封用上獻"之語，詩有"臘月巴地雨，瘴江愁浪翻"之句，因而斷定啓中"今月十二日"爲元和十二年十二月十二日。《編年箋注》編年："此詩作於元和十二年（八一七）十二月，時在通州司馬任，見下《譜》。"《年譜新編》編年本詩於元和十二年十二月十二日，有譜文"至通州。年末，獻詩文於李逢吉，與之唱和"之後引述本詩之啓作爲本詩編年的理由。

我們以爲《年譜》並沒有將編年理由説清，斷定爲元和十二年十二月十二日所作也稍嫌武斷。據李逢吉生平，元和十二年九月至十五年一月在東川節度使任，而元稹元和十二年五月返回通州，十四年正月九日離開通州赴任虢州。因而元和十二年臘月和十三年臘月都可能是元稹本詩的寫作時間。而更重要的是元稹元和十三年四月才權知州務,才有權力才有可能派出自己的州使前往梓州,否則作爲有職無權的州司馬根本不可能這樣做。而《和東川李相公慈竹十二韻》詩中有"日聞陽春歌"之句,應該是十二月之時,本詩作於元和十三年臘月,亦即十二月十二日之後、本年年底之前更爲合理,同時也與《和東川李相公慈竹十二韻》作於元和十三年十一月兩相呼應。

◎ 三兄以白角巾寄遺髮不勝冠因有感嘆(一)①

　　病瘴年深渾禿盡,那能勝置角頭巾②? 暗梳蓬髮羞臨鏡,私戴蓮花恥見人③。白髮過於冠色白,銀釘少校領中銀④。我身四十猶如此,何況吾兄六十身⑤!

　　　　　　　　　　　　　　　　　　錄自《元氏長慶集》卷二〇

[校記]

　　(一)三兄以白角巾寄遺髮不勝冠因有感嘆:本詩存世各本,諸如楊本、叢刊本、《全詩》各本,未見異文。

[箋注]

　　① 三兄:岑仲勉《唐人行第錄·元三》:"元稹之兄,《全唐詩》元稹二〇《三兄以白角巾寄遺髮不勝冠因有感嘆》詩云:'我身四十猶如此,何況吾兄六十身。'按此詩之三兄及下文之五兄,似爲稹胞兄;但據稹母鄭氏志,鄭生四子,長沂,次秬,次稹,稹最幼(白氏集二五),又稹生大曆十四(七七九),秬生大曆八年(七七三,據元氏集五七秬志),比稹只長六年,如謂元三爲元秬,則四十、六十之比例,相差太大

也。"《年譜》評云："岑仲勉認爲'元三'不是元桓，竟不知元桓非元稹之胞兄。"其實，岑仲勉的錯誤不僅僅没有明確元稹與元桓之間同父異母的兄弟關係，而且推算元桓的年齡也是錯誤的，元稹《唐故朝議郎侍御史内供奉鹽鐵轉運河陰留後河南元君墓誌銘》："元和十四年以疾去職，九月二十六日殁於季弟虢州長史稹之官舍……嗚呼！君之生六十七年矣！"據此推算，元桓應該出生在天寶十二載（753），比大曆十四年（779）出生的元稹大了二十六歲，也大致符合本詩"我身四十猶如此，何況吾兄六十身"的説法。而且，《唐人行第録》將年號"大曆"誤爲"大歷"也很不應該。《年譜》没有指出《唐人行第録》的以上錯誤，也很不應該。《編年箋注》認爲："三兄：指元桓。"但没有舉證證據。《年譜新編》認爲："元桓爲元稹二兄而非'三兄'。如謂'三'爲同宗兄弟之排行，則又不見諸記載。"其實，唐人排行，爲唐代常見習俗，所謂"行第"就是同姓兄弟之間排行的次序，或從父親名下算起，或從祖父名下算起，或從曾祖名下算起。據《唐人行第録·自序》考證，白居易有親兄弟四人，但白居易却被人稱爲白二十二，這是把父親以及堂兄弟的兒子都排序在内；又如韓愈祖父名下有孫子八人，但韓愈却被人稱爲韓十八，這是把曾祖名下的曾孫都排序在内。元稹雖然祇有親兄弟四人，但從曾祖名下排序，排行爲"元九"就一點也奇怪了。《年譜新編》又認爲《年譜》編年本詩於元和十三年，"時元稹四十歲，元桓六十六歲，與詩中'我身四十猶如此，何況吾兄六十身'不相符"。詩歌爲每句字數所限，涉及具體數字時採用"約數"極爲常見，不足爲奇。《年譜新編》又認爲元桓與元稹兄弟之間"除勤儉養家外，不見其兄弟間有其他來往，更無詩歌唱酬"。《年譜新編》如果認真審讀元稹的《唐故朝議郎侍御史内供奉鹽鐵轉運河陰留後河南元君墓誌銘》之後，再認真審視眼前的本詩，相信就不會得出這樣荒謬的結論。《年譜新編》在否認"三兄"不是元桓之後，又硬性拖出元稹的姨兄胡靈之來充"三兄"之數："如此看來，'三兄'當爲胡靈之。"但

在唐代，我們尚沒有見過異姓兄弟之間混在一起排行的例子，希望
《年譜新編》能够舉出實際的例子來證明自己標新立異的推論。還
有，元稹《答姨兄胡靈之見寄五十韻》：“我髯鬖數寸，君髮白千莖。”胡
靈之確實年長元稹不少，借用《年譜新編》的話，“按一般慣例，胡靈之
大元稹一、二十歲當不爲過”。而元稹《憶靈之》：“芟髮君已衰，冠歲
予非小。娛樂不及時，暮年壯心少。”當元稹“冠歲”亦即二十歲之時，
胡靈之已經“衰”老，因而可以稱爲“暮年”，如此看來，胡靈之大元稹
恐怕不止二十歲。而當元稹“我身四十”之時，胡靈之年齡又當幾何？
在“人生七十古來稀”的古代，胡靈之是否還健在人世？尚不得而知。
《年譜新編》首先要舉出胡靈之當時還活著的鐵證才行。而據以上多
方面的論述，我們以爲“三兄”就是元稹的仲兄元秬。　　角巾：方巾，
有棱角的頭巾，爲古代隱士冠飾。《晉書・王導傳》：“則如君言，元規
若來，吾便角巾還第，復何懼哉！”盧照鄰《詠史四首》二：“沖情甄負
甀，重價折角巾。悠悠天下士，相送洛橋津。”　　寄：托人遞送。杜甫
《述懷》：“自寄一封書，今已十月後。”陸游《南窗睡起》：“閑情賦罷憑
誰寄？悵望壺天白玉京。”　　遺髮：殘留之髮。《太平寰宇記・開封
府》：“陳留縣……昭靈夫人陵廟在縣北三十七里，《風俗傳》曰：‘沛公
起兵，野戰于黄鄉，天下平定，乃命使以梓宫招魂，幽野有丹蛇在水，
自灑濯入梓宫，其浴處仍有遺髮，今廟號昭靈焉！”《塵史・臺議》：“忽
一日，削藁拜囊，封橐佇聽，以爲所言必甚大事。乃斥御庖造膳，誤有
遺髮於間者。”　　冠：帽子的總稱。《急就篇》卷三：“冠幘簪簧結髮
紐。”顏師古注：“冠者，冕之總名，備首飾也。”岳飛《滿江紅・寫懷》：
“怒髮衝冠，憑欄處、瀟瀟雨歇。”特指古代官吏所戴的禮帽。《文選・
謝靈運〈九日從宋公戲馬臺集送孔令〉》：“歸客遂海嶠，脱冠謝朝列。”
李善注：“凡仕則冕弁，謝職故曰脱冠。”杜牧《朱坡》：“有計冠終挂，無
才筆謾提。”　　感嘆：有所感觸而嘆息。《魏書・劉昶傳》：“自陳家國
滅亡，蒙朝廷慈覆，辭理切至，聲氣激揚，涕泗橫流，三軍咸爲感嘆。”

曾鞏《代人祭李白文》：“舉觴墓下，感嘆餘芬。”

　②病瘴：義近“瘴癘”，亦即感受瘴气而生疾病。《北史·柳述傳》：“述在龍川數年，復徙寧越，遇瘴癘死。”元稹《予病瘴樂天寄通中散碧腴垂雲膏仍題四韻以慰遠懷開坼之間因有酬答》：“金籍真人天上合，鹽車病驥輒前驚。愁腸欲轉蛟龍吼，醉眼初開日月明。”　年深：時間久長。柳宗元《祭弟宗直文》：“由吾被謗年深，使汝負才自棄。”李商隱《腸》：“擬問陽臺事，年深楚語訛。”元稹貶放江陵、通州，時間長達十年，在江陵，在通州，元稹多得過瘴癘之病，九死一生，嚴重損害了元稹的健康，頭髮衰白，頭髮脫落在所必然。　渾：副詞，簡直，幾乎。杜甫《春望》：“白頭搔更短，渾欲不勝簪。”辛棄疾《沁園春·杯汝來前》：“渾如許，嘆汝於知己，真少恩哉！”　秃：頭無髮。《穀梁傳·成公元年》：“季孫行父秃。”韓愈《感春》：“冠敧感髮秃，語誤悲齒墮。”脱落，脱光。杜甫《天狗賦》：“似爪牙之便秃兮，無魂魄以自助。”　角頭巾：即角巾。錢起《題張藍田訟堂》：“角巾高枕向晴山，訟簡庭空不用關。秋風窗下琴書靜，夜景門前人吏閑。”張籍《答僧挂杖》：“春遊不騎馬，夜會亦呈人。持此歸山去，深宜戴角巾。”

　③蓬髮：蓬亂的頭髮。李吉甫《癸巳歲吉甫圜丘攝事合於中書後閣宿齋常負忝愧移止於集賢院會門下相公以七言垂寄亦有所酬短章絕韵不足抒意因叙所懷奉寄相公兼呈集賢院諸學士》：“蓬髮顏空老，松心契獨全。贈言因傅說，垂訓在三篇。”韋莊《贈野童》：“羨爾無知野性真，亂搔蓬髮笑看人。閑衝暮雨騎牛去，肯問中興社稷臣？”臨鏡：對鏡。宋之問《牛女》：“失喜先臨鏡，含羞未解羅。誰能留夜色，來夕倍還梭？”包融《賦得岸花臨水發》：“照灼如臨鏡，丰茸勝浣紗。春來武陵道，幾樹落仙家？”　私戴：背著他人私下插戴。暫無其他書證。　私：暗中，不公開。《左傳·宣公十六年》：“冬，晉侯使士會平王室，定王享之。原襄公相禮，殽烝，武季私問其故。”《史記·項羽本紀》：“張良是時從沛公，項伯乃夜馳之沛公軍，私見張良，具告以

事，欲呼張良與俱去。"　戴：把東西加在頭上或用頭頂著。《孟子·梁惠王》："頒白者不負戴於道路矣！"《莊子·讓王》："於是夫負妻戴，携子以入於海，終身不反也。"　蓮花：即荷花。江淹《蓮華賦》："余有蓮花一池，愛之如金。"孟浩然《題大禹寺義公禪房》："看取蓮花净，應知不染心。"這裏指如蓮花式樣的頭簪，用於固定頭髮。　見人：謂與人相見。王維《别弟妹二首》二："小弟更孩幼，歸來不相識。同居雖漸慣，見人猶未覓。"常建《古興》："深閨女兒莫愁年，玉指泠泠怨金碧。石榴裙裾蛺蝶飛，見人不語鬒蛾眉。"

④白髮：白頭髮，亦指老年。《漢書·五行志》："白髮，衰年之象，體尊性弱，難理易亂。"李白《秋浦歌十七首》一五："白髮三千丈，緣愁似個長。"　過於：表示程度或數量超過一般。《宋書·周續之傳》："續之年八歲喪母，哀戚過於成人。"副詞，猶太，表示程度或數量過分。沈作喆《寓簡》卷一○："抑又蕃舶之征過於侵刻，遂不復至中華耶？"　銀釘：古代官服上的銀製裝飾品，用於區别不同的官職級别。柳貫《次韵伯庸待制上京寓直書事因以爲寄》："金掌擎秋調玉屑，銅渾窺夜約銀釘。"庾信《謝趙王賚馬并繳啓》："某啓，奉教，垂賚紫騮馬并銀釘乘具紫紬繳一張。"　頷：口中。《公羊傳·宣公六年》："祁彌明逆而踆之，絶其頷。"何休注："頷，口。"下巴《後漢書·班超傳》："生燕頷虎頸，飛而食肉，此萬里侯相也。"白居易《東南行》："相逢應不識，滿頷白髭鬚。"　銀：像銀子一樣白顔色的東西。王昌齡《李四倉曹宅夜飲》："霜天留後故情歡，銀燭金爐夜不寒。欲問吳江别來意，青山明月夢中看。"唐士耻《鳳山逸士周遇仙謡》："玲瓏綠影萬株松，瀟洒清空二畝竹。天風吹泉飛雪花，溪石漱玉磨銀牙。"這裏形容詩人的牙齒。

⑤"我身四十猶如此"兩句：元稹時年四十歲，元稹時年六十六歲。　我身：我自己，我這個人。韓愈《贈張籍》："我身蹈丘軻，爵位不早綰。"白居易《我身》："我身何所似？似彼孤生蓬。"　何況：用反問的語氣表達更進一層的意思。《後漢書·楊終傳》："昔殷民近遷洛

邑，且猶怨望，何況去中土之肥饒，寄不毛之荒極乎?"元稹《酬樂天赴江州路上見寄三首》三:"雲高風苦多，會合難遽因。天上猶有礙，何況地上身!"

[編年]

《年譜》編年本詩於元和十三年，理由是:"我身四十猶如此，何況吾兄六十身。"《編年箋注》編年:"此詩作于元和十三年(八一八)，元稹時在通州司馬任。見下《譜》。"《年譜新編》編年本詩於元和十三年，引述本詩全文作爲理由，并長篇大論論證"三兄"不是元秬而是胡靈之，我們在上面"三兄"的"箋注"裏面已經加以駁正，此不重複。

我們以爲，有元稹自己"我身四十猶如此，何況吾兄六十身"的詩文，本詩確實應該編年元和十三年，當年元稹四十歲，本詩描述與此大致相合。不過本詩"何況吾兄六十身"之句似乎在告訴我們，在詩歌中，對數字的理解不可過分拘泥。元稹"我身四十"之時，元秬應該是六十六歲，似乎與"吾兄六十身"不合。在古代詩歌裏，由於受到字數的限制，對數字不可過分拘泥，"六十身"可以理解爲"六十多歲"之人。據此，本詩應該賦成於元和十三年，元稹在通州是以州司馬的身份"權知州務"。

◎ 寄曇嵩寂三上人①

長學對治思苦處(一)，偏將死苦教人間②。今因爲説無生死，無可對治心更閑③。

［校記］

（一）長學對治思苦處：楊本、叢刊本、《萬首唐人絶句》、《全詩》同，盧校宋本作“長學對治死苦處”，各備一説，不改。

［箋注］

① 曇：即曇禪師，長安慈恩寺僧人，元稹與白居易的朋友。白居易《贈曇禪師(夢中作)》：“五年不入慈恩寺，今日尋師始一來。欲知火宅焚燒苦，方寸如今化作灰。”白居易又有《重到城七絶句·恒寂師》：“舊遊分散人零落，如此傷心事幾條？會逐禪師坐禪去，一時滅盡定中消。”　嵩：僧人，元稹既然與“曇禪師”、“恒寂師”同時並名寄贈，估計都應該是長安佛院的“上人”，其餘不詳。　寂：長安僧人，元稹白居易的朋友。白居易《重到城七絶句·恒寂師》：“舊遊分散人零落，如此傷心事幾條？會逐禪師坐禪去，一時滅盡定中消。”元稹《和樂天贈雲寂僧》：“欲離煩惱三千界，不在禪門八萬條。心火自生還自滅，雲師無路與君銷。”元稹詩中的“雲寂僧”即白居易詩中的“恒寂師”，元稹原來的詩題毫無疑問也應該是《和樂天贈恒寂師》，不過元稹後來爲避唐穆宗李恒的諱而在長慶四年《元氏長慶集》結集時改“恒寂師”爲“雲寂僧”，這是古代因避諱一定要遵守的規矩。元稹同時也編集白居易的《白氏長慶集》，對白居易的《重到城七絶句·恒寂師》，不知是元稹疏漏忘記改了，或者是元稹覺得自己不便改動朋友的避諱，還是元稹改了白居易多年以後重新結集《白氏長慶集》時回改了。關於這段塵封當年的往事，今天的人們已經不得而知，如果要明白當年的真相，唯一的辦法祇有起元稹白居易而求教了！　上人：《釋氏要覽·稱謂》引古師云：“内有德智，外有勝行，在人之上，名上人。”自南朝宋以後，多用作對和尚的尊稱。《南史·宋紀》：“嘗游京口竹林寺，獨卧講堂前，上有五色龍章，衆僧見之，驚以白帝，帝獨喜

曰:‘上人無妄言。’”蘇軾《吉祥寺僧求閣名》:“上人宴坐觀空閣,觀色觀空色即空。”

②　對治:原爲佛教語,謂斷煩惱。近人湯用彤《漢魏兩晉南北朝佛教史》第二分第六章:“邪僻之對治在乎守意,意者,心之動而未形者也。意正則神明,神明則無不照,無不能而成佛矣!”引申爲對付。范成大《夏日田園雜興十二絶》一二:“蜩螗千萬沸斜陽,蛙黽無邊聒夜長。不把痴聾相對治,夢魂争得到藜牀?”又指對應,對照。袁宗道《論隱者異趣》:“古人云:若取自己自心爲究竟,必有他物他人爲對治。”　人間:塵世,世俗社會。《史記·留侯世家》:“願棄人閒事,欲從赤松子遊耳!”陶潛《庚子歲五月中從都還阻風于規林二首》二:“静念園林好,人間良可辭。”

③　生死:佛教謂流轉輪回,後道教亦用之。道安《人本欲生經序》:“生者,生死也。人在生死,莫不浪滯於三世,飄縈於九止,綢繆八縛者也。”《法苑珠林》卷八一:“當發行慈心,念怨如善友,輾轉枉生死,悉曾爲親族。”　無可:猶言無可無不可。《後漢書·仲長統傳》:“任意無非,適物無可。”鮑照《轉常侍上疏》:“自惟常人,觸事無可。”不能,無法。《藝文類聚》卷八三引劉義慶《幽明録》:“淮牛渚津水極深,無可算計。”　閑:閑暇。殷遙《塞上》:“馬色經寒慘,雕聲帶晚悲。將軍正閑暇,留客換歌辭。”岑參《送永壽王贊府徑歸縣》:“當官接閑暇,暫得歸林泉。百里路不宿,兩鄉山復連。”

[編年]

《年譜》編年本詩於元和十年“元稹出西京後作”,理由是:“‘曇上人’是西京慈恩寺僧(參閱白居易《贈曇禪師》:‘五年不入慈恩寺,今日尋師始一來。’)‘寂上人’亦西京僧(參閱白居易《重到城七絶句·恒寂師》詩)。”《編年箋注》編年:“曇上人是西京慈恩寺僧,白居易《贈曇禪師》:‘五年不入慈恩寺,今日尋師始一來。’寂上人亦西京僧,元白唱和有《恒寂師》詩。元稹此詩作於元和十年(八一五)司馬通州出西京後。見下《譜》。"《年譜新編》編年本詩於元和十年"在長安作",理由是:"白居易《贈曇禪師》:'五年不入慈恩寺,今日尋師始一來。''曇上人'是西京慈恩寺僧;白居易《重到城七絕句・恒寂師》,'寂上人'亦長安僧人。"

　　我們以爲,本詩不是元和十年"在長安作",也不是元和十年"元稹出西京後作"。元和十年年初,元稹與白居易都在長安,白居易有《重到城七絕句・恒寂師》"舊遊分散人零落,如此傷心事幾條?曾逐禪師坐禪去,一時滅盡定中消"述情,元稹也有《和樂天贈雲寂僧》酬和:"欲離煩惱三千界,不在禪門八萬條。心火自生還自滅,雲師無路與君銷。"元稹與"三上人"是朋友,同在長安,拜訪是在所不免的,人在長安,爲何要"寄"?剛剛離開長安,爲何要"寄"?白居易有《贈曇禪師(夢中作)》:"五年不入慈恩寺,今日尋師始一來。欲知火宅焚燒苦,方寸如今化作灰。"朱金城先生《白居易集箋校》編年白居易這首詩歌於元和十三年。而這一時期元稹白居易通江唱和之路已經完全正常,兩人的詩篇你來我往不絕於路。而本詩所抒發的情感,又與白居易詩抒發的情感基本一致,我們以爲元稹本詩是受到白居易《贈曇禪師》詩篇的感染而作,順手連及同在長安慈恩寺的另外兩位僧人,作於元和十三年,地點在通州,元稹當時以通州司馬的身份"權知州務"。

■ 和韋侍講盛山十二詩・宿雲亭^{(一)①}

見《五百家注昌黎文集・開州韋侍講盛山十二詩序》

[校記]

　　(一)和韋侍講盛山十二詩・宿雲亭:本佚失詩所據韓愈《開州

韋侍講盛山十二詩序》,見《五百家注昌黎文集》、《東雅堂昌黎集》、《唐詩紀事》、《英華》、《文編》、《唐宋八大家文鈔》、《文章辨體彙選》均一一過録,未見異文。

[箋注]

　　① 和韋侍講盛山十二詩·宿雲亭:韓愈《韋侍講盛山十二詩序》:"韋侯昔以考功副郎守盛山,人謂韋侯美士,考功顯曹,盛山僻郡,奪所宜處,納之惡地,以枉其材,韋侯將怨且不釋矣! 或曰:不然,夫得利則躍躍以喜,不得利則戚戚以泣,若不可生者,豈韋侯之謂哉? 韋侯讀六藝之文,以探周公、孔子之意,又妙能爲詞章,可謂儒者也。夫儒者之於患難,苟非其自取之,其拒而不受於懷也,若築河堤以障屋霤;其容而消之也,若水之於海冰之於夏日:其玩而忘之以文辭也,若奏金石以破蟋蟀之鳴、蟲飛之聲;況一不快於考功、盛山一出入息之間哉! 未幾,果有以韋侯所爲十二詩遺余者,其意方且以入溪谷,上巖石,追逐雲月,不足日爲事。讀而詠歌之,令人欲棄百事往而與之遊,不知其出於巴東以屬胸臆也。于時,應而和者凡十人。及此年,韋侯爲中書舍人,侍講六經禁中,名處厚。和者通州元司馬名稹爲宰相,洋州許使君名康佐爲京兆,忠州白使君居易爲中書舍人,李使君景儉爲諫議大夫,黔府嚴中丞武爲秘書監,温司馬造爲起居舍人,皆集闕下。於是,《盛山十二詩》與其和者大行於時,聯爲大卷,家有之焉! 慕而爲者將日益多,則分爲別卷,韋侯俾余題其首。"韋處厚《盛山十二詩·宿雲亭》:"雨合飛危砌,天開卷曉窗。薺平聯郭柳,帶繞抱城江。"今存元稹詩篇未見元稹關於"盛山十二詩·宿雲亭"的詩篇,據補。　　韋侍講:即韋處厚,"孫曰:韋侍講處厚字德載,元和十一年九月自考功郎中以罪貶開州刺史。元和十五年三月處厚以侍講學士講《詩·關雎》、《書·洪範》于太液亭。長慶二年四月,爲中書舍人。"《舊唐書·韋處厚傳》:"韋處厚……本名淳,避憲宗諱改名處

厚。”他與元稹等十八人都是元和元年“才識兼茂明於體用”制科的登第者，元稹名列第一，韋處厚屈居第二，其《才識兼茂名於體用策》今存於《英華》，特於錄製，希望有興趣的讀者與元稹的《才識兼茂明於體用策》并讀，以比較兩文不同的特色，進一步瞭解兩人不同的思想：“問：皇帝若曰：‘朕觀古之王者，授命君人，兢兢業業，承天順地。靡不思賢能以濟其理，求讜直以聞其過。故禹拜昌言而嘉猷罔伏，漢徵極諫而文學稍進。匡時濟俗，罔不率繇。厥後相循，有名無實。而又設以科條，增求茂異，捨斥己之至言，進無用之虛文，指切著明，罕稱於代。茲朕所以嘆息鬱悼，思索其真，是用發懇惻之誠，咨體用之要，庶乎言之可行，行之不倦，上獲其益，下輸其情，君臣之間，驩然相與，子大夫得不勉思朕言而發明之。我國家光宅四海，年將二百，十聖弘化，萬邦懷仁。三王之禮靡不講，六代之樂罔不舉，浸澤於下，升中於天。周漢已遠，莫斯爲盛。自禍階漏壞，兵宿中原。生人困竭，耗其太半。農戰非古，衣食罕儲。念茲疲氓，遠乖富庶。督耕植之業，而人無戀本之心；峻榷酤之科，而下有重斂之困。舉何方而可以復其盛？用何道而可以濟其艱？既往之失，何者宜懲？將來之虞，何者當戒？昔主父懲患於晁錯而用推恩，夷吾致霸於齊桓而行寓令。精求古人之意，啓迪來哲之懷。眷慈洽聞，固所詳究。又執契之道，垂衣不言。委之於下，則人用其私；專之於上，則下無其效。漢元優游於儒學，盛業竟衰；光武責課於公卿，峻政非美。二途取捨，未獲所從。予心浩然，益所疑惑。子大夫熟究其旨，屬之於篇，興自朕躬，無悼後害。’對：臣聞古之以道蒞天下，皆酌人言，用凝庶績。伏惟陛下統承丕緒，光膺駿命，志氣中蘊，清明下臨。恤黎庶而惠慈方洽，梟叛戾而威武已燼。猶能慮危於未兆，思理於已安，聿追孝思，纘述前烈，愍官吏之無用，求斥己之至言。微臣才用不足以操事，體識不足以經遠，祗奉聖問，伏用兢惶，誠昧死上愚對。制策曰：朕觀古之王者，受命君人，兢兢業業，承天順地，靡不思賢能以濟其理，求讜直以聞其過。故禹拜昌言而嘉猷罔伏，漢徵極諫而文學稍進，匡時濟俗，罔不率繇。厥後相循，有名無實，而又設以科條，增求茂異，舍斥己之至言，推無用之虛文，指切著明，罕稱於代。茲朕所以歎息鬱悼，思索其真。是用發懇惻之誠，諮體用之要，庶乎言之可行，行之不倦，上獲其益，下輸其情，君臣之間，驩然相與。子大夫得不勉思朕言而茂明之。臣聞復濟慎懼，雖危必樂，理安佚肆，雖理必憂。帝堯之爲道也大矣！《書》稱其本曰允恭克讓；文王之爲德也宏矣，《詩》美其功曰小心翼翼。圖天下之安者，必因之於勞；慮天下之大者，必慎之於微。任賢誠固，思慮誠深，百姓雖未富庶，四夷雖未賓服，天下明知其治也。任賢不固，思慮不深，百姓雖富庶，四夷雖賓服，天下明知其亂也。今陛下鑒前代已往之失，求當今未然之理，使虛文不設於下，至言必聞乎上。端視凝聽，所委惟賢，則上獲其益矣！惠爵施祿，所理惟直，則下輸其情矣！顧言而動，思利乎安，則何慮乎言之不行？顧行而動，思利乎安，則何慮乎行之有倦？誠能兢兢於一日二日，業業於無小無大，苟能此道，雖微必昌，雖柔必強。鳳凰麒麟不足來，甘露醴泉不足致，三光四時不足序。天之高明也，斯不愛其道；地之博厚也，斯不愛其寶。彼之大者猶若是，況其細者而難乎？制策曰：我國家光宅四海，年將二百。十聖弘化，萬邦懷仁，三王之禮靡不講，六代之樂罔不舉。漏澤於下，升中於天，周漢已還，莫斯爲盛。自禍階漏壞，兵宿中原，生人困竭，耗其大半。農戰非古，衣食罕儲，念茲疲甿，遂乖富庶。督耕植之業而人無戀本之心，峻榷酤之科而下有重斂之困。舉何方而可以復其盛，用何道而可以濟其難者。伏以陛下蘊充明德，繼荷大業，居十聖之全區宇，守百代之成禮樂，揚高祖之耿光，播太宗之休烈。思韜武而弭戢，念疲甿之富庶，理自順此生，危自反此作。兵者，國之威也。威不立則暴不禁，君得其術而已，舉其要而已。凡善用兵者，用兵之精；次用兵者，用兵之形。用精者，國逸而功倍；用形者，人勞而威立。令行禁止，俗富刑清，仁足以懷，義足以服。端居廟堂之

上,威加四海之外,而叛者嘗欲繫其頸而制其命,伏其心而笞其背,此
兵之精也。金鼓擊刺,追奔逐北,攻城掠地,斬馘獻俘,憂思巖廊之
上,謀制千里之外,而叛者有以畏其威而懲其罰,化其心而戢其暴,此
兵之形也。陶然而化,其效不形,兵貴藏有於無,兵之形不可張也。
騷然而動,其政難久,人不可終擾,兵之精所宜密勝也。今陛下既梟
叛寇,復征違命,屈己之至已浹于兆庶,恤人之誠已敷于四海。乘眾
之怒,用兵之形,則近無轉輸騷擾之勤,遠無經費供求之役。誠能固
守,必大畏其力,小懷其德矣! 豈兵宿中原之為虞,生人耗竭之為慮。
臣又聞理國之本,富之為先,富人之方,勸農為大。三代以耕籍率天
下,漢朝以孝悌配力田,皆勸之之道。夫農寒耕熱耘,沾體塗足,晝夜
之筋力勤焉! 父兄之手足悴焉! 而官輸籍督,坐非己有。夷時郡邑
長吏,偷容朝夕,養聲鈞祿,非恤人隱。此所以耕植之業不勤,戀本之
心不固。有遁於軍旅而邀功賞者,有冒於老釋而潰清濁者,有逸於負
販而制貧人者,有隱於椎剝而干教令者。農耕之難也如彼,日百其
勸,常有不務者矣! 游惰之逸也如此,日百其禁,常有不息者矣! 由
上之為政,知人苦之者勸之必深,知人樂之者禁之必至.昔賈琮以最
於十二州,頒之以璽書;黃霸以甲於二千石,寵之以侯印。惟陛下注
意於守宰字人之官,以田墾闢為最,地荒榛、人離散為殿,即耕植可
勸,困竭可蘇。兵未弭則人不蕃,人不蕃則農不勸,農不勸則國用虛,
此權酤所以興也。然鹽麴之稅,山澤之利,法用得其要,不在峻其科。
理不得其吏,不猶明其法。明其法,得其要,則上無峻刻之舉,下無重
斂之困矣! 陛下制策曰:既往之失,何者宜懲? 將來之虞,何者當戒?
臣聞王者之興,皆鑒乎前代聖君賢佐之所以興,昏主庸君之所以喪。
景行其興也,用得以常理;戒慎其喪也,用得以常存。詩人美殷鑒於
有夏,賈山諫漢而借喻亡秦,備于圖籍,著于編冊,非臣繁詞所可曲
盡。自陛下統極,舉滯淹,已逋責,恤刑獄,振乏絕,德澤所臨,戴之不
暇,微臣未見其失也。明將來之戒,其在法令刑賞乎? 四海之廣,億

兆之衆,非家令户告之能也,發號出令而已矣!伏惟陛下,聿求善政,大振洪猷,人之獻替,政之損益,燦乎其書,灼乎其人。始則鼓舞蹈詠不足以充其善,終則渴日望歲不足以喻其勞。教之本,莫大乎復言;政之先,莫大乎重令。誠能復言重令,上之克當乎天心,下之允協乎人情。天人交相爲感,而灾害不生,禍亂不作。不然日有德音而人不悦,日有威罰而人不畏。苟不悦矣!無與同勸;苟不畏矣!無與同沮,此非法令之可裁也。成一時之功者,寵乎其功者也;思百代之利者,榮乎其名者也。其名不足以勸者,則刑罰存焉;是小人之所趨,君子之所務。今陛下刑賞已足勸懲,褒貶又存文史,君子竭忠,小人輸力,舉如鴻毛,舍如地芥,何理而不成?何求而不效?陛下之不爲,非不能也。伏以致誅逆黨,罪止渠魁,原情究惡,不及其母,此帝王之刑也。戎臣饋車,致命折寇,渥恩必厚,爵位必加,此王霸之賞也。然善有彰,雖賤賞也;惡有釁,雖貴罰也。賞一人不足以聳天下之善者,其賞不足行;刑一人不足以禁天下之暴者,其刑不足用。今宜賞不違微細,惟功之所加;罰不爲暴亂,惟罪之所出。此天下之人所以皆知賞之可重,而罰之可戒。制策曰:昔主父懲患於晁錯,而用推恩;夷吾致霸於齊桓,而行寓令。精古求人之意,啓廸未哲之懷,眷兹洽聞,固所詳究。臣聞漢興鑒亡秦孤立之弊,蹤《周官》衆建之法,苴茅列土,非復異姓。其後吳、楚强大,本根不拔,晁錯之策未終,七國之兵已發。主父念前事之敗露,期本朝之强大,分封子弟,使得推恩。諸侯之國,星解於上;漢廷之威,風行於下:此所以爲謀也。齊桓當周季陵夷之運,思大彰翊霸之功,志圖兼弱,力存攻昧,思逞其欲,是務强兵。習之野,大國防其謀;習之朝,小國謹其備。其志不可以速得,其功不可以立俟。用爲隱政,而行寓令,此其所以霸也。制策曰:執契之道,垂衣不言。委之於下,則人用其私;專之於上,則下無其效。漢元優游於儒學,盛業竟衰;光武責課於公卿,峻政非美。二途取舍,未獲所從,吾心浩然,盖所疑惑。子大夫熟究其旨,屬之於篇。興自朕躬,無悼後害者。臣聞契者，君之所司也，綜其會歸，則庶務隨而振之。職者，臣之所司也，踐其軌迹，則百役通其流矣！委之職業也，非委其權，專其操持也，非專其事。賞罰好惡之出，生殺恩威之柄，此非權與操持乎？委之於下，則上道不行矣！提衡舉尺，守器執量，此非事與職業乎？專之於上，則下功不成矣！不委其操持，安所用其私乎？不專其職業，孰慮無效乎？君收其大柄，臣職其所守，然大柄不得亢於上，臣得佐而成之；所守不可屬於下，君得舉而明之。故《乾》之經曰：首出庶物。《坤》之文曰：地道無成，而代有終。乾，陽物也；坤，陰物也。陰陽合而泰形焉！陰陽離而否形焉！君臣之道，蓋象乎此。漢元優游於儒學，而權歸王氏，失其所專也。光武責吏事於三公，而勞神簿書，集其所委也。一則曠而蕩，一則察而隘，既非中道，不可以範。臣所謂陰陽乾坤之説，各存其道，而交有所感，然成其悠久，配乎持載，如此而已。才者綜物以研務，識者辨惑而不泥，體者撫往以經遠，用者臨事而造至。神而明之，可以輔陶鈞，可以贊化育。微臣固陋，從師之説，循名而實不充，承問而學不稱，進退殞越，懼煩刑書。謹對。”　侍講：官名，漢代有此稱號，以之名官則起於魏明帝，唐始置侍講學士，其職爲講論文史以備君王顧問，皆由他官之有文學者兼任。張九齡《賀侍講遍賜衣服狀》：“右高力士宣稱：陛下親講讀《毛詩》，遍賜侍講陳希烈三品兼衣物等。”《資治通鑑·魏明帝景初三年》：“以司馬懿爲太傅……彥爲散騎常侍、侍講。”胡三省注：“以在少帝左右，令侍講説。侍講之官，起乎此也。”　宿雲亭：開州的一個小地名。《四川通志·古碑記附》：“盛山宿雲亭記名：在縣西北三里，唐元和十三年刺史韋處厚詩，溫造撰記。盛山十二題詩：唐韋處厚撰，韓文序云：韋侯所爲十二詩，讀而詠歌之，令人欲棄百事，往與之遊。和者元稹、許康佐、白居易、李景儉、嚴武、溫造，於是《盛山十二詩》與其和者廣行於時。”張籍《和韋開州盛山十二首·宿雲亭》：“清净當深處，虛明向遠開。卷簾無俗客，應只見雲來。”《困學紀聞》卷一八《評詩》:"韋處厚《盛山十二詩》,韓文公爲序,今見於《唐詩紀事》。十二詩謂隱月岫、流杯渠、竹巖、繡衣石榻、宿雲亭、梅谿、桃塢、胡蘆沼、茶嶺、盤石磴、琵琶臺、上士瓶泉也。"

[編年]

　　未見《元稹集》引録,也不見《編年箋注》引録與編年。《年譜》編年元稹本組詩於元和十四年的"佚詩"欄内,作於"十四年以前",《年譜新編》編年元稹本組詩於元和十三年的"佚詩"欄内。

　　我們以爲,韋處厚元和十一年九月任職開州刺史,而《輿地碑記目·開州碑記》記載:"《盛山宿雲亭記》:石在州西北三里,唐元和十三年刺史韋處厚詩,温造撰記。"又韋處厚《盛山十二詩》有"遠澄秋水色"、"臘近又先春"、"極目瞰秋鳶"、"不資冬日秀,爲作暑天寒"之句,應該是賦成於下半年的詩篇。據此,韋處厚之《盛山十二詩》應該賦成於元和十三年下半年。而元稹元和十年六月到達通州,病三月之後,北上興元治病,至元和十二年五月返回通州,元和十四年正月初九日離開通州,其酬和韋處厚之詩,也應該在元和十三年下半年,地點在通州,元稹時以通州司馬的身份"權知州務"。

■ 和韋侍講盛山十二詩·隱月岫⁽一⁾①

　　　　見《五百家注昌黎文集·開州韋侍講盛山十二詩序》

[校記]

　　(一)和韋侍講盛山十二詩·隱月岫:本佚失詩所據韓愈《開州韋侍講盛山十二詩序》,見《五百家注昌黎文集》、《東雅堂昌黎集》、《唐詩紀事》、《英華》、《文編》、《唐宋八大家文鈔》、《文章辨體彙選》均一一過録，未見異文。

[箋注]

① 和韋侍講盛山十二詩・隱月岫：韓愈《韋侍講盛山十二詩序》：“未幾，果有以韋侯所爲十二詩遺余者……應而和者凡十人……和者通州元司馬名積爲宰相……”韋處厚《盛山十二詩・隱月岫》：“初映鈎如綫，終銜鏡似鈎。遠澄秋水色，高倚曉河流。”今存元積詩篇未見元積關於“盛山十二詩・隱月岫”的詩篇，據補。　和：以詩歌酬答，依照别人詩詞的題材和體裁作詩詞。楊巨源《和侯大夫秋原山觀征人回》：“兩河戰罷萬方清，原上軍回識舊營。立馬望雲秋塞静，射雕臨水晚天晴。”陳羽《和王中丞使君春日過高評事幽居》：“風光滿路旗旛出，林下高人待使君。笑藉紫蘭相向醉，野花千樹落紛紛。”盛山：開州的又一名稱。《太平寰宇記・開州》：“開江縣，本漢胊朐縣地。蜀先主建安二十一年於今縣南二里置漢豐縣，以漢土豐盛爲名。至後周武帝，改漢豐爲永寧縣。隋開皇中，改永寧爲盛山縣。唐武德元年移於今理，廣德元年又改爲開江縣……盛山在州西北三里，山上有宿雲亭、隱月岫、流盃渠、琵琶臺、繡衣石。”　隱月岫：開州的一個小地名。張籍《和韋開州盛山十二首・隱月岫》：“月出深峰裏，清凉夜亦寒。每嫌西落疾，不得到明看。”《困學紀聞》卷一八《評詩》：“韋處厚《盛山十二詩》，韓文公爲序，今見於《唐詩紀事》。十二詩謂隱月岫、流杯渠、竹巖、繡衣石榻、宿雲亭、梅谿、桃塢、胡蘆沼、茶嶺、盤石磴、琵琶臺、上士瓶泉也。”

[編年]

未見《元積集》引録，也不見《編年箋注》引録與編年。《年譜》編年元積本組詩於元和十四年的“佚詩”欄内，作於“十四年以前”，《年譜新編》編年元稹本組詩於元和十三年的"佚詩"欄內。

我們以爲,元稹本組詩之佚失詩,應該與《和韋侍講盛山十二詩·宿雲亭》作於同時,亦即元和十三年下半年之時,地點在通州,元稹時以通州司馬的身份"權知州務"。

■ 和韋侍講盛山十二詩·茶嶺^{(一)①}

見《五百家注昌黎文集·開州韋侍講盛山十二詩序》

[校記]

（一）和韋侍講盛山十二詩·茶嶺:本佚失詩所據韓愈《開州韋侍講盛山十二詩序》,見《五百家注昌黎文集》、《東雅堂昌黎集》、《唐詩紀事》、《英華》、《文編》、《唐宋八大家文鈔》、《文章辨體彙選》均一一過錄,未見異文。

[箋注]

① 和韋侍講盛山十二詩·茶嶺:韓愈《韋侍講盛山十二詩序》:"未幾,果有以韋侯所爲十二詩遺余者……應而和者凡十人……和者通州元司馬名稹爲宰相……"韋處厚《盛山十二詩·茶嶺》:"顧渚吳商絕,蒙山蜀信稀。千叢因此始,含露紫英肥。"今存元稹詩篇未見元稹關於"盛山十二詩·茶嶺"的詩篇,據補。 和:以詩歌酬答,依照別人詩詞的題材和體裁作詩詞。王建《和蔣學士新授章服》:"五色箱中絳服春,笏花成就白魚新。看宣賜處驚回眼,著謝恩時便稱身。"楊巨源《和權相公南園閑涉寄廣宣上人》:"浩氣抱天和,閑園載酒過。步因秋景曠,心向晚雲多。" 盛山:開州的地名,這裏代指開州。《舊唐書·地理志》:"盛山:漢朐䏰縣,屬巴郡。蜀分置開州,周改漢豐爲

永寧,隋改永寧爲盛山,以山爲名。" 茶嶺:開州的一個小地名。張籍《和韋開州盛山十二首・茶嶺》:"紫芽連白蕊,初向嶺頭生。自看家人摘,尋常觸露行。"《困學紀聞》卷一八《評詩》:"韋處厚《盛山十二詩》,韓文公爲序,今見於《唐詩紀事》。十二詩謂隱月岫、流杯渠、竹巖、繡衣石榻、宿雲亭、梅谿、桃塢、胡蘆沼、茶嶺、盤石磴、琵琶臺、上士瓶泉也。"

[編年]

未見《元稹集》引録,也不見《編年箋注》引録與編年。《年譜》編年元稹本組詩於元和十四年的"佚詩"欄内,作於"十四年以前",《年譜新編》編年元稹本組詩於元和十三年的"佚詩"欄内。

我們以爲,元稹本組詩之佚失詩,應該與《和韋侍講盛山十二詩・宿雲亭》作於同時,亦即元和十三年下半年之時,地點在通州,元稹時以通州司馬的身份"權知州務"。

■ 和韋侍講盛山十二詩・梅溪(一)①

見《五百家注昌黎文集・開州韋侍講盛山十二詩序》

[校記]

(一)和韋侍講盛山十二詩・梅溪:本佚失詩所據韓愈《開州韋侍講盛山十二詩序》,見《五百家注昌黎文集》、《東雅堂昌黎集》、《唐詩紀事》、《英華》、《文編》、《唐宋八大家文鈔》、《文章辨體彙選》均一一過録,未見異文。

[箋注]

　　① 和韋侍講盛山十二詩·梅溪：韓愈《韋侍講盛山十二詩序》：
"未幾，果有以韋侯所爲十二詩遺余者……應而和者凡十人……和者
通州元司馬名積爲宰相……"韋處厚《盛山十二詩·梅溪》："夾岸凝
輕素，交枝漾淺瀹。味調方薦實，臘近又先春。"今存元稹詩篇未見元
稹關於"盛山十二詩·梅溪"的詩篇，據補。　　和：以詩歌酬答，依照
別人詩詞的題材和體裁作詩詞。戴叔倫《和尉遲侍郎夏杪聞蟬》："楚
人方苦熱，柱史獨聞蟬。晴日暮江上，驚風一葉前。"盧綸《和考功王
員外杪秋憶終南舊居》："静憶溪邊宅，知君許謝公。曉霜凝未粔，初
日照梧桐。"　盛山：開州的地名，這裏代指開州。《新唐書·地理
志》："開州：盛山郡，下，本萬世郡。義寧二年，析巴東郡之盛山、新
浦，通川郡之萬世、西流置，天寶元年更名。"　梅溪：開州的一個小地
名。張籍《和韋開州盛山十二首·梅溪》："白愛新梅好，行尋一徑斜。
不教人掃石，恐損落來花。"《困學紀聞》卷一八《評詩》："韋處厚《盛山
十二詩》，韓文公爲序，今見於《唐詩紀事》。十二詩謂隱月岫、流杯
渠、竹巖、繡衣石榻、宿雲亭、梅豀、桃塢、胡蘆沼、茶嶺、盤石磴、琵琶
臺、上士瓶泉也。"

[編年]

　　未見《元稹集》引録，也不見《編年箋注》引録與編年。《年譜》編
年元稹本組詩於元和十四年的"佚詩"欄内，作於"十四年以前"，《年
譜新編》編年元稹本組詩於元和十三年的"佚詩"欄内。

　　我們以爲，元稹本組詩之佚失詩，應該與《和韋侍講盛山十二
詩·宿雲亭》作於同時，亦即元和十三年下半年之時，地點在通州，元
稹時以通州司馬的身份"權知州務"。

■ 和韋侍講盛山十二詩·流杯渠^{(一)①}

見《五百家注昌黎文集·開州韋侍講盛山十二詩序》

[校記]

（一）和韋侍講盛山十二詩·流杯渠：本佚失詩所據韓愈《開州韋侍講盛山十二詩序》，見《五百家注昌黎文集》、《東雅堂昌黎集》、《唐詩紀事》、《英華》、《文編》、《唐宋八大家文鈔》、《文章辨體彙選》均一一過録，未見異文。

[箋注]

① 和韋侍講盛山十二詩·流杯渠：韓愈《韋侍講盛山十二詩序》："未幾，果有以韋侯所爲十二詩遺余者……應而和者凡十人……和者通州元司馬名積爲宰相……"韋處厚《盛山十二詩·流杯渠》："激曲榮飛箭，浮溝泛滿卮。將來山太守，莫向習家池！"今存元稹詩篇未見元稹關於"盛山十二詩·流杯渠"的詩篇，據補。　和：以詩歌酬答，依照別人詩詞的題材和體裁作詩詞。高適《和賀蘭判官望北海作》："聖代務平典，輶軒推上才。迢遙溟海際，曠望滄波開。"韋夏卿《和丘員外題湛長史舊居》："道勝物能齊，累輕身易退。苟安一丘上，何必三山外？"　盛山：開州的地名，這裏代指開州。《太平寰宇記·開州》："開州盛山郡，今理開江鄉，秦漢之代爲巴郡朐䏰縣。"　流杯渠：開州的一個小地名。張籍《和韋開州盛山十二首·流杯渠》："淥酒白螺杯，隨流去復回。似知人把處，各向面前來。"《困學紀聞》卷一八《評詩》："韋處厚《盛山十二詩》，韓文公爲序，今見於《唐詩紀事》。十二詩謂隱月岫、流杯渠、竹巖、繡衣石榻、宿雲亭、梅谿、桃塢、胡蘆

沼、茶嶺、盤石磴、琵琶臺、上士瓶泉也。"

[編年]

未見《元稹集》引録，也不見《編年箋注》引録與編年。《年譜》編年元稹本組詩於元和十四年的"佚詩"欄内，作於"十四年以前"，《年譜新編》編年元稹本組詩於元和十三年的"佚詩"欄内。

我們以爲，元稹本組詩之佚失詩，應該與《和韋侍講盛山十二詩·宿雲亭》作於同時，亦即元和十三年下半年之時，地點在通州，元稹時以通州司馬的身份"權知州務"。

■ 和韋侍講盛山十二詩·盤石磴⁽一⁾①

見《五百家注昌黎文集·開州韋侍講盛山十二詩序》

[校記]

（一）和韋侍講盛山十二詩·盤石磴：本佚失詩所據韓愈《開州韋侍講盛山十二詩序》，見《五百家注昌黎文集》、《東雅堂昌黎集》、《唐詩紀事》、《英華》、《文編》、《唐宋八大家文鈔》、《文章辨體彙選》均一一過録，未見異文。

[箋注]

① 和韋侍講盛山十二詩·盤石磴：韓愈《韋侍講盛山十二詩序》："未幾，果有以韋侯所爲十二詩遺余者……應而和者凡十人……和者通州元司馬名稹爲宰相……"韋處厚《盛山十二詩·盤石磴》："繚繞緣雲上，璘玢嵌玉聯。高高曾幾折？極目瞰秋鳶。"今存元稹詩篇未見元稹關於"盛山十二詩·盤石磴"的詩篇，據補。

和：以詩歌酬答，依照別人詩詞的題材和體裁作詩詞。孟浩然《和賈主簿弁九日登峴山》：“楚萬重陽日，群公賞讌來。共乘休沐暇，同醉菊花杯。”韋應物《和吳舍人早春歸沐西亭言志》：“曉漏戒中禁，清香肅朝衣。一門雙掌誥，伯待仲言歸。”　盛山：開州的地名，這裏代指開州。《太平寰宇記・開州》：“開州盛山郡，今理開江鄉，秦漢之代爲巴郡朐䏰縣。”　盤石磴：開州的一個小地名。張籍《和韋開州盛山十二首・盤石磴》：“壘石盤空遠，層層勢不危。不知行幾匝，得到上頭時？”《困學紀聞》卷一八《評詩》：“韋處厚《盛山十二詩》，韓文公爲序，今見於《唐詩紀事》。十二詩謂隱月岫、流杯渠、竹巖、繡衣石榻、宿雲亭、梅谿、桃塢、胡蘆沼、茶嶺、盤石磴、琵琶臺、上士瓶泉也。”

［編年］

　　未見《元稹集》引録，也不見《編年箋注》引録與編年。《年譜》編年元稹本組詩於元和十四年的“佚詩”欄內，作於“十四年以前”，《年譜新編》編年元稹本組詩於元和十三年的“佚詩”欄內。

　　我們以爲，元稹本組詩之佚失詩，應該與《和韋侍講盛山十二詩・宿雲亭》作於同時，亦即元和十三年下半年之時，地點在通州，元稹時以通州司馬的身份“權知州務”。

■ 和韋侍講盛山十二詩・桃塢[（一）①]

見《五百家注昌黎文集・開州韋侍講盛山十二詩序》

［校記］

　　（一）和韋侍講盛山十二詩・桃塢：本佚失詩所據韓愈《開州韋

侍講盛山十二詩序》,見《五百家注昌黎文集》、《東雅堂昌黎集》、《唐
詩紀事》、《英華》、《文編》、《唐宋八大家文鈔》、《文章辨體彙選》均一
一過録,未見異文。

［箋注］

　　① 和韋侍講盛山十二詩·桃塢:韓愈《韋侍講盛山十二詩序》:
"未幾,果有以韋侯所爲十二詩遺余者……應而和者凡十人……和者
通州元司馬名稹爲宰相……"韋處厚《盛山十二詩·桃塢》:"噴日舒
紅景,通流茂緑陰。終朝王母摘,不羨武陵深。"今存元稹詩篇未見元
稹關於"盛山十二詩·桃塢"的詩篇,據補。　　和:以詩歌酬答,依照
別人詩詞的題材和體裁作詩詞。王維《和尹諫議史館山池》:"雲館接
天居,霓裳侍玉除。春池百草外,芳樹萬年餘。"孟浩然《和張丞相春
朝對雪》:"迎氣當春至,承恩喜雪來。潤從河漢下,花逼艷陽開。"
盛山:開州的地名,這裏代指開州。《輿地廣記》卷三三:"開州:春秋
戰國爲巴地,秦、二漢屬巴郡,晉宋齊梁屬巴東郡,西魏置開州及萬
安、江會二郡,後周置周安、萬世二郡,省江會入周安。隋開皇初,郡
並廢。大業初,州廢,分屬通州、巴東二郡。義寧二年,析置萬世郡。
唐武德元年,曰開川。天寶元年,曰盛山郡。前蜀、後蜀,因之。"　桃
塢:開州的一個小地名。張籍《和韋開州盛山十二首·桃塢》:"春塢
桃花發,多將野客遊。日西殊未散,看望酒缸頭。"《困學紀聞》卷一八
《評詩》:"韋處厚《盛山十二詩》,韓文公爲序,今見於《唐詩紀事》。十
二詩謂隱月岫、流杯渠、竹巖、繡衣石榻、宿雲亭、梅谿、桃塢、胡蘆沼、
茶嶺、盤石磴、琵琶臺、上士瓶泉也。"

［編年］

　　未見《元稹集》引録,也不見《編年箋注》引録與編年。《年譜》編

年元稹本組詩於元和十四年的"佚詩"欄內，作於"十四年以前"，《年譜新編》編年元稹本組詩於元和十三年的"佚詩"欄內。

　　我們以爲，元稹本組詩之佚失詩，應該與《和韋侍講盛山十二詩・宿雲亭》作於同時，亦即元和十三年下半年之時，地點在通州，元稹時以通州司馬的身份"權知州務"。

■ 和韋侍講盛山十二詩・竹巖^{(一)①}

見《五百家注昌黎文集・開州韋侍講盛山十二詩序》

［校記］

　　（一）和韋侍講盛山十二詩・竹巖：本佚失詩所據韓愈《開州韋侍講盛山十二詩序》，見《五百家注昌黎文集》、《東雅堂昌黎集》、《唐詩紀事》、《英華》、《文編》、《唐宋八大家文鈔》、《文章辨體彙選》均一一過録，未見異文。

［箋注］

　　① 和韋侍講盛山十二詩・竹巖：韓愈《韋侍講盛山十二詩序》："未幾，果有以韋侯所爲十二詩遺余者……應而和者凡十人……和者通州元司馬名稹爲宰相……"韋處厚《盛山十二詩・竹巖》："不資冬日秀，爲作暑天寒。先植誠非鳳，來翔定是鸞。"今存元稹詩篇未見元稹關於"盛山十二詩・竹巖"的詩篇，據補。　和：以詩歌酬答，依照別人詩詞的題材和體裁作詩詞。李元操《和從叔禄愔元日早朝》："銅渾變秋節，玉律動年灰。曖曖城霞旦，隱隱禁門開。"王維《和使君五郎西樓望遠思歸》："高樓望所思，目極情未畢。枕上見千里，窗中窺萬室。"　盛山：開州的地名，這裏代指開州。《方輿

勝覽·開州》:"盛山:在州北三里,山下有宿雲亭、隱月岫、流杯渠、琵琶臺、繡衣石。" 竹巖:開州的一個小地名。張籍《和韋開州盛山十二首·竹巖》:"獨入千竿裏,緣巖踏石層。笋頭齊欲出,更不許人登。"《困學紀聞》卷一八《評詩》:"韋處厚《盛山十二詩》,韓文公爲序,今見於《唐詩紀事》。十二詩謂隱月岫、流杯渠、竹巖、繡衣石榻、宿雲亭、梅谿、桃塢、胡蘆沼、茶嶺、盤石磴、琵琶臺、上士瓶泉也。"

[編年]

未見《元積集》引録,也不見《編年箋注》引録與編年。《年譜》編年元積本組詩於元和十四年的"佚詩"欄内,作於"十四年以前",《年譜新編》編年元積本組詩於元和十三年的"佚詩"欄内。

我們以爲,元積本組詩之佚失詩,應該與《和韋侍講盛山十二詩·宿雲亭》作於同時,亦即元和十三年下半年之時,地點在通州,元積時以通州司馬的身份"權知州務"。

■ 和韋侍講盛山十二詩·琵琶臺^{(一)①}

見《五百家注昌黎文集·開州韋侍講盛山十二詩序》

[校記]

(一)和韋侍講盛山十二詩·琵琶臺:本佚失詩所據韓愈《開州韋侍講盛山十二詩序》,見《五百家注昌黎文集》、《東雅堂昌黎集》、《唐詩紀事》、《英華》、《文編》、《唐宋八大家文鈔》、《文章辨體彙選》均一一過録,未見異文。

[箋注]

① 和韋侍講盛山十二詩·琵琶臺：韓愈《韋侍講盛山十二詩序》："未幾,果有以韋侯所爲十二詩遺余者……應而和者凡十人……和者通州元司馬名積爲宰相……"韋處厚《盛山十二詩·琵琶臺》："褊地難層累,因崖遂削成。淺深嵐障色,盡向此中呈。"今存元稹詩篇未見元稹關於"盛山十二詩·琵琶臺"的詩篇,據補。　　和：以詩歌酬答,依照別人詩詞的題材和體裁作詩詞。喬知之《和蘇員外寓直》："自昔重爲郎,伊人練國章。三旬登建禮,五夜直明光。"劉禹錫《浙西李大夫述夢四十韻并浙東元相公酬和斐然繼聲》："位是才能取,時因際會遭。羽儀呈鸑鷟,鈌刃試豪曹。"　　盛山：開州的地名,這裏代指開州。《四川通志·夔州府》："開縣……盛山在縣北三里,突兀高聳。唐韋處厚知開州,有《盛山十二景詩》,韓愈爲之《序》,謂其入谿谷,出巖石,追逐雲月。杜甫詩：'拄笏看山尋盛字。'盖以山如盛字也。上有宿雲亭、隱月岫、流杯池、琵琶臺、盤石磴、葫蘆沼、繡衣石、瓶泉井、梅溪、桃塢、茶嶺、竹厓,爲十二景。"　　琵琶臺：開州的一個小地名。張籍《和韋開州盛山十二首·琵琶臺》："臺上緑蘿春,閑登不待人。每當休暇日,著履戴紗巾。"《困學紀聞》卷一八《評詩》："韋處厚《盛山十二詩》,韓文公爲序,今見於《唐詩紀事》。十二詩謂隱月岫、流杯渠、竹巖、繡衣石榻、宿雲亭、梅谿、桃塢、胡蘆沼、茶嶺、盤石磴、琵琶臺、上士瓶泉也。"

[編年]

未見《元稹集》引錄,也不見《編年箋注》引錄與編年。《年譜》編年元稹本組詩於元和十四年的"佚詩"欄內,作於"十四年以前",《年譜新編》編年元稹本組詩於元和十三年的"佚詩"欄內。

我們以爲,元稹本組詩之佚失詩,應該與《和韋侍講盛山十二詩·宿雲亭》作於同時,亦即元和十三年下半年之時,地點在通州,元稹時以通州司馬的身份"權知州務"。

■ 和韋侍講盛山十二詩·胡盧沼^{(一)①}

見《五百家注昌黎文集·開州韋侍講盛山十二詩序》

[校記]

(一)和韋侍講盛山十二詩·胡盧沼:本佚失詩所據韓愈《開州韋侍講盛山十二詩序》,見《五百家注昌黎文集》、《東雅堂昌黎集》、《唐詩紀事》、《英華》、《文編》、《唐宋八大家文鈔》、《文章辨體彙選》均一一過録,未見異文。

[箋注]

① 和韋侍講盛山十二詩·胡盧沼:韓愈《韋侍講盛山十二詩序》:"未幾,果有以韋侯所爲十二詩遺余者……應而和者凡十人……和者通州元司馬名稹爲宰相……"韋處厚《盛山十二詩·胡盧沼》:"疏鑿徒爲巧,圓窊自可澄。倒花紛錯綉,鑑月盡含冰。"今存元稹詩篇未見元稹關於"盛山十二詩·胡盧沼"的詩篇,據補。 和:以詩歌酬答,依照别人詩詞的題材和體裁作詩詞。白居易《酬和元九東川路詩十二首·駱口驛舊題詩》:"拙詩在壁無人愛,鳥污苔侵文字殘。唯有多情元侍御,繡衣不惜拂塵看。"王起《和周侍郎見寄》:"貢院離來二十霜,誰知更忝主文場? 楊葉縱能穿舊的,桂枝何必發新香?" 盛山:開州的地名,這裏代指開州。《蜀中廣記·開縣》:"縣西北一里有盛山,以唐刺史韋處厚著名,韓愈作《盛山十二詩序》云:'……'" 胡盧沼:開州的一個小地名。張籍《和韋開州盛山十二首·胡盧沼》:

"曲沼春流滿,新蒲映野鵝。閑齋朝飯後,拄杖遶行多。"《困學紀聞》卷一八《評詩》:"韋處厚《盛山十二詩》,韓文公爲序,今見於《唐詩紀事》。十二詩謂隱月岫、流杯渠、竹巖、繡衣石榻、宿雲亭、梅谿、桃塢、胡蘆沼、茶嶺、盤石磴、琵琶臺、上士瓶泉也。"

[編年]

未見《元積集》引録,也不見《編年箋注》引録與編年。《年譜》編年元積本組詩於元和十四年的"佚詩"欄內,作於"十四年以前",《年譜新編》編年元積本組詩於元和十三年的"佚詩"欄內。

我們以爲,元積本組詩之佚失詩,應該與《和韋侍講盛山十二詩·宿雲亭》作於同時,亦即元和十三年下半年之時,地點在通州,元積時以通州司馬的身份"權知州務"。

■ 和韋侍講盛山十二詩·繡衣石榻^{(一)①}

見《五百家注昌黎文集·開州韋侍講盛山十二詩序》

[校記]

(一)和韋侍講盛山十二詩·繡衣石榻:本佚失詩所據韓愈《開州韋侍講盛山十二詩序》,見《五百家注昌黎文集》、《東雅堂昌黎集》、《唐詩紀事》、《英華》、《文編》、《唐宋八大家文鈔》、《文章辨體彙選》均一一過録,未見異文。

[箋注]

① 和韋侍講盛山十二詩·繡衣石榻:韓愈《韋侍講盛山十二詩序》:"未幾,果有以韋侯所爲十二詩遺余者……應而和者凡十

人……和者通州元司馬名積爲宰相……"韋處厚《盛山十二詩·繡衣石榻》:"巖巉雲中嶠,磊落標方峭。勿爲枕蒼生,還當礎清廟。"今存元稹詩篇未見元稹關於"盛山十二詩·繡衣石榻"的詩篇,據補。　和:以詩歌酬答,依照別人詩詞的題材和體裁作詩詞。陸龜蒙《和襲美送孫發百篇遊天台》:"直應天授與詩情,百詠唯消一日成。去把彩毫揮下國,歸參黄綬别春卿。"天寶宫人《題洛苑梧葉上》:"一葉題詩出禁城,誰人酬和獨含情?自嗟不及波中葉,蕩漾乘春取次行。"　盛山:開州的地名,這裏代指開州。《蜀中廣記·宦游記》:"韋處厚字德載,京兆人。元和中爲考功員外郎,時宰相韋貫之以議兵不合旨出官,處厚坐與貫之善,出爲開州刺史。有《盛山詩集》,名流屬和,韓退之序之。"　繡衣石榻:開州的一個小地名。張籍《和韋開州盛山十二首·繡衣石榻》:"出城無别味,藥草兼魚果。時有繡衣人,同來石上坐。"《困學紀聞》卷一八《評詩》:"韋處厚《盛山十二詩》,韓文公爲序,今見於《唐詩紀事》。十二詩謂隱月岫、流杯渠、竹巖、繡衣石榻、宿雲亭、梅谿、桃塢、胡蘆沼、茶嶺、盤石磴、琵琶臺、上士瓶泉也。"

[編年]

　　未見《元稹集》引録,也不見《編年箋注》引録與編年。《年譜》編年元稹本組詩於元和十四年的"佚詩"欄内,作於"十四年以前",《年譜新編》編年元稹本組詩於元和十三年的"佚詩"欄内。

　　我們以爲,元稹本組詩之佚失詩,應該與《和韋侍講盛山十二詩·宿雲亭》作於同時,亦即元和十三年下半年之時,地點在通州,元稹時以通州司馬的身份"權知州務"。

■ 和韋侍講盛山十二詩・上士瓶泉^{(一)①}

見《五百家注昌黎文集・開州韋侍講盛山十二詩序》

［校記］

（一）和韋侍講盛山十二詩・上士瓶泉：本佚失詩所據韓愈《開州韋侍講盛山十二詩序》，見《五百家注昌黎文集》、《東雅堂昌黎集》、《唐詩紀事》、《英華》、《文編》、《唐宋八大家文鈔》、《文章辨體彙選》均一一過錄，未見異文。

［箋注］

① 和韋侍講盛山十二詩・上士瓶泉：韓愈《韋侍講盛山十二詩序》：“未幾，果有以韋侯所爲十二詩遺余者……應而和者凡十人……和者通州元司馬名稹爲宰相……”韋處厚《盛山十二詩・上士瓶泉》：“綆汲豈無井？顛巖貴非浚。願洗塵埃餘，一兩根莖潤。”今存元稹詩篇未見元稹關於“盛山十二詩・上士瓶泉”的詩篇，據補。　和：以詩歌酬答，依照別人詩詞的題材和體裁作詩詞。姚合《和座主相公雨中作》：“清氣潤華屋，東風吹雨勻。花低驚艷重，竹淨覺聲真。”許渾《江西鄭常侍赴鎮之日有寄因酬和》：“來暮亦何愁？金貂在鷁舟。旆隨寒浪動，帆帶夕陽收。”　盛山：開州的地名，這裏代指開州。《困學紀聞・評詩》：“韋處厚《盛山十二詩》，韓文公爲《序》，今見於《唐詩紀事》，十二詩謂隱月岫、流杯渠、竹巖、繡衣石榻、宿雲亭、梅谿、桃塢、胡蘆沼、茶嶺、盤石磴、琵琶臺、上士瓶泉也。”　上士瓶泉：開州的一個小地名。張籍《和韋開州盛山十二首・上士瓶泉》：“階上一眼泉，四邊青石甃。唯有護淨僧，添瓶將盥漱。”《困學紀聞》卷一八《評詩》：

"韋處厚《盛山十二詩》,韓文公爲序,今見於《唐詩紀事》。十二詩謂隱月岫、流杯渠、竹巖、繡衣石榻、宿雲亭、梅谿、桃塢、胡蘆沼、茶嶺、盤石磴、琵琶臺、上士瓶泉也。"

[編年]

　　未見《元稹集》引録,也不見《編年箋注》引録與編年。《年譜》編年元稹本組詩於元和十四年的"佚詩"欄内,作於"十四年以前",《年譜新編》編年元稹本組詩於元和十三年的"佚詩"欄内。

　　我們以爲,元稹本組詩之佚失詩,應該與《和韋侍講盛山十二詩·宿雲亭》作於同時,亦即元和十三年下半年之時,地點在通州,元稹時以通州司馬的身份"權知州務"。

■ 酬樂天昔與微之在朝日因蓄休退之心迨今十年淪落老大追尋前約且結後期(一)①

　　　　　　　據白居易《昔與微之在朝日因蓄休退之心
　　　　　　　迨今十年淪落老大追尋前約且結後期》

[校記]

　　(一)酬樂天昔與微之在朝日因蓄休退之心迨今十年淪落老大追尋前約且結後期:元稹本佚失詩所據白居易《昔與微之在朝日因蓄休退之心迨今十年淪落老大追尋前約且結後期》,見《白氏長慶集》、《白香山詩集》、《全詩》,未見異文。

[箋注]

　　① 酬樂天昔與微之在朝日因蓄休退之心迨今十年淪落老大追

尋前約且結後期：白居易《昔與微之在朝日因蓄休退之心迨今十年淪落老大追尋前約且結後期》：“往子爲御史，伊余忝拾遺。皆逢盛明代，俱登清近司。予繫玉爲珮，子曳繡爲衣。從容香烟下，同侍白玉墀。朝見寵者辱，暮見安者危。紛紛無退者，相顧令人悲。宦情君早厭，世事我深知。常於榮顯日，已約林泉期。況今各流落，身病齒髮衰。不作卧雲計，携手欲何之？待君女嫁後，及我官滿時。稍無骨肉累，粗有漁樵資。歲晚青山路，白首期同歸。”今存元稹詩篇未見酬和之篇，據補。　　在朝：列於朝堂，指擔任朝廷官職。羊祜《讓開府表》：“據今光禄大夫李喜，秉節高亮，正身在朝。”曾鞏《撫州顔魯公祠堂記》：“大盜繼起，天子輒出避之。唐之在朝臣，多畏怯觀望。”　　休退：官吏辭職賦閑。趙璘《因話録·羽》：“張曇爲汾陽王從事，家嘗有怪。召術者問之，言以大禍將至，惟休退則免。”司馬光《太子太保龐公墓誌銘》：“臣以寒儒荷陛下大恩，位至將相，是以冒重禍而不疑不悔。年垂七十，逼於休退。”　　淪落：流落，漂泊。戎昱《寄鄭鍊師》：“平生金石友，淪落向辰州。已是二年客，那堪終日愁！”白居易《琵琶行》：“我聞琵琶已嘆息，又聞此語重唧唧。同是天涯淪落人，相逢何必曾相識！”　　老大：年紀大。《樂府詩集·長歌行》：“百川東到海，何時復西歸？少壯不努力，老大徒傷悲。”白居易《琵琶行》：“弟走從軍阿姨死，暮去朝來顔色故。門前冷落鞍馬稀，老大嫁作商人婦。”　　追尋：追憶，回想。《晉書·謝安傳》：“追尋前事，可爲寒心。”謝靈運《道路憶山中》：“在鄉爾思積，憶山我憤懣。追尋栖息時，偃卧任縱誕。”約：以語言或文字訂立共同應遵守的條件。《漢書·高帝紀》：“初，懷王與諸將約，先入定關中者王之。”陳師道《春懷示鄰里》：“風翻蛛網開三面，雷動峰窠趁兩衙。屢失南鄰春事約，只今容有未開花。”期：會，會合。《文選·馬融〈長笛賦〉》：“薄湊會而凌節兮，馳趣期而赴躓。”李善注：“期，會也。”王安石《寄虔州江陰二妹》：“貢水日夜下，下與漳水期。我行二水間，無日不爾思。”

[編年]

未見《元稹集》採録，也未見《年譜》、《編年箋注》、《年譜新編》採録與編年。

朱金城先生《白居易集箋校》編年白居易詩於元和十二年至元和十三年。白居易詩題"昔與微之在朝日"、"迨今十年"之語，元稹白居易貞元十九年拜職校書郎，元和元年元稹拜職左拾遺，都可以稱爲"在朝日"，"迨今十年"從何年算起？白居易詩有"往子爲御史，伊余忝拾遺"之句，"迨今十年"即應該從此算起。元稹拜職監察御史在元和四年，白居易授職左拾遺在元和三年。以此下推，應該在元和十三年至十四年間。而元和十四年元稹調任虢州長史，白居易升任忠州刺史，仕途已經出現轉機，元白不會再萌生"休退之心"，不會再有"追尋前約，且結後期"之舉動，故白居易詩，應以元和十三年最有可能，時白居易在江州司馬任，正鬱鬱不得志之時。元稹仍舊在通州，雖有"權知州務"之責，但實質上還是一名司馬而已。元稹的酬和之篇，也應該賦成於元和十三年，地點在通州。

■ 竹枝詞三首(一)①

據白居易《竹枝詞四首》四

[校記]

（一）竹枝詞三首：元稹本佚失詩所據白居易《竹枝詞四首》，見《白氏長慶集》、《樂府詩集》、《萬首唐人絶句》、《全蜀藝文志》、《唐宋詩醇》、《白香山詩集》、《尊前集》、《全詩》、《全唐詩録》，未見異文。

［箋注］

① 竹枝詞三首：白居易《竹枝詞四首》四："江畔誰人唱竹枝？前聲斷咽後聲遲。怪來調苦緣詞苦，多是通州司馬詩。"從"多是"來推測，肯定不止一首，應該是一批，最保守的估計，應該是三首吧！關於"竹枝詞"或"竹枝辭"，劉禹錫《竹枝詞九首并引》："四方之歌，異音而同樂。歲正月，余來建平，里中兒聯歌竹枝，吹短笛擊鼓以赴節，歌者揚袂睢舞，以曲多爲賢。聆其音，中黃鍾之羽，卒章激訐如吳聲。雖儉儜不可分，而含思宛轉，有淇澳之豔音。昔屈原居沅湘間，其民迎神，詞多鄙陋，乃爲作九歌，到於今荊楚歌舞之。故余亦作《竹枝》九篇，俾善歌者颺之，附于末，後之聆巴歈，知變風之自焉！"《新唐書》以爲"竹枝詞"或"竹枝辭"是劉禹錫所創製："憲宗立，叔文等敗，禹錫貶連州刺史，未至，斥朗州司馬。州接夜郎，諸夷風俗陋甚，家喜巫鬼，每祠，歌《竹枝》，鼓吹裴回，其聲儉儜。禹錫謂屈原居沅湘間，作《九歌》，使楚人以迎送神，乃倚其聲，作《竹枝辭》十餘篇，於是武陵夷俚悉歌之。"《樂府詩集·近代曲辭》也同此説："竹枝本出於巴渝，唐貞元中劉禹錫在沅湘，以俚歌鄙陋，乃依騷人《九歌》作'竹枝新辭'九章，教里中兒歌之，由是盛於貞元、元和之間。禹錫曰'竹枝'，巴歈也。巴兒聯歌，吹短笛，擊鼓以赴節，歌者揚袂睢舞，其音協黃鍾羽，末如吳聲，含思宛轉，有淇濮之豔焉！"《全唐詩·劉禹錫傳》亦云："劉禹錫，字夢得，彭城人……叔文敗，坐貶連州刺史。在道貶朗州司馬，落魄不自聊，吐詞多諷托幽遠。蠻俗好巫，嘗依騷人之旨，倚其聲作'竹枝詞'十餘篇，武陵谿洞間悉歌之。"《漢語大詞典》亦斷言竹枝詞的詩歌形式是劉禹錫所創製，結論均有失偏頗："竹枝：樂府《近代曲》之一。本爲巴渝(今四川東部)一帶民歌，唐詩人劉禹錫據以改作新詞，歌詠三峽風光和男女戀情，盛行於世。後人所作也多詠當地風土或兒女柔情。其形式爲七言絕句，語言通俗，音調輕快。唐劉禹錫《洞

庭秋月》詩：'盞槃巴童歌《竹枝》，連檣估客吹羌笛。'宋范成大《夔門即事》詩：'《竹枝》舊曲元無調，麯米新篘但有聞。'清王士禎《池北偶談·談藝·紀映淮》：'金陵紀青……女名映淮，字阿男，嘗有《秦淮竹枝》云："栖鴉流水點秋光，愛此蕭疏樹幾行。不與行人縮離别，賦成謝女雪飛香。"'朱自清《中國歌謠》三：'《詞律》云："《竹枝》之音，起於巴蜀唐人所作，皆言蜀中風景。後人因效其體，於各地爲之。"這時《竹枝》已成了一種叙述風土的詩體了。'"我們覺得有六點值得大家注意：一、所謂的"竹枝詞"，是巴渝亦即今四川東部地區，自然也包括通州在内的民歌，元稹元和十年至元和十四年滯留在巴渝地區長達五個年頭，時長四整年，應該留下了數量不止一首的一批竹枝詞。據白居易《竹枝詞四首》之四所言"多是通州司馬詩"來看，元稹在"通州司馬"任所作"竹枝詞"肯定不止一首，而應該是數量不少的一批，因爲佚失，今天已經難定切確的首數。而劉禹錫元和十年前一直在朗州司馬任上，元和十年至元和十四年在連州刺史任上，隨後因母親病故而守制洛陽，長慶元年冬天除拜夔州刺史，長慶二年到任，長慶四年轉和州刺史。據此，劉禹錫的竹枝詞，應該在夔州刺史任所作，時序已經到了"長慶年間"。二、劉禹錫《竹枝詞九首引》有"建平"云云，據《舊唐書·地理志》："歸州：隋巴東郡之秭歸縣，武德三年割夔州之秭歸、巴東二縣，分置歸州。三年分秭歸，置興山縣，治白帝城。天寶元年改爲巴東郡，乾元元年復爲歸州……秭歸：漢縣，屬南郡。魏改爲臨江郡，吴晉爲建平郡，隋屬巴東郡，武德二年置歸州。"所謂"建平"，即秭歸，在夔州之東。從時間看上，元稹創製"竹枝詞"在元和後期，亦即元和十年之後，亦即元稹出貶通州司馬期間，而以元和十二年、十三最爲可能；而劉禹錫創作《竹枝詞九首》在長慶年間，亦即長慶二年至四年出任夔州刺史期間，兩者前後有五六年之差距。《新唐書》的記載、宋人郭茂倩《樂府詩集》所引顧況之説、《全唐詩·劉禹錫傳》傳記、《漢語大詞典》的結論均失察。三、宋人葛立方《韵語陽秋》已經指出宋人郭茂倩和顧況的疏誤：“劉夢得《竹枝》九篇，其一雲：‘白帝城頭春草生，白鹽山下蜀江清。’其一云：‘瞿塘嘈嘈十二灘，此中道路古來難。’其一云：‘城西門前灩澦堆，年年波浪不曾摧。’又言‘昭君坊’、‘瀼西春’之類，皆夔州事，乃夢得爲夔州刺史時所作，而史稱夢得爲武陵司馬作《竹枝詞》，誤矣！郭茂倩《樂府詩集》言唐正(貞)元中，劉禹錫在沅湘，以俚歌鄙陋，乃依騷人《九歌》作《竹枝辭》九章，則茂倩亦以爲武陵所作，當是從史所書也。”四、顧況所言“唐貞元中，劉禹錫在沅湘”，“由是盛於貞元、元和之間”云云，既與竹枝詞傳播的地區巴蜀不符，也與劉禹錫的履職夔州刺史的生平不合，基本史實既然已經不符，其在不明就裏情况下所下的結論也就難於取信於人。五、白居易《竹枝詞四首》其二又云：“竹枝苦怨怨何人？夜静山空歇又聞。蠻兒巴女齊聲唱，愁殺江樓病使君。”所謂的“蠻兒巴女”，即是指巴蜀地區的百姓而言，“病使君”云云，即是指長期貶放外州的忠州刺史白居易。朱金城先生《白居易集箋校》編年白居易《竹枝詞四首》云：“作於元和十四年(八一九)，四十八歲，忠州，忠州刺史。”白居易另有《聽竹枝贈李侍御》：“巴童巫女竹枝歌，懊惱何人怨咽多？暫聽遣君猶悵望，長聞教我復如何？”根據“巴童巫女”之言，其編年意見也是：“作於元和十四年(八一九)，四十八歲，忠州，忠州刺史。”再一次證明白居易聽到的“竹枝詞”應該在忠州，時間應該是白居易任職忠州刺史之時。據此，可知白居易詠歌元稹“竹枝詞”事，應該是發生在元和十四年之前元稹時在通州任内之事，與劉禹錫長慶年間夔州刺史任内的“竹枝詞”事有先後之别，或者説没有關係。白居易的《竹枝詞四首》是詩人身在巴蜀亦即忠州聆聽諸多“竹枝詞”時有感而發，非身在他地突發靈感而作。長慶年間，白居易已經回長安，先後任職司門員外郎、主客郎中知制誥、中書舍人等職，已經早就離開了竹枝詞的原發地巴蜀。六、關於"竹枝歌"、"竹枝詞",唐人詩篇中並不鮮見,一般也不排斥是巴蜀之民歌:武元衡《送李正字歸蜀》:"已獻甘泉賦,仍登片玉科。漢官新組綬,蜀國舊烟蘿。劍壁秋雲斷,巴江夜月多。無窮別離思,遙寄竹枝歌。"白居易《九日登巴臺》:"閑聽竹枝曲,淺酌茱萸杯。去年重陽日,漂泊溢城隈。今歲重陽日,蕭條巴子臺。"即使是劉禹錫自己,也承認"竹枝詞"是"巴人"之"本鄉歌",其《竹枝詞二首》二:"楚水巴山江雨多,巴人能唱本鄉歌。今朝北客思歸去,回入紇那披綠羅。" 竹枝詞:樂府《近代曲》之一,本爲巴渝(今四川東部)一帶民歌,唐代詩人元稹、劉禹錫等人據以改作新詞,歌詠三峽風光和男女戀情,盛行於世,後人所作也多詠當地風土或兒女柔情。其形式爲七言絕句,語言通俗,音調輕快。劉禹錫《洞庭秋月》:"盪槳巴童歌竹枝,連檣估客吹羌笛。"范成大《夔門即事》:"竹枝舊曲元無調,麳米新篘但有聞。"

[編年]

未見《元稹集》採録,也未見《年譜》、《編年箋注》、《年譜新編》採録與編年。

朱金城先生《白居易集箋校》編年白居易詩於元和十四年。白居易元和十四年轉任忠州刺史,第二年夏天奉詔回京,故《白居易集箋校》編年《竹枝詞四首》於元和十四年的意見可取。據此,元稹創製的《竹枝詞》應該在元和十年至十三年通州司馬任期間,尤以元和十二年五月至十三年最爲可能,時元稹以通州司馬的身份"權知州務",地點在通州。